如歌歲月

我們從春天走來

吴福春题

河北大学中文系1977级
毕业四十周年纪念文集

白　贵　王维国　任文京　主编

河北大学出版社
·保定·

出 版 人：朱文富
责任编辑：李　达
助理编辑：李云霞
装帧设计：杨艳霞
封面题字：吴福春
责任校对：刘景坤
责任印制：常　凯

RU GE SUIYUE WOMEN CONG CHUNTIAN ZOU LAI
HEBEIDAXUE ZHONGWENXI 1977 JI BIYE SISHI ZHOUNIAN JINIAN WENJI

图书在版编目（CIP）数据

如歌岁月 ：我们从春天走来 ：河北大学中文系1977级毕业四十周年纪念文集 / 白贵，王维国，任文京主编. —— 保定 ：河北大学出版社，2023.6
ISBN 978-7-5666-2109-2

Ⅰ. ①如… Ⅱ. ①白… ②王… ③任… Ⅲ. ①中国文学－当代文学－作品综合集 Ⅳ. ① I217.1

中国国家版本馆 CIP 数据核字 (2023) 第 098147 号

出版发行：河北大学出版社
地址：河北省保定市七一东路 2666 号　邮编：071000
电话：0312-5073019　0312-5073029
邮箱：hbdxcbs818@163.com　网址：www.hbdxcbs.com
经　　销：全国新华书店
印　　刷：保定市正大印刷有限公司
幅面尺寸：185 mm × 260 mm
印　　张：34.5
字　　数：495 千字
版　　次：2023 年 6 月第 1 版
印　　次：2023 年 6 月第 1 次印刷
书　　号：ISBN 978-7-5666-2109-2
定　　价：128.00 元

河北大学中文系七七级毕业班师生合影留念八二

河北大学中文系七七级同学入学四十周年联谊会

前　言

恢复高考后的首届大学生，是中国高等教育史上的一个特殊群体，他们无疑书写了历史上不同寻常的一页。1977 年 12 月，正值冬天，全国数百万学子走入考场。从 1966 年起中断了十一年的高考，迎来了第一批考生。据报载：1977 年报考人数达 570 万人，录取人数 27.297 万人，录取率约为 4.8%。

在这批人当中，就包含了河北大学中文系 1977 级的 94 名年轻人。

河北大学中文系 1977 级学生于 1978 年春入学，入学时一共有 94 名同学，没有分班。这批学生，最小的不足十六岁，最大的已经超过三十三岁。在他们当中，有的是应届高中毕业生，有的是农家子弟，有的是下乡知青，有的来自工厂车间，有的出自部队军营，不仅涵盖工、农、兵、学、商，还有机关干部和教师、记者等事业单位人员，有的人曾经历过几个社会角色。

1978 年 3 月，这批大学生从天南海北迎着拂面而来的和煦春风，怀揣文学的梦想，踏入大学校门，又在 1982 年春天的3月初走出校门。奇特的是不仅他们入学的时间不同寻常，而且入学和毕业时都在春天，从春天走来又向春天走去，走向社会，这一点应该是空前的。四十年过去了，河北大学中文系这批当初风华正茂的青年，整体上已经陆续退出各自的职业舞台，最小的“小不点儿”也已年届花甲。小部分同学已经退出人生舞台，离别人世。

作为中文系1977级的成员，回望来路，亲历者们不禁感慨万千。那时的我们穿着朴素甚至有几分土气、寒碜，但人人脸上洋溢着笑容；那时的河北大学校园比较陈旧或曰简陋，但同学们十分喜爱和满足。我们很幸运，入学时欣逢中国进入文化教育复苏的“科学的春天”，有幸成为中华民族新的崛起的见证者和生力军。虽然我们未能都成为耀眼的新星，但我们敢说，大家在这四十年间都足够精彩，给这个世界留下了独一无二的印迹，作出了自己的贡献。

本书策划缘于2022年春节在三亚的一次同学聚会，毕业四十周年来临之际，因为疫情之故，大家无法齐聚母校。2月份部分同学聚餐时何振虎同学倡议：如果无法聚会，是否可以借毕业四十周年之际搞一次征文，大家书写一下大学四年的难忘回忆，同时写写毕业四十年以来同学们的经历与感悟。这一倡议得到了同学们的普遍赞成。大家商议决定，前期组织发动联络推介工作由何振虎同学负责。他牵头成立了征文组委会和编委会，组建了工作小组。组委会先后向全班同学发出了1—5号通知，发动大家写稿，后来采取了分人包片联系的办法，在很短的时间之内，同学们就陆续拿出了自己撰写的文章。这些文字在微信公众号及其他网络新媒体上陆续发表，发表之后获得了社会的众多好评。形成一定的积累之后，大家感觉很有必要把这些文字编成一部纪念文集，交由出版社出版。这样，已经步入暮年的这批人既可以给河北大学校史留下一份特殊的文献资料，又可以把一个时代的记忆永久留给未来。

在这个过程当中，中文系1977级的同学们积极参与，撰写出近80篇文稿（包括已故同学的文章及同学的怀念文章），回忆了考大学的历史情景，大学四年的难忘的生活，以及毕业后四十多年的工作、学习、生活经历。这是一次值得铭记的集体记忆的表达。在94名同学中，已有13位同学先后离世，他们是：李献文、赵海顺、梁一三、阎丽、李凤仪、李京生、马少华、宋建良、刘发海、刘宗正、管振清、毛一化、王密东。最后离开的王密东同学，2月份在三亚聚会时还与同学们商议征文的事，孰料3月份却突然辞世，享年六十七岁。有部分同学因为身体多病，无法执笔写作；还有的同学感觉心有余而力不足，没能参加此次征文活动。在自媒体上发表的文章大约有77篇之多，作者60人，有人发表了多篇。选入本书的是每人一篇（不含回忆逝者的短文），已经离世的同学也有生前文章或同学回忆文章入编。经编委会与出版社商议，考虑到书的体量，因而要求每篇稿件字数有一定限制。按照起初的分工，后期编委会工作由白贵负责。他在文章的内容重点、书名、体例和编纂等方面颇多筹谋，对出版相关事宜做了多方协调，并请著名书法家、陕西省书法家协会副主席吴福春先生为本书题写书名。

此前，在自媒体上准备发表这些文章的时候，张荣同学提议的《韶华悠悠》被选定为自媒体发表文章的栏目名称。此次编书，在广泛征求意见的基础上，书名最终确定为《如歌岁月：我们从春天走来——河北大学中文系1977级毕业四十周年纪念文集》。

这本纪念文集，每人只是选取一个角度，记述了一些难忘的事情。譬如考大学的经历，大学期间的一段难忘的记忆，与老师、同学结下的情谊，一次难忘的文体或学术活动。各位同学在写作时，大都是低调写作，谈及自己的成就与贡献往往一笔带过，轻描淡写。实际上，河北大学中文系1977级的很多同学在工作岗位上表现十分突出：有的是单位或部门骨干，有的成为优秀的领导干部，有的成为出色的专业人才、有影响的学者，有的作为媒体一线的新闻人曾以令人瞩目的身姿活跃在国内、国际的媒体舞台与社会视野之中。所以征文尽管没有体现出大学四年的完整生活，同时没能充分地展示出同学们在工作上所取得的成就和所达到的高度、经历的辉煌，但是在吉光片羽之间一定程度上已经传达出河北大学中文系 1977 级的整体风貌。

愿本书作为一代人集体记忆的结晶，留存在共和国的教育史上。

本书组委会

2022 年 8 月 22 日

本书出版因疫情原因拖延，在此期间，又有田胜、于国英、赵志明三位同学不幸离世，令人不胜感慨！

2023 年 3 月 6 日

目　录

第一辑：冬去春来

第二辑：校园时光

第三辑：振翅翱翔

第四辑：壮丽人生

第五辑：怀念同窗

后　记

第一辑

冬去春来

1977年，天际泛起鱼肚白

/ 王力平

作者简介：王力平，1958年生，河北栾城人。1982年毕业于河北大学中文系。先后任河北省政协办公厅干事，河北省文联《文论报》编辑，河北省文联办公室副主任，河北省作协办公室主任、副主席、党组副书记，河北省文联副主席，河北省文艺评论家协会副主席，中国文联全委会委员，中国作协全委会委员、文学理论批评委员会委员。曾出版文学评论集《在思辨与感悟之间》《水浒例话》，散文随笔集《砚边草色青》，主编《燕赵文艺史话·文学卷》《河北省志·文学志》。

孔子说“五十知天命”。过了五十岁，对许多事情的理解却变得越来越犹豫了。有人说早晨的太阳每天都是新的，历史从远古走来，遵循着发展规律义无反顾地奔向未来；也有人说早晨的太阳其实就是昨晚落下的那一个，日子就是年复一年的春秋寒暑、日复一日的昼夜更替。你相信哪一个？

但有一件事无须犹豫。1977年，在我的生命世界里，天际泛起了鱼肚白。

1976年春，我把行李搬上一辆卡车，在送行的锣鼓声中，一路颠簸着去插队了，目的地是河北赵县谢庄公社小东平大队。这一年，知识青年上山下乡运动已经渐近尾声，“扎根农村干革命”“消灭三大差别”的浪漫主义激情渐渐消退，代之以激情消退后的幻灭和茫然。

幻灭年代，人的现实和精神的困境是多重的。拿我自己来说，最直接的困境是待业。当年有一句流行语，叫作“我们也有两只手，不在城里吃闲饭”。记得课本上讲过“历史发展规律”，是说农村的剩余劳动力向城市转移，为工业和城市发展提供了产业后备军。照这样说，应该是“不在乡下吃闲饭”才对。但流行观念所至，摧枯拉朽，不容置疑。我也真诚地认为，在城里待业是一件很丢人、很没面子的事情。不过，这种困境是浅层的、可以言说的，深层的困境是难以言说的、不可告人的。那就是，“扎根农村”，非吾所愿。其实，虽然大家敲锣打鼓地插队去了，但尽早选调回城，差不多是每个人心里默默打着的小算盘。但这还不是最愁人的，最愁人的是，在内心深处，我没把选调回城看作是从困境中解脱。在我看来，早晨带个饭盒上班，晚上拿着空饭盒回家，这和吃了饭扛着锄头下地，该吃饭了拖着锄头收工没什么差别。只是这种更深的困境，别说可不可以告人，我甚至无法对自己说。

1977 年暑热季节的一场暴雨中，我独自枯坐农舍，度过了我的十九岁生日。那天凑成一首五言排律，结句是：“水深篣波苦，山高拓路难。涛头一叶舟，何处点篙竿？”

1977 年 10 月 21 日晚 8 时，中央人民广播电台在各地人民广播电台联播节目中，播发了国务院批转教育部关于在全国恢复高考的通知。

历史在这里拐了一个弯儿。

多年以后回望历史，可以清晰地看出这次转折是民心所向、国运所系，是“青山遮不住，毕竟东流去”。但是在 1977 年 10 月那个秋风飒飒的晚上，除去兴奋、憧憬和将信将疑，又有谁为这次转折做好了思想和物质准备呢？

1977 年的高考，没有参考资料，没有辅导班，没有模拟考试。能够帮助复习的，只有几本卷角缺页的中学课本；一份河北省普通高校 1977 年高考复习大纲，虽然只是一本简陋的骑马钉装白皮小册子，却第一次让那个飘忽的大学梦想变得可以触摸。

丑训叔是小队会计，知道我要参加高考，送给我两本书：上海科技出版社 1957 年 10 月出版的《自学几何的钥匙》和《自学三角的钥匙》。这两把“钥匙”并没有打开我脑子里那把生锈的“数学”锁，但这两本书至今藏在我的书柜里。小册子虽然很薄、很轻，但情义很厚、很重。

读书时逃课，结伴登狼牙山迷路，乱石草丛中合影（前排左起宇文玉芬、桑献凯，后排左起王玉山、王力平、何振虎）

考试定在12月15日、16日，复习时间不足两个月。好在秋收忙过了，大队、小队干部都是厚道人，我不再出工，把自己关在屋里“脱产”复习。

复习一开始就是冲刺，自然少不了夜以继日，点灯熬油。我的桌上（准确地说是我的坐柜上）点着两盏油灯，两盏油灯烧的是柴油。说实话，柴油都是生产队的，大队电工俊、小队机手中华、小刚，甚至生产队长中友都给我弄过柴油。只是柴油点灯烟大，鼻孔总是熏得黢黑。

复习之道，无非是多读多写，这需要很多纸。我用的纸是从大队梨库“淘换”来的，是“天津鸭梨”的包装纸。包装纸是正方形的，正面印着“天津鸭梨”四个浅绿色的楷体字，还有两个淡黄色的鸭梨。背面不妨碍写字，只是稍嫌粗糙。

12月15日，天还没亮我就起床了，胡乱吃几口昨晚的剩饭，便和建新、瑞忠一起匆匆上路了。考场在范庄，离小东平村还有五里路要走。书包里揣了两个馒头、一块咸菜——下午还有一场考试，来不及回来吃午饭了。

赶到范庄学校，教室门还没开。看着考场门前熙熙攘攘的考生，我对结伴“赶考”的建新兄说：“要想上大学，眼前这些都得灭掉。”建新兄笑了笑说：“横扫千军如卷席。”

经历了初选之后的漫长等待，我接到了河北大学中文系的录取通知。那一年，全国570万人参加高考，只有大约27.3万人走进了大学校门，录取率不足5%。

当我准备写这篇短文的时候，首先想到的，就是把“鱼肚白”三个字写到文章标题里。因为在转弯处，历史的天空远远不是晴空万里，霞光万丈。

有两件事，至今想起依然是有趣的。

1977级新生入学是在1978年春天，入学几个月后，到了麦收季节。今天，也许农学院除外，莘莘学子的大学生活，不会和“麦收”有什么牵扯。但在1978年之前的十年间，按照“五七指示”的要求，学校要“以学为主，兼学别样，即不但要学文，也要学工、学农、学军，也要批判资产阶级”。显然，在恢复高考、实现历史性转折的1978年，“学农”这件事变得有些尴尬了。我不知道当时的校、系领导是觉得理当如此，还是颇费了一番斟酌，我经历的是，1978年麦收时，我们被安排去学校东邻的金庄参加麦收劳动。

“学农”通常会安排在“三夏”期间，因为这时农村劳动力相对紧缺。不过，学生成群结队地涌入麦田，收割工具是一个很难解决的问题。所以，所谓“学农”，只能是拔麦子或者捡麦穗。捡麦穗通常是小学生的事，大学生应该拔麦子。但拔麦子是要做些准备的，须在前一两天将麦田洇湿，否则，旱地拔麦，事倍功半。在金庄，我们遇到的恰恰是事倍功半的旱地拔麦，或者像小学生一样去捡麦穗。

其实，单就干农活儿而言，1977级同学中间不乏全套的庄稼把式。我自己虽学艺不精，但经历两年插队生活，割麦子这件事还是不怵头的。事实上，很多同学没有蹲在地上捡麦穗，而是接过了老乡手里的镰刀，跨开步子弯下腰，一看就知道是行家。

提起这件事情，不是要指责它劳民伤财，也不想借此讨论什么是大学精神，只是就事论事，这种在学校围墙外面捡捡麦穗的安排，与其说是“学农”，不如说是在糊弄自己捎带着糊弄别人。事实是，对“学农”这件事，一半是不想做，一半是不敢不做。后来读到韩愈的《送李愿归盘谷序》，其中有“足将进而趑趄，口将言而嗫嚅”，很像是母校1978年的“学农”安排。

另一件事，异曲同工。

1977级入学不久，交谊舞“风起青萍之末”，一时间，“嘭嚓嚓”成了青春的节奏和旋律。终于，素有“老夫子”之称的中文系也要筹办舞会了。

筹办舞会，要从学跳舞、教跳舞开始，要有场地、有音乐、有教跳舞的人、有学跳舞的人。为此事操心出力最多的是白贵。多年以后，白贵是河北大学新闻传播学院院长、博士生导师，组织和教学能力的养成，当始于筹办中文系第一场舞会。

我自己完全没有乐感，身体协调能力很差，仅凭着年轻时缺乏自知之明，也曾跻身学跳舞的行列。舞会如期举办，说“盛大”或许夸张，说“热烈”绝不过分。但在舞会之后，我听说系总支领导找白贵谈话了。详情无从得知，大概意思是说舞会办得不错，但下不为例。诚如这位领导所言，这是中文系1977级主办的第一场舞会，也是最后一场。今天回头去看，那次舞会之后，似乎大家也没有对舞会产生更大的兴趣，不知算是幸事还是不幸。

在人们印象中，改革开放，除旧布新，必是摧枯拉朽，必是“日日新，又日新”。其实不然。破冰之初，举步维艰。思想的僵化，不只源于外力的禁锢，更多是因为内心的因循。还是那句话，转弯处，历史的天空远远不是晴空万里，霞光万丈。

1977级处在一个独特的历史节点上，他们背负过去，面向未来；既标志着旧时代的终结，又标志着新时代的开始。

因为站在这个独特的历史节点上，因而“质疑”就成了1977级最重要的精神品质。我保留着一本由河北大学教务处编选的《河北大学本科生毕业论文选》，其中收录了白贵的毕业论文《司空图美学思想概观》，在文章的“结语”部分，作者写了这样一段话：“在以往的唐代诗歌研究中，一般都较多地肯定以杜甫、白居易为代表的现实主义创作，因而对王维、孟浩然、韦应物、司空图等一批并未表现出许多积极社会思想意义的作家，却持较多的批判态度……一提唐代文学，便对前者推崇备至，无论对其创作还是理论都完全点头赞同，而对后者，至多肯定其创作中一些艺术性较高的、颇有影响的作品，而对理论则几乎是持完全的否定态度……这实际上反映了古典文学研究中的一种并不少见的形而上学观念。”在今天，客观地看待文学史上不同的美学风格，无疑是古典文学研究的基本原则。然而在1977级开始学习和研究文学史的时候，坚持这样一个基本原则，需要质疑僵化的思想观念，需要冲破极左思潮设置的学术禁区。

相逢于河北省社科优秀成果奖评委会（左起王海鸥、何振虎、杨宝忠、王力平）

和同学俊彦相比，我是愚钝的，只是读了几本书之后，对文学理论产生了兴趣。兴之所至，就把当时为数不多的几本文学概论都找来一一读过，竟也读出些疑问。其中一个疑问是，所有的文学概论都认为文学是社会生活的反映，但其对“反映”的理解，却是无一例外地简单和粗暴。蔡仪是著名的美学家、文艺理论家，他在自己主编的《文学概论》中说：“这些作品直接写的就是社会生活，换句话说，也就是社会生活的反映。”这个解说虽然简单通俗，但问题是文学中的“描写”等于哲学中的“反映”

吗？这在表面上是概念和逻辑问题，内里其实是唯物论的反映论思想被简单化的问题。后来，我把这个质疑写进了我的一篇论文，题为《反映论在文学活动中的地位》。

当然，并非只有质疑。对于未来，1977 级有坚定的信念和灿烂的梦想。我的书柜里有一本名为《苏醒》的油印诗集，诗集收录了河北大学中文系 1977 级 9 位同学的 32 首诗，其中一首题为《我只有梦》：

你知道吗
我只有梦

我飞奔在三千米跑道上
起点 —— 是梦
终点 —— 是梦
我好像和梦竞赛
眼前 —— 是梦
身后 —— 也是梦

我只有梦
梦里有村头的柳笛吹起
一只带风轮的风筝
白鸽，衔着哨音
飞走了，带去一天彩云

我只有梦
壮观的泥石流，后面跟着严冬
封锁了池塘，一条小鱼
嵌在贴着泥土的冰层

太阳，带来春天
晒化了梦和寒冰

我只有梦
梦中有浩瀚的海
秋水一样的眼睛
梦里有湛蓝的天
彩虹搭成的凯旋门
我把所有的笑和花束
撒向林立的烟囱
田野中绿色的田埂

你知道吗
我只有梦
……

诗作者是何振虎，多年以后，他已经是河北省广播电视局副局长。一路走来，当年的那些梦，圆了多少？碎了多少？又有多少新的梦想生长着，飞翔着？

补记：

本文是应《美文》杂志之约，写于 2012 年 12 月恢复高考三十五周年之际。从那时到现在，又一个十年过去了，河北大学 1977 级中文系的同学们都已经陆续退休。从青葱岁月到两鬓华发，若说“归来仍是少年”，显然是用想象替代了现实。

不过，青葱岁月，能对现实提出质疑，对未来怀着梦想；两鬓华发，能对当初的选择和半生的坚守无怨无悔，不亦乐乎！不亦君子乎！

2022 年 3 月于 1977 级毕业四十周年之际

1977，人生蜕变

/李 红

作者简介：李红，1958年3月生，石家庄人。1982年3月河北大学中文系毕业后一直从事教书育人的工作三十年有余。无意仕途，自享其乐。退休后，定居新西兰，终于过上了理想中的“世外桃源”般的生活，足矣！

这几天，看河北大学中文系1977级的征文成了我的一个乐趣，看了同学们的回忆文章，倍感亲切。虽然已经十多年没有动过笔写文章了，但禁不住凤霄——“刘姥姥”的邀约，也不忍心辜负她的一番好意，就回顾一下当年高考的一些经历，记录下来，权且充数吧。

1977年，恢复高考的喜讯传来，带给了我们在“十年动乱”中长大的一代人一个改变命运的机会。它有很多特殊之处，值得记载一番。

那时，我还是石家庄拖拉机厂的一个学徒工，每月挣18元钱（这已经很不错了，由于是家中最小的孩子，没有轮上下乡）。听到恢复高考的信息时，我们刚刚从挖防空洞的工地回来，晒得跟个黑人一样，让人疑心我们刚从非洲回来。各位会说了，不是在工厂吗，怎么又挖防空洞去了？那时我们虽然是工人，可同时是“基干民兵”，民兵当然要参加军事工程的修建。那时似乎已经到了9月份，而高考考试的时间是在那年的年底，也就是说，复习的时间不到三个月。时间紧只是其一，复习些什么东西也不知道，书也没有，虽说是上了两年高中，可有一半时间是在各处劳动，如农村、工厂、部队的卫生所等，根本没有学什么东西。即使在有限的上课时间里，也由于教具的极端缺乏（如物理、化学等根本没做过试验，光拿手比画比画而已，听得云里雾里的），老师讲过的一些东西也都忘了，跟没学过差不多。就这样去高考，心里可是一点儿底也没有，不考吧，又实在不太甘心，怎么也得去试一试这传说中诱人的高考啊！

主意打定，先报上名再说吧！果然，很快就开始让报名了，而且那时报名就得报志愿。还没考呢，也不知道能考多少分，怎么报志愿呢？现在看起来这很荒唐，但那时刚恢复高考，什么都比较乱，我们也就乱报吧！因为我一心想去大学里看小说（当时就是这么幼稚的想法，没有任何功利的念头），所以就毫不犹豫地准备报文科，家人和朋友都反对，说学文科没有出息，将来找不到好工作，还被人看不起。但我一意孤行，看小说的诱惑力太大了，当然也考虑了一下职业，很想当记者，觉得记者非常潇洒，所以就义无反顾地报考了中文和新闻。当时高校中有新闻系的很少，只看到北京大学和复旦大学有，那就报上，全然没有想到自己能否考上。后来一想，这么报太冒险啊，再报个省级大学中文系吧。于是把三个志愿都填满了，踌躇满志地准备高考。

李红（右）和阎丽

懵懵懂懂报名后，领到了薄薄的一本“复习大纲”，大概也就是几十页厚，所谓大纲也就是罗列了一些复习范围而已。我们只好满世界地去找各科的书，但很难找到，因为大家都要复习，而书本身又很少，费尽九牛二虎之力才找到几本破旧的数学和语文书。我们上学时的那些书早就扔到垃圾堆去了，因为那时对继续上学是彻底没信心了，要知道那时也有大学生，是靠“推荐”的“工农兵大学生”，普通老百姓是彻底没戏的。而我们这样的大多数人是一毕业就要下乡的，即使能留在城里也是当普通工人，课本还有什么用？差不多都恨恨地处理了。谁能想到还有这么急需的日子！

除了语文、数学，别的书更难找到了，我考文科的，要考数学、语文、史地（历史、地理综合）、政治。历史、地理我们中学压根就没有正经学过，偶尔上几节课也是极不系统的，尤其是地理，我只是从家里墙上挂的地图中了解了一些地名，其他的基本是空白。政治倒比较好说，没有书也不怕，上学时政治课是上得最勤的，也是最熟悉的，了解一些时事再陈述一下就行了。就这样，面对着这些可怜的“复习资料”，我就开始复习了。现在想起来真佩服当年的自己——这样居然就敢去应考！

复习最多的也最困难的是数学，因为已经毕业一年半了（1976年高中毕业），数学本来在高中时也没怎么学，毕业这么长时间早就把公式忘光了，拿起来一看全是生疏的。没办法，硬着头皮学吧！可是时间太少了！我家离上班的工厂很远（骑车50分钟），在工厂里上班时又没有时间复习，即使有了空余时间，车间主任也不允许我们这些报考大学的人看书复习，要看书必须得看识图或操作方面的书，总之不能做那些分外之事。这样一来，每天只有下班回家之后的一会儿时间可以复习，时间太金贵了。

复习的结果是可想而知的：数学是花费时间最多的，大概一个来月吧，但效果并不好。那么多的内容——代数一个系列，几何一个系列，那么多的定理、概念，光记一遍也够呛，更别提应用了，真正一做题还是傻眼。虽然复习成一锅粥，也没奈何了，怎么也得继续呀！后面眼瞅着剩下十几天时间了，还有语文、政治、历史、地理四门课，怎么办啊？我只好把这四门课的东西抓紧整理了一下，集中用了一个星期的时间背了一遍，这就该上“战场”了！

记得考试的时间是在12月中旬，具体时间记不得了。反正是很冷很冷，飘着小雪花，我还特意穿上了我爸部队发的军大衣（里面是翻毛羊皮的那种），比较暖和。考试是在河北师大附中的教室里。我们厂的年轻人很多，参加高考的就有 300 多人，都安排在这个学校的六个教室。坐在考场里还没考试呢，监考老师就发话了："别看你们今天这么多人坐在这考，能有一两个考上就不错了！"说得我们心挺凉的，但也没法了，怎么也得试一把！不过后来还真让她说着了，这个考场确实只考上了两个人。

我坐在考场里是既紧张又新鲜：有多少年没有考过试了？印象中只有 1973 年"教育回潮"时期参加过一次正规的期中考试。六门功课语文、数学、外语、政治、物理、化学，居然考了四门 100（语文、数学、政治、化学），物理 99 分（只漏写了一个单位），外语 95 分（全年级最高），平均分 99 分！真是奇迹啊！我觉得特辉煌。当然，那时的考题跟现在是无法同日而语的，但当时也有不及格的。可惜，五年中学（三年初中，两年高中）只有这一次正规的考试。这次考试，幸好我还有点儿底子，总算把几场考试应付下来了。具体考了些什么内容是一点儿也不记得了，但自我感觉很不好。

回到车间里，听着别的人在那里兴高采烈地议论自己的作文写得如何如何好，答题如何超水平发挥……我简直绝望了——今年肯定是没指望了，至于明年嘛，也没多大信心，只能到时再说了。这样一想，心里倒平静下来，开始安心工作了。

过了一段一会儿平静一会儿七上八下、惴惴不安的日子之后，居然迎来了体检通知！我兴冲冲地参加了体检，还算幸运，没什么问题。但听人说，体检只是第一关，还有政治审查，还得刷下去不少人呢！我又进入了惴惴不安的日子。

忽然有一天，车间办公室的一个人来通知我去市招待处某房间见一个人，具体干什么也没有说，弄得我如堕五里雾中——莫非跟高考有关？先去看看再说吧！我骑上车子，飞奔而去。到了那里，找到某号房间，却没有人，怎么回事呢？我疑惑地往楼下走，迎面上来一位中年男人，很有学问的样子，见到我就问："拖拉机厂离这里有多远？ 20 分钟能到吗？"

李红（前排右一）和 1977 级中文系英语小组其他同学合影

我说："可以啊，我就是从那里来的。"他又问："你是李红吗？"我说："是啊！"原来，这个男人就是那个省级大学中文系的招生老师，而车间办公室那个人告诉我的房间号是错的。这个老师很亲切地跟我交谈了一会儿，我急切地问他我的成绩，他含糊其辞，不肯告诉我，只说我的作文写得不错，成绩也够了分数线（说实话，我到现在也不知道我自己的确切成绩，也不知道当年的分数线是多少），说着递给我一个信封，里面是大学的录取通知书——啊！我终于盼到了这一天！

那一天，我也不知道是怎样到的家，仿佛是飞着回去的，脑子里始终蒙蒙的，不敢相信这是真的。后来了解到，我们这个厂子参加考试的有 300 多人，参加体检的有 45 人，最后走进大学的只有 15 人。在我们车间里，那些兴高采烈夸耀自己考得好的人却一个没上，当时最垂头丧气感觉不好的两个人却榜上有名。我很庆幸自己赶上了末班车，要不以后真的没有机会上大学了。

进入大学以后的记忆已经很淡了，多亏看到了张荣、凤霄、俊霞的回

2009 年满洲里界碑留影

忆文章，唤起了我一些记忆碎片，但不甚清晰，所以就不再赘述了。

文章的最后，我想描述一个记忆中非常难忘的场景作为结束：那是在 2009 年，我参加了周居霞组织的“呼伦贝尔之旅”。一天傍晚，我们吃完饭，走在满洲里的街上，几个中年大妈（只记得有秀英、小周、我，别人记不清了）放声唱起了《年轻的朋友来相会》，仿佛一下子就回到了 20 世纪 80 年代那个激情燃烧的岁月，我觉得这首歌的确很能代表我们这一代人的青春岁月。如今我们虽然老去，但青春时代的记忆会永留心底！

2022 年 5 月于新西兰

春雷乍响时

/石 坚

作者简介：石坚，1956年农历六月二十九日出生于邯郸市峰峰矿区王看公社南岗头村。1982年3月河北大学毕业后在《邯郸日报》工作。先做记者、编辑，后历任理论部主任、《中原商报》总编、报社广告经营管理中心主任，高级编辑职称，2016年退休。

如一声春雷，恢复高考的喜讯极速传遍神州大地。

1977年10月21日晚，我上夜班，刚进入矿区，就听到矿上的大喇叭正在广播这一爆炸性的消息。驻足凝神细听，惊喜不已！

一

我的工厂是一个煤矿附属洗选厂。我的工种是柴油机车司机，工作是在轨道上开车，拖一长溜铁罐，将生产线洗出的矸石，拉到厂外两里远的一条深沟边倾倒。

那个夜班，我不像往常犯困——恢复高考，让我激动得没有一丝倦意。开着车，我脑子里一直考虑高考的事。我很想考，但又顾虑重重。

我仔细地回顾自己中小学的学习经历，估量着自己有没有冲上考场一搏的实力。

我出生在一个贫寒农家，六岁到村里的破庙上学。老师都是本村并无多少文化的民办教师，连汉语拼音也教不好，以致我一辈子也讲不好普通话。该上五年级时，“文革”开始了，学校乱了套。老师怕挨批斗，再不敢严格管理学生，也无心认真教学了。更糟糕的是，连教材也没有了。因此，我从没学过历史、地理、生物。该上初中时，村里的小学加个初中班，名曰“小带初”。可是，仍然没有教材，更缺乏合格的教师。语文老师是地区财政局的一位下放干部。这位老师既不懂教学，又不知教什么好。他是个京剧票友，就别出心裁用样板戏做教材，将唱词写到黑板上，教我们唱样板戏。物理、化学等，都因缺老师而没开过课。幸运的是，调来一位中专毕业的数学老师。这位师德高尚的老师，每天晚上照着“文革”前的正规教材，刻钢板并油印，第二天上课前发给我们。是这位老师的敬业与付出，使我的初中数学打下比较扎实的基础。两年初中毕业后，适逢普及农村高中。我们公社的高中又设在位置居中的我们村。五六位大学生调到我们的高中任教，大都是二十六七岁的年纪，充满工作热情。只是教材仍很不规范，教师仍严重短缺。物理是新编的《工业基础知识》。化学、生物、历史、地理、外语因没老师，均未开课。加上经常学农、学工（我们矿区到处是工矿企业，这条件蛮好），短短两年，稀里糊涂就毕业了。算下来，我在混乱中读完了中小学，十年没出过村。因初中、高中数学老师都很优秀，数学基础感觉较好。因自幼喜欢阅读，爱看小说、散文类文学作品，有写日记的习惯，还爱无病呻吟地写不宜示人的诗歌，自以为语文基础也比较好。让我有些自信的另一个原因是，读高中时，河北师大中文系毕业的语文老师，经常拿我的作文在班里讲评。虽然没学过历史、地理，但因爱看闲杂书，好像也积累一些常识。如此盘算下来，虽然觉得底气不足，如报考文科，也许可以一试。

我担心的是，爹娘是否支持参加高考。我兄弟姐妹五个，我又是长子，家境一向贫穷，爹娘拉扯我们很不容易。前几年，因住房逼仄，我家不得不盖新房，借了亲友不少钱。我上班后，每月有了近四十元的稳定收入，家庭经济窘迫的状况才有所缓解。眼下，家里正指望我挣钱还债呢。这样的家境，如果爹娘不同意报考，我将很犯难。

高考，难得的机会呀！我觉得不能错失，不能因未参考而抱憾终身，必须争取，决不轻言放弃。

早晨下班后，到食堂吃点儿饭，我怀着忐忑不安的心情去找老爹商量（老爹时任公社信用社主任）。我婉转地讲了想报考的想法，又“很懂事地”讲了自己“觉得家里经济条件不允许”的顾虑。没想到，老爹爽快地表示：“好！你别担心家里的困难。有我呢！抓紧备考吧，争取考上。”多开明的老爹呀，虽然只读过一年书，却如此有眼光、善决断！我心花怒放，感动得差点流泪。

接着，我马上到矿职工医院找有些私谊的江医生“弄”病假条。江医生问：“哪儿不舒服？”因还有另一位医生同室接诊，我小声回答：“想考大学。”江医生有些惊讶，眨了几下眼，说：“这毛病，没有十天半月好不了。”然后拿过处方笺给我开了两种消炎药，又从抽斗里拿出空白病假条写下一句话：“痔疮复发，建议休息十天。”并嘱咐我：“好好休息，少动。”我接过病假条和处方笺，与他相视一笑。

这是我晚上开着车想好的办法。厂里600多人，大部分是与我同时进厂的年轻人，想报考的肯定不少。等大家都拿定主意，怕谁也请不下假了。距考试不过四十多天，我高中毕业已五年多，学过的功课早忘光了，还有不少东西没学过。我只能用这种不地道的泡病假办法“弄”时间，抓紧复习。

参加南昌“中国国际广告节”活动

顺道，我到公社高中找教过我的老师商量报考的事，并搜集复习资料。

二

我为什么执意要参加高考？因为我有一个魂牵梦萦的大学梦。

读高中时，大学毕业的老师们勉励我们：好好学习，以后有机会再上大学，将来当妙手著文章的记者，当心灵工程师的作家，当造飞机、建大桥的设计师，当治病救人的医生……这在我们青春萌动的心里种下了人生理想的种子。

1972 年 6 月底，我高中毕业，和天真烂漫的同学们一样，带着建设社会主义新农村的美好愿望，回村务农。生产队长是我一位本家老哥，在我第一天出工时，就委任我当农业技术员，这让我热情爆棚。我不惜出力流汗，锄地、抗旱、割麦、拉排子车，我搞玉米丰产田、间作套种，我努力学习农业科技……可是，现实的挫折、打击，像一瓢瓢冷水，渐渐浇灭了我的一腔热情。

夏收、秋收后，我曾赶着车去交公粮。多年不变的征购价是：小麦每斤 0.131 元，玉米每斤 0.086 元。一车粮也卖不了多少钱，农民辛劳一年往往分不到几个钱。有的人家穷得连买盐的钱都没有。年前，我想买件时兴的腈纶球衣。我娘嚅嚅地说："哪有钱呀。"我想在姑娘们面前显摆一下的虚荣心，就乖乖地缩了回去。

即将进入冬闲季时，我向队长老哥建议："在荒岗坡上挖鱼鳞坑，来年开春栽种花椒树、核桃树。"老哥说："咱连买挖坑的钢钎、大锤等工具的钱也没有，开春也没钱买树苗，更没钱浇水。"是啊，队里确实穷得从来没积累，没条件发展生产。我的郁郁葱葱、果实累累的花果山梦想化作泡影。

迷惘、悲观，使我热情尽失、干劲大减，使我变得郁郁寡欢。酷热的夏季，有月色的夜晚，我就独自去村东里许的小河洗澡，洗后，就在河边徘徊。小河“哗啦啦”流淌，带不走我的烦恼；悦耳的虫鸣、蛙声，也不能缓解我内心的苦闷。我渴望对人倾诉，又不知说与谁听。我坐在河边的巨石上，对温柔、恬静的月亮独白：“我已经感到，我在农村这个广阔天地，是不会大有作为的。我的锄板已经锃明瓦亮，我的双手已经磨出厚厚的老茧，但仅靠我这一双手、一身力气，改变不了我们村这些沙岗、土地的模样。我自诩回乡知青，其实并没多少知识。我才十七八岁，渴望能够再读几年书，成为一个真正学有所长的有用之才。我不甘心当一辈子只会拉锄钩的农民。”月亮静静地听，默默无语。有时，我像受了很大委屈一样呐喊：“我该怎么办呀？你为什么不回答我？”月亮被吓着，慌忙躲进云里……

俗话说，天无绝人之路。正当我心灰意冷时，有人推荐我到公社工作。公社作为最低一级政府，还是有诸多权力的，如各种票证的发放、结婚登记、招工、大中专学校招生指标分配等，这让我看到了上大学的希望。

我进公社实际上就是个勤杂人员，跑腿办事、下通知、收发报刊信件、抄材料、守电话总机，太忙！我当时十八岁，大院里最年轻，又有想法，当然积极肯干，努力表现。

当时的公社书记姓赵，黑红脸膛，平头，看上去就是个农民。但赵书记是教师出身，肚子里是有些墨水的。9月下旬，公社开了个“三秋动员会”。会后，赵书记问我：“能不能写个稿让公社广播站播一下？”我心里没底，也不敢拒绝，就说：“试试吧。”写好后送赵书记审阅。没想到，赵书记比较满意，还夸我“写得不错”。此后，赵书记就经常给我安排类似的写作任务，我也渐渐练得从容了。再后来，赵书记下村检查工作、开现场会，更喜欢带着我。凡我认为有点价值的事，就写个稿，让公社广播站播一下。进而给区广播站投稿，也常被采用。赵书记显然有点喜欢我了。公社大院里，竟有人打趣地喊我“记者”。

1975年8月初，我终于找了个机会，对赵书记讲了“想上大学”的愿望。赵书记沉吟一阵子，说：“想上学，没啥不对，再说，你还是农民身份。

我虽然有点儿舍不得，但不能耽误你的前程呀。去吧！”

赵书记是有权做主的。没过几天，招生指标下来。在公社党委会上，赵书记一锤定音，将河北师大数学系的名额留给我。接着，政审、体检，都顺利通过，只等入学通知书了。

至8月底，各村推荐的十多人都收到了入学通知书，我的入学通知书却迟迟等不到。

那天晚上，赵书记把我叫到他的办公室，沉默了半天才红着脸说：“也不瞒你了，你上学的名额让人顶替了，是上边的领导交代办的，我顶不住，想给人家换个中专指标都不行。这几天，我都怕你找我，我没糊弄你，你能理解我的难处吗？”

煮熟的鸭子飞了。我欲哭无泪，我相信赵书记没有骗我，我又能说什么呢？

赵书记一手扶着我的肩膀，至为恳切地说：“明年，我一定让你上学去，相信我这个长辈！”

事已至此，夫复何言？

后来得知，顶替我的竟是我高中的一位女同学。

未料想，仅仅一个月后，赵书记又把我叫到他的办公室，说：“有个招工机会。你愿意走不？愿走，马上就办手续；不愿走，还等明年招生。”

我与爹商量。爹说：“咱一个农民，能正式参加工作，就改变命运了，不能总在‘上

作者在马来西亚考察

大学’这棵树上吊着呀。”这很实际。我虽心有不甘，也只能认命了。

一周后，我离开公社，穿上劳动布工装。

三

我参加工作的煤矿，职工总数达6000多人。在这个大型企业，我举目无亲。倘若还想被推荐上大学，就未免太荒唐了。我只能藏起上大学的梦想，安心做个好工人，踏踏实实挣钱养家。虽然厂区迷漫的煤粉无时无刻不在钻进我的鼻孔、耳朵、脖子、腋窝；虽然这种简单重复的劳动、枯燥乏味的“煤黑子”工作又让我渐生厌倦，但，我不能再胡思乱想了。我哀叹这辈子再无可能走进神往的高等学府大门。

想不到，就在我已万念俱灰时，人生峰回路转、柳暗花明，我又隐约看到高等学府的高楼深院。时代剧变，恢复高考，自愿报名，择优录取。一定要考，考上梦圆，落败无悔。

十天的病假很快就要休完了，我为接下来的复习时间发愁。一个月后就考试，这更像一场短跑竞赛。别人都在奋力疾跑，你连跑的时间都没有，不等于弃赛吗？

正焦急怎么再“弄”点时间呢，车间张主任冷不丁来我家“看望我”。客至突然，满桌子的书、纸难掩备考的实情。我老实承认：“高考报名了。”张主任笑笑说：“猜到了。”接着说：“报名的多了，厂里禁止请假了，你总不能旷工吧，先上几天班再想办法。”平时，张主任不时让我为车间写点材料，也常派我为厂里办大批判专栏，对我蛮好，相信张主任不会为我设障。

留张主任吃午饭，并陪二两酒。我提一个请求：“再上班，您调我到‘604’值岗。”聪明的张主任一听就明白了我的用意，一口答应。

“604”是设备序号，安装在厂里由600多台设备衔接组成生产线的终端。这是一套精煤装仓设备，一条30多米的长廊，中间砌着长长的溜槽，溜槽底部依次留着落煤口。长廊下面就是精煤仓，精煤仓由坚固的钢筋水泥柱支撑，仓下铺着轨道。火车皮就在轨道上由仓底漏斗放煤装车。

精煤仓是厂里最高的地标建筑，由一条长长的斜皮带走廊与主洗楼连接。“604”孤悬在厂区东侧，值岗“604”是一个“人迹罕至”的偏僻岗位，在严冬季节，更是一个“高处不胜寒”的所在。

这个没人待见的岗位，此时却让我心向往之。因为，在这个生产值班干部查岗都懒得光顾的岗位，可以上着班放心大胆地看书学习。美中不足的是，灯光昏暗，设备运转声嘈杂，也有些冷。

此后十多天，我就在这个独特的“大书房”里复习历史、地理知识。

复习按自己的计划进行，还算顺利。为了保证进度，我限制自己每天睡觉不得超过六小时，太困了，就用冰水擦把脸。

谁知，一次意外又差点击碎我的梦想。那天，我去公社中学向原来的数学老师请教平面解析几何的问题。回家的路上，因脑子还在思索解题方法，自行车溜一个稍长的慢下坡需转一个急弯时，我浑然不知。车子以很快的速度向路对面冲去，而路对面是一条深沟。“嘭”的一声，自行车撞在一棵并不太大的树上。离奇的是，车前叉撞断了，但车被卡住了，并没倒；而我，因两手紧紧地抓着车把，竟还稳稳地坐在车座上，毫发未损。好险！惊魂甫定，我不禁慨叹：“天佑我也！”我把自行车扛到两里外一个修理铺，将断裂处焊住。

这事，还是让娘听说了。娘心有余悸又无奈地数落我：“你这孩子，稳稳当当的工作，又不安心了，着了魔似的，非要考大学。也不好好睡觉，神魂颠倒的，骑车子也不知道看路，差点丢了命！这是为啥呢？”

12 月初，厂里突然宣布给考生放半个月假。考生无不做最后的冲刺，我也不敢稍有懈怠。

高考的时间是 12 月 15 日、16 日。我们的考点在二十多里外的一所中学。矿上为支持十二年来第一次真正的高考，派出三辆卡车接送我们。

去考试的两天，我们一大早就坐车出发。中午，我们就一杯白开水，吃自己带的干粮。

二十多天后，矿上通知我通过了初选。接着，体检，政审。然后，就是在焦灼中等待录取结果。

因初选后还有一定的淘汰率，名落孙山的可能性还是有的。

直到 1978 年 3 月 5 日，在我几近绝望时，终于收到了录取通知书。那是一个极普通的白色信封，信封右下角印着“河北大学”四个红字。拆开信封，一页单纸写着简单的几句话，明白地告诉我：被河北大学中文系录取。

霎时，激动，眩晕，热泪盈眶，我陶醉在梦想成真的狂喜里。

阳春三月，春回大地，正是莺飞草长时。3 月 17 日，我离开家乡，到远方的河北大学报到。亲友为我送行，乡邻为我送行，工友为我送行，路旁的杨柳、野花为我送行……

艰难求学路

/ 杜英华

作者简介：杜英华，1946年7月生，河北藁城人，1966年高中毕业，1968年参加工作。当过高中代课教师、县“革委”通讯员、县委办公室资料员，1974年5月调入河北日报社。1978年3月考入河北大学中文系。毕业后相继担任《河北日报》驻石家庄记者站副站长，城市经济部副主任、主任，经济新闻中心主编等职，高级编辑。采编的新闻报道，分获全国省、市（区）党报好新闻一等奖，河北省好新闻特等奖、一等奖等。

1977年，注定是我人生中不平凡的一年。

这年春天，在1958年父亲早逝后苦苦支撑家庭近二十年的母亲，因病卧床半年医治无效，也撒手人寰，年仅六十八岁。

母亲去世后，家中只剩下爱人和三个年幼的孩子，而我在离家八十多里外的石家庄市上班，今后这个家怎么办？

我担心的事情还是发生了。夏日的一天，我刚刚买好晚饭，一位在市电力部门工作的侄子跑来告诉我，家中一个孩子被烫伤，要我赶紧回去。

哪个孩子烫伤了？伤情怎么样？一概不知。就是这只言片语，还是家里通过离村四五里路的变电站转来的。

我扔下饭碗，赶紧准备。一位同事带我去他家附近的一家药店，取了一包自配的烫伤药。又一位同事带我骑自行车从桥西跑到桥东最东头的市钢厂，从已上夜班的厂卫生室取了一瓶烫伤喷雾水。当我返回华药，门上的时钟已过晚上九点半。

恰逢无月的暗夜，出市后，我一人骑行在未硬化的土公路上，两边是一人高的庄稼地，只能凭听觉判断前后有无车辆和行人。一次，听到前面有声响，赶紧刹闸，前车轮险些撞上一辆马车的车尾。

午夜时分，当我推开熟悉的家门时，只见院内还亮着油灯，地下铺着一张凉席，几个月大的小儿子只穿一个肚兜躺在上面，肚脐下及双膝两侧的皮都已翻开。爱人和几位当家大嫂围在四周，正轮番给孩子扇扇子呢！

后来我才知道，头一天，爱人在做晚饭时，把刚灌满开水的暖水瓶放在了紧挨炕边的桌子上，就去忙活了。正在炕上玩耍的小儿子，爬到桌子边，把暖水瓶拉倒了，一瓶开水都洒在了他身上……

本来，单位推荐我去北京大学进修一年。春节后，北京大学就发来了录取通知书，9 月 1 日入学报到。

可家中接连出现变故，一个现实问题一直在我脑中出现：我去上学，这个家怎么办？

思来想去，我忍痛放弃了这一难得的学习机会。

当恢复高考这一重大喜讯传来时，大学梦再一次在我心头激荡。自 1966 年高中毕业后，十多年来，我们不就是盼着这一天吗？可是，一想到“我去上学，这个家怎么办”这个问题，理性使我不得不遗憾地叹口气。

我将高中时用过的课本，历次考试的试卷整理好，送给了一位小伙子，鼓励他去参考。

离高考大概不到一个月的时候，我和地委写作组一位老同志王俊伟同去正定县采访。中午吃饭时，在县广播站门前又听到播放有关高考的信息，他问我：“你不就是 1966 届高中毕业生吗？”我点点头。他又问：“那你为啥不备考呢？”我向他说明了家中的情况后，他语重心长地说：“将来知识会越来越有用的，就是勒紧裤腰带也要去考、去上！”

回顾我参加工作十多年来，当过教师，下乡蹲过点，当过报刊通讯员，为领导起草过大会报告，唐山大地震第三天就奔赴抗震救灾一线……虽经受了多种锻炼，在实践中也学得不少知识，但由于没有正规系统地进行学习，总觉得缺点什么。

是啊，知识会越来越有用的。老同志一席话，再一次点燃我久压心底的大学梦之火。

我立即返回单位，请假后，专心备考。

我从一位在企业职工大学当老师的老同学那里，找来两本中专用的数学课本；翻阅《红旗》杂志，自拟了一些政治题；一位同事从孩子上学的中学里为我找来两页纸的史地复习提纲；等等。每天早晨，我早早起来，先去街上跑一圈，回来即关在屋里复习。

1994年在三河采访时与作家浩然（右）合影

经过二十多天的准备，我准时参考。每天骑车从桥西跑到桥东的市一中，中午啃点干粮，喝点开水。成绩公布后，还不错：政治96分，语文93分，数学76.5分，史地70分。

当我收到录取通知书时，心里仍在纠结：我去上学，行吗？在征得爱人的同意和支持后，我终于踏上了北上的火车。

入学报到最后一天的下午，当我来到河北大学南院中文系的报到桌前，递上入学通知书时，杨爱芳老师稍显惊讶地问：“你就是杜英华？”我点点头。随后，杨老师向所有负责报到的人员一挥手：“收摊！”

大学生活开始了。中文系的教室在南院西南角的一座三层小灰楼内。课余，可到楼前打打羽毛球，或到楼顶吹吹风。楼后有一条大沟，沟外就是界墙。周末，翻墙就可到保定金融学校院内看电影。由于是恢复高考后的首届学生，教师的配置也是最好的。至今，黄绮教授讲文字学的情形，仍历历在目。学生间年龄差别也很大。“老三届”已过而立之年，刚从高中毕业的才十六七岁。和一帮年轻人学习、生活在一起，我这个半大“老头”也焕发了活力。第一学期的学校春季运动会上，我在3000米长跑中，还得了第四名。

这年暑假，我回到家里，得知麦收时分的小麦因欠款还押在生产队里的仓库里，一下子把我又拉回到现实的烦恼中。

原来，当时农村分粮由过去的按人头分配改为按人口和劳动力的比例分配、劳力不足则要补交欠款的政策，成人算一个人头，小孩按年龄大小折算。我的三个孩子折 1.8 个人头，全家四口人折算 2.8 个人头。

为了少贴钱，爱人每天早晨就出工。麦收后，清除麦茬，天热活儿累，无人愿意干。生产队就分包到户，多给工分。爱人把自己分包的干完，又把别人不想干的包下来，一早就下地，一天下来累得腰酸腿疼。当时，男劳力每天 10 分，女劳力 9 分，可她半年就挣了 2000 多分。

穷人的孩子早当家。每天早晨，爱人出工时，大儿子去上早校，两个小的还在睡觉。有时，大儿子放学了，爱人还未收工，他就开始学着做饭。两个小的醒后，就在炕上玩，不哭也不闹。

尽管爱人拼死拼活地干，孩子们也很给力，但口粮分得也不多。由于当时生产队每个工值仅三四角钱，家里还是欠生产队的款。

回家第二天，生产队指导员就找上门来，讲明政策，催交欠款。我给他算了一笔账：每月工资 36 元，母亲病重住院时借单位互助金 500 元，单位每月扣 10 元还账，还剩 26 元；在学校吃饭、买书买本等学习用具，加上放假回家的车费……你算算，还能剩钱吗？

为了不让队干部太遭难，我说："这个月放假我在家，可省下 30 元生活费，交给队里，你看行吗？"指导员连声说："行！行！"

第二天，我去生产队仓库里拉回了麦收时分的小麦。

实际上，当时勒紧腰带读书的不止我一人，除了"老三届"这一批拖家带口的学生外，大部分同学来自农村和城市底层，上学同样不易。我看到，有的同学一季总穿一件衣服，连个的确良衬衣都没有；有的吃饭只买一两角钱的素菜，贵一点的肉菜从来不敢买；有位同学饭后捡拾扔在餐桌上的干粮，晾干后带回家，而不顾他人的耻笑；等等。同学们的艰苦奋斗精神，一直激励着我克服困难，勇往直前。

家庭的特殊情况和带工资上学，像两条无形的绳索，固定了我毕业后的定位：回石家庄原单位。一切从这一定位出发，后来我转到了哲学系学习，又认识了 70 多位同学，我也成为横跨中文、哲学两系同学的桥梁。

四年大学生活是漫长而又短暂的。说漫长，那是一天又一天在艰苦中度过的；说短暂，总觉得知识还未学够，师生、同学间还未处够，就要离开了。

感恩母校——河北大学，是您，给了我们知识，蓄积了为国贡献之力；是您，给了我们思想，为人生大厦打下坚实的根基。时光如白驹过隙，转眼离校四十年了，但当年同学们的欢声笑语，仍时时在耳边响起；一位位恩师的不倦教诲，早已深刻在脑海，融化在血液里，成为我们终生的财富、前进的动力！

2019 年全家福

高考前后

/ 刘凤霄

作者简介：刘凤霄，1957年1月生，河北深州人。1982年3月毕业于河北大学中文系。毕业后就职于衡水市供销社农资公司，先后任办公室主任、工会主席、公司副经理、支部委员，中级经济师职称。企业改制后任瑞达农资有限公司执行监事、董事、副总经理，多次被评为河北省供销系统优秀政工干部和巾帼明星，2007年被评为衡水市优秀共产党员。退休后定居浙江杭州，一方面精心运作自媒体公众号“一轮红日刘姥姥”，已发表原创文章1716篇；另一方面积极参加滨江彩虹社区公益活动，2021年被所在社区评为优秀楼道长和优秀共产党员。

2022年3月是河北大学中文系1977级毕业四十周年，班委会发起倡议，写一篇征文，交一份作业，一下就触动了我封存的记忆闸门，情不自禁地回忆起当年高考前后的一些经历。

1977年10月21日《人民日报》头版头条发表《高等学校招生进行重大改革》的文章，决定恢复已经停止了十一年的高考。

那时我在深县宣传部报道组工作，任务就是撰写新闻稿件，给报社电台投稿。我们几个年轻的通讯报道员一边工作，一边备考。

我重点是补习地理和历史。我喜欢写作，上高中时的语文老师是王黎明，我喜欢听他讲课，我的写作兴趣就是那个时候产生的。讲政治的樊吉掌老师擅长讲《矛盾论》《实践论》，我的政治学得比较扎实。班主任是数学老师潘金川，所以数学底子好。备考期间，在数学上没有花多少时间，精力主要放在地理和历史上了，因为高中没有开地理课，历史仅学了一点点皮毛，地理和历史没有什么基础。

备考期间，我把叶帅的那首“攻城不怕坚，攻书莫畏难。科学有险阻，苦战能过关”的攻关励志诗贴在床头的墙壁上，每天都读一遍，给自己鼓劲加油。那段时间，除了日常写稿，就是拼命地背地理和历史题，吃饭时看题，走路时背题，急来抱佛脚，拼命恶补短板。

当时深县宣传部报道组有庞福森、刘瑞才、张福寿、康炳强、赵仲颖、王潜等人，庞福森任组长，我和王鲜蕊、马兰会、冯志荣、张玉争等一帮年轻人称他们老师。临近高考，报道组的几位老师帮助我们几个备考的学员猜高考作文题，老师们都是写文章的高手，他们猜的高考作文题目非常接近高考试卷作文题目。他们推测的记叙文的题目是《记我最尊敬的人》。记得当时赵仲颖老师不光参与了猜题，还亲自给我讲解遇到这类的作文应该如何写。我听了之后就按赵老师讲的作文要点，准备了一篇记叙文和一篇议论文。

1977 年 12 月 15 日是改变我命运的日子，是当年高考的第一天。15 日上午考语文，下午考政治；16 日上午考数学，下午考地理和历史。我参加考试的地点是母校榆科中学。

记得高考那日，天下着小雨，乡间公路泥泞不堪，我骑着一辆破旧自行车去“赶考”。骑到中途，两个车轮子就沾满了泥巴，我的鞋底子上也沾满了厚厚的烂泥，自行车推不动，走路也费劲，只得停下来，找根小树枝把自行车瓦和车轮之间的黏泥及鞋底子上厚厚的泥拨弄下来，然后继续冒着小雨前行。赶了三里路，到达榆科中学考点，虽说没有迟到，但我的布鞋已湿，半截裤腿也湿透了。

1977 级高考那年实行的是各省出题，河北省的高考作文题目有两个，要求任选一个。题一是《园丁之歌——记我尊敬的一位老师》，题二是《我将怎样度过今后不平凡的二十三年》。我毫不犹豫地选择了题一，因为我有所准备，也可以说胸有成竹，写起作文来得心应手，全然忘记了赶考之路的狼狈不堪和湿透的鞋子导致腿脚冰凉的惨状。

第一天考试完后，我增加了必胜的信心，因为高考作文押对题了，语文基础知识题答得差不多；感觉政治考得也不错，这得力于在报道组天天看报，对时事政治了如指掌。第二天考完之后，我的情绪低落，非常沮丧，地理和历史题没有全答上，还有做错的数学题。一心想考上大学的我，悄悄地流泪。

母亲看见我哭，不知道怎么安慰我，竟背着我找到本村的神婆，让她给我算算能不能考上大学。那个神婆说：“你家二闺女今年考不上，明年才能考上。”母亲回家跟我一说，我大发脾气，责怪母亲找神婆掐算是瞎胡闹。因为我在村里担任团支部副书记时，在批斗“牛鬼蛇神”的大会上，曾上台批斗过这个神婆，我不相信神婆能算出我考不上大学。

度过焦虑的一段日子，高考有了消息，我被初选上。体检之后，填报志愿。我一心要上大学，清楚地记得当年我填报的三个志愿：第一志愿河北大学中文系，第二志愿河北师范学院（宣化），第三志愿廊坊师专中文系。

高考那年我已经二十一岁，虽然离开了农村，在县委报道组当通讯员，专职给新闻媒体写稿，但身份依旧是农民，农业户口，每月挣 24 元，其中交生产队 9 元买工分。当年我们六队工分最不值钱，一个工 9 分钱。有一次我从县城回村，碰见我们六队的指导员王双月，他说：“小麦该浇返青水了，生产队还等着你们几个出去的合同工交钱买柴油呢。”足见我所在的生产队有多穷。借此机会，真诚地感谢当年介绍我去深县学习的王天平（按乡亲辈论，我叫他爷爷）。当年一个公社只有一个上“五七大学”通讯班的指标，他在公社听到消息后举荐了我，他知道我喜欢看书写文章，想为村里培养个写材料的人。我当时是村团支部副书记，经常写稿，写了就登在村办的黑板报上。如果没有那三个月上“五七大学”通讯班的机会，我那时就无缘走出农村到县城。

短训班快结束时，听说县委报道组到“五七大学”通讯班挑选写稿的学员，我回家和父亲说想进县委报道组，不想回农村干庄稼活儿了。机缘巧合，偏偏那晚当教师的表叔谢继忠到我家找父亲闲聊，父亲就把这事跟他一说。表叔说："这个容易，报道组长是老庞，我和他关系不错。"经表叔的引荐，我去了县委通讯报道组，从此走上了靠文字吃饭的道路。

备考期间还有一个小插曲。我母亲的一位久不联系的表妹突然来家中，说有一户条件不错的人家，儿子在部队当兵，长得挺好；父亲在县委某部门工作，见过你家在宣传部报道组的闺女，那家人托她来提亲。当时，我正信心十足准备考大学，心气正高，当然不会考虑。父亲的心气更高，直接回绝说："我闺女要考大学，谁也不嫁！"1977 年我已到了谈婚论嫁的年龄，我一门心思考大学的初衷就是跳出农门，吃上商品粮，端上铁饭碗，改变农民身份。

期盼已久的河北大学中文系录取通知书直接邮寄到县委宣传部报道组。手捧大学通知书，我激动不已，赶紧打电话给北榆林大队部，让他们转告我父亲，我考上河北大学了。

我是幸运的，我没有辜负父母的期望，在恢复高考的第一年顺利考上大学。全家人都因我考上大学高兴，母亲见我们高兴则更高兴。母亲知道上大学是件光彩的事，只是不知道大学还分这个科那个系的。当年我们村有三个人考上了大学，其中李照伦后来成了我的丈夫；另一个是我的表弟谢永增，后来成了大画家。

1978 年 3 月 18 日是河北大学中文系新生报到的日子。这天上午我肩背行囊，手提装着脸盆、饭盒的网兜，从深县坐着咣当咣当响的小火车到了前磨头，又在朋友的帮助下登上了北去的列车。下午，到达保定火车站，一出站就看到河北大学新生接站牌，我乘坐校车到了保定市合作路 1 号的河北大学新生报到处。

我们村的谢书格是我姐姐要好的同学，她在河北大学历史系学习，按辈分我叫她姑，我姐和她打过招呼，让她照顾我。她早早就到河北大学北门中文系新生报到处等我，帮我办理入学手续。

书格姑让我拿出通知书，我在众目睽睽下，打开行李卷，小心翼翼地把通知书从被子里掏出来，然后把行李捆好。

1976 年深州县委宣传部报道组合影（后排左一是作者）

那时候穷，没有一个随身的小包，更买不起行李箱，我用一条半新的床单包着被子和装着荞麦皮的枕头。姑舅娘姨送的考上大学的几十块礼钱和大学通知书都藏在铺盖卷最里层，生怕路上出意外丢失了。

开学第一天，十几个女生在河北大学南院教学楼下第一次见面。从大城市来的同学叽叽喳喳聊天，我没有加入群聊，不是我不愿聊天，也不是性格的原因，是因为我说话带着浓浓的深县腔调，不如普通话好听，我有点自卑。

我们班是 94 人的大班，分六个小组，我是第一组，在教室里坐第二排。前桌是要力石和张彦斌，后排是张荣和赵淑兰。为了保护学生视力，隔一段时间，座位就平移，所以我左侧有时是墙壁或过道，大多数是六组的王海鸥，我俩是同一宿舍的上下铺。刚入学时，我独自一张课桌。大概过了半个多月，班上又来了 7 名同学，其中有个戴眼镜的大龄男生被指定与我同桌。

我们宿舍原来 6 个女生，后郑欣欣来了。她和我的同桌郑铁生是同一批补录生，那批人还有谁我记不清楚了。我只记得当时以为他们是补录的照顾生，后来才知道补录的这批同学都是高分优等生。有的因为第一志愿填报的不是河北大学中文系，后来调剂来的；有的是当年政审偏“左”，因家庭的缘故没有正常录取。好在录取后期他们遇到伯乐，搭上了末班车，稍迟一步迈入河北大学中文系。

1977 年，全国 570 万人参加高考，只有大约 27.3 万人走进了大学校门，录取率约为4.8%。我忘记了是从什么渠道听说的，当年河北大学对女生有降一档（5分一档）录取的优待。有一次我提起这个话题，立即遭到众女生否定。自此，我开始怀疑这传言的真实性。

当年上学，国家根据每个学生家庭情况提供数量不等的助学金，普通农村家庭出身的可享受最高等级每月18.5元（后提高到21.5元）的助学金。我是这项政策的受益者，四年大学基本上没有向家中要钱，日常用的牙膏、卫生纸和寄信用的邮票，都是从助学金中省吃俭用抠出来的。

文科学生食堂很大，食堂里有排列的半新不旧的圆形石桌，没有椅子，同学们从东侧的打饭窗口用自备的饭碗打来饭菜，围桌站着有说有笑地用餐，我很享受站着吃饭的过程。

我常常和海鸥、欣欣、周居霞等人同桌，居霞等女生常常把不吃的肉片挑出来直接放到我的碗里，我荤素都吃，没有忌口的饭菜。学校早晚两顿棒子面粥，饭票粗粮多、细粮少，每月粗粮饭票常有节余，我们女生们有时会把节余的粮票统一送给班里一位家庭困难的张姓男生。

宿舍就是个大家庭，家庭是温馨的港湾。我们宿舍位于河北大学北院女生楼二楼阳面的217室。我和海鸥上下铺，俊霞与王星上下铺（我和王星隔空相望），李红与阎丽上下铺，欣欣独一铺。欣欣的位置不好，靠近楼道挨着门，长年累月受风吹噪音打扰。后来欣欣自制了个床帘，休息时就拉上床帘

在深州家乡桃园

把自己封闭起来。欣欣的上铺放大家的行李箱等杂物。

欣欣有个暗红的木板箱，让我好生羡慕。我没有木箱子，我从在保定乐凯厂工作的表姐那里要了一个结实的正方体的纸板包装箱子放衣物，当时也曾幻想着有朝一日拥有木箱子放衣物。参加工作多年后，我一口气买了三个木板箱子，还带樟木条，总算不再惦记着欣欣那个木箱子了。

李红是个性格开朗、多才多艺的女生，她善良、无城府，博览群书，外语好。她写文章快，是个大笔杆子。她的男朋友小贾是写情书高手，小贾来信有时李红会与我们分享，浪漫而充满激情，文笔超棒。

我和“理工男”（海鸥语）虽然是本乡本土的同学，但实属“父母之命、媒妁之言”，所以情书没有那么浪漫。来自河北师范大学数学系的情书在宿舍里有时也被传阅，舍友会大声念出我收到的情书：“今去信三件事……”那时候我们是多么喜欢听小贾写给李红的情书呀！

在邯郸实习期间，我到过郑欣欣家，到过郭沫勤师兄家。沫勤师兄家那套精致的茶具给我留下了深刻的印象，我第一次知道喝茶用的茶杯可以那么小。

在邯郸实习时，《邯郸日报》社负责带实习生的老师领我们参观了峰峰陶瓷厂，我用平时积攒的钱给姐姐买了一套结婚用的茶具，还给家中买了十个一毛钱一个的白色无花大盘子和十个一毛二一个的大花瓷碗。那时候年轻，有的是力气，放假时，欣欣帮我打好包装，我毫发未损地把那些茶具和餐具背回老家。

上中文系最大的收获是读了许多中外文学名著，图书馆和阅览室是我最喜欢去的地方。我们组里的龚法忠师兄，大学第一年就常对我们几个女生说，上大学最关键的是写好毕业论文，这句话我记在心里了。我大学各科成绩虽然平常，但写论文着手比较早，选题就是谈《红楼梦》的艺术手法。《红楼梦》原著我读了一遍又一遍，一套四本的简装《红楼梦》被我翻阅得起了毛边。我还阅读了若干红学专著，摘录红学笔记一大本。

我毕业论文的指导教师是孟祥照老师，一位很认真、很专业的老师。

他从选题、写作提纲、初稿的修改等方面都给了很具体的指导意见，还给我列了一些参考书目，使我撰写的毕业论文《犯中求避——谈〈红楼梦〉的艺术手法》顺利通过。

我学习成绩虽然一般，但我周围的同学水平都很高。我的前桌要力石在校时就开始写诗，而且英语好，毕业后考上新华社研究生，曾经在《瞭望》周刊和新华社任职。张彦斌也是我的前桌，一个率真阳光的小师弟，写诗、播音样样精通，如今是大学同学群的群主。我的后桌赵淑兰，浓眉大眼，待人和善，仕途顺通。我后桌另一位是气质脱俗的张荣，英语超好，诗写得更好，毕业后任大学教师。我的左边是海鸥，是我形影不离的闺密，在校是个好学生，毕业后成为省直好干部。我的右边是郑铁生，一个专心研究古典文学的学者，成了研究《三国演义》《红楼梦》的著名专家。我唯一骄傲的是：大学四年我就坐在他们中间的位置，而且同学关系融洽，一直延续至今。

青春做伴

/ 李天慈

作者简介：李天慈，1956年11月出生于山东单县。1975年在巴彦淖尔盟临河县上山下乡，1978年3月就读于河北大学中文系，1982年至2016年在内蒙古人民广播电台、内蒙古广播电视台工作，曾任编辑部主任、频率总监、总编室主任，正高职称。2016年12月退休。

在同学微信群看到“河北大学中文系1977级纪念毕业四十周年征文活动”方案，心绪像一阵风吹皱了一池春水。蓦然回首，迈进河北大学校门已然是在四十四年前，可谓白驹过隙。一惊之余，感慨万千，许多陈年旧事的残片浮上心头。记忆犹如开了闸门的水坝，始而涓涓细流，继而奔涌而出，20世纪70年代上山下乡和高考前后的如烟往事纷至沓来。

在历史的洪流和大潮面前，每一个人就像一片微不足道的树叶随波逐流。1974年，高中毕业的我在经历苦闷彷徨后，仍旧选择了知青上山下乡这条路。此时，在历经“文革”初期1968年、1969年知青上山下乡运动的狂热大潮之后，知青上山下乡已褪去往日的光环，成为城市青年一种无奈的选择。

四十多年转眼就过去了，许许多多往事如过眼烟云，变得越来越模糊，唯有那段既短暂又显漫长的知青经历，仿佛昨天刚刚发生过一样，是那么刻骨铭心，难以忘却……对我们这代人来说，当年下乡当知青，是一个时代洪流，是我们走进社会的第一课，甚至是谋生的唯一选择。从 1968 年开始，知识青年到农村去，接受贫下中农再教育，变成每一个城镇青年的必修课。动员初高中毕业生上山下乡，是父母工作单位或街道日常工作的重点之一。每当家里有人中学毕业，单位和街道的干部们必定上门，做家长和学生的思想工作，直到把人送到农村去插队落户为止。于是，除独生子女和病残者外，每一个中学生必须到农村去。

记得那是 1975 年 7 月中旬的一天，我肩背挎包、胸戴大红花，在父亲、母亲、同学、邻居的簇拥下，登上了披彩挂花的汽车。我从父母亲的眼中看到，他们对一个从没独自出过远门的未成年孩子有着太多的牵挂，看上去一脸的迷茫……汽车一辆辆缓慢启动，一路上，我怀着怅然若失的心情，呆呆地看着广袤的田野。汽车载着我们一路向西奔驰，车内的气氛沉闷，大家都好像睡着了一样。

我下乡的地方是内蒙古巴彦淖尔盟临河县八岱公社旭光四队。知青点坐落在村子北面，是个很大的院子，一排坐北朝南的大平房，男女生各住一半。我们这些来自呼和浩特、包头、临河等城市的知青年龄相当却性情各异。当时，“扎根农村，干一辈子革命”是一句时髦的口号。这就是我今后一辈子要劳动生活的地方吗？我默默地望着陌生的小村庄，心中充满迷茫与困惑……

既来之则干之。我们把旭光四队作为第二故乡，吃粗粮，点油灯，踏泥泞，披星戴月，艰难劳作。在春寒料峭时撒播种子，赤日炎炎下除草割麦，秋收大忙中收割打场，冰天雪地里拉沙改良土壤，扛过近 200 斤的麻包，堵过黄河大堤决口的汹涌洪水，做过漆黑夜晚的牧马人……令人难以忍受的还有乡村生活的沉闷与单调。那时村里不通电，一入夜村里就一片静寂，没有月亮的时候伸手不见五指，一盏清灯豆火，围着几个同病相怜的人抽着苦涩的烟叶相对枯坐，没有可以看的书，也没有看书的动力，长夜漫漫，前路茫茫。那时偶尔有个把推荐“上大学”的指标虽然让人心动，但是太渺茫了，那只是我茫茫心境里一线模糊的亮光。

在近三年的知青生涯中，最令人难忘的是挖大渠。

我下乡的地方地处黄河河套平原，虽有“黄河百害，唯富一套”的悠久美誉，但由于长年只灌无排，地下水位上升，土地盐碱化日益严重，大片土地春天白茫茫、夏天水汪汪、秋天不打粮，有的村子甚至有一半以上的土地因盐碱化而不能耕种。为解决这一问题，1975 年 11 月，一场轰轰烈烈的开挖河套排水总渠的工程在河套大地展开。因是冬季施工，天寒地冻，气温经常在零下二三十度。人们用炸药在渠底和两侧炸开冻土，靠肩挑背扛将冻土和冻土下的稀泥运送到高高的渠背上。冻一层厚厚泥巴的柳条筐自重就有好几十斤，装满冻土有近 200 斤，柳树杆做的扁担压在肩上，肩膀开始红肿出血，继而结痂生茧，后来就没了知觉。由于劳动强度大，吃食没油水，馋得要命，有时我们溜进伙房，乘大师傅不注意，捧起油葫芦猛灌几口胡麻油，被大师傅发现斥之为“忽拉盖”（蒙古语，盗贼之意）。那时人们的食量非常大，半斤面一个的大馒头，我一顿能吃四个，以至于刚上大学的一段时间，学校食堂的馒头加窝头，一顿吃四五个也不觉得怎么饱。

最痛苦、最难熬的是临近 1976 年春节的头两天，已经在滴水成冰的工地超负荷煎熬两个多月的我们，从早上 5 点多就来到工地，只想尽快将活儿干完，没有人偷懒，累极了也不敢停下，因为停下只会更冷。在零下20度左右的寒夜里，一群群麻木无助的人们，悄无声息地掘土、挖泥、挑担、整修渠背……人们拖着沉重的脚步，机械地挖着，挑着，挪动着……寒夜中，北风如刀，割在脸上、手上生疼，但扎着麻绳的棉衣里却被汗水浸透。虽是又累又困，我们却不敢停步，不敢睡觉，靠在渠背上全是冻土块堆成的斜坡上待几分钟，歇一歇，喘几口粗气，那寒风会把浸透汗水的棉衣吹得冰凉……80 多个日夜苦战，总排干工程终于宣布全线竣工。工程结束那天，已是 1976 年春节的除夕，伙房炖了猪肉烩菜，炸了油饼，人们欢呼雀跃，终释重负，我当时喝了半饭盒子高度土烧酒，烂醉如泥。隔天凯旋回知青点，几个人将各自长满虱子、虮子的内衣内裤付之一炬，火光中顿时发出噼噼啪啪的响声。

总排干工程结束了，接踵而来的是河套排水工程的配套建设——总干沟、干沟、分干沟、支沟、斗沟、农沟、毛沟等七级排水配套体系，虽然比起总排干之苦略有减轻，但没完没了地干着，看不到尽头……

与繁重劳动相伴随的，是信念的崩溃、理想的破灭和对前途的茫然。1976年1月8日，听到周恩来总理去世的消息，知青们心情也很沉重，但繁重的体力劳动把人们的大脑折磨得麻木了。9月9日毛主席逝世的消息，同样从工地大喇叭上传来，人们感觉天好像要塌下来一般，尽管眼睛里满是泪水，但手脚却不能停下，该干什么还得干什么，没有人能够代替你挑筐运土，人们咬紧牙关，熬过一天算一天。

为了维持"正常"秩序，各排干工地上还成立了民兵巡逻队，把累得受不住逃跑的民工押回工地，在胸前挂上牌子游渠背示众。知青们付出了惨痛代价，仅我们这个知青点上，就有一位男知青支气管和肺门严重扩张，一位女知青累得吐了血，许多人压弯了腰、压弯了腿。及至后来在大学里与同学聊及此类经历，才知河北省当年的海河工程亦有"十等人，没法活，推着小车上海河"之说。看来，历朝历代，挖河之苦绝非虚妄之说。

我的知青生涯虽然不到三年，但有将近一半的时光在挖渠工地上度过，那段生活留下的记忆之深刻是难以磨灭的。河套的排干工程，用数十万人民，包括我们知青的青春甚至生命，打通了黄河之水灌与排的通道，使八百里河套重现麦浪千重、瓜果飘香的生机。然而，留

知青点上的年轻人（前排左一为作者）

给我和所有亲历者的是一生都挥之不去的烙印。那没有尽头的苦与累，使知青们陷入情绪上的消沉低落、思想上的消极悲观，无数知青都在想：路在何方？20 世纪 70 年代中期，人们被禁锢多年的思想开始萌动。许许多多有思想的人在思考：我们国家的前途在哪里？我们个人的出路在何方？

对于我们这一代人而言，知青，那是用青春换来的记忆。也许，每一个知青的经历，都是一个故事，而每一个这样的故事，都折射出当年时代的印记。它令人回忆，引人思索，给人启迪。

虽然那个时代已经久远，但这一代人的深刻印记永远不会淡漠。以至上大学后，与有知青经历的诸同学谈及过往的经历，每每令人唏嘘。因为，在大多数知青心里，都有一段燃烧着青春理想却又坎坷蹉跎的岁月，它们早已深深地珍藏在心底，平时心门紧闭，只在电光石火的一刹那，才会心事翻涌，满眼泪花。我大学毕业后在内蒙古广播电视台三十多年新闻工作生涯中，我的知青情结依然不减。

当年，广袤的内蒙古大地，是祖国各地千百万知识青年的第二故乡，无数知青在这片辽阔土地上生活、奋斗的印迹，遍布于北疆的万里热土。

我曾经借采访之机，在呼伦贝尔市新巴尔虎草原克鲁仑河畔，走访过以张勇烈士事迹为核心的知青纪念馆。1970 年 6 月 3 日，天津女知青张勇为抢救集体羊群牺牲。在巴彦淖尔市磴口县，我参观过内蒙古生产建设兵团博物馆，在这里，自秦汉时期的垦荒屯田史上有数万兵团战士的青春延续。在锡林郭勒盟西乌珠穆沁旗，我瞻仰过中国唯一的知青烈士陵园——宝日格斯台知青烈士陵园。1972 年 5 月 5 日，一场草原大火无情吞噬了 69 名前去救火的兵团五师四十三团战士的生命，这其中除内蒙古和北京知青外，还有 9 名来自河北唐山的知青……工作中、生活里，我还曾许多次接触或采访到因各种原因留在内蒙古未回原籍的知青，上山下乡的那段知青史，在每个经历者的心中都打下永不磨灭的烙印。

几十年过去了，尽管时光荏苒、逝水东流，但那难忘的蹉跎岁月，几十万知青辛劳的汗水洒遍内蒙古高原的每一块土地，他们人生的年轮留下的道道辙痕，永远铭刻在记忆的长河中……在时代的洪流和历史的大潮前，我们每一个人就如同一粒沙子，在漫长而细碎的重压下，不知被抛向何方。从这个意义上说，我们1977级大学生是历史的幸运儿，尽管每个人都历经坎坷、历经磨难……也许，这坎坷、这磨难会成为这一代人奋发图强、意志坚韧的不竭动能。

1977年的高考，这件关乎国家和我人生的大事，迄今一晃过去了四十四年，1977级学子个人的每一波微澜，映射的都是一段历史的巨浪。四十四年了，同学们已从英姿勃发、风华正茂的青年步入鬓发渐白的花甲之年和古稀之年，那次改变人生发展轨迹和国家前途命运的空前绝后的冬季高考，带给我们个人的是里程碑式的命运转折，它始终像一座丰碑永远地牢牢地镌刻在我们心间！我们这些有幸被录取走进大学校门的学子，实在是时代的幸运儿。

1977年恢复高考，是我在农村插队的第三个年头。这一年10月21日，广播里传来高考招生的新闻，这消息如春雷在全国引起轩然大波，人们奔走相告，学子们摩拳擦掌。十届学生一堂会考，颇有“忽如一夜春风来，千树万树梨花开”之势。那一年，考生中最小的十几岁，最大的三十几岁。内蒙古自治区的高考日期在12月9日、10日。正值隆冬季节，天寒地冻，这也是恢复高考以来唯一一次在冬季举行的考试，但考生们却个个充满热情，如沐春风，这个冬天被人们称为“温暖的冬天”。虽然时过四十多年，但追忆那激情燃烧的岁月，许多情节仍历历在目，记忆犹新。

我的中学一共上了四年——初中两年，高中两年。方略既定，我便一头扎了进去，每天只恨时间少，恨不能把蹉跎掉的时光再拉回来。那时记忆力真好，也许是因为三年下乡脑子里空空如也，什么东西都装得进去。一个多月下来，居然大有成效。

1977年12月8日，我揣着母亲给我烙的饼、炸的肉酱，匆匆赶回知青点。9日，我冒着寒风急急忙忙去了考场。考场设在公社中学，是附近四个公社共用的考场。我走进寒气逼人的教室，看见教室非常简陋，桌椅

1979 年 3 月在邯郸实习时合影（后排左一为作者）

破旧不堪。教室里炉火刚刚点起，屋内充满呛人的烟气。9 日上午语文、下午史地，10 日上午政治、下午数学。印象最深的是第一堂考试“语文”的一篇作文。1977 年的高考是由各省自行命题，作文题目各不相同，但总体上看大同小异，大多是紧跟当时形势，具有时代性、鼓动性。内蒙古自治区的作文题目是《在红旗下》，而这个作文题无论在当时还是现在来看，都极有意义。首先要把这篇作文的题目理解为“生在新中国，长在红旗下”，有了这样一个扩展的理解，这篇作文就不难写了。只听得笔尖在纸上刷刷地滑动，不知不觉就写了几大张纸。监考老师在我身边驻足看卷良久，时而向我点头微笑。语文考试特别是作文让我感到很满意，很有成就感。因而后来总有一种挥之不去的“红旗情结”，每每回想起高考作文那一幕，依然在心里百感交集，恍然若梦，就仿佛看到高高飘扬的五星红旗，总会怦然心动。

现在想来，我之所以能够在竞争激烈的当年高考榜上有名，得益于我的语文、政治、史地三科成绩；数学成绩最差，只考了 3 分，令人汗颜。记得考场上大多数考生没有答好，不少考生在考场上急得抓耳挠腮，有的干脆趴在考桌上闭目养神，试卷上没写几个字，还有的甚至交了白卷。

全县拿到本科录取通知书的只有十几个人，我们公社那个考场只有我一个考上了大学，还有四个人考上了中专。当年高考填报志愿的一刻，我仍然依稀记得。刚刚恢复高考，全国各地的高校并不很多，可供文科考生选择的专业少之又少，学校既不能离家太远，又想着读中文专业，最后选报了三个院系：内蒙古大学中文系、辽宁大学中文系、河北大学中文系。

也许是命里注定，最终被第三志愿录取。

1978年春节前的一天，邮递员送来了录取通知书。当我看到那印着“河北大学”字样信封的一刹那，我知道，我的愿望变成了现实。那一年的春节，母亲在多年的压抑后终于开心地笑了。

对于河北大学的校址在保定，填报志愿时真是一无所知。在那个年代，人们的关注点和追求其实很简单，只要比当下生活得好就是最大的满足。对保定的认知，最多的还是从经典影片《野火春风斗古城》中得来的，对电影中的西大街、大慈阁、钟楼都有印象。此外还知道保定在清代是直隶总督署所在地，另外在民国初年还有一个著名的保定军校。而今天的保定又是一个怎样的城市？课堂上谆谆教导的老师们是怎样的容颜风采？即将同窗四年的同学们是何样的青春面庞？我憧憬着，心里充满了期待和遐想。

临去上大学的前一天，我特意骑车又去看了黄河。3月中旬正是黄河开河季节，黄河在春风中苏醒，冰河乍裂，春潮涌动，浑黄的河水裹挟着白色冰块滚滚东流，上游漂浮下来的流凌，似朵朵盛开的雪莲花，重重叠叠，相拥相撞，时而发出“咔咔”的响声，时而又旋转着向下游漂去。翌日，晴空万里，阳光明媚，我踏上东去的列车，田野间的残雪正在消融。春天，真的来了。

人生无尽头

/ 郭瑞敏

作者简介：郭瑞敏，1953年生于河北赞皇。1982年毕业于河北大学中文系。毕业后到石家庄地（市）委机关工作，曾任宣传部新闻科副科长、机关工委办公室副主任等职。1995年辞职，专心打造人体生命健康文化，目前正在著述《幸福十相》。

从同学们神采飞扬的征文里看到了1977级天之骄子皆如黄金闪闪发光。正是四十四年前那样一个历史性的高考，让我们走进了河北大学，结下了终身之缘。回忆是人生的总结，也是美好的享受，我的回忆就从那个山村开始吧。

一、山村小学

1953年秋天，我出生在太行山脚下一个名副其实的小山村里。上小学一年级时，老师教唱《学习雷锋好榜样》，老师刚教唱两遍，我就能不走调地唱下来，老师教了好几遍还是有学生唱走调，老师干脆就让我走到讲台教同学们。

从此老师对我喜欢有加，就让我到学校里跟他住在一起，还给我起了现在的名字。

小学前四年是在村里上的，五年级和六年级需要到公社所在地严华寺村。我每天必须走五里山路才到校。

山村里的父母都觉得孩子长大了就该下地干活儿挣工分，上学读书是一种浪费。唯独我的父亲与众不同，他对我们弟兄说："你们谁有本事，只管上，上多高我都供。"

每天早饭后，带上一顿干粮做午饭，下午放学后回家。虽然只有5里地，却是山路，为了减少走路时的寂寞，我就用铁丝钩推着一个水桶轱辘，一路小跑到学校。

1966年，小学毕业了，顺利参加升初中的考试，但考试结果久无音信。原来是轰轰烈烈的"文化大革命"开始了。我只有在家待命。不知道过了多少天，终于收到了赞皇县中学的录取通知书，但是没有入学时间。

小山村里也分为两派，村里临街的墙上每天都有更新的大字报。我算是村里有文化的人，两派头头都来找我写大字报。他们拿着报纸和墨汁，把内容说给我，我就奋力挥毫只当练毛笔字。后来才知道，我父亲和村支书不是一派。

一边斗争一边还是要下地干活儿，因为年龄小，队长给我派了最轻松的看山坡的活儿。每天需要在山坡山洼山岭里巡逻，看着树苗不要被人破坏或被羊吃。常常，好半天山坡上都没有一个人，我从此山头转悠到彼山头，丽日蓝天，群岭连绵，鸟语花香，夏天的树凉下，跟下地干活儿实在不能相提并论。虽说是读书学习的黄金年龄，却与浩瀚的天地做伴，与山岭为伍。

夜晚看羊是轮流制，最恐怖的是羊群会夜里炸群而疯狂奔跑，甚至可能螺旋地拧在一起，堆起老高。庆幸我看羊多次，没有遇到过那样的场面。每次看羊时，我都会望着满天星星背《孙子兵法》，羊群似乎就是我的兵。夜晚的星空下遐想人生是最有诗情画意的，可惜，四周的夜色却让人恐怖。

一年后，我收到了赞皇中学的开学通知书，立刻准备好行李，按时到赞皇中学第六排报到。

四十天后，县中学被下放到公社去办，公社还没有筹办，又下放到村

陪石家庄市的朋友在老家山村观光（左二为作者）

里办。由于西郭家庄村里只有我一个学生，我无法上学，只好又回到生产队。

二、工地惊魂

此时，正赶上赞皇县修建两大工程——一个是白草坪水库，一个是黄沙岭公路。当时我十七岁，不够整劳力，但可以替父外出。

黄沙岭公路是河北省赞皇县到山西省的一条重要公路，从大山上经过。工程量非常大，需要炸平好多山头，我去时已经是炸平山头后的清理工作。听前面炸山的人说，曾经有一块碗口大的石头，在爆破中直冲着住人窝棚砸下来，砸中了正做着饭的锅，幸好没有伤到人。

大山里的工地上是清一色的男劳力，白天在山上工地干活儿，晚上到山洼处的草棚里吃饭睡觉，周围除了大山就是蓝天。

从春天干到秋天又到冬天，东南风像钢针般吹来，不料又下起了大雪，道路被封，粮食和蔬菜无法运送到工地，连续十七天，吃的是棒子面，喝的是棒子粥，连咸菜都没有。终于，身体坚持不住了，大家只好打起铺盖卷回家。踏着深深的积雪，三步一滑、五步一跌地从早晨走到晚上，终于到家了，谁也记不清摔了多少个跟头。

修白草坪水库依旧很辛苦，但工地上大家干得热火朝天、欢天喜地。因为盟哥来了，还有同村的很多男女青年。年轻人很快达成默契，完成任务就去玩。我们的目标是去河里炸鱼——爆破土方的人负责弄炸药。

几天后的一个下午，几个年轻人收工后带上炸药朝河边溜去。我们沿着河道一路向下，发现一个地方水很深，估摸里边有鱼，于是就把炸药包包好，点燃了导火索，用力投向水中央。

我们想炸药包一定会沉下去，然后静等着捞鱼，没想到炸药包不但没有沉下去，竟然在水面上被导火索催得旋转起来，大家顿时傻了眼，拼命地四散奔跑。忽然砰的一声巨响，水柱冲上天空几十米高。大家惊魂既定，开怀大笑，再去水边看看，一条鱼也没有。

指挥部没有忘记给民工们放电影。邻村的一位姑娘竟然对我产生了好感，夜色朦胧、灯光依稀的放映现场，她就坐在我的前排。当电影演到大家全神贯注时，她悄悄地靠近我。我那时只有一颗红心，没有两手准备，对于这突如其来的意外没有一点准备，只好赶快躲开。我的人生都在拉土方，岂可再搭一个拉土方的姑娘？

两个月后，我被选到了开爬坡机岗位上，位置在南山头上的一台。水库大坝越筑越高，拉车人将装满土的双轮车，拉到爬坡机的钢丝绳下，有专门人员把车子的挂钩挂到钢丝绳上，随着爬坡机开动，一辆又一辆装满土的双轮车被钢丝绳缓缓地拉到坝顶，真是一幅人定胜天的历史画卷。

装土的双轮车被拉到坝上之后，还需要专人把挂钩摘下来，再由拉车人拉到指定的地方。这本是一个简单而繁重的协调合作。忽然间，我村一个留长发的拉车姑娘，当摘钩人摘下挂钩的那一刻，她的一缕头发被挂在了钢丝绳上。随着钢丝绳旋转牵引，她被慢慢地吊离地面，所有人都一片惊慌，眼看着就要被卷进机器，她惊恐万分中一阵挣扎掉到地上，那一缕头发带着一块毛皮，被卷进了机器里。

没过几天，同样的悲剧再次发生。这次是一个二十多岁的小伙子，他是一个专职的摘钩员。为了防止手被扎伤，摘钩员都是戴着劳动布的手套，一手摘钩，一手扶住钢丝绳。当小伙子一手把双轮车摘下来后，不承想扶住钢丝绳的另一只手随着钢丝绳的旋转被吊了起来，而且开始离开地面。惊恐中，大家手足无措、目瞪口呆，还没有反应过来，那个小伙子被无情地卷进了爬坡机。整个大坝工地一片轰动，人们放下活计，一齐围向出事的爬坡机。

我茫然地坐在我开的爬坡机旁，远远看着那大坝上人山人海，仰望着无言的大坝发呆。

三、老师上门

我的一位小学老师叫阎金豹，他给我留下了非常好的印象。不用说我给他的印象也不错。小学毕业后好几年，我不知道他在哪里。可是，有一天，他忽然来到我家说："咱们公社成立了高中，我当了校长，你去上学吧。"

我顿时惊呆了："这可能吗？"

因为初中下放到各村去办，我们村只有我一个学生，无法上初中，我就一直在劳动。

阎老师和蔼可亲地说："以你的聪明，抓紧时间补课，顶多半年你就能跟上了。"

父母亲很支持我去上学，当然我更是求之不得，于是立刻同意，开始了高中课程。老实说，我完全听不懂老师的讲课，比如数学课上的"＋"说是正，"－"是负，正负相加等于零。过去的小学课本里完全没有这概念，"＋"就是加，"－"就是减。

于是，我找同学借来初中的课本，然后让同学给我讲解，有时也去问老师。果然如阎老师所说，半年后我完全跟上了课，考试成绩也和其他同学不相上下了。又过半年，我已经成为班上的佼佼者，各科成绩都名列前茅，特别是我的作文常常被当成范文；其他课的老师也常在课堂上表扬我。

一年零十个月，我高中毕业了。再次回到村里劳动，我已经是挣 10 分的劳力了。可是，抬头看天，低头望地，家门口还有山，如果一辈子都这样生活，那可不是我的性格。全村的女孩开始“算计”我，大人们也觉得男大当婚，是应该成家过日子了。

我的一个叔叔承担了这一光荣任务，让女孩到他家里，然后叫我见面。在农村，见面就是订婚，我坚决不从，父母很是着急，情急之下我伤心地大哭，躲过了一劫。

每天下地干活儿挣工分是必须要做的事情，不得一日懈怠。幸好《孙子兵法》中的“置之死地而后生”给了我无穷的决心。田间地头的短暂休息时间，是我学习语法的课堂；麦叶飞扬的麦秸垛旁，仰望着天上的星星，常常是我记忆汉字的地方。尽管有女孩企图和我一起躺在麦秸垛上数星星，我的心海里却没有半点涟漪。

一年后，听说通过文化考试可以上大学，我用一个多月复习功课，考出了不错的成绩，但还需要政审。有关人员到村里调查，村支书一句“资产阶级思想严重”将我的梦想打破。其时张铁生考试时的一张白卷轰动了全国，文化课考试再次废弃。我再次被钉在了农村，日升月落，斗转星移，我天天重复着同样的辛苦。

四、绝处逢生

一天，好友耿振江送给我一份《赞皇文艺》，我认真看了上面的诗歌、小说、散文，然后情不自禁地写了第一篇诗作《公社社员》。我趁着赶集到了赞皇文化馆，想见一下主编韩振堂，结果到了文化馆的院子里，也看到了编辑部的牌子，却没敢走进去，因为我不知道我写的算不算诗。转了一圈，买个信封塞进了文化馆门口的邮筒里。

我怀着忐忑的心情回村继续劳动，没承想几天后那篇诗作发表在《赞皇文艺》上。很快我就接到韩振堂老师的信，让我去面见。从那以后一发不可收，我发表了很多诗作，还创作了一个戏曲剧本《方向盘》，剧本排成节目参加了河北省的文艺会演，一时间我成了赞皇县小有名气的作家。

没有多久，县委宣传部、严华寺公社、赞皇县文化馆三家都通知我去工作，这是我没有想到的结果。三个地方都很好，去哪儿呢？思来想去还是选择了公社，因为公社是村的直接上级，任村支书三头六臂都无法阻挡。我问公社书记："还需要我跟支书说吗？"公社书记说："你不用管。"

于是，我到公社报到。一天公社开会，村支书见我也在食堂吃饭，瞪着两眼问我："你怎么在这里？"我说："我在公社上班"。他顿时无语，脸色难看。

很快，我的新闻报道工作得到了公社书记的赞扬，因为石家庄地委机关报《建设日报》连续不断地发表了我写的新闻稿，其中还有个整版关于书记的专访。书记对我青睐有加。

那时每个公社每年都有一个大学生保送名额。我跟公社书记说："我想去上大学。"书记说："你刚来没多久，干一年再走吧，这简单，每年都有指标。"

出于书记的知遇之恩，我答应他再干一年。

五、情意深重

再过两个月就是一年了，大学指标应该很快会下来。可是就在这个时候，严金豹老师来找我，他说："韩振堂被《诗刊》借调走了，《赞皇文艺》没有人编，你到文化馆工作吧！"

有点突如其来，如果不是等着大学指标，我想立刻就去文化馆。我说："恐怕书记不会放我走的。"他说："只要你愿意，其他工作我来做。"

于是，我到县文化馆开始做《赞皇文艺》的编辑工作。在恩师身边，做喜欢的工作，自然舒心。很快，保送上大学开始了。我对恩师直言："我想上大学。"他说："教育局每年都有指标，文化馆是教育局直属单位，这很简单，干一年再走也不迟。”

我想想也是，便不假思索地答应了。《赞皇文艺》报虽小，但也是练就文章的阵地。武装部长的女儿天天到文化馆来玩，居然还给我洗起了衣服。可惜，我没有悟性，根本不明白女孩给我洗衣服的含义。

很快就要一年了，我期待着大学名额。可是，韩振堂从《诗刊》回来了，他轻车熟路，又是我的启蒙老师，俩人编稿，自然更是开心不已，无话不谈。

有一天恩师叫我到他办公室，非常严肃地说：“教育局长看到两个人编《赞皇文艺》，认为浪费人才。高中非常需要语文老师，他决定调你到阳泽中学任教。我已经顶不住了，你可以跟他儿子谈谈，最好不去。”他知道我和局长儿子很要好。我说：“既然如此，那就不用谈了，去吧。”

于是我到阳泽中学报到，教语文和政治课。我比学生只大两岁，而且是高中毕业教高中，连我自己都觉得荒唐。可是，学生们很认可，县教育局长也来听课，听完给了我很高评价。

我对教育局长说：“我想上大学。”

局长很吃惊地说：“以你的水平，根本不用再去上大学，干一年给你办转干（那时老师是干部待遇）。”

他见我没有答应，接着说：“如果你真想去上大学，教育局每年都有指标，到时候给你一个就可以了。”

我非常感谢教育局长。此时，村里突然想让我回村当村支书，我坚决拒绝了。

阳泽中学的老师们相处非常和谐，吃饭时蹲在地上，每个人都尽情地讲着笑话。操场上我们比赛篮球，没有课的时候，在办公室里大声唱歌。

学生们几乎和我成了朋友，都想在星期天让我到他们家里去做客。如果不是还有梦想，我觉得当人民教师挺好。

六、迎接高考

1977年恢复高考的消息，像一个春雷响在中国大地，多少人欢天喜地，欢呼雀跃，再也不用求保送上大学了，你只要有能力，尽可以在考场上见高低。

阳泽中学4个高三班共分配了8名参考名额，由我和另外的数学、物理两位老师带领他们迎考。8名学生自然是全校最优秀的学生，关键是从准备到考试只有四十天时间。

高考大纲出来了，那是高考题的范围和提纲。照实说，5门课程那么多的考试题，要在四十天复习准备好，几乎是不可能的。我真想请假休课专门复习。可是，谁来代替我的教学和带那8名高考生？我们3个带考的老师谁也没有给校长出难题，火速分工开始准备。我负责政治、语文、历史、地理大纲。学校正常课程也不能耽误。

那真像一场战斗，我按照大纲夜以继日地搞出了4门课程的复习题和一篇作文交给8名学生去参考。当然，我自己也没有懈怠，只可惜没能顾上数学题的验算。

高考开始了，我们11名高考生骑着自行车，从阳泽中学充满信心地奔向县城考场。我被安排在考场的最后一排，同桌是东阳泽中学的一位老师。开考前，他悄悄对我说："你尽管放心，咱们可以互相参考，主考和监考都有人打了招呼。"继而问之才明白，他是个颇有背景的考生。

除数学卷之外，其他课程的考试我感觉几乎完美无憾，似乎都在我准备的范围之内。只有数学题看着很熟，却没能将题答完。

我没想去沾同桌的光，他却把我的卷子拿过去大胆"参考"。我并不甘心被他一"参"到底，最后一门是史地，我留下两道大题共40分说不会做，我看着手表上的时间，待最后10分钟蹭蹭写完就交卷。

走出考场后，大家集合在一起，学生们都惊喜不已，觉得自己没有答错题。我们3个老师都担心自己没考好；如果学生录取了，我们怎么办？

忽然一天上午，校园里响起了投递员的自行车铃声。平时投递员是不响铃的，今天一进门铃声响个不停，还大声喊着："高考录取通知书。"

"谁的？"有人大声问。

"郭瑞敏。"投递员的声音更大。

偏偏正是课间，很多学生和老师都拥到院子里。我接过通知书，不敢相信这是真的。

第二个通知书是数学老师的，物理老师和 8 名学生一直没有等到通知书。那位高考同桌进入初选却没有被录取，后来听说转干成了正式教师。

1996 年九华山上学挑夫

后面的故事大家都熟知，我们被赋予了一个年代的名称：1977 级。再后来，工作后的故事更生动，人生的感悟更深刻，但文章已经太长，且待日后分解。

2022 年 6 月 10 日于赞皇西郭

大学前传：我的石油工人梦和艺考路

/ 侯明古

作者简介：侯明古，1955年10月生，籍贯河南，生于甘肃，长于河北沧州。1975年到沧州郊区顾官屯村插队。1978年3月就读河北大学中文系。1982年毕业后被分配到河北水利专科学校（沧州），当年就读新闻专业硕士研究生。1985年研究生毕业后从事电视新闻采编工作，长期专注国际报道。高级编辑职称。

我是1977级考生中为数不多两进考场的。当年填志愿时，第一志愿是河北大学中文系，接下来实在不知道该报什么。当时，我正在河北沧州顾官屯农户的围墙上刷“农业学大寨”之类的标语。一时兴起，第二志愿就填了中央美院，当时还叫中央五七艺术大学美术学院。第三志愿报的什么，忘了。

我对报头图案和美术字的兴趣始于1966年。当时油印小报满天飞，绝大多数朴实无华，偶有一张带美术字标题或题图的，我就会反复揣摩鉴赏。哥哥有一本《报头图案集》，也被我翻得残破不堪。这项爱好一直无用武之地，直到顾官屯插队时才兑现为挣工分的技能。

“运动”狂飙突进高潮过后的1967年10月，复课“闹革命”的通知发布，不久后我进入沧州一中读初中。初中学的内容几乎忘光了，印象最深的是在沧州发电厂学工，我对给锅炉上煤的机械链斗产生了浓厚兴趣。假如生逢其时，我肯定会学理工科，用一句老话说，就是被“四人帮”

耽误了。

1970 年初中毕业离校后，我开始断断续续干临时工。从砂轮抛光到市政铺路，换过不少工种，日薪大多是一块零三分到一块一毛儿，最多能挣一块两毛五，按当年的收入水平也不算少，但不稳定。我干过最短的一份工是在沧州市政排水泵站当助手——一场暴雨前上岗，雨过天晴被辞退，只干了一天一夜，工钱按两天算。

1974 年，燃化部十三化建总部迁到沧州，承建国家引进的第一套大型化肥装置。差不多同时，任丘油田早期建设拉开序幕。沧州火车站成为两项重点工程的物资储运枢纽。

这些大事件当时我一概不知，我只知道沧州车站货场招装卸工了。

装卸的货物主要有三种：一是散货，沙子、煤炭一类用大板锹，砖用夹子；二是水泥等袋装货，上肩扛；三是钻杆、钻头、井管等钻井设备。根据重量不同，二人到八人一组，抬到固定位置码放整齐，等吊车来吊。

这是我第一次和大企业接触，眼界大开。货场供水用铁板焊的大水柜，由水罐车定时送水，气派。尽管锈味很大，但随便喝，管够。

拉散货的是新进口的平头自卸车，比大解放漂亮得多，红绿小灯唰啦啦乱闪，让人眼花缭乱。翻斗车厢不能坐人，所以跟车装卸工可以破例坐有空调的驾驶室。对一个汗流浃背的装卸工来说，那简直是帝王般的享受。有一位翻斗车司机相貌英俊，虽然不搭理装卸工，但也不像别人那样动辄训斥我们。我最喜欢跟他的车。

1974 年，全国煤炭供应吃紧，中央充分肯定开滦经验，指示“学大庆、赶开滦”。那年冬天，由于要集中运输一批煤炭，我参加驻矿装卸队，前往开滦古冶矿区，住在矿工宿舍，拉煤车来了就装车，车走了就歇着。我们还可以天天在矿里浴室洗热水澡，过了一段神仙般的日子。当时正值“学大庆、赶开滦”运动高潮，古冶矿区到处张贴着“XXX 已经在井下连续奋战 48（72）小时！”的喜报。闲来无事，我最爱干的事一是看喜报，二是隔着窗户看刚升井的矿工照惨白的太阳灯。

作者就读研究生期间在宿舍学习

从那时起，我做起了工人梦。我不奢望成为翻斗车司机，也不奢望能照上太阳灯，只要能当一名正式工人，什么工种都行。

不久来了一个机会。任丘油田在沧州招工，文化程度要求初中毕业，我够报名资格。那是我记忆中第一次体检，除了色盲图，印象最深的是体检表营养状况一栏，大夫写的是“一般”。

发榜时没我的名字。我猜测还是政审出了问题，倒也不太沮丧，只是没想到初中毕业证没有返还给我。我跑了几趟招工办，说是一直在找，还没找到。后来有人提示我，毕业证应该是被别人拿去冒名顶替了。以后几十年里，我不止一次突发奇想：假如真有这样一位冒名顶替者，而且他后来也没有改名字，说不定什么时候我们会不期而遇？

我的石油工人梦没有做成，不久装卸工的日子也结束了。1975年秋天，我到位于沧州郊区的顾官屯插队落户。当时，我手里没有任何文凭，是一个理论上的文盲。不过没有人在意这个，我仍然是“知识青年”，可以在广阔天地大有作为。

刚到顾官屯时，知青集体住房还没动工，我和另外两名沧州知青借宿在杨姓老乡家里。杨家老三锛玉米秸伤脚致残，没说上媳妇，一直跟父母一起生活，和我们三个知青挤西间的大炕。第一天夜里鸡叫头遍时，杨家的猫叼着一条鱼，顶开窗格上的猫帘，水淋淋从我身上蹿过。隔三岔五，几乎同样的时间，这只猫都会满载而归，有时是一条鱼，有时是一只老鼠。慢慢地，我也习惯了。

和装卸工相比，大多数农活儿不能算太累，只不过农忙季节早出晚归，没有固定时间，熬人。生产队没有大水柜，也没有送水车，农忙时的饮水问题，只能在地头自行解决。好在沧州盐碱地多，地下水位高，在排水渠底部用铁锹挖个一尺见方的小土井，就会慢慢渗出水来。要抓紧时间喝，否则水会很快变得又苦又咸，只能再挖一个土井。

1977 年秋后农闲时，顾官屯大队派我在村民的院墙上刷标语。这是我上大学以前干过文化含量最高的工作，其实仍是一份体力活儿，要自己筛白灰，拌红土。我在小队一天挣八分半，到大队出工不多挣，也是八分半。不同之处在于，刷标语有人看，干农活儿没有。我的主要看客是一个回乡青年，有点儿游手好闲，在村里名声不大好。这位知音不时溜达过来，有一句没一句地跟我聊天。据说他家有一册《康熙字典》，他最爱干的事情就是考我生僻字，诸如“四个火念什么？四个水念什么？”，我答不出，他很满足。我不太愿意跟他多聊，主要是担心在老乡眼里，我们俩都不像正经人。

这期间，恢复高考的消息下来了。填报志愿后不久，我收到了艺考通知，考点就在沧州市。对我来说，那次艺考严格来说不是考试，只是一次观摩。我平生头一次看见有人画石膏、画静物，头一次知道速写笔和素描笔长什么样。看着邻座一个十六七岁的小考生竖起画笔目测比例，我明白自己刚刚开始的艺术之路已经走到头了。

参加完 1977 年高考之后，我又回村里刷了几天标语。刷标语是大队的临时任务，终究还要回到小队干农活儿。尽管我的

上大学期间参加语言实习组在京实习（前排右二为作者）

退休后与刘西普同学（右）一起钓螃蟹

石油工人梦破灭了，但任丘油田的建设继续高歌猛进。1977年冬天，任丘油田通往沧州的原油管道已经铺设完成，开始输油。油管线路经过顾官屯北，大多埋在地下，跨越干渠河道时才会露出地面。为了防止低温凝固，输油管里的原油要分段加热，露出地面的一段油管就成了村民冬季取暖的好去处。休息时解开棉袄前襟趴在油管上，寒风中一股暖流浸入肚皮上的每一个细胞，那是我人生记忆中最惬意的时刻。这股暖流让我对油管远端的景象浮想联翩，在昏昏睡意中重温曾经的石油工人梦。尽管我对通过高考政审缺乏信心，但中文系录取通知书毕竟是我的最后一线希望了。

收到大学录取通知书是傍晚刚收工的时候。顾官屯距沧州市大约20华里，我徒步走回去报信。那是我常走的一条田间小路，四野无人，黑黢黢的。几十年来，父母四处奔波，历经坎坷。他们对儿女的期待，从和别人一样望子成龙，降到尽量多念点儿书，再降到尽力保住城市户口。我却没能替他们守住底线，把文凭丢了，把城市户口也丢了。如今，怀里的大学录取通知书让这些失而复得。想到这里，我如释重负，一时兴起，放声唱了起来。唱的是哪一首歌，现在已经记不起来了。

2022年6月14日

帮我跨入大学之门

/ 赵淑兰

作者简介：赵淑兰，1957年7月生，河北石家庄人。1982年3月河北大学中文系毕业后，被分配至石家庄地区粮食局工作，一年后调入河北经济日报社，任工业交通部记者、总编室主任、副总编辑。1995年12月调入中共河北省委办公厅，任调研员、处长。2003年4月任河北省人民政府信访局副局长。2010年12月，调任中共河北省委台湾事务办公室副主任、巡视员。

1977年，高中毕业两年的我回村务农了。之前的一年多时间，我在中学校办工厂镀锌车间干活儿，每个月能挣几块钱。后来，车间关闭了，我就回乡开始干农活儿。

大约9月底的一天傍晚，我正在厨房拉着风箱，忽听有个女人声音响在我家院子里，虽然风箱声很大，但我仍然听得清晰："淑兰儿在家吗？"我急忙奔了出去，竟然是我高中的班主任张生云老师！只见她拉着七八岁大的女儿的手站在我家院子里。

张老师戴一副黑框近视眼镜，高高的个子，白白的，望着我微笑。坐下来，张老师告诉我，她是走街串巷四处打听才找到我家的。全国要恢复高考了，只要是高中毕业生都可以考大学。十四中（我毕业的学校，校址就在我们村）要办个高中文化课补习班，主要针对已经高中毕业的学生们，培训3个月，12月份参加全国高考。

张老师对我说："你家境不好，窝在村里不会有好安排。上学时你数学、语文成绩还不错，补习几个月，努力考上大学，会改变你今后的命运。”张老师是“文革”前的大学生，学的是俄语专业，“文革”期间被分配到石家庄市第十四中学教书。

张老师走后，我的心里七上八下。高中毕业两年多了，眼看着村里有的同学被保送上了大学、中专，或被招录到了市里当工人，我除了羡慕就是期盼，期盼有一天也能走出农村。现在机会来了，我多么想去参加补习班，多么想去考大学！可我当时的情况是，父亲因为是抗战老兵，20世纪60年代初被遣返回乡，“文革”中又戴上“历史反革命分子”的帽子，哥哥受此牵连就没让上高中，初中毕业即回乡务农；我当然也被划入另册，称之为“可以教育好的子女”。

当晚，一家人讨论我的事。哥哥坚决反对我参加补习班，觉得补习了也不让考，考了也不会让上，没用。父亲直叹气不说话，倒是叔叔坚决支持、鼓励我去参加补习班。在叔叔的坚持下，我终于到我毕业的中学补习了近3个月的文化课。这一环，对我高考成绩至关重要。

1977年12月15日和16日，我参加了全国统一高考。那年我刚满二十岁，头脑十分简单，觉得考完就完了，非常轻松。这期间，大队干部找到我，问我愿不愿意去当技术员或是民办教师——我当然愿意，那时如能当上一名民办教师也挺好的呀！那些天，我心里美滋滋地等消息，在生产队干活儿也更加积极起来。

有一天，我正提着糨糊筒挨家逐户贴宣传单，一位在村里下乡的女知青急匆匆地找到我，见面就说：“终于找到你了赵淑兰，你的高考有消息了，但政审遇到了麻烦，你父亲的历史问题，你没有如实填写。招录组来电话让你马上说明情况并就此写出思想认识。”听罢，我一下子慌了，果真来了麻烦。当时填写家庭成员和社会关系情况表时，有一栏是“有无政历问题”“程度如何”。因为我吃不准怎么填，就空白着没填。招生组政审时打电话到大队了解我的家庭情况，村里便将审问我父亲的记录材料全部介绍给了招生组，于是招生组又让找到我本人了解情况。

女知青看我十分惊慌，不知所措，就安慰我说：“你不要紧张，我陪着你先写明情况。”

于是，就在我贴宣传单的农户家里，女知青帮我找了纸和笔，就地写了起来。她一句一句帮我措辞，对父亲的历史问题谈了思想认识，表示坚决划清界限。写完，已经是下午 3 点多了，女知青说：“这么远的路，我陪你去送吧！”

我的家住在城市郊区的西部，距离市中心近二十公里，我俩骑着自行车走了一个多小时，将材料送到了石家庄市第二招待所。见了招生老师，这位女知青帮我说了很多好话。老师收了材料，说道：“回去等着吧！”说来惭愧，女知青陪了我一天，跑了这么远的路，我到最后还不知道她叫啥！

政审能不能过关？等待的日子是煎熬的。那段时间对我来说特别漫长，每天早上醒来，心里都在敲小鼓，担心自己因为出身问题被刷下来。

1978 年的开春，一天上午，我正在田里给小麦浇返青水，只听村里高音喇叭喊：“赵淑兰，到大队部接电话！”“赵淑兰，到大队部接电话！”

莫非是考上大学了？我浑身打了个激灵，带着一裤角泥巴狂奔到大队部。等待我的没有电话，也没有录取通知书，却见黑板上写着一行字：“赵淑兰到石家庄市第二招待所去取录取通知书”。我立即跨上自行车，骑行一小时后赶到石家庄市第二招待所。

负责招生的河北大学中文系孟蓝天老师接待了我。孟老师告诉我，鉴于我的政审情况特殊，为防出岔子，决定让本人亲自来取通知书。原来，是孟老师力排众议坚持录取我，又怕中间环节再节外生枝，要盯着把通知书交到我手上才放心。要知道，在那个特殊的年代，我的父亲还戴着“历史反革命”的帽子，我一个“可以教育好的子女”，虽然参加了高考，但我的家人、周围的乡亲、学校的老师都担心我这样的身份即使分数够也不会被录取，村干部更是认为不可能让我去上大学，是孟老师担着风险，顶着压力，说服了招生组的其他成员，录取了我。

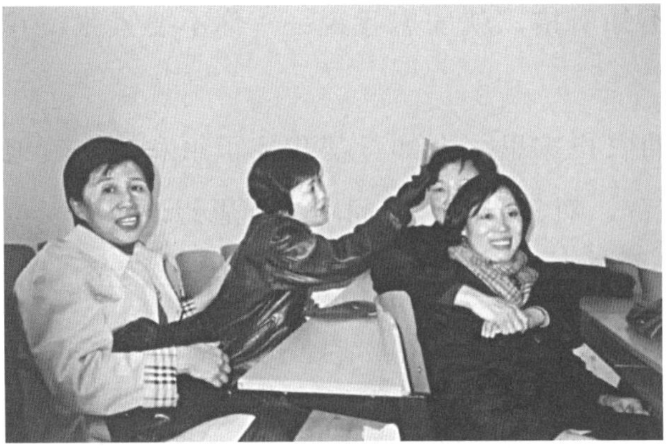

重返教室——入学十周年纪念聚会（左一为作者）

孟老师将装有通知书的信封递到我手里。我不知所措，低着头，不敢看老师，双手紧紧地捏着信封。孟老师说：“你打开看看吧！像你这种情况太不容易了！”

我双手颤抖着打开信封，打开河北大学的录取通知书，打开了那张通往未来的“通行证”，瞬间泪眼模糊。

回家的路上，我一手扶着自行车把，一手摸着兜里的录取通知书，别提有多开心了！

初春的田野，依然寒风料峭，但路边的树木已经萌芽，露出似有似无的蓓蕾；远处的麦田里，蛰伏了一冬的小麦已经返青，不久就会“起身”、拔节、扬花、秀穗……我清晰地意识到，改变自己命运的机会终于来了！

后面的日子过得飞快。1978 年 3 月 17 日，我背负着行囊和老师的希冀，来到保定的河北大学报到。选择河北大学中文系为第一志愿，还是张生云老师帮我拿的主意，高考过后我并没有做好上大学的思想准备，填报志愿时也搞不清该报哪所学校。看我犹豫不决，张老师一锤定音：就报河北大学中文系。一句话使我终生与河北大学联系在一起。上学四年的每个假期，我回家后的第一件事就是去看望张生云老师，向她汇报学习情况。这种联系一直保持到参加工作之后的十几年。

在河北大学，我又见到了孟蓝天老师。那是一个上完课的傍晚，我特意到他家里拜访。孟老师热情接待了我，嘱咐我上大学的机会来之不易，一定要好好学习，以后前程远大……那一席话深深刻印在我的脑海里，激励着我的学习生涯。他永远是我尊敬、怀念的老师，因为是他担着风险、排除万难，把我领进了大学之门。

那个带我送政审材料的漂亮女知青，后来一直未能见到。我毕业后多次寻找，打听到她已经回城，被安排在华北制药厂当工人。我做新闻时利用采访之便试图找到她，可要从上万人中寻找一个叫不上名字的女工，无异于大海捞针，几番努力无果。但她时不时出现在我的梦境里：瘦高个，梳俩小辫儿，俊俏脸庞，见人带着浅浅笑意，推着自行车在向我招手……

如今，我从河北大学中文系毕业已经四十年了。毕业后，我先是被分配到石家庄地区粮食局，一年后调入河北经济日报社做编辑、记者、部主任、副总编辑，从事新闻工作十几年后又奉调进入党政机关当公务员。伴着时代前行，一路走来，兢兢业业，风景无限；半生时光，甜酸苦辣，五味杂陈。很多往事已随时间推移模糊淡忘，唯有入学之前的这段经历让我始终铭记于心。

张生云老师、漂亮的不知名女知青、孟蓝天老师，这三位恩人帮我跨进了大学之门。他们是我最早遇到的贵人！我会永远记着他们，永远想念他们！

2022 年 5 月 7 日

1979 年赴《河北日报》实习小组合影（中排左一为作者）

回忆与随想

/ 李顺刚

作者简介：李顺刚，1958 年 10 月生于石家庄，河北宁晋人。1982 年 3 月毕业于河北大学中文系，留校任教。1994 年 1 月赴日留学，2003 年 3 月于日本东北大学大学院中国思想中国哲学专业博士后期课程毕业。2003 年至今，在中国传媒大学任教。曾任日本北陆大学孔子学院和工学院大学孔子学院副院长，日本工学院大学基础部门特任教授。现为中国传媒大学教授、教育部银龄教师，任职于西昌学院文化传媒学院。

时光荏苒，白驹过隙。一转眼的工夫，大学毕业已经四十年了。今年年初，一部分老同学在海南聚会，发起了毕业四十周年的征文活动，呼吁大家用笔记录一下自己走过的足迹。我们这一代人，亲历了“文革”岁月和改革开放，我本人又随着时代大潮，在 20 世纪 90 年代走出国门，留学国外，一路走来，确实有很多值得记录下来的东西。

中学时代

我是在“大跃进”的年代里出生于石家庄的，我的同学里，很多人的名字叫“跃进”，一个班里就有两个——张跃进和李跃进。我父亲的单位是石家庄国棉七厂，简称“棉七”。棉七是石家庄历史上最早的几个大厂之一。1922 年 2 月，由湖北人投资的大兴纱厂在石家庄破土建厂，当年 10 月 5 日开工投产。冀中南是产棉重镇，石家庄处于交通要道，正好是京汉与正太两条铁路交会处。原材料与交通的双重便利，使得大兴纱厂具备了相当的竞争优势，从此，石家庄迎来了近代纺织业蓬勃向上的一个时代。经过20世纪50年代的公私合营，大兴纱厂先后改名为大兴纺织厂、石家庄色织厂和国棉七厂，成为一个有着4000多名职工的大型国企。当时的棉七有自己的发电厂，高大的烟筒在京广线的火车上就能看到。厂区是典型的包豪斯式的厂房，家属宿舍区既有上海风格的老工房，又有苏联式的新工房，还有两条独门独院的街区，分别称为北大兴和南大兴，居住着厂一级和科室一级的管理人员。我家住在南大兴，一个院子里住着三户人家。20世纪70年代全国五项运动会的时候，在棉七俱乐部的一旁，还建设了有高大露天看台的专业篮球场，是当时篮球比赛的正式场地。当年石家庄像点样子的体育场馆，除了中山路篮球场就是棉七篮球场了。这大概因为棉七是老企业，而且棉七男篮是市里的一支强队吧。棉七有自己的医院、礼堂和子弟学校。棉七子弟学校当时有几栋苏式教学楼，我的小学和中学就是在这里度过的。

我上小学的时候，正好赶上“文化大革命”。我父亲是棉七的一位中层干部，只是因为资格老（20世纪30年代进厂工作，解放石家庄之前入党，曾参与组织抢救保护工厂机器，使之完整交给人民政府，20世纪50年代多次获市级劳动模范的荣誉），就受到了造反派的质疑和批斗，被关进了棉七的单身宿舍楼。一天放学后，远远就看见我家门口挤满了人，两边贴满了打倒我父亲的标语和大字报，院子里还传出了一阵阵口号声。看到这一阵势，我就不敢回家了。当天我就去了市里休门村我小叔的家躲避，到了晚上，才由一个堂哥送我回家。某位作家说过，时代的一粒灰，落到个人身上就是一座山。应该说，比起历次政治运动中被下放被戴帽子的人家来说，我们一家还是幸运的。我父亲几年之后就落实政策，恢复了工作，补发了工资。大时代里波及地方城市的政治波澜，会让人一夜之间变得老成起来。除了这些之外，在一个少年的眼里，那个年代也是有趣的。现在回忆起来，那时的小学课堂很热闹，常常集中收听最高指示，然后就是参加全市大会，观看大会庆祝游行。因为从一个胜利走向另一个胜利，所以经常有庆祝游行。每次参加这样的活动，同学们都是兴致盎然。直到今天，每当看到长长的红旗队伍走过来，我还会很激动。多年之后，听到一位法国人说，个人是微不足道的，只有加入一个群体，才会有无穷的力量。由于人多势众，个人会产生一种幻觉，感到自己力大无穷，不可战胜，好像没有什么事情是办不到的。

虽然在小学的课堂上政治话题占了主导的位置，但是，从最早的到街上抢传单，到看大字报看小人书，连蒙带猜，也学习到了不少东西。上了初中之后，开始翻看家里仅有的图书和借来传阅的小说。鲁迅的杂文和法捷耶夫的《毁灭》，最早就是从我哥哥那里看到的。说实话，当时懵懵懂懂，根本看不懂。尤其是《毁灭》，觉得这样一部写革命者失败的作品有什么好看的呢。

《毁灭》是法捷耶夫于 1927 年创作的。小说生动再现了 1919 年远东地区一支游击队的斗争生活。共产党员莱奋生率领游击队与日军和白军浴血奋战，因为寡不敌众，几乎全军覆没，幸存的 19 名战士临危不惧，终于杀出了重围。这部小说把复杂的社会生活描写得十分真实、深刻。鲁迅曾肯定小说对于游击队“渐濒危境时候的描写”，认为“当革命进行时，这种情形是要有的，因为倘若一切都四平八稳，势如破竹，便无所谓革命，无所谓战斗。……革命有血，有污秽，但有婴孩。这溃灭正是新生之前的一滴血，是实际战斗者献给现代人们的大教训。……所以只要有新生的婴孩，溃灭便是新生的一部分”。我对《毁灭》的理解，是在上了大学之后才得以完成的。“革命有血，有污秽，但有婴孩”这句话，作为对文学创作与现实生活复杂关系的理解，后来写进了我在河北大学一次青年教师教学经验交流会的发言里。文学是生活的一面镜子，切忌把生活简单化、概念化和娱乐化。现在看来，即便是这样的理解也过于书生气了。革命是一场前无古人的伟大事业，描写这样的事业，应该充满革命的浪漫主义，宜粗不宜细，不应该过多纠缠其中的艰辛和曲折，要给人以勇气和力量。《毁灭》这样的作品，也就是革命初期的苏联才会出现。

到了 20 世纪 70 年代中后期，一些文学名著可以在私下传阅了，中国四大名著和外国的《斯巴达克斯》《神秘岛》《格兰特船长的儿女》等，都是在这个时期读到的。除了课外阅读，一年几次的下乡劳动，中学的学习生活还是很充实的，留下了单纯明朗的印象。当时大型国企的附属子弟学校的师资是很不错的，都是非常敬业的老师，我有幸在课堂上得到了系统的学习。我高中上了半年就插队下乡了，1977 年高考的时候敢于上考场，全凭在初中打下的良好基础。记忆中对我影响很大的老师有这样几位：教数学的曹瑞菊老师，既是我当年的班主任，又是一直督促我不要放弃学习的恩师，1977 年高考，我数学虽然只考了 35 分，现在看起来很可怜，但在曹老师的辅导下，这已经是最好的成绩了；政治老师谢培俊，有着颀长的身材和滔滔不绝的口才，记得 1974 年的秋天，我们去获鹿县寺庄公社岗上大队劳动，在田间地头，谢老师戏仿毛主席《十六字令三首》，借景抒情，描绘了我们劳动的场景，得益于谢老师的辅导，我高考政治考了 90 多分；语文老师孙树强，潇洒帅气，写一手龙飞凤舞的好板书，善于用排比句总结课文的主题思想和写作特点。其他还有化学老师吴坤生，一位文质彬彬的白面书生；美术老师霍根仲，毕业于天津艺术学院，记得当时的他正在创作油画《毛主席和纺织工人在一起》；书法老师兼图书室主任的王仰之老师，经常把我叫去抄写图书卡片，印象最深的是《路德维希·费尔巴哈和德国古典哲学的终结》，书虽然读不懂，但是费尔巴哈这样的名字已经足以让一个中学生肃然起敬了，后来我能记住欧洲那些拗口的人名和地名，完全得益于在图书室抄写卡片时的功底。依赖中学时代和后来当民办教师打下的基础，高考语文和史地都考了 65 分左右，平均下来四科成绩过了及格线，这才敲开了河北大学的大门。

现在的棉七厂区由于地处市中心，工厂早就搬迁了。父辈的一代人大多已经不在，回到老宿舍区，物是人非。原来的地皮被卖掉，盖了高层商品房，砖混的家属区老旧，子弟学校大门紧闭，里面长满了荒草。有时候回石家庄路过母校，常常不由自主地驻足往里张望一下。这让我想起了日本的一部电影《学校的怪谈》：乡下被废弃的校园里，来了几个放假回老家的孩子，无意中走进校舍，于是就有了一个穿越时空的故事。

三年知青

1975 年 4 月初的一天早上，我等候在石家庄省二院西面的石岗公路边，带着行李坐上了一辆卡车，从这一天开始，我成为一名知青。去的地方是石家庄市郊区赵陵铺公社前太保大队。前太保村位于石家庄市郊北部，北隔石津渠总干渠（北渠）与后太保西望，西隔总干渠（南渠）与田家庄相望，东南方向邻接赵三街大队的姚家庄。该村名称，据后太保现存明弘治元年（1488）《重修圣佛寺碑记》为“南太堡庄”，清康熙四十七年（1708）《重修毗卢寺碑记》即为“前太保”。该村原属正定，后属获鹿，20 世纪 50 年代后期划归石家庄市郊区。

我们这一批知青，开始时一共有三男三女，都来自石家庄市，后来陆续来了 11 个知青，共计 17 人。下了汽车，大队的书记和大队长都在等着我们。为了欢迎我们，中午特意请我们吃了猪肉粉条菜和炸馃子，肚子吃饱了，忐忑不安的心情也就和缓了许多。安顿好行李，我和一起来的知青耿永林，从村后爬上石津渠总干渠的大堤，眼前绿得发蓝的河水缓缓流过。初春的天气，远处是灰色的村落和泛着绿色的大地。“要在这里待上几年了。”我心里这样想着。这个村里有周、黄、许、敦四大姓，分两个小队。我在一队，队长叫敦常，简称“常”；副队长叫周花，都称他“花”。在铁凝的小说里，印象中有些农村人物的名字也都是一个字，大概石家庄、保定这一带都是这样称呼的。常话语不多，花却是一个饶舌的中年汉子，长脸大嘴。他经常在我们知青和村里的妇女面前讲一些荤面素底的谜语，让我们去猜，搞得我们面红耳赤，一副窘态。早晨要出早工，睡眼惺忪去地里干活儿，到了早晨六点半，村里的大喇叭会准时播出中央人民广播电台的《新闻和报纸摘要》节目。

1977 年春节知青合影留念（后排左二为作者）

直到今天，我记忆尤深的新闻是这样一句标题：《我国今年早稻又获丰收》。这句话后来在早晨的火车上、在跑步锻炼的校园里无数次地听到过。那个时候虽然不知道什么叫岁月静好，但是每当我听到新闻里类似的播报，都有一种踏踏实实的安全感和幸福感。

知青点里的团员不多，又看我带来了几本书，村支书周树芹便指名我负责知青点的学习。每周有一个下午，我们可以带工分学习，村里的人都羡慕我们不用干活儿。春天到了，麦地里要浇水，我们知青干不了复杂的农活儿，经常派去浇地。白天浇地还好说，那个年代因为用电紧张，只有到了晚上才来电，所以浇地往往安排在晚上。春寒料峭，晚上出门披上棉袄，带上铁锨去地里。夜里的村外，有时候月明星稀，有时候漆黑一片。站在地里等着水过来，四周黑黝黝的，只有远处的公路上偶尔会有拖拉机的灯光，一闪一闪的，响着突突的声音就过去了。到了半夜，越走越远，水头子迟迟过不来，干脆就裹着棉袄躺在水沟里打个盹，直到水淹到了裤子。

1975年的中国，报纸上正在批判资产阶级法权，在毛主席的指示下，评《水浒传》批宋江投降派的活动正在全国基层轰轰烈烈地展开。从这个时候开始，公社便经常从各个大队抽调能写能画的人集中到公社，应付各种宣传。我也被抽了过去，集中一段时间出一出宣传栏，然后再回大队干活儿。其实，中学美术课学的那一点东西，也就是画画简单的宣传画而已，没想到由于这个缘故，年底的时候，村里剧团要排练丝弦，我又被拉去画布景。就这样，一年下来，断断续续，没干多少农活儿。第二年，大队又安排我去村里的小学校当了民办教师，一干就是两年。现在看来，我能考上大学，除了中学打下的基础，在村里当民办教师的历练也起了关键的作用。最近看大学同学群里的回忆文章，有相当一部分人在入学之前当过老师，或者有过民办教师的经历。当老师和做学生，立场是不一样的：做学生上课学习是应付考试，可以连蒙带猜；当了老师就得要做充分的准备，容不得半点马虎，无形中夯实了自己的基础。除了上课教书，每隔一段时间还要到市里的教师进修学校听一听讲座，提高业务水平。大多是辅导鲁迅的文章，诸如《答托洛斯基派的信》。记得有一次是请市教师进修学校的陈慧老师（后来调进河北师范大学），给我们辅导鲁迅的《答徐懋庸并关于抗日统一战线问题》一文，文章很长，头绪繁多，涉及的问题又很复杂，听了听头大，没留下什么印象。

1977年10月份国家恢复高考的时候，我已经插队两年有余，再有半年就有机会招工回城了。记得是当年9月底10月初的时候，准确日子记不清了，我父亲在解放初期工作时的老领导徐可倬（江苏扬州人，曾在三联书店工作，1937年去延安参加红军，解放初期参与接收石家庄大兴纱厂，并筹建石家庄纺织厂，20世纪50年代任北京国棉三厂厂长）从北京来石家庄，看看老朋友。徐伯伯带来了一个消息，高考就要恢复了，并送给我几本上海出版的青年自学丛书，鼓励我参加高考。听说我要准备高考，有的亲戚就说，这么多人考不上。父母倒没给我什么压力，支持我去试一试。此外，一手准备高考，另一手也该考虑招工回城的大事。俗话说：“天上的仙鹤不如手中的家雀。”填写报考志愿的时候，我衡量着自己这点底子，全国重点高校想都没想，只选了三个省内的学校，依次是河北大学中文系、河北师大中文系和河北师院中文系。我母亲说，选中文系不好，看看历次政治运动，学文的都没有什么好结果，不如选个经济类的专业。我对学经济不感兴趣，而且高中的数学也没有学过多少，对数学成绩没什么把握——学经济总是要涉及数字的，只有选中文系还可以碰碰运气。所以，参加高考对我来说没有什么压力，尽力而为就是了。当年的12月15日到17日在桥西的二十四中参加高考。随后不久，知青办就来指标开始招工了。最后，我被招工到石家庄制酒厂，算是一名国有企业职工，并赶在12月31日之前到厂里报了到。就这样，1977年底，我的知青生活匆匆地画上了句号。1978年，对我来说，将是一个新的开始。

日本东北大学留学时期（仙台）

第二辑

校园时光

师恩如山

——我与三位恩师的交往

/ 石景辉

作者简介：石景辉，1957 年 1 月生，河北省无极县石家庄村人。河北大学中文系毕业后长期在石家庄市组织人事部门工作，曾任市委副局级组织员、市人力资源和社会保障局副局长、市人才中心主任。

人的一生有很多意想不到的事情发生，或好的，或差的，它们都会随着年龄的增长而淡化，而我年轻求学期间的幸运往事，却历历在目，历久弥新。每当想起它，一股暖流涌遍全身，三位恩师的音容笑貌随即浮现眼前，谆谆教诲响在耳畔。我当一生铭记的是，他们不仅教授了我知识，在为人处世上也深深地感染、影响了我。

一、公交车上邂逅黄绮老师

认识黄老师纯属偶然，第一次近距离接触时我还不知道他是谁。

1978 年 8 月的一天，过完大学的第一个暑假，我背着小挎包从家乡来到保定，从火车站坐公交车到学校。上车的人多，我年轻有力气挤上车并占据了车门旁的第一个座位，很快车厢里挤满了人。这时，我看到一个老者手提东西最后一个上了车，气喘吁吁，便马上起身，一手扶座位，一手拽住他："请坐在我这里。""谢谢。"老人说。我与老者目光相遇，感觉有些面熟，好像在哪里见过。汽车开动了，人多拥挤，我担心老人的安全，把他的东西揽在手里，另一只手紧紧把住护柱（车门内第一排座位前矗立的不锈钢柱）护住他。虽说汽车摇来摇去，挤得难受，但老人坐在那里还算安稳。我问他："您在哪里下车呀？""河北大学。""啊！是河北大学老师？"我的心头掠过一丝兴奋，我说："我也到河北大学，我是您的学生，老师。""谢谢你了，有你的帮助，我轻松多了。"

车到站，我一手提着东西，一手搀扶老师缓缓走下车，并一直送他到家。在路上，我告诉他，我是河北大学中文系1977级的学生，暑假结束返校。老师的老伴见我俩进屋，马上倒了一杯水，说："先坐下喝点水，水不烫。"我说："不口渴，我回宿舍了。"老师拦住我："等等，你还没说你的名字呢。这样吧，你把名字写在这张纸上，等十天左右再来家一趟，我写幅字给你。"写字？写什么字呢？我弄不清楚老师给我写字是什么意思。说起来可笑，我在农村生活二十多年，又赶上"文革"期间的停课"闹革命"，知识非常贫乏。知道"画家"，不知"书法家"。不就是写个字吗？自己在不足二十岁时就按要求经常用毛笔抄写报纸内容贴在墙上，每到春节也给自己家和别人家写写对联。回过头来想，那时的字很稚嫩，就是敢写——无知者无畏。

十几天后，我来到老师家，敲门进去，老师将他抄录的一首古诗送我。"半亩方塘一鉴开，天光云影共徘徊。问渠哪得清如许？为有源头活水来。"看到落款，我才知道这位老师叫黄绮，但当时不知道他是中文系教授、知名书法家。落款处写道："请景辉同学雅正。"这让我很不好意思。"老师，我一个学生怎么可以雅正呢？这，这……"我磕磕绊绊地说出了我的心思。黄老师说："怎么不可以呢？这幅字就这么着吧，你如果觉得难为情，下次再改。"离开时，我说："老师，家里如果有费力气的活儿要做，就找我。"自那以后，老师虽然没有找我干过活儿，我却断断续续地到他家看看。

1980年11月初，当我又一次来到黄老师家时，黄老师取出一个条幅，说：“拿着吧，给你写的。”条幅写的是老师自己创作的诗：“周郎赤壁错中传，欲觅铜琶奏巨篇。二赋堂中无笔墨，口头唱和答坡仙。”这时，我已经知道黄老师是著名教授和书法家了。

一晃入学就四个年头，我快大学毕业了，黄绮老师也从河北大学调入河北省社会科学院工作，但他的家还未随他工作的调动而搬迁。初冬的一天，我到他家向他索求墨宝，他高兴地答应了。几天后，我便从他那里取回了写有“景辉同学索大字乃书鹰扬赠之，留作毕业纪念”的硕大条幅。他叮嘱我说：“这幅字好好保存吧，有价值，你要的大字不好写，这是我早晨练完身体，臂力充沛时完成的，它是我一段时间以来写得最好的两个字。”鹰扬，像雄鹰一样展翅翱翔，它寄托着老师对即将离开校园的学生的期望。

20 世纪 80 年代早期和中期，我岳父和黄老师同住石家庄市红旗大街的河北省委老干部宿舍，每到节假日，我们全家都去岳父家玩儿，和黄老师见面的机会又多了起来。因岳父家的客厅较大，我便将黄老师为我题写的“鹰扬”条幅做了装裱悬挂。几年下来条幅变得陈旧了。后来岳父搬家，我把条幅取下，想重新揭裱后保存。这么贵重的东西，要揭裱也得找个可靠的装裱师。我想黄老师肯定有自己的装裱师傅，找黄老师不就放心了吗？我拿着条幅来到老师家，只见老师把它接住，放在地毯上，一只腿跪下，拿着放大镜把“鹰扬”两个大字顺着笔划

黄绮老师送给作者的墨宝

从顶看到底，一边看，一边念念有词：“真迹，真迹。”当我把想要揭裱的意思说出来后，黄老师马上打断我的话，说：“发点儿黄，有虫洞，更有沧桑感，更真实了。千万不要揭裱。”看着我心有不甘的样子，黄老师说：“不要难受，有精力了我再写一幅给你。”

后来，我到黄老师家看望他几次，看到八十多岁的老师衰老的样子，再没好意思提及求墨宝的事了。

二、魏际昌老师约我谈论文

1981年5月18日傍晚，从阅览室回到宿舍，舍友赵奇英说：“真可惜，下午你没去教室听论文指导报告，魏际昌老师对你的论文题目特感兴趣，讲了好多内容。”听奇英这么一说，我很惊讶，也很遗憾。午休后我就到阅览室，忘记了下午的毕业论文指导课。记得在这之前，班干部将同学们拟写毕业论文的题目收集后交魏老师，并邀魏老师抽时间给同学们办个讲座，讲一讲怎样写好毕业论文，讲座的时间、地点当时都通知到了每个人，丢三落四的我却忘得一干二净。我难受极了，也不知该如何弥补。

正当我犯难之际，第二天，佟明羽同学对我说：“魏老师要我转告你，有时间到家找他一叙。”同时把魏老师写有家庭住址门牌号数的纸条递给我。接到纸条，我激动得难以自已。

晚饭后，我急急赶往魏老师寓所。魏老师说：“我之所以中意你的论文题目，是觉得它不太大而又不太小，可以搞而又没人搞。”写好它不容易，我缺乏可参考的材料。那怎样才能写出一个好的论文呢？这天晚上，魏老师跟我谈了近一个小时，还从自己的书橱里找了些参考资料给我，使我受益良多，心中有了底。他叮嘱道：“我给你的资料不够，你再到图书馆收集一些，争取暑假期间提前写出第一稿，开学后交我先看看。”

按照魏老师所说，我有时间了就去图书馆借书，到阅览室翻看资料做好笔记。暑假期间，一丝不苟地写出了论文初稿，开学后便将初稿交给魏老师过目。我写的论文题目是《西晋诗人刘琨及其诗歌》，之所以写刘琨，是因为刘琨是无极县人，而且其籍贯还是我的家乡一带，他本质上是个爱国将领，不是一个传统意义上的诗人。对这个名字，上大学之前就曾听说过，来到大学后，我查阅诸多资料，刘琨的形象在我的头脑中才变得丰满起来。来自刘琨身上的成语和故事，如闻鸡起舞、枕戈待旦、中流击楫、先我着鞭、独著先鞭、百炼钢化为绕指柔等，都含有奋发图强的积极意义。虽说可供参考的材料不多，但有魏老师这样一位教授的指点，相信是能够写好的。

在等待了一个多月后的一天下午，由魏老师修改、点评的论文映入我的眼帘，看着上面标注的点点墨迹，我的眼眶潮湿了。魏老师已是七十四岁年纪，北京大学毕业后曾从军，现在除授课外还兼任国内、省内一些学术团体的领导职务，在繁忙的工作时间里抽出部分精力放在一个默默无闻的本科学生身上，实在难能可贵。当时，他正忙于整理《先秦文学研究》（下卷），上卷和中卷都已定稿。他总是说自己虚度了时光，浪费了年华，感慨于青年时代走过的道路，有一种“老骥伏枥，志在千里”的气概。

每当走进魏老师寓所小客厅，那雪白墙壁上的对联和挂在中间的国画，总会把我的视线吸引。魏老师看出我的心思，高兴地给我送来纸笔，我便把对联工工整整抄下来：“人生得一知己足矣；斯世当以同怀视之。”魏老师说，这两句话原是鲁迅写给瞿秋白的，后由山西大学中文系主任抄赠给他，足见心灵之默契。不同之处是，对联中间的画幅换上了新的内容：一株梅花峻瘦挺拔，气势夺人。旁边题诗一首：“惟有梅知我，心头暖似春。朱颜谁与共？不是醉中人。”这幅硕大的中堂画和题诗是黄绮老师所作。魏老师说，他在历次运动中吃尽苦头。他与黄老师以前关系不太好，但当黄老师要调离河北大学时，他热情地给他送行，两位老师从此言归于好。所以，便有了挂在客厅墙上的黄老师的画作和题诗。

1981 年 12 月的一天，我在校学生科协助编辑《河北大学八一届毕业生纪念册》，听说魏老师从外地开会返回学校，就去探视。魏老师见面就说：“正要找你呢。帮我抄封信，写繁体字，用毛笔。”我爽快地答应下来，虽然我用毛笔写小字不行，但可以找别的同学来写。这是一封投寄到台湾的信。魏老师听从组织的号召，在百忙之中，用发自肺腑之语，写信给 20 世纪 30 年代的老师、居住台湾的国学泰斗钱穆（钱宾四）先生。信用古文的形式写成，感情浓烈，诚谊殊深，是一篇文情并茂的佳作。我想，如果钱穆先生看到这篇饱蘸着思念的热泪、充溢着无限情谊的信件时，该会激起怎样的情感波澜呢？

魏老师怕我看不懂，逐字逐句地给我读了两遍，还认真向我解释句中之意。读第一遍的时候，我就看到魏老师的眼睛湿润了。第二遍还未读完，老人家已是满眼含泪，晶莹欲滴。而我，一个坐在他身旁的小小后生，也被深深地感染了。

“人老则念旧”，魏老师是多么希望他在台湾的老师有生之年能够回家一望，再睹旧颜，再话故情呢？“师乎，师乎，独不思大陆风光乎？师乎，师乎，独不敦桑梓之谊乎？……如使白首师生再徜徉于大河、长江之间，以共话子长、孟坚之书，儒、墨、名、法之道，岂非天地间一大快事。师乎，师乎，其忍河汉吾言乎？不禁泪涔涔下。”鬓发斑白的老人，尤念尊师，仍常常“形诸梦寐，殷望重聆教诲”。他所坚信的是台湾和大陆统一的事业必定实现，“河清可俟，人定胜天。”

魏老师第二天又要离开学校去外地了，我欣然接受老师交给的誊抄信稿任务，并在较短时间内完成，按照魏老师写给我的地址——保定市政协民革办公室，亲手将信交到贾秘书长手里。我很高兴，因为我也为大陆和台湾岛的交流贡献了一分力量。

魏老师写给钱穆的信抄录如下。

宾四先生吾师左右：

睽违绛帐，垂五十载矣！尚复忆及卅年代北大红楼执经问难之小门生乎？讲义《国史大纲》上下卷，常在案头也。大著《先秦诸子系年》亦爱如拱璧也。盖自遇先生，始知系统地学习“中国通史”，深入于先秦诸子之堂奥耳。中心藏之，无日不思。

爰念，在叶剑英委员长之九项声明以前，即有驾机归来之黄植诚少校。胡耀邦主席纪念辛亥革命七十周年讲话以后，又有马壁教授定居大陆。两君举动，薄海同钦。吾师岂有不知而愿后人，以师之硕学鸿儒、泰山北斗，如能翩然莅止，恐国人当“安车蒲轮”以迎，如汉末之礼遇康成焉。

通过国史教育吾人以爱国主义者，以师为最早；笃好儒家大谈其仁义道德者，亦以师为精粹。“言之匪艰，行之惟艰”，师既熟知阳明先生“知行合一”之义，偏何姗姗其来迟？遂使生辈望穿秋水矣！师乎，师乎，独不思大陆风光乎？师乎，师乎，独不敦桑梓之谊乎？

人老则念旧，何况位在亲、师之尊？是以形诸梦寐，殷望重聆教诲。如使白首师生再徜徉于大河、长江之间，以共话子长、孟坚之书，儒、墨、名、法之道，岂非天地间一大快事。师乎，师乎，其忍河汉吾言乎？不禁泪涔涔下。

展望南天，绛云如画。身在北地，梅绽红华。九州锦绣，故无处而非福庆也。师虽不喜二氏之学，其奈菩提是树，明镜有台，河清可俟，人定胜天何？高明之领导在上，吾师可以“入关”著“新道德经”矣！书不尽意，伏维亮察。

耑此即叩

教安。

三五年北大毕业学生

河北大学中文系教授

魏际昌顿首

八二年元旦

河北保定

三、与熊任望老师的交往

虽然熊老师为我们授过课，但与他的过密交往则是在系里指定他作为我的论文指导教师之后。之前魏老师指导我的论文写作不属组织安排。

大学四年，我喜爱古典文学，熊老师是我最钦佩的老师之一，他的授课水平，在同学中有口皆碑。当我拿着毕业论文的第二稿来到熊老师家里让他过目时（魏老师改后誊抄的，熊老师还不知情），他说：“这么快就成稿了？那就先看一下吧。”看完后，他肯定道，写得不错，没什么可修改的。我坐在沙发上，担心他知道这是一篇经魏老师指导修改过的论文后，产生不被尊重的感觉，怯怯地不知怎么回话。憋了一会儿，我决定告诉熊老师实情：这是论文的第二稿，第一稿已经魏际昌老师改过了。我把事情的来龙去脉说给他听，他说“下次把有魏老师修改笔迹的论文拿来就行了。”第二次到熊老师家，我便留下了那份有着魏老师修改、点评笔迹的论文初稿。

几天后，当我再次来到熊老师家，师生面对面畅谈很久。在谈到文学史上某一时代、某一个人的趣闻时，竟把我俩搞得哈哈大笑，使我完全忘记了自己是跟老师在交谈。

后来，我再见到熊老师，就一点儿也不拘束了。有一次熊老师问：“有留校的打算吗？我可以帮忙。”同样的关切，魏际昌老师也曾提出来过。他们的关心，着实吓了我一跳。我怎么敢留校当老师呢？我的文化底蕴太薄了，上学前只听说过“唐诗”“宋词”，但诗、词格律不分，对小说和散文概念模糊。当我入学后第一次看到“床前明月光，疑是地上霜。举头望明月，低头思故乡”的诗句时，感到写得既清新明快又优雅脱俗，就像看到了一幅着色的中国画，我高兴地把它工工整整地抄录在自己笔记本的扉页上。大学四年，说是学了些知识，但我的底子我清楚。魏老师的关切本是错爱，而熊老师的好心，可能是他看了我的毕业论文，觉得此子可塑。可那篇论文是经过魏老师指导后完成的啊。

我一面感谢熊老师的厚爱，一面坦率表示：人贵有自知之明，我自认为做一名大学教师是不够格的。

熊老师后来说：“你的论文已有魏老师修改过了，你也按他的意见做了补充，我看已经基本过关了。我没能帮上你，给你写两幅字作为纪念吧。”

自此以后，我的毕业论文再没有修改，魏老师和熊老师商量着写出了评语。

当时论文及评语还有入学考试试卷，全部装入个人档案，本人并不了解。到了1991年6月，同事根据中组部发文对干部档案进行清理，把高考考卷和毕业论文从档案中剔除，这时我才有幸看到了老师的评语，真乃欣喜若狂。

两位老师共同签名的论文评语如下。

题目抓得好，难度较大，论述问题深入，有独到的见解。

文章始终结合着刘琨抗敌御侮的戎马生活，特别是他那“知其不可而为之”的战斗精神，来评论他的诗作，说服力比较强。

结构严谨，文笔流畅。

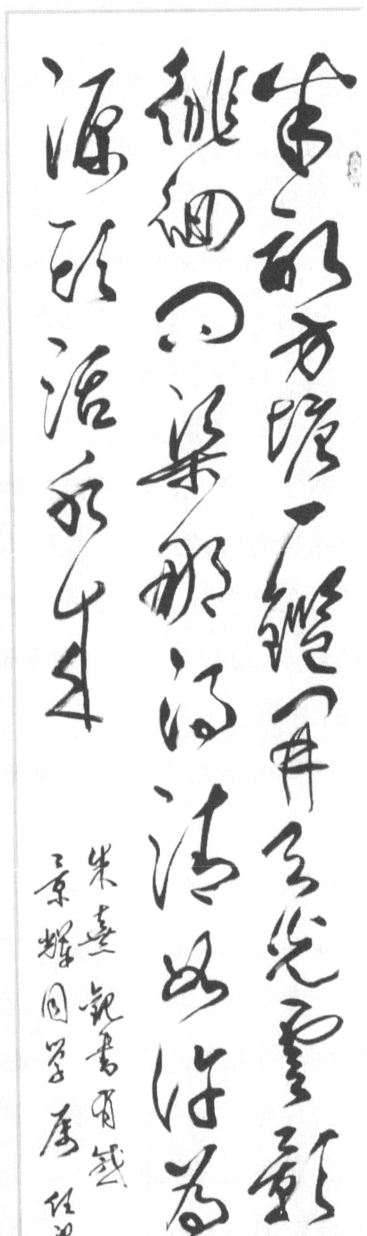

熊任望老师赠给作者的墨宝

有较好的文艺理论基础和较丰富的文学史知识。

签名：魏际昌　熊任望

1982年2月20日

上大学时我习惯写日记，和三位恩师的交往，断断续续被记录在日记本上。如今翻检出这些往事细节，不禁感慨万千：毛头小子何德何能，机缘巧合让我与三位大师相遇并近距离接受教诲，令我受益终生，感恩终生。更加感慨的是，那一代大师泰斗，何其平易近人；对后生的传道授业，何其孜孜不倦！他们的风范和他们的学问一样，必将名垂史册。

琴泉诗社的回忆

/ 郭沫勤

作者简介：郭沫勤，1947年2月生，河北魏县人。毕业后先后供职于文化部群众文化司（后更名为社会文化司）、中国文化报社，曾任副司长、报社社长兼党委书记，退休后任中国群众文化学会（四届、五届理事会）会长。研究馆员职称。

右一为作者

几年前，振虎同学曾问大学时琴泉诗社的有关情况，我说记不大清楚了。想着家中存有一本诗社的内部刊物，但当时没有找到。前些日子，班里组织撰写毕业四十周年的征文，在振虎的催促下，我又重新翻找，终于从几捆珍藏的旧资料中找了出来。

这是本油印刊物，32开本，厚厚的，100多页，简朴素雅，封面上是潇洒醒目的“琴泉”二字。我细细地翻看这本诗刊，像和多年未见的老友相逢一样，感到格外亲切。当年河北大学琴泉诗社成立时的情景，也一幕幕在眼前浮现出来。

琴泉诗社成立大会，是1980年11月11日召开的。会议通过了诗社章程、组织机构名单，聘请了黄绮先生、雷石榆先生（20世纪30年代著名诗人）担任名誉社长，邀请了老校友、在全国有影响的诗人旭宇、尧山壁、陈阿乐、浪波、聪聪、张雪杉担任顾问。诗社社长为韩成武老师，副社长为田真（韩兴华）兄。许来渠老师、王树壮学友（中文系1978级）和我担任理事。

雷先生为诗社成立作了语重心长的致辞，诗社代表宣读了各位顾问热情洋溢的贺信。不少社员即兴赋诗，声情并茂，张星同学（中文系1978级）的《献给你！我心中的琴泉》尤为出彩。

诗社成员共39人，多数为中文系学生，还包括外文等系的部分学友。诗社成员中，还有李秉林老师、韩盼山老师、姜敏老师和斧锐（詹福瑞）学友等。

琴泉诗社是应运而生的。当时，正值解放思想，拨乱反正，春风鼓荡。那是激情燃烧的岁月，也是诗情迸发的年代。河北大学也是如此。恢复高考之后，1977级、1978级、1979级相继入学，给校园带来蓬勃生机、新的活力。不少学子在课余时间热情高涨地学诗、写诗，以抒情言志，探索人生。同时，他们希望有一个平台，方便相互交流切磋，促进提高创作水平。琴泉诗社就是承载着这样的期盼适时成立的。

在诗社的筹备过程中，韩成武老师和其他老师一起，付出了很多辛劳。关于诗社的名字，我记得是韩成武老师提议的。“琴泉”，原为老诗人严阵一本诗集的名字，这里借用作为诗社之名，形象而贴切。想一想，在有着诗歌创作传统的河北大学校园，老师们带领着众多爱好诗歌的学子，共同拨响诗的琴弦，汇聚成一道亮眼的诗的泉流，把“琴泉”作为诗社的名字，是多么富有诗意啊！当然，这也与韩老师特别喜欢严阵先生的诗风有关吧。

1991年底摄于日本东京公园

《琴泉》诗刊（创刊号）还

发表了诗社27位社员的41首诗作，集中展示了当时河北大学诗歌创作的新成果，其中包括我们班10位同学的13首作品。我们班诗风甚浓，写诗的人多，水平也较为整齐。

重读这些诗作尤其是班里同学的作品，感慨唏嘘。不同的题材风格，共同的浓浓诗意，加上醇厚绵长的同窗之情，再次深深打动着我。

田真兄的《大海与少女》，以优美的意象，张扬着青春的活力。振虎的《梦的记忆》（二首），用“记忆的碎片”，“叠印着昨天的梦幻”。英民的《静静的村庄》、海顺的《白洋淀诗页》，描画了欢悦的农家新景，有声有色。永固的《无题》短章，凝结着露珠般的哲思，意味隽永。建平的《雨在说》，抒发了大爱与奉献的心曲，“把浓绿输进每棵小草的心灵，有我便有奔流的小溪”。同学笔下的几首恋歌，也都匠心独具，各有特色。刘杰的《你说你去划船》，有着咏叹调般回环往复的旋律美。殿武的《我爱你，含羞草》（二首），细腻，委婉，别致。彦斌的《十四行诗》（二首），手法纯熟老到，“我记得你嫣然一笑……一朵花在我心中开放多年”，深情的诗句，使人过目难忘。

我写的《早晨，我急急地走向大海》，通过风暴过后走向港湾的所见，表达了对于拨乱反正的感恩和对于现时的珍重：

……
听，斧锤叮叮，抢修着受伤的船舶，
螺号声声，催簇簇白帆出海，
港湾抱一怀繁忙和创造，
难得的晨光啊，我们知道该如何珍爱！

我们班还有不少同学，很有写诗的热情和灵动的才气，如联社、居霞等，但可能兴趣爱好较多，暂时没有报名参加诗社，他们的诗作遗憾地没有出现在这本集子中。

另外，1978 级、1979 级的王树壮、张星、周伟思、毕东海、申晓义、邢凯、小舟等学友的诗作，对于生活都有着独特的感悟和思考。外文系张讴同学还翻译了美国女诗人艾米丽·迪肯森的两首诗，很有韵味。

韩盼山、李秉林、姜敏三位老师和杨林勃校友，也都拿出了佳篇力作，这既是对诗社的热忱支持，也是对学子们艺术实践的示范和引领。

从这本刊物中，可以感受到当时的河北大学校园诗歌创作之活跃，诗歌氛围之浓郁。

为了扶植诗社的成长，山壁老师在《河北文艺》（1981 年 2 月号）上开辟了“琴泉诗社”专栏，选发了部分社员的作品，并加了“编者按”。

诗社的成立，对于河北大学校园的诗歌创作和研究，无疑是一个有力的推动，更多同学的创作热情被激发出来，不少新作发表在各级报刊上。

我也受到诗社的激励，与其他学友一样，在抓好学业的基础上，持之以恒地努力创作。1981 年，我在《河北文学》《长城》《汾水》《星星》《北京青年报》等报刊发了一些诗作，《在晚霞升起的时刻》（此诗首发在《延河》杂志）一诗，还被选入人民文学出版社的《恋歌》一书。同时，我开始把歌词作为创作的重点，毕竟这是我在文化馆工作时的老本行，又曾在省群艺馆实习，跟随尤熹老师编辑过内部刊物《歌词》。那一段，我写了多首歌词，一些在群艺馆刊物上刊出，一些被谱曲后相继在《河北音乐》《儿童音乐》《歌曲》杂志上发表，如《桃花林》（巩志伟曲）、《捉迷藏》（胡俊成曲）、《弯弯山乡路》（胡俊成曲）、《谷雨夜》（吴利宾曲）等。《当我走在街上》（又名

与韩盼山老师（右三）在京相聚（右二为作者）

《为生活增添春光》）分别由晓其、张保生、谭洪茂谱曲后，被《歌曲》等多种音乐杂志选用。

琴泉诗社成立之后，陆续举办了朗诵会、诗评会等活动，但有些遗憾的是，《琴泉》诗刊只出了这一期，据说主要是经费的原因，没能再继续编印下去。

1981 年下半年，由于临近毕业，中文系 1977 级同学的主要精力逐步转向了结业考试、撰写毕业论文上。

我们参加诗社的时间虽然不长，但在交流借鉴、拓宽视野、提高诗歌鉴赏能力和促进诗歌的创作与研究等方面，受益多多。

2022 年 4 月 1 日初稿，6 月 26 日修改

补记:《早晨，我急急地走向大海》这首诗，《琴泉》创刊号登载之后，又发表在山西省文联的《汾水》杂志（1981 年 1 月号）上。

又记: 重读田真兄的《大海与少女》，想起了我写的《浴归》。两者题材、意蕴相近，但我的这首外在、浅薄了一些。毕竟是大学期间的习作，寄托着当时对于美好祥和的憧憬之情。特附此:

浴 归

粉红的尼龙衫，
绷出姑娘迷人的曲线，
波浪般的卷发，
突然飞离小伙儿的宽肩。

贝壳、海草、欢乐的笑声……
把飘晃的网袋鼓得圆圆。
哦！刚从身上抖落蔚蓝的大海，

青春和青春，又追逐嬉戏在沙滩。

说实在的，我真有点甜蜜的嫉妒，
然而更多的却是真诚的祝愿。
啊，在他们抛落的揉缠在一起的水汪汪的脚印上，
悄悄系上我心底的诗篇。

（摘自组诗《阳伞，印一圈淡蓝》，载《长城》杂志 1981 年第 1 期）

琴泉诗社的补充回忆

韩兴华（田真）

沫勤兄提到中文系成立的琴泉诗社，他提供的唯一一期《琴泉》诗刊，证实我忝列编委，并为副社长，说起来很惭愧。

打一个比喻吧，当春天初始，美丽的牡丹、百合还在酝酿的时候，一些野花小草便乘虚早开了，竟占了一些色彩。我就是这样的野花小草，虽然在入学前发表过一些作品，也因此被委以副社长，实在是浪得虚名，让人汗颜的。

倒是对几位诗社的顾问值得介绍一下。

尧山壁是我的恩师，他于河北大学毕业后分在我们县文化馆，由于创作成就丰沛，后来就被调到省作协，在作协主席的任上退休。我在《河北文学》上发表的作品，大多是他举荐的。一次，他到北京参加全国作协会议，住在京丰宾馆，我和沫勤去看他，谈到创作，他说我们俩就是懒。他的话一针见血，深深地刺到我的痛处。是啊，他说得太准确了，自己在创作上浅尝即止，半途而废，也就是在一个“懒”字上。

浪波原来在邢台地区文化局创作组工作，也与我亦师亦友，

后来任河北省文联主席。

旭宇原来是部队诗人，后来转业到《河北文学》工作，他曾赠送他的诗集给我。他的书法是卓然大家，后来任河北书法家协会主席。我在汽车报编副刊时曾多次发表他的书法作品。

因为诗社的副社长只是挂个名，并没有做什么实际工作，回忆起来真的依稀如烟了。诗社成立大会后，曾组织过诗歌朗诵会和诗作评析活动，但因年深日久，具体情节我都记不得了。人老了，内存也清空了。

应约对诗社情况做这么一点补充，回想《琴泉》诗刊后来因故没有办下去，真的很遗憾。

2022 年 4 月 2 日

（《琴泉》创刊号刊载的《大海与少女》，后来发表于《莲池》）

“丹心”谱写在难忘的年代

——河北大学中文系1977级排演话剧《丹心谱》的前前后后

/白 贵

作者简介：白贵，1956年生，祖籍河北定州，生于呼和浩特。高中毕业任中学语文教员。1978年3月至1982年3月于河北大学中文系读书。后任教内蒙古大学中文系、河北大学。2000年至2015年担任河北大学新闻传播学院首任院长，2003年起担任古代文学博士生导师，2011年起担任新闻传播学博士生导师。2009年被评为二级教授，2015年6月被评为河北大学特聘教授，2018年被聘为河北大学“坤舆优秀学者”。2021年退休。

记得那是在1978年初我们入学几个月之后，有一天中文系邀请了著名作家苏叔阳来到中文系做讲座，重点是讲述他如何创作话剧《丹心谱》。《丹心谱》故事梗概是：北京新华医院老中医方凌轩在第四届全国人民代表大会上，受到了周恩来总理的亲切接见；周总理肯定了中西医结合研究防治冠心病的工作，还特别关心方凌轩医案的写作和出版；方凌轩决心把有生之年全部奉献给中西医结合的科研事业，但是科研项目却遭到“四人帮”在卫生部亲信的百般刁难，不仅把支持方凌轩的院党委书记李光撤职下放，把方凌轩的助手郑松年调离冠心病组，还强迫方凌轩把医案的写作纳入“批判大儒”的轨道，否则就不准出版，进而逼迫方凌轩交出记有周总理指示的笔记本，收缴全部研究资料，把矛头直指周总理；在这场尖锐复杂的斗争中，年逾古稀的方凌轩为了捍卫正确路线，保护敬爱的周总理，在李光和群众的支持下，加紧了冠心病新药的研制；他的女婿庄济生是“四人帮”在卫生部亲信的爪牙，助纣为虐；回到家中方凌轩与庄济生直接交锋，严厉斥责女婿的极左行径；恼羞成怒的庄济生，疯狂打压一切与研制新药有关的人和事，就在方凌轩感到绝望时，周总理从医院打来电话，鼓励他继续研制，争取新药早日服务广大患者，这给了方凌轩及同事极大的勇气；剧的结尾是传来周总理逝世的消息，大家悲痛欲绝，决心完成总理的嘱托。

记得那一次讲座效果非常好。苏叔阳当时是文坛升起的一颗耀眼明星，红极一时。他的话剧《丹心谱》，于北京人艺公演后，产生了很大的社会反响。苏叔阳是河北保定人，在北京工作多年，有着极佳的口才。

讲座之后似乎是受到了这部话剧的感染。写作教研室教戏剧的佟德真老师以及语言教研室的王炜臣老师，便产生了一个念头，想带领1977级同学排演话剧《丹心谱》。这两位老师都有很好的戏剧专业功底。首先是选择演员，剧中的主演一部分由我们中文1977级的学生饰演——刘杰饰演老中医方凌轩，龚法忠饰演老中医丁文中，刘建刚饰演党委书记李光，梁进饰演方凌轩的侄孙女、舞蹈演员吴丽芳，孟保青饰演吴丽芳的未婚夫陈新生，张彦斌饰演医生郑松年，刘秀英饰演郑松年的未婚妻梁晨，历史系1977级学生李建丽饰演方凌轩老伴吴愫心，哲学系1977级学生宋振江饰演庄济生，生物系1977级学生吴晓玲饰演方凌轩的女儿方静淑。孟保青任策划、副导演。演员记得还有卢晓光、李红等。其他美工、服装、道具等，也均由中文系1977级同学担任，主要有佟明羽、郑欣欣、张月忠等同学。导演是佟德真、王炜臣两位老师。同班同学赵超担任美工，我担任导演助理。其实交给我的任务主要是帮助主要角色理解人物，重点是为主要人物写小传，分析人物性格，捎带在剧中饰演了一个龙套角色——本人其实并没有演戏的经验。

排戏当中有很多有趣的小插曲。这是一部五幕话剧，记得当时一边上课一边排戏，比较辛苦。导演佟德真老师身材较高，约四十岁，刮掉络腮胡子的脸颊透着青色，梳着背头，正值盛年，精神抖擞，嗓门大，中气十足，特别有艺术家的气质。他在导戏的时候，一丝不苟，记得最多的就是他向

《丹心谱》剧照一

大家喊："很好，就这样！""不对，走位不对！""有进步，我们再走一遍！""再走一遍！"就这样，一场戏经常要走好多遍，才能感到满意。这个时候，无论是导演还是演员，都已是大汗淋漓。而王炜臣老师则笑眯眯的，经常拿着一支烟，不时地在旁边做出一些提示和补充。记得饰演庄济生的演员宋振江是唯一当过话剧演员的。剧组排演中数他的状态放松，在我们看来，非常自然，如鱼得水，甚至非常忘情，但导演有时也会皱眉头突然喊停，说："过了，过了。重来！"原来导演认为他的表演偶尔有一些过头，略微一飘，就容易偏离人物性格。而对于大多数同学来说，都是大姑娘上轿——头一回，排演全本的话剧，基本没有什么经验。

为了让大家有切身的体验，在系里的支持下，佟德真、王炜臣两位老师带领剧组成员赴北京观看北京人艺演出的话剧《丹心谱》，那是一次比较震撼的体验。某天晚上，北京人艺剧院大幕拉开，还记得台上主演有郑榕、于是之等大牌演员，就连仲跻尧、胡宗温、修宗迪等也都是人艺的一流演员，

《丹心谱》剧照二

他们分别饰演方凌轩、丁文中、吴愫心、庄济生等。观摩回来以后，大家心里比较踏实了。但是当时由于学校经费十分紧张，所以只能是因陋就简。服装、道具东借西凑，布景学生自制。赵超同学发挥了画家的本领，把每一幕的布景全部画出来，舞台效果特别好。由于正值夏天，天气十分炎热，大家排戏非常辛苦，但是没有人抱怨。

记得校内首演是在秋天，地点是本部东院的〇二礼堂。台下坐着党委书记肖光、校长李芳林，以及全校各部门、各系的师生。演员们表演得特别投入，台下观众看得特别动情，高潮迭起。我当时扮演了一个群众演员，朝台下瞟了一眼，看到坐在台下第一排中间的是学校领导。演到高潮时刻，剧中人物说周总理在重病中打电话直接过问科研攻关的事，使老中医方凌轩、丁文忠等人备受鼓舞。此时台下的校党委书记肖光等人拼命鼓掌。演到传来周总理逝世的消息时，剧中的人们悲痛万分，台下的肖光眼含热泪，难以自持。演出结束以后，学校领导上台祝贺演职人员演出成功。消息传出后，在社会上也产生了一定影响。当时三十八军军部邀请我们到三十八军礼堂去演出。演出同样获得巨大的成功，得到了三十八军指战员们的高度评价。

这是一次难忘的体验。同学们一边学习戏剧文学，一边身体力行进行实验性的演出。通过排戏，大家对于台词、朗诵、表演、人物性格、戏剧主题、戏剧结构等有了更深刻的理解。特别是对于戏剧的人物语言的个性化、戏剧冲突与刻画人物性格的关系等戏剧的根本要素，有了较为深刻的体会。那一时期的戏剧如《丹心谱》、稍后的《于无声处》等，在解放思想，改变观念，批判极左思想，营造尊重知识、尊重人才等社会舆论方面，发挥了巨大的历史作用。现在看来，当时的河北大学可以说得风气之先，中文系师生排戏、演出，从学校领导到中文系领导都大力支持。应该说是领导与师生努力站在了思想的前沿、文学的前沿。人们通过戏剧，不仅感受到了雨后春笋般的文学新作夹带着文学的现实主义气息扑面而来，而且通过文学理解中国社会的变迁。观念在思想解放的洗礼中发生着深刻的变化。

后来渐渐明白，早先的经典戏剧中的人物表现，其实都包含了导演、演员等编创人员所下的功夫，是一种真正意义上的再创作。就以我为主要角色写“人物小传”为例，它是对剧本的一种必要延伸，特别是要给主要角色行动的逻辑找到一种生活的依据、命运的依据。我按导演要求，写了《庄济生小传》，分析了他的经历、性格、观念，以及环境对他蜕变的影响，这样他所选择的道路与结局就顺理成章，在意料之中了。我本人则因为有了这次排演的体验，对戏剧有了较为深入的认识。记得我们后来还到北京去观看人艺演出的《茶馆》，可谓群星闪耀；又去北京的八一电影制片厂、北京电影制片厂、北京电影学院青年电影制片厂参观，在八一电影制片厂见到了著名演员张勇手等人正在拍摄电影，在北京电影制片厂附近的饭馆里碰到了演员康泰（电影《青春之歌》里的卢嘉川）等人，去北京电影学院青年电影制片厂参观的同学，正赶上剧组在拍《沙鸥》。

有了对戏剧理论的理解和把握，加上对所学作品的新感悟，后来我灵感迸发，写出了论文《郭沫若历史剧〈蔡文姬〉成败管见——从结构看〈蔡文姬〉的主题》（与范国华合作），发表在《河北大学学报》1980 年第 4 期，我那时大三。论文后来引起学界关注，作为“郭沫若研究”的代表性观点，被收入王瑶、樊骏先生主编的作品，以及於可训教授等人的著作中。

当时出演话剧的几位同学后来的去向是：龚法忠被分配到地质部地质出版社，后担任出版社常务副总编辑、编审；刘杰先任中建总公司办公厅主任，后担任监事会主席；梁进任《天津体育学院学报》编辑部主任、编审，后去爱尔兰，在都柏林大学工作；吴晓玲去了美国留学；宋振江在河北当律师；李建丽任河北省博物院副院长、研究员；担任美术设计的赵超同学，1979 年考取了中国社科院考古研究所夏鼐先生的研究生，毕业后留在考古所工作，后来主要研究古代铭刻，参加三峡抢救性发掘，成为国内考古学界著名的专家。

2022 年 5 月 31 日于保定

作者和博士弟子们（左四为同事，右三为作者）

关于“1977级搞研究”的注解

/ 王维国

作者简介：王维国，1955年11月生，河北武邑人。大学毕业被分配到河北省计量局，一年后凭借上学期间发表的三篇论文调入河北社科院文学研究所，2005年调入《河北学刊》杂志社，后来担任《河北学刊》社长兼总编辑。二级研究员，获“河北省有突出贡献中青年专家”称号和“河北省期刊出版突出贡献奖”。

一

在河北大学中文系师生中，曾经流传这样一种说法：1977级搞研究，1978级搞创作，1979级搞对象。有人说，这是戏言；有人说，这是1977级学生群体的一个重要特点。事实究竟是怎样的呢？

1978年3月18日，我到河北大学中文系报到入学。当天，全国科学大会在北京召开。此后十多天，学校广播播放的科学大会信息，每天传扬在春风微拂、青春洋溢的河北大学校园，鼓动着追求知识、崇敬科学的时代风尚。尤其是郭沫若激情澎湃的讲话《科学的春天》，“春分刚刚过去，清明即将到来。‘日出江花红胜火，春来江水绿如蓝。’这是革命的春天，这是人民的春天，这是科学的春天！让我们张开双臂，热烈地拥抱这个春天吧”，更是给人以巨大鼓舞和鞭策，至今仍能触动我的心灵。

在同学中，有盼望十年才圆了大学梦的“老三届”，有早已下乡进

和裴亚宁、王永固、白贵在河北大学校门口（左一为作者）

厂感觉上学无望的“新一代工农兵”，也有初生牛犊、朝气蓬勃的应届毕业生，大家从四面八方汇聚在梦寐以求的大学校园，切身感受着新时期科学的春天到来的浓厚氛围，十分珍惜来之不易的大学学习机会，无不废寝忘食，发愤读书，恶补知识，速增才能。当时，无论是课上还是课下，同学们探究学问的热情都非常高涨，到处都是紧张忙碌的身影。文艺理论是中学未曾接触过的课程，王德勇老师讲课深入浅出、条分缕析，逻辑性极强，但太多的名词术语同学们还是难以消化。记得在讲“典型环境中的典型人物”时，石坚反复地追问王老师：“为什么说这一个就是典型环境，那一个就不是典型环境？”直到中午饭点儿，他才和王老师一起走出教员休息室，边走边聊，意犹未尽。伴随着风行全国的“美学热”，许桂良老师在班上开设了美学课，同学们如饥似渴地读书钻研，讨论和争论。有一次课后散步，田胜满脸愁云地对我说：“什么是美？美是什么？这个问题真是太难说清楚了。”安勇为了上好美学课，专门购买了《西方美学史》，我借阅后在书页上不自觉地做了勾画，安勇看到后笑着说，这本书对你真有用就送给你。我自然恭敬地笑纳了。同学间的情义和对学问的虔敬，由此可见一斑。

二

河北大学中文系1977级为什么会喜欢搞研究？我感觉，一是中文系拥有一批享誉全国的知名学者，如早年的顾随、裴学海，后来的张弓、黄绮、雷石榆、魏际昌、詹锳等，他们因学术成就和严谨学风成为学生追崇的偶像，学生们一心想成为他们那样的学者。二是中文系选择骨干教师为恢复高考的首批大学生授课，教师们渊博的学问和一丝不苟的治学态度，给学生以深刻影响。有一次，听了武占坤老师的讲座《汉语词汇生成的时代性》，让我对汉语词汇学着迷了好长一段时间。三是同学间的激励和影响。我们入学刚一年就有同学开始报考研究生，其中，赵超被中国社科院研究生院考古系录取。这件事在班里引起了一阵轰动，许多同学埋在心底的学者梦开始涌动，从那时起，我看见杨宝忠开始做文字学研究卡片。

同学间的互相激励和影响，还表现为班级成立的文艺理论学习小组。1978 年秋，为了引导和培养同学们的文学研究兴趣，白贵提议成立文艺理论学习小组，并请王德勇老师做顾问。白贵是内蒙古的优秀考生，跟我同桌，入学前接受过专门的文艺理论课程培训，文艺学基础知识相当扎实。经过志趣相投的同学酝酿，白贵被选为学习小组长，成员有郑铁生、范国华、孟保青、马俊山、王力平、李顺刚、卢晓光、王维国等。有意思的是，文艺理论学习小组九名成员中，我所在的第六小组占了六个，我们寝室则占了三个，这或许也是一种趣味相投吧。

学习小组成立后，经常组织学习和讨论活动，有时在教室学习，有时在白贵的寝室讨论。讨论的议题有时是文坛的热点问题，如文艺与政治的关系、文艺的真实性等；有时是文艺学的基本理论问题，如现实主义理论、典型理论等；有时也会针对某篇具体文章进行讨论，如 1979 年 6 月底，在王德勇老师主持下，学习小组就班长李远杰写的文艺评论文章《也谈“歌德”与“缺德”——与李剑商榷》进行了专门讨论。远杰班长不仅从事儿童文学创作，对现实文艺问题也非常关注，该文就是他凭借政治上的敏感性，抓住李剑在《河北文艺》第 6 期发表的文艺短论《“歌德”与“缺德”》中存在的问题，迅速撰写的商榷、批评文章。学习小组充分肯定了文章的立意和时效性，并对某些词句提出了修改建议。在学习小组讨论中，发言较多的是白贵、郑铁生、马俊山、范国华、李顺刚等，讨论问题中有时彼此观点相左，交锋就会激烈起来，甚至争得面红耳赤。但经此锻炼，同学们的理论素养和逻辑思维能力普遍得到了提升。

当时，河北大学、中文系经常举办各种学术活动，文艺理论学习小组有意识地组织成员前去参加，如1978年9月，外国文学研究专家戈宝权、语言学家周有光在中文系所作的“外国文学与中国”“语文教育的现代化”学术报告；1978年10月，宋史专家漆侠、诗歌研究专家雷石榆所作的“读长篇小说《李自成》”“关于诗歌的鉴赏问题”学术报告；1979年5月，红学家周汝昌在中文系所作的“红学的几个侧面观”学术报告；此外还有李泽厚、马奇的美学讲座等。通过这些学术活动，学习小组成员开阔了眼界，增长了学识，活跃了思想，在治学态度和治学方法上也获得了很多启发。

三

学术研究除了学习和积累外，还要在研究实践中提高写作能力，出成果便成为学术研究的题中应有之义，“1977级搞研究”的说法，很大一部分就体现在这方面。班里最早发表文学批评和文学研究论文的是班长李远杰，他的《也谈“歌德”与“缺德”——与李剑商榷》一文刊发于《河北文艺》1979年第8期，是河北文艺界最早出现的反驳李剑观点的文章之一，在这方面，班长为河北大学中文系1977级增了光。发表文章最多的则是白贵，先后在《延河》《内蒙古社会科学》《河北大学学报》《内蒙古大学学报》《山丹》等期刊发表六篇论文，并有两篇论文被中国社会科学院等权威学术机构转载和收录，不愧为文艺理论学习小组长。

可能是受到班里浓厚学术研究氛围的熏染，1977级同学在读书期间发表了很多学术研究论文。仅在《河北大学学报》，中文系1977级学生两年间发表的论文竟达十篇之多，数量远远高于其他年级。经查阅该刊目录，先后发表论文的有王维国（1980年第3期），郑铁生（1980年第3期），孟保青（1981年第1期），白贵、范国华（1981年第1期），陈山榜（1981年第2期），郑铁生（署名慎思，1981年第2期），李顺刚（1981年第4期），王兆年（1981 年第 4 期），刘宗正（1982 年第 1 期），杨宝忠（1982 年第 2 期）。于此可见中文系 1977 级学生的学术研究素养和科研能力。在科研成果方面，文艺理论学习小组亦为 1977 级学生的主力，六名成员先后发表了十五篇文学研究论文。

数一数在高校从事教学及科研的教师，1977 级堪称中文系的翘楚。毕业季，经过认真选拔，1977 级的杨宝忠、孟保青、王兆年、李顺刚、阎丽、任文京、梁志林、佟明羽、王永固等 9 名高才生留校，这无疑是一个“现象级”事件，这一毕业生集群式留校的现象后来在其他年级再未出现过。加上后来回中文系读博留校的白贵同学，这些 1977 级留校生为河北大学的学术发展作出了重要贡献。此外，1977 级分配到省内外其他高校的学生，如陈山榜（河北省委党校，后调入河北教育学院）、刘书祥（河北省委党校，后调入天津市委党校）、王卿（河北省委党校）、刘书才（河北省委党校）、卢晓光（河北广播电视大学）、许学东（河北教育学院）、郑铁生（张家口师专，后调入天津外国语学院）、王俊霞（廊坊师专，后调入淮海工学院）、郑欣欣（邯郸师专）、梁进（天津体育学院）、毛一化（中央司法警官学院）、张荣（石家庄地委党校，后调入湖南第一师范学院）、马文生（保定市委党校）、林建章（保定市委党校）、吴公剑（廊坊市委党校）、李欣（承德市委党校）、刘西普（读研后分到河北师大）等，同样较好地推动了当地高校科研工作的发展，表明了 1977 级的学术研究实力。

四

我们寝室有大名鼎鼎的诗人郭沫勤，他习惯于躺在床上写诗，沉思多于言谈，但时常以新作带给大家惊喜。憨厚朴实的学习委员张树春，很自然地给人以老大哥般的信任感，一位室友的暗恋对象也只有他一人知晓。裴亚宁是我认识的第一位室友，他回沧州，家人总会念叨我的名字。范国华喜欢在寝室读书，三大“司机”（别林斯基、车尔尼雪夫斯基、杜勃罗留波夫）的文集全看了，是一个强势的文学批评辩手。梁一三是中文系外语最好的学生，每天风风火火，学习超级刻苦，着实令人敬佩。马俊山到教室自习，经常抱一大摞书，我好奇地问他，答曰：看烦了就换一本。这一方法使他的阅读量明显高于常人。

我们寝室被同学们称为考研宿舍，当时报名考研时，仅我们寝室就有梁一三、马俊山和我三人报名，后来全班考上了两名研究生，全出自我们寝室。我当时报考了中国艺术研究院戏曲研究所，因外语成绩较差而名落孙山，梁一三安慰我："当时考研大家最看好的就是你，因为外语真是太可惜了。"1981年底，我在《外国文学研究》发表了一篇关于海明威的研究论文，梁一三翻着杂志兴奋地说，在这上面发表一篇论文不比考上研究生差。大约三年后，梁一三在该杂志发表了一篇论文《试论〈失乐园〉的性质及其主题》，终于圆了他大学刊发论文的梦。

1977级毕业后，侯明古、杨宝忠、孟保青、阎丽、刘西普、要力石、赵海顺、王俊霞、王星、梁进、刘杰、张彦斌等同学考取了硕士研究生，白贵、马俊山、任文京、刘杰、杨宝忠等同学考取了博士研究生。一大批同学入行新闻出版界，侯明古当了中央电视台国际新闻部副主任、驻美国（及联合国）首席记者，何振虎成长为省广电局业务副局长，张彦斌做了河北广播网总编辑，李天慈奋斗为内蒙古广播电视台总编室主任；李远杰、龚法忠、孟保青、阎丽、要力石、任文京、梁志林分别成为新华出版社、地质出版社、河北教育出版社、河北少儿出版社、花山文艺出版社、河北大学出版社的总编辑、副总编辑和编辑室主任；做报刊的同学则有《中国文化报》社长郭沫勤、《中国汽车报》总编辑韩兴华、《河北日报》经济新闻中心主编杜英华、《河北日报》保定记者站副站长张树春、《河北经济日报》副总编辑赵淑兰、《廊坊日报》社长吴公剑、《燕赵晚报》副总编辑韩联社、《家庭百科报》副总编辑赵奇英、《经济信息报》副总编辑韩祥瑞、《中原商报》总编辑石坚、《衡水晚报》副总编辑马少华、《河北师大学报·教育版》副总编辑陈山榜、《民间故事选刊》总编辑安勇、《当代人》副总编辑范国华、《天津外国语学院学报》常务副总编辑郑铁生、《天津体育学院学报》总编辑梁进、《实践·党的教育》副主任周居霞、《河北学刊》总编辑王维国等，他们对新闻出版业务都有比较深入的研究。

五

九层之台，起于累土。大学期间形成的兴趣爱好，往往会影响一个人一生的专业走向。当年中文系1977级文艺理论学习小组及其他爱好学术研究的同学，后来大多从事了专门的科研工作，并取得了显著成绩。

杨宝忠的汉字疑难字识别研究，在全国名列前茅，科研成果屡获大奖，其主持的国家重大课题获得近两千万资金资助。白贵是声名远播的中国古代文学和新闻传播学两栖学者，不仅学术成就突出，培养的博士、硕士也遍布省内外。郑铁生是颇有名气的红学家和《三国演义》研究者，著述丰厚，退休多年还被各地研究机构邀去作学术报告，并被结集为《郑铁生讲红楼》《郑铁生讲三国》。赵超就职于中国社科院考古研究所，在汉唐考古与古代铭刻研究领域占有重要的一席之地。王兆年留校不久便被选为中文系主任，取得了管理与学术的双丰收。

陈山榜系全国知名的"颜李学派"研究专家，在这一领域无出其右。马俊山的中国现代戏剧研究搞得有声有色，并成为南京大学教育部研究基地的顶梁柱。王力平成了河北省作协副主席、中国作协文艺评论委员会委员，在全国文学评论界享有盛名。李顺刚是中国古代文论研究专家，后来留学日本，文名蜚声海外。范国华经王力平引荐出任省文联《文论报》编辑，亦编亦写，在文论圈享有良好口碑。王俊霞的汉语研究功力深厚，被淮海工学院作为特殊人才引进，担任该校的学科带头人。刘杰毕业后跨界建筑管理学领域，不仅拿到了实实在在的博士学位，还在国家一级专业期刊发表了重量级学术论文，其科研成果获得了多项部级一等奖。

此外，李远杰、郭沫勤、韩兴华、龚法忠、杜英华、张树春、何振虎、卢晓光、侯明古、要力石、任文京、孟保青、梁志林、梁一三、阎丽、刘书祥、王卿、韩联社、张礼文、张彦斌、刘宗正、韩祥瑞、郑欣欣、刘西普、李欣、张荣、梁进、安勇、赵奇英、毛一化、马文生、王维国等，也都在各自岗位上作出了应有贡献。特别值得提及的是分配到市级非文学研究单位的李欣，上学时潜心积蓄，毕业后相继在《文学评论》《文艺报》等国家级报刊发表多篇高质量研究论文，令人刮目相看。更为难能可贵的是，许多毕业后转行的同学，经过奋力拼搏，实现了华丽转身，分别在政治学、法学、新闻出版、方志学、建筑管理学、体育学、伤残鉴定等领域取得了喜人的科研成果，1977 级学生在校期间培养的研究潜质，在他们身上得到了很好的体现。

1977 级搞研究，更多是指河北大学中文 1977 级这一群体的基本素质。他们拥有丰富的社会阅历和生活经验，养成了特有的家国情怀和担当意识，具有较强的自主学习能力、独立研究能力、探索钻研精神和语言表达能力，这些融入该届毕业生身心的综合素养，无论在什么岗位都以优秀的业绩展示了“1977 级搞研究”的特质。

师友漫忆

/ 孟保青

作者简介：孟保青，1955 年 5 月生，河北保定人。1982 年 3 月毕业于河北大学中文系，留校任教讲授中国古代文学理论。1988 年研究生毕业后转入出版业，先后在河北美术出版社、河北教育出版社做编辑工作。

征文活动开始很久了，迟迟不太敢下笔。四年的校园生活毕竟是四十多年前的事，好多记不清楚了。记得的事也不敢确定是不是真的如此，难免让人有点儿气馁。可又一想，这又不是写学术文章或科研报告，完全可以当成毕业四十年老同学们的一次交流，像大家在一起聊聊天儿，唠唠嗑儿。不论是亲身所历，还是道听途说，自然是想到哪儿就说到哪儿，海阔天空，随心所欲。能入耳就随便听听，或者，就当是白头“老汉”在自言自语，闲坐说“太宗”（玄宗？那是老太婆的菜，老爷们儿不掺和）吧。

记得 1978 年入学报到以后，东西还没有收拾利索，就有同学传信给我，让我抓紧时间到系总支办公室去。一下搞得我有点儿蒙，猜不出系总支怎么会找到我，既好奇又有点儿忐忑。我赶紧上到中文系所在的三楼，找到系总支办公室，敲门有应答后惴惴不安地进去自报家门。办公室里有一男一女两位老师，女老师冲我笑了笑没说话，男老师则上上下下地打量着我。问道，你就是孟保青？我说是。他接着又问道，你是不是在入学申请表上填了有篮球特长？我想了想，说是。那表上确实有一栏是“有何特长”，我就填了篮球，因为我确实打过几年篮球，我觉得这不是谎报。难道不该填？男老师接着说，下午4点到南院篮球场比画比画。啊？这是要考核啊！怎么还有这事？我赶紧回宿舍找出球鞋，按点儿到了南院篮球场。

球场上已经有一群人正玩儿得兴高采烈。男老师见到我过来就暂停了比赛，让我加入了队伍，继续打。一上场自然好胜心顿起，打起了十二分的精神，先使一个“鸳鸯拐”，便“把平生本事都使出来”。一轮下来，那男老师面带微笑，看样子我的考核是通过了。这是我到校后见到的第一位老师，上的第一课。后来我打听了一下，才知道这位男老师是系总支办公室的常仲哲常老师。说起这位常老师，学校里爱打篮球的同学大概没有人不知道他。他擅使双手高举投篮，打板入筐，且十拿九稳，是一位资深的球迷。

在学校的几年里，我与常老师虽然说不上有多深的私交，但确是打交道最多的老师。还用问为什么——总在一块儿打球呗！说来有点儿惭愧，我实在不算是一个勤学苦读的好学生，以至于毕业时系里讨论留校人选时，一位老师质疑说，孟保青？不就是那个爱打篮球的吗？挺活跃的，他能坐得住做学问吗？我虽然最终留了校，但事实证明，这位老师目光如炬，慧眼识人，我还真没坐住，就更甭提什么做学问了。

一切就绪，正式开课。开篇就是李秉林老师讲《兄妹开荒》。从来没有进过大学的课堂，一切都是那么新奇。不由感叹大学老师就是厉害，一出这么简单的小戏居然讲出了那么多门门道道，这就是学问啊！现在回想起来，一入学就开荒还是颇有寓意的——“文革”让我们这一代人荒废了十年，现在终于进了大学的校园，我们师兄师妹自己也真的是要开荒了。李老师是性情中人，好饮。一次与李老师小酌，我便以《兄妹开荒》为题给李老师敬酒——开学第一课值得纪念，一杯；一开荒开了好几节课，辛苦了，解解乏，一杯；兄妹开荒是在西北，天寒地冻，暖暖身，一杯；兄妹开荒带动了解放区的大生产，功不可没，一杯；兄妹开荒终于到了收获的季节，丰收在望，一杯；等等。李老师正襟危坐，来者不拒。那一晚李老师喝得十分尽兴。

开学不久，同学们很快就熟悉起来。当然最早熟悉的肯定是同宿舍的几位。社会上不是有那么几句顺口溜说关系最铁嘛——一起扛过枪的，一起同过窗的，等等。同宿舍的不仅是一起同过窗，还同过屋，同过床（上下铺）。老话说，“十年修得同船渡，百年修得共枕眠”。照这个算法，我们至少修行了八九十年才有了这番缘分。

卢晓光、刘书祥当之无愧宿舍里的活跃分子，用晓光自己的话说就是有点儿“闹腾”。晓光年龄最小，还像个大玩童。他心地仁厚，思维敏捷，多才多艺，爱说爱玩，打乒乓球、打篮球、写毛笔字，还捎带着谈了场恋爱，把知性贤淑的赵家姑娘追到了手，啥都没耽误。要说同宿舍的几个人里最不可能当官的就是他，可没有想到他一路升迁，最终做了同学里级别最高的官。

刘书祥则是伶牙俐齿，快人快语。虽说有时候话直得呛人，但并不让人反感，因为他说的大都站在理上，说“大都”是因为不能忽略了他也有强词夺理的能力，只是轻易不用罢了。后来听说书祥学了法律，这可是太适合他了。要是有人过度自信跟他法庭辩论，那肯定灰头土脸讨不了便宜。正是有了他俩，我们宿舍才欢声笑语，其乐融融。一天早晨起床时分，刘书祥高高地坐在床上，睡眼惺忪地说，我的被有点儿潮，今天可能要下雨。斜对面床上卢晓光立马追问：书祥，你刚才说什么，再说一遍。刘书祥八成是迷迷糊糊没在意，便重复了一遍。卢晓光得意地笑了：书祥，你“背”潮，知道要下雨？刘书祥一下子反应过来了，嘴里一边叫骂着“卢晓光，你小子，看我怎么收拾你”，一边儿跳下床来，向卢晓光床上“杀”去……有他们在，我们宿舍里想寂寞都难。

有闹腾的就有安静的，这才体现了中国传统的阴阳和谐之道——范炳刚、赵志明就太安静了，安静得让人心疼。他们进出宿舍从来都是无声无息，起床以后就走，到睡觉的时候回来，就像是个借宿的过客。他们把时间和精力都用在了学习上，那种孜孜不倦的勤学苦读精神令人羡慕、敬佩。两人性格沉稳踏实，年龄虽然不是最大，但是有忠厚长者之风，天然就给人一种亲切感。范炳刚，不，还是按多年习惯的称呼叫“老范”吧，早早就完成了征文，发给我看。我赞叹于他已脱离文字工作多年而文笔依然那么隽美，更惊叹于他出众的记忆力，我知道他记住的不仅仅是当年那些细节，更是同窗同舍四年深深的情谊。

“老学究”杨宝忠整天埋在故纸堆里，对古汉语枯燥的字词义大感兴趣。几十年如一日，功夫下到，铁棒磨成了针。本来我想说我们宿舍风水好，当官当得最高的、学问做得最深的都在我们屋里。当官有级别在那儿，没有歧义。可说到做学问毕竟班里的同学有不少在学术上大有成就，正所谓“文无第一，武无第二”，很难说谁高谁低。但宝忠同学有个故事——说是河北大学新调来一位校长，理科出身，对文科的一些专业，尤其是训诂、校勘之类不太熟悉；有关同志给新校长介绍杨教授，说了一大堆成果，可看校长的反应似乎并不是太得要领，于是这位介绍人干脆来了个通俗易懂的，说杨教授是全国认识古字最多的人，没有之一；新校长顿时领悟，恭敬有加。这故事是不是演绎我不知道，但它毕竟亮出了一个可以衡量的硬指标。所以我还是说不论当官还是做学问，我们宿舍都独占鳌头。当然，这也是全班同学的骄傲，同时中文系、河北大学的骄傲。现在大家看到杨宝忠著作等身、弟子成群，一副大教授的派头，大概很少有人知道宝忠还是个专业级别的厨艺高手。留校以后，凡是聚餐、待客都是宝忠下厨，可谓煎炒烹炸样样在行，那包饺子快得擀皮好手也很难供上他。一晃多年，真是好久都没有再品尝到宝忠的手艺了。

我们宿舍里还有最传奇的一位——张连惠。说起连惠真是一言难尽。进校伊始，连惠老兄便以一篇《与马克思商榷》的文章词惊四座。本来这篇文章是连惠私下交给任课老师求指教的，可没想到这位老师在上课的时候提出此文，且语含讥讽。这让班里不少同学对这位老师的做法不以为然。后来连惠又以其特立独行的所为引来其他系同学的关注。哲学系有人称他

作者（左三）骑车参加同学聚会

为“亚里拾多得”，经济系的人则戏称他“体操寡头”。可很少有人知道连惠大起大落的坎坷经历。一次他跟我讲起他的事，三四个小时的时间里我没有插话，全听他一个人讲，听完之后心里真的真的很不是滋味。我跟连惠老兄说：“你把你经历的这些直接写出来，不用虚构，不用修饰，就是一篇批判现实主义的力作。”连惠苦笑了一下什么都没说。我本想复述一两段让同学们感受一下，可又觉得不妥，这毕竟涉及个人和家庭的隐私。毕业以后的事大家都知道了，连惠在提拔之快和降级之低两项上都创了纪录。我很替连惠惋惜，因为他不仅聪慧好学、勤于思考，而且待人真诚、为人正派，他真的是一个难得的纯粹的人。中国不缺精明的人，缺的正是连惠这样的人。

记得美国电影《闻香识女人》中阿尔·帕西诺那段慷慨陈词：走到人生的十字路口，我从来都清楚哪条路是对的，毫无例外，我都清楚，但我

作者（右二）在国外机场候机

从不走。知道为什么吗？因为太难了！我们也都知道太难了。可连惠却是按照他认为对的路走，他肯定很难，甚至注定与成功无缘，但我还是由衷敬佩他。老百姓常说“好人不得好报”，这到底是为什么？我不敢多问，显得不成熟；更不敢多想，想多了犯忌讳。那就“却道天凉好个秋”吧！

聊同屋的室友，自然是出于一舍之私。可班里九十多个同学哪个没有故事，说是人才济济、卧虎藏龙一点儿也不夸张。一进校就被同学们所仰慕的当然是名声赫赫的大诗人田真、郭沫勤。田真还写了首迎新的长诗，是由张彦斌朗诵的。模糊记得诗中有这样的句子：“今天你走进了大学的校门，你的儿子斜挎着小书包，也蹦蹦跳跳地进了学堂。”顿时惹得大家哄堂大笑。引人注目的还有已经当过支书、校长的远杰班长，大记者杜英华、龚法忠。接下来慢慢发现班里同学个个不简单，尤其是农村同学，哪一个不是十里八乡的人尖子！不少人当过教师、记者、通讯员，连任课老师都说这一届学生很不简单。

有同学征文里提到过，班里有好几位书法家，一点儿不错，这在中文系历届恐怕也是空前绝后的。我还要补充一句，事实上班上同学的书法普遍不错，这与招生的孟蓝天老师有直接关系。那一年考生太多，选择的余地很大。孟老师觉得既然是报考中文系，字写得怎么样也应该好好挑挑。于是凡是入围备选考生的语文试卷都调来查阅，分数够高且字还写得好的考生就沾了光。我之所以对这事记得清楚是因为受了刺激。上中学时，班里同学还时不时让我写上一篇字，他们照着练，可到了这个班里，我的那笔字完全排不上号，拿不出手。

我是班里的体育委员，对体育出色的同学格外关注。不知哪一天忽然发现有个家伙篮球打得很棒。我还纳闷儿呢，这人怎么没有被常老师发现？原来人家才是“事了拂衣去，深藏功与名”的高手，压根就没露。不过，没多久刘杰就“锥在囊中藏不住”了，出山后带领系篮球队获得了全校篮球联赛的冠军，成了校篮球队的主力。

那年班里的同学在佟德真老师的带领下排演人艺的话剧《丹心谱》，准备工作做得差不多了才发现舞美是个大难题。舞台布景不像服装、道具可以向老师家里借用，其不可以用别的布景替代。就在剧组犯难的时候，赵超出现了，真没想到他以前做过舞美。啊呀，真是及时雨！事后我就想，要是班里再多搞点儿活动，真不知还有多少奇人异士会冒出来！

班里很多内秀的同学，不张扬。可真要细细地说起来，故事太多了，征文结集至少得出十卷。看了同学们的征文，我才知道有那么多的同学曾经吃过那么多的苦，同时明白了为什么他们能够取得那么大的成就。这真是一届特殊的学生，一班难得的人才。我们是幸运的，赶上了一个好时代。

太啰唆了，就此打住。本还有意唠唠一同留校的几位，说说系里的老先生，可我自己都觉得太絮叨了。好在文京同学已经写了不少，我就让大家耳根子清静会儿吧。

大学生活琐记

/ 马文生

作者简介：马文生，1951年生，河北武强人。1969年参加工作，当过下乡知青、解放军战士、工人。1978年春考入河北大学中文系，毕业后在保定地委、市委党校任教，副教授职称。1972年开始文学创作，1973年在《山西群众文艺》发表短篇小说《红缨大鞭》。在党校教书期间，先花费十五年时间写出长篇历史小说《中国革命演义》，发表于创世中文网；后又花费十五年时间写出电影文学剧本《动荡人生》，发表于中国剧本网。

一、在家门口上大学

对绝大多数人来说，上大学总会比上小学、中学离家远，而我则正相反，上大学是离家最近的。我是在1977年恢复高考首批考入河北大学中文系学习的，入学时校址在保定市北市区合作路（现五四东路）的最西头，校园分南北两院（另外在火车站附近的西下关还有一处面积不大的办公区，一两年后该办公区师生员工全部迁入合作路校区），中文系在南院西南角一座教学楼（现第七教学楼）的第三层。我家住在校门外西行300米附近的前卫路8号院（此院已在1997年城区改造中拆除，大致位置是现在的河大园）。院内住户有半数左右是河北大学家属，我家即是其中之一（我父亲是河北大学的一名中层干部）。我从家到教室的距离比同班女生从宿舍楼到教室的距离还要近，有时候上课带错了教材，课间十分钟跑回家换都不会误课。

在家门口上大学有许多便利：不用住拥挤的八人间学生宿舍，不用到食堂吃品种少、味道差的学生餐，节假日无须受思亲的苦楚，放寒暑假无须遭旅途劳顿。我每天的作息时间是：早晨起床，吃过早饭背书包步行上学校，中午下课回家吃午饭、睡午觉，下午或做作业，或去图书馆借书，或上阅览室看杂志，或到操场打球，吃过晚饭多是在家看书，生活可谓“舒适”，颇受同学羡慕。当然住家走读也有不利的一方面，但总归是利大于弊吧。

二、老校长的感慨

我们这届大学生是在 1978 年 3 月入学的，入学之初学习热情近乎“疯狂”，这一方面是因为被压抑了十年的读大学渴望终于实现；另一方面年轻人都争强好胜，初聚在一起个个都想“人前显胜、傲里夺尊”。因此，入学伊始同学们就展开了全力比拼，有的早起晚睡“狂吞”名著，有的宣称要一天写一篇论文并付诸行动，还有的一日三餐以白糖代菜，省下钱来扩充存书。什么劳逸结合，什么一张一弛，统统抛到九霄云外。

1978 年是第十一届世界杯足球赛的举办年，6 月 25 日晚进行决赛。当天吃过晚饭，我系高年级的几个工农兵学员，兴致盎然地把系里的电视机从办公室搬到我们班的教室来准备看实况转播（那个年代电视机还不普及，因我们班的教室最大，可容纳更多人观看，因此系里决定把电视机搬到我们班教室）。此时，我们班里正好有十几个同学在自学，看到工农兵学员要占我们教室来放电视，一个叫阎丽的女同学马上站起来反对，工农兵学员说是系里安排的，阎丽同学听了，绷着面孔收起书本离座而去，班里的其他同学也都收拾书本走出教室另寻学习场所。正巧，这时学校“革命委员会”主任李芳林也来我们系看电视转播（“革命委员会”是“文革”时期各级行政机构的称谓，学校“革命委员会”主任相当于校长。李芳林家在省城石家庄，单身一人住在学校招待所，晚上有时就近到我系看电视），见此情形，大发感慨地说：“这一届学生太用功了，像这样重大的

大学期间在河北人民出版社实习（前排右二为谢景林老师，后排中为作者）

体育赛事还是应该看一看的呀！”

三、三读《聊斋志异》

有一位学者把“文化大革命”戏说成“大革文化命”，我觉得此说既绝妙又贴切，在“文革”中许多名著都被当成“毒草”查禁了，《聊斋志异》就在其列。我们入学时此书虽已正名解禁，但重新出版颇需时日，学校图书馆旧存的《聊斋志异》数量很少，我几次去借都没借到。

一天我到阅览室浏览杂志，忽然看到借阅架上摆着一套《聊斋志异》，我眼睛一亮，马上让管理员拿给我看。这套书分上中下三册，手写楷书本，繁体字，无注释，虽然不尽合我意，但总比没有强，我当即决定在阅览室通读此书。

我把学生证交给管理员，拿着《聊斋志异》上册找了个座位坐下，翻开第一页看起来。书中没有标点符号，只是在该断句的地方用毛笔点一个点儿。我的古汉语水平一般，看起来很吃力，但是我认定：既然是名著就一定值得看。我一个句子、一个句子地默读，遇到不认识的字就“秀才念半边”，一边默读一边琢磨句子的意思，一遍琢磨不通就再读一遍。碰到实在难懂的句子，就隔过去看后面一句，把后面一句弄通了再“前后夹攻”推测其意。不管推测是否正确，反正把整个故事连贯下来了。我每读完一篇文章，就像攻克了一座堡垒，心中充满了愉悦和轻松。

到底是名著，虽然读起来费劲儿，却很有吸引力，从那天起，我每天下午都往阅览室跑（学校有事和阅览室闭馆除外），进了屋就借《聊斋志异》。有时候我正读的那一册被别人借走了，就先借下一册读；有时候几册书都不在架上，我就先借本杂志就近找个座位坐下，一边看杂志一边留意着借阅台，见到有同学来还《聊斋志异》就连忙赶过去看，如果是我要读的那册，就还了杂志把书借下来（好在别的同学借《聊斋志异》都是浏览一会儿即还，还没有一个像我这样全书通读的）。就这样一连用了三四十个下午，我终于第一次通读了《聊斋志异》。

之后不久，经过重新注释的《聊斋志异》出版了，学校图书馆通过内部渠道买进了一批，我得到消息后第一时间跑到图书馆借到一套。书分上下两册，全部简体字，注释详细，有些难认的字还有注音。我甚是欣喜，立即拿回家伏案详读。这一次读起来比上一次省力多了，遇到难认的字和难懂的词就查注释，靠着这不出声音的老师，原来不认识的字认识了，似懂非懂的词弄懂了，理解错误的句子纠正了，大约花了半个月时间，我第二次通读了《聊斋志异》。如果说第一次通读《聊斋志异》是雾里看花、模模糊糊，那么这一次通读就是晴日看花、清清楚楚，我对这部书的理解和喜爱进一步加深了。

再后来，市里的新华书店也有《聊斋志异》出售了，我买回一套放在靠床的书架上，时而拿下来重读其中的重要篇章，体味其语言之美，探究其深奥的思想内涵，我的文学修养也在阅读过程中不断得到提高。

四、听漆侠评讲《李自成》

我上河北大学后第一次听专家级教师讲课是听漆侠评讲姚雪垠所著长篇小说《李自成》，时间是在 1978 年夏天，地点就在我们班教室，同时听课的还有历史系 1977 级的同学。漆侠时任河北大学宋史研究所主任，副教授职称。他性情耿介，口无遮拦，年轻求学时是我国著名学者翦伯赞的研究生，1957 年反右运动中被打成右派。翦伯赞提出过一个史学观点叫“让步说”，此观点认为历史上每次农民起义后，地主阶级就会对农民进行一定程度的让步，这种让步对社会发展有积极作用。漆侠是赞成和宣传“让步说”的，1966 年“文化大革命”开始，翦伯赞和“让步说”受到批判，漆侠也在河北大学校园挨批。造反学生问他：“你还坚持不坚持‘让步说’？”他回答道：“要是学术问题就坚持，要是政治问题就放弃。”事后许多老师称之为“妙答”。

上课时间一到，漆侠在系里一位老师陪同下走进教室。他五十多岁年纪，中等身材，面庞稍瘦，额头宽亮，戴一副浅框眼镜，略显稀疏的头发梳向脑后。漆侠走到讲台上的椅子前坐下，从皮包里取出一张稿纸放在讲桌上，清了清嗓子即开始讲课，声音洪亮，侃侃而谈。讲到三四十分钟时他停了下来，从衣兜里拿出一包香烟，抽出一支点燃了吸起来，但只吸了几口便把烟掐灭了放在讲桌沿儿上（烧黑的部分伸出桌外），然后接着讲课。又讲了三四十分钟，他又停了下来，拿起放在桌沿儿上的香烟点燃后吸了几口，然后又掐灭了放在桌沿儿上接着讲。一连讲了两个多钟头，我记得最清晰的一点就是：姚雪垠认为历史上没有存在过全体成员政治上一律平等、经济上一律平均（“四海之内皆兄弟”“大口吃酒肉、大秤分金银”）的纯粹的“农民”政权，而漆侠认为历史上短时期内存在过这样的政权。听课完毕，一位同学感慨地说："真不愧是教授，不用讲稿一气儿就讲了两个多钟头！"我也是钦佩之至，觉得这讲课功夫此生难及。

若干年后，我成为保定市委党校的一名副教授，也能拿上一页提纲面对百八十人一气儿讲上一两个钟头了，我知道，自己之所以能取得如此"长足"的进步，离不开母校四年"知识乳汁"的滋养。

五、原系书记冤案平反

1978年和1979年是拨乱反正、平反冤假错案最多的两年，我们系原党总支书记谭石军的冤案也彻底平反了。

谭石军是在1966年秋季"文革"初起时含冤自杀的，当时河北大学还在天津，校园分东院、北前院、北后院三处，中文系在北后院教学楼的四楼。一天下午，谭石军正在办公室办公，"造反"学生冲进来搜查"黑材料"，他站起身来极力阻止。学生们把他推上阳台并反插了阳台门，他透过门窗看到文件柜被砸开，柜内文件被乱翻乱扔，一时激愤，高喊一声"毛主席万岁"，一头从阳台扎下，当场死亡。

那时我家和谭家是邻居，谭妻（我管她叫谭大婶）也是新中国成立前参加革命的老干部，因体弱多病长期在家休养。我母亲怕她出意外，一连数日到她家看视劝慰。这次谭石军冤案平反，谭大婶母子七人（包括一个儿媳和一个女婿）来到保定住下后先到我家看望，母亲对谭大婶说："这回老谭彻底平反了，你就别老难受啦。"谭大婶说："不难受啦，过了这么多年了，不难受啦。"

第二天追悼会召开，会场上全系师生员工列队肃立，谭家母子悲喜交集，站在会场侧前方，系总支书记黄杰（黄杰是一位有着和谭大婶相似经历的女干部，她的丈夫在20世纪50年代末的"反右倾"运动中含冤自杀）致悼词。之后谭石军长子代表家属发言，当讲到"文革"中遭受的种种迫害时，谭大婶虽有精神准备，却还是悲情难抑，痛哭失声，瘫倒在地。工作人员连忙跑过来搀扶，黄杰书记也赶上前来劝慰，看着两位战争年代参加革命建立家庭却在新中国成立以后的政治运动中失去丈夫的女长辈，我的心中充满了哀伤。

六、假期党员培训

因“文革”后政治形势发展迅速，校党委决定在1979年暑假抽一个星期时间对全体学生党员进行培训。消息一公布，学生党员中立即出现了反对声（因为同学之间的业务竞争十分激烈，拿出一个星期学习政治，就有可能在业务竞争中落后）。当时教育部有一条规定，政治教育不能挤占业务学习时间。于是有的同学给上级部门写信，说是暑假党员培训违反规定，挤占了业务学习时间，因为我们的假期都是用来学习业务的，于是要求上级出面干涉，取消这次培训。上级部门当然支持校方，党员培训按计划进行，写信的同学见告状不成又生新办法，白天学习讨论时静坐养神，晚上“开夜车”攻读专业课程。

对此，学校党委宣传部副部长在大会上进行了批评，他说：“校党委在暑假抽一个星期搞学生党员培训，有的同学有意见，写信向上级说挤占了业务学习时间，要求取消培训……我们党委宣传部已故的老部长刘文，那是20世纪30年代上大学时参加共产党的，当时学校在敌占区，到了暑假，他冒着生命危险，长途跋涉到延安去接受党的培训……”

我听了心中暗想：现在大学生党员的政治热情比起20世纪30年代的前辈来，那差距可谓“不小”呀。

七、拨乱反正中的教学

我们入学时“文化大革命”刚刚结束不久，许多教材还遗留着“左”的印迹。例如写作课中有一个观点，说任何文艺作品都是有阶级性的，哪怕是一首诗一幅画都有阶级性，无产阶级画家画的画都是蓬勃向上的，而没落的资产阶级画家画的画都是衰败颓丧的。这个观点在“文革”中极为盛行，那时我正上初中，对主流宣传一概深信不疑，从来不进行独立的思考。但这一次我却产生了疑问：那么处在新兴时代的资产阶级画家画的画和无产阶级画家画的画又怎样区别呢？后来，这个观点果然从教材中删除了。

再如文艺理论课中关于毛主席《在延安文艺座谈会上的讲话》的讲义，下发时关于延安时期错误文艺思想的代表人物写的是周扬，可讲义还没开讲，周扬就平反了，课堂上老师领着我们把周扬的名字改成丁玲；没过几天，丁玲也平反了，老师又领着我们把丁玲的名字改成萧军。我先是觉得好笑，继而又感到欣慰：我们的国家毕竟在一步步走上正轨呀！

只鳞片爪忆大学

/ 刘英民

作者简介：刘英民，1955 年 10 月生，河北赵县人。毕业后在河北省工商行政管理局（今河北省市场监管局）工作，曾任市场处处长、反垄断和反不正当竞争处（直销监管处）处长、办公室主任，以及邯郸市工商行政管理局党组书记、局长等，2015 年退休。

四十个春夏秋冬，
似乎只是转瞬之间。
时间潮水渐次退去，
留下最闪光最难忘的，
还是上大学的记忆。

一

高考那年，我在赵县梨村联合中学教书。

所谓“联合”，是把临近两三个村子的孩子集中到相对条件好点的村里，在公社内抽调教师，组建一两个班。初高中俱是两年，教材统一，教学进度有要求。当时，正值教育事业重大转折的前夜，虽然已经听到过“老九不能走”的话，但我感觉“尊重知识、尊重人才”的风气还未普遍形成。农村孩子上学，家庭条件允许，孩子好学，就初中、高中续下去，条件不允许半路就可能辍学。高中毕业到头，还是回家去务农挣工分。当教师则无压力。

那段日子很平淡。住校的老师空闲多，故事就多。一盘煮黄豆我们三个男同事能喝两瓶薯干酒。学校没食堂，大家拼凑米面油自己开伙，一时油瓶见底竟可用酱油炒菜。有两个女老师，用鞋油涂在翻毛皮鞋上，生生弄成乌亮的黑皮鞋。简单清贫的生活，有时也会开出花来。

2010年作者赴美考察市场和企业登记管理时摄于旧金山

工作压力小，时间可控，高考复习自然就具备了条件。

得到恢复高考消息后，两三个老师一边教课一边准备，到某个阶段还能调整课程设置。开始，还简单交流一下，先谦虚说数学学得不好，物理差劲，历史还凑合。再说报大学还是报中专，中专有元氏师范，在邻县，离家很近；大学有河北师范大学（在石家庄）、河北大学（在保定），等等。大家各自复习，越来越感觉要补习的东西太多，痛惜以前浪费了太多时光。剩下半个月时，校长审时度势，雪中送炭，干脆放了假。

二

赴考时，骑一辆二手飞鸽，在布满了车辙的土道上颠簸，链条长时间没注油，骑行一段会掉下来。天还早，没有太阳，没有风，仿佛没碰到行人。田野里裸露着枯黄，天地之间很空旷，阴天，只看到几个村庄，在弥漫着的清冷中影影绰绰。当时心情很奇特，直到今天仍记忆犹新。一丝没有临考前的紧张，也没有今番一去就要博得个斗转星移、改天换地的豪情，更没有“有枣没枣打三竿子试试”的心态。不是自己知识储备厚实，也不是复习多么到位，胜券在握。真实念头是，一个农家子弟，本应面朝黄土背朝天侍弄田地，却风吹不着雨淋不着当教书先生，也满足了。报考大学，心中充斥着一种得陇与望蜀间又希望又空落的忐忑，一如当时的旷野。

能够幸运考上大学，没有瞻前顾后的念头、成败的顾虑。回想起来，能放得下，也许算个原因。

三

常听人说，学中文多容易，翻翻杂志，看看小说，消遣就算功课。

其实，自己起初的认识也十分肤浅，觉得中文课是语法、修辞和写作，高级版本语文课吧。没料到学习过程中眼花缭乱。古代文学、现当代文学、外国文学、文学理论、现代汉语、古代汉语、新闻、古文字……一长串名字，每个名字犹如一座大山，看山在眼前，爬山千辛万苦。话说回来，一个名字就是一个专业，各种专业集结一起，就好像又没专业。

既然是课程设置，肯定就有设置的道理。先生讲完十几个课时，整理笔记、看原著、查资料必须很快跟上去，这堂课刚刚消化或者还没消化，下堂课又有新先生、新内容。大学是打基础、学习方法技能的阶段，无论是搞学术、搞创作，还是其他方向，但随着课程一路跟下来，只觉得步履踉跄，狼狈不堪。

学习中逐渐知道，生活阅历、人生经验对于读书是何等重要。我看见的山是山水是水，有丰富阅历、洞悉世道人心的同学，看到的山已不是山水已不是水，或者已到山依然是山水依然是水的境界。升华一阶，过程何其难。

历史系、经济系同在一栋教学楼学习，一个食堂就餐。来来往往见到有点羡慕，当时就想，还是历史系好，学历史，就是讲讲过去的故事吧。

四

刘发海兄的形象又鲜明起来。

他很少上街。外出时候，从来不急，很从容，因此少有丢三落四的情况。范炳刚跟他是沧州老乡，喜欢找他遛弯，走前都会把书啊衣褥啊收拾一会儿才出宿舍门。走路四平八稳，他个子高，腿长，不把步子迈得那么大。

到阅览室催他走快点，他会说："着嘛急呢。"

他整洁、利索，喜欢平头短发，每次让别人理发时便嘱咐，再多去一些。他的头发又黑又粗又硬，根根直立。理完洗头，捏撮洗衣粉，搓得满头白沫，"唰唰"直响。

我爱找他对课堂笔记，他的记录认真，虽也涂抹，但清楚好认。字是中宫收紧、四肢舒放那种，有点黄庭坚的味儿，字不大，娟秀。

毕业后，他毅然回到沧州，安排在黄骅南大港农场中学任教。家里爱人带俩孩子，在农村，那时已经实行责任田了，选择这个工作还能顾家、顾孩子——好高骛远不现实。

工作开始，他通信中向我介绍近况，知道他生活还算平稳。只是他有次请我找黄绮先生写个学校名牌，我因曾求过先生两次墨宝，不好意思屡次张口，踌躇再三，只好交白卷。但终究没替他办成，自此心里常存愧疚。

谁知，前几年他竟去世了，一直没听说他身体怎么不好。生命无常，走时，怕还不到七十岁。据说，在人生旅途终点，每个人都会有生命的闪回，迅速回顾过往一生，甜酸苦辣，爱喜悲愁，但主要一定是善意和温情。其中，大学四年，想必也是铭记的一程。

五

学习期间身体不争气，生了次病，乏力，肚胀，食欲不振，医生诊断是贫血。吃药吃到一看见印有“河北大学卫生队”字样的白色小纸袋就发怵。一种名叫硫酸亚铁的药片，像铁丸，暗红色，沉甸甸的，一到卫生队就给这种药。不知怎么，每次和水吞下会有吞金的感觉。

宿舍几位同学，既要上课又要照顾我，温暖得极其让人感动。轮流打开水、扫地清洁卫生免了，不愿去挤、去排队便替我买回饭菜，几次三番陪同到地区医院……联社多次陪同看病。有次，医生建议做个腰部骨髓穿刺，查什么造血机能，让回去考虑一下。我俩犯怵，我看他他看我，不敢决定，还是守义和月忠兄见多识广，直言慎重。

在哪里读到过，人的身体是微型宇宙。宇宙神秘莫测，既然如此，干脆没再理睬。谁料，不长时间身体却不知不觉变好了。

人生，总是难以预知一个又一个下一刻，即使是喜出望外的那种，比如自己莫名其妙贫血了又莫名其妙痊愈了；比如四年读书遇到 422 宿舍如此温暖的同学们，他们是刘发海、王守义、张月忠、王密东、韩联社、林建章。

六

平日看书，犹如随意散步，到一处名胜，饱览山光水色，或发思古之幽情。上学读书，是面对贤哲的讨教，走遍山野的寻矿，是秋收冬藏。

为了一本经典名著，说不定几次到图书馆，好容易借到手。翻至最后的封底处，看粘贴的借阅记录一行排一行，红色或蓝色戳上的年月日头尾衔接，没有空闲下来的时候。有的书，借阅四年也未必借得到，譬如《日瓦戈医生》《金瓶梅》。

晚饭后在教室读书，自由，不受时间限制，谁最后离开谁关灯。看

1998 年作者在河北省工商局办公室

看时间不早，又暗自加码，再待一会儿。在床上读书很舒服，坐也是卧也是，要记点什么，盘腿坐起，床头与床等宽的行李箱子是书桌。

边散步边默咏唐诗宋词，带上书或事先抄在一张纸上，半路卡住，确认正误，拿出校对。出校门一路向东，一直到小营坊。夏天晚饭后，小营坊的田间小路上，同学三三两两，不绝如缕。

不知谁首创，有样学样。用两颗长钉架一块木板，钉在床铺上方做成简易书架。教材、正读的书插上去。有时，到建新街书店，花块儿八角买本薄册子小书，挤进架上，排成长长一列，床上时光，随时读随手取。墙上小书架，仿佛是同学标配，宛如那年月，在的确良军便服的口袋上别一支钢笔。

读书也有沮丧的时候，尤其到阅览室看图书、期刊，林林总总中挑出一期刊，或情景或心理或语言描写，正读到心领神会、充满期待处，忽然发现整整齐齐少了一页半页，明显是用笔尖沿直尺划过，刚扯下来。

读过的书，有的记忆深刻，有的支离破碎，有的仿佛已经丢失得影踪全无，只剩一个空空的名字。

2022 年 4 月 9 日

附：诗六首

大学回忆

第一课

十年梦路阻且长，
际会古城一课堂。
三月窗前风乍起，
白杨楼外已成行。

占　座

舍友催何急，
请听鼎沸声。
烦携文具去，
虚位且凭卿。

阅览室路上

春来杨柳半鹅黄，
开卷始觉滋味长。
快步相约天欲暮，
西楼犹自挽斜阳。

心　事

我本农家子，
未曾诉人听。
或言稼穑苦，
羞见夜书灯。

午　读

枝间日影到东墙，
依旧身心在课堂。
不是腹中无食欲，
诗书韵味馔羞香。

照　相

振衣门外站，
牌匾比肩平。
留照只一瞬，
四年与永生。

我的同窗舍友们

/ 王俊霞

作者简介：王俊霞，1952年出生，河北涿州人。1982年毕业于河北大学中文系，1989年毕业于山东大学中文系（硕士研究生）。先后在廊坊师专（今廊坊师院）、淮海工学院（今江苏海洋大学）任教。1998年被评为教授，2013年退休。

离开河北大学一晃已经四十年了，每每想起大学时的校园生活，师兄师弟师妹们（没有师姐，咱是名副其实的大姐大）的音容笑貌一一宛若眼前，但印象最深的还是我们217宿舍的几位舍友。

我们宿舍在河北大学北院女生楼二楼217房间，宿舍里靠东、西两面墙放着四张上下铺的床，靠门的一张上铺堆放杂物，其他几张床就是我们七姐妹各自的小窝。

王星住在我的上铺，她是北京来的女孩，温柔、善良且乐于助人。记得有一次我感冒了不想去食堂吃饭，她就一声不吭地从食堂为我买来了面条，还轻言细语地催我趁热吃下，令我非常感动。要知道端着饭盆从南院的食堂一路走到北院的宿舍也不是件很容易的事呢，况且自母亲走后我还从未享受过如此体贴的照顾，所以感到特别温暖，至今记忆犹新。

王星不仅在生活上给予了我温暖，在其他方面也给了我很多帮助。毕业前她曾邀我一起去熊任望老师家求取墨宝，熊先生写的朱熹的《观书有感》至今还挂在我家的客厅里。要不是王星的提议，我可能就无缘在自家客厅里瞻仰先生的大作了。

想到王星，除了她的“好”外，还有我的自责。那时大家在睡觉前往往会翻看书刊直到熄灯，整理书本杂物的事就只能放到熄灯后了，有时免不了会弄出一些声响。而我往往会因为她不小心弄出的声响而故意大声叹气、翻身以示不满，每当这时她都会悄悄地不再有任何动静。现在想来，我那时真是太矫情了，明明是自己神经衰弱睡眠不好，却把怒气发到人家身上，真是不应该！这里我要真诚地向她说一声：“对不起！”

海鸥的床与我隔桌相对。她是沧州献县的考生，父亲是交通局的干部，母亲是县医院的医生，却和我这个农村出来的人非常要好。我们常常一起去教室上课，一起去操场跑步，然后在操场角落里一起背诵屈原、李白的诗，一起复习功课准备考试……海鸥个子高高的，我俩走在一起很不协调，有同学提醒我：“你跟海鸥走在一起更显得矮了。”可是我们还是一如既往、目无旁人地昭示着我们的最萌身高差。

大二时海鸥我俩一起随华尔庚老师去北京实习。因为经费紧张，我俩借住在我一位老师家里。我们一起去听讲座，一起去参观，一起去游玩。当时我们一个小组实习的还有王守义、杨宝忠、侯明古、李献文等。几位男士后来都成绩卓著，只可惜献文同学英年早逝。实习结束后海鸥随我回了趟涿州老家，也体验了一下我们农村大土炕的乡土味儿。

又想起海鸥的一件糗事，顺便爆料一下：有次海鸥同时给父亲和姐姐写信，却错把写给姐姐的“抱怨父亲管得宽”的信装进了寄给父亲的信封。结果可想而知，我们同室舍友为此笑了半天。

海鸥的上铺是凤霄，就是现在大名鼎鼎的“勤姥姥”，不过上学时可不记得她有多勤。记得那时每逢我擦鞋时（那时校园里有很多土路，黑皮鞋过几天就要擦一次鞋油），她常常会扔过一双还不太脏的皮鞋让我“顺便”，甚至还鼓动其他同学也“顺便”，而我也只好不太情愿地帮大家“顺便”了。

凤霄的嘴可是有名的“厉害”。有一次她在水房洗衣服，我拿了一条裤子让她“顺便”，并说“不脏，好歹涮涮就行”，结果裤子洗完后发现裤兜里的一片纸忘了掏出来却居然“毫发无损”。我找她抗议，她却振振有词地说：“你不是说好歹涮涮就行吗？我好歹涮涮了呀！”搞得我无言以对。

记得有一年国庆节放假，我们几个（海鸥、欣欣、秀英、凤霄和我）没回家，海鸥的父亲开车来学校看她，走时邀我们去她家玩。我们几个竟真的“热粘皮”，简单收拾了洗漱用具就钻进叔叔的面包车跟着去了献县。我们一行五人在海鸥家受到热情招待，吃了阿姨为我们包的饺子。凤霄又邀我们去她家，说这里离深县不远。于是王叔叔又帮助联系了一辆顺路大卡车，“五朵金花”站在车斗上一边躲闪着那只不时颠簸滚动的大油桶，一边迎着风大声地唱着（准确说应该是“号着”）南腔北调歌，车上的几个疯姑娘吸引了路旁众多行人和田间干活儿农民的目光。司机居然跟海鸥说：“你们是文工团的吧？”而海鸥也居然大言不惭地承认“是”——哈哈，恐怕全世界也找不到第二个这样的文工团吧。我们一路高歌一路疯，不知不觉就从沧州到了衡水。

在凤霄家我们可是歇斯底里地饕餮和狂欢了一把。凤霄父母太纯朴太实在了，我们刚到家就立刻从树上打下很多红枣端了过来，接着又煮了红薯和玉米，晚饭又是一人一碗从锅里直接捞出的没过水的手擀面，吃得我们那叫个撑啊！晚饭后家里待不住了，只好到村里麦场上遛食。我们在漆黑的麦场上边走边扭，还高声唱起了所能想到的各类歌曲。往往是一个人唱出第一句，大家马上就接上了第二句，但好像没有哪首歌能完整地唱下来，唱到谁也记不住歌词了再换下一首。不知附近的老乡会不会也以为村里来了文工团啊？那时村里好像没狗，不然怎么不记得我们的歌声引起了狗叫啊。直到现在我都很难想象，我们当时怎么能一下子吃下那么多东西！

至于这趟说走就走的旅行怎么结束的，后来怎么从深县回到学校的，我们几个人谁也不记得了。

凤霄可没有她父母实在，甚至有点儿“狡猾”。记得毕业前我们在宿舍玩牌，我和欣欣一伙，她和海鸥一拨。她俩总是赢我们，直到后来海鸥才披露了秘密，原来她们经常是暗中勾结互通情报，凤霄时不时唱起的衡水味小调儿“蝴蝶飞来了还带着颜色”就是给海鸥发出的自己抓到大王的信号。欣欣我俩不服气，相约有机会一定要在公平公正的条件下再和她俩比一次。不知何时才能再有这样的机会？

那年同学聚会，从连云港到保定没有直达的火车，我先到衡水，然后搭乘凤霄单位的车去赴会。到凤霄家时才早晨5点多钟，她硬让我再睡一会儿回笼觉，自己却和先生忙活起了早饭，直到一切准备停当才叫我起来。哈！烧鸡、炒菜、凉拌菜……特别是她现蒸的肉包子和熬的小米胡萝卜粥，特对我的胃口，一气喝了两大碗。

宿舍里和我头顶头的是欣欣。欣欣的父母都是中学老师，一个教美术一个教音乐。她遗传了父母的艺术细胞，在宿舍时经常会哼起好听的小曲，令我很是羡慕。毕业后我和欣欣的来往较多，因为我们同在高校教书，又都是负责中文系的教学科研工作，所以有时会因为课程安排、职称评定以及论文写作发表进行沟通交流。她去廊坊招生时到过我家，我去邯郸招生时也去了她家，她做的清蒸鱼和炸小虾非常好吃，后来这两道菜也成了我家餐桌上的“常客”。

2017年9月同学聚会时，欣欣给我们宿舍姐妹每人带来一件黑色纯棉T恤，说是遇上促销处理的，很便宜。无论钱多钱少，她能想着我们这本身就让我非常感动！浓浓的同学情啊，岂是金钱可以衡量的呢？

和我斜对过的下铺是阎丽，我们的团支部书记。上学时她经常会因为工作而回宿舍较晚，有时我们已经睡意蒙眬了她才回来喝水洗脸洗脚的，大家的睡意又没了。为此我们制定了一个“舍规”：如果11点30分之前不回宿舍，那就要等一个小时即12点30分以后待大家入睡了再进门。有一次眼看11点30分了，正好楼道里也传来阎丽穿着凉拖的踢踢踏踏的脚步声，不知是谁说了句“快熄灯！”于是我们的团支书被“无情”

地挡在了门外。一个在门外痴痴地等，六个在被窝里偷偷地笑——多少年过去了，当时那滑稽的场景依然宛若眼前。因而后来同学聚会时，我们谈起那次“好玩的恶作剧”还会狂笑不止，而宽容大度的阎丽也只是跟着我们一笑而已。

宿舍姐妹统一着装纪念照（左起王俊霞、刘凤霄、王海鸥、王星、郑欣欣）

毕业后阎丽留校，又考取了研究生，后到花山文艺出版社工作。我去石家庄出差时还去过她宿舍，那时她低烧好几天了，浑身没劲，脸盆里泡着几件衣服也懒得洗，还带病陪我去看望远杰班长（老班长出差了未见到）。当时我以为她就是普通的感冒，都没催她尽快去医院看看，只是帮她洗了衣服。谁知后来她竟病重了……

阎丽生病时，我们都很关心她惦记她。我还与欣欣商量，想为她做一件打抱不平、伸张正义的事，但又怕她再受伤害，最终没有付诸行动。

阎丽，一个多么好学、坚强、上进的好同学啊！我们永远怀念她！

阎丽的上铺是李红，一个家庭条件颇好的石家庄女孩。据说我们班那时只有两个同学没有享受助学金，李红就是其中的一个。李红才思敏捷，文笔很好。记得有一次她在宿舍读她的散文，我觉得是那么流畅那么优美！至今我还记得开头有“晚风习习”几个字，因为那是我第一次知道“习习”这个词。

李红性情耿直，有啥说啥，从不绕弯子。记得有一次她在宿舍对一个同学说：“哎，那天你借我的一毛钱饭票还没还吧？”了解她性格的我们都坦然接受了她的直爽，并向她学习。

李红聪明好学，但从不把考试分数放在心上。每次期末考试好像她都会把包包拿到教室，考试还没结束就提起背包赶往车站准备回家了。“考试及格就行了呗，要那么高分有什么用啊！”我很佩服她的洒脱，可终究还是不能免俗，考试还是想尽可能分数高一些。

毕业后我和李红的来往不多。后来听说她随孩子去新西兰定居了。有一次我因为有免费的机票，想去新西兰、澳大利亚旅游，请她在那边帮忙联系一个华人旅行社，跟她微信联系了一次，后因种种原因没能去成。

这次因为征文又跟她联系了一次，她说她生活的地方像个世外桃源，一切都很好。衷心祝福她！

写到这里忽然又想到我的同桌周居霞了。我和小周是四年的同桌，又同在一个小组，所以接触还是蛮多的。她是各方面都很出色的好学生、大才女。她爱写诗，是我们班里有名的女诗人；她会打排球，是学校排球队的队员；她心灵手巧，会拍照还会自己洗印照片；她乐于助人，帮我剪过头发、裁过衣服……我从心底里佩服她！那年我和先生自驾去新疆旅游，路过呼和浩特的时候去看望过她，受到了她和天慈的热情款待。在饭店用餐后还热情邀我们到她家里小坐。好像在哪位同学的征文里见过“同学情是仅次于血缘情的一种感情”，真真如此！要不是小周的软硬兼施，我可能也不会写此文的。因为看到其他同学的征文都那么的“高大上”，而我上学期间平平淡淡，工作以后直到退休都是个普普通通的教书匠，也是平平淡淡，实在没什么好写的。但是小周说，组委会责成她负责外省同学的征文，若都不写她没法交差。无论是上学期间还是毕业以后她都给了我很多慷慨的帮助，我不能知恩不报啊，于是为了帮助她完成任务，也为了应付何振虎同学的一再“催讨”，还是勉为其难地敲起了键盘。可是写什么好呢？既回忆不起上学期间的刻苦勤奋，也寻不到工作以后可以称道的骄人业绩，只好写写印象最深的同窗好友了。写完短文请王星审阅时，她又提供了几张入学不久的照片，权且选出一张插放在这里。

此时，王爱华演唱的一首歌曲涌上我的心头：“翻看发黄的老照片，

舍友合影（左起郑欣欣、王海鸥、王星、刘凤霄、王俊霞、李红）

不变的是那纯真的笑脸。啊，时光带走了我们的青春，却留下了难忘的从前。啊，岁月改变了我们的容颜，却改变不了那份深深的怀念。”

是啊，深深的怀念！经久的怀念！想到这些可亲可爱可敬的好妹妹们，我心里充满了温暖与感动！亲爱的小妹们，老大祝你们永远年轻漂亮，永远开心快乐，永远健康幸福！

一根晒绳走过的被

/ 范炳刚

作者简介：范炳刚，1953 年 11 月生，河北沧州人。新安江工地上小学，原籍上中学，毕业后回村劳动，1978 年 3 月入河北大学中文系学习，1982 年 3 月毕业后进高校任教。1987 年 9 月出国，后进 IBM 任计算机系统工程师。

去过了报到处就可以把行李拿到宿舍，那第一次上楼，还是提着东西爬上最高的四层，如今却寻不出什么了。“你好，你好！”满面的阳光映过来，早就快快地接了我的网兜，就是同舍孟保青，至今还记得那第一面。满是青年的热情——如今知道什么叫青年了。他已铺好了自己的右下铺，大方格床单铺出来很整齐。三个上铺还都是空的，我上了左上铺，自然又是他给我递上来东西。被褥放床板上，小柳条箱靠在床头，于是开始了大学生活。

柳条箱是母亲在长春买的，跟着母亲到过新安江又回到老家。“这是妈妈的箱子，一直跟着妈，你带着去吧。”母亲那么说。小箱刚好装下一套被褥，是母亲新给做的。里边的棉花，是母亲特别留存了一些年的，老家生产队自种自摘的，母亲说好棉花要碰上好年景才有。专门问过，母亲说存好了给我结婚的时候用，却是先给我拿来上学了，谁让我那时还不到“晚婚”年龄呢。

晒被怎么开始的已说不清楚，反正被子是上了窗户的。大窗的外两扇大撑了向外，底窗钩卡住，一条绳带两端系上两开扇拉手横过窗中扇，也就接近被幅宽，被子就那么晒上去。我记得第一根绳带是保青贡献的。窗扇负了重看上去好像还可以。同舍的也就轮流来，好天时你晒了他晒。被子自是各有各样，轮到晒时搭上那同一根晒绳，突出于那同一窗口，接受那同一方阳光，算是一根晒绳上走过的被子了。不是一两个窗口，向阳面遇个阳光天，许多大窗都被褥光鲜。

宿舍楼对着教学楼，我们在那最上的三层，得了直上楼顶的大方便，大课间都涌上去，一起做“广播体操”。音乐从大喇叭一出来，同学们甚至是跑上去，抢着跟上一节认真做。不仅我们新生，之前的 1976 级和 1975 级，多半是他们在前，上到楼顶不分年级和你我，有空就做，排站个全满，跟着同一节奏舞着同一动作。同学自发集在一起的大场面，似乎没有比那更朝气蓬勃的了。也多亏了那楼顶，细密砂石铺面平阔宽展，又是高处得风气之先，同学们都愿上到那里。听说那原是省府大楼，楼顶本就是为府员活动所设，自是超了我们这些刚出村“劳动力”的眼界。站得靠右些，离宿舍窗口也就剩了几十米，又是约略等高，能看进窗看见上铺床。有时自己的被子晒在那一厢，多顾看几眼，能透窗看见床上的那小柳条箱。

宿舍隔间再往右，是中文系上届同学的，他们窗口也同样搭晒着被子，同样也是一绳跨窗——一样的窗户一样的晒法。是因那宿舍有位同乡。迎新会上的节目，最记得的就是那首男声小合唱《啊，朋友再见》，之前从没听到过，之后忍不住学着乱唱——我们宿舍多少次全舍起哄唱。四位表演男生齐整深沉，那位戴军帽的一身英姿让人惊讶，而他竟是同乡，也是在左上铺。上面全一色洗白了的军绿被子叠得棱角分明——他来自部队文艺兵。不知怎么得以表演，按那时满脑子的政治思想觉悟说，那一首哪里挨得上？那“迎新”自然是为我们，表演者面对的将是离校，或者唱出他们自己的心声？如今 1977 级已是迹满天下势满天下，而之前的几届几乎寻不见踪影了。水泥台圆饭桌上忽然找不到自己的饭盆，着急无法吃饭。“你找过洗碗池那边吗？”同饭桌从未说过话的上届女生，说了就往那边走。我怔了一下跟过去，到了洗碗池边她才悄悄示我去问那人。那人红了脸说一时拿错，于是得还盆以饭。那高靓女生的清丽聪颖至今印象清晰。她们的入校，不是在“恢复高考”以后，而是在“大学还是要办的”以后，就那么成就了她们的人生？我们这些被恢复进1977级的，不曾巴望过被推荐进1976级？党史共运史，即便专业课，从第一学期的毛主席诗词到当代文学，再到现代文学再到马列文论，比上一届我们真的前进了好多？便是那首歌吧，后来听过数次专业的甚至原创语言的演唱，却再也达不到那第一次所给予的撼动，小合唱在那特定时地一出现，似乎就注定了那特有的无可超越：“啊朋友再见吧，再见吧，再见吧！把我埋在，高高的山冈，再插上一朵美丽的花……”

那样的一窗一晒绳自然有限制，满宿舍的被褥不能哪个想晒就晒，晒后想拍拍打打也没那转圜。老家晒被子，家家都是想起就做的事，农家小院儿想怎么晒就怎么晒，晒后的收打也都是自然做。多少次下午放学跑回家，见母亲在收棉被。刚回到老家时不光弟弟妹妹，连我都还在用小孩儿被，母亲总是一起晒出我们仨的，晒长长的一挂。待收回，母亲总先拿荆条一下下拍打，告诉我说多拍拍才更暄腾。我要母亲把晒好了的被子放我肩上，我给扛回屋。再后来来了主意要“一下扛三床”，母亲只好给再摞上两床，忙忙转身抢上台阶开好屋门，还伸回手要拉。我说不用：“再有三床我都扛得动。”母亲闪在门口，笑着看我吭吭扛过去说：“看这样，

当年照相可不容易

过两年就能扛口袋了。妈有盼头了。”老家多少辈子下来的老话：能扛口袋才算大小伙子。装了粮食百八十斤，自拾上肩扛起走是要大力气的。好像那以后真朝“扛口袋”快长起来。有天放学回来母亲没在家，看太阳已偏西该收被子了，就抄了根大荆条抡足劲儿好好拍打了个遍，母亲还没回来，就折起一床试着荡翻下来，还真成了。于是一床一床把被子都收回到了炕上，还加了小心折叠成高高一摞。母亲回来一进大门就说：“被都收了？”进屋门还接着：“今儿个倒是长眼力了，被都给妈收回来了。”问我：“都拍打了的？”我告诉母亲说拍打了好几遍。母亲高兴，摸着被子一边念叨“妈妈的儿真是大了”，又把那一摞被子转过来往炕头推，推着推着却停了，对着那摞小孩儿被。母亲说了句多少年后我才有所懂的话：“这就要大起来了吗？一转眼，妈妈的儿，就要大起来了吗？”母亲那时没惦着，有一天我会离家走出去好远吧？“大起来”可不是一转眼，到把母亲给做的被子晒上学校窗口，是熬过了多年的。熬到我长大了，却一下离家出去了。平日家里的事，母亲都指着我，总算做事能让母亲放心了，却一下生转给我弟弟妹妹了。把水桶放下井去“摆水”，弟弟做来还那么稚拙费劲，可这一来每天清早都得他去井上挑水了……我倒是能扛口袋了，可是，母亲、家却完全指望不上我了。不光扛口袋，麻袋也扛了的，交公粮倒进大粮仓，近两百斤麻袋扛起上跳板，步步上高，一步一颤。

被子有了权宜的晒，但小学就学了的“勤晒被褥勤洗澡”，到那时的大学也还是做不到，到哪里去洗澡？是第二个周末——那可忘不下。如今说会让年轻人笑，那时去一次市浴池跟去趟天安门差不多。而且老实说，提那“一起去洗澡”的动议，便是今日也会倍感踟蹰的吧。是只有我俩在宿舍随便忙着什么，保青先是像无意间自语：“这天儿有点热了，洗个澡才好。”顺他话音我随了句“就是”。“那咱们去？”眼睛跟话音一样清亮，满带启发，就那么一拍即合。要不是好友相邀，那入学后的第一次大学浴不知要挨到啥时候。说“好友”，到那当儿当然已是杠杠的了：一起洗澡，是要当面脱个精光的。而且，我们还没漏过那一道：搓澡。今日再说那搓，困难是太大了，总之，要互相搓，让错过了那伟大时代的年轻人们想象去吧。非常好的天气，不冷不热，实则离着天热还远，一毛钱门票，进去了按号入座，自然是两个相对的靠背长座。然后——记忆中，坐下后不约而同约略迟疑了一下，或者说各自镇静了一忽儿，顾环境而左右，天花板都仰看过两遍的，保青起了什么好话题，就一起关注侃谈起来，也就放松了动作脱衣，对面说笑间过了一道，继续着说话，一起站起走向大浴池，大半也就只剩坦然面对了吧。那过后回来的路上，只觉路边的树荫平添了一度清亮，又有斑斑点点的阳光，怎么一来就辉映出了同学的健美——尽管人体美的概念那时还远没进到审美意识：个头体魄相貌身材，青年才俊样样都在。宿舍地上俯卧撑他上来就是三十个；一起跑步出校门后他在前边能跑得让你瞄不见；抄手纸时顺抄上英语课本（进厕所不带手纸可就栽了），过会儿回来他从头到尾背给你听；《文学基本原理》他拿起来就大段抄记，尽管离那门开课还差两个学期；看后传给我，外国文学他至少日毕一书别管多厚，凡图书馆有的悉数搜借来，从古代直排到当代。而且，便是今日票选舍内最洁床铺，我猜入选的还会是他那右下铺，里边不管，外边看上去就是整洁——右下铺的一切在左上铺那儿永远一目了然，他那床，永远被子是被子床单是床单。

暑假后第一个中秋，很是晒的第一个盛季，被褥挂出窗外，向阳楼面云帆片片秋阳里一派灿烂。大好秋光感染了我们：咱一块儿过节。平日“十分钟都是好的”，那日决定舍一把：今晚不看书。大宴自晚饭始，就在宿舍。食堂大菜，一人捧回一盆摆上桌。两块钱一瓶薯干白酒众手里过，你来了他来，瓶盖在床沿上生磕开。大碗喝酒？我们直接举盆——饭盆，舍内无杯且无碗。一声“来”，众盆一碰奏声铿然，聚义般的粗豪已在其间。酒，只能说苦涩，却是薯味浓郁入口不忘；也很劣烧，让人立刻面红头高。我们多半都是第一次高楼对月，四层楼外一无遮拦，月色漫天，多少的单纯憧憬挥洒开，种种的同窗情感弥漫来。幅巾奋袖谈词如云间，“直挂云帆”“再使风俗”之类，早已尽在话下。什么什么段子也间或翻上来：

“这碗酒，你、你把它喝下去”（《红灯记》）；“高，实在是高”（《地道战》）；“二他妈妈，快拿大木盆来嗳——”（《钓鱼》）；“你顺我这柱子爬上去”（《醉酒》）；等等。如果说“苟富贵，无相忘”的提出还有待时日，那份情义却已热在那儿口老酒里了。走，去方便。发声喊呼啦地进厕所，共对一道厕沟，人人醉翁之意，个个站立挺直。第一次那样成排结队，似乎也是第一次那样用词“方便”。后来的舍间趣味，不知几多从那一场衍生来。保青，又是活络又是随和，惹得大家亲热到了叫他“阿孟”——找不出更亲热的词了。舍间最少老弟，忽然就有别开生面，“那个揍儿来着”，立马成了最热流行语。柳体小楷《赤壁赋》一个午休一挥而就，笔笔到位字字珠玑，谁见谁爱。右上铺再上本无多大空间，起床他硬能无视房顶站着起：忽地先竖起坦对一窗朝霞，再拎了裤子生往上揪拉，没法更高难了，被自个儿腿逼得又梗脖子又躬腰，隔空看着你以为他多费劲儿呢，半立在那儿脸上正半自嬉笑呢，半点不含糊一准成功。动作没法更生动了，在那晨光恰好中。最长学兄睡近门下铺，起床后连褥子也撩起卷了，露大半个糙木床板单等靠被卷坐，脱鞋不脱鞋到时两便，或着鞋箕坐高谈或除鞋拱被蜷卧，全任兴致起落。最善谈两论（《实践论》《矛盾论》），论辩越到最后越是他大谈独揽。最崇拜拿破仑军事天才，讲战役不管细节只论宏观，按时熄了灯大家暗里两眼朝天，老兄乘兴赶时间紧抓灵感：“我这年龄已经晚了，将来儿子，一定要培养成军事家。”“好，给咱中国出个拿破仑儿，横扫欧亚。”立时笑声一舍。拿破仑当然要“儿化”，特别是在咱中文系手下。

被褥放假带回家，拆洗了开学再带回，大家都那样。一定是《人是马克思主义的出发点》发表以后了，忽然有大妈们跨进宿舍楼来，给提供服务拆洗被褥，晚间楼道里吆喝，被褥收了去第二天洗晒一新给送回来，仅收费一元。我记得就那么让被子干净过一回。听见吆喝忙忙去领回，见收被子的两位壮健大妈，正翻看收在小车上待洗的被子，就那么翻出来喊喊出来笑，笑出来声儿跟什么似的：看看这被子，这男学生们都怎么睡的，这根本洗不下来呀；还不是晚婚把他们卡住了；不这样他们还上不了大学呢。笑声灌个满楼道。可也是，农村青年已婚便不能报考，多少英才就那么放弃，倒是不够晚婚年龄的我们侥幸绕过。即使本来早该上学的晚了三五七年。至于被子洗不洗得来，只好由大妈们操心了。那服务从地里冒出来从墙外飘进来，在当时一定很是出新，不知别个有没有。不过，我们校园“古城保定”，许多别个有的我们没有。当时种种鼓荡着的时代风潮，种种风行的串联结社油印刊发，种种的朦胧手抄集会演说，在我们多是后来才听说甚至是久后才读到。偌大班级，按时上课按章教学，有文化有纪律，别的似乎就不怎么有。一说 1977 级，自是与理想主义的 20 世纪 80 年代与有荣焉；盛名之下回头看，面对那“众声喧哗生气淋漓”的“意识大解放”时代，青春无悔？也就一便说，便是这与被子相关的出新吧，受惠的是我们，全赖外邻服务大妈敢想敢为。

在家中工作

大学时的被褥，是直接带进了工作后第一宿舍的。还是学校。不过教工宿舍有所阔——两人一间；晒被子也有所阔——房前向阳小树间，自己的被子上自己的晒绳。我的那套还是上学从家带来的，被子褥子，都是母亲自裁布料手工缝制的。床头放的，也还是母亲的小柳条箱。只是，同舍好友同窗，一离校漫天云散各自东西，同一晒绳晒被，同一水泥桌吃饭，甚至同一水池洗澡，一瓶薯干酒举盆中秋，是再也没有过的事。《啊，朋友再见》的同学歌声，沧桑迭染也渐成遥远的记忆了。这多年下来，与许多同学甚至再未见过面，别管多么的好友多么的心念。心念可以历久弥新，如同那份美好本身。尽管，与小鸟一样不回来的，是我们的青春。

2022 年 7 月 2 日

当年，我们正年轻

——河北大学四年生活速记

/ 佟明羽

作者简介：佟明羽，1953年10月生，满族镶黄旗，祖籍辽宁锦西（今葫芦岛市）。1982年3月毕业留校。1984年秋至1986年入北京大学中文系当代文学方向研究班两年。三十余年的教学生涯中，主讲了中国当代文学、中国当代文学流派小说、比较文学、港台文学、北美华人文学、对外汉语诸课程。高级讲师，曾任河北大学工商学院教学督导。

一、最美的画卷

往事如风、如歌、如梦，河北大学1977级四年的经历已成我心底最美的画卷。

1977年10月下旬，在去往天津购书的火车上，我第一次听到广播里播报的“关于恢复高考招生”惊人消息，于是有了自此之后两个月超负荷的备考。踏着深冬岁尾的厚厚积雪，我走入了河北平泉一中的考场，拉开了我大学求学的序幕。

1978年4月初，我因工作手续（图书馆管理员）交接，迟到将近半月来到古城保定，敲开河北大学中文系办公室的门，成为1977级的一员。

大学四年，一千四百多个日日夜夜，我和我的亲如兄弟姐妹的学友们朝夕相处。在这块多情的土地上，我们洒下辛勤的汗水。白天密集地听课，晚上教室里灯光不息（一间教室里晚睡或早读的人前后接续，实际空闲只有两三个小时），当太阳升起时，我们又迎来上早课的先生。

在这一千四百多个日子里，也曾有过个人的苦闷、迷茫、彷徨，但更多的是对国家“四个现代化”的振兴、民族复兴的憧憬。巴尔扎克、海涅、托尔斯泰、鲁迅、巴金等从我们眼前一一走过。女排三连冠的声音好像还响在耳边，当夜激动的人们举着火把冲出校园的情景就像在昨天。

中文系多有大师级人物，如顾随先生（蜚声海内外的词学大师叶嘉莹先生的先师）、魏际昌先生（胡适先生的研究生，关于“桐城派小史”的研究曾经有过胡适先生的指导意见），诸先生学涯发轫于燕京、辅仁，传承的文化脉络归属于今天的清华、北大。詹锳先生、雷石榆先生具有海外留学经历，他们的学识、学风影响了我们 1977 级。从文化传承看，我们 1977 级是幸运的，我们与大师近距离地接触，聆听他们精彩的授课和悉心教诲（比如雷石榆先生的“海涅研究”、魏际昌先生的“桐城派小史”）。

值得一提的是，我们 1977 级的男生们曾在入学不久后乘校车去天津把雷石榆先生夫妇接到保定，为此，雷先生还赋诗一首《出津门》。我作为古典文学课代表，每次都到家中接魏际昌先生（有时还有班长李远杰陪同）。我们的前辈人格高尚，治学严谨，诲人不倦，其中有很多故事值得流传下去，讲给后人听。

还有全班同学坐火车去北京参观首都人艺剧院于是之先生版的《茶馆》以及八一电影制片厂摄影棚里的特技。漫步在北京街头，晚风吹来的惬意仍在撩拨着我们的发鬓、衣衫……

四年里，我们在河北大学这块净土上辛勤耕耘，徜徉在这片知识的海洋里，我们意气风发，我们拼搏向上，生活在充满希望的伟大时代我们内心无比自豪。“再过二十年，我们来相会”这首《青春之歌》的主旋律成为我们对那个时代永远的记忆和礼赞。

二、母亲的“右派”撤销了

1979年，正是党中央拨乱反正力度较大的一年，当时一批影视文艺作品也多有反映，如有代表性也在全国产生较大影响的电影《天云山传奇》获得很好的评价。

这年秋季的一天，系里通知我到系总支办公室，我很快去了，见到系总支办公室的两位老师还有书记。书记见我进来，拿起早已放在桌子上的一张函文递给了我：请通知在贵系上学的谢鸿知之女佟明羽，其母亲于1957年错划的“右派外围分子”现予以纠正摘帽，予以撤销。

书记宣读这一通知时，我脑子里一片空白，这对我太始料未及了。我仅知母亲平时心情压抑，总是有什么心事，没想到善良坚强的母亲身心背负了这么重的心理负担。我心中隐隐作痛，不安了很长时间，无法释然。

我在“文革”爆发时刚刚小学毕业，亲历了父亲划为“走资派”的事情，但对当年反右涉及我们家的记忆非常模糊，只是从街道贴出的大字报里隐约感觉我母亲承担着沉重的压力。如今，这一切终于烟消云散。

三、以“雨果”的名义

在外国文学课讲到法国文学段时，有很多作品要读。当时我们女生中流行一种快速阅读，即大家分别去借书，然后交换看。给我们上外国文学课的有崔建平老师（古希腊、罗马段）、张洪榛老师（俄苏段）和徐鸿荣老师（欧洲文学）。

一天上午下第二节课后，我想去借雨果的《九三年》提前阅读，免得上课时追不上老师的速度。大课间，各系到图书馆借书的人较平时多，我很快找到“英美法国文学”部分，再找出雨果卡，逐一在借书单上写下作品、作者、借阅者等，很快交给了前台管理员。没过十分钟，听到管理员喊人：“雨果！《九三年》已经取来，请到台前拿书。”我因脑子里还装着前两节课的内容，又在翻其他卡片，根本没太听到管理员的声音。“雨果？谁是雨果？请到前台取书！”这时，我突然惊醒，冲了过去，马上应道：“我的书！”管理员有些不解：“你怎么把这本书的借阅者写成了雨果？”我突然反应过来了，一张借书单写了两次雨果：著者雨果／借阅者雨果。我不禁哑然失笑，难怪管理员斜眼看我。

几年之后我留校工作，一天晚上，几位好友习惯去花园散步，说话间曾经的图书馆管理员（现在的好友）突然说起她当年在图书馆工作时一件趣事：有个中文系的学生将借阅者和著者都写成了“雨果”，等了半天才有人取书，你说可笑不可笑？我听了之后马上说道：“不许说这件事了，你说的那个人就是我！”天下的事有时就这么巧！一件事被人记了这么多年。

四、排演《丹心谱》

在大学四年生活中，留下记忆最深的集体活动就是我们集全班之力排练演出话剧《丹心谱》。

1977 年与 1978 年，在反映揭批“四人帮”的罪行中出现很多风靡一时的作品：小说《班主任》《伤痕》（由此而引起的“伤痕文学”现象已载入中国当代文学史）以及话剧《于无声处》《丹心谱》等。在这个背景下，我们排演《丹心谱》就不仅仅是一次戏剧教学的实践活动，而是具有了时代意义。

苏叔阳的《丹心谱》在京公演时，适逢佟德真老师正给我们讲戏剧，在佟老师倡议下，决定尝试一下排演《丹心谱》这部话剧。于是就有了一个以我们班为主的 20 多人的剧组：如刘杰、孟保青、白贵、张彦斌、卢晓光、龚法忠、李红、王星、刘秀英、郑欣欣、周居霞、我、赵超等，其中我、周居霞、赵超是美工组的。记得当时我们用纸板缝制了一条大鲤鱼，里面填满了锯末，挺像真的，拿在庄济生的手里，挺像那么回事的。

演员们先是不厌其烦地背台词、对台词，佟老师声情并茂、顿挫有致

排演话剧《丹心谱》

地示范指导，以后是单练、合场排练，大家极其认真，不亚于专业剧组。经过努力，我们真的磨出了一台青春气氛非常浓厚的大戏。原汁原味的演出效果是我看到的所有学生戏剧演出效果最好的。

第一次正式演出，就在欢迎新生的舞台上获得成功，掌声一片。以后好几年，都曾在迎新的活动中成为一台重头戏，观看的人评价很高。后来我们还走出学校，为三十八军的官兵们演出。记得这次演出后，我们在舞台场地候车时，部队还送来面包表示感谢。大家整理衣物、道具时，已是晚上十点多，同学们又困又乏，有些坚持不住了，晓光把自己裹在幕布里蹲下去（小寐一下）。之后，部队来车将我们送回学校，拐弯时，外侧偏重，一车人站不稳，重重地砸向里侧。砸着我的是赵超，赵超连声道歉："对不起了，佟明羽！"多年以后在保定见到赵超，我又向他"翻小肠"（找后账）："赵超，你那次砸得我好痛啊！"

五、致同桌的你

刘书祥，一位石家庄籍的男生，从进班到毕业，我俩一直合用一张课桌、一条长凳。书祥比我小两岁，说话典型的石家庄口音，话语不多，初听不太习惯，听惯了，很觉亲切，有美感享受。

书祥中等个头，一头黑发，眼睛有神。平时我一进教室，书祥经常早已坐在另一端，或自学或候课。书祥聪明，不擅深谈，我俩经常寥寥数语，一下就能心领神会，到了"心知神知，你知我知"的境地。

我是古典文学课代表，书祥是劳动委员，我们又都属第六学习组，一般书祥发布什么劳动指令，我总是积极响应，紧跟而去。我们之间没有浮华，有的只是朴素。毕业后，每次再见到书祥，心里总不免想起在一起的一幕，一种由衷的亲切感油然而生。光阴荏苒四十年，在此祝福我的同桌书祥：愿你人生平安！快乐幸福！

结　语

2021年是母校河北大学建校一百周年（1921—2021），从工商学院、津沽大学、天津师范学院再到河北大学，一百年里培养出的学生无数，星光灿烂，其中致力于现代物理学、建筑学的在世界多有影响，人文学科、教育学科则人才辈出。

我们这批人当年被赋予了“为中华崛起而读书”“为中国实现‘四个现代化’”而读书的使命（大幅标语曾在我们中文三层书报栏顶端上悬挂）。历史选择了我们，我们见证了时代的伟大变革。我们是这个伟大时代的参与者、见证者、受益者和贡献者。中文系1977级将永远定格在河北大学校史上。

今天，我们可以自豪地说，我们没有辜负这个伟大的时代。时代精神铸就了我们的灵魂——“心向着祖国”。我们感念世事维艰，我们感念国家和河北大学恩重如山。我们依然在奋发努力，我们依然年轻。

与同学合影（前排右一为作者）

我们还是年轻的模样

/王 星

作者简介：王星，1957 年 10 月生。1982 年毕业于河北大学中文系。1982 年至 1991 年在北京做杂志社编辑和记者。1991 年至 1996 年赴德留学，获德语语言文学硕士学位。回国后从事中德文化交流工作。2005 年起专注于德语图书版权代理工作。

收到河北大学 1977 级纪念毕业四十周年征文消息有段时间了，却迟迟没有动笔。或许几十年的岁月实在漫长，茫然中不知该从何下手。

然而，面对同学们诚意满满的催稿，愧疚难当。一个偶然机会，脑子里闪现出一段令人震撼的视频——天津音乐学院 2012 级大学生军训时 800 人集体合唱《因为爱情》，视频中那 800 张青春飞扬的面孔、800 个热情奔放的歌喉散发出一股让人无法抗拒的感染力，生生把一首柔情伤感的爱情歌曲演绎成一个热烈欢畅、激情四射的青春宣言，远远超过了王菲和陈奕迅的对唱。大合唱的冲击力和感染力，带我瞬间回到几十年前大学的母校。

河北大学中文系 1977 级也经常会有大合唱，记得是在音乐课上。印象最深的是白贵同学带着全班高唱《太行山上》：“红日，照亮了东方，自由之神在纵情歌唱……”九十多位同学齐声高歌，旋律高亢、奔放、悲壮。记得我当时毫无顾忌地放开五音不全的嗓门，混迹在大家的声音中，激动不已，一种爱国责任感和集体归属感油然而生，只遗憾不再有抗日的前线可以奔赴。那是另外一种毫不亚于80后军训大合唱的青春宣言。

还有一次麦收时节，全班凌晨5点起床去帮助老乡割麦子。大家排队向郊区出发。天还黑着，风很凉，心里却很兴奋。不过因为没睡醒，脑子有些迷糊，腿也有点发软。文艺委员周居霞用她坚定有力的声音喊："同学们，唱首歌！"她接着起了个头："走在乡间的小路上，一、二、三！"大家齐声唱起台湾校园歌曲，步履顿时矫健了起来。记得除了《走在乡间的小路上》，我们还唱了《澎湖湾》和《蜗牛与黄鹂鸟》等。毕业后，这些歌儿一唱唱了几十年，现在一高兴，不由自主地哼出来的调子，居然有时还是台湾校园歌曲的旋律。

大学时的食堂里只有一个个的大圆石板饭桌，没有凳子，我们就那么站着吃了四年饭。通常是男生和女生分开吃。但吃饭时，男生和女生常常会互相关注、遥望。往往女生会给男生送过去馒头或者玉米丝糕，因为那时饭票很紧张，按量供应，男生经常吃不饱。可惜我当时虽然瘦，食量却比较大，没有多少余粮资助男生。一生中，只有那四年是站着吃饭，但当时从没听谁抱怨过，大家反而很快乐、很满足，甚至因此而骄傲。最开心的是有肉丸子吃的时候，食堂几乎每次都会因此发生混战，不是有人排队加塞，就是谁的菜汁洒在了谁身上，就连盛饭的师傅也会抄着一米多长的大饭勺跑出来参战。现在回想，我们当年作为老实顺从的1977级大学生，那里曾经是一个难得可以大胆释放自我的地方。"民以食为天"是颠扑不破的真理。

说到食堂，会想起张连惠师兄。不知为何，当时觉得这位性格独特的师兄是位真正的理想主义者。每次饭后，常见他在食堂走来走去，收集大家吃剩的馒头。那种众目睽睽之下无所畏惧的样子，会令人肃然起敬。他在教室露台上把馒头晒干，假期时装袋扛回家喂猪。女生们纷纷给他捐粮票，却被他郑重地退了回来。还听说他博览群书，对马克思的哲学观点颇有研究，虽身在中文系，却心系历史和哲学。他曾在班上庄严地宣讲他的学术观点，像个超级英雄，又学者风范十足。可惜后来再也没听到关于这位毫不虚荣、敢于独立思考、我行我素师兄的消息。

我是六组的，组长是何振虎师兄。几十年后重逢，他已是河北电视台副台长，但我仍习惯叫他组长。组长憨厚包容，开会时不苟言笑。他后来时常开玩笑“抱怨”当年做组长不易，有时轮到值日，组员们便无影无踪，只好独自打扫。我们开小组会都是在组长的男生宿舍，印象最深的一件事跟卢晓光同学有关。他住在上铺，每次开会都赖在上铺不肯下来。组长神情严肃地批评他，大家也都纷纷抬头往上铺望去，他却不以为然。墙上贴有他的一首打油诗：“大公鸡，呜呜叫，晓光天天睡懒觉。”那字写得还不错。没想这位连开会都懒得下床的家伙，谈起恋爱来却不惜力气，竟把我漂亮的同班闺密娶走做了老婆。

王海鸥，我四年的同桌。当年她梳着两根小辫子，穿一身洗得发白的灰衣服，白球鞋，个子比我高一截子，爱打篮球。她走路时抬头挺胸，像高傲的公主，左肩背书包，右手提着一只暖水瓶在校园中走来走去，英气勃勃。心情好时，她会把一只胳膊搭在我肩上，让我感到同桌友谊的温暖。跟四年里一直懵懵懂懂的我相比，海鸥是个勤奋用功的好学生。她有写日记的好习惯，课堂笔记记得仔细工整。同桌的我，没少抄她的笔记。当然，偶尔也抄过考卷，哈哈，偶尔。她有时也会边听课边写日记，还用一只手挡住我的视线，这导致我好奇心难以忍受，再无意听课，猜测她可能已在恋爱之中。

说到谈恋爱，想起了我们的李远杰班长。那时他常常在周六班会上教导我们：“我们在大学的每一天，都是农民劳动的血汗换来的。一寸光阴一寸金，要一心一意地学习，不可分心谈恋爱。”因为家父也是这样教导的，所以大班长的教诲和家训一样充满威严。我曾在一个自己最珍爱的日记本扉页上满怀激情地写上：“奋斗，奋斗，再奋斗！”

激励我“奋斗”的还有梁进同学。她是校运会百米短跑纪录的保持者。想到她，那个穿着红运动衣在操场上飞奔的形象就又闪现了出来。我曾十分崇拜这位个性十足的小姑娘。一次，她对我说："来，我带着你一起跑。"我感动得几乎落泪。从那以后，我爱上了跑步。梁进现在爱尔兰定居，仍然在那美丽的森林里穿山越野地继续奔跑着，继续激励着我。

很遗憾，几十年前的记忆如今已变成加过滤镜的无数碎片，但每个碎片都无比珍贵。

还有与我四年同吃同住的姐妹们：一年冬天，丢三落四的我陆续丢光全宿舍女生的手套；有段时间，全宿舍每天都在老鼠啃木门声中入睡，直到一天，一缕光从门角钻了进来，逆光中是那只硕大的老鼠的影子；还有李红那个挂在床头的大白兔奶糖布袋子，曾经让我们默默地咽下无数口水……

改革开放后的河北大学中文系老师，个个性格鲜明，令人难忘。一位恩师让我牢记终生，她是现代汉语老师华尔庚。由于父母受到"文革"的冲击，我的小学基本是辍学状态，只读过半年一年级和半年五年级。大学开学后第一次汉语考试，看到我错字百出的试卷，华老师特意把我约到家里，询问缘由。记得大一的第一学期，她几乎每周都拿出一两个晚上给我补中小学语文课。我坐在她家的小饭桌旁，听她循循善诱地给我讲解汉字的起源和象形文字，像妈妈一样温柔的华老师和那个温馨的小饭桌永远留在了我的记忆中。

我人生最重要的青春岁月是在河北大学度过的。河北大学的四年给予我的真诚、质朴和执着，在后来的学习和职业生涯中一直陪伴着我。

三姐妹逛公园（左起王星、赵淑兰、周居霞）

大约毕业十年后，我在德国又一次走进大学，体验到一种完全不同的校园文化。除了学习专业知识外，我还感受到了德国学者的专注、坦诚、严谨和实事求是的治学精神。作为当年寥寥无几的中国学生，我的勤奋和执着得到德国教授的肯定，这也要感恩河北大学的老师和同窗们。

回国后，我就职一所德国官方的文化语言学院，组织参与过多场中德文化国际交流活动——其领域涉及文学、艺术、哲学和图书业，特别是深入了解到中德两国的图书出版行业，从此与图书和图书国际版权结下了不解之缘。

2005 年，我创办了自己的图书版权代理公司，专注于德语图书的版权引进，代理几十家德国、瑞士和奥地利等国家出版社在中国的版权业务，将几千种德语图书版权引进中国，包括少儿、文学、生活、哲学、历史、经管、法律和心理类等。

与此同时，我还有一个自己深爱的副业——德语图书翻译，特别是童书翻译。一晃十几年过去了，辛苦并快乐着。能够专注于自己喜爱的事情，也是人生的一件幸事。

“因为爱情，怎么会有沧桑，所以我们还是年轻的模样……”只要我们看护好内心的那份热爱和本真，心灵的青春就可以永驻。光阴荏苒，四十年前那个承载着真善美的河北大学，那个见证我们青春岁月的河北大学，一直在我的心中珍藏着。

2022 年 5 月于北京

过往成歌

/张 荣

作者简介：张荣，1957年5月生，湖南邵阳人。1982年毕业于河北大学中文系，先后于河北省石家庄地委党校、湖南省邵阳市委党校和湖南第一师范学院任教。曾获市级和省级“优秀教师”荣誉称号，教授职称。

人说岁月饶过谁！相貌变化尚在其次，更可怕的是记忆力减退，以致我怀疑患上了老年痴呆症，有时候，正待拍案而怒，却突然忘记所为何事。要不就是用手机打电话给朋友问“我手机丢了，怎样挂失”。毕业四十年了，大学那四年，多少美好，多少趣事，再不记下来，恐怕以后越来越记不清楚了。

一、班长就是班长

一个班，怎能没有班长！1978年初走进河北大学中文系，报到手续之后，就是班会。班会上，班主任宣布远杰为班长，远杰站上讲台，和大家见面。我抬眼望，年长于我，身材健硕，慈眉善目，儒雅端庄，总之，相貌很班长。就是他了！

新官上任三把火。班会上，班长烧的第一把火是：“同学们，咱们要讲文明，讲卫生，不要随地吐痰，吐痰吐到厕所去。”大家笑作一团，班长却不动声色。

第二把火，组织班级诗歌朗诵会。没有时不时的诗歌朗诵会，还叫什么中文系？班长组织的班级第一场诗歌朗诵会，是真正意义上的诗歌盛会，班长率先献诗：

同学们，
让我们朝着坟墓迅跑吧！
大诗啊！
哲理啊！

人类绝无例外地在朝着同一目的地迅跑，正如郭德纲大师所言：“我自从出生以来，就没打算活着回去。”

第三把火，谆谆劝诫。眼见有同学浪费粮食，班长在班会上说：“国家供咱们读书不容易，大家不要浪费粮食，农民伯伯种田很辛苦的。”我当时想，怎么只是农民伯伯们很辛苦呢？我下乡务农时，明明是农民小伙子农民姑娘农民叔叔农民婶婶都很辛苦啊！可是不敢说，怕班长不高兴。

大学四年，远杰讲话高屋建瓴、行动率先垂范是常态，班长就是班长，至今仍然是我们班的领导核心，率领我们一往无前……

二、人才济济的1977级

度过刚入学时的兴奋期，放眼班里，人才济济啊，有的已经从教多年，有的早在文坛占有一席之地，有的远非我班“池中物”。

入学前，同学中在各级学校任教的不在少数，让他们坐在教室里被教育，真是人力资源的浪费。如果当年就实行学分制，准许他们早早毕业服务社会，岂不更好？兴华、沫勤等师兄入学前已出版诗集，却让他们从头学习诗词写作；铁生师兄的学术论文屡屡见报，却仍要听“论文写作”课；等等。诸如此类，是不是感觉怪怪的？班上有同学高考成绩或实际学养足够上国内顶级大学的，但由于各种原因，“屈居”我们班。那几位诗人自不待言，据我所知，振虎学兄也算一个。建敏学姐，应该是年龄问题。某某大学哈，请问你们有几位学生在校期间就于《人民日报》上发表文章？而我们建敏的一篇《性别歧视要不得》，其意义与价值堪比申纪兰委员“男女同工同酬”之提案。“我劝天公重抖擞，不拘一格降人才”——永远的话题，永远在路上……

我们班人才济济，“挤”得我心里急啊。我年少时也曾是“考霸”，平时成绩一般，可是一到考试，就超常发挥，基本上是“考的都会，蒙的都对”。然而，到了 1977 级中文系，就不行了，样样不如人，很是自卑。学业水平就别提了，单说跑步，都不行。初中高中时候，校级运动会上，中长跑每每我是第一个冲过终点线。来到大学，新生往往是校运会主力军，班主任挑了四个人跑四百米接力赛，建敏第一棒，居霞第二棒，我第三棒，梁进最后一棒。前两棒都跑在各队前面，接力棒传递到我手里，我当然不遗余力，可还是落在了最后。按照常规，接力比赛的接棒者需提前起跑，以便接棒后提速，梁进已经起跑，可回头一看我已经落后且体力不支，只得跑回来接我——在接力比赛史上“前无古人后无来者”啊！好在她是体育健将，接过棒去，飞奔着第一个到达终点。悬啊！打那以后，我很是谦虚，更加具有自知之明了。

我们班人才济济，这才是开头呢，毕业后的事迹，征文中正待异彩纷呈。

三、转益多师是“我”师

可能是鉴于我们班同学中有教师有诗人吧，给我们上课的老师都是经过学校和系里精心安排的。杜甫说“转益多师是汝师”，我们在老师们循循善诱谆谆教导下，小树大树的，要么做了梁要么成了柱，最不济也使我这后学看起来像支欂栌椽子，皆有益于国之大厦。回首那“仰之弥高”亲聆教诲的四年，真乃“一朝沐春风，一生念师恩”。

雷教授，年届七旬，发丝似雪，皮肤白皙也就罢了，还白里透红，现实版的童颜鹤发。进得教室上讲台，一支文明棍儿在手，绝不是为了助行，而纯粹是一种派。当我知道他有留学欧美经历的时候，一方面佩服他阅历丰富学贯中西，一方面感觉牛奶面包的营养价值可能高于窝头咸菜。他讲课不带教案，滔滔不绝，汉语、英语、俄语、德语间自如切换，兴之所至，手之舞之足之蹈之口之吟之。于是，往往一上午课先生讲得天马行空，我们听得思接千载、视通万里，别有一番气象，启启发发，教无定法。后来我从教四十年，极力模仿雷先生教法，可惜只得皮毛，自以为得意，问学生：“怎样？”答曰：“老师，您讲之前我们不明白，您一讲我们更不明白了。”孩子们，从不明白到自己弄明白，你们就出息啦。

《红楼梦》是要专开一门课的。这门课的教学效果肯定不错，我们毕业后，班里出了铁生和凤霄等红学家，就是明证。授课老师名讳已不记得了，但他的真情投入却宛若眼前，讲到宝玉、黛玉的一往情深和宝钗的心机重重，他竟然激动、激愤得涕泗横流：“人家宝玉、黛玉爱得好好的，天作之合啊！你宝钗夹什么塞儿？”经他这么一讲，我又去读了一遍原著。读着读着，读偏了，心想，我如果是男子，定要娶宝钗为妻，纳黛玉为妾，效齐人之福，一个伴我居家日常，一个为我红袖添香。古代那会儿，很平常的事情哈。

古代文学，不止一位老师教我们。熊先生讲授《楚辞》。他身体是瘦弱的，声音却是洪亮的。“帝高阳之苗裔兮，朕皇考曰伯庸。摄提贞于孟陬兮，惟庚寅吾以降……”先生讲得声情并茂，引我陷入思考。屈子说：“路漫漫其修远兮，吾将上下而求索。”还问过詹尹：“吾宁悃悃款款朴以忠乎？将送往劳来斯无穷乎？”实际上“吾宁”已定。这两句联系起来——人生路长坎坎坷坷，我自行走悃悃款款——圆满。然而，他却食了言，投了江，半途放弃了求索，把世界让给自己鄙视的人。这个头开得不好。读书人，有识之士，讲究的是修齐治平，追求的是立德立功立言，实在不容于宵小，壮志难酬，学学陶渊明也不错啊，人家不乐意送往劳来，干脆回家种田，“悠然见南山”，捎带着写诗作文，“屈老师”的文学天赋绝对在“陶老师”之上吧。连渔父都能够一边划着小船出入风波里打着鱼，一边笑着歌唱：“沧浪之水清兮，可以濯吾缨；沧浪之水浊兮，可以濯吾足。”他们都在劳动着，创造着，快乐着。总之，屈子投江，不妥。“不妥”归不妥，与熊先生无关。“若有人兮山之阿，被薜荔兮带女萝。既含睇兮又宜笑，子慕予兮善窈窕……”妙音袅袅，绕梁至今。熊先生学养精专，著述宏富，却不太讲究小事，上课时用的水杯也许疏于清洁，表面留有或深或浅的茶渍，课间休息趁老师不在，一男生高声说：“此杯可谓‘被薜荔兮带女萝’。”大家笑了一会儿。打那以后，每当这位老师一手教案一手水杯走进教室，大家便心照不宣地盯一眼杯子，依然“被薜荔兮带女萝”。

英语课老师，刚刚恢复教职不久，曾经的磨难没在他身上留下痕迹，年过知天命，腰背挺直，声若洪钟，开口纯正伦敦腔，很受大家喜欢。下课挥别我们，有同学用刚刚跟他学的一句送他：“So long！”他看到我们学有所成，便开心地回以：“So long！”一次考试，我被扣了一分，在校园与他不期而遇时，我冒昧地说：“老师好。我是您的学生，我这次考试是因为什么丢分呢？”他不假思索地回答道：“动词不定式做主语时，怎么落了‘to’呢？”可见他有着怎样的记忆力。

四、亦师亦友是闺密

大学里，住的是集体宿舍，几个人同出同入同学习四年，该成为闺密的自然就成了。

我的几个闺密，首先是我的益友，在诸多方面成为我的楷模，且在我需要的时候施以援手。细算下来，她们给予我的帮助大超我给予她们的，她们是我的闺密、我的贵密。

同寝室的建敏，人如其名，“敏于事而慎于言”。敏于事哈，在学言学，她的学习能力简直让我膜拜。一次，和她去图书馆借书，而她跟图书管理员说借《资治通鉴》，管理员问：“你大几啦？”“大一。”管理员很是愕然：“才大一就读这种书？”学校停电时，我心安理得地玩耍，她却秉烛夜读，比我优秀还比我努力。所以，她在班里诗歌比赛中获奖，各科考试成绩名列前茅，毕业论文被导师大加赞赏，至于毕业以后她所成就的大事，读她的宏大叙事《一路向北有我家》就好。慎于言哈，一是老成持重、“闲谈不论人非”。我与她朝夕相处四年，从未闻她臧否同窗。二是不言则已，一言惊人。临近毕业，发表于《人民日报》的文章，针砭时弊，深具影响力。她虽然只年长我几岁，但她的与人为善和独有的“临大事，有静气”的人格魅力给我留下无法磨灭的印象。一天深夜，突发地震，我从上铺跳下来慌作一团时，只听得黑暗中传来她的声音，急而不乱：“荣荣，快到我这儿来！”我两脚三步蹿到她所在的下铺，和她一起躲在墙角。后来我才知道，地震发生时，躲在墙角要比跑动靠谱得多。

淑兰与我同寝同桌，她柳眉杏目，娴静如兰，秀外慧中，质朴温婉，我俩很是投缘。投缘归投缘，但更多的时候是我麻烦她，尤其是毕业后我从河北调回老家，每次到石市，除了找发小，就是投奔她，蹭吃蹭喝蹭住，谁叫她比我有本事有出息呢。她不仅为我所喜所爱，也俘获了部分男生的芳心。不过，这纯属我慧眼独具哈，那些男生都有心无胆，多是远远望着，好像欣赏一幅画儿，那眼神儿，掩藏不住地透露出纯洁美好。“山有木兮木有枝，心悦君兮君不知。”亏得他们还是学文学的。最终花落晓光家，其他“心悦”者，后悔去吧。

我与凤霄同在一个小组，她是班上才女，瞧人家那名儿起的：凤翔云霄。班里唯一一位校通讯员，就是她，校广播站常播放亲切悦耳声音：“中文系1977级刘凤霄来稿。”毕业后，我俩通过微信愈发“密”了，互为铁粉，相约“互相吹捧，共同忽悠”。

五、情知所起，爱你入骨

我们班近百名同学，虽然年龄差距比较大，但未婚的活泼泼青年才俊居多，男同学女同学，除了丑的都是不丑的，本应该演绎出一本二本乃至三四本爱情故事——电影和小说常有这样的桥段，然而，实实在在地，我们班内部的爱情之花仅仅盛开了两朵，比“硕果仅存”只多了一果。

与诗中说的“情不知所起”不同，我们班这两对神仙眷侣的恋爱是“情知所起”——球为媒。

男一号：大名晓光，个子不太高，但绝不能算矮；肤色不太白，但绝不能算黑，眼睛细长，不笑的时候要比笑起来大。他是我们系乒乓球队队长，我和淑兰是队员。晓光球拍直握，庄则栋打法。在他带领下，我们队打遍全校无敌手。也许被人家打败过吧，但我不记得了。我平时跟他练球，常被打得找不到北。淑兰球艺胜我一截，他俩对打，堪称“球”逢对手。日复一日地，两人暗生情愫，我却傻乎乎地不知当了多久电灯泡。我这电灯泡有时还瞎搅和。一次，他俩闹了小别扭，被我知道了，我怒对晓光说：“你这是干什么？”如果不是因为平时没少吃他给淑兰买的好东西，我差点儿就要说：“了不起啊？又不浓眉大眼儿！”我当时哪懂啊，恋爱就是那样子谈的，嗔嗔笑笑，打打闹闹。毕业四十年了，他俩也牵手走过四十度飞雪迎春渐渐白着头。

并列男一号：大名天慈，长得十分像排球运动员，实际上就是我们系排球队运动员。我们系有两支排球队——一支男队，一支女队。训练时，天慈不好好在男排待着，总跑女队去冒充教练。我们后来才知道，他是“醉翁之意不在酒”，女排队里有居霞。天慈来自内蒙古，按规定毕业必须回去工作，居霞“情”无反顾，追随他奔向幸福。从此，“风吹草低见牛羊”，七彩云霞在天上，比翼双飞凤与凰。几十年过去了，在班级聚会上，大家发现一个“宠妻狂魔”。见到发福了的居霞，建平笑着调侃她：“你真是心宽体胖啊。”没等居霞开腔，天慈就急赤白脸地喊道：“就你好！就你好！

也不看看你自己！”他那认真劲儿，笑翻了全场。

他们的爱情得到大家祝福，大家总算松了一口气：俺们班青春恋歌中终究没有留白。这终成正果的爱情也给大家以启迪：要是没有兴趣爱好或一技之长，谈个恋爱都不容易。看看他们两对儿，高兴时可以说“走，打球去”，拌嘴了也可以说“走，打球去”，没有什么是打球不能解决的，一场不行，就再打一场。

我好歹也是学中文的，知道爱情乃文学之永恒主题。在我看来，俺们班这两场爱情，美则美矣，但过于波澜不惊，害得我至今写不出关于中文系1977级的小说。淑兰，兰心蕙质，迄今为止我尚未遇到比她更温柔的女子。居霞，不仅古道热肠，而且能干到无所不会，女红强得可以在停电时摸黑织毛衣。她们不可能不是男生心仪的“好逑”。然而，自打她们名花有主，暗恋者都只有暗恋了，没有横刀夺爱，没有公平竞争，更没有徐志摩王志摩，要知道，那时候他们还没有领证啊。男生们这样子，让我怎么写小说嘛。

按说他们恋爱与我无关，可又让我扯上了一次关系。我们校园毗邻号称“华北平原一明珠”的白洋淀，杀敌英雄小兵张嘎，《荷花淀》雁翎队，大泽犹存，音容宛在。负笈河北，怎可不去白洋淀？谋划良久，怎么去呢？来回二百里，不通公交，水面宽阔，湾汊多多，芦苇满淀，一叶扁舟划入，女生结伴游，多有不便。邀请男生呢，谁愿意带着我这等累赘？咳，咋忘了眼前这两对恋爱宝贝！约好，我负责借自行车，一行人，朝着白洋淀，五骑绝尘。曙光初露，一如我们正年轻。在女生面前，男孩子通常是大方的，尤其是在热恋时。我跟着他们两双四个人后面，吃了这俩男生买的干粮，看他俩付给船老板钱。这就是我的小算盘——省钱，再加上壮胆儿！泛舟白洋淀，桨声没在清透的水中，家鸭野鸭嘎嘎，十月的阳光，温柔着船中两对忙着卿卿我我的人儿。我与船家说着话，有一搭没一搭，兴致盎然时，哼起“洪湖水呀，浪打浪……”，不怕难听，反正没人顾得上听。夕霞满天时，我们踏上归程。

六、飞鸿雪泥皆妙趣

“人生如寄”，有幸与学友们在大学“寄”了四年，恰好似啊，飞鸿踏雪泥，忆来皆妙趣。

俺们中文系1977级后来出了一位名闻学界的博导杨宝忠，想来绝对离不开天赋。当年，他们宿舍挺有传奇色彩的。一位学友，很是节俭，看到同学丢弃在食堂的馍馍，便收集起来放在宿舍里，攒一周后带回老家喂猪。于是，老家的猪和宿舍里的老鼠都被养得胖胖的。晓光喜练书法，夜深人静时，吃饱了馍馍的耗子用爪子蘸足他的墨汁，在大家的被子上接着练书法。晓光“威胁”师哥：“等我买来耗子药，拌到你那些馍馍上！”师哥竟然当了真，问另一同窗：“晓光是认真的吗？我家猪会不会被毒死？”逗得那位同窗喷饭……我奇怪极了，在这种寝室环境中，宝忠同学是怎样走向大成功的？若不是天纵奇才，就很难解释了。

白贵同学来自内蒙古，我们当时有点儿不相信，内蒙古同胞有那么白吗？时间一久，有印象了，肤白心热。一次，听说白同学要去外地办事，我和淑兰便托他买草帽，他爽快地答应了。回校后，我问他草帽的事。他说：“我买的两顶草帽，花色不同，一顶艳丽些，一顶素雅些。我打算把艳丽的给你，素雅的给淑兰。你看行吗？”我说：“就照你说的那样吧。”他说：“那就好。”我说：“草帽呢？价格多少？我给你钱。”他说：“哎呀，落火车上了。”

大二那年，全国高校男子排球联赛在河北大学举办。这一盛事，引得全校师生兴奋异常，没课的同学踊跃观赛，校园内洋溢着节日气氛。我校男子排球队应该是全国高校顶级球队，加之主场作战，在女生们尖叫助威声中一路过关斩将，闯入了决赛。在决赛现场，我们班十七小花之李红，“加油”得格外起劲，决赛双方谁得分她都叫好，我在她旁边观战，有点儿摸不着头脑。排球决赛场毗邻大礼堂，为了庆祝联赛圆满举办，学校举行盛大文艺晚会。在比赛进行中，我校乐队为晚会排练，当校队在决赛中领先两局的消息传到乐队时，乐队奏响了《喜洋洋》。这欢快喜庆的乐曲飘到排球赛场，赛场气氛更加热烈，啊！胜利在望！第三局开局很好，我队频频得分。可是，比赛开始不久，我方教练突然叫了暂停，换人，一下子换了好几个队员。不可思议的情况出现了，我队连连丢分，比分迅速逆转，由 6：1 变成 6：6。教练这时又叫停，换上原班人马，可是，为时已晚，对方已经打出了士气，一路高歌猛进，拿下第三局。更出乎意料的是，第四局和第五局，对方再也没给我队机会，越战越勇，最终以 3：2 逆转夺冠！我队失利的消息传到学校乐队，乐队换了曲子，奏响了悲壮的《国际歌》。我校球队男儿，听到这支曲子，就哭了起来。李红呢，则张开双臂，奔向冠军队队长："哥哥！"原来是李军！恢复高考那会儿，他们兄妹俩同时中榜，在家父与她父亲所在部队传为佳话。

大四了，1981 年 11 月 16 日，中国女排在第三届世界杯女子排球赛上首次夺得冠军。消息传来已是深夜，许多同学从被窝里爬出来，在学校南院、北院间巡游庆祝，敲起脸盆，用笤帚乃至床上的草垫子作火把，以壮声势。火树银花不夜天地迎来了黎明，白天有课，巡游渐渐偃旗息鼓，校园归于黎明前的静谧。突然，传来石破天惊之声："我的存折呢？藏在草垫子里面的！"

那时，那些书

/ 梁志林

作者简介：梁志林，1956年9月生，河北井陉人。1982年河北大学中文系毕业后留校，先后在中文系、新闻系任教，也做过图书出版工作。教授职称。

躺着看书，是在乡下养成的一种习惯。雨雪天、闲暇时躺在土炕上，农忙时中午放牛躺在山坡上，鬼迷心窍一般偷看那些千方百计弄来的书，包括四部古典长篇小说残本和《说唐传》《林海雪原》《欧阳海》等以民间流行的评书小册子；还与同学手抄过《薛仁贵征东》《十二寡妇征西》《渊海子平》等。只是这种不良读书习惯也带到了大学里。不上课时，喜欢一个人躺在床上看书。

一天下午，同小组、有时是同桌的天慈同学到我们宿舍，看见我一个人又躺在床上，就问我："你一个人不去图书馆，不进教室学习，不觉得孤单吗？"

我说："没觉得。"

他说："躺着看书对眼睛不好。"

我说："习惯了，我的眼睛 1.5。"

他说："你这家伙，应该把你放在鲁滨逊（今译'鲁滨孙'）待过的小岛上。”

我笑了笑，他走了出去。

当时，刚改革开放不久，学校图书馆开始解禁一些国内外文学著作，尤其是外国文学经典，大家都争着抢着借阅。我也不例外，只是以小说为主，偶尔看看诗歌和评论一类。有这种爱好的人很多，其中王卿与我有点“志同道合”。王卿平时慢言细语，不显山露水，但十分幽默风趣，属绝顶聪明之类。一次王卿和我说：“过了这个村儿就没这个店儿，咱们该把图书馆的外国小说都看一遍。”我说：“可能吗？”他说：“不试试咋知道。”我说：“看就看。”建刚当时在场，表示赞成。

从哪里开始呢？我先选择阅读俄罗斯小说。就这样，《我的大学》《复活》《战争与和平》《死魂灵》《猎人笔记》《前夜》《静静的顿河》《契诃夫小说集》《苦难的历程》等一些故事就进入了我的视野。可心里认为高尔基、列夫·托尔斯泰、肖洛霍夫等虽很伟大，我也敬佩，但我更喜欢屠格涅夫和契诃夫的小说，不仅看得仔细，还抄录了许多自认为精彩的段落。屠格涅夫小说中人物对话的场景，早晨、中午、傍晚的森林和宁静草原的景象，以及笔下流露的莫名其妙的怅惘情绪，竟然成为我一生难忘的柔和淡雅的迷人画卷。契诃夫的《一个小公务员的死》《瞌睡》《凡卡》等构思巧妙的短篇小说，也令我难以释手。

欧洲的小说首选法国，因听说法国小说是世界小说的潮流。不说扛旗的巴尔扎克、雨果冠绝环宇，单是后面一群作家司汤达、福楼拜、莫泊桑、大仲马、小仲马等都异彩纷呈，甚至连后来法国的华裔作家，也能像萨特、加缪一样成为诺贝尔文学奖得主。只是他们的皇皇巨著或许我还难以全面把握，他们的心路历程我也难以体会和理解，我更多的是方法论上的接受。我对莫泊桑、梅里美的短篇小说倾心不已，特别是梅里美的小说，仿佛为我打开了一片异样的天空，呈现了不一样的人物和一个美好如画又不乏壮观的景象，使灵魂禁不住地颤动。至于超现实主义、新小说派的作品，是毕业以后才了解的。

英国的小说令我动容的不多。意识流创作在国内方兴未艾，但我对这类作品没有多大兴趣。只有狄更斯的《双城记》，一个开头就让人拍案叫绝，一个比喻就让人叹服。你想，一个人喝的酒，足足能浮起一艘舰艇，该是多大的能量啊！另外大众喜爱的《福尔摩斯探案集》，我是忠实的粉丝。那种心理分析、逻辑推理，与我国《包公案》《施公案》等公案小说大相径庭，成为我认识上的一种大反转，不得不刮目相看。当然，克里斯蒂，是另一个让我仰望的星光璀璨的大作家。

拉美小说那时还没出现《百年孤独》一类的魔幻现实主义作品，我看的大多还是美国小说。最佩服的当然是海明威，不说他的长篇从内容到形式都达到完美，单是一个中篇《老人与海》，就让人感到沧桑的变化和人格的魅力。渔夫和大海、黑夜与黎明、平凡与伟大，失败与辉煌，矛盾融合得如此完美。可我觉得应该效仿的，还是马克·吐温和欧·亨利等人的作品。因为他们的幽默别有洞天，可以增添我们生活的乐趣，激发我们的智慧（尽管老舍、赵树理等人也不错）。至于许多人喜欢的《飘》一类，我读后觉得一般般，心里没泛起什么涟漪。只是很久后塞林格的《麦田的守望者》，让我有所守望，守望田野，守望纯真，守望自由……

其他如德国、西班牙、希腊等国和阿拉伯地区的一些小说，也都有所涉猎。读塞万提斯的《堂吉诃德》，我还下了一种笨功夫，把书中引用的二百多条谚语认真抄录下来，说不上目的，就是一种亲近感。也算机缘巧合，毕业后我参加了武占坤先生主编的《中国谚语集成》（河北卷）编辑工作，一干就是三四年，后来还责编了武先生的《中华谚谣研究》，也算是"前呼后应"吧。

迷上侦探小说、犯罪小说、侠义小说，也与王卿兄有关。有一天他找到我说："看了一本书，太精彩了。有一位刺客刺杀戴高乐，刺客和侦探总是差那么一点儿点儿，一点儿点儿，刺客出门，侦探进门，刺客瞄准了戴高乐的头，扣动扳机，子弹飞了出去，侦探的子弹同时打进刺客的身体。戴高乐呢，一位老者的头挡住了他的头。"这就是《豺狼计划》。我从他手里借过来看完后，接着又读了《希腊棺材之谜》《东方快车谋杀案》《尼罗河惨案》《印第安岛之谜》等一大堆侦探破案小说，入迷了，沉醉了。至于艺术性，真不大相信文学史上的一套，认为大众爱读的流传久远的柯南道尔、克里斯蒂、大仲马才不愧是伟大的作家。

中国现当代名家小说好像应读尽读，只是觉得当代干不过现代的。现当代名家中，喜爱老舍、孙犁和梁斌。或许梁斌是保定的，或许是听过梁斌的讲座，一直认为梁斌是被低估的语言艺术大师。侠义小说是从读《三侠五义》《绿牡丹》《蜀山剑侠传》等开始的，当代的金庸、梁羽生、古龙和后来的温瑞安的作品是我的最爱，其中最喜欢金庸。也是我没出息，看武侠也成了一辈子的爱好。前几年，还花“重金”买了一套正版《金庸全集》。现在不用买了，大都在网上看，一部武侠看到 2850 章，还一眼望不到头。印象中，一部书 100 万字算是巨著，现在的网络小说，五六百万字算是小菜，一两千万字的多了去了。

那时中文系的同学应该都有一个作家梦。我倒没有妄想，但随着读书量的增加，也偶尔有写作的意愿，想玩一把。我和王卿说：“人家读十本书写一本书，咱笨点，读一百本写一篇还可以吧。”王卿不置可否，忽然有一天他给我看他写的《深夜打字声》，一篇情节曲折、地地道道的侦探小说。我起初是写我少年的故事，想自己看着玩，后来把初中的一件事做了加工，构成短篇《在太阳下面》，发表在《莲池》杂志上。还有个短篇《心灵曲》，参加了中文系征文比赛，获三等奖，得了一个笔记本。

对诗歌、散文一类的书，外国的诗歌接受的较少，除普希金、莎士比亚、惠特曼、泰戈尔少数人外，记住的也不多，明显受到了境界的压制。我国古代诗歌偏爱李白、王维。李白心灵的自由飞翔，王维的佛化山水，都是我的孜孜追求。宋代苏东坡带着复杂的完美，我层次低，只好“一蓑烟雨任平生”。杨万里倒是纯真有趣，小荷蜻蜓、菜花黄蝶、童眠柳荫、碧叶红花，堪称诗海明珠。现代诗歌偏爱徐志摩，轻柔如霞，“我不知道风是在哪一个方向吹”的感觉很美。对承载重负的诗歌，我觉得生活已经不容

作者（中）参加高考阅卷时与张月忠同学（右）、姜春芳老师（左）合影

易，没必要再体会那种情感了。散文偏爱杨朔，觉得他匠心独运，语言简洁生动，并买了他的散文集反复浏览。

当时，我也写了两三篇散文，有一篇《绒花树》发表在河北大学校报上，被校广播台播放了一个星期。每到中午蹲在食堂外用餐时，就听到大喇叭里朗诵我的散文。当时也没感到咋样。因为考上大学的，哪一个不是人间龙凤？青青繁华校园，我怕连一棵“葱”都不是，何况我“玩”的成分很大。不过，一个情节很难忘记。有一天我从三楼教室出来走到楼梯口，碰到同组刘凤霄同学，她拿着一张报纸对我说：“你的散文写得真好。”我怔了一下，笑了笑，走了下去。还有一位同学表扬过我的小说，就是我始终把他当作老师一样对待的张树春老兄。他品学兼优，在我心里就是一个好人——一个让人放心又有点敬畏的好人。

大学毕业后，喜欢上美学和心理学，读了一些充当“学问”的书，如《悲剧的诞生》《艺术心理学》《梦的解析》等。但看武侠小说依然不倦，有时在课堂上扬言金庸、梁羽生必进文学史，给学生讲金庸小说的“生死结”方法，讲古龙言情、武侠和公案的融合创造，讲温瑞安“舞刀”的语言艺术。看其他的书，则完全是功利性的。如编写《中国诗词曲赋名句鉴赏大辞典》，就把《诗经》《楚辞》翻了一遍，把大赋、小赋翻了一遍。记得初读《文选》木华的《海赋》，惊得我目瞪口呆——许多字不认识。请教杨宝忠，宝忠说：“《海赋》的最大价值，就是保留了许多书中没有的字。”把汉魏诗歌翻了一遍，把明清诗翻了一遍。其中的清代诗，过去不大看重，但读过袁枚、蒋士铨、赵翼、张问陶等人的诗歌后，才知道自己的浅陋和偏见。与王永固等编写《世界小说名著鉴赏辞典》（未出版），感受深的是

作者近照

诺贝尔文学奖获得者的小说（学校图书馆有一套），不仅要看他们的作品，获奖感言和获奖评语也值得一看。

看书，不是职业，但作为当了一辈子教书匠的我来说，自认是教书的一部分。所以每当流行书出来，都设法买来看看，如《哈利波特》《达·芬奇密码》《红牡丹》《狼图腾》《藏獒》《沉思录》，等等。

“读书千卷心闲逸，下笔只为稻粱谋。”对乎？谬乎？“人生识字糊涂始，百无聊赖一书生。”成乎？败乎？“无所谓”，无所谓了。“那时，那些书”，如影如幻，如烟如霞，灵动从容而美丽。对于躺着看书，明知习惯不好，却依然故我，怎一个“躺”字了得？天时人和，处在山水之间，眺望时代快车，想想，也算是一种态度吧。

2022 年 3 月 29 日于北京

难忘“高坡院”

/ 孙志强

作者简介：孙志强，1955年10月生，河北蠡县人。1974年1月高中毕业后回村务农。1978年3月入河北大学中文系学习。1982年毕业后到原保定地区行政公署办公室从事行政工作，任副科长、科长。1993年调任地区二轻局副局长，后经地市合并和数次机构改革，先后在保定市二轻局、保定市轻工局、保定市经贸委、保定市发改委任副局长、副主任，2009年任发改委调研员。2015年退休。

1978年3月，作为国家改革招生制度后首批考试录取的大学生，我告别了生活、劳动二十多年的冀中农村故乡，来到坐落于古城保定东北角“合作路1号”的河北大学，开始了为时四年的大学生活。

当年的河北大学刚从天津搬来不久，虽经几年基础设施建设，但整体看来还不够完善，校园仍稍显破旧凌乱，与之前的想象有些差距。校区沿合作路分成南北两院，文科学生主要在南院，理科则以北院为主，位于南院的图书馆全校共用，而召开全校性会议时则会集中到北院较大的食堂，举办运动会等大型活动也是在功能较全的北院操场。四年中，除了屈指可数的几次学校开大会和举办运动会去过北院外，作为中文系的男生，我们几乎每天的活动如上课、吃饭、就寝、去图书馆阅览室、体育活动等，甚至看病都是在南院，更具体地说，是在南院靠西部那个叫“高坡院”的地方。

学校南院有两个门口，一是靠东面与北院相对的正门，由此进入可就近到达东侧的图书馆，往南则可进入外文系教学楼。主要的教学楼和男生宿舍楼以及两个学生食堂都位于院子西南面，为便于出入，就近在院子的靠西面临合作路留有一个便门，因此处地势较高，从合作路进入此院需上一个较高的坡，于是这里便被老河大人称为“高坡院”。沿院内粗可合抱的大杨树掩映下的小路，可通往两个学生食堂，中文、历史、经济三个系共用的教学楼和男生宿舍楼，还有与学校卫生队同处一楼的哲学系以及锅炉房、澡堂、小卖部、理发室等，以及数排教工宿舍。住在此院的我们文科男生，上街游逛、看电影、购物等从此门出入要便捷许多，因此也是我们进出大院的首选。

作为在农村长大的学生，虽自感体质尚可，但深知完成学业以及今后的工作需要，保持健康的体魄自然十分重要，因此入学伊始，自己便暗定了锻炼计划，而最简单易行的便是跑步。

清晨，伴随着从北边不远处的军部传来的清脆起床号声响，一首以周总理当年东渡求学时所作那首励志诗“大江歌罢掉头东”为开始曲的“河北大学广播台”也开始播音。睡眼惺忪的我随即起床，开始跑步晨练。出学校东门沿合作路往东，沿途经过〇二炮团、一〇四医院、地区干疗院、畜牧场、东金庄等，一直到达某部的炮阵地，然后折返。如时间尚早，会掏出随身携带的记有英语单词的袖珍本本，认认真真地背诵一番，也会随心所欲地简单做些伸胳膊踢腿的健身活动。

学习当然是学生的主业，深知机会来之不易的我们自然懂得学习的重要性，心怀“知识报国”和“把被耽误的时间补回来”的信念，大家都心无旁骛地抓住一切机会学习知识。由来自省内外各行各业年龄参差不齐的九十多名学子组成的中文系1977级，是当时全校人数最多的班级，因而教室也被安排在教学楼三楼最靠南头

大学饭票

的那间大教室。教学楼是颇有些年代的老建筑，木制的门窗显然已经刷过多次油漆，质量还不错的水泥地板历经多年摩擦泛着光泽，讲台、黑板以及灯具等与普通高中教室并无二致，课桌却是比较少见的桌凳连体型，据说还是当年仿造“老大哥”的样式。教室确实足够大，容纳九十多位同学丝毫不显局促，甚至还有些宽裕。

那时大家的学习，用“如饥似渴”来形容毫不为过。课堂上，无论是早已蜚声业界的资深教授还是籍籍无名的年轻教师讲课，偌大的教室里都是座无虚席，大家都在聚精会神地聆听、做笔记，生怕漏掉每一个知识点。自习时间，人们无论在教室还是阅览室，甚至在宿舍，也都是手不释卷地或读或写或记。晚间的教室灯火通明，数十人静心学习的空间听不到一点儿杂音，绝无吵闹说笑等不和谐情况出现，直到很晚甚至到午夜后人们才会陆续回宿舍休息。晨曦初露，校园内外便到处可见手捧书本阅读或是背诵英语单词的学生，有的还制作了袖珍单词本随身携带，晨练和排队打饭与背单词两不误。平时也绝难见到游手好闲嬉笑打闹之现象，偶见男女同学在一起“聊天”，那也定是外文系的学生们在练习外语会话。

图书馆和阅览室是我们除教室之外的另一个重要学习场所。彼时河北大学的图书馆新建不久，规模和馆藏图书在当时河北各大学中都首屈一指。借阅图书在三楼，数十排整齐有序的书架上摆放着各类图书，学生可凭借阅证选择自己需要的图书或杂志。盖有“津沽大学”“天津师范学院”“天津师范大学”以及“河北大学”戳记的各年代图书彰显着这座高等学府悠久的历史底蕴。位于二楼的阅览室，灯光明亮，十数张宽大的阅览桌摆放其中，旁边的报刊架上有全国各省级的最新报纸和多种杂志，还有装订成册的往月、往年报纸可供查阅。阅览室的椅子和灯光相对教室要更舒服些，因此成了学生们晚上阅读和学习的好去处，但相对几千名的学生而言，阅览室座位毕竟有限，于是很多人吃完晚饭便早早等候在图书馆门前，馆门一开便疾步涌入阅览室占座位，因而经常一座难求。不过阅览室开放有时间限制，闭馆时间一到，经过哑声处理的电铃声响起，随之灯光也被渐次关闭。很多意犹未尽的同学从阅览室出来后并不会马上回宿舍，而是转移阵地继续到无时间限制的教室再学习一会儿，个别的甚至学到很晚。

文科学生除掌握必要的基本知识外，广泛涉猎文学作品非常重要，大家在完成必修课业之外都尽可能多地阅读古今中外文学名著，名家名篇谈论起来如数家珍。文艺欣赏和评论也必不可少，于是在别人眼里视为休闲娱乐的看电影也被赋予了新内涵，每逢新影片上映必欲先睹为快，除学校组织的包场外，周末和节假日的市内各大小影院几乎也都有我们的身影。夏天，周边单位或农村放映旧影片也多数不会缺席，东关公园露天影院的二轮影片更是以其廉价吸引我们时常光顾。

生活上，国家根据每个学生家庭情况提供数量不等的助学金，普通农村家庭出身的可享受最高等级每月 18.5 元（后提高到 21 元）的助学金以及 28 斤（男生）的商品粮。此标准维持学生基本生活需求当无问题，但这并不算低的粮食指标对于干农活儿出身的我等农村学生难免有时捉襟见肘，故有时还需家里从黑市买些粮票贴补。当然，从小习惯了粗茶淡饭的我对于 7：3（后提高到 6：4）的粗细粮比例本不应在乎，然而那时常呈黄褐色、据说是用出过淀粉的陈年玉米面蒸出的小饼子吃起来确实不那么爽。为保持粗细粮比例大体平衡和有限的助学金合理使用，一日三餐需科学搭配，吃个好点儿的菜时就要多解决个小饼子。常有计划不周的同学会出现月初刚发饭票后不管不顾把细粮先吃完，后多半个月便只能啃小饼子的尴尬局面。

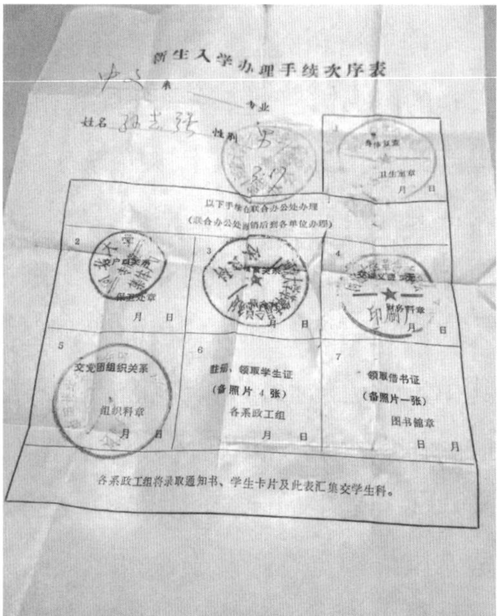

新生入学办理手续次序表

中文和经济两系的合用食堂

位于离教学楼和宿舍楼都不远的院子北部，与东侧的外文、历史食堂紧邻。偌大的食堂内，十几座水磨石磨面的圆形餐桌排列两行，没有椅子，同学们从东侧的打饭口用自备的饭盆打来饭菜，围桌而站用餐，餐毕，在东南角长长的洗碗池中洗净餐具，水池常被一些挑剔的学生丢弃的半个甚至整个小饼子或剩菜堵塞而弄得污水横流。由于饭票只能在指定食堂使用，旁边的食堂虽近在咫尺，但四年中竟无一次光顾，即使在本食堂多日不变的饭菜实在吃腻时，也没有变通思路设法换点儿饭票到隔壁换换口味。

开饭时间临近，人们便很早到食堂打饭口排队，卖饭师傅业务熟练，盛饭、舀菜动作干脆利索，干粮都是用手拿，夏天吃大家都喜欢的捞面，为提高效率，面条更是直接用手抓，再讲究的同学也见惯不怪。由于卖饭口少，遇有比较可口的饭菜和吃食时，排队的秩序便难免混乱，个别不自律者取巧加塞引发的争执也不鲜见。

课外活动也丰富多彩。军训打靶使我第一次接触实弹射击，并取得了 3 发 25 环的不错成绩；邯郸报社实习，实地体验了记者采编的甘苦，锻炼了新闻写作能力；北京参观，见识了祖国日新月异的发展成就，在八一电影制片厂，目睹了从小心仪已久的国内顶级军事题材影片制作的场面，开阔了眼界；在本校举办的河北省大学生排球邀请赛，关键场次必先睹为快，与大家一起为球队加油喝彩；中国女排世界杯夺冠举国欢呼，更是由衷地为女排姑娘们为国争光的精神感动，有激情难捺忘乎所以的同学竟将宿舍内的旧草垫子点燃扔到楼下，据说还有更为癫狂的同学点燃扫帚当火把上街游行；等等。

四十年时光如白驹过隙，今日河北大学校园已发生翻天覆地之变，昔日的“高坡院”也早已物人两非。当年风华正茂、踌躇满志的同学们走出校门迈向社会拼搏进取大展抱负之后，目前也基本退休，成为含饴弄孙的花甲古稀之人。几十年的人生经历自然不乏可圈可点值得回味之处，但当年“高坡院”的生活留下的印记却如镌刻进脑海一样终生难忘。

2022 年 3 月于保定

校园忆趣五则

/ 高建平

作者简介：高建平，1959年9月生，河北井陉人。毕业后供职于河北省检察院邯郸分院、邯郸市委政法委，曾任邯郸市社会治安综合治理办公室主任。退休后担任邯郸市安全防范行业协会负责人。

弹指间大学毕业已四十载，其间无数次梦回校园，重温那铭心刻骨的河北大学中文系1977级时光。值此纪念毕业四十周年之际，班校友会发起“征文”活动，遵组委会要求并应何兄之嘱，勉力响应，仅以记忆中几则校园生活片段充数，添砖衬玉。

食

“民以食为天”，学子亦然。中文系就餐的食堂只有水泥板圆桌，没有椅子，站着用了四年餐，硬生养成了吃饭速度快的习惯。随校迁来的天津师傅厨艺不错，饭菜味道尚可，印象深刻的是那道红烧茄子，甚是美味。定量里粗粮多细粮少，被弃的粗粮窝头比比皆是。价廉物美的饭菜量少，手慢者无，于是乎，排队、插队、哄挤便成日常，汤菜湿身常见。冬夜，宿舍楼道常传来保定腔吆喝：“粮票换炒花生米。”无法抵御诱惑时，忐忑中拿出作为口粮的粮票，换一把焦香入魂的炒花生米解馋，堪称美味天花板！

宿

我们宿舍同住七人——陈山榜、刘杰、冯敬秋、荆德建、吴公剑、孙志强和我，论年龄和学识我都排老末，不知谁开的头，四年中都喊我“高建”。我睡临门下铺，上铺放大家的行李箱。我比较怕蚊叮，夏天挂蚊帐，经常醒来发现蚊帐被恶搞撩开，大家笑说，你挂蚊帐让蚊子咬我们啊？刘杰有写日记习惯，姿势奇葩，在我床前方凳上站立，然后趴在上铺放置的行李箱上写，有时一站一两个小时，我时常戳他腿、腹作乐。七人轮流值日，打扫卫生、打开水，作为老大哥，山榜兄总是干得多些。每每夜里熄灯上床，常有讨论和争论发生，有时甚是激烈，夜不能寐。当涉及男女之事争论不

室友当年合影（左一为作者）

休时，山榜兄一句“你们都懂啥呀”，大家便偃旗息鼓。同室只有他已为人夫、为人父，男女之事最有发言权。

同　桌

教学楼是斜横在河北大学南院最南端的三层建筑，一楼历史系，二楼经济系，三楼中文系，1977 级的教室在三楼南头。当时，不仅班级有固定教室，学生也有固定同桌。记不得开学时是如何确定同桌的，我的同桌是刘杰，一坐就是四年。刘杰多才多艺，城府深，与其为伍受益颇多。开学第一课没想到会是考试，毫无思想准备，惶惶然！其他科目还好，数学题着实茫然，只好抄同桌的。其实他的答案也全是蒙的。四年间，同上课、同下课、同吃、同宿、同游、同喜同乐，缔下终生之缘！我们的前排是两位女同学：梳着两只小刷子的田径跨栏好手梁进和戴着高度近视眼镜、满脸稚气的马少华。

同　乡

班里来自井陉的有四人——范国华、梁志林、李京生和我。范国华最年长，也最精明，见识多，人精干，抽烟。梁志林憨厚肯学。我和京生同年，且我父母与其父为师范学校时的同学，令人痛心的是，京生因病英年早逝。在校期间我们为家乡做了一件事，在保定图书馆找到仅存的《井陉县志》，

河北大学 1977 级井陉同乡（第二排中为作者）

当年校报登载过的照片

分头抄录，汇总交历史系 1977 级井陉同乡梁建楼，用于编修新县志参考。毕业后他回乡，主持编修完成了大部头的新县志，他在县政协副主席位上退休。

从“小”到“大”十三年
——我的学生履历

/ 赵奇英

作者简介：赵奇英，1957年9月生，河北辛集人。毕业后在《河北人口报》《河北日报》工作，曾任《家庭百科报》编辑部主任、副总编。高级编辑职称。

仿佛就在昨天，却是四五十年前。我和有幸结伴的同行者一起，从“小”到“大”，一路爬坡过坎，走过了小学五年，中学四年，大学四年。十三年的学生履历，有逆也有顺，有苦更有甜，有辱也有荣，有悲更有欢……那是怎样的一段旅程啊！想起来不由得让人心潮澎湃，感慨万千。

我的小学

我的小学，河北省束鹿县（现辛集市）仁慈公社（现位伯镇）小白店学校，坐落在村子一角。校园里有两排简陋的平房，木屋顶、纸窗户、土地面，前后两个大院子，跑着成百上千的“泥孩子”。那是我心目中的圣地，可惜现在成了宅基地，学校被整体迁移。

我入学是在1964年6月底。那时是麦假后招生，我们这一届招了一个大班60多人。我算岁数小的，当时还不满七岁，大多八九岁，最大的十七岁，名叫赵藏印，是我们的班长兼体委，只是三四年级时我们还在“坐门墩”，他却娶媳妇去了。

我们的“课桌椅”最先是自己带的，一个杌墩儿（高凳子）放书本，一个板床儿（低凳子）坐屁股，很局促。直到四年级才有了学校配的课桌，好生“奢侈”。

语文第一课是“日月水火山石田土”，不是从前的“天亮了，弟弟妹妹快起床”，也不是现在的“我是中国人”，更不是“文革”时期的“毛主席万岁”。

第一次考试是听写生字，懵懵懂懂的，考得很不理想。爹看了我的卷子，满脸不高兴：“怎么才考了40分？”第二次考算术憋足了劲考了整60。爹说：“还得努力，不能低于60。”此后还真的就再也没低于60，甚至还不时考个双百。

尽管如此，现在想来也觉得自己很笨，同学们都很笨。10以内的加减法，没一个不掰手指头的；20以内的加减法，手指头不够用还要请出脚丫子。现在的小学生哪有这样的啊！

记得最可笑的是和同学打赌：我说毛主席和毛泽东是一个人，赵某成说是俩人。结果……我赢了一块橡皮，还弹了他三个脑瓜崩！给我们当“裁判”的雷秀兰老师还借机鼓励我们好好学习。

我的同学学习得实在不够好，刚上到五年级，就有20多人相继退了学，到生产队劳动挣工分去了。我也劳动，不过是在假期。

我们的假期有三个：年假、麦假和秋假。故此，一学年不是两个学期，而是三个学段。那时的学习轻松至极：课上仅学语文和算术，课余几乎全是“疯玩”——滚铁环、抽陀螺、甩三角、打弹弓、捉迷藏、放风筝……仿佛整个世界全是游戏。不知为什么现在游戏这么少了。

我的同学中女生大约占三分之一，好像长得大都很普通，只有一个叫杨英然的外来妹长得很漂亮。我曾想，以后要是能娶她做媳妇就好了。可惜，不到五年级人家就不上了，后来也不知所踪，白白地单相思了一回。

我是个典型的胆小鬼，处处谨小慎微。老师不让私自游泳，就绝对不敢去，所以至今还是旱鸭子。不知为什么有的人那么胆大，每次“私游”后都会被老师打板子，可还是去。

我小学毕业于1969年。没有毕业证，没有合影，更没有典礼，因为紧接着就是无须考试人人都能上中学了。

我的中学

我的中学之初中——六年级和七年级，是在小学“戴帽”上的。还是原来的校园、原来的教室、原来的同学、原来的老师，只不过多了个理化老师。

各科老师——教语文的赵振同、教数学的赵壮申、教副科的赵银仲，都教得非常好，我们都称他们为赵老师。唯有教理化的赵中生，我叫他叔，因为他是我爹的弟弟。他教得更是无与伦比。什么并联线路、串联线路，物理变化、化学变化，活性气体、惰性气体……再加上不时拿着酒精灯、试纸、磁铁什么的做点实验，印象里总是那么生动有趣。

那时的课程绝对不难，但不知为什么，不少小学时的优等生，突然就掉了队。我却暗自庆幸：把他们都落下了，那叫一个爽！尽管如此，叔却从不表扬我，好像理所当然我就该比他们强！

那时的学习条件非常差。教室夏天像蒸笼，个个汗流浃背；冬天像冰窟，更是难熬。尽管讲台上都有个煤火炉子，但晚上难保不灭，白天乌烟瘴气地重生火，很难热起来，几乎人人冻手冻脚，冻得生疼，实在受不了就搓搓手、跺跺脚。常常是老师一走，跺脚声即肆无忌惮地响起来，震得墙角的耗子满屋子乱窜。

那时的课本极具时代特色：物理叫工业基础知识，化学叫化工，语文则大都是政治文章；即使是合理地由算术改来的数学，也在每章节的开头甚至例题中“恰如其分”地夹杂进一条一条的最高指示。

此外，还要“开门办学”。贫下中农管校代表眉头一皱，计上心来：

要不咱们打铁？于是就在我们高年级成立了打铁队……现在看来，简直是开玩笑，但那时却搞得热火朝天。

多亏校长明智，老师努力，学业没有从根本上被搞砸，我们小白店学校还是当仁不让地总能在仁慈公社保持优秀。传统的“秀才村”啊！整个学校、整个村庄好像都在为之高兴。

但是，我却总也高兴不起来。尽管成绩优异、老师呵护，整个初中的两年我却是毫无威信，甚至还常常被同学欺负。有一次简直欺人太甚！我清楚地记得，他们脸带坏笑，把我围在教室中间，一齐“咩咩”地学羊叫羞辱我，因为我爹外号“小羊”。我寡不敌众，无力反抗，想跑也跑不掉，只能暗暗地攥紧拳头。那是我刻骨铭心的“耻辱日”！我回家后查了查日历，那是1971年3月4日！

但是，这又其奈我何！屈辱中我没有彷徨，没有沉沦，而是暗自发力，终于慢慢地走出这山穷水尽的“洼地”，走到了柳暗花明的高中。

本来上高中辛集中学是我的不二选择，可是升学时方知，当时所有名校都早已被取消重点！辛中只招辛集镇的学生。上不成“小宝塔”，我只能无奈地走进公社所在地仁慈村的一个“大杂院”：几排砖房，几条甬道，一个操场……那就是我的高中——公社所办的“仁慈社中”。

我们这一届“社中”招了三个班，150多人，按第一届一、二班，第二届三、四班排下来，我们这三个班是五、六、七班。我被编在六班。我们学校考来13个，录取率相当低。

我们的上学路大约三里地，都是走着去。总是几人结伴，他们在前头叽叽喳喳地一路说笑，我像跟屁虫一样地在后边跟着，常常一言不发。有什么好说的？中午呢，都是自带干粮：一般是两个饼子、一块咸菜。饼子包在手绢里，在学校食堂的大蒸笼里馏一馏，就着“大锅水”，席地而餐，简朴至极。

我的高中起点绝对不低。那时的招生是文化考试加推荐。文化考试没问题，我考的是本校第一、全公社第三。推荐更没问题，家庭出身贫农，父母都是党员，绝对优秀。

有一件事很能引以为豪：还没报到，语文老师陈郁文就迫不及待地要见我。他找到他的同事、我的叔说：“这孩子成绩这么好，又这么沉着，以后肯定错不了，我要见识见识。”原来，中考考语文时，写完后还有充足的时间，我就把作文题《一次难忘的阶级教育课》描了描，描成了美术字。这一下却让他“拍案惊奇”，可惜他没有教我。

我的高中势头一直不错。成绩也还好，威信也不低，再也不犯傻，再也不受欺，而且很快就入了团。或许是环境使然？

我的同桌李占生、前桌李新年、后桌王常锁等同学，都成了我的铁哥们儿，一改初中时没有朋友的尴尬，让我好生感动。

各科老师——教语文的林合君、教数学的谢占海、教外语的温荣耀、教美术的温树楷等，都对我关爱有加。唯有教体育的谢建英，对我不冷不热，因为我的体育最差劲。您可能有所不知，发育晚的我当时才 1.55 米高，哪有劲啊！以至于以后长成 1.8 米的大个子，许多人觉得不可思议。

我的语文学得最好，特别是作文，经常被老师当范文在全班念。我的史地也可谓“出类拔萃”。我的美术更是“美不胜收”。但数理化却不如初中，努力程度也不如初中。当时不兴高考，可能是没有动力的缘故吧？那个年代啊，男生最多当个兵，女生更是什么也别想。记得毕业前，语文老师叫写一篇作文，题目是《我的理想》。结果呢，所有的男生都是“当兵”，所有的女生都是“务农”！

尽管如此，有的还是很努力。我非常佩服我班“中考”第一名的谢双彩和第二名的齐占峰。他们的成绩一直都能数一数二，而我最多只能是“一般一般，全班第三”。

我的高中占尽“天时”：时值所谓“教育回潮”的 1972 和 1973 年，学习相对扎实。只是最后一个学期开课时出了个“白卷英雄”张铁生，闹腾了一阵子“发人深省”。好在该学的也都学了，他们开始“闲扯”时，我们已经毕业了。

我的同学非常“矜持”：绝无一个搞对象的，甚至男女生根本不说话！

但是，我却恬不知耻地暗恋了一位叫金从引的女生，百福村的，是我的隔道邻桌，长得很“班花”，学习也不差。后来，媒人和她介绍起我，她已“名花有主”。她说：“哎呀！你怎么不早说！”她当初竟也对我有意！可惜，彼此终无缘，只能徒相思。

扯远了，言归正传吧。后来我们班考出来四个：1977 级是我和谢双彩，1978 级是李建朝，1979 级是谢振学，都是本科。还有齐占峰，当兵提了干，转了业，也算有成。

近来常常怀念那些迥异于初中的无一不让我感念的高中同学，一晃毕业四十多年了，大多没再见过，他们可都好？

我的大学

我总以为，对学子来说，仅上小学和中学是不完满的。因为“小学—中学—大学”从低到高是一个完整的“学业链”，只上到中学似乎有“半途而废”之感。当然，没条件完满者，以社会为大学继续“深造”也无可厚非。我却执拗于完满，所以在高中毕业后务农和从教的四年里，我一直还做着大学梦——万一有机会呢！机会终于出现在 1977 年冬季。我走进了考场，收获了惊喜——被河北大学中文系录取！

老天有眼！巧合至极！我收到录取通知书是 1978 年 3 月 4 日：七年前的“耻辱日”！到校报到是 3 月 18 日。当年李白《南陵别儿童入京》，是如此激动；当天我“故乡别父母入学”，却如出一辙：“仰天大笑出门去，我辈岂是蓬蒿人。”让他们“咩咩”地学羊叫去吧！激动的心情一直持续了很久很久，但到了河北大学校园却也有些许失望。楼房怎么这么破旧？特别是我们的文科教学楼，高不过三层，斜向东北西南，里面是水泥，外面是青砖。心目中的“天堂”敢情就如此这般！

其实这倒无所谓，新的人生已经开始召唤。我们这一届中文系就“召唤”来一个班、一个专业：汉语言文学专业，总共 94 人，其中女生 17 人，最大

宿舍同学合影（前排左起石景辉、龚法忠、刘建刚、刘西普，后排左起石坚、作者、李远杰）

的三十二岁，最小的只有十六岁。

我的宿舍是一楼122号。“号子”里关着7个同伙：李远杰、龚法忠、刘建刚、石坚、石景辉、刘西普，当然还有我。

“号子”不曾缘客扫，年轻人嘛，脏点乱点似乎天经地义，“号子”却曾闹耗子。说起来简直匪夷所思——耗子妈居然来此坐月子，在我的棉鞋篓里生了一窝小耗子！可气吗？我们却一笑了之。或许是被耗子逗的，我们七个同伙总是很高兴，一直特愉快。李远杰爱回藁城老家会娇妻，利用周日偷着去，我们都会跟他打趣：“又去农大了？”他总是“顺坡下驴”：“嗯，见了个老乡！”石景辉爱玩“杂技”：有一次是一个手指头顶着新买的脸盆滴溜溜转，突然“咣当”掉地上，磕掉好几块瓷！或许要的就是这“笑果”？刘西普爱哼流行歌曲，整天《送情郎》。欠扁的是他还把我们好几个都编了进去：送情郎送到大门以北，一出门就碰上了老王八石景辉；送情郎送到大门以南，一出门就碰上了老王八石坚；送情郎送到大门以东，一出门就碰上了……“哎，东边有俩，你说咱是送龚法忠，还是送赵奇英？”第二天他还是曲不离口，甚至煞有介事地征询我们的意见：“今天咱们送到哪边？”那一次我答得干脆：“送西边！”“西边有谁？”“刘西普呗！”“不押韵啊！”“不懂诗词？一、二、四韵，第三句都不押韵。那就是你啊！”我们都笑了。

我们的课程主要是“语”和“文”：古代汉语、现代汉语、外语，古代文学、现代文学、当代文学、外国文学，中国文学史、世界文学史、文艺理论等，还有写作、历史、哲学，以及政治经济学、国际共运史等公共课。一天平均只有两节课，很轻松，甚至看小说都是学习，理科生羡慕得不得了。

我们上课是在一个大教室，不必带书包，也不用什么文具，上什么课带什么书即可。一般是老师只管讲，我们只管听，兼而做笔记；不过也有“起立”“坐下”，很规矩。

三位舍友合影（左起石景辉、刘西普和作者）

我们的老师不乏名师。给我们开讲座的修辞学泰斗张弓教授、教现代文学的学贯中西的雷石榆教授、教古代文学的胡适高徒魏际昌教授、教古文字的著名书法家黄绮教授……不过我印象最深的却是教文艺理论的王德勇老师，讲课有板有眼，使我一开始就喜欢上了这门课，但我学的最好的却是古代文学。当时也没太大的感觉，毕业考试居然考了92分，得了个全班第一。

我的同学们大有才俊。我非常佩服刘西普，最是聪明好学，外语一嘟哝就会，我却两嘟哝也不行，而且他精力最充沛，睡得最晚，起得最早。我非常欣赏李献文，书法那叫棒，比许多大家都棒得多！可惜他意外早逝。我非常敬慕李远杰，我们的班长，擅长写童话，经常发表。还有两位诗人韩兴华和郭沫勤。他们三位居然上学时就加入了省作协。十几年后当我也成为一名省作协会员时，才深刻地体会到了其中的含义。不说了不起，起码不容易！

我们这帮学生其实都挺不容易。除了部分带工资上学但也需拖家带口的“老三届”，我们大都是靠助学金生活，一等助学金每月18块，后来涨到21块，细着点才够。故此我非常省俭，早饭1分钱买一份咸菜吃两顿，中午或晚上才买一份炒菜。一天的伙食最多四五毛就够了。那时的供应60%是粗粮，所以我们吃的最多的是窝窝头和棒子面粥。每逢周日，一天是两顿饭——上午10点一顿，下午4点一顿，也算被迫省俭。

我们的食堂当时十分寒酸，几十个洋灰大圆桌，根本没凳子，都是站着吃。有人不自觉，餐具经常丢，无奈，新买的饭盆有的就先磕掉几块瓷。卖饭秩序还不好，饭菜常常弄一身。

我们的生活其实也挺单调，教室、宿舍、图书馆、食堂，就这样来回转。周日偶尔结伴出趟门，逛逛保定商场，来回十来里地，也都是走着，舍不得坐公交车。晚饭后有时散散步，倒是别有情趣。我们常常散到校园东边的金庄菜地，还曾偷采人家的韭菜“充饥”，生嚼，嚼得满口绿沫子，还“乐此不疲”。

我的大学故事多多，也曾“丢人现眼”。那是大一，和1976级联欢，我毫无自知之明地来了个二胡独奏，拉的是《逛新城》，还是带着歌谱上去的，不知别人怎么笑话的。也曾“扬眉吐气”。那天，楼道里来了卖花生的，逗起了我们的馋虫。有位室友就建议搞个“智力竞赛”，拆装当时流行的一个类似孔明锁的塑料构件，比速度，谁最慢谁买花生。结果，我用17秒第一个完成，第二个是25秒，第三个是31秒，最后一个是1分多钟。也许是碰巧了？不过，此事倒也给了我些许自信，原来自己也不笨！

我的大学止于1982年3月。毕业分配时还算明智：高的我攀不起，低的我不乐意，掂量来掂量去我选的是不高不低的河北省计划生育办公室（后改为计生委）。出乎好多人预料，那竟是个非常“高光”的好单位（特别受重视、经常发福利、结婚就有房）。我在此参与创办了其机关报《河北人口报》，当编辑记者，当部主任，评省级先进，一路顺风顺水。后来我还以此为跳板，跳到《河北日报》，主办其子报《家庭百科报》，在副总编任上全身而退，算是十分完满。

我的同学们比我优秀得多，后来都成了“精”——高官、专家、学者等，更有许多“两栖”明星。我这个“小两栖”——正高职称、副处职务，只能算是马马虎虎，说得过去。可喜的是还有长进，托下一代之福，现已晋升为“孙管干部”。阔多喽！三套房子一部车，老婆孩子热被窝！咱也该享受美好生活，享受天伦之乐了！

九十二中最少年

/ 吕书文

作者简介：吕书文，1962 年 2 月生，河北赞皇人。1978 年 3 月考入河北大学中文系，1982 年 3 月毕业后到共青团河北省委工作，先后任青农部副部长、部长，研究室主任，学校部部长，常委。其间参加河北省培训中小学教师讲师团到井陉县教师进修学校支教一年，挂职安平县人民政府副县长两年。1998 年 7 月在河北省属外经贸企业河北建工集团从事企管、党群、纪检工作，先后任公司副总经理、党委副书记、纪委书记、工会主席、党委常委等职。正高级政工师职称。

这个标题源于同班学兄马文生毕业离校之际给我的赠语：“赠书文弟：人道有志不在年，识君方信此真言。且看中原奇才子，九十二中最少年。”记得刚入学时 94 位同学，其间，杜英华兄跳槽哲学系，李献文兄大三那年夏日意外离世，所以毕业时剩下 92 人。

值此毕业四十周年之际，我班有识之士提议并在老班长李远杰的领导下，组织开展“河北大学中文系 1977 级毕业四十周年纪念征文”活动。写点什么呢？我从书橱找到了 1982 年 3 月上中旬正值毕业分配离校之际，我恭请诸位师兄师姐给我在留言册上写的赠言。我班有很多大才子，他们才华横溢，品行高尚，都是我崇拜的偶像，比如韩兴华兄（笔名田真）、郭沫勤兄等，还有许多年轻诗人，如韩联社、孙殿武等学兄。临别之际恳请各位师兄师姐给我写点诗歌寄语，他们都欣然落笔生花，其作品成为我一生的财富。

翻开留言册，首篇即是马文生兄的赠诗。我粗略数了一下，总共有

72 位同学给我写下了临别赠言赠诗，今天读来倍感亲切，恍如昨日，勾起我许多埋藏在心底的感激和难以忘却的思念，从中撷取几朵浪花，以作人生海洋中的纪念吧。

文生兄说我是“九十二中最少年”，这应当是河北大学中文系 1977 级老师和同学们的共识。那时班里有位大姐就直呼我：“小孩儿，小孩儿，过来，过来！”当时心里还有点别扭，今天回想起来不知有多么高兴，假如今日再喊我一声“小孩儿”该有多好啊！实际上，我们班只有一位比我小的，那就是赵海顺同学，按阴历我是 1961 年腊月末生，算是牛尾巴，他说他是属虎的，比我小几十天。因为赵海顺成熟早，长得比我虎实，相反，我入学时显得幼小稚嫩，四年大学才长到了一米八的个子，毕业照相排队排到正数第三的位置，故而有同学戏谑说“喝着河北大学的棒子面粥长成了一米八的大个子”。的确如此，学校每天早晚两顿棒子面粥，60％的粗粮，一星期能吃上一顿三毛五的焦熘肉片也就知足了。我能在当时那种生活条件下既学到了知识，又长高了个子，这是人生中多么幸福幸运的事啊！从内心感谢老师教诲，感谢同学扶助，感谢河北大学哺育！

先说赵海顺同学吧，因为我俩年龄最小，大学时相处较多，关系很好。他是河北任丘人，毕业后分到开滦矿工报社当编辑，负责青年版块。我在团省委工作，我经常写点小稿子寄给他“走后门”发表，得几块钱稿费。清楚记得他给我登载过一篇杂谈《马胜利用人讲“孝道”》（那些年马胜利在石家庄造纸厂当厂长搞改革很成功，举国闻名，人称“马

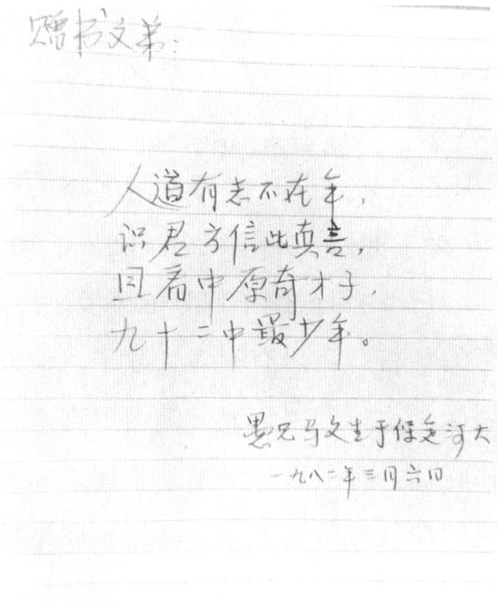

马文生兄的赠诗

承包”）。我和赵海顺经常有书信往来，关系甚密，因为那时打电话不方便，更没有手机。记得 1988 年下半年他读研后，写信给我说考上了新华社研究生院研究生，媳妇儿又生了个儿子，我回信道：“祝贺你双喜临门！”哪承想这封信却是我们永远的诀别！海顺非常有才气，诗和字写得都很好，现把毕业时他写给我的留言载于此以作忆念吧：“我伫立在感情的岸边，等待着，等待着，等待着潮来的时候，再让那载满海的梦和歌的船，驶向浪花飞腾的远方……毕业之际，赠兄叔文（我弟兄仨排行老三，曾用叔文笔名），愿兄永远追求，坚持不懈。”

我永远感激感恩四年大学期间包括来来往往路上呵护我、照顾我的两个自家哥哥和同学大哥大姐们，是你们帮助我走进了知识的海洋，懂得了更多的事理，从一个稚嫩的孩童长成了大男孩。1976 年我在家乡所在公社上麻中学高中毕业后（那时小学、初中、高中共九年），1977 年春，我到县城读赞皇县五七大学通讯班，年底临近毕业，高考喜讯传来，我幸运地考入了河北大学中文系。当时全班 50 人初选 6 人，最后只有我被录取。那时我刚满十六周岁，简直就是个懵懵懂懂的少年，外面的世界啥都不知道。到保定上大学，我是第一次出远门，更没坐过火车，是父亲帮我背着行李扛着铺盖卷从家乡的山坡小道翻山越岭六公里送我到邻近的黄北坪公社长途汽车站，是我在石家庄工作的两个哥哥接我在家里住宿，第二天又送我到河北大学报到。就这样四年间八个寒暑，来来往往，接接送送，依然如故。上大学后，我父亲重病住院、爷爷病逝，家里怕耽误我学习，事先都未告诉我，事后接到大哥书信，泣不成声，泪流满面！还有同班同乡的郭瑞敏大哥，在放假往返学校的路上照料我，在学校还多次帮我拆洗缝补被子，一幕幕情景至今难忘，有毕业赠言为证：“书文弟：告别过去，像雄鹰搏击长空！四年同窗，同来同去，毕业之际，不胜感慨，聊存片言以共勉。”

我们同宿舍共有 7 位同学，分别是王永固、梁志林、孙殿武、李京生和我，以及宋建良、刘宗正两位“老三届”大哥。而今，宋建良、刘宗正两位老大哥和长我两岁的李京生都已去世。有关宋建良、刘宗正已有单独的回忆文章，不再赘述，简要说说李京生。李京生，1959 年生，河北井陉县人，在班里也算岁数小的，毕业分配到河北省侨务办公室工作，曾任副处长、处长，性格外向，乐于助人，热情豪放。2013 年我在承德县大营子村参加全省农村面貌提升改造行动，担任村第一书记。突然有一天同学打电话说李京生去世了，我急忙赶回石家庄与其他一些同学参加了他的遗体告别仪式。他享年五十四岁，英年早逝，令人唏嘘不已。当我见到他爱人问为什么不提前告诉我们前去医院探望，她说：“京生不让告诉你们，怕你们担心和伤心。”毕业时李京生给我留言道：“赠书文同学：昨日学海渡舟楫，明朝振翼九万里。”逝者已逝，生者如斯，愿三位驾鹤西去的同窗同舍学兄在天堂安好！

再说说课余生活吧，我印象最深的是晚饭后到学校东面水塘（东湖）边散步，还到附近村里找免费电影看。师兄王守义、王密东、林建章、王永固、梁志林等同学经常领我出去玩，我们在一起非常惬意、融洽，他们教会了我许多东西，至今记忆犹新。有诗为证：“书文仁弟留念：千里相逢本有情，四年同窗两心同。他年回首当年事，携手东湖自在行。”王守义修师于大书法家黄绮先生，硬笔楷书写得清秀刚劲有力，像他几十年深修不怠的隶篆书法作品一样功夫极深，令许多同行赞赏有加。这些年来我去天津出差几次，王守义兄赠我多幅墨宝，成为我收藏的书法家作品之最！学兄王密东赠诗：“同窗共读，愿你争上游，并肩齐步，莫嫉

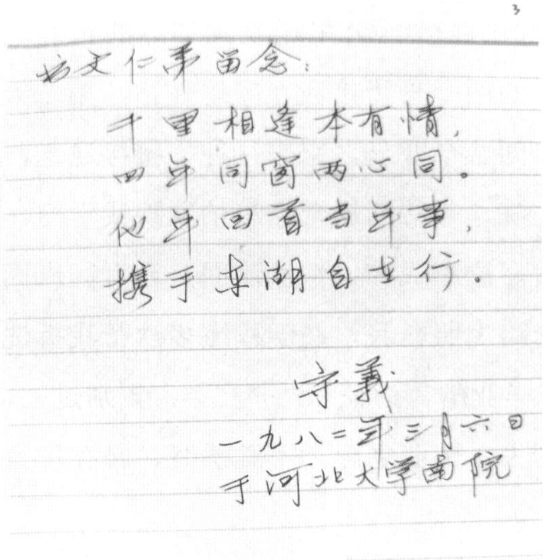
书文仁弟留念：
千里相逢本有情，
四年同窗两心同。
他年回首当年事，
携手东湖自在行。
守义
一九八二年三月六日
于河北大学西院

王守义兄的赠诗

高我头（我与密东兄个子一高一低，他常以桑丘和堂吉诃德把我俩相喻），你是兄弟中的精英，去搏击时代的中流——待到二十年煮酒时，拜读你的吕氏春秋。”密东兄对我亲如弟弟，我们居住小区相邻，他和蔼可亲，书法圆润，精心书赠我“琴心箫韵”四字。在撰写本文时，惊悉密东兄因脑梗死在海南澄迈去世。想起月余前正月十六，我们春节旅居海南的八位同学在三亚欢聚，至今他的音容笑貌清晰可见，密东兄永远活在我们同学心中！学兄林建章赠言：“赠书文贤弟：效奉先之武，行不韦之文。”学兄王永固赠言:“名声是虚幻的，事业才是一切。录陈冲话与书文弟共勉之。”学兄梁志林赠诗：“青云楼外步难收，东湖一转到此休。青青易识芳草路，茫茫难别风雨舟。”志林兄毕业后留校任教，弟子颇多，诗书画俱佳，退休后辑印出版《长谷诗书选》《长谷绘画选》（梁志林，字长谷），来石赠予我和诸同学鉴赏保存。

回想四十多年来各位老师、学兄学姐关心关爱，感激不尽，自觉才疏学浅，勤奋不够，毕业后主要从事政工、企管、党群、纪检工作，没能做出多少显赫业绩。工龄四十年，十七年在团省委机关，其间去过井陉县教师进修学校支教一年，三十四岁赴安平县人民政府挂职副县长锻炼两年，后二十三年一直在省属国有企业任职，做些职责范围内应该做好的事情，老老实实做人，兢兢业业做事，正确处理好与领导、同事、朋友的关系。而今已届退休，感慨良多，可最难忘怀的还是我们四十四年来不能割舍的同学情谊（“同学关系仅次于血缘关系”——此句名言为学兄何振虎言之语）。在此衷心地祝愿祝福各位学兄学姐晚年生活快乐多彩，健康长寿，家庭幸福，并祝我们的国家繁荣昌盛，奋进新征程，建功新时代，开创新伟业，实现中国梦！

第三辑

振翅翱翔

校训伴我四十年

——漫忆同学交往中的河大情结

/ 吴公剑

作者简介：吴公剑，1957年生于河北永清。1982年3月河北大学中文系毕业后到《廊坊日报》工作。1983年3月至2001年7月在廊坊地（市）委宣传部工作，历任干事、副科长、科长、副部长。2001年7月至2004年8月任《廊坊日报》社长，高级记者。2004年8月至2008年8月任廊坊市委宣传部常务副部长。2008年8月至2017年3月，任中共廊坊市委党校常务副校长。

1977年冬末，脚踏十公里泥泞土路上的皑皑白雪参加高考，次年3月懵懵懂懂入河北大学，有幸结识了中文系90多位同窗。如饥似渴地学习中，还跟韩兴华、郭沫勤一起，与1976级的潘学聪、蒋瑞杰两位师兄携手编辑校团委的小报《河大青年》（原名《学员战报》）。知道了河北大学校训是“实事求是，笃学诚行”。后来查资料才知道，笃学是为学的最后阶段，强调既然学有所得就要努力践履所学，使所学最终有所落实，做到知行合一。“笃”，马字上面加竹字头，突出中国文人虚怀若谷的品格、柔中有刚的做人原则、高风亮节的人格追求，彰显出河大人忠贞不渝、一心一意、坚持不懈等优秀的传承基因。

结束了四年宿舍—食堂—教室—图书馆“四点一线”的求学之旅后，我才深切感受到校训对自己生活之路的影响。河北大学中文系1977级已经成为一个团队，维系这个团队的精神能源，就是“实事求是、笃学诚行”的校训，由此凝成了我们珍贵终生的河大情结。

和朴实忠厚的刘杰老兄同宿舍，是我在河北大学的幸事。靠吃助学金的农村娃和带工资上学的城市高干子女搭伙做菜，一块吃饭，直到毕业。而买煤气炉和菜板、锅铲之类，都是他出的钱。我们还在放假期间认识了双方当时的女友——也是此生的爱人。

我毕业后分配到《廊坊日报》总编室，上夜班分管一版，同宿舍的是哲学系1977级的王万举。万举上河北大学前就很奢侈地读过一些中国古典哲学著作，笃实，睿智，深刻，后来调入团省委，再后来入职《文论报》，成为有突出贡献的中青年专家，以省作协主席团成员身份被选为省网络作协主席。出版的著作有《文化产业创意学》《文化艺术创意学》《文化创意学》，他还写过一篇回忆和我同宿舍的短文，在《燕赵晚报》刊登后寄给我。

初到廊坊那几年，我们建立了一个“周六晚上聊天会”，参加的有经济、哲学、数学、图书馆和中文的十多个同学。聊天会规定，每逢月末的最后一个周六晚上，到一个同学家里聊天，50元的菜肴、不超过2元一瓶的白酒，谁犯规超出规定，“奖励”顺延承办下一次。在家里没电话、更没手机和电脑的那些年，靠这样一个平台，使得来自不同专业、不同年级的同学加强了联系，沟通了信息，增进了友谊，也强化了河大情结。

1984年春天，我被点名抽调到地委宣传部帮忙。报到时见的常委部长李润芝很干脆：“到了宣传部就不回报社了。”并解释：“我也是河大的，你有困难提出来，组织帮你解决。”于是，我爱人从中学调入廊坊电台。我进了宣

室友合影（前中为作者）

1979 年由黄建国老师带队到《邢台日报》实习时与报社领导合影（后排左二为作者）

传科分管新闻。

1994 年夏天，中青报记者田涌打电话说，想采访永清县民间艺人徐艳丰，希望帮他找熟悉徐艳丰的人了解情况。我告诉田涌，我和徐艳丰是一个村的发小，他姥姥把我抱大的。他在没有师承、生活十分艰难、社会普遍不理解的困境中百折不挠，战胜了常人难以想象的困难，用高粱秆扎刻出仿天安门、故宫角楼、黄鹤楼等古建筑艺术品。在外国人出重金买他的作品时“贫贱不能移”，执意把佛香阁献给国家。田涌说：“咱俩合作吧。”一个月后，报告文学《徐艳丰》在《中国青年报》刊登了一个整版，后来获得国际青年征文二等奖。我也因此受邀参加了在北京举办的亚太青年大联欢，受到党和国家领导人接见。有半个月时间住在中纪委招待所，结识了《蹉跎岁月》的作者叶辛等，被后来出任上海作协副主席的作家、诗人赵丽宏每天灌两大顿啤酒。吃饭、开会、坐车参观，天天被马未都呼来唤去。老马以《中国青年》杂志记者身份成为这次活动的工作人员，后来享誉收藏界。

徐艳丰因报告文学出了名，多次到日本、法国、瑞典、西班牙访问、表演，并被联合国教科文组织命名为民间艺术家。有趣的是，他随团访日期间得了重感冒，团长郭沫勤去看望他，对他说："我有个同学吴公剑，也是永清的。"徐艳丰说："我们是一个村的亲戚。"这巧合中，又牵扯出了同学情结。

工作和生活中，更多也是更深层面一直维系和巩固同学情结的，当属在新闻界从业的同学们。在京的韩兴华、要力石、侯明古、韩祥瑞每年都联系多次。在石家庄的何振虎、杜英华、赵淑兰几乎每个月都联系两三次。他们对我每次所求所扰，都竭尽所能鼎力相助。通过韩兴华，我深层结交了中央电台的胡占凡，后来占凡出任中央电台副台长、国家广电总局副局长和央视台长，对廊坊的宣传关照有加。侯明古也对正面宣传廊坊给了很大助力。

除了协调、管控一报两台的新闻宣传之外，我自己动笔的时候也很多。1995 年初，廊坊开发区主要负责人出现经济问题。个别人因此对建开发区产生了疑虑，甚至非议改革开放。我撰写了一篇述评《冲出走廊——看廊坊怎样"打津牌、唱京戏"》，送请杜英华老兄编发，刊登在 3 月 5 日《河北日报》三版头条位置，对廊坊开发区建设和改革开放进行了充分肯定。时任市委书记指示《廊坊日报》，加编者按在头版头条转载，并亲自打电话把我叫到他办公室，交谈了两个小时。随后我又撰写了《破除走廊意识》等七篇系列评论，澄清人们走向市场过程中的模糊认识，阐述开发区建设和改革开放的重大意义。述评最早提出了"冲出走廊""对接京津""京津廊一体化发展"等观点，以全票入选河北省"五个一工程"奖，还获得河北省地市报头版言论竞赛特等奖。其中的"破除走廊意识"和"冲出走廊"等观点被写进了下一年度的市党代会报告。

进入石家庄，总能感受到浓浓的河大情结。那年到省委宣传部报材料，潘学聪师兄见面就说："中午饭不要答应别人，你们宿舍的荆德建刚调到组织部就在省委后边分了房，我告诉他中午到他家里吃饭。"学聪和德建在医大是同事。我找宣传处长王兰报完材料，王兰说：“今天抱歉啦，我爱人有同学说中午到家里吃饭，我得回家做饭，不能陪你吃饭啦。”我说：“不用客气，学聪已经安排好了。”十一点半，按照学聪给的地址敲开了德建的家门。系着围裙的王兰开门以后笑了：“就是你呀，真是巧！”

2001年7月，我调任《廊坊日报》任社长，苦干四年有两个收获。

收获之一是帮助印刷厂摆脱了困境。我上任时，印刷厂256个工人月均工资是600元。离任时，工人月均工资涨了一倍，还消化掉1300万潜亏，新上了彩色印报机，新盖了一栋印刷车间，租给十多个小印刷厂，形成了一个小规模印刷集群。现在每年收房租就能养活印刷厂的工人。

收获之二是我出版专著并评上高级职称。出一本专著首先源自与时任新华出版社副社长要力石的沟通，我们谋划做一个关于“新闻策划”的选题。在这方面，新闻管理部门的官员每天都在具体事务堆里忙得死去活来，很少有精力从理论方面去探讨；编辑记者又多是着力于新闻的采编；大学教书的老师们，则缺乏媒体实际操作的经验。我的岗位变换和实操体会，恰好处于这几个群体之间，还曾写过《版面编辑对报纸言论的限定与划分》等业务文章，做这个选题比较合适。

写书初期还不会用电脑，只能一边练打字一边写。每天早晨上班前一个多小时，下班后两个多小时，坐在电脑前雷打不动，节假日则从早到晚。从五一开始干到8月中旬，终于写出了十几万字。送给力石，还送给人民网的创始人何加正、后来任《经济日报》社长的徐如俊、后来任《科技日报》总编辑的陈泉涌等审阅。这些好友都是长江韬奋奖获得者，他们也相当认可。力石说，出版社规定要够15万字，还得找名人作序才能出版。有困难马上想到河北大学，我向新闻系主任吴庚振老师求助。吴先生指导我：“把你的获奖作品当例子充实进去，就更厚实了。”我立马开窍，一边充实20多篇获奖稿，一边联系名人。

终于在一个周六上午，我走进了全国政协常委、《经济日报》社长艾丰老师的办公室。艾老说：“我已经好多年不给人作序了。”我只好耍赖：

“那应该是一般情况吧。研究新闻策划的书此前只有《长江日报》的赵振宇写过一本，几乎是空白。还请您多费心。”死说活说以后，艾老让拿稿子给他。接着，我俩在报社门口的大排档吃自助火锅，外加一瓶高度白酒。艾老说：“我明晚要出差。你明天早上九点找个有传真机的地方接收稿子吧。”拿到艾丰2300字的序言，《新闻策划实务》得以在国庆节前出版。五年以后，在自己没有申报的情况下，此书入选全国地市报新中国成立以来新闻论著二等奖。此书还曾被廊坊师院选定为中文系学生新闻写作课的教材；中文系主任苗雨时老学兄，还专门撰写了书评。

我以此书作为论著成果，在河北省第四个越过中级、副高之“格”一步到位评上了高级记者职称。据知情人介绍，在我之前，河北曾有三个人“越格”评了正高，第一个是《河北日报》原总编叶蓁，第二个是《河北经济日报》社长王金平，第三个是《共产党员》杂志社社长杨曼军。

曼军兄是哲学系1979级的学弟，1988年底我到石家庄参加全省宣传工作会议，领取两年一度的第二届河北二十佳优秀宣传干部奖，并代表获奖人员给省委宣传部全体干部作两个小时的爱岗敬业汇报。报到那天中午，冯思德、聂瑞平、解永会、魏雁志等河北大学同学在宾馆聊得火热。曼军看见我就说：“我出个上联，请对下联：吴公剑为我党的宣传工作献出了满脑袋头发，磨秃了笔头，写秃了人头，被称为双秃干部，在河北宣传史上空前绝后。”座间无人可对。有人在旁边打趣，说可以作为墓志铭啦。曼军说，他连续两届入选二十佳就是“空前绝后”，部务会已经确定今后不能连任了。还有一次在石家庄，参加完曼军的饭局，与省委党校陈春生、省人调队长李兰等道了别，接着又在老班长李远杰的带领下，与振虎兄、英华兄一起，到就近的晓光和淑兰的家里喝茶。

晓光和书才都是永清老乡，考入河北大学1977级都进了中文系，廊坊籍同班的还有王永固。那时出现在篮球场上的廊坊队，还要加上外援刘杰。晓光和淑兰谈恋爱后不敢跟家里说，放暑假时委托我去他老家跟卢伯和夏姨汇报。我顶着大太阳，骑着破自行车走了近三十公里，从老家赶到别古庄中学，说明情况后，夏姨愣了好半天，终于发话：“喝点水，我炒俩菜，你陪你卢伯喝点吧。”我马上找到中学的电话，通报给等在系办公室的晓光他们俩。到下一个学期，淑兰高兴地把在河北大学上学的美女老乡介绍给我认识。毕业以后，晓光和淑兰的家自然经常被我叨扰。晓光到霸州挂职也有我从旁建议的作用。一天晚上，我又到了他们家，淑兰说：“晓光今晚不回来吃饭，我炒俩菜，你自己喝点吧。”话音没落，就传来了敲门声，开门一看，淑兰就乐啦：“孟保青，快进来跟吴公剑喝酒吧。”原来，那是保青兄赴美前，来串门道别的。

2004年8月，我调任市委宣传部常务副部长。在这个岗位干了四年，四年换了三任常委部长，中间还空了八个月。这期间，廊坊入选首届十个全国文明城市候选名单。

2005年，省人大常委会副主任宋长瑞（曾任廊坊市委副书记）被中央抽调担任先进性教育巡视组组长。市委领导找他请教廊坊的先进性教育如何出彩，听完汇报，宋长瑞主任说：“在抓好工作的基础上，还要用好两个人——一是成立专门的宣传组，由吴公剑牵头；二是成立重要材料组，由李万鹏牵头。”万鹏这位师弟曾在宣传部与我共事多年，后调入市委办任副秘书长、副主任，负责文字工作。像这样，领导们对河大人的“笃学诚行”特别认可。

2005年11月，省委在廊坊召开双文明建设现场会。报到当天，看到头天《河北日报》报道廊坊的彩色照片印到了画册上，时任省委常委、组织部长举着照片：“这就叫先进性！”

其实，头天晚上，我跟随市委领导陪同《河北日报》、河北电台负责人以及中央媒体驻河北记者喝茶。九点半的时候，市委领导说：“组织部编了一本画册，序言写得不行，劳驾你动动笔，印刷厂等着开机呢。”半夜一点定稿以后，我又陪领导审了画册大样，两点半交给了印刷厂。

这天，手里拿着当天发行的《经济日报》，时任省委常委、宣传部长说：“公剑又干了一件漂亮事！”头版头条加上三版一个整版，都是廊坊两个文明建设的内容。这也是《经济日报》社长和总编辑对我们河大人“笃学诚行”的认可。

我与省委宣传部老领导联系较多的是分管新闻的老学兄李振台。2005 年 8 月，《人民日报》刊发了中纪委原常务副书记侯宗宾关于廊坊构建和谐社会的调查与思考，当时的十一位中央政治局常委有八位作了批示。我得到消息立即打电话恳请李老学兄，经他与中宣部新闻局汇报沟通后，组织中央各大媒体对和谐廊坊进行集中报道，央视《新闻联播》的报道破例达到了九分钟。播出当晚，廊坊市委书记正在深圳与任正非洽谈项目。看完央视九分钟对廊坊的报道，任总当即拍板：“华为总部搬迁，原来初选了两个城市——廊坊和大连。看到中央媒体这么集中宣传廊坊，我们就选廊坊吧。”华为总部落户后，廊坊每年增加了四五个亿的税收。

河大人的笃学诚行，源于老师们言传身教。至今还清晰记得，第一次在母校北院电子系大礼堂听周有光先生作报告。系主任张弓先生说，下面以掌声欢迎中国文字改革委员会主任、著名语言学家周有光先生作报告。周先生谦逊地说：“更正一下，有张弓先生在，我不敢称先生。”这不仅是对张弓先生的尊重，同时也是对河北大学校风的认可。

有一年夏天，教过我们楚辞的熊任望先生到廊坊，给管道局书法爱好者讲课。听到消息，我和中文系 1980 级的王相仁、1986 级图书馆系的张纬东，组织市区中文系为主的三十多位同学集体欢迎、宴请熊先生。到了欢迎会现场，熊先生诧异地问：“桌子和宣纸呢？”我们回答：“怕您太劳累，今天没准备，能和老师聊会儿天大家就心满意足了。”熊先生毅然决然：“不行！快点准备桌子，出去买纸。今天到场的每人写一幅。不让写，我就走了。”在同学们的簇拥下，八十岁高龄的老先生不仅留下了 30 多幅墨宝，还让现场的同学在离校以后，再一次感受到笃学诚行的言传身教。熊先生给我写的是宋代孔平仲的诗句“但知斩马凭孤剑，岂为摧车避太行”，意味深长。

2008 年，我调任廊坊市委党校常务副校长。在廊坊党校任职十年，我找财政局、组织部、计委、企业等筹措资金千余万，完成了办公楼、报告厅内外装修，改造了供暖、供电、给排水等，平整、绿化了校园，建起了职工食堂。党校被评为全国国防教育先进单位（全国唯一的市级党校）。在河北省市级党校和廊坊市所属事业单位中，我们第一个搞完教师职称聘任，且没有一个上访事件。我进党校的时候，五十多名教师没有一个拥有正高职称，我退休时，正式聘任正高职称的教师已有六人。

2017 年 3 月，我正式退休。退休后的主要日程就是陪着小孙子玩，尽可能多地做做饭（补偿原来亏欠老伴的账），半个月回老家一次陪年近九十的老父亲喝会儿酒，还在省科协领导的廊坊应用经济协会挂了个党组织书记的名儿。

四十年来，“实事求是、笃学诚行”的河北大学校训伴随着我一路前行。或许，实事求是、笃学诚行永远在路上，渐行渐远中，才能不断追求身体健康和精神愉悦的深度融合与高度统一。

2022 年 6 月 15 日于廊坊

后来的我们

/ 何振虎

作者简介：何振虎，1953 年 11 月 5 日生于河北藁城。1971 年中学毕业后当过农民、民办教师、公社通讯员。1978 年 3 月至 1982 年入河北大学中文系学习。毕业后在河北电视台、河北省广播电视局工作，曾任河北电视台新闻部副主任、主任、副台长、副总编兼卫视频道总监、河北省广电局副局长，正高二级编辑职称。2018 年退休。现为河北省广电协会会长。著有文集《屏幕后的思索》《守望与突围》《旅途苍茫》《在路上遇见你》《河北影视剧发展史》等。

人的一生有不少值得记住的日子，每个日子都连着一串故事。

1977 年 12 月 15 日和 16 日，参加高考。

1978 年 3 月 5 日，接到大学录取通知书。

1978 年 3 月 18 日，走进河北大学报到。

1982 年 3 月 13 日，毕业离校。

关于参加高考的故事，关于四年的校园生活，我都已在《何所忆·我的大学》里记述过了。这里主要说的是，走出校门之后的我们。

一

石家庄市裕华路 149 号，是一座有解放军战士持枪站岗的院落（当时这里还属于保密单位，通讯地址是代号“149 信箱”），坐落着河北省广播事业局和河北电台、河北电视台。1982 年 3 月 15 号，我走进这所院落报到，成为河北电视台的第97个员工。

我的电视生涯第一个工作岗位是新闻组的口播编辑。中文系毕业生编200字的口播稿不是“张飞吃豆芽”嘛，但刚开头就遭遇“尴尬”。

电视台高主任（相当于台长）亲自审定我编的稿子，他是河北电台的老记者出身，每次都亲自改稿，改完一遍我拿回誊抄，再送审。记得第一次审稿，是一篇经济类的消息，经过高主任两轮审改，我发现，通篇只有开头的“本台消息”和若干标点是我的笔迹了，弄得我很惶恐。这样改过若干次后，我也学会了以高主任喜欢的句式编写那短小精悍的口播稿。

不久，我成了口播新闻室实际（未任命）负责人，待新闻组升格为新闻部后，成为编辑组副组长。这期间，我恶补画面编辑、声像对位、蒙太奇组接专业知识以及摄影机、单管摄像机、胶片剪辑、线性对编等操作技能，还负责新闻节目的串编，大约相当于后来的节目“责编”。

这时的中国电视还处于惨淡起步阶段。河北电视台虽然已建台13年，但还没有自己的专用频道，一周只办一次节目。后来才逐步增加到播出两次、三次，直到有了独立的频道。

更加惨淡的是一个小家庭的起步。1982年5月1日，29岁的我结婚——一个新的家庭诞生于临时摆在办公室的双人床上。近一年后，单位分配给一间12平方米的单身宿舍。在《河北日报》工作的杜英华兄，通过关系用出厂价（比市价节省近20元）从西郊木器厂帮我买了一个大衣柜。这是我的小家最奢侈的大件家具。

又过了一年多，女儿出生，小名叫“艰艰”。因为这孩子生得艰难，养得更艰难。妻子做剖腹产后高烧不退，所以没有母乳喂养，孩子曾饿得哇哇大哭，后来就靠订牛奶加橘子汁养活。一来二去，每月的那点工资就捉襟见肘了。

几个月后，妻子告诉我：没钱了。孩子的牛奶和橘子汁没了着落，计算时间，距发工资还要过多半个月。

几经犹豫，我拨通了在出版社工作的班长李远杰的电话：“老兄，

20 世纪 80 年代在编辑机房剪片子

能给找点活儿干吗？孩子，孩子没钱买牛奶了。”我声音越说越低。“抄稿子行吗？”“行。嗯，多少钱？”“每万字两元。”“干。”我骑车取回几包稿子和稿纸，交给妻子抽空抄写。那时打印机还不普遍，出版社的稿子修改校对之后，交印前需要雇人誊写一遍。

过了几天，远杰兄又打来电话，要出版一套关于“小学生写作文”的丛书：“你负责编写一本吧，比抄稿给的稿费要多。”我当然满口答应，调动全部业余时间，编写了那本十来万字的小册子。不久就收到 120 多元的稿费——日记记载：这是 1984 年 12 月的事。

女儿的牛奶和橘子汁终于有着落了。手里点着 12 张 10 元大钞，我欣喜若狂，这是我这辈子头一次挣到手的“巨款”。就这样度过了生活的第一次“经济危机”。我永远感谢远杰兄，虽然，后来遇到过更多更严重的难关，但这“第一关”永远难忘。

2003年在电视台接待非洲客人

今天说这段旧事，不仅仅是表达“滴水涌泉”的感恩，更想说明的是：走出校门之后的我们，无论走到哪里，无论处何境地，都在同气相求，守望相助。

二

刚毕业的那几年，卢晓光在电大的宿舍一度是省会同学的“据点”。多少个周末之夜，聚在卢家吃饭“搓麻”。偶有外地同学来石家庄出差，便成了庄里同学的“节日”，吃饭喝酒，不亦乐乎。有一年的节假日，卢、赵伉俪和我议论请在庄里的同学吃个饭聚聚，酝酿过程一传三、三传十，最后办成了京津冀同学赶来的非正式“班会”，夫妻俩不仅前后张罗接待安排，还搭进去不少钱。

女主人赵淑兰，毕业分配在地区粮食局，后来调入《河北经济报》当主任、副总编。同在河北新闻界，我俩多了不少业务话题。不久她奉调省委办公厅当处长，我和手下人要采访或者审稿涉及领导，有时通过赵处长来“加速度”。再后来她做了省信访局副局长、省委对台办主任。

卢晓光先是当电大老师，我台包括新闻部的若干业务骨干，为补学历都成为他的弟子，还有后来当到市委书记乃至更高级别的领导干部，也对卢老师执弟子礼。后来，他到霸州挂职当副市长。我带记者到廊坊采访，正赶上卢晓光在抓全县中学教育和校园建设，且颇有成效，就专门为霸州做了电视新闻。这时才得知他已加入“民革”。此前我曾隐约听说他爷爷是“黄埔”的，直到2015年拍摄纪念抗战胜利七十周年纪录片《铁血丹心》时，才了解他爷爷是东北军少将，牺牲于抗日前线，列入国家公布的著名抗日英烈和英雄群体名录。将门之后，卢晓光这么多年都隐忍未讲。

再后来，卢晓光虽跻身“副省级”，却还是那么随和率性。有同学来石，我约饭找他，依然“有求必应”，还惦记问：“要不要我买单？”几年前一个暑期，我和卢、赵夫妇从北戴河返石途经北京，我提议叫几个同学吃个饭，没想到一呼百应集聚了满满一大屋。

那年，最年轻的师弟之一吕书文，从团省委挂职到安平当副县长。老班长召集一帮人去看望他。时任霸州副市长的卢晓光也开车赶到。吃喝一通自不必说，离开安平时恋恋不舍，又恰遇雾天，半路便又拐进一个度假村继续聚谈，逗留到第二天才各自返回。吕书文挂职期满回到省直，辗转供职于国有企业，直至出任省建工集团纪委书记。

1996年7月，我参加中日友好之船青年访问团访日，从北京飞往东京之际，正在仙台留学的李顺刚也乘新干线出发奔东京。当晚，在我下榻处俩同学畅聊，不知东方之既白。

这就是同学情谊——后来的我们，无论岗位如何变化，境遇如何变迁，赤诚相见，一切如初。

每次进京公务或路过北京，我总会顺手打开通讯录，给最先翻到的在京同学打个电话，约饭或约茶，约不上就电话聊会儿天。曾经在从承德回返时走到北四环给郭兄打电话，一起吃紫竹院附近的烤鸭；曾经委托韩兄找到方便中午出来的同学，在我进修学习的行政学院附近小店欢聚一堂；曾经即兴叫来龚法忠和要力石两位出版界大咖，三人在铁道大厦喝一瓶红酒；等等。

到其他城市也如此。举凡路过保定，必下高速约白贵、宝忠、文京等留校的诸位或树春、月忠兄聚晤；在廊坊采访省经贸洽谈会，要找吴公剑叨扰一番；邯郸公务，晚饭之前必须叫来高建平见面；那年从秦皇岛自驾过天津，兆年兄陪我逛五大道，参观河北大学旧址；等等。某个城市，某处陌生地方，因有同学在而增加了亲切感。

这就是同学情谊——后来的我们，“快乐着你的快乐，忧愁着你的忧愁”。外面的世界很精彩，外面的世界很无奈，我有同学在。

时光磨不灭情缘。不能不说到奔赴内蒙古工作的李天慈和周居霞，2009 年初秋，他们以一家之力（两个人的会务组）操办了在呼伦贝尔草原的同学聚会。几年后，他俩又发出在克什克腾温泉一聚的邀请，我因故未能赴会。到了 2018 年暑期，得知我在承德塞罕坝逗留，周居霞电话不断追踪，盛情拉我“补课”，住在她家的房子里，泡温泉，看石阵，逛草原。

大约是 2005 年的一天，夜里 3 点我的手机响了起来，听筒里传来一个遥远的声音：“我是刘杰……”此时刘杰已担任国家建工总局的高管，他在非洲刚刚与中国驻当地公使吃完工作餐，只因公使是河北衡水人，刘杰就想到了我。由外交官老乡的话题，兴奋地说到在非洲的见闻……聊着聊着，我忽然打了个哈欠：“刘杰，我这儿是夜里 3 点，你那里是几点？”刘杰恍然顿悟：“呀，呀！我忘了时差，你赶紧睡觉吧。”

还有一件事不能忘怀。在京工作的女儿恋爱后，妻子对定居在蒙特利尔的男方家庭缺乏了解。我一个电话打给在渥太华的刘建新同学，刘建新携妻子驱车三百多公里找到男方父母的家“做客”，把所见所闻如数告诉我们。2016 年夏，我携妻女从多伦多去渥太华旅游，恰巧刘建新在国内，弟妹党老师热情接待，在唐人街吃十分正宗的广式早茶，令人感到异国他乡的亲人温暖。

这就是同学情谊——后来的我们，虽然天各一方，但天涯咫尺，同声相求，分享人生沿途的风景。

三

渐渐地，同城同学的联系开始疏淡，去卢家“据点”的活动也越来越少，大家都忙了起来——职场爬坡的阶段开始了。

我所从事的电视新闻风生水起，进入快速发展阶段，工作益忙，担子日重。我在 1986 年任新闻部临时负责人，而后当副主任，直到 1989 年春主持工作，经历特殊时段的政治考验；1991 年正式任命新闻部主任，两年后担任电视台副台长兼新闻中心主任。创办《午间视野》《新闻广角》，三次主持台里新闻改革；主管外宣、文艺部门，主持河北卫视，打造《读书》《真情旋律》等名牌节目；等等。其间经历曲折，故事颇多。

一天傍晚，某青年记者在我审完他的片子之后，掩饰不住欣喜说：“今天我见到了王力平。”“见就见吧，他怎么样？”我淡淡地搭讪。记者惊讶：“你不知道王力平啊？河北省著名青年评论家！看来你光搞新闻，对文学界很生疏。”再见到王力平时，我盯住他的脸问：“你何时成了著名青年评论家，我怎么不知道？”他也一脸狐疑：“著名了吗？我也不知道啊。”

在大学，王力平和我是一个小组，当年我和几个同学逃课去狼牙山旅游，他是参加者之一。他毕业分配到《文论报》当编辑，不久当省文联办公室副主任。说“著名”时他已是河北省作协副主席兼秘书长。河北作家艺术家的作品，通过王力平的评点在全国光大。

王力平不仅文艺评论有两把刷子，而且吃饭点菜也很拿手。有一次省社科成果奖初评结束，我掏腰包请若干河北大学校友吃饭，王力平负责点菜。酒足饭饱之余，我问同学：“吃得怎样？”一干男女均交口称赞：

“力平点得好！”弄得我窝火许久，到秦皇岛开定评会时还愤愤不平。

王力平和我都是社科成果奖评委，但分在不同小组。他在文史组，我在传媒（综合）组。评委会上，几乎每年有一个文字方面的项目引发关注——杨宝忠教授的成果。

杨宝忠也是六组的人，上大学时总拿着一摞子自制卡片抄笔记，大概把《说文解字》都抄了一遍，据说他还背过汉语字典。刚毕业不久，一次回母校去杨家蹭饭，杨宝忠下厨炒菜，手中菜刀翻飞，“咔咔咔咔”切土豆丝的功夫令我惊叹不已，才知他是烹调高手，且有“高阳酒徒”之美名。不知道是不是上学时摘抄的那些卡片发挥了作用，杨宝忠的疑难字考释研究很快到了成果爆发期，同学戏称他是“认字最多的人”。

有一次见面，我和王力平一起打趣这老夫子：“给普及一下，你的研究有什么实用价值？”他一脸认真地说：“不当吃不当喝。但是，字典中存在成千上万的疑难字，没人释疑解惑，如果我不去考释，有些汉字可能以后就认不出来了。”

看他一较真，我不好意思再开玩笑。事关中华民族文化传承的大事，不能以笑话来亵渎。杨宝忠后来又去北京读了博士学位，当博导，带学生，做近两千万投资的“中华字库”项目，先后三次名列中国杰出社会科学家榜单。

六组还有一个回族兄弟白贵，毕业回到内蒙古大学任教，教学之余直接投身媒体主持广播节目，很快走红。后来，白贵回到河北大学读博，2000 年 10 月成为新闻传播首任院长，到 2012 年把河北大学新闻传播学科带到全国排名第八的位次。他自己更是桃李满天下，今年春节后在海口参加个饭局，半桌人都说是白院长的弟子。我赶紧蹭热点声称：“我和白贵同班同组，我还是他的组长呢。”于是一干男女执弟子礼来敬酒。

和我同宿舍的诗人郭沫勤兄，是当年“琴泉诗社”的社长，我还曾经跟着他在保定大街上销售《星星》诗刊。他毕业进京，再见面已升任文化部群众文化司副司长，后来又出任《中国文化报》社长兼党委书记。惋惜很少见到他的诗作，郭兄把诗写在了名动全国的大型文化活动上了。

刘书祥，后来成了法学教授。王维国，后来当了《河北学刊》主编，退休之后还有若干家学术期刊请他当外审专家。孟保青，美术出版社编审，名下有若干获得国家奖的作品。范国华，上学时酷爱金庸、古龙武侠小说，毕业后先编《文论报》，而后主编《当代人》（原《河北文学》）杂志。范炳刚，远走美国，在另一背景下打拼出自己的一块天地。

六组的三个女生也老厉害了。王海鸥多年操持河北省社科优秀成果评选，前文所说王力平“点菜成名”，就是校友各路神仙给她“打工”。王星后来远赴德国留学，获德国语言文学硕士学位，在那里汇合爱人也找到了事业的支撑点，回京后专事引进和翻译德国少儿类图书，法兰克福书展和国内各大书博会常常可见她的身影。佟明羽则留校当了教师，一度兼任班主任，许多后来的师弟师妹都叫她“老师”。

六组同学还有谁呢？我这儿挂一漏万……当年，每逢周六做值日打扫教室，在烟尘弥漫里我曾想质询缺席组员为何“一屋不扫”？毕业后却在四处寻找他们“横扫天下”的身影。六组同学，不过是河北大学中文系1977级的一个缩影。

20世纪80年代至90年代，中国正是改革开放狂飙突进的年代，走出校园的我们，虽然人穷位卑，但从母校感染的那种情怀、那股精神和思想解放、改革创新的年代气质恰恰合拍。我并不清楚每个同学“走”过的路，但我敢肯定，每一个人都竭尽全力，每一步都脚踏实地，大家共有一个主题词：奋斗。

四

至今记得熊任望老师讲授楚辞的情形，至今记得他带着江南口音朗诵《渔父歌》：“沧浪之水清兮，可以濯我缨；沧浪之水浊兮，可以濯我足。”但对沧浪之水的深切理解，还有待后来漫长的社会历练，尤其是渐渐体味了世道艰险和现实复杂之后，理想主义在五味杂陈中褪色，从拍案而起到一声叹息。

1996年8月，河北遭遇百年一遇特大洪水，我和记者们全力投入抗洪救灾报道之际，正是所在单位考察干部的特殊时段，我在紧张的报道中无暇他顾，而后采摄的《燕赵儿女抗洪歌》获得中国新闻奖一等奖。其时我是最年轻而资历又老的副台长，还列入省里的“第三梯队”而到一个县挂职。但是，结局令所有人大跌眼镜。此后几年我便不断品评那种“难言的滋味”。直到五年后，中纪委查处某政要的案件牵涉电视台，单位不断有人被叫走配合调查，才曝光出当年的一些蛛丝马迹。

“卑鄙是卑鄙者的通行证，高尚是高尚者的墓志铭。”历经沧桑之后，我对北岛这名句有了切身感悟。但是，梦境醒来，还有情怀的守望。见多了林林总总的社会现实，面对沧浪之水的清与浊，挺直腰杆，坚守做人底线和专业精神，靠过硬的专业能力把自己站成一棵树。

几十年后蓦然回首，发现“一辈子只干了一件事”：自从进入电视界，我做过（和管过）所有类型的节目，经历了电视台所有的（任职）台阶，拿到了中宣部“五个一工程”奖、中国新闻奖、中国广播影视大奖等所有新闻类、广电类国家级奖项；头上顶着“全国百佳新闻工作者”“省有突出贡献中青年专家”“享受国务院特殊津贴专家”等光环。

更重要的是，我见证了中国电视登上传媒巅峰的历史时刻。中国电视从惨淡弱势的“小三”上升为媒体龙头老大（当然互联网很快对它提出挑战），用了二十多年的时间。经历这个过程并为之奋斗，且在一省乃至全国业界有所成就，对于一个具有浓厚专业情结的电视人来说，那是莫大的欢愉。

失之东隅，收之桑榆，得也？失也？若干年里我一直在叩问自己，直到今天。我明白，当我们选择了情怀，注定要失去一些别的。当我们痴迷于职业精神，势必疏远了俗世规则。不必说无怨无悔，当得失成败早已烟消云散，困惑不解也随时间推移真相自明，唯有那点精神，在历史经过的路口熠熠生辉。

其实，我的同学们大都是“从一而终”，把谋生手段干成了个人热爱，从底层起步成长为所在领域、某一专业的“专家”，其中顺风顺水或者逆水行舟，甘苦自知。但大家可以理直气壮地说：我们既是过往历史的目击者，又是时代前行的推动者，我们带着理想主义情怀和与生俱来的使命感，参与造就了国家和社会进步的一个时代。

何以百炼钢，化作绕指柔。见多了“可以濯我缨”又“可以濯我足”的沧浪之水，经历的艰难困苦都变为了财富。但总有一条底线横亘在人生途中，不可逾越。

这一代人的情怀，被沧浪之水所淘洗的情怀，就“横亘”在中国社会发展和进步的那段历史中，成了时代的精神地标。而我们的母校，就站在这精神地标的起点上。

五

四十年后才发现，那个堪称熔炉的母校，和萦绕我们一生的精神家园那么紧密地结合在一起。后来的我们，人生的基调、品质和精神追求，在那时就已奠定；我们作为同窗的情谊——这是仅次于血缘关系的一种亲情——从那时就开始凝成。

后来的我们，无论是坐上主席台，还是站在大讲台，无论是操作在导播台，还是奋笔在写字台，抑或是坐在茶台商业谈判，抑或是登临观景台凭栏远眺，虽岗位不同，境遇有异，却都为家国、为社会竭尽了全力，一点一滴汇集成时代前行的浩瀚大海，我们可以毫无愧色地指给后来者说：那就是我！

真的，每个人都是一朵浪花，每个人都在攀登一座高峰。

后来的我们，无愧于所处的时代。

后来的我们，无愧于河北大学中文系1977级的称谓。

2022年4月23日 恰逢世界读书日

一路向北有我家

——为大学毕业进京四十周年记

/ 王建敏

作者简介：王建敏，河北邢台人。毕业后先后供职于国家轻工业部、文化部台湾事务办公室、中国文化艺术总公司，曾任中国文化艺术总公司副总经理。现居北京。

有人慨叹人生如寄，有人谑言人生如戏，我比较认同的则是“人生如旅”。人的生命途程恰如一场不知终点的旅行——自生命缘起，成长、学习、拼搏，山一程水一程，不觉间由青春至中年渐近迟暮，待到知晓天命有归，依然会缓缓地走向未知……

回望来时路，我的人生轨迹亦如旅途驿站一样清晰，一路向北，两步跨越，北京筑巢，从此安居。

一

一代人命运发生重大转折的1977年高考之前，华北平原上那座商代时便已存在的小小古城——邢台市，几乎承载了我生活的全部内容。生命的原点和长成，都在小城邢台：蹒跚步履在那里留下，琅琅书声在那里飘过，隆隆的机器声中，我与工友们不分昼夜地辛勤奉献。

工厂欢送

1978年3月18日，乘火车由故乡出发，我实现了人生的第一次大跨越。自南向北行进，在三天报到时限的最后一天，进入了位于保定的河北大学。那年，我二十三岁。河北省当年高考作文有两个命题，我选择了《你怎样度过今后的二十三年》，清晰地记得开篇引用了著名散文家秦牧的一段话，大意是，每个人在历史的长河面前都像一只饮河的鼹鼠……作文里，我以饱蘸青春激情的文字憧憬着二十三年后祖国实现“四个现代化”的愿景。基于此，大学期间和同学们一样沉醉书海，孜孜求知，意气风发，踌躇满志。

二

再度出发时，由命运驱动的车轮继续由南向北行驶，这一次，直抵北京。

那是1982年的3月，春寒料峭。形单影只的我走出北京站，携一只小包，按照父亲提供的地址乘9路公交车至前门，再沿路打听，寻到了父亲的好友王崇智位于西打磨厂的家。一家人亲热异常，在他们逼仄的空间里为我预留了栖身之处，还有丰盛的家宴。

正式进入这个城市的第一晚，我安歇在如今已成北京旅游风情街的打磨厂。只是如今王伯伯已然仙逝，他的妻子和女儿也早就搬往北新桥。

对于当时的我，北京并不完全陌生。1972年高中毕业时曾随父亲来过，还花一周时间跑了几处名胜。大学时代亦曾来京参观，与同窗同室好友张荣逛过王府井，还到过同桌张蔚然的家。

然而这次不同了，“报到通知单”和户口转移单已经把这座城市和我的未来紧紧连接起来，未知的一切让单枪匹马来到京城的我，内心既有温热也有些许惴惴。

3月22日一早，我乘公交车急急赶往轻工业部报到。报到地点在东长安街上，切近点儿说，在北京饭店斜对面。大楼巍然我易找，进去却是犯了难，匆匆忙忙的人流，搬搬抬抬的场面，撤掉标牌的办公室，原来是轻工业部与纺织部分家，轻工业部正在搬往阜外大街乙22号办公大楼。那时没有搬家公司，所有工作人员都自己动手整理文档、打包搬抬。好不容易找到人事司，接待者匆匆收下报到通知书，嘱我两天后到新的办公地址找他。于是，我真正报到进入轻工业部，安排在机关党委工作，是在两天之后，而搬入统一安排的集体宿舍则是在到京的一周之后。

位于双井的集体宿舍，是拥有“天之骄子”荣称的数十名同年分到轻工业部的1977级大学生共同的“家”，互不相识的人们来自不同地区不同院校。我从北京站雇人力平板车拉来托运的行李，师傅卸在地上掉头便走。两个装满了大学时期所有书籍和日用品的大木箱外加一个大软包，着实让我发愁怎么弄到三楼，还好遇到刚刚认识的人事司同事王公义，在他的帮助下，我才安置了下来，而当时的窘迫尴尬经年难忘。多年后他成了司法部高官，我调侃早知今日不敢当初，一进京误用了高等级搬运工，两人皆大笑！

有了立足之地，我的北京生活正式启幕。

由集体宿舍再到成家后在公婆家寄居，尔后借住他人闲置房暂居，直到6年后分到团结湖地区的两室一厅，才实现了完整意义上的定居。在京城璀璨如星河的夜色里，我才真真正正拥有了属于自己的一盏灯火，而那时，女儿还寄养在邢台，由父母弟妹代为照看。京城居，大不易……

三

十分有趣的是，我与北京城的缘分如许，却至今不知40年前毕业分配戏剧性变化的根由，冥冥中，是何方神圣在纷乱的过程中用金手指点中了我？至今是谜。

恢复高考后首届大学毕业生实行分配制，当年河北省是由学校报方案，省人事厅审批。

邻近分配时，系总支书记和系主任分别找我谈话，称外国文学、文艺理论、古典文学、现代汉语等几个教研室提出的名单里有我，希望我留校任教。我坚辞不受，最主要的理由是，站在讲台上面对若干张面孔滔滔不绝50分钟，简直不可想象，我完全难以适应。后来我成为话痨时总想起系领导失落的表情和“老师们不会看错的，将来你会后悔的”等语，总之那时我认为登台授课的难度不亚于登天。

因为这两次无果沟通，大部分同学已经在分配方案里基本定位，老师在我的坚持面前让步，将我分配到河北省侨务办公室。

孰料方案报到省里，与人事厅负责人相邻的侨办主任提前得知信息，派人急赴学校，强烈要求更换为男生。校领导找我谈话，商议可否改为省委党校，此时我已对分配到哪里不太关心，唯独对于如此的性别歧视愤懑不已，提笔写下了《唯性别论要不得》。

文章后来发表在《人民日报》上，而那时我已经坐在轻工业部的一间办公室里。

转折发生在省里原则同意却退回原方案，要求按几项原则进行调整，并授权学校最终决定。

宣布毕业分配决案那天，我本心如止水，不期然，我的名字居然和国家轻工业部挂了钩。直到老师第二次宣读，我才确信不是误听，“惊天逆转”啊！

四

这一变化注定了我与北京城的不解之缘。

迄今 40 个春秋的浸润，我在北京生活的时间长度远远超过了故乡和大学两处的总和。这个非同寻常的人生驿站赋予我的，是难得的人生历练和深厚滋养，蓦然回首，成功未曾企及，丰富却还算得上。

首段经历开始于国家轻工业部，历时 8 年。

时逢国家经济体制改革发轫，民营经济雨后春笋，轻工业获得了空前的发展契机，除收音机以及后来出现的电视机另有部委主管，百姓居家生活的其余部分几乎全由轻工业部管理，大到冰箱、洗衣机、自行车和家具，小到手表、电池、文房四宝、塑料制品乃至笤帚、簸箕，更有食品、烟酒乃至儿童玩具，我有幸见证了轻工行业疾速发展和轻工业部最为辉煌的历史时期。那时其他部委对轻工业部艳羡不已，连职工骑的自行车都“非凤凰即永久”，最差也是“飞鸽”，齐刷刷停在院子里，没有一辆是杂牌。节庆时每有名酒可买，还是厂家直供，12 元一瓶的茅台、8 元一瓶的五粮液、5 元一瓶的江西四特，现在想想都惊诧。

当然，最值得回味的并不是物质上的相对丰沛，而是站在这个平台上对国家工业体系、制造业分布格局及企业运营状态立体的了解。对于文科生来说，无疑是知识结构的极大扩展与有益充实。这些经验的累积，对我后来的人生大有裨益，连在股市做“韭菜”，都觉得多了点儿底气。

轻工的人们纯朴务实、重情好义，信手可举一例。在轻工业部早成云烟、精英大多云散的当今，依然有当年的1977、1978级毕业生聚集在“劲松719”微信群里，人数多达95个。劲松719楼是我们这个群体在京居住的第二站，如今成了人心汇聚的符号。有人特意拍了现在“乐成中心”旁边幸存的双井宿舍小楼照片，怀恋我们踏足北京的第一个“家”。

在万分不舍之中，我还是毅然选择了北京职业生涯的第二个站点，国家文化部。个中缘由，一为待下去虽官职立升，却被永远捆绑在党务系统的战车上；二为心中的文化梦想未曾熄灭，转而尝试对台文化交流，给了我巨大的遐想空间。

1991年初，我调至文化部台湾事务办公室。

梦想是美好的，追逐的过程却很艰难，而困苦之中铸就的果实，最终凝聚为我心中最珍视也最富价值的一段记忆。

适逢其时，两岸长达40年隔绝的坚冰乍裂，曾经的民族撕裂创口开始弥合，文化交流从涓滴而起，遂成波翻浪卷之势，直如山奔海立一样恢宏。我为之推波助澜辗转腾挪不遗余力，斐然成果万不敢窃为己有，却也因竭尽绵薄于内心引为今生之傲。

从来不曾想过著述的我，最终在对岁月的品读当中获得了动力。2020年新冠疫情暴发的春节之后开笔，积18个月完成了20万字的初稿，正在做修改润色再图付梓，名之曰《门扉轻启——我所亲历的两岸文化交流》。水平自然不高，然作为那段历史的见证者和直接参

轻工聚会

与者，试图为民族留下一段传记的心愿总算初成，如我的忘年交、有知遇之恩的主管部长刘德有所鼓励的那样，这是独有的记录，没有第二个人可写能写。

那段岁月的珍贵价值，于公，不只当时的局面顿开，更对未来的两岸关系有借镜之用，何况那些鲜活而真实的故事，应当被记述，更会被传扬。于私，推进民族统一大业，且立于两岸文化交流枢纽位置，真乃今生之幸。工作过程中接触到的大师级、殿堂级人物林林总总，也令我在仰之弥高和近距离接触中得以濡染，如关山月、廖静文、袁世海、杜近芳、梅葆玖、叶少兰、于是之、郑榕、英若诚、石维坚、乔羽、阎肃、赵季平、孟卫东、杨丽萍、腾格尔、魏喜奎、孙毓敏、于魁智、李胜素、裴艳玲等，以及一时间难以细数的响亮之名，长久地在我心中留下他们的风范气度，有此际遇，亦数难得。

北京职业生涯的第三站是隶属于文化部的“中国文化艺术总公司”。在这里，我完成了由文化事业管理者向文化艺术运营者的转变，作为分管的副老总一手操持的“中国艺术博览会”，成为国内美术作品与艺术市场结合的先驱和典范，连一度不屑于此道的“中国美术家协会”后来都主动伸出了合作的橄榄枝。而此站的巅峰之作，则是与两位搭档配合，勉力完成“世界三大男高音紫禁城演唱会”。

2001年6月23日，当数万人身着晚礼服走过金水桥进入演出现场时，我站在端门城楼上俯瞰这一盛景，内心的愉悦无以言表。当晚，帕瓦罗蒂《今夜无人入睡》的歌声激荡紫禁皇城，中央电视台现场直播的辉煌画面，成为我内心永久的珍藏。

大型演出活动做到这个高度，在演出界足以睥睨天下。即使绝少与他人道，也是自己生命中的一道亮丽风景。享誉世界的音乐界三大巨擘联手演出本就非同凡响，而在紫禁之巅放歌更是震撼环宇。张艺谋执导歌剧《图兰朵》，也只能假太庙做演出现场而以紫禁城名之。货真价实在端门、午门之间搭建舞台与观众席并获得吉尼斯纪录者，绝无仅有！况且，这一文化盛典的成功举办令世界刮目，直接助推了北京成功申奥，为2008北京奥运奠基了一块金砖玉瓦。

我谓之，国家兴旺，匹妇有责，盖因心有荣焉。

离开该公司，我作为文化部的公务员提前办理了退休手续，一路循着宿命的指引，文化公司、广告公司、贸易公司，边体验边行走，遵从内心。

终是离社会主流舞台渐行渐远，老冉冉其已至兮。

荣枯事过，喜忧心空，终止打拼的我将目光转向呼朋引类结伴畅行，在莎翁故乡圆满了文学憾梦，在少女峰上沿铁索滑向皑皑峰顶，在死海岸边体悟向死而生，在圣境西藏寻得超然心境……

闲时照拂花草，打理庸常，看云卷云舒，任时光缓逝。

夫复何求。

历历四十载，倏尔之间。

此身安，此心安。

不再向北！

2022年3月22日

我的记者梦

/ 张树春

作者简介：张树春，1947 年 12 月生，河北雄县人。高中毕业后回乡当过生产队会计、报社通讯员。1972 年 12 月任雄县大营中学教师。1977 年考入河北大学中文系，1982 年 3 月毕业后到《河北日报》编辑部任编辑，1984 年 10 月调入《河北日报》保定记者站当记者，任记者站副站长，高级记者职称。2008 年 1 月退休。

1977 年恢复高考，我被河北大学中文系录取。然而，我的入学考试成绩最好的科目是数学，而不是语文。数学考了 93 分，语文 78.5 分，四科平均成绩 81.3 分。入学后的摸底考试数学考了 97 分，这个分数在数学系新生中也是较高的。记得当时有人问我："如果让你转数学系你愿不愿意转？"我当时摇了摇头，因为我考大学时心里藏着一个不为人知的梦想，这与我的一段人生经历有关。

读完高中后，"文化大革命"开始，我回到家乡雄县龙湾西村参加劳动，不久当上了生产队会计。几年之后，看到一些中学同学找到了工作，心里开始七上八下，也希望找到新的出路，使学到的知识能有更好的用武之地。有一次，我看到生产队订阅的《新保定报》上刊登了一则征稿启事，就按要求写了一篇稿子寄到报社，没想到一炮打响，第一次写稿就在报纸上发表，并很快在当地产生了影响。时隔不久，雄县革委会举办"土记者"学习班，点着名通知让我参加。学习班上，我第一次见到了报社的编辑和记者，从此记者成了我眼里最潇洒、最理想的职业。而后我迷上了写稿，每年都有稿子在报纸上发表。1972年，和我同乡的县文教科长陈佩如回家养病，动员我去当老师。他知道我正迷恋写稿，对我说："当了老师也还可以写稿，有了机会还可以去当记者。我过去的同事王炳奎就是先当老师，后来到新华社当了记者。"就这样，我到大营中学当上了语文教师，但当记者仍是我内心深处挥之不去的梦想。高考时之所以报考中文系，也是为了离实现这个梦想更近一点。

进入河北大学中文系的所见所闻让我有点震惊，《河北日报》记者杜英华，常在刊物上发表诗歌的很有名气的诗人郭沫勤、田真等都在我们班里。入学后一次统计，班里光在报刊上发表过诗歌作品的就有十来位同学，令人刮目相看。通过文艺、体育等各类活动，发现班里许多同学都有自己的特长，令人惊叹不已。加上班长李远杰、副班长宋建良等很有人格魅力，还有众多可亲可爱的同学，我很庆幸遇到了一个很好的班集体。

河北大学中文系1977级共有94名同学，我是班里的"老三届"之一，也是17名带工资上大学的学生之一，月工资34.5元。因为入学前就已结婚生子，拉家带口，花钱也需要精打细算。记得那时从保定到老家雄县坐汽车车费只有1.9元，但为了节省往返3.8元的车费，我把家里的自行车带到了保定，平时放在一个老乡家里，回家时就骑自行车。有一次骑到容城县城时，天热口渴，想在路边喝点水，但一摸口袋里只剩下1块钱，想来想去还是把钱装回口袋，因为害怕路上万一自行车出了毛病，修车没钱，就这样渴着又骑了七十里路才终于到家。

虽然上大学生活不富裕，但那时并不觉得苦，因为那时心中有希望、有梦想。

1979年实习时，我和任文京、林建章等同学被安排到保定日报社，我跟着慕名已久的老记者柴振群、李振堂等到涞源山区和涿州市采访，采写的几篇报道都在报纸上发表。实习结束后，副总编王晓和其他编辑还向我约过几篇稿子，结果也都见了报，这使我感到离实现梦想似乎更近了一点。

改革开放是个追梦的时代，也是许多青年人圆梦的时代。1982年3月我大学毕业后，有幸分配到了河北日报社。

这一年河北日报社新进了四名大学生，杜英华兄上大学前就是河北日报石家庄记者站记者，报到后分配到城市经济部。我和河北师范学院的毕业生张娟、张明被分配到要闻部当编辑。

要闻部也叫出版部，是编辑部稿件流程的最后一个环节。要闻部编辑每天晚上上夜班，因此也被称为夜班编辑，主要工作是处理编辑部各部门交到一版的稿件，看稿、数字数、做标题、画版面，拿到排字车间交工人排版，最后在大样上修改后交印刷厂印刷。

要闻部编辑每天夜里上班，白天睡觉，不仅十分辛苦，而且责任重大，处理过的稿子一个字、一个标点都不能有差错。如果错了，第二天报纸印出来，就再也无法挽回。“文革”中，编辑在为新华社稿件做副标题时，丢掉了一个中央领导的人名，第二天报纸发行后定性为严重的政治问题，值班领导被严肃处理。粉碎“四人帮”后，虽然被处理的领导干部官复原职，但要闻部的人们很长时间依然心有余悸。每天晚上8点上班，大家都聚精会神，瞪着两只眼睛看稿子，生怕在自己的环节上出了差错。

要闻部的编辑工作使我学到了许多新闻业务知识，特别是每天都和报社的总编或副总编以及要闻部的主任、副主任一起值班，这些有着几十年从业经历的老报人，有时听他们一句话，就有胜读十年书的感

部分同学参加九十周年校庆（后排右二为作者）

觉。有一次，报社总编辑叶榛对我们几个年轻人说："你们看稿时一定要把可有可无的字句段全删掉，删去一个字，咱们每天印 30 万份报纸，节省的版面就相当于一部长篇小说。"这句话我一直记了几十年。

我在要闻部当编辑两年多时间，没有写过一篇稿，与原来向往的到处采访写作的记者工作大相径庭，但个人兴趣爱好应该服从组织需要。我一直默默地坚持做好自己的工作。后来，家庭生活的困难让我陷入了窘境，我爱人带着两个孩子在农村拼命干活儿，但年年都是缺粮户。因离家路途太远，我一年除了休探亲假，其余时间没法顾家。特别是家中发生过一次夜间盗贼跳墙入室，闹得一家人整天提心吊胆，惊恐度日。我只好向领导提出调到保定记者站的要求。

1984 年 10 月，我调到报社驻保定记者站当记者，实现了我多年的梦想。那几年我几乎跑遍了保定地市的二十多个县区采访，每年都有几十篇稿子在报纸上发表。记者站的工作得到了保定地委、保定市委的肯定，在地市领导的关心和帮助下，1987 年 10 月，家人办理了户口"农转非"迁入保定市。1988 年 11 月，在地委宿舍分到了一套三室一厅的住房，随后举家搬入了保定市，爱人在市里找到了工作，儿子也从家乡转入保定市的中学学习。后顾之忧解决之后，我更加努力，聚精会神地投入新闻采访工作之中。

作为省报的记者，我和来保定调研的省委书记、副书记同桌吃过饭，和检查防汛工作的李鹏总理同乘过一辆面包车，也当面聆听过时任中共中央总书记胡耀邦和保定老区干部群众的谈话。一次，随同记者出身的省委副书记李文珊到阜平老区考察时，他以同行的口吻对我说："记者是光荣的职业啊！"在人们眼里，记者确实潇洒而又风光。哪知道，我正在为两件预料不到的事郁闷在心。

一天傍晚，我正在地委机关食堂吃饭，突然，餐厅外面狂风大作，暴雨夹着冰雹铺天盖地而来，一场多年罕见的雹灾降临保定。我惦记着办公室和宿舍的窗户没有关好，赶紧往回跑，冰雹打在头上、身上隐隐作痛，还好办公室和宿舍的物品损失不大，晚上安然入睡。但第二天拿到新印发的《河北日报》一看，大吃一惊，一条消息《一场特大冰雹昨晚袭击保定市地市领导当即察看灾情组织部署救灾工作》映入眼帘，这条消息是记者站年轻记者王建华所写。原来，雹灾袭来时，他一个人骑着自行车到近郊察看农作物被毁情况，到气象局了解全市灾情，向政府部门了解组织救灾情况，夜间 11 点写成稿子传回报社编辑部。王建华抢抓新闻受到报社领导表扬，这篇稿子后来获得了中国新闻奖三等奖。相比之下，我的新闻敏感、抢抓新闻的能力则显出明显的差距，令人十分尴尬。

时隔不久，到编辑部参加记者会，听到一位老编辑议论我时说："树春这几年写的稿子很多，没有重点稿，没有特点。"这话听起来不太顺耳，细一想又都是实情：这几年我没有获奖作品。衡量一个记者，既要看发稿数量，也要看有没有写出业界认可的好稿。当记者讲究新闻立身，没有重点稿，没有好稿，获奖、评职称、晋升都没有你的份儿，充其量就是个二三流记者。

那段时间我心里像压了块石头，自己经常一个人躲在街头小酒馆喝闷酒，虽然读过四年大学中文系，又当过多年报社通讯员，但想当好记者并非易事。后来，我把这段时间的苦闷与思考写了一篇心得体会，发表在《新闻出版报》上，题目就叫《记者难以潇洒》。

如何在业务上爬坡过坎，写出重点稿、好稿？正当我苦思未解之时，一位老记者对我说，要想写出重点稿，首先要看选题，就是抓住领导关心、读者关切、社会急待解决而没有解决的、带有普遍性的问题去写稿。吸取老记者的经验体会去实践，我慢慢摸到了门道。

国企改革进入深水区，一些企业经营遇到了前所未有的困难，直接影响到许多职工的家庭生活。在保定市采访时，我发现革命烈士赵博生的女儿赵振霞一家的情况就很典型。赵振霞在新中国成立前长期的残酷环境下因病失去劳动能力，一直没有参加工作。她的儿子因单位经营不景气而失业，两个女儿在机床厂工作几个月发不出工资。赵振霞为儿子的再就业问题东奔西走但始终未能解决，生活十分困苦。我在详细了解各方面情况后写了《赵博生烈士遗孤生活困难》一稿，登载在《河北日报内参》。时任省委书记、省长和两位省委常委都分别作出批示，请有关方面尽快帮助解决。省委书记还在批示中指出：“请研究室组织力量对改革开放以来城市人民的收入变化、生活变化做一个认真的剖析，对新出现的贫困群体困难问题如何解决，提一点可行的办法。”这篇内参被《人民日报》的《情况汇编》和《内部参阅》转载后，时任中央书记处书记曾庆红、国务委员李贵鲜以及中组部和民政部负责人也分别提出解决问题的意见和要求。省委研究室就此开展专题调研，提出对策建议，推进了我省国企改革中城市贫困群体困难问题的解决。这篇内参后来获得了河北新闻奖一等奖。

1992年7月在珠海采访

驻站记者与编辑部同行相比，业务发展上有许多不利因素。但是，驻站记者也有自己的优势。身在基层，贴近群众，贴近实际，在当地人熟地熟，各行各业的熟人也成为新闻信息来源的重要渠道，只要扬长避短，同样可以有所作为。报社开展新闻改革，我写了许多贴近实际、贴近生活、贴近群众的报道，也是河北日报社采写现场短新闻最多的记者之一。在深入实际的采访中，还能经常抓到一些鲜活的独家新闻。

2003年9月，一位清苑县的朋友对我说，清苑县东安村农民在田野里挖土时挖出一个兽形石雕，极有可能是来自宋太祖赵匡胤祖陵上的石像生，这个出土石雕已在野地里躺了四年，尚未引起有关部门的重视。我听后很惊奇，当时，当地报纸正在开展赵匡胤祖籍问题的讨论，“涿州说”与“清苑说”各执一词，但由于史料记载前后矛盾又缺少实物佐证，一直没有定论，这次发现有望解开赵匡胤祖籍祖陵之谜。但这类报道一般要等到文物考古部门有了权威结论后才能写稿，那不知道要等到何年何月。我经过反复调研并咨询有关专家后，心想，何不写一篇报道，客观地讲述事实，促进问题的解决？于是写了一篇《赵匡胤祖籍研究有重大发现清苑东安出土石像生》一稿，在《河北日报》2003 年 9 月 11 日一版发表，这篇报道立即在社会上引起反响，一百多家新闻媒体进行了转载。文物部门很快对文物出土地点进行了考察和初步勘测，并采取了保护措施，省委省政府领导对宋祖陵遗址的开发与保护作出批示。省文物专家称，这篇报道催生了我省一个重大考古发现，填补了我省古墓文化的一项空白。这项发现订正了《辞海》和历史教科书中关于赵匡胤为“涿州人”的错误。这篇报道获得了河北省文物保护好新闻三等奖，成为新闻舆论推动文物考古工作的一个范例。

读书是记者提高新闻业务水平的重要方法。我最喜欢的读书方式是问题式读书和专题式读书。围绕新闻实践中需要解决的问题和专题去读书，用学到的知识指导新闻实践。读书对提高记者业务水平有多方面的帮助，我体会最深的一点是读书能提高记者的新闻敏感和从生活中发现新闻的能力。

2002 年 11 月 2 日，我班同学相聚母校举行毕业二十周年联谊会，我作为会务组人员，陪同同学们参观时为大家拍摄了许多照片。这些照片有没有新闻价值？可不可以在报纸上发表？作为一个经常用文字和摄影结合方式开展报道的新闻记者，我认为这次参观的几个地方不比寻常，而且游人众多。通过图片可以反映保定市经济发展和社会进步的一个侧面。我把参观保定军校广场、顺平县腰山王氏庄园（全国重点文物保护单位）等照片配写说明文后寄到编辑部，有三则图片新闻分别在《河北日报》11 月 19 日六版、11 月 25 日六版和 11 月 28 日七版发表。我既为同学的照片登上报纸（当然不能直接写同学聚会）而高兴，也为我不断提高的新闻敏感能力而欣慰。

在保定记者站做记者期间，我经常关注河北大学的教育改革和发展，采写了《河北大学宋史研究国内领先》《河北大学喜迎80华诞》《河北百科全书编纂工作全面启动》《河北大学荣膺全国高校社科管理先进集体》等三十多篇报道在《河北日报》发表。其中《著名历史学家漆侠猝死引发纠纷》反映的问题被时任省委书记批示，促进了问题的解决。需要说明的是，《河北百科全书》主编是河北大学原党委书记詹福瑞教授，常务副主编是韩盼山教授，他们聘我担任文化分编编委和条目撰稿人，我有幸为《河北百科全书》的编纂工作贡献了自己的一分力量。

我认为，新闻论文是新闻实践的总结升华，是新闻学研究的成果。写好新闻论文对提高记者的新闻业务水平有很大帮助。我经常把新闻实践中的一些经验体会写成文章在专业报刊上发表。新闻学是社会科学的一门学科，为了在更广阔的知识背景下了解新闻论文写作，增加新闻论文的理论含量，我学习了《中国社会科学五十年》《社会科学研究方法》《论文写作基础》等著作，结合自己的新闻实践，先后写出十几篇论文，分别在《采写编》《河北新闻界》《新闻采编》《中华新闻报》《新闻出版报》等报刊发表。其中《换个视角看新闻》《驻站记者新闻报道规律探析》等分别获得了河北省优秀新闻论文一等奖、河北省新闻奖二等奖和河北省社会科学优秀成果三等奖。

我在《河北日报》保定记者站当记者二十四年，发表各类新闻报道和文章千余篇，获各种奖励二十多项，最终成为驻站记者中的高级记者。

四十年后回顾往事，我终于可以无憾无悔地说：我圆了自己的记者梦。

2022年5月20日于保定

激情燃烧的日子

/ 张彦斌

作者简介：张彦斌，祖籍河北滦南，生于河北昌黎，长于煤都唐山。上山下乡当过农民，回城干过铁路工人，1977 年经高考入河北大学读书。毕业后历任唐山电台记者、记者组副组长、节目监制。1994 年 8 月调至河北电台，历任外宣记者、农村部副主任、新闻广播副总监、河北广播网总编辑。2005 年被评聘为高级记者。

今年是我们大学毕业四十周年，班里组成了编委会，要大家写写在校生活和毕业后的经历。

我很茫然，本质上我是个很懒的人，忘性大，尤其是在职后期又不经常动笔，自愧笔力匮乏，完成任务不易。

客观原因是 1995 年我调入省电台工作，次年举家搬迁省城，许多宝贵的资料遗失了。翻找电子文档，发现了 2008 年应邀写的一篇回忆，记述了 1993 年我在唐山电台策划开办直播新闻节目《多彩唐山 •684 新闻纵横》的经历。我在《多彩唐山 •684 新闻纵横》工作了整整 20 个月，那是我一生中最有价值的部分，套一句现成的话吧，那就是激情燃烧的岁月，值得一记。

为什么把回忆定格在 1993 年？ 1982 年毕业，前十一年呢？

毕业的时候，河北大学中文系 1977 级分配到唐山地区两个毕业生，师姐刘秀英和我。后来她去了秦皇岛市（当时秦皇岛市是唐山地区所辖），我留在了唐山市，不久才得知分配到省煤炭局的师弟赵海顺也到了开滦矿工报社。

到唐山市委组织部报到后，知道了我具体工作单位是刚刚恢复播音的唐山人民广播电台，具体岗位是编辑部农财组记者，跑财贸线。在低矮的简易房办公室里，我的记者生涯开始了。

毕业前夕，同宿舍同学在校门口合影留念（后排右二为作者）

由于说不清楚的原因，我在单位被划入了另册，虽然在编辑部的月度考评中月月榜首，稿件不时在中央台、省台播用，在全省好新闻评奖中屡屡获奖，但是升职入党却从来没有我的事。1986 年恢复技术职称评定，我以过硬的学历、资历、获奖作品顺利评上了中级职称，居然还有人告状到市委，说我不但不应评上职称，连当记者都政治上不合格。的确，当时上党代会采访报道我是没有机会的，因为不是党员。

海顺同学知道我在唐山电台工作得不开心，劝我和他一起考新华社的研究生班。其实他当时正值春风得意，刚刚陪同矿务局一把手外出考察归来，头版通栏刊发了他写的长篇通讯，不出意外很快会升任《开滦矿工报》副总编辑，但是他还是毅然报考了新华社，而且一考就中，不仅洒脱地去了北京，还就任了研究生班的党支部书记。那年夏初，他妻子生了个大胖儿子，他回唐山看望一下就匆匆返回学院，此去便是永别。如果不出那个意外，海顺的成就会达到什么高度？有时夜里无眠，我胡思乱想时会问自己。

1991 年 9 月，年仅五十七岁的父亲英年早逝，他的老上级，一位当年唐山地委的老领导从北京发来的悼念电写道：“不平则鸣，高洁如松，坚持真理，马列必胜。”父亲最喜欢的诗句正是“大雪压青松，青松挺且直。要知松高洁，待到雪化时”。父亲是带着他的信念和殷殷的希望离去的，这个“待到”对他来讲真是太久了。

我依旧默默地工作，把我的所学施展在采访报道中，无悲无喜，无怨无悔。直到 1993 年，这个神州大地春潮涌动的年份，新闻改革忽如一夜春风来，从南到北席卷。唐山广播局领导也决定以前所未有的力度改革，以人事制度改革带动节目改革，打破原有的职务任命制，竞争上岗。我以积极的姿态参加了这场改革。

经过竞争上岗，我就任早间新闻时段的节目监制。

那年 5 月 1 日，唐山上空的电波焕然一新，不仅仅是刷新，而是脱胎换骨的、革命性的、颠覆性的革新。

这里是《多彩唐山・684 新闻纵横》！

每天清晨的 7：20 到 8：00 的 40 分钟，都会响起这嘹亮的呼号。

这是属于我的时间，这是我证明自己价值的战场。

激情燃烧的拼搏开始了。

先回顾一下《多彩唐山・684 新闻纵横》的逐项创新。

河北省第一个直播的广播新闻节目。

唐山电台的节目改革是 1993 年 5 月 1 日推出的，主持人直播的新闻节目当时是全省唯一的，直到当年 10 月 1 日河北经济广播电台才开播了直播的新闻节目《北方快车》，已经是 5 个月以后了。

河北省第一次开办了批评性报道栏目《新闻热线》。

设计节目时就把批评报道放到计划里了，操作方针也是反映听众的呼声，但是怎么操作让我们非常无奈，办公电话“2826175”就是新闻热线，怎么录下听众的电话呢？技术部的工程师束手无策。新调入的一位记者聪明地解决了难题，他买来一部带有外接插口的电话机，连接一台台式音响，组成了《多彩唐山·684新闻纵横》的热线接收系统。千万不要小看这台土机器，源源不断的报道素材就来自它，最多时一天要接下70多条听众打来的电话。那时直播间里没有电话，节目进行中，我们常常在办公室里录下听众的来电，跑步送进直播间播出，这真是超前的延时直播啊！“2826175”在当时的唐山可能是最知名的电话号码啦，节目办得好，最大的功臣不是我们具体的操作者，而是听众，是他们的支持、他们的爱成就了《多彩唐山·684新闻纵横》。当时许多影响很大、轰动一时的报道基本都来自“2826175”新闻热线。

河北省第一次开办了新闻主角到直播间与听众交流、听众也可以发表评论的《新闻沙龙》。

《新闻沙龙》的栏目开始是周日节目播出，原本的意图是减少编辑记者的工作量，让大家有时间休息。把新闻任务请进直播间在当时也是不得了的事情，好在领导支持，免去了许多手续。《多彩唐山·684新闻纵横》的栏目设置都有一个出发点，那就是新闻的纵深报道，《新闻沙龙》也是如此。比如中央一号文件发出时，我们请来市委主管农业的副书记，请他讲解文件精神，接受农民的询问。1993年，为了适应对外开放的新形势，唐山成立了口岸委，协调海关、商检、边检等单位，

出访美国，和当时中央电视台驻联合国记者、本班同学侯明古（中）合影（右为作者）

老百姓对这些部门的职能并不了解，我们就依次邀请这些部门的领导走进直播间与听众面对面交流；1994 年税收办法改革，许多商业企业不熟悉操作方法，不法商户趁机乱涨价，我们打破常规，连续在节目里安排《新闻沙龙》，请市税务局的同志讲解新的税收办法，很快扭转了局面。

第一次采用时效强的远程异地电话报道。

1993 年 6 月，唐山市在深圳特区举办了第一次招商洽谈会，特邀报纸、电台、电视台的记者到会报道。负责开放招商工作的市政府副秘书长因为参加过我们节目的《新闻沙龙》，对《多彩唐山 •684 新闻纵横》相当熟悉，在飞往深圳的飞机上他问我报道的想法，我简单地告诉他：天天听得见！他听了非常高兴。

其实，接到洽谈会报道任务以后，我们就认真研究了方案，决心打破常规，从广播的特点出发，以快制胜。从这次招商洽谈会预备会开始，《多彩唐山 •684 新闻纵横》每天播出我从深圳用长途电话传回的报道、专稿还有反映特区风貌、介绍深圳开放经验的《深圳见闻》，每天的发稿量都接近 20 分钟。许多参会的同志人还在深圳，却在远隔千里的唐山成为新闻人物，消息反馈到深圳，市开放办的同志们十分高兴，专门为我住的房间开通了长途电话，支持我们的工作。同行的报纸只在开幕、闭幕发了两条消息，电视台更是返回唐山才见了报道。而《多彩唐山 •684 新闻纵横》密集式的追踪报道不仅时效快，而且信息量更大，形式更灵活生动，同志们兴奋而风趣地说："这回广老三终于变成老大了！"

第一次在市级台新闻节目中采用首都新闻单位的专供稿件。

1993 年冬天，北京的隆福大厦发生重大火灾，损失惊人。我们得知后，想着能不能再次闯一闯，突破市级电台只报道本地消息的藩篱，就试着联系到北京电台在火灾现场采访的记者，请求他为我们发一条连线报道，那位记者爽快地答应了。次日播出利用电话录下的长达 10 分钟的报道，同时配发了唐山市消防支队对本市大型商场消防状况的检查结果，为消防工作敲响了警钟，取得了很好的社会反响。

1994年全省两会，按惯例这样的全省会议市级电台根本不必报道，不是没有报道价值，而是没有市级新闻单位记者到会的先例。怎么办？集思广益后，我们决定借助省台驻会记者的力量，以特约记者的名义把省人代会唐山代表团有关的消息用电话传过来，逐日连续播出，结果令唐山听众耳目一新，其中时任市委书记在唐山代表团会议上重要讲话的要点播出后，还被市委办公室索要刊载入市委简报。

第一次策划大型公益活动并产生轰动性效应。

1993年10月，退休老工人史瑞文和老伴刘凤英进入我们记者的视野，一位叫史媛媛的小女孩的命运牵挂了我们的心。

故事的开头令人心酸，五年前北风呼啸的一天，史家老两口从火车上抱回了一个被狠心父母遗弃的女婴，后来经医生检查发现患有先天性心脏病。当时根治先天性心脏病已经有了办法，手术修复心脏瓣膜，可是高额的费用让两位月人均收入不到50元的老人望洋兴叹。在史家采访时，刘凤英大妈流着眼泪说："我从小就没有亲妈，我知道没妈的孩子是世上非常不幸的孩子，何况还是个病孩子，就是砸锅卖铁我也要养活她，给她治好病！"

我们也是流着眼泪组织了史媛媛故事的录音报道，展开了十几天的连续报道，详细介绍了刘凤英老人含辛茹苦哺育史媛媛的感人事迹，呼吁全社会向史媛媛伸出援助之手。

报道引起的强烈反响出人意料，步步铺垫的报道又牵出了一个又一个的新故事与一个又一个新的新闻人物，史媛媛手术的善款金额每天都在增加，许多听众直接把钱送到节目组办公室。唐山工业品贸易中心的职工们不仅自发地捐了款，还做出一个决定：义卖三天，所得利润作为史媛媛的医疗费！史媛媛可以进行手术了！

史媛媛进手术室的那天，我们和她的爷爷奶奶一起守候在医院4个多小时，并制作了追踪口播报道，向许许多多捐款的听众报告喜讯：手术十分成功。

11 月 2 日，史媛媛出院那天，我们在唐山电台的演播大厅举行了一个感谢仪式，健康活泼的史媛媛用稚嫩的歌喉向关心帮助她的人们献出她心中的歌声，编辑记者一个个眼圈红红的，谁能忘记这辛辛苦苦的日子呢？

不久唐山市精神文明办公室公布了 10 月份全市学雷锋十件好事，唐山广播电台救助史媛媛是第一件。

第一次采访毛主席生前的身边工作人员。

1993 年 12 月 26 日是伟大领袖毛泽东一百周年诞辰纪念日，对这个不寻常日子的节目，我们反复斟酌了许多方案。毛泽东生前到过唐山，视察过唐山的启新水泥厂，还曾在著作中提到过唐山，以称赞开滦工人“特别能战斗”和遵化县西铺的农业合作社“穷棒子精神”最为著名。但是，合作社的批示找不好报道的角度，视察启新水泥厂是在 20 世纪 50 年代初，当时的当事人已经找不到了。山穷水尽的时候，一位新来的记者提出了绝佳方案——采访毛泽东生前身边的工作人员，寻找伟大领袖与唐山人民新的联系。只好如此了。我们的记者拜托北京的朋友与当年中央办公厅工作人员张玉凤取得了联系，经历了多次拒绝，终于取得了同意。事不宜迟，好在领导重视，派出了专车，直奔北京。

这年 12 月 26 日的《多彩唐山 • 684 新闻纵横》使得许多唐山人流下了眼泪。

其实在审听采访原始录音时我已经感动得不能自已，听到毛主席在 1976 年 7 月 28 日那天对唐山人民的关心，尤其是谈到当年中央《关于唐山、丰南一带发生强烈地震的报告》是毛主席生前圈阅的最后一个中央文件时，我们每一个人都是热泪滚滚。

那天早晨，见面的领导、同事都是红红的眼圈，见面后都紧紧地握手，热情地祝贺，祝贺我们又播出了一期好节目。

时隔不久，在我们采访市委领导时，市委书记再次详细询问了采访的经过，认真地说，应该从中央档案局查阅这份珍贵的档案，复制保留起来，这对唐山人民太有意义了。

第一次引得市委书记到电台召开现场办公会。

1993 年 12 月 27 日，一位家住唐山友谊楼的老大爷给我们的新闻热线打电话，指出供应蜂窝煤的唐山市燃料公司赵庄煤站不仅卖的蜂窝煤水分过大，还强迫顾客托运。我们当即与煤站及其上级单位市燃料公司联系核实，不过，并没有得到满意的答复，基本上是敷衍塞责。在这种情况下，我们的经验是不能着急，掌握火候，充分利用手中的媒体，以听众的讨论使真理越辩越明。于是我们决定把听众指出的问题和燃料公司经理的答复一起在热线栏目播出。

热线播出以后，听众反响强烈，许多有过同样经历的听众纷纷谴责燃料公司不负责任的态度。那天，我们正在精心剪辑录音，准备次日继续热线讨论的时候，意想不到的事情发生了，市委书记居然带领物资总公司以及燃料公司的有关领导赶到电台，就在电台现场解决听众指出的买蜂窝煤难的问题。

在唐山电台二楼会议室里，书记严肃地指出，买蜂窝煤难的问题不是小事，是涉及群众生活的问题，要给群众一个满意的答复。

次日的新闻热线播出了市委书记现场办公的录音，热线再次升温，几乎到了打爆的程度。听众纷纷赞扬市委领导关心群众生活、深入基层调查解决问题的工作作风，市物资总公司和燃料公司也及时提出四项措施解决群众买蜂窝煤难的问题，市燃料公司总经理专门来到电台，就蜂窝煤问题答复听众的提问。

其后，中共唐山市委部署了在市直机关和各职能部门开展全心全意为人民服务的大讨论，对市委、政府机关改进工作作风起到了极大的促进作用。这次报道可以说是以揭露促转化，从反面报道过渡到正面报道的成功之作，成为听众、领导、被批评单位均满意的成功范例。

第一次采访报道省委重要会议取得突破并超越通稿。

1994 年 1 月，省委在唐山召开秦、唐、沧沿海三市经济发展现场会，仅有一张记者证，台里把这项重要的采访任务交给了我。会议在唐山开办两天，移师秦、沧再开，我们市台仅参加唐山部分。省委宣传部规定：事后发通稿，而且发稿时间要在一周之后。

我们不甘心落于人后，我们争取以《多彩唐山·684新闻纵横》的风格找到自己的报道角度，用自己的报道方式表现节目的特色。

到会后，我千方百计扩大视野，积累素材，分析对比，尤其是与唐山参会的领导多沟通，抓住了“牛鼻子”。之后，确定搞一组《秦唐沧三市对外开放比较谈》系列报道，有口播，有录音，有文字，有数字，有比较，把河北的三个沿海城市经济建设放到全国改革开放的大环境中去研究，力争做深做透。我白天上会采访，夜间在办公室整理录音、写稿，早晨进直播间直播，整整五天没回家。在会上天天都能听到反馈，市委秘书长肯定：“这组报道很有思路。”参加会议的几位县委书记说：“不错不错！《多彩唐山·684新闻纵横》我们是天天听，没收音机早晨我们就到汽车里去听。”

唐山市广播局时任局长王明中高兴地说：“啥叫新闻的补充和延伸？这样的节目就是最成功的补充和延伸。”

太多的第一次了！

1994年元旦，我们第一次录制播出了《零点见闻》，我们的记者在车站、炼钢车间等第一线录下了率先进入新的一年的沸腾场景，给听众一个崭新的元旦清晨。

1994年春节，我们录制播出了市委书记给全市人民的春节致辞。

京唐港铁路通车、港口通航，我们播放了火车锵锵的车轮声音和巨轮雄壮的汽笛声音。

从1993年5月1日开播到1994年7月30日调往省台离开，我在《多彩唐山·684新闻纵横》节目整整20个月，带领两个记者、两个主持人、两个实习生办了600多期节目，没有发生任何错报、漏报，没有任何事故，多次受到唐山市委主要领导的表扬。那时候还没有收听率调查，每天我上班的路上，听着路边小商店里和遛早的老人手上的收音机里传来的节目播出声音，自豪之感油然而生。为了办好节目，我牺牲了所有的星期天和节假日，几乎没有一天会按时下班。

1994 年我受到了唐山市政府立功嘉奖的表彰。

在今天回忆当时，我自己也感到惊奇，《多彩唐山 •684 新闻纵横》节目当时做到的许多事情之后都是难以复制的。为此，我要深深感谢当时支持和帮助我们的局台领导，还有曾与我并肩战斗、迄今还忙碌在唐山广播电视战线的朋友们。

我在《多彩唐山 •684 新闻纵横》的经历是我生命最精彩的部分。节目的影响力也改变了我自己的命运，新闻界前辈、河北电台驻唐记者站李万隆站长约我详谈，除了对我们的节目进行高度肯定，还说了几句心里话，原来他到了退休的坎，希望调我去记者站。人往高处走，强忍耐万般不舍，我还是告别了唐山台，成为河北人民广播电台驻唐山记者站的一名记者。半年之后，我又奉调进入石家庄，成为专门为中国国际广播电台供稿的专职外宣记者，通过中国国际广播电台的平台把河北的声音传向世界，还在澳大利亚、新加坡、美国、德国打开了节目播出的窗口，播出了河北电台的节目。之后的 22 年我一直在河北电台打拼，阴霾似乎远去，一路顺风，但是一路策马而行中不免平淡，1993 年的激情已经遥远不可及了。河北电台节目的整体改革是 2001 年运行的，我担任了新闻综合广播的副总监，后来又碰撞了新媒体，直至 2017 年到站退休。

回首往事，上山下乡的经历让我睁开了眼睛，带着思考的眼光观察社会。1976 年毛主席逝世，我作为村里的基干民兵，收到一支半自动步枪十发实弹，接到命令是遇到阶级敌人捣乱破坏可以开枪击毙。我却十分迷茫，天天为中国向何处去担心。1976 年唐山大地震，我是幸存者。而 1978 年开始的河北大学四年让我夯实了学识的基础，领会了学习的方法，增加了在社会上拼搏的底气和胜算。许多同窗好友更是宝贵的财富。

四年加上四十年，弹指一挥间。

河北大学中文系 1977 级绝不是我们履历表上简单的“学历”，而是我们生命的一道烙印，也是命运改变的转折点。

奋斗者的苦与乐

/ 刘建新

作者简介：刘建新，河北涞水人。在河北大学中文系读书期间，任班级写作课代表、河北大学校刊编辑。1982年至1992年在河北省劳动人事厅工作，任秘书科长，办公室副主任、主任。1993年至今从事国际文化交流与合作工作。

1977年，我幸运地考入了河北大学中文系。1982年毕业到2022年的四十载，同学们在各自的岗位上安身立命。我毕业后的四十年，前十一年忙于政务，后二十九年忙于商务，属于从政、经商两个领域的两次创业。写下毕业后四十年几个工作和生活片段，和同学们交流，也给母校河北大学作个汇报。

一、我的第一个上级

我1982年毕业被分配到省劳动厅（1983年与省人事厅合并为省劳动人事厅）办公室秘书科工作。同办公室的老阎是省知青办原副主任，也是厅里的笔杆子，受“文革”影响被免职，等待落实政策。

有一天下班后，他约我进了一个路边小馆，我俩就着一盘花生米、一盘炒鸡蛋，喝了一瓶“小角楼”。借着52度白酒，我们俩谈了很久。

他叫我心甘情愿做三件事：一是每天早晨8点上班前，除了打扫办公室外，把二楼的楼梯、楼道和厕所打扫干净；二是观察他如何和单位同事打交道，体会他的言谈举止；三是认真分析他写的报告、修改的文件，逐段谈感受。

在河北大学校门口留影

仅仅几个月，就出现了明显变化。机关四层楼，每层都要学习二楼的楼道、楼梯、厕所的卫生标准，责任落实到处（室）。我也由一个不敢抬头的新来学生，变成了敢于履职尽责的新职员。经我草拟的文稿和修改的文件，达到了老阎的要求，也得到了领导和同事的认可。

没过多久，老阎复职。一年后，我当了秘书科长。两年后，当了办公室副主任。三年后，当了办公室主任。组织厅长办公会，必要时列席厅党组会，还参与全省劳动、工资、保险“三大制度改革”，全省两次大的机构和人员编制调整，大中专毕业生分配，军队转业干部安置、职称评定等重大改革政策的制定和实施。

我永远感恩我的第一个上级——老阎，他教了我如何做人、如何做事；他教了我从点滴做起，积跬步以至千里；他教了我心存善念，厚德载物。

二、凌晨3点的敲门声

我在省劳动人事厅工作了十一年，服务过六任厅长。每一任厅长，都是责任心很强的好领导。在他们身上，我感受到了格局和担当。

记得那是1988年初，新来的李厅长，提出了新的工作思路和工作作风标准，要求全省劳动人事干部冲破小圈子，打破旧框子，由唯书唯上、开会发文转到开拓创新、服务基层上来；由坐机关、做批复转到抓实效、服务大众上来，并在即将召开的全省劳动人事局长会议上贯彻落实。

会议筹备组经过近两个月的努力，确定了五个地市典型发言，厅长的讲话稿在有关地市、有关厅局座谈会讨论的基础上五易其稿。最后的讲话稿，李厅长还感觉不太满意，特别是转变作风的监督检查措施力度还不够。

第二天上午就要开会了，我在办公室连夜进行最后的修改。没想到凌晨3点钟，李厅长敲开了我办公室的门，深情地对我说："小刘，你已经三天没怎么睡觉了，稿子改成什么样我都满意，把最后几页打印出来给我，你回去睡一会儿吧。"

看着李厅长憔悴的面容、泛红的眼眶，五十岁的一把手，没有人催他管他，但为了事业，他仍然在呕心沥血，夜以继日，我内心的敬佩之情油然而生。多年后，每当在电视上看到国家和省里召开的会议，我都会浮想联翩。一个会议的召开，一个领导讲话稿的草拟和定稿，凝聚着多少人的心血、智慧和责任！

三、单位门口哭泣的大爷

我的父亲是个离休干部，多年任乡镇书记，权力不大，但乐于助人。父亲经常说的一句话是：乡官儿就是面对村民，帮他们解决问题。家庭稳，社会才稳。

受父亲影响，我一直把助人为乐作为一种责任。那是一个中午，我看到一个六十多岁的老人在单位门口哭泣，我详细询问了情况。他和妻子已经退休，儿子和儿媳在葛洲坝工作，好不容易找到石家庄一家企业，工作调动材料已经报给了省劳动人事厅。这个月如果办不完手续，下个月就要按照石家庄市新规定缴纳落户费，家里实在没钱缴纳了。

当时跨省市的工人调动政策我是了解的。工作调动申请起码经过了调出、调入单位，主管部门、户籍所在地等多个部门层层审核把关并盖章，才能上报到省劳动人事厅。我问了老人的儿子的姓名，告诉他下午 3 点再过来，我帮助问问。老人半信半疑地离开了。

下午上班后我找到调配处，问清了原因，都符合政策。我 3 点在单位门口把调令给了这个老人。老人老泪纵横，连连作揖。我也给他作揖还礼，让他回家尽快办理落户手续。

至今我也记不得这位老人和他儿子的姓名，但我认为办了一件该办的事。人与人相互帮助，应该是常态和常情。作为政府公务人员，热心为民办事，应该是初心。

四、失误的 5 分钟

1991 年秋天，国家提倡领导机关和领导干部转变工作作风，服务基层，与下级机关和基层职员“三同”。国家劳动部部长来石家庄，实地看望河北省劳动人事厅干部的工作生活状况。

部领导来厅里，省、市政府都很重视，做了充分准备。省劳动人事办公楼不大，人员密度大，办公设施也比较陈旧。搬腾了一周，办公室整齐多了，留出记者、摄像、领导视察的位置，进出顺序也进行了模拟。

作为办公室主任，我负责根据办公室人员的所坐位置给部长介绍一线工作人员。四层办公室、食堂、洗浴室看完后，我长舒了一口气，按部就位地坐到厅长的汽车上。过了五分钟左右，厅长问我：“为什么这么多车不动？”

1995 年作者陪同河北省招商团团长、河北省委副书记李炳良（左）在渥太华

我猛然惊醒，事先没有排序。我跳下车示意警车开道先行，我和厅长的车带路，部长车紧随其后，其余的车也就跟随开出了。

事后，厅长语重心长地和我沟通，告诉我接待工作无小事。一百个成绩大家记不住，一个失误大家会记一辈子。五分钟的失误，是我一生的教训。我从此做任何事，都更加严谨，使我终身受益。

五、家庭团聚

1989年，我爱人出国留学，本计划留学一年，却因读学位没有按时回国。家里留下5岁的儿子和我。我既忙于工作，又要照顾儿子，确实顾不过来。我找到亲戚帮我带儿子，找到幼儿园老师，周末给儿子上兴趣文化课。在困难时期，亲戚朋友、单位同事和张礼文同学，给了我很多帮助。我的工作没有耽误，儿子因为母亲不在身边的孤独，化作了学习向上的动力。

1993年，为了家庭团聚，我决定离职去加拿大。走这一步，经历了艰难的选择。最反对我离职的是老父亲。他多年做乡级领导，由于没有学历，始终未能晋升副县级，我辞职老父亲万万不能接受。还有，对不起培养我的领导和我的同事。但是，我从小缺乏家庭的温暖，体会过不完美家庭对孩子的伤害，我不能把我原生家庭带给我的孤独感再重演到儿子身上。

当九岁的儿子在机场背着书包走向飞机的那一刻，我感觉儿子大了，泪水忍不住落下。我的爱人，从硕士、博士、博士后一路读下来，实现了她的学术梦。“牺牲”了我一个，团聚了一个家，也算值了。

六、第43届世乒赛广告

我们学中文的，俗称“万金油”，哪个行业也能干。1993年以后，正是国家对外开放、招商引资的黄金时期。我发挥学中文的特长，组织对接国内外企业家招商引资洽谈，也力促孔子学院办学和中外合作办学，在文化、教育国际交流与合作领域做了一些实事。

1995年5月1日至15日，第43届世乒赛在中国天津举办。因幸运之神的眷顾，我的公司得到了世乒赛场馆广告代理权。我和合作伙伴用最短的时间，在亚洲、欧洲、北美洲建立了三个招商办事处，制定了严谨的员工守则和招商纪律，参与并指导了广告招商等事宜。

第43届世乒赛，是中国改革开放后承接的第一届世界级大赛，国家和地方政府都很重视，提供了多方面的支持。由于各方的共同努力，世乒赛的场馆广告取得了很大成功：一是向世界展示了中国，扩大了影响；二是广告中标公司，都是国际一流公司；三是广告收入比上届世乒赛大幅度增长。

七、人民大会堂签约仪式

2001年2月13日，幸运之神再次眷顾，我有幸作为加拿大总理率领的代表团成员，与中国合作伙伴所做的文化交流项目签约仪式在人民大会堂举行。

签约仪式上，两国总理讲话祝贺。签约仪式完成后，在人民大会堂宴会厅，组委会给我们的项目单独安排了一桌。参加的10个人，都是两国政府官员和专家学者。两国总理来到桌前，鼓励、鞭策，合影留念。

近距离接触国家领导人，我感到荣耀，更感到了一种气场。他们虽然很慈祥，很平和，但眼角眉梢，传递着使命和担当，使人肃然起敬，深感责任重大。

八、以物抵债的茶叶

2011年，我在多伦多喝到了中国工夫茶，内心为中国茶走向世界而高兴。原来这个茶馆是福建一家茶厂开办的，茶厂老板是个制茶天才，20岁就被评为茶王。他做的茶叶，通过了欧盟标准，能够在世界商超销售。

2013年，我去福建考察这家茶厂的茶叶种植和制作流程，了解到这个茶厂股票要在香港上市，我买了原始股权。没有想到，茶厂老板禁不住诱惑，参与了房地产开发，资金链断裂。

经商的残酷性，非亲历是体会不到的。2020年4月21日至5月交货的纽约轻质原油期货价格，一路跌破0美元关口，最终收于每桶 -37.63 美元，跌幅超过300%。我们这代人见证了人类历史上第一次负油价。我的一个多年做股票、期货的朋友，瞬间倾家荡产，成了永恒的悲剧。

茶厂老板的失误，使我投资失败。上市无望，本金难还，起诉的，催账的，相继而至。看到这个老板消瘦的面颊，虚弱的不到100斤的小身板，我选择了原谅。以德报怨，感动了这个茶厂老板，他把多年积蓄的老茶，以物抵债给了我。

厚德载物，待人以诚，己所不欲，勿施于人。政道、商道都应如此。

九、我的养生之道

同学们都老了，养生之道是一个共同的话题，我也谈谈体会。我的养生之道是想办法给自己找乐子，愉悦心情。

散步是我多年的习惯，不论多晚，也要去公园、路边散步。去健身房游过泳，也上过私教课，但都坚持不下来。最近几年，参加公园中老年健步走，背着音响，穿着队服，融入队伍，开心快乐。

身体健康有很多因素，心情愉悦可能是很重要的因素。大学期间，我和陈山榜同学暑假基本上都是在学校度过的。空旷的校园，见不到几个人，两颗孤独的心，交融最多。感恩白贵、林建章同学，给了我很多“心灵鸡汤”，帮我度过了内心脆弱和孤独的时刻。

都说酒、茶不分家是两兄弟，和我已经融为一体，成了三兄弟。我的父亲一生与酒相伴，记忆中父亲对我的爱，就是用筷子给我嘴里滴酒。也许是遗传基因的强大，也许是长期做业务，独来独往的孤独寂寞使我对酒和茶，情有独钟。我酒量不大，但喜欢喝。同学相聚，喝得畅快淋漓，同学间的情谊能唤醒内心尘封的愉悦。业务洽谈，喜欢相互敬，也喜欢共同干。自己在家独酌，品点酱香，尝点浓香，二两酒下肚，酒瓶酒杯蠢蠢欲动，成了活物。有其陪伴，孤独感一扫而光，神清气爽。

我喜欢喝酒，更喜欢喝茶，体会过“醉茶”的境界。茶水从早喝到晚，一杯接一杯。酒、茶、我，三兄弟相克相生，互为补充，结果还是正数。至今我的身体没有“三高”，身体的每个部件，都听从指挥，各就各位，履职尽责。

十、余下的路

1977级学生是创业的一代，奋斗的一代。奋斗者，乐中有苦，苦中有乐。苦与乐不论怎样循环往复，都没有影响这一代人的奋斗脚步。

永远感恩我的母校——河北大学，感谢老师们四年孜孜不倦的教诲，使我系统学习了专业课知识，锤炼了学习技能，为后来的奋斗奠定了扎实基础。

余下的路还有多长？怎样走？全班已经有13个同学离开了。四十载风雨历程，从政、从学、从教的很多同学已经退休。但多数人闲不下来，有的被返聘，有的整理多年的研究成果，有的继续著书立说。这一代人，融入骨髓的就是奋斗。累着苦着，但也快乐着。

商路是一条不归路。我的家人各自都有自己的事业，没有人接班，这条路我还得一直走下去。也许，再过几年，合作的同仁还会看到这样一个老者：颤抖的手，消瘦的肩，步履蹒跚，仍在向前。这就是我，一个河北大学中文系1977级同学。

2022年5月27日于石家庄

人生目标：职工伤残鉴定的“活辞典”

/ 张礼文

作者简介：张礼文，1954 年 5 月生，河北无极人。曾任河北省劳动人事厅（河北省人力资源和社会保障厅）保险福利处副处长、伤病鉴定中心主任、社保局副局长、离退休处处长，高级经济师，全国工伤保险专家库成员。2014 年 9 月退休。

一、从外行到内行的转变

1982 年 3 月从河北大学中文系毕业，我被分配到河北省农业机械管理局下属的农业机械化研究所办公室工作，主管政工、人事等。1983 年底，河北省实施机构改革，农机局、农业局、农垦局、乡镇企业局四局合并，组建河北省农业厅，廊坊地委原第一书记刘原生任厅长，厅办公室副主任俞钦推荐我任厅长秘书。1986 年 3 月下旬，我在刘建新同学帮助下，调入河北省劳动人事厅保险福利处（社会保险处）工作，主管全省的养老、医疗、工伤、生育四个险种，概括起来就是七个字：生、老、病、医、伤、残、死。也就是管理职工一生的待遇，与每个职工的切身利益息息相关。

马克思说，劳动创造世界。伫立街头，放眼四顾：高楼林立，车流如梭，繁花似锦，灯海璀璨……所有这一切，都是劳动者创造的。说起来，人人都赞誉劳动的神圣和光荣，人人都钦慕劳动者的伟大智慧和力量；然而，劳动者作为一个独立的个体，却往往是弱者。由于种种原因，工伤与职业病仍不可能避免，职工还常常因此而致残。为此，国家在努力发展生产的同时，实行了企业职工工伤保险制度。但工伤职工待遇偏低，这是多年来普遍存在的一个大问题。因此，提高工伤职工的待遇、改革工伤保险制度，势在必行。

我的工作岗位，正处于这项改革的最前端，我的职责，就是努力推进这项改革，为那些遭受工伤之苦的职工带来“福音”。新的工伤保险制度的实施，必须以科学的评残标准为依据；要实行科学评残，就要对职工因工或职业病的致残程度进行科学、公正、合理的鉴定，而鉴定的核心，就是制定全国统一的致残评定标准。为此，国家科委通过有关部委于1990年下达《职工工伤与职业病致病程度鉴定标准》研究任务，由中国预防医学科学院劳动卫生与职业病研究所负责牵头，邀请十余个临床学科的53名专家教授组成课题组，于1991年10月完成初稿。1992年3月，原国家劳动部、卫生部、全国总工会正式公布了《工伤职工评定伤残等级的试行标准》（以下简称《试行标准》）。

消息传来，作为一名从业者，自然十分欢心，并决心尽快学习揣摩，领会要旨，改进工作，抓紧落实。一个月后，我奉命率领省里相关医学专家和地市部门负责人，参加了全国《试行标准》培训班，以促进全省工伤职工评定工作的提升。按照国家的要求，要在全省开展一项“理旧账，谱新章”活动，对新中国建立以来全省发生的工伤与职业病职工目前尚健在的人员，全部予以普查登记，评残定级。

面对这项规模宏大的系统工程，我面临着三个难点：其一，劳动鉴定从业者需要提升业务水平，增强对《试行标准》的学习与把握；其二，需要结合全省的特点，来指导各地贯彻落实；其三，劳动鉴定是介于社会保险学与医学之间的一门边缘科学，主要侧重医学，可是，我对医学两眼一抹黑，怎么办呢？

面对困难，与其感叹“怎么办”，不如埋头苦干。作为一名劳动鉴定行业负责人，我从此走上了一条自学医学之路。如何学？工作繁忙，任务繁重，只能利用工作间隙与业余时间，分分秒秒刻苦学，不耻下问认真学。点灯熬油，废寝忘食，条分缕析，那是必然的！我把《试行标准》掰开揉碎，一条一条细抠，务求弄通弄懂，不留一点死角。因为你留下的这一点点“死角”，就可能耽误那些工伤职工的救助，事关重大，万万马虎不得！在此基础上，我找来相关医学书籍，潜心研读，并与《试行标准》一条条对照，业务知识与医学知识两翼齐飞，一步步得到了升华。此后，我带领有关部门负责人和医学专家，到全省各个地市巡回授课，举办《试行标准》培训班，前后折腾了一年多，一万多人参加了培训，学员包括各地、市、县劳动部门职员，以及企业的劳资、工会、医师等，学成为大家颁发资格证书。别看这个证书不起眼，却可以“一本定案”。因为对企业工伤与职业病职工进行普查登记、评定伤残等级，必须持有培训资格证的人员签字，还要填写资格证书号码，才可以上报相关材料，得到甄别认定。

这次全省范围内的大规模轮训，基本解决了各地从业者的业务难题，给各地因工负伤或罹患职业病的职工，送去了阵阵温暖的春风。

二、静心研读千泉涌流

哲人说，世界是复杂的。其实，工伤与职业病职工的伤残情况更加复杂，伤到什么部位、什么程度，伤情在身体中占多大分量，只有搞清楚这些基本问题，才能科学评定等级。为了彻底厘清工伤与医学之间复杂交错的因果关系，我再三揣摩研读，整理出医学关于人体九大体系的划分。

人的身体是由细胞组成的。何为系统呢？就是若干个细胞、若干个器官联系起来，并具有一定功能。其一，是运动系统，由骨骼（人体骨头206块）、骨连结、肌肉组成，其作用主要有两个，一是支架保护，即能站立、蹦跳，二是运动，能跑步。其二，是消化系统，由胃、食管、小肠、大肠、结肠、肛门组成，其作用是消化吸收，吸收营养，排除糟粕。其三，是呼吸系统，由鼻、支气管、气管、肺组成，其作用是吸进氧气，呼出二氧化碳。其四，是心脑血管系统，由心脏、大血管、动脉血管、脑血管组成，通过心脏的泵血作用，完成向全身运输血液和氧气。其五，是泌尿系统，由肾、输尿管、膀胱、尿道组成，主要作用是排泄。其六，是生殖系统，由阴茎、睾丸、输精管、子宫、卵巢、输卵管、阴道组成，主要作用是生育下一代。其七，是感觉系统，由眼睛、口腔、耳、鼻、喉组成，即人们常说的“五官”，其作用是人所产生的视觉、味觉、听觉、嗅觉，皮肤觉也是从中而来。其八，是神经系统，由周围神经系统和中枢神经系统组成，主要起支配、协调、调节作用。其九，是内分泌系统，现在社会上糖尿病人很多，就是内分泌出了问题。

与同学刘建新（左）在一起

然而，在系统的划分上医学界尚有争议，有人主张加上血液造血系统，称十大系统；有人主张加上血液造血系统、免疫系统两项，称十一大系统。目前癌症病人较多，提高自身的免疫力能抗癌防癌，还可以抵抗新冠病毒。也有专家指出，还可以按医学科别，划分为十三个科：神经内科、神经外科、精神科、骨科、整形外科、烧伤科、眼科、耳鼻喉科、口腔科、普通外科、胸外科、泌尿生殖科、职业病内科。

从根本上说，无论工伤与职业病职工伤到什么部位、什么程度，都在十一大系统和十三个医学科别的范围内。我们在全省范围内，一边培训业务骨干，一边进行普查登记，务求给每个工伤职工予以科学评定，为维护他们的合法权益，使他们及时得到相关待遇与补助费用。

可以说，《试行标准》是一项妥善安置因工致伤残者待遇的国家标准，从 1992 年颁发后，就不断补充、完善，全国每年召开几次修订会，邀请相关专家与省市部门负责人与会，献计献策。我每次都应邀参加，与全国著名的医学专家、劳动鉴定专家进行业务研讨。几年来，我先后提出了 19 条修改意见，其中 11 条被采纳，比如，肋骨骨折，《试行标准》没有等级，我提出建议后，标准中增加了一条，可评为 10 级，后来成为国家的正式标准。我与贾振江合写的《工伤保险权益维护》一书，作为中国劳动社会保障出版社“金袋鼠丛书”中的一部，于 2000 年出版后广受欢迎，荣获第十三届“中国图书奖”，并于 2005 年推出了第二版。这本书的出版发行，较好地维护了工伤职工的合法权益，受到了企业和社会的好评。

所谓“劳动能力鉴定”，是指劳动能力鉴定机构对劳动者在职业活动中因工负伤或罹患职业病后，根据国家工伤保险法规规定，在评定伤残等级时通过医学检查，对劳动功能（伤残程度）和生活自理障碍程度做出判断结论。

工伤及职业病所致残情种类繁多，错综复杂，如何对残情做出比较客观的判断，国家技术监督局于 1996 年颁发了《职工工伤与职业病致残程度鉴定》，成为国家的正式标准（简称《国标》）。《国标》在全面综合分析各国以及世界卫生组织等评残分级原则的基础上，结合中国国情，提出了以“器官缺损、功能障碍、医疗依赖、护理依赖和心理障碍”为判断依据的综合判定分级原则，残情级别分为 1—10 级，最重为 1 级，最轻为 10 级。

参加上海国际劳工标准讲习班（后排左二为作者）

我为了做好工作而学

习医学，渐渐入了迷，越学越感兴趣，甚至达到了废寝忘食的地步。我的想法其实很简单，那就是干一行，爱一行，精一行。由于自己刻苦学习，业务日益精熟，可谓条分缕析，判断精确，并运用自如，就像给工作插上了翅膀。譬如，在进行鉴定时，只要医生将工伤职工的伤情描述完毕，我就能脱口说出根据《国标》哪一条应该评定的伤残等级，有的医学专家对此非常惊讶，说我是伤残鉴定界的“活辞典”，还开玩笑说我是“半个医生”。然而，我明白，对于人家的赞扬要做理性分析，俺号称“半个医生”，却不会治病的啊！因为，我与医生角色不同，看问题的角度当然也不同。医生研究如何治病救人，我是研究如何精准鉴定伤情与残情。多年的实践，使我深深体会到，世上无难事，只怕有心人，只要你刻苦学习，奋力攀登，就一定能够达到光辉的顶点！

三、伤残评定是一门大学问

理论总是灰色的，尤其是医学理论；而摆在眼前的实例，却鲜明地印证着伤残评定中蕴含的大学问。这里，我给诸位分享几个工伤评残小故事。

（一）工伤致残的肢体瘫是如何评定的？

李二山是一名建筑公司工人，2005 年 8 月 22 日在工地施工时砸伤了腰部，停工留薪期满后，他到指定医院检查，结果为四、五节腰椎压缩性骨折，椎体脱滑，不能下蹲与弯腰，双下肢及臀部明显肌萎缩，双下肢肌力 3 级。这种残情应定为几级？

这是工伤造成的神经科残情的评残案例。神经系统是人体的重要组成部分，也是人体各种运动、感觉和反射活动的物质基础。肢体瘫是指由于工伤等各种原因所致的四肢瘫痪，均与神经系统的损伤有关。肢体瘫以肌力作为分级标准，为判断肢体瘫痪的程度，《国标》采用了英国医学研究会分级划分标准，共分六个等级，即 0—5 级。具体表述为：0 级，肌肉完全瘫痪，毫无收缩；1 级，可以看到或触及肌肉轻微收缩，但不能产生动作；2 级，肌肉在不受重力影响下，可进行活动，即肢体在床面上移动，但不能抬高；3 级，在和地心引力相反的方向中尚能完成其动作，但不能对抗以外的阻力；4 级，能对抗一定的阻力，但较正常人为低；5 级，正常肌力。

李二山目前双下肢肌力 3 级，根据《国标》3 级第 10 条，其伤残等级为 3 级，同时又考虑到他自我移动困难的情况，定为部分护理依赖。

（二）智能减退如何定级？

京山矿务局马乡庄煤矿是个百年历史老矿，资源已枯竭，2003 年依法破产，由于资不抵债，一些老职工的工伤评定伤残等级问题一直悬而未决。企业破产前夕，这个问题一下子爆发出来。在 300 多名等待工伤评残职工中，有个人名叫方凯，五十岁，是供销科长，2000 年头部受伤，在指定医院检查结果为轻度智能减退，本人要求评定为 6 级伤残。这种情况，应该如何鉴定呢？

这是神经科与精神科交叉评残的一个案例。因为人体的神经系统很复杂，医学上把智商作为测评的一个指标。在神经科与精神科的工伤评残中，“智能减退”项，IQ 即“智商”（是一种检查智力水平的方法）与生活表现两套标准并列，以科学对照与实施。IQ 值的计算方式为“测定心理年龄 ÷ 实际年龄 ×100”。IQ 值 140 以上为极超常智力；120—139 为超高智力；110—119 为高智力；90—109 为中等智力；80—89 为愚钝；70—79 为临界线；70 以下为低智力，呈病理状态。

在实际操作中，“智能减退”按照以下五种情况进行分级：其一，极度重智能减退，智商低于 25，临床上称为“白痴”，语言功能缺失，生活不能自理；其二，重度智能减退，智商是 25—39，语言功能严重受损，智力水平相当于两周岁以下幼童，生活不能自理；其三，中度智能减退，智商是40—54，能掌握日常用语，辨别环境能力差，生活部分自理，能做简单劳动；其四，轻度智能减退，智商是55—69，无明显语言障碍，对环境有较好辨识，生活能自理，可从事一般体力非技术性劳动；其五，边缘智能，智商是70—84，抽象思维能力与广度、深度、机敏性显示不良，不能完成高级复杂的脑力劳动。

在为方凯做评定时，专家首先进行面试，他对答如流，思维敏捷；再测智商，智商值为95，头部CT片没有任何异常。结论是：不够伤残等级。我们据此对企业负责人及有关人员提出批评，指出他们在企业破产之际，利用国家的优惠政策，为职工谋取不当利益，是非常错误的。有人挖苦说，怪不得这家煤矿破产，原来是有些干部“轻度智能减退”啊！

在工伤评残中，骨科是重点，神经科是难点，我们一定要防止有些人弄虚作假，客观、认真、准确地履行职责，为工伤职工评定一个科学合理的等级。

（三）双侧前臂缺失是否可定最高等级？

机械厂工人刘外全，2004年8月22日在加工钢板时，不慎被机器轧断了双手，导致两前臂截肢。刘母十分伤心，拉着厂长的手问：“我儿子残疾了，能定为最高等级吗？”

这是骨科评残的一个案例，在工伤中最为常见。在职工工伤事故中，骨科致残占了70%—80%，双上肢的评残在劳动能力鉴定中十分突出。在这个案例中，刘外全的情况如何评定呢？《国标》列出了十个等级，1—4级为完全丧失劳动能力，5—6级为大部分丧失劳动能力，7—10级为部分丧失劳动能力。在骨科评残等级中，只有以下三种情况才能评为最高级（1级），即双肘关节以上缺失或功能完全丧失；双下肢高位缺失及一上肢高位缺损；双下肢及一上肢瘢痕畸形，功能完全丧失。根据《国标》2级第9条和刘外全的实际情况，其伤情并非最重，应评为 2 级，同时考虑到他进食、大小便、穿衣洗漱需他人护理的情况，在护理等级上可定为大部分护理依赖。他退出工作岗位后，可领取本人工资的 85%，同时按月领取相当于平均工资 40% 的护理费。

（四）受伤后，左眼视力 0.5，右眼视力 0.8，能评几级？

刘文龙是煤炭建筑公司合同工，2008 年 5 月 13 日，他在工地的小暗井处作业，处理钢丝绳时双眼被划伤，左眼视力 0.5，右眼视力 0.8，如何评定伤残等级呢？

这是眼科的一个评残案例。眼睛对人的重要性，毋庸置疑，人们形容一事一物的重要，往往说“要像爱护你的眼睛那样”。在《国标》10 个评残等级中，13 个科别中的 12 个都有空级，唯独眼科没有空级。眼科工伤致残，是指眼球视功能残疾和眼球附属器官的功能障碍。眼科鉴定检查，要注意以下四点：一是检查视功能，主要是矫正视力和视野；二是发现伤后遗留的体位，并衡量体征与矫正视力损失是否一致，以检查出实际的矫正视力；三是检查眼球附属器官的功能障碍程度；四是鉴别眼伤和眼病。

刘文龙的双眼受伤，需要弄清楚他的视力，究竟是矫正视力，还是裸眼视力。这是有很大区别的。他的两眼如果是裸眼视力，还应到指定医院去查双眼矫正视力；如果矫正视力查的结果是左眼 0.8，右眼 1.0，就达不到评定伤残等级的标准；如果所查的视力为矫正视力，可以评定为伤残等级 10 级。

（五）多处伤残，等级如何评定？

许平是建筑集团装修公司工人，2005 年 10 月 18 日，在拖拉机厂办公室窗外刷油漆时，不慎从三楼摔到地面，昏迷不醒，经抢救脱离了危险，指定医院检查结果是：双肺叶切除、生殖功能重度损伤。这种情况是否具备了完全丧失劳动能力的条件，可以办理工伤退休吗？

对伤残复杂、复合伤如何处理，《国标》已有规定。然而，职业伤害多种多样，工伤职工残情的复杂程度是常人难以想象的。发生在唐山的一个案例，令人毛骨悚然。某建筑公司承包了一栋七层大楼，主体工程即将竣工，新楼墙外的脚手架看似安全，有个工人在脚手架下边推水泥车，岂料从七楼顶上掉下来一个直径 12 厘米的钢筋，垂直插入推车工人的锁骨部位，重力加速度加上钢筋本身的锐利，穿透其肺叶、肝部、胃部、大肠、小肠，最后从肛门里探出头来，直到地面，伤及诸多部位与器官，实属罕见。由于及时救治，伤者保住了性命，经多部位修补术，形成复杂的残情。《国标》不可能评列出所有伤情，可以根据十个等级的框架和其相应等级及残情，予以评定。其基本原则是：对于同一器官或系统多处损伤的职工，或一个以上器官同时受损伤时，应先对单项伤残程度进行评定；如果几项伤残等级不同，以重者定级；两项以上等级相同，最多晋升一级。

根据这个评残原则，许平两部位受伤，应首先对单项伤残进行评定。双肺叶切除单项评残为 5 级，生殖功能重度损伤单项评残也是 5 级。根据晋级原则，许平两个 5 级，可晋升为 4 级。有了晋级的规定，就可以更好地保障工伤职工的权益。许平已经达到完全丧失劳动能力的条件，可以办理提前退休。

在此需要说明，在《工伤保险条例》中，“工伤退休”不叫“提前退休”，称为“退出工作岗位”，保留劳动关系。因为，工伤致残职工只要符合完全丧失劳动能力的条件，就可以退休，没有年龄和工龄限制，不存在提前退休的问题。所谓“提前退休”，是相对于养老保险而言。一般来说，1—4 级工伤退休职工的待遇，要高于正常退休职工。

2022 年 4 月 16 日

北疆泉水也叮咚

/ 周居霞

作者简介：周居霞，1955年10月生，河北承德人，籍贯湖北巴东。1975年在承德市工商局工作，1978年3月就读河北大学中文系，1982年至1990年在内蒙古文化部门工作，1990年至1996年在内蒙古劳动人事厅工作，1996年至2015年在《党的教育》《实践》杂志社工作，任《实践·党的教育》版副主任，正高编审三级。

光阴荏苒，时光悠悠。从迈进河北大学校门，至今已经四十四年，伴随岁月流逝，我们从青春勃发到鬓染白霜，往事如烟，却都是一个个美好的记忆。

1978年3月19日，我从塞外山城承德市来到古城保定。走进河北大学，立即融入一个94名同学的大集体，一切都是那么新鲜亲切，那么朝气蓬勃，那么神清气爽。同学们虽然年龄有大有小，但那种惜时如金、发愤学习的劲头是一样的，在这求学若渴的氛围里，你想偷懒都会从心底产生一种负罪感。阳光与青春洒满校园，忘不了博学慈祥的教授师尊们耳提面命地循循善诱，忘不了图书馆里一座难求，忘不了大教室的灯光夜半通明，忘不了晨曦雾霭中、操场小路上，三三两两捧着书本、拿着卡片边走边读边背的倩影，忘不了课间饭后三五一群的同学们热议着老师留下的课题，忘不了如兄弟如姐妹的同学们结下一生的情谊……大家浸润在知识的海洋，如饥似渴地吮吸知识的甘露，感受着大家庭般的亲情与温暖。

学习之余的文体活动也是丰富多彩的，诗歌朗诵会、文体联欢会、诗社、文学社以及各种兴趣小组活跃着班里的气氛。我是班里的文娱委员，是文体活动的热心组织者之一。记得有一次全校文艺会演，我们班出一个大合唱，我以手风琴伴奏，排练时我拉的是架旧琴，练得比较熟，心里很有把握。到正式演出时，一位组织者好心，把一架新手风琴给我用，我没来得及练习一下就背着上场了，谁知一拉却全不是那旧琴的手感，甚至风箱都紧得拉不开，急得我满头大汗，竟不知那次是怎么拉下来的，幸亏同学们歌声嘹亮，盖过了琴声。

体育活动也很活跃，课余时间同学们围个大圈打排球。高中时，我是承德一中校队的。记得一次全市中学比赛，我一连发了七个球，打得对方7∶0，同学们叫我“大力手”。这点优势在大学校园很快被体育老师李文秀发现，她正要组建河北大学女子排球队，于是，我成了学校女排一员。从此，每周二、周五下午课后到饭前的两小时，成了集训时间。1980年5月，河北省大学生排球赛，我们河北大学女排夺冠，将代表河北省参加1980年全国三好杯排球赛。训练紧张起来，连续两个寒暑假期都到天津和承德封闭集训。李文秀老师是第一代国家女排队员，她那沧桑黝黑的脸庞那么慈祥和蔼，让人想到妈妈。训练时她严格要求，生活中对我们无微不至，还曾把当时的国家女排队员杨希请来做指导。训练自然要摸爬滚打，经常弄得身上青一块紫一块，手指戳得生疼，胳膊经常被砸得红肿，我还学会了滚翻和鱼跃救球。1980年暑期，我们河北大学女排赴大连海运学院参加全国大学生三好杯排球赛。虽然我队没取得好名次，但是，身穿河北大学校队战衣在全国赛场上亮相，也算我大学生活的一个“高光”时刻吧。

一晃四年，大学生活没过够就毕业了。大学期间我收获了爱情，

在二连海关采访

和同班的李天慈“私定”终身。他从内蒙古考来。辅导员老师对我说，照顾你俩关系就不能照顾你俩工作了。我俩自知，如果两人分开在两个省区工作，将来可能会成为牛郎织女。所以，我俩决定到内蒙古去，到边疆去。

同学们为我们的决定而惋惜。是啊，当时在同学们心中，内蒙古是骑马放牧住蒙古包的大草原，比河北后进的承张地区也不如，大家纷纷给我写下情深意厚的临别赠言，甚至把“昭君”的名号冠给我。

天慈的家在内蒙古临河市，在省会呼和浩特等待分配的日子，我俩举目无亲，天慈住在同学白贵家里，我则住在白贵的岳父母家。两家老人都是那么慈祥可亲，对我俩就如对自己的孩子一样，在白贵家一直住到我俩分配了工作住进单位宿舍。天慈被分配到内蒙古广播电台，我被分配到内蒙古文化厅群众艺术馆《鸿雁》杂志当编辑。

当编辑是我从小的志愿，我努力工作，第二年就被任命为副主编。第一次出差是去锡林郭勒盟，这是中国四大草原之一。吉普车在汽车轧出的路上飞驰，半天才能看到一个牧业点、一两家牧户或一群牛羊，碧绿的草原铺展到地平线与碧蓝的天穹相接，真正的天高地阔啊！我一下子爱上了大草原。当时的内蒙古的确落后，草原上没有一条像样的路，汽车轧出的条条自然路像是在草原母亲的肌肤上划出道道伤口。没有路标，沿一条岔路走下去，往往就走错了，多开上百八十里是常事。草原深处的牧民，纯朴善良、热情敦厚，他们拿出最好的美食招待客人，牧区没有什么蔬菜，一日三餐，主人们都会端出各种奶食、手扒肉、风干肉、炒米和蒙古馃子。刚从河北来的我，满桌子食物我能吃的却很少，每天处于饥饿状态。有一次，主人端上一盘热气腾腾的“土豆丝”，我夹一口往嘴里一放，一下子倒胃吐了出来，众目睽睽之下露了怯。原来，这“土豆丝”是炒驼峰，在牧区是招待贵客的，我却无福消受。也许是一方水土养一方人或是入乡随俗吧，经过几年磨合，我的味觉起了变化，越来越感到牛羊驼肉是最好的美味了。

我们杂志主编刘英男是个事业开拓型人物，用现在的话说叫创新，虽然杂志社人手少却总想方设法提高刊物质量，扩大发行。我怀孕 3 个月时去呼伦贝尔办业余作者培训班、讲创作课；怀孕 6 个月时挺着大肚子到河北、山西、北京搞市场调研和发行；儿子出生不到两个月，我就给儿子盖好被子，被子两边压上枕头去上班，每次回来，老远就能听到儿子揪心撕肺的哭喊；儿子 5 个月时，要到北京国家新闻出版署出差，我二话没说，抱起儿子就上了火车。我把儿子放到当时在九三学社上班的同学王星那里就去出版署办事。出差回到家，儿子发起高烧，出了一身红疙瘩，急得我抱着儿子求医输液，好几个昼夜没合眼。

当时市面上可读物不多，我们的杂志通俗易懂，故事性强，很受读者欢迎。刘主编决定甩开邮局自办发行，各地的订单如雪片飞来，订数直线上升到 55 万册，呼和浩特市无印刷厂能够承接，就把印刷点转到包头。第一次去包头下厂校对印刷，又得我去，当时儿子 7 个月，还在吃奶，我硬是把儿子留给天慈，自己赶往包头。在包头乳房胀得生疼，挤了三天，奶慢慢没了，儿子不得不断了奶。

然而，我们这本红红火火的刊物好景不长，1986 年秋，因为刊登了《武侠陈真》，触了当时的禁区，被宣传管理部门叫停。停刊整顿期间，我被借调到自治区文化厅文化处。当时国家高度重视群众文化，除了加强基层文化站和群众文化建设等上传下达的各种公文，每年都要举行一到两次全区群众文化工作会议，给厅长写会议报告又成了我的差事。有一次，全区群众文化工作会议在临河市召开，我会前写了开幕报告，带着两岁半的儿子去参会，把儿子放在奶奶家，准备写会议闭幕报告，这时天慈打来电话，说给儿子报名幼儿园人家要看孩子。我只好抱起儿子，登上当晚十点多的列车。车上的过道都挤满了人，我把睡着的儿子塞到一个座位底下，站一宿到了呼和浩特，一个多小时后，我又登上返回临河的列车。眼看第二天就要用闭幕报告，我好歹弄个座位，在小茶桌上写起了会议闭幕报告。

借调两年多了，去劳动人事厅咨询正式调入的事，人事厅的晋秋常主任听我说明来意后，却跟我说："我们正要办一本《劳动人事》杂志，你能否过来？"办杂志我当然愿意。1990 年元旦一过，我便成为《内蒙古劳动人事》

杂志的编辑。五年后，劳动与人事要分家，我随刊号进入劳动厅。有一天，我写了一篇宣传劳动法的文章，吴厅长让我把稿子投到《党的教育》杂志扩大宣传。《党的教育》是内蒙古党委的党刊，厅级建制。我拿着稿子走进杂志社，没想到碰到的正是当年引荐我到文化厅的马逵英处长。他从文化厅调来任《党的教育·城市版》主任，他说正需要这样的稿子。之后对我说："我这里正缺人手，你能否过来？"从一个厅办刊物到一个发行32万份的省办党刊，我当然高兴。1996年元旦刚过，我又入职《党的教育》杂志社。

《党的教育》比《内蒙古劳动人事》的平台大，工作量也大，出去采访为记者，回来撰稿是作者，组稿、编辑、校对当编者。我采写了大量较有分量的报道，推出了若干较有影响的典型人物和重大专题报道、调研报告和通讯纪实。内蒙古自治区幅员辽阔，东西狭长，118万平方公里的土地面积，有12个盟市103个旗县（区）。我在《党的教育》杂志的20年中，几乎走遍全区所有旗县（区），在草原、在大漠、在党政机关、在工厂学校、在牧野田间、在农牧民的炕头上或蒙古包里、在边关哨所军营里，都留下我认真采访、记录时代足音的印记。

每到一线采访，我都要亲力亲为对被采访对象做多角度采访，一是为实事求是，二是为多挖细节，让所写典型立得住、经得起推敲，又能使典型丰富饱满增加可读性。1998年，采写一位老干部局长，听他同事和老干部们说，局长常年坚持每天六点就到单位。第二天早晨我谁也没告诉，六点就到了他单位，果真他已经在办公室忙乎了。这位老干部局长后来被树为全国典型。

2005年4月，我受邀到呼伦贝尔采访。火车在内蒙古东部草原与森林间穿行，这里是祖国皇冠上的一颗绿色明珠，风光无限。然而，偶尔掠过厂矿，那高大烟囱吐出的浓浓黑烟，采矿留下的矿坑疤痕，使人感到大煞风景。看着草原原本明媚的天空笼罩着灰蒙蒙的雾霾，我心中惴惴不安，边采访边撰写了报道《呼伦贝尔——美丽发展双赢》。复印后，一份交给市委宣传部请其审核，一份传真发回杂志社。在返回的列车上，接到市委宣传部韩部长的电话，他兴奋地说："你这稿子写得太好了，呼伦贝尔感谢你啊！我们的市报能发表吗？”在我刊发表后，《呼伦贝尔日报》头版整版刊发了这篇文章。此后，“美丽与发展双赢”的口号越叫越响，先是成为呼伦贝尔市的发展战略，后又提升为自治区发展战略，至今被广泛引用和引申……

2005年夏季，内蒙古首次贯通从阿拉善到呼伦贝尔的东西大通道，结束了内蒙古从东到西的交通要几次绕道其他省区的历史。建设期间，我参与联合专题报道组，历时42天沿着大通道采访，行程四千多公里，边走边采访边撰稿边往回发稿。8月4日回到呼和浩特后，又夜以继日，用三个半月时间与同伴完成并出版了一本46万字的著作《大道如虹》。在12月22日内蒙古东西大通道全线贯通庆典大会的前一天晚上，将书从印刷厂直接摆上会场。

2006年端午节前，我随内蒙古党委宣传部采访团到内蒙古最西端的边防派出所算井子采访。当时交通不便，从呼和浩特到额济纳旗一千五百公里路程还比较顺畅，但越往西走，人烟越稀少，道路越颠簸，车密封不严，尘土弥漫。第三天过了阿拉善盟额济纳旗所在地达来呼布镇，再向西还有五百多公里路。行进在大沙漠、大戈壁，有一种穿越到洪荒时代或是在月球上的幻觉，环顾四周，四周都能看到地平线，天是那么清纯碧蓝，地是无边无际的灰黄，几百公里没有人烟、没有树木、没有小草、没有生命的迹象。团长说，大家给家里打个电话吧，再往前走，我们会好几天没有信号。终于看到算井子营房前那高扬的五星红旗了，派出所的几位民警和附近几位牧民迎出我们几十公里，说是附近，有的牧民从百十公里外赶来，见到我们如同见到多年不见的亲人，那种发自内心的亲热深深感动着我。在这大漠深处边境线上，他们默默地守护，常年喝着苦咸水，有的人头发都掉秃了；他们远离亲人，好几年才能探亲一次，没有通信信号，无法与家人经常联系，大龄战士没有条件找对象。条件稍好些后，上级配给了拉水车，要到三百多公里外的酒泉拉水，才得以喝上甜水……我仔细挖掘着边境线上一个个感人至深的故事，写了一篇长篇通讯《大漠深处保护神》。

内蒙古边防总队高度赞誉并组织学习，之后还请我去讲写作经验，并多次邀我到满洲里、二连浩特采访。

几十年的记者生涯，我得到社会的认可，上级或一些盟市旗县有了重大宣传策划，常邀我去调研采访。2010 年受邀到成吉思汗陵所在地伊金霍洛旗调研县域经济发展，写了一篇题为《天骄圣地起宏图》的通讯，由此“天骄圣地”一词成为该旗以至鄂尔多斯的又一称谓。2013 年初，呼伦贝尔市委组织部邀我调研总结基层党建工作经验，我走遍全市 13 个旗县区，撰写了长篇通讯《撒一把金色种子插一片红色旗帜》。发表后他们将通讯大量复印并下发到基层组织学习。2014 年，应乌审旗邀请调研总结党建经验，我为其提炼了“六个一线”工作法，被聘为乌审旗党建工作指导员。2015 年眼看要退休了，还应邀到边防一线和包头等地完成重大采访任务，做到了站好最后一班岗。常听被采访者和邀请单位感动地说：“像你这样不辞辛苦深入细致地采访，写出有分量报道的记者真是令人敬佩，真应该把你的精神好好写写啊！”

2003年，内蒙古两个厅级党刊合并为《实践》杂志社，我由《党的教育·农村版》副主任转任《实践·党的教育》副主任，正高编审三级。据不完全统计，我采写了各类调研报告、特别策划、通讯、纪实、特写等各类作品 300 多篇，出版了 3 本书，获全区、全国评稿和各种奖励 60 多项。其中，自治区和全国一等奖 9 项，5 次被评为杂志社先进个人，3 次受自治区党委宣传部表彰，2015 年 1 月被评为内蒙古第十届十佳记者，算是给我同年 10 月退休的职业生涯画了个圆满句号。

在正镶白旗的谷子田里采访

从 1982 年春来到内蒙古，整整四十年过去了，四十年来，我见证了内蒙古与祖国同步发展，从一个经济欠发达的边疆省区到一步步提速发展；见证了从生态危机、基础设施落后到治沙止漠、建设草原、不以绿色画句号、“羊煤土气”“煤从空中走”、农牧业机械化和现代化、城乡繁荣、民族团结、人民安居乐业的祖国北疆亮丽风景线的历史进程。而我，作为历史大潮中的一滴水，作为一个记者、一个编辑，用心、用情、用心血记录了时代前行的脚步，执着讲述着内蒙古草原上一个又一个感人的故事。

退休后的几年，我退而未休，在内蒙古餐饮协会当了一年副会长，主办《内蒙古饭店》杂志。2017 年到 2020 年在内蒙古社会扶贫工作促进会主编《内蒙古扶贫》杂志；2019 年和 2020 年两年，同时又受聘原单位《实践》杂志社主编《农牧民天地·脱贫攻坚专刊》，主编出版了《内蒙古脱贫攻坚人物风采录》一书。2020 年底完成脱贫攻坚历史使命后，从 2020 年 11 月至今受聘中国岩画学会，主编《中国岩画》期刊，让我有机会再度发挥余热，在又一个全新的领域再学习再开拓。

回望来路，我努力过了，奋斗过了，青春无悔，生命有价，作为 1977 级这一特殊群体之一员，自觉没有辜负时代赋予的历史使命。

笔短情长，吟诗一首以作结语：

当年雷动涌新潮，
得从蓬蒿驰大道。
冀鸟遥飞北天高，
林沙湖草尽妖娆。
虽有风霜吹绿草，
总是艳阳多高照。
纵然会有千般苦，
此生当为涌泉报。

2022 年 4 月 20 日

一个资深报人的“新媒体江湖”
——我的职业生涯的点滴回顾

/ 韩联社

作者简介：韩联社，笔名萧舍，1958年生，河北藁城人。河北大学毕业后供职于石家庄日报社，曾任《燕赵晚报》副总编。

一、懵懂岁月

1982年3月18日，我拎着行李，乘火车来到石家庄，踏进了建设日报社的大门。当时，石家庄地市分治，《石家庄日报》与《建设日报》各自独立，《建设日报》是石家庄地委机关报。

那是一个热情洋溢的年代。报社办公室主任老齐笑眯眯迎接我的到来。和我同时来到报社的，还有安勇同学，我俩在大学时交往不多，如今成了同事，还是满心喜悦的。我们宿舍在报社大院内西南角一栋小楼上，因为年代久远，墙体颓败，外墙涂了一层红色，才有了个响亮的名字：小红楼。我们宿舍是四楼一间16平方米的房间，摆了三张铺板床，我和安勇之外，还有一位后勤维修工刘师傅。尽管稍显拥挤，但给漂泊在苍茫世界里的我提供了一方“诺亚之舟”，还是令人欣悦的。

文艺范儿十足的安勇同学，如愿进了副刊科，我被安排到政教科。

那时报社是一栋四层办公楼，政教科在二楼中部阴面一个大套间里。里边小间，是科长、副科长的办公室；外边大间，是五六位编辑记者的办公场所，其间的风云变幻与精彩纷呈，每每令人莞尔。

办公室里，气象万千，其中有两位美女小姐姐，一位阿萍，身材高挑，热情洋溢，走路像弹琴，是那种容易受伤的热心肠女子。那年夏天，她与某央媒驻冀站长成婚，我和安勇应邀前往做客。她老公买来一个大西瓜，岂料抡刀劈开，却冒出一股红汤，瓜瘘了。后来二人离婚，她远走厦门。一位小成，身材丰满，肤如凝脂，圆脸，单眼皮，一举一动，神采翩然。她从海军驻井陉某基地转业来到报社，老公在北京工作，后来回京与夫君团聚了。那天上午，送她登车离石，她眼泪汪汪，我们也很不好受。多年后她曾回报社“故地重游”，彼此笑脸相迎，倒是没有想象中的唏嘘。

科长姓曹，是一位文质彬彬的知名散文家，对初来乍到的我十分关心，还给我介绍了一个对象，尽管未能成功，但这份儿温暖与关爱，我始终铭记。愚蠢的是，分手时我给女孩写了一封老长的信，表达内心深处的愧疚与遗憾。

尽管是懵懂岁月，毕竟还要干事。那年春天我去藁城，与通讯员杨栓瑞一起前往贾市庄镇，采访身残志坚的民办教师李全友。他一只手残疾了，教学却卓有成效，我很受感动，回来后却混沌一片，不晓得如何落笔，磨叽了很久，稿子也没能写出来。这件事，许多年里成了我的一块“心病”，后来好多回想补救，可是时过境迁，物是人非，再倒腾也没啥意思了。记在这里，向李全友、杨栓瑞说声抱歉吧！

大约半年后，领导为了多方面锻炼年轻人，指派我到出版部做了一名校对员。从记者到校对，好比江水倒流，也很有趣。出版部是上夜班，大家都练成了一只只“夜猫子”。那是铅字时代，排字师傅排好报纸大样，打印出来，两个校对员密切配合，一个拿着念，一个对着看，犹如老和尚念经，嘟嘟哝哝，却不能有丝毫差错。尽管满腹委屈与牢骚，我还是成了一名出色的校对员。

此后，我的工作微调，做了一版责编，分栏目，配图片，做标题。每天晚上，都在等啊等，等啥呢？等着领导“审稿”。头版头条的每篇重要稿件，是必须送审的，无论多晚，都必须耐心等待。那些领导批示，曲里拐弯像天书一般，连蒙带猜，才能勉强看明白。

俗话说，初生牛犊不怕虎。因为自己的无知酿成了一场灾难。

那时候，全国正在清理“三种人”。石家庄地委召开了声势浩大的动员大会，地委书记发表了重要讲话。《建设日报》拿出前边四个版报道这次会议。头版一分两半，上边是会议消息（未完转二版），下边是书记讲话（未完转二版）。这是当时的报道模式。本来按惯例报道就行了，偏偏在排字工序出了问题。一版做好了，排字张师傅找到我，说下边多出了两行字，咋办？如果重排，就要连带二版也要返工，大半夜的，折腾人啊！当时，值班老总没在，出版中心主任也没在，“山中无老虎，猴子称大王”，我大笔一挥，删除！

第二天，麻烦来了。报社派驻地委的同志赶回单位，说被删除的那些文字是书记特意添加的，书记为此大发雷霆，追问是哪个胆大妄为擅自删除的，查一下他是不是“三种人”。

报社领导闻讯，勒令我写检讨，并扣除当月奖金 5 元。在当晚的出版中心总结会上，我受到了一连串批判，驴脾气终于爆发，与老总、主任大吵一场，声称我这件事只是技术问题，决不接受处罚，5 块钱是小事，这么整人不行！

这件事，就在我的怒吼声中，徐徐落下帷幕。事后回想，十分惭愧。作为一名责编，真的没有权力擅自删改领导讲话。因为有些责任，责编是担不起来的。在事情出来之后，我还一再强调值班老总、中心主任不在，显然有推卸责任的嫌疑。这也是不仗义的，必须说声抱歉！

二、“本报评论员”

第二年，我转入理论评论组，成了一名“本报评论员”。那时理论组归属总编室，主任曲喜乐是著名评论家，笔名“祁瑜”，在本地影响很大。我在曲主任指导下，开始试着写评论。我的笔名“萧含”，就是这时候开始使用的，取“小韩”谐音，没啥高大上含义。

评论员的主要职责大体有四，其一，撰写“本报评论”，凡是署名“本报评论员”的文章，除了特约稿件，一般都出自评论员手笔。其二，为重要稿件“配评论”，凡是编辑部推出的重点报道，大多需要配一篇言论，一来壮声势，二来引导舆论。其三，为领导“代笔”，有些领导的重要署名文章，或出自秘书，或出自媒体写手，而“本报评论员”，往往担任这个角色。其四，撰写专栏随笔，每张报纸，一般会在头版或二版开设一个言论专栏，稿源不足时，评论员就要写一些文章。记得我在一版写的专栏中，有一篇题曰《我的家乡也没有霓虹灯》，从罗大佑《鹿港小镇》写起，表达对故乡的深深怀念，写到了农村土地的滥开发、乱毁坏，从而生发出许多感慨。

作为曾经的“本报评论员”，我总结了撰写此类文章的几大“套路”，一是大局肯定，局部否定。因为不肯定大局是站位错误，不指出局部不足，那就无话可说了。二是总体很好，个体难缠。因为不彰显总体就失去了立足之本，不批评个体就失去了思想锋芒。三是决策正确，执行不足。因为决策失误是基本不可能的，问题都出在执行过程中，必须予以及时纠正。等等。

除了撰写本报各种言论，还要编辑理论专版《思想者》，给各地报刊投稿，结交报界同行，其间先后参加了《杂文报》在北戴河、贵阳、宜昌等地举行的全国杂文年会。

有一次，我写了一篇杂文《辞女客文》，说女士们不要再来拜访咱啦，免得有人因此生事，制造流言蜚语。这是一篇痛批通过制造男女绯闻毁人清誉的檄文，曲主任却不大欣赏，我有点不高兴，就把文章寄给了李晓星，不久就在《承德群众报》发表了，他寄来了样报。我把这张报纸挂在办公室墙上，以此向主任“示威”。嘿嘿！曲主任，请海涵一个毛头小子的恶作剧吧！

在为报纸撰稿之余，我也开始撰写一些“正经文章”。我一向认为，报纸言论与其他新闻作品一样，都是“速朽产品”，根本无法收入将来的文集中。老岳父送我一套《三国演义》，我一边读，一边写《闲聊三国》，共计 36 篇，以“四”为主干：四哀（吕布、袁绍、关羽、周瑜）、四叹（杨修、徐庶、陈琳、许攸）、四戏（张松、袁术、蒋干、马谡）、四伤（郭嘉、陈宫、蔡邕、貂蝉）、四嘘（刘表、刘璋、曹豹、司马懿）、四哂（庞统、孟达、马超、彭羕）、四悲（荀彧、田丰、王垕、辛评）。此外，我花一百块钱买来一套五卷文白对照本《史记》，认真读了一遍，偶有不懂处，就翻看白话翻译，连蒙带猜也就读通了，不必费劲查字典了。这种“懒汉读书法”，实在登不得大雅之堂。此后开始撰写《史记随想录》，共计 32 篇。

这两组文章，尽管很幼稚，却自成体系，边写边发表，在当时还产生了一定的影响，后来收入我的第一部文集《家园里的流浪》，也算是一点小小的收获吧。

三、“燕赵时评”

历史进入 20 世纪 90 年代中期，石家庄地市合并，两家报纸合二为一，组成新的《石家庄日报》，我由理论评论部调到政治新闻部。那时，报社搞了一次大规模竞聘上岗，说是优胜劣汰，却增加了两报同事之间的矛盾。我其实一点也不喜欢政治新闻部，可偏偏事与愿违，我做了政治新闻部主任，既然别无选择，那就只能赶鸭子上架了。

有一阵子，栾城县的老百姓不种粮，全种草。他们种植的不是野草杂草，而是草坪草，譬如马尼拉草、果岭草、虎皮草、天堂草等，经济价值不菲。舍弃粮食，种植草海，看上去绿浪翻腾，但是否符合实际，是否是老百姓自己的选择，殊难论定。对这件事，美女记者“红星树”（网名）做了一次深入报道，有赞有弹，当地反响很大。时任县委书记表示虚心接受批评，努力改进工作。

1998 年夏秋之交，长江流域暴发洪水，我作为报社特派记者，前往南方抗洪前线武汉、洪湖、九江等地采访，写了一组“抗洪前线见闻录”——《大街上，感受平常心》，描写洪灾期间武汉街头的淡定景象；《大堤上，感受生之辉煌》，记述荆江大堤摇摇欲溃的危险情形；《大水患，令你痛苦思考》，抒写面对滔天洪水的沉思与忧虑。这组文章见报后，引起巨大反响，后来收入了我的散文集《人生总有孤独时》。

在政治新闻的漩涡里折腾了将近十年，直到 2005 年平安转岗，离开日报编辑部，出任全国地市报联盟副秘书长，从新闻大厦 11 楼搬到 17 楼，进驻 1706。投闲置散大半年后，于 2006 年进入《燕赵晚报》编辑部，开始了“燕赵时评”时代。

我到晚报时，同城三家市场化媒体《燕赵晚报》《燕赵都市报》《河北青年报》，正在激烈竞争。尽管晚报是河北创办最早的生活化、市场化报纸，此时却暴露出一个巨大缺陷：一张报纸，居然没有时评版；而都市报与青年报的时评，却做得红火热闹。我来晚报的首要任务，就是建立时评部，打造自己的“百姓时评”。

然而，做时评，拍板者要承担很大政治责任；但我别无选择，其间经受的批评与诘难，真是一言难尽。比如，2009 年 11 月中旬石家庄遭遇特大雪灾，晚报发表了一篇时评，引用法国文豪雨果的名言“下水道是城市的良心”，批评从前城市管理不善。文章见报，领导大怒，作为主管者，我只能低头做检讨。还有一年，市里举办动漫节，晚报发表了一篇分析性时评，辨明利弊与努力方向，可能略有微词吧，挨了一顿痛批。唉，做时评，难矣哉！

而这时候，博客已然蓬勃兴起。我们，已经悄悄进入了博客时代。

四、燕赵时评博客圈

我的网络生涯，始于警民博客圈。

警民博客圈是河北公安网旗下的一个博客家园，顾名思义，在这里活跃的，既有“警”，也有“民”。2007 年 5 月 4 日，我在这里开设“萧含博客”，发表了第一篇博文《静谧之祈祷》。随后，《一个飘着雪花的冬天的夜晚》《罗盘山上寻真记》《邂逅尤金·奥尼尔》等博文先后推出，引起圈友热议，我由此在公安系统结交了很多朋友。因为博名“萧含”，大家戏称我为“萧大侠”。

2009 年 8 月，我依托《燕赵晚报》的《今日时评》版块，创办“燕赵时评博客圈”。8 月 12 日，晚报二版发表了一篇消息——《燕赵时评博客圈盛装面世》，向读者报道了博客圈正式开圈的消息。博客圈建立后，率先组织了两次线下活动，第一次是 2009 年 9 月 26 日，与诚基地产联合举办“中秋封龙笔会”，我们带领五十余名博友登上封龙山，走进封龙书院，研讨封龙文化。第二次是 2009 年 12 月 27 日，与卓达集团联合举办“百名博友进卓达”活动，一百多位博友冒着刺骨寒风踊跃参加。这两次活动，在网上产生了很大反响。

此后，我们组织了“美女采访团”，采访各路的精英；开启“文化大篷车”，搭载着博友们走进省会周边历史文化遗迹，正定开元寺、赵州柏林寺、赵州桥、藁城台西商文化遗址、灵寿古中山国遗址等，都留下了博友们的足迹；开设“博友文化讲坛”，请文史专家给大家详解河北历史文化；开展“博友上报纸”活动，把博友请上报纸版面，发表他们的博文，请他们参加两会期间的“博友圆桌”，议论时政，建言献策。此外，还创办了博客杂志《时评·博客》。

那时候，省会活跃着三大博客圈：太行博风博客圈（圈主洛钊）、燕赵时评博客圈（圈主萧含）、河北省博客圈（圈主前期经典绅士、后期东方可可）。在三大博客圈的联手主导下，博客界做出了两大“出圈”壮举：

一是每年举行“博友春晚”，请博友们登台亮相演节目，欢乐而祥和；二是推出《博客圈自律公约》，倡导博主自律，相互交流学习。这两项举措，开了全国先河，引起全网关注，河北的“博客运动”，由此进入了高潮。

应当说，那是博客文化空前繁荣的一个历史时期，可惜转瞬即逝，到了2011年，随着微博兴起之后，博客逐渐从喧哗走向沉寂，博客圈也逐渐退出了人们的视野。

五、我的微博

我的微博之路，是从“糊涂”开始的。

大约2008年，一天晚上，晚报出版中心总监阿杜来了，告诉我手机可以上新浪微博和腾讯微博，并给我做了两个微博的相关链接。这就是我接触微博的开始。后来，我的前同事张金发在QQ上对我说：“你写几篇微博吧，我有朋友在新浪，可以给你加‘V’。”他的新浪朋友，就是著名大V老沉。在金发的劝导下，我开始写微博，并很快加了“V”，成了当时河北很少的几名大V之一。

一天，晚报广告部主任罗宇晨给我电话，说新浪微博媒体拓展经理龙亚鹏、微博拓展副主编王爱华来到报社，说一直关注我的微博，想见我一面。我一听，着实吃了一惊，这才晓得，自己的微博，已经引起了微博管理层的关注。

此后不久，新浪华北营销中心微博拓展部经理谢月女士来到石家庄，奉命拓展河北微博市场，她热情地与我联系，共商拓展微博事宜。那年初秋，“新浪河北”举行“微博达人之夜”，我被推举为“微博达人”，与著名大V“河北解放”等人一起登台亮相，与数百名省会博友见面。

过了一阵子，腾讯河北发力开拓微博市场，老总石杰到报社找我，希望我加盟。我与石杰是老友，他年轻，干练，英姿勃发。我笑说，人说腾讯财大气粗，邀请嘉宾送苹果，我够格不？石总笑了，没问题！几天后，果然送了我一部苹果手机，尽管无功受禄有点惭愧，我还是接受了这份儿馈赠，转手送给了女儿。此后，我开始倾心腾讯微博，粉丝数暴涨，只是活跃度与影响力不太理想。

可以说，我与“新浪河北”的交往很多，那年“新浪河北”组织自媒体联盟，我作为嘉宾出席启动仪式，并发表了演讲《其实不过是随波逐流》。然而，倒霉的是，我后来遭遇了一场微博“滑铁卢”，微博大号“萧含”被莫须有的罪名炸掉了。

这件事，说来十分蹊跷。2018 年 2 月 18 日，内蒙古突泉县发生一起刑事案，受害者之女在网上发文控诉，此后嫌犯被抓获。此文在网上热传，我只是“随大流”转发了这篇文字，却受到销号处置。后经核实，此文基本属实，没有过激情绪与不当言辞。遭此“莫须有”处置，必然激起强烈愤慨。我写了一篇长文，批驳控诉新浪，一批本地知名博主联合发出呼吁，请新浪撤销无理处罚，省市网信部门有关领导也出面与新浪交涉，却未见成效，唉，无奈！

后来，我隐隐约约知道了，此事另有隐情，可能与转发新华社的一条时政新闻有关。据说新华社领导为此受了处分。城门失火，殃及池鱼，夫复何言？此后，我启用了微博新号“萧含 12882”，尽管影响力大减，毕竟活下来了。

个人账号尽管无足轻重，但此事映射出来的惶恐，确是深远的。而《燕赵晚报》官博的开通，也是一波三折。那时，各家媒体的官方账号做得如火如荼，唯独晚报缺失。这是个极大的漏洞。编委会决定弥补这一短板。有人忧心忡忡地说，由哪个来审稿啊？我说，微博即时即发，咱们画个圈子，规定几条框框，让编辑遵照执行就可以了。我的意见得到支持，官博归属时评部，当然由我来主管。如今，晚报官博已是拥有 370 多万粉丝的蓝 V 大号了。

后来，微信兴起，微信公众号日益火爆，阿杜带着晚报官博小编艳丽来到我的办公室，给我设置公众号“韩联社的社”。这个名字，也是阿杜命名的。此后围绕这个公众号发生的一起“侵权事件”，却差点令人笑喷。一天，我发现公众号大名“被消失了”，理由似乎是“侵权”。我的大名“韩联社”，因与“韩国联合通讯社”简称完全相同，在网上经常闹误会。曾有人质问说：你一个韩国人，干吗议论我们中国的事？

这次公众号被除名，估计也是误会所致。我赶紧给腾讯河北老总石杰通电话，请他澄清一下。他哈哈一笑，没问题。第二天，大号恢复，我顺便做了认证，拿出身份证给人家宣示“姓名权”。谢谢石杰！

六、重建河北大学石家庄校友会

大约 2013 年秋冬之际，我已内退，身轻如燕，在一家传媒公司帮忙，一天，两个河北大学小师妹田君、胡卓理，来到公司找我，说想重建河北大学石家庄校友会。我惊讶地说，从没掺和过这事，从何说起呀？田君说，是母校校友会的老师让她俩找我的。既然老师有令，我当然义无反顾，于是就带着她俩去拜访石家庄市原副市长张发旺，他是河北大学学兄，石家庄校友会前任会长，当时正负责运营石家庄地铁项目。我们说明来意，请他重新出山掌舵。他愉快地接受了。

石家庄河北大学校友会聚会

那年12月23日晚上，天寒地冻，冷风呼啸，位于自强路体育馆附近的锦绣金山酒店一楼大厅里，灯火辉煌，热火朝天，河北大学石家庄校友会成立仪式，在这里隆重举行。来自母校的各位领导，与一百多位校友，共同见证了这一时刻，张发旺会长发表了情深意长的讲话。

在筹备过程中，我做了一些穿针引线工作，总算没有辜负母校老师的期望。在省会有数万名河北大学校友，英才云集，自己不过是一介小草，被选为副会长，深感惶恐。不过，有机会为大家服务，还是比较欣慰的。此后，我代表石家庄校友，前往北京、天津，出席两地校友举办的年终集会，并分别发表了热情洋溢的祝词。

这些年，在繁忙的工作之余，我还抽空写了几本书。第一本书《家园里的流浪》，出版于2002年，由“散文卷”“随笔卷”“小说卷”组成。2003年，我与石景辉同学合作出版诗词集《红船与白夜》，他的诗词充满了正能量，名曰“红船”；我的自由诗飘洒着迷茫，名曰“白夜”。2007年，我出版了比较重要的一部书《孤鹜已远》。这是一部传说中的大散文，“非史论，非诗论，集历史、传说、诗情画意与心灵波澜于一炉”，对西汉至南宋期间的42位古典诗人，进行了全景式的心灵解读。

此后，陆续出版了中篇小说集《清明前后》，历史文化著作《我为峰》《大师的巅峰时刻》《历史的忠告》，散文集《人生总有孤独时》，古风诗词集《孤鹜秋水辞》等。

作者的部分著作

远离文学的四十年

/ 刘 杰

作者简介：刘杰，1955年3月生，河北吴桥人。1982年3月河北大学中文系毕业，工程硕士，管理科学与工程博士。曾就职于国家建工总局、中国建筑工程总公司、香港中国海外集团有限公司。现任职社会团体，上市公司外部董事。

“您是哪个学校毕业的啊？”

我转过头，刻意地不看问话者，面无表情地说了句“北大”。这时候，停顿时间不能太长，万一有个话题岔过去，再找补回来就难了。

“我是河北大学毕业的。全称前边去掉‘河’字，后边去掉‘学’字，标准的‘北大’。”

看着那些茫茫然的眼神，我说：“‘北大’应该是我们学校的简称，那两个字是挨着的，现在‘北大’的简称，是选择性简称！”

一时被蒙到的朋友，频频颔首：“有道理，有道理。”然而稍微清醒者，便开始质疑：“您这信誓旦旦的说法，靠谱吗？”

我说，有人早说了，大学者，有大师之谓也。我告诉他们，河北大学中文系有位教授叫顾随，顾随是谁的老师，周汝昌、叶嘉莹是谁的学生，周汝昌又是哪里的教授，张弓、裴学海、魏际昌、雷石榆、黄绮、詹锳等，有什么著作，在汉语言文学史上是什么地位……

那些年头，也就是在调侃不被板儿砖拍的场合，说说母校，说说中文系，说说中文系的老师和同学。刘姥姥（非凤霄也）一样撞入项目、市场、指标满天飞的世界，鲁迅、郭沫若、茅盾从我的词汇中匿迹销声。如果工作做得好，溜达两句诗文出来，叫锦上添花；如果能力不济，人品无补，张嘴闭嘴文学，等于慢性“自残”。没有人认为此人知书达理，反而觉得又酸又飘，难堪重用。参观中国共产党历史展览馆，我弱弱地问了周边同志一句，知道郭沫若是北伐军中将政治部副主任、南昌起义主席团成员和宣传委员会主任吗？知道茅盾是共产党最早的党员之一吗？

1982 年毕业，最初的岁月里，还订阅了《诗刊》和《人民文学》，之后仅仅订阅《诗刊》，再后，就什么文学杂志都不订了。唯一保持的“爱好”，就是每月或者数月，到书店转转，买书的内容以经济管理和其他社会科学为主。如果在书店看到同学的著作，总是买来翻翻，知道大于悟道。“要是我还在文学领域，或许也能出一两本书了。”底气不足地想完，挠挠没有辫子的后脑勺，努力把工作的圈描圆。好几次，看着干部履历表上空白的“有何业务技术专长”一栏，我对身边的同事说，真想填上“擅长写会议通知”！同事以苦笑对我表示理解，我以干涩的幽默表达对文学的向往。

我们宿舍七个人，冯敬秋、荆德建、孙志强、吴公剑、高建平，后来来了个“老炮”陈山榜。工作关系，和德建、敬秋多有交集，公剑、建平常有来往，山榜和志强联系少一些。毕业最初几年，北京的同学还经常走动，后来天南地北，联系就少了，外地同学进京成为见面的纽带。20 世纪 90 年代，我在香港工作时，

学生 刘杰 系河北 省
吴桥县 人，出生于一九五五年
三 月，于一九七八年 三 月
入本校中文系文学专业学习，
学业成绩优秀，荣获一九八〇
年度河北大学奖学金。
奖学金评定委员会
主　　　任 周学
一九八一年 十 月十六日
河北大学（奖）字第 二 号

奖学金证书

当地人会普通话的很少，好在他们认识简体字，实在交流不通，就找张纸片写中文。如果逼着我们写繁体字，别看学的汉语言文学，除了杨宝忠、王守义和班里的书法高手，估计大部分人写不全。我在香港接待过李京生、赵淑兰等同学，有说普通话的自内地来，不亦说乎？那时内地还没有主题公园，香港的游览地，海洋公园是首选。如果再有闲暇，傍晚时分，到九龙的鲤鱼门，看看如昼灯火，逛逛鱼档食肆，吃吃生猛海鲜，就是我全部的接待手段了。

我所在单位的主业，是乙方，求人帮忙永远在路上。我经常在任何时间接到同事拨来的电话，以加持他们的人品和人脉。就这样，在同事的电话里，同晓光通过话，我深知，或许晓光为此要忙碌一番了。当然，也有反过来“骚扰”的，某位1979级师弟拨通海鸥的电话交给我，我习惯了，怕影响周边同志，起身到一边沙发上坐下，聊了会儿天。后来我猛然醒悟，还是不离席为好。无论怎样，谢过海鸥，也请海鸥谢过。做了多年办公室工作，再没悟性也知道，休息时间尽量不打扰领导。那是在非洲参加活动，听到对方河北原籍、河大母校、认识振虎等，激动得电话就越了洋。我和振虎鸡同鸭讲了会儿，搞得一头雾水，电话就撂了。我还以为对方逢场作戏，其实不认识振虎。后来人家指指手表，我才想起时差。凌晨啊，还有这么不懂事的！

有次单位请来一位小有名气的媒体记者，讲讲宣传，下来交谈的时候，说是河北大学毕业。我问记者：“认识白贵吗？”记者说，他是白贵的学生。犹豫了下，我还是说了：“我和白贵是大学同班同学。”当时的感觉，为与白贵同学而骄傲，又觉得搬出白贵，让记者肃然起敬，有些心虚。好多年前了，有一次我出去办公，回来同事对我说，你们班同学来找你，等不及了，留下本他的专著就走了，叫赵超。随着社会发展繁荣，夏商周断代工程、三峡工程和南水北调大规模基建考古等，越来越热，总想问问新闻背后的故事，但问题越攒越多，始终没好意思叨扰。我高考报志愿的时候，第一志愿是河北大学中文系，第二志愿是河北师范大学中文系，第三志愿是河北大学历史系。如果被历史系录取，或许有机会走上赵超的路。记得入学没多久，陪同学拜访当年中文系负责招生的孟蓝天老师，他说，录取时，你的档案是我拿的，我发现你语文考试的作文分数没有归并到总分，我就先到先得了。我谢谢孟老师，以第一志愿被录取是高兴的事。那时，我在河北地界的锦州铁路局山海关铁路当养路工，清砂、捣固、抬钢轨、换枕木，艰苦程度把铁路沿线的农民都累得回家种地了，压根儿没考虑在北京下车上学。

20世纪90年代末，佟德真老师找过我。佟老师高个，剑眉，面色黧黑，披上铠甲，绝对是个透着杀气的虎将。听他为孩子的事，缓声细语地述说缘由，恍惚间让我想起手握匕首与投枪的鲁迅"回眸时看小於菟"的场景。这让我想起两件小事。佟老师教我们戏剧，入学不久，在他的倡导组织下，以中文系1977级为主排演了话剧《丹心谱》，他做导演，我演主角方凌轩。剧本中，有句台词，引用了毛主席给柳亚子的诗句："风物长宜放眼量。"对词时，"量"我念的阳平。佟老师说"错了"。我一愣，没说话，他也没再说话。第二天，他把我叫到身边，说："你是对的。"某次，在教室，我忘记事情起因了，反正佟老师经不住同学的鼓噪，朗诵毛主席词《沁园春·雪》。佟老师相貌堂堂，威风凛凛，配上词句的磅礴气势，整个教室周天寒彻。在他朗诵到"一代天骄，成吉思汗"的时候，我想，以他的身高，以他的臂展，以他的浑厚响亮的嗓音，后边的艺术处理该是怎样的气势恢宏啊！然而，"只识弯弓射——"，长音过后，佟老师将右手在胸前轻轻掂了掂，不急不慢地、一字一顿地、几乎听不见声音地念出"大雕"。那场面，我至今记得，佟老师对于词精髓的理解，我们相去不可以道里计。

在学校读了年把书之后，喜欢上了现代文学，也喜欢上了诗歌，内心里有个愿望，想把诗歌的事情，从理论到实践，从古代到现代，从国内到国外，搞搞明白。那时，朦胧诗流行，读得较多的有北岛、舒婷、顾城、江河、芒克等。就诗歌写作来说，中文系的同学人人来两笔，不是新鲜事。班里的翘楚自然是田真、沫勤，殿武乃后起之秀。彦斌和建平酷爱诗歌写作，我们交流多一些。写了一段时间之后，我发现自己实在不是写诗的料，慢慢转为诗歌理论和诗歌鉴赏了。他们写的诗，或者他们喜欢的诗，都愿意给我看看，目的是听我瞎猜瞎编作者“不可告人”的隐喻和暗示。记得有一次，他们拿出一首诗，其中有句“瓢虫上岸了，载着满天的星星（大意）”。当我“合情合理”地演绎出其中的精妙联想和微言大义，三人相视而笑，虽不能放歌纵酒，但青春做伴，诗书漫卷，自是一番快意。我到现在还认为，如果彦斌和建平不停止诗歌创作，以他们的悟性和思考，以他们的灵感和想象，或许在诗歌的道路上会走得很远。在校期间，不曾听说夏致教授写诗，疫情起始那年，偶然读之，如江南烟雨，朦胧淡远，思绪在平芜秋山之外，韵味在天阶草色之中。其实现代诗还是用现代语言评价为宜，我胡乱文学一下，避免用文本、解构那些搞不懂的词。

2011 年在利比亚大撤离总结会上

四十年远离文学，时间不由自己支配，工作与乐趣如两股道上跑的车，当同学发表论文和专著的时候，我在考虑请示与报告两种文体的区别，当同学为印数和销量欣喜的时候，我在考虑要不要限制阅读范围。然而，到什么山唱什么歌，敬业乐业是起码的职业道德。那时节，读书少，写东西少，怨不得谁，挤占工作时间、充斥业余时间的，还有其他的事情。

高中阶段上了两个体校，篮球和田径。大学入学时，考虑再三，不带运动服，不向任何人说起体育的事情。我不知道体育教研室老师怎么知道的，直接找到我，说关系到学校的荣誉，要保持，还要做好。为此，在校期间，我得了仅评过一次的奖学金。毕业时，心情与大学入学相同，好好干工作，放弃一切体育运动，然而有些体育项目是融入营销体系的。我参与组织过几届在中国和泰国举办的“尧舜杯”世界华人业余围棋联赛。当年的吴清源、应昌期、沈君山等棋界大师和咱们自己的陈祖德、聂卫平、王汝南、华以刚等，都恭逢其事。单位的桥牌队是国家甲级俱乐部，不止一次获得全国冠军，队员经常入选国家队，京内京外的比赛就不说了，我记得还带队参加了中国香港国际城市桥牌锦标赛。为了更好地组织活动，我多少也要下点功夫，知其一二。总有人问我，看你忙忙活活的，围棋桥牌水平怎么样啊？我说，我是活动家。有时候真是宿命，转了一圈。有两年，单位竟然成了国家男子篮球队独家赞助商，我还为此到过中国香港和新加坡。篮球界有个盛事，就是全球华人篮球邀请赛，此赛在相关国家和地区轮流举办，我到马来西亚参加过比赛。说是篮球界的盛事，因为除了现役球员，这个比赛几乎囊括了当时全世界华人退了役跑得动没受伤有兴趣来得了的球员。

摄影也占了些时间。入职后的第一次出差，在辽宁千山，恰巧日暮时分，拍了张照片，远山如海，苍苍茫茫，同事都说好，我以为真的，就喜欢上了。其后的这些年，国内国外出行，愿意带个相机，别人东看西看，张罗为自己拍纪念照的时候，我看看风景，扫扫街。节假日去过珠峰、霞浦、坝上、元阳、丙中洛等地，还专门到烟墩角、巴音布鲁克拍天鹅，到禾木、篁岭、色达拍建筑和村落，到婺源、罗平、兴化、门源拍油菜花啥的。我不太钻研摄影技术，相机性能和具体参数很多搞不明白，如果有几张照片说得过去，就像练枪法，是子弹堆出来的。当然，风光摄影运气成分大，喜马拉雅、霞浦等几张照片都是俗话说的走了狗屎运。秀英是我的老乡，在群里看到秀英的一些摄影作品，眼前一亮。秦皇岛的那些地方我都去过，不仅仅风景，就是那些小品，从构图、用光、色彩等各个方面，仅有摄影技术，没有对艺术的感悟，达不到这种效果。德建发在公众号里的几张照片，我很喜欢，一辈子宅在水泥森林，人际关系难以运用形象思维解决，这种颠覆与转换，让我们在春天和花朵之中，看到了心灵的涅槃。

还有件占时间比较多的事情，就是应酬了。最近这些年，应酬少了，酒也少了，时间多了，身体健康了，人际关系也清纯很多。以往有些事情是要在餐桌上谈的，或许几杯酒下肚，能更真诚一些，不好意思的话，也可以脱口而出。所谓无酒不成席，就是通过酒精的刺激，把大家的兴奋点和话语层面抬高到同一水准。吃个团年饭，不在菜，不在酒，关键是个叙谈的机会。做了窝囊事，敬杯酒道个歉，互相拍拍肩膀，解开心魔，撒欢儿地又干一年。铺垫这么多，感觉征文就像个年会，已发征文就是一杯杯醇酒，渲染了我们畅谈的氛围。单位有公开发行的报纸，也有杂志，有时候被要求写点儿东西，送点儿照片，也就照办了，但是从来不在外边发表文字和照片。有一次，也是唯一的一次，单位同事撺掇，说有能耐你在外边杂志发表文章和照片看看。为了面子，找到沫勤，文章后来在《文化月刊》发表了。现在想想，那文字，沫勤改也不是，退稿也不是，为了我的面子，消耗的是沫勤的功德。我有些文字资料，烦请建敏、王星、梁进审读，现在设身处地想想，同学的情谊，是要应承的，可我那文字，说深论浅都叫人为难。所幸他们是文化、出版和图书领域的专家，对文字、内容的意见建议都在点子上，尤其是排版印刷等专业上的事。这些年来，帮过我的，在此一并致谢了。找过我帮忙的，我都竭尽所能，那也是能力的展示，有面子和虚荣在。有些没能帮上的，谨表歉意，咱们懂的。

由于从事的工作，误打误撞地成了哈尔滨建筑大学和哈尔滨工业大学土木学院的优秀校友，还当了人家某部分某时段的校友会主席。虽然那时有科技进步奖在身，可以读论文博士，我还是参加国家统一考试，获取了同等学力的博士研究生资格，然而毕竟不是脱产的全日制学习，被邀请了，也不好意思参加人家的校庆。有时参加其他活动，听周边几几级几几级侃半天，我也不敢插言，没交集，怕误会，也不想蹭热度。如果需要说，我的开头总是："我河北大学毕业的，学的中文。"这辈子，作为陌生人，进入了人家的领域；在自己的领域，做成了陌生人。我很羡慕工作与所学专业关联度高的同学，跨界确实挺艰难的，尤其是不情愿地跨界。张礼文、刘书祥等同学的成功，肯定付出了洪荒之力，要不然很难改变不深不浅不广不博的万金油形象。其实，我个人觉得，中文系的学生，视野开阔，情商高，重感情，善解人意，好沟通。前些年大火的以色列年轻历史学家尤瓦尔·赫拉利说，用语言虚构故事、统一信念、传布愿景，在人类演进过程中至关重要，而这一点恰恰是中文系学生的强项。“基因”这么强大，还有什么缺点不能克服呢？

这么多年，从来没有对人说，我在学校演过话剧，能朗诵，连自己都忘记了还有值得一吹的“艺术细胞”。五十多岁的时候，感觉人生要到站转车了，就像偶尔考虑自己的追悼会如何开一样，开始考虑在退休的欢送会上，说点什么。我觉得应该朗诵首诗，既满足虚荣心，也煽煽情，特别想听到一句话：“有这本事，竟然几十年没露，行啊。”朗诵哪首诗？自己写一首，大概率写不出来；要用别人的，首选舒婷的《也许》。之所以选它，因为这辈子，用“也许”开头的事情太多了，来日亦然。真到我退休的时候，欢送会没有开，表现欲被窝脖没人知道。有剑未试，心有不甘，也许哪个吉日良辰，沐个浴，更个衣，仪式满满，说给树洞。

借用朋友的话，第一次退休，没经验，搞得事情还不少。我总说，退休之后，最好的一点就是目标可以随时调整，什么事推进有难度，就计划变更，目的改变，说铩羽而归有些被动，还是兴尽而返吧。不过，读书和写作的事情，虽然没有实际操作，却总在脑子里飘啊飘的。时间充裕些后，努力地读了些错过的经典，也不忌生冷地读了不少李敖、董桥、木青、冯唐，读了鲍勃·迪伦，读了余秀华（不争辩）。为了那几行认识的英文，还在伊斯兰堡机场买了本露比考尔（Rupi Kaur）的《牛奶与蜂蜜》。后来才知道，诗人是印度裔加拿大女孩，当红大热，作品的主题和内容对我来说恍如隔世。这辈子，参与同学之间充满学识的文学对话是不可能了，滋润心灵，调解情绪，满足愿望，消磨时日，如此而已。

大概有十年八年了，记得有一次保青说，他父亲参加同学的追悼会，回来很感慨，说班上已经开始有人去世了。保青对他父亲说，我们班都去世十来个了。在征文过程中，同学们确认是 10 个，后来又增加了王密东、刘宗正、毛一化！我们这群人最小的也满六十岁了，借征文的机会隔空聚会、线上深谈，又何尝不是一次生前整理，整理信息、整理形象、整理物品、整理关系……因为看了两部拍得太烂的电影，觉得堵心，从20世纪80年代末期开始，几十年不再看了。退休后，按照各路评价，在网络上恶补了上百部。我觉得，日本电影《入殓师》值得看看。自然法则比经济学那只看不见的手还管用，生死谈谈倒也无妨。现代医学延长了人类的生命，也延长了人类个体走向死亡的过程（尽管有时很痛苦），趁着来得及，做自己的入殓师，眉眼先描画好，为了随缘、安心，也为了别人不做怪梦……

谢谢编委会，谢谢振虎，没有振虎的督促，怕我也不会坚持写完这篇文章。感谢“河大1977中文”群，感谢张彦斌群主和支撑这个群活跃氛围的刘凤霄、韩联社。退休后，工作关系消失，身边的人像洗牌一样发生变化，而浮出水面的，就是友谊，尤其是多年的同学之谊。这几年，只要有时间，我都会关注群里的信息。或许比较自私，一怕时间窘促，二怕手误失言，三怕点赞不均，干脆潜水在群里。我在想，所谓群，无论人还是兽，总要数到三。毕业五十年的时候还是个群，六十年的时候还算个群，七十年的时候真不知道是谁在支撑这个群了，最后健在的那三个人该多么重要啊……

推开电脑，抬起头，眼有点儿花，时光穿梭反转，杂糅成缤纷的画面……

天好蓝，阳光刺眼，大风，无云，路上绝少人影，嗓子痒痒的……

黑板真大啊，献文左右开弓用粉笔抄写班委通知。教室上空飘满了想法，吃俩窝头，打壶开水，把沾满粥嘎巴的衣服洗了，赶紧占地方打会儿拱猪，操场跑两圈，去图书馆借书……

远杰和建良对视了一下，说：“还剩三个人，咱们就不等了。‘河大1977中文’群首次线下会议现在开始……”

2022年5月19日于北京

不经历风雨怎能见彩虹

/ 韩祥瑞

作者简介：韩祥瑞，1956 年生于河北栾城。8 年完成小初高学业，拿过锄头，握过教鞭，为中专考生阅过试卷，1977 年恢复高考后进入河北大学中文系读书，毕业后北上承德，后北漂，自始至终从事新闻采编工作 34 年。在全国媒体发表杂文与新闻评论数千篇，新闻和杂文获奖上百篇，入选过多本杂文与评论合集，主编过报纸维权新闻专集。北京市新闻评奖专家库成员，曾获誉北京市优秀新闻工作者。

屈指数来，一晃儿，走出大学校门整整四十年，我也年届六十六周岁，岁近古稀。当别的同窗雄姿英发，踌躇满志，慷慨抒怀之时，回首我的历历往事，却是别有一番滋味在心头。

求　职

1982 年 3 月 18 日，炼狱四年，拿到毕业发配证的我，急急打点好行装，由同窗好友任文京等同学护送到车站，连夜乘上北去的列车，到承德报到。

当时的情景，在别人眼里，一定是一幅远出塞外的壮烈景象，就像杂文家部名芳在 1990 年 3 月 9 日《杂文报》发表的评论我的文章里所描绘的：老祖宗们的文笔，实在是太厉害了。我至今想到塞外，脑子里闪现的仍是“北风卷地白草折，胡天八月即飞雪”的诗句。当许多人热恋故土，削尖脑袋往大城市挤的时候，祥瑞大学毕业，却追随王昭君的足迹，主动报名出塞支边。

部兄的想象过于丰富。其实，缘于1980年暑期勤工俭学时和两个教师子弟窃取了学校编的几套书，受到处分从而影响到毕业分配的我，放弃了名为分配到国际庄国防工办实则发配到井陉摩托车军工厂的指标，带着一份没有报到单位的发配证，以及一腔解决两地分居的祈望，凄凄然投奔在承德服役的女友去了。

那时的承德，说是避暑山庄，大名鼎鼎，其实就是一个弹丸小盆地，一个湖儿处庙，热河泉不热也不喷了。夏日犹可，一到冬季，那缭绕不散的烟儿煤，生生把一座名城熏得乌烟瘴气，人们脖脸皆墨，白衣一天就黑，连呼吸都困难，很多人因此患了气管炎甚至哮喘。

更惶惑的，是这里的办事效率。报到证给了地区人事局，但因为没有分配指标，或者说没有具体用人单位，就没时没晌，无声无息。

我记得，那年一起在地区宾馆后来更名山庄宾馆等待分配的，还有经济系的夏镇宫、哲学系的高思文，以及河北师大中文系的孙钰国。我们四个难友除了白天出去找人，晚上就是聊天，谈悠悠诸事，叹世态炎凉。

一眨眼就过去了一个月。这期间，我们奔走游说，同学傅新春也多次找所在的司法局说项，女友医院的政治处还到人事局公助，但都无济于事。任尔东西南北风，都岿然不动。

久久无望，一气之下，重新将行李拖运回保定，找到系里负责分配的王兰进老师协调，表示可以去原来派遣的单位。

精明干练的王老师联系了承德人事局，告诉我，毕业证一旦签发难以更改，还是到派遣地等待。人家人事局说啦，你人不来我们咋分配！

嗬，还倒打一耙！

无奈，我又铩羽而回。人事局依然慢条斯理，泥牛入海。我只能继续和几个待业的哥们儿数星星盼月亮地煎熬。

把自己的未来寄托在官僚们身上，实在不靠谱，命运应该自己把握。宾馆有电话，我眉头一皱，每天抱着它，照着电话簿四处拨打，开始自我推销，只要和中文沾边的就算，就差插个草标上街卖了。记得一天我拨打了承德话剧团的电话，人家问，你写过剧本吗？答曰没有，被拒绝是题中应有之义。

我又拨打了承德群众报社办公室的电话。接电话的长者叫赵尊智，时任办公室主任。他热情爽朗，颇有兴趣。我说了自己的简历，十分坦率。他觉得我很诚实，答应报领导研究。

第二天，我这里正百无聊赖，赵主任来了电话，说要面谈。没想到，只用了两三天，我就被录用了。看来，在落后的地方，媒体不仅有效率，更是思想解放的前驱。

我去报到的那一天，正好是 5 月 11 日，我到承德的第 54 天，也就是其他同学已经工作了将近两个月的时候。

岁月弄人，庆幸的是我遇到两个好人：一个是军人出身的《承德群众报》办公室主任赵尊智；一个是总编辑傅亮，没有他率领的班子同意，我不知所终。而且 1988 年后，和他做了七八年的近邻，他视我为亲，我视之若父。

北　漂

虽然说承德的衙门官僚，但承德的风土人情厚德，人们热情淳朴善良，而且不管是城里还是乡村，都讲一口标准的普通话。我的普通话慢慢少了土腥气，当地的熏陶功不可没。

到 1992 年，我在承德工作了 10 年，从一个菜鸟到一条大虾，工作顺利，家庭幸福，结朋交友，怡亲悦邻，初中级到副高的职称评定也都一蹴而就，评论也渐入门道，主持的家庭及理论评论版和杂文大赛好评不断，还有逾百篇杂文评论在三级报刊发表，获各种奖项多次，也算十年树木，事业小成。

梁园虽好，并非久恋之地。毕竟，承德是异乡。身在异乡为异客，总还是想叶落归根。一度，国际庄的《杂文报》，贤弟韩联社所在的《建设日报》，都让我心仪且怦然心动，也都有至爱亲朋斡旋，还有身为省广电大佬的振虎兄也明告爱我能助，但都因种种原因，一一错过。

1992 年，即将退休的总编辑搞了个大动作，当然也夹杂着不言而喻的私心，决计将《经济消息报》迁址皇城，挂靠内贸部，改换大门庭。

迁京自然是乾坤大挪移，得力干将是必需的，老总喜欢的一个帅哥不愿背井离乡，他推荐了心怀异志的我。

《经济消息报》1984 年 7 月 3 日创刊。曾记得，创刊发起者之一，刚进报社最早对我多有照拂的好哥们儿王宜亮，在创刊前夕索要了在央广新闻部韩师兄的联系方式，请他助力。韩师兄急公好义，创刊当天早上的新闻和报纸摘要节目，就播发了该报纸创刊的消息。

创刊 6 年来，报纸两个效益不断向好，适逢社会转型，到 1992 年市场经济奠基，进京已是大势所趋。于是，那年 12 月，作为第一批进京的编采人员，我随车南下，颠沛流离，开始北漂。

北漂的日子是快乐的，也是煎熬的。快乐是一个群体在一起，工作切磋切磨，吃吃喝喝玩玩，热热闹闹。煎熬是，两周才能回一次家，少了阖家欢乐，把一个正上学又淘气的孩子交给夫人带，其难可想而知。其间，家里被盗过，孩子走失过。最悲催的那次，我正在两会期间采访，一个电话打来，孩子不见了！那份抓挠，那份无助，溢于言表。

经过将近一年的打拼扎根，《经济消息报》由原来的周二报变成周六刊，红红火火，一度凯歌高奏，发行突破了 12 万！

正当谈笑间樯橹灰飞烟灭之时，祸根也逐渐埋下：报纸费用不断上涨，印刷质量每况愈下，加之人员的鱼龙混杂，管理不善，内耗不断，乐极生悲，报纸质量投诉数量持续上升，发行量断崖式下跌，到世纪之年时，已经寅吃卯粮，处境维艰了。那时，虽然已是副总的我，却也回天无力，徒唤奈何！

到后来，人心思散，有根儿的开始叶落，换帅就像走马灯，正应了那句话，十年河东，十年河西。一度辉煌的《经济消息报》，从山峰跌落，刚好走过了十五年。

跳　槽

不能一棵树上吊死！从 1999 年开始，就不断有朋友建议另谋出路。2000 年，我搬家通州。下半年，朋友推荐，到一家食品质量报任执行副总。干了俩月，老娘病逝，回来后又遭遇是非。此处不养爷，自有养爷处。于是拍拍屁股走人。

当年底，有朋友推荐我到正准备改刊《劳动午报》的《北京工人报》。当时的总编辑，北青报原部门主任胡富，看了我的简历与作品，果断拍板，让我年后上班。

这又是个值得记住的日子，2001 年 2 月 19 日。春节刚过，恰逢周一，我来到报社，被分配到专家组。和我一起来的，还有河北大学中文系晚两三届的学妹耿丽仙。光看名字就是个厉害角色，关键职场经历也厉害：《秦皇岛晚报》的副总，《华西都市报》的精英！

2016 年 2 月退休前，社长张文涛（左）与总编辑郭强（右）向作者（中）赠送书法和匾牌

除了我们俩新来的，专家组还有两位资深人士，一位曾是《人民日报》总编室的黎照，一位是《黑龙江日报》高级记者李凌。

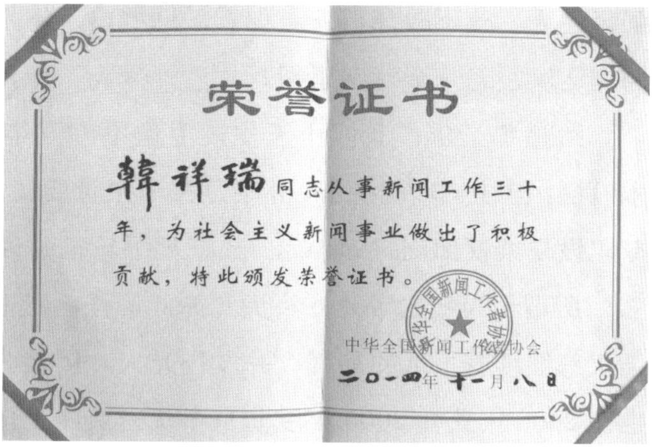

作者所获荣誉证书

从这天开始，耿丽仙直接上位，负责报纸编辑，总揽夜班盯岗。我们其余三人，黎照是组长，主要做白天的评报、工作量考核，夜间的审读工作。当然，由于我刚来，是男性，相对年轻，上夜班也非我莫属，后来就一股脑打包成了我的公务。

这期间，北京的报纸陆续都市化、商业化，除了已经功成名就的《北京晚报》《北京青年报》《北京晨报》，又在午报先后相继推出了《京华时报》《新京报》《法制晚报》。《劳动午报》也是在潮流的裹挟下，与其说是应运而生，不如说是不甘落寞，背水一战，绝地求生。

《劳动午报》的前身是《北京工人报》，它的目标读者是工薪阶层。之所以叫午报，是想做日报遗漏的、晚报没做的时段新闻。说白了，就是打时间差，强化西半球新闻。为此，买了新华社的通稿，雇了国外的写手，每天一个通宵，凌晨六点截稿。这样下来，报纸上市，正逢午时。

《劳动午报》热闹了一年，但由于新华社凌晨基本无稿，独家新闻不多，上市比日报晨报晚，版面少（最多时 24 版），最后人招了不少，钱烧了许多，资金链断裂。第二年难以为继，总编辑干脆带着一干人集体出走，专家也陆续被辞，报纸从此一蹶不振，惨淡经营。

老话说，走快了赶上穷，走慢了穷赶上。换当时业内流行语就是，报纸不改是等死，改了是找死！一言以蔽之，互联网来势汹汹，纸媒已是强弩之末，改不改都得死。你看，这档口，俺是不是就像“三言二拍”里的倒运汉，怎一个背字了得！

跳槽那一年，我四十五岁，岁逾不惑五年。报纸落魄时，我也想择木而栖，但社长真诚挽留，并临危授命主管要闻部。一年后也就是2003年，专职设立维权部，扩版增量，一、二把手轮番游说我接手，打好维权组合拳。

所谓士为知己者死，头头儿如此信任，我也就披挂上阵，冲锋靠前。维权部继续着报纸的品牌，并发扬光大，屡屡获奖，还结集出版，我个人也在2006年获誉2005年度北京市优秀新闻工作者。报纸也恢复了元气。

接着陆续结出正果：同年正式入编，告别北漂，进入编委。五十二岁那年，新任社长、总编辑破例出招让我竞选副总，我婉拒，票选运作社长助理未成，后把我断了几年的党员关系归宗。

最后几年，又获任社长助理，党委委员。退休那一年，社里俩老总还大张旗鼓，为我撰联发牌儿，颁发了社里绝无仅有的突出贡献奖。

这经历，就像我在《光明日报》发表的评论《不挪也能活》一文中所说，领导用人诚，人不挪也能活，而且活得值。

在此必须书写一笔，值得感谢并感恩的五任老总分别是：社长宁长江，社长兼总编张铁京、王兆华、张永安，社长张文涛，总编郭强。

抚今追昔，我深知，所有的挫折都成了财富，所有的坎坷都成了曲谱。正像有首歌唱的那样：踏平坎坷成大道，不经历风雨怎能见彩虹……

2022年3月15日

法院三十年

/ 王密东

作者简介：王密东，1955 年 3 月生，河北武强人。1982 年河北大学中文系毕业后到河北省高级人民法院工作，先后担任办公室副主任、刑二庭正处级审判员。退休后又被返聘继续工作，主要撰写河北省高院审判志。交稿后旅居海南，专心撰写《武强话语小典》。2022 年 3 月 22 日因病不幸去世，享年 67 岁。

2015 年的一个春暖花开的日子，河北省高级人民法院院长卫彦明为法院工作满三十年的法官颁发荣誉“天平奖”，我有幸参加这个仪式并做了获奖感言。

作为恢复高考首届被推荐选拔来到省高院工作的人，至今我已在法院度过了三十六个春秋。做过文字工作也做过审判工作，还穿插做过讲师、《审判志》编辑和秘书，主要在研究室、办公室和刑庭待过，对这几个部门的工作可谓感慨万千。

研究室——先治坡，后治窝

当年我怀着对法治的崇敬和对法院的憧憬，到中山西路四层小楼的省高院报到，被分配到研究室。该室负责调查研究，就适用法律问题向最高人民法院请示，起草向人大的法院工作报告和会议讲话，负责编发文件、法院工作简报、情况反映等。当时的人员多是工农干部，他们经验丰富，但理论不足。有一年省委书记高扬看了工作总结，批评通篇用“事实清楚，证据确凿，适用法律准确，量刑适当，程序合法”的套话，除了几个数字不一样外，跟前年报告没啥两样。大家都很羞愧。

那时院长是陆治国，他是战争年代过来的，生活十分朴素，言语真切动人。他和研究室同楼层办公，有时到研究室来待一会儿，我们就问：“陆院长，啥时盖办公楼宿舍楼啊？”他答：“先治坡，后治窝。”简简单单的话语里体现了一代法院人的坚守。

高法之高非高楼之高，有与审级相配的高素质法官，才是重中之重。不少法官在当时的艰苦条件下把案子查得那么细，实在令人肃然起敬。1983 年春天，我参加了由《人民司法》总编辑回沪明、编辑殷惟德等组成的专题调研组，赴我的故乡衡水就普遍增设人民法庭进行调研，历时两周，受益匪浅，该调查报告发表在《人民司法》。这年 8 月 8 日，张屏东院长召开严打动员大会，12 日各合议庭奔赴各地就地办案，我被抽调到刑一庭赴秦皇岛合议庭担任书记员。那时没有法官服，每人发了两套公安警服穿，心里美滋滋的。多年后我们有了肩章帽徽大盖帽的法官服，有了法袍，才越来越与法官的职业性质相接近相匹配，这反映了法院在司法理念上的逐步清晰。

那时，全院八十多名干警，两个刑庭、一个民庭和一个经济庭。办案人员多是地方工农干部和转业军人，极少数大学生。1985 年前后，每年都有法律毕业生分来，法律院系的学生带来了专业理论知识，转业军官带来了优良作风。最高人民法院成立了全国法院干部业余法律大学，省以下法院建立分校分部教学班。没有学历和没有法律专业知识的同人们都如饥似渴地学习，边学边用，极大地促进了法院工作发展。张院长任内盖好并启

与全国法院模范法官陈印田合影（右为作者）

用了省法院办公大楼，解决了基本的办公需要。张院长还想在办公楼前建个荷花池寓意廉洁，可惜院子太狭小，终未建成。

盛世修志。1988 年我到大连参加地方志培训班，回来后担任编办主任。我们在李永进院长任内，圆满完成了有史以来第一部《河北省志·审判志》。李院长注重为干警解决实际困难，深受下属拥戴，大家拼命工作，为院争光。他在任内盖好并启用的大审判法庭以及北戴河法官培训中心，堪称百年大计的法治设施。

办公室——机制立新，文化育人

1993 年春天，办公室成立了综合科，院党组任命我担任科长。此时的法院工作，每年都有新举措、新思路，工作头绪多、任务重。但是下级法院和信息联系点还是邮寄信息，传真不普遍，科技网络还未实行。我担任五年多科长、五年多副主任，培养出了一大批新时期的法院文字工作者，形成了一整套信息文字工作机制。他们都成长起来，在不同领导岗位施展着聪明才智。我相信，回忆起当年在这条战线摸爬滚打的日日夜夜，他们都会露出无悔的微笑。

这十一年中，我们为平义杰、李玉成、刘瑞川担任院长的法院工作服务，竭诚尽心，夙夜在公。平院长任内成立了两个法官协会，我参与了筹备工作，还起草了两个协会的章程。李玉成院长来自最高人民法院，儒雅达观，非常认可我们的工作。他来河北第一年所作法院工作报告，人民代表十分满意。这一时期，我们的信息工作进入全省和全国法院先进行列，这是大家共同努力的结果。李院长要求把墨竹图发至干警，注重以文化人。他在河北近十个年头，法院文化建设取得长足发展。

刑庭——弃笔从戎，夙夜在公

2004 年春天，省人大任命我为正处级审判员，组织同意我到刑庭一线去办案。在刑一庭两年多，在刑二庭八年多，阅卷、开庭、审判、报案、起草裁判文书，在大家的支持下，我很快进入角色。投笔从戎刑事庭，平心静气多从容，就案说法为社稷，仁心安好天朗晴。我主办、参与协办了一些重大恶性疑难案件，包括经济犯罪案件、职务案件、涉黑案件、涉毒案件、涉外案件等。

我切身感到办案得益于在领导身边受熏陶多年，个案总与大局相联系，也领悟到只有公正裁判、作风优良、善于与群众沟通，才能让他们感受到公平公正；得益于多年的语言文学训练，当文学与法律相遇，人文关怀与法律精义融为一体，往往能对复杂疑难问题产生顿悟，有如拨云见日，豁然开朗。

2008 年我对刑事裁判文书的研究心得发表后得到同人的关注，使我更加兢兢业业，夙夜在公。主管院长和庭长让我为本庭法官讲解经验，我把平素积累稍作总结，与大家分享经验，还分别在全省政法会议、全省法院院长会议和学校里作过发言。

带着对法院工作的热爱，我写了《我心中的法官学院之歌》《千古萧萧燕赵风》《送君行》《法官的行囊》《点赞》《天平颂》等歌词献给法院。机关资深女法官歌唱团请我命名，我取三字“枫之韵”，得到大家的认可，我也乐此不疲。

20 世纪末曾写道：“新世纪审判工作要靠高素质法官保公正，要向高科技要效率。”在新时代的今天，新一代法院人面临的依然是坚守与拼搏，甚至比我们当年更严峻。卫院长带领我院建设智慧法院，计算机信息技术使法院和法官如虎添翼、似龙行云，在新时代抓好人民法庭设置等项工作走在全国法院前列。

改革开放使法院发生了巨大的变化，一代又一代法院人，都为了同一个目标努力着。我们珍惜过往，我们欣赏今天，我们祝福未来！愿审判工作再上新台阶，愿公平正义播撒在神州大地！

拜访晋察冀边区高等法院院长王斐然老人（左一为作者）

我和春天有个约会

/傅新春

作者简介：傅新春，1974 年毕业于承德一中，当年到偏桥子公社插队，年底被招工到华北冶金地质勘探公司任测量技术员。1978 年 3 月就读于河北大学中文系。1982 年毕业被分配到中共承德地委统战部对台工作办公室任干事，1987 年任副主任。1990 年调河北省人民检察院承德分院任办公室副主任、技术处副处长，后任承德市检察院技术处长，国家二级高级检察官、视听技术高级工程师，曾荣立二等功一次、三等功三次。出版长篇小说《努鲁儿虎》。

一、春天飞来一只鸿

我出生在一个秋风萧瑟的晚秋，却跟万物复苏的阳春有着不解之缘。1978 年的科学春天，带着“日出江花红胜火，春来江水绿如蓝”的喜悦，同恢复高考后的第一批同窗走进河北大学中文系的殿堂；1982 年的激情春天，又迎着“五讲四美”的美好憧憬，走进承德地委大院，当了统战部的一名干事。虽然年近而立，却还算部里最年轻的一位呢。

当时部里加上我只有七个人，五男二女。年龄最长的乔民部长是位老革命，已经七十岁了，鹤发童颜，为人谦和。其余的人，五旬以上三位，四旬以上一位，三旬以上的也是一位。当时统战部的主要工作，就是给在“文革”中受到冲击的各类人员落实政策。我被分配到部里的对台工作办公室工作，主要工作有四项：一是对台胞、台属调查摸底；二是向台胞、台属宣传和平统一方针，落实相关政策；三是向中央人民广播电台、中国新闻社和海峡之声电台供稿；四是接待来承德访问的台湾和海外名人、退役将领。

当时地委统战部刚组建两年，人员都是从各处抽调组合的。大家在一起就像一个大家庭，彼此关照，其乐融融。我的到来给部里增添了不少活力和谈资。两位老科长关怀备至，女秘书是一位部队首长的家属，总是热情地介绍部里的林林总总。还有一位随军转业的家属负责收发。相比之下，不苟言笑的副部长略微严肃一些。他姓方，整天强调学文件，除了起草文件，就是抽烟、下军棋。据说他是承德地委的四大才子之一，常跟我聊起我是被他捞来的。说统战部去人事局要人的时候，有门子的都被挑走了，只剩下我没人要。他说，没门子的更好，没有顾虑。于是就把我招来了。

不得不说，严师出高徒。他让我起草的第一个通知，到最后被他删的只剩下一句话，而这一句还是我按照他口授记录下来的，四年的汉语言文学一点没用上。不过，五年之后终于给他长了一回脸。那是 1987 年的夏天，在秦皇岛举行的“河北省对台工作会议”，有统战、政协 200 余人参加。他让我去介绍承德的经验，因为那个稿子是我执笔的。没想到反响空前，会后保定、唐山和秦皇岛的对台办主任都过来挖人。回来的路上，从不轻易夸人的他首肯道：“嗯，这个报告写得不错。”我说：“这都是跟您学的。”他说：“我还以为你把我忘了呢。”我说：“刻骨铭心的事情永远都不会忘的。”确实，我的文字水平真的受教于他。不过，他也曾对我受邀去高中补习班授课进行了严格限制，理由是没事多看看文件。

毕业的第二年，又一个春天来到了。部里增加了仨人，两位是军队转业的干部，一位是从军工厂调来的司机。这个司机的父亲是统战对象，他为了调入还特地离了婚。军队转业的贾排长跟我同龄，他刚喜结连理，那位离过婚的司机很快便再婚。只有我还是孑然一身，憧憬并快乐着。毕业一年来，热心的提亲者蜂拥而至，不过推荐的都是同一个群体：大龄闺秀。碍不住面子，选择了解了两位，都跟自己的人生志趣和审美爱好大相径庭，所以不再考虑。

谁知阳春三月的一个星期天，我正在山庄宾馆参加承德地区统战工作会议，忽然接到恩师从家中打来的电话，要我中午过去一趟。恩师叫马秀琴，是我小学和初中的班主任，当时任铁路中学高二年级组长。她特别会引导学生，深受同学们的爱戴。我初中的鲁迅启蒙便受教于她，还跟她手抄过《唐诗三百首》，报考大学的信心和旧版课本的提供都来自他们夫妇。恩师钟情于教育，为了学生呕心沥血，有一次竟然晕倒在我们的课堂上，她一直是我的偶像。我母亲曾经看过她家的小孩，困难的时候她还周济过我们，师恩如母爱。报考大学和毕业分配都没少叫她操心。之前就跟我磨叨过，说在康熙命名的金山，有一位刚届本命年的姑娘，正在我当年学习过的中学做英语教师，人长得挺白净，个头高挑，就是戴着眼镜，想约过来让我见一面。我当时也没太在意，只当还恩师一个情分。于是简单用过午餐后，便骑上自行车前去赴约。

推门而入的时候，只见恩师和一位穿着得体、端庄文静的姑娘坐在屋里，正一边包饺子一边聊天呢。见我来了，恩师介绍道："傅新春，这就是我跟你说过的孙老师，她跟你妹妹是同学。她爸是孙大夫，还给你妈瞧过病呢。"

没等我搭言，姑娘已经礼貌地站起身来，绯红的脸颊略带娇羞，落落大方地微微笑道："我叫孙志鸿，在大庙矿中教英语，跟你妹妹是同学，小时候还去你家里玩儿过呢。"

她说得云淡风轻，我却一下子惊呆了，站在眼前的这位姑娘怎么这么面熟？一件雅致的驼色薄呢上衣，一条藏蓝的哔叽长裤，一头浓黑的荷叶秀发，一双充满喜色的丹凤眼，一脸纤尘不染的清纯，让我立刻想起了《爱莲说》。真真儿地感受到了诗仙说的"清水出芙蓉，天然去雕饰"。虽然对她小时候的印象全然没有了，可是大学四年赏读过的名篇佳作全都写在她的脸上，亭亭玉立，翩若惊鸿，平静似水，大气端庄。这不跟我四年前梦见过的那个姑娘一模一样吗？

不过，下午还要赶去开会，也顾不上多聊，我们一起在恩师家吃了顿饺子，便匆匆话别。到了晚上，不禁辗转反侧，寤寐思服，沉浸在一种快意的幸福中，弄得一宿都没睡着。

二、仲夏做了一个梦

记得大二那年的仲夏，吃过午饭以后，马文生回家午休，宿舍里的于国英、王卿、李顺刚、侯明古和我，伴着窗外梧桐树上知了一长一短的叫声开始午睡。

平时的午睡有点稀里糊涂，不是眯了一阵儿就起来，就是懵懵懂懂地被人给吵醒。这天中午却做了一个一辈子都忘不了的梦。

睡梦中来到一处园篱小院，柴扉半掩，院子里草木葳蕤，姹紫嫣红。茅草房前炊烟袅袅，阒无一人。正犹豫的时候，忽然从茅屋后面走出来一位袅袅婷婷的少女，沉静端庄，落落大方。走近一看，惊为天人。才要避开时，却被她叫住，说饭菜已经备好。活了这么大，还是头一回感到有人这么关心和体贴，令我甚是感动，便坐在凉亭下面跟她聊了起来。只见她温文尔雅，柔情似水。

谁知正聊得欢呢，突然一下子就醒了。起来一瞧，几位学兄学弟睡得正香。我痴痴地坐在那里，望着窗外的梧桐树发呆，直到室友们全都醒来。

原本以为那不过是南柯一梦，没想到四年以后竟然圆了这个梦。梦里的那位少女竟然跟恩师牵线的姑娘长得一模一样，举手投足别无二致，真是上天的恩赐。看来有福之人不用忙，有情人终成眷属哇。不过，人家姑娘心里咋想的，咱还不知道呢。

两天以后，当我们并肩促膝，面向避暑山庄的金山亭再度约会时，她已经精心备好两块一模一样的粉色丝帕，帕上香香地印着两朵并蒂莲。二十多年的等待终于如愿以偿，我决定非她不娶。

浪漫的爱情总要面对现实。她是两年前从北京机电学院回到原单位的，距我这里有三十五公里，而她家则在更远的黑山铁矿。我们的恋情引起了不同凡响：家人认为舍近求远不值得；领导和同学劝我考虑一下两地分居的婚后生活；亲朋好友劝我面对现实，别太浪漫。

幸福美满的结婚照

但是，不管别人怎么说，反正我是铁了心。因为这不仅是一种缘分，更是一种恩赐。别人越是反对，我们越是坚定，难分难舍，如胶似漆。除了赶到周日一会以外，就是在晚上煲电话粥，总有说不完的心里话，道不完的相思情。

巧合的是，这年夏天，我们又圆了一个仲夏夜之梦。那是一个星期六的下午，快下班的时候，她忽然打来电话，说自己感冒了。我一听心里有点发急，跟领导打完招呼，就骑着自行车直接赶往班车站，谁知最后一趟班车已经发走了。唉！真叫人着急。不去吧，放心不下；去吧，已经没车了。怎么办呢？

正犹豫时，转头望见漫天朗晴，一竿高的夕阳洒下万道金光，已经把天空染成了胭脂，脸上、身上全是金辉，爽爽地把人包裹起来。我立刻激情澎湃，豪气顿生，觉得一步就能迈到她的身边。看看腕上的表，刚好下午五点半，一个时辰的追日还是来得及的。想到这里，便飞身上车，一路上坡骑到了康熙赐名的广仁岭梁顶。磨刀不误砍柴工，在梁顶检查一下自行车的前后闸，又颠了颠前后轮，这才一路下坡，御风而行。晚风徐来，白杨飒飒，一想到能给她一个意外的惊喜，心里的爽劲儿就甭提了，立刻加快了蹬踏的频率。

突然，一阵狂风骤起，席卷着滚滚黄尘扑面而来，紧接着豆大的雨点在路面上砸起股股烟尘。我这才意识到，头顶上黑压压的乌云已经漫散过来。由于出来时走得急，又是一个大晴天，根本没想着带雨具的事，只好躲在树底下暂避一会儿。谁知西边的乌云风起云涌，越聚越厚，已经漫过头顶，路面也渐渐湿漉起来。掉转车头往回返吧，已经走出三分之一的路程，即便回去也是一只落汤鸡。而且在她最需要的时候，也正是考验我的时候，岂能半途而废？倒不如一不做二不休，把想干的事情干到底，这才是一个有担当的男人。想到这里，便顶着密集的雨点飞身上车，冒雨一路前行。

骑到大三岔口的时候，雨势变大，几如瓢泼，瞬间把我淋了个落汤鸡。出来时只穿了一件白衬衣和一条蓝长裤，全都湿漉漉地贴在身上。再往北还有二十多公里的路程，全是上坡。这时我只有一个信念，就是在天黑之前一定要赶到她那里。在她最需要我的时候，一定要守护在她的身边，悉心照护。于是便拼出全力，在雨中艰难穿行。骑了一段以后，雨变得大一阵小一阵，滂沱的水流从头上、脸上、眼镜上汩汩而下，已分不清哪是汗水，哪是雨水了。偶尔过来一两辆卡车，我想，假如能被卡车捎上一段该有多好。可是人家连理都没理，就从身边呼啸而过，还溅起一溜水花。

不过那已经无所谓了，一想到见面时的惊喜，一切都抛在脑后了。雨势渐渐变小，如丝的雨幕像薄薄的轻纱，把路边的黄瓜、豆角、西红柿都变成了童话里的精灵，它们似乎在用沙沙的絮语为我鼓劲喝彩。想起四年前那个仲夏午梦和莎士比亚的《仲夏夜之梦》，这不是最好的诠释吗？只要能见到她，一切都值了。

暮色苍茫中，经过七十里的跋涉，我终于抵达了阔别十年的大庙铁矿。推车上坡时雨还在下，土坡上的雨水已经汇流成溪。虽然腿脚有点发软，心里却是热血沸腾，有一种凯旋的自豪。当我湿漉漉地站在她面前的时候，宿舍脚下的地面上瞬间汇集了一汪水。当时她正跟室友说笑，见我进来时，一下子愣住了，热泪夺眶而出，激动得半晌都说不出话来。还是我先说了一句："还愣着干啥，快给我找两件干衣服换换啊！"

三、比翼齐飞观沧海

我的老家在秦皇岛，但在记忆中只有承德，因为从小生在承德，长在承德。第一次去秦皇岛还是在二十岁的时候，当时正在青龙县的龙王庙从事地质勘探工作。那是一个周日，从承德来送给养的卡车司机丁师傅禁不起大伙撺掇，拉着半车人去秦皇岛吃了一顿海鲜大餐。我记得那是在北戴河老街的一家小酒馆里。第一次看大海，第一次喝爽爽的青岛啤酒，第一次吃那么新鲜的海鲜，第一次晕乎乎地回老家，现在想来还是那么清爽。

第二次回老家是陪着父亲去的，那是他魂牵梦萦的地方。他患有三期矽肺职业病，需要去煤炭疗养院疗养。因为同在一个单位，便派我去护送。当时正是 1978 年那个难忘的春天，陪着父亲一起回老家，更有一种不同的情怀和感受。去海滩赶海，在海军大院看电影，在海风中听“蟠龙山上锁蟠龙”的悠扬歌声，总有一种深沉的惆怅油然而生。父亲是十几岁时被日本兵抓去当劳工的，几经辗转，落脚到了承德大庙铁矿。日本投降那年，他揣着十几块大洋准备回老家秦皇岛，不料遭人算计，所有的盘缠都输得精光，只好留在当地谋生。新中国成立以后父亲虽然通过官方多次寻找，却一直没有姐姐和弟弟的下落。“文革”中又被扣上一顶“历史不清”的帽子，我的入团和入伍都受到相当大的影响。背井离乡，忍辱负重，会是一种什么样的滋味呢？这几天跟着父亲在海边赶海踏浪，望着他那瘦小坚毅的身躯、刻满沧桑岁月的皱纹和炯炯有神的目光，不禁想起朱自清先生的《背影》，在我的心里只有敬重。

感谢那个难忘的春天，当我从秦皇岛转道北京，乘夜车回到家里的那个清晨，睡眼惺忪的妹妹惊喜地对我说：“二哥，你的入学通知书来了。”我拿起河北大学的《入学通知书》，高兴得几乎跳了起来，也许这就是大海的馈赠吧。

我和爱人相识以后，我常把我的故事讲给她听，她对我的家世有些好奇，对我的故乡充满幻想，对大海更有一种掩饰不住的神往。盛夏时节，

在厦门考察学习

终于有了一个去秦皇岛的机会，我带着她一起“荣归故里，衣锦还乡”。

那是一个晨光熹微的夏日清晨，我们在文化路一人花两毛钱，乘坐公交车来到了正在涨潮的海边。放眼望去，水天一色，雪浪翻涌，一群群海鸥鸣叫着从我们头顶飞过。第一次见到大海的她像个天真烂漫的孩子，惊叫着跳了起来，拎起鞋子，撩起裙摆，直接去拥抱涌来的浪花，不断发出一阵阵笑声。看着她时而捡贝壳，时而踏海浪，时而堆沙塔的灵巧身影，那种忘情的快意就像到了爱琴海的童话世界。我这个阔别已久的游子，终于给故乡带来了最最珍贵的厚礼。

站在鸽子窝的鹰角亭，望着苍茫大海，看着不知亲人何在的故乡，我不禁思绪万千，忽然想起曹操的《观沧海》。没想到刚一张嘴，她竟然也脱口而出。怎么这么巧合？不过，她觉得毛主席写的《浪淘沙·北戴河》更有气势，我们便声情并茂地朗诵起来。珠联璧合，琴瑟和鸣，还有比这更美妙的瞬间吗？

父亲告诉过我，他当年和弟弟是在秦皇出海处失散的，没想到一别成永诀。我在秦皇出海处把这段故事讲给她听，没想到她听着听着眼圈儿就红了，一头扎在我的怀里说：“咱们永远都不会分开的。”

到了孟姜女庙，一直笑声不断的她忽然沉默了，半晌不吱声。我还以为她哪儿不舒服了，关切地问了两句。谁知人家却郑重其事地说道："做女人就得像孟姜女那样，就是哭倒了长城也得忠贞不贰。"这叫我十分感动，随即调笑道："这算不算海誓山盟呢？"谁知她把嘴一撇，瞟了我一眼说："去你的。"回承德后几个月，由于单位分房排队需要结婚证，我们便在光棍节的第二天，一起去中华路街道登记结婚了。

四、泰山之巅望苍穹

1984年，又一个春天来到了。市里引进一套国外生产线，急需一名英文翻译，她成功应聘，调回市内。紧接着，地委、行署家属院也给我们腾出一套三室两家居住的楼房。好在那家没人住，除了厨房和北卧锁着，一切都还方便。我们便开始操办婚礼，两个人一起刷房，选购必备的家具和炊具，心里充满喜悦，憧憬着美好的未来。

根据单位领导的意见，我们决定旅行结婚，选了几个必去的地方：一是黄河，看看中华民族的摇篮。二是曲阜，拜谒中华文化的发祥地，在孔府、孔林、孔庙，感受中华传统文化的博大精深。

此行最庄重也是最浪漫的事情是登泰山，五岳独尊，登泰山而小天下。我一共登过三次泰山，这是第一次，也是最浪漫的一次。赶上了最好的时代，遇见了最合适的人，去登一座最重要的山，这便是我们新家的隆重开端。从岱庙的连理柏到东盘道的迎客松，从经石峪到十八盘，她吃着喜爱的海石花，我们时而慢慢走，时而大步追，步步登高，终于大汗淋漓地来到了南天门。然后手拉着手走过平坦的天街，拜见了泰山圣母，又来到历代君王封禅的天烛峰，仰望金光闪闪的《纪泰山铭》摩崖石刻，分享着那种昂首天外的豪迈之情。

虽说已近仲夏，落日后山顶上还是冷气袭人。我们租了两件军大衣，夜宿岱顶。凌晨3点到拱北石等着观看日出，旁边有人说，泰山顶上已经阴了一个礼拜了，看日出的人全都无功而返，就看今天的运气了。时间一分一秒地过去，天色一点点变浅，终于露出了鱼肚白。夜里的那场雨使山顶晴朗许多，但也冷了不少。天际间隐隐出现一些薄薄的云霞，人们渐渐地屏声敛息，所有人的目光都静静地盯着远处的天边。

突然，不知谁喊了一声："看那边！"只见一轮红日露出了鲜红的一边儿，正缓缓上升。人们立刻沸腾了，欢呼雀跃久久不息。不等我转头，她已经跳了起来，跟着众人尽情地挥臂欢呼着，一抹晨曦娇艳地洒在她那张幸福的脸上。

10 个月后，又一个值得庆贺的春天，我们爱情的结晶出生了。两百多年前，乾隆皇帝在避暑山庄接受哈萨克大汗敬献天马时，曾仿照汉武帝的《天马歌》，写了一首七言排律《大宛马歌》。儿子出生在"文明福地"，我便给他取名"傅天马"。

回望毕业四十年，我觉得春天的故事是最值得记忆的。

2022 年 5 月 18 日于承德

课堂截屏

/ 宇文玉芬

作者简介：宇文玉芬，1959 年 10 月生，河北行唐人。1982 年 3 月毕业于河北大学中文系。1982 年至 1985 年在邯钢一中任教，1985 年至今在邯钢技校任教。高级讲师，中国曲艺家协会会员。

自 1982 年 3 月至今，讲台站了四十一年，其中初中半年、高中两年半、技校三十八年。职业生涯 82 学期，按每学期 20 周、每周 12 节课计算，共 19 440 个课时，不含盯早读、看晚自习、评卷、改作业、谈心、家访、文体活动、课外辅导等。给职工补习初中语文，给《邯钢报》通讯员开办《新闻写作入门》讲座，给专升本学生讲授《中国近代史》，给班组长培训讲《企业公文写作》，给科处长培训班讲授《邯钢企业文化》《国学与管理》等，这些营生曾被技校一位我非常佩服的领导（也是“十年”前的河北大学毕业生）定义为“不务正业”，因而统统未计入课时。

有机会参加毕业四十年征文活动，虽倍感荣幸，亦甚觉惶恐。思来想去，还是从四十余年教龄近两万个课时中找辙，抓几把谷子捡一些芝麻当作业，兄弟姐妹海涵。

相声术语：皮厚。

自报家门

做一个自我介绍（板书：宇文）。这是我的姓，和你们的不太一样，你们的姓多是一个字，老师的姓俩字。一个字的姓叫单姓，那么俩字的姓应该叫——（学生：复姓）。很好，有文化。以前有些新生见到我的姓，会不无羡慕地说："老师您老厉害，俩姓。"我冲他微微一笑："你才俩姓呢！"为什么呢？说人俩姓是句骂人话，有书为证。《三国演义》中有位大帅哥（学生议论，有说诸葛亮，有说周瑜，有说赵云，还有人居然说庞统！最后由三国俗语"马中赤兔，人中吕布"引出目标人物）。对，吕布。这位大帅哥虽然勇武过人，却少了一些操守，他有一个亲爹，后来遇见一个当刺史的丁原，便拜为干爹；后来遇见国相董卓，便杀了丁原，拜董卓为干爹。后来这个干爹也被吕布给弄死了。整个一坑爹专业户！吕布因此得了一个外号，也是一条成语，后来人们把认贼作父、以身侍贼的家伙称作"三姓家奴"，一个爹代表一个姓。在邯郸，"没爹"是句骂人话，爹多也不是好事。所以，遇见俩字的姓千万千万要称——（学生：复姓）。宇文这个复姓很古老，也曾很显贵。北宋编成的《百家姓》收入的 60 个复姓中就有"轩辕、令狐、钟离、宇文"。《隋唐演义》中有大奸臣宇文化及、隋唐第二条好汉宇文成都等。不仅如此，宇文氏还曾经建立过一代王朝。（学生议论）《三字经》中介绍南北朝时说："宋齐继，梁陈承。为南朝，都金陵。北元魏，分东西。宇文周，与高齐。"557 年，宇文觉建立北周，共历五帝计二十四年。时间虽然太短，但皇帝毕竟是皇帝。如此说来，本老师怎么也算是皇家之后（笑声）。根据汉字三要素理论，一个字一个词仅仅知道它的音和形还不够，还必须弄懂它的意义。谁知道"宇文"的含义？古人云，四方上下曰宇，古往今来曰宙，听上去那么高大上。还有文化、文明、文学、文雅、文质彬彬，看上去就很儒雅。其实，本老师的"宇文"和这些含义半毛钱关系都没有，因为这俩字"是汉字而非汉语"，正如"阿门"是希伯来语、"阿弥陀佛"是梵语、"阿訇"是波斯语、"麦克风”“沙发”是英语、“干部”是日语。我们知道，北周是古代北方游牧民族鲜卑族建立的国家，它的国姓“宇文”是一个鲜卑词汇的汉语音译，汉语意译则为“天子”。因此本老师的网名就叫鲜卑天子，不是迷恋皇族，而是不忘所自，提醒自己别忘了姓宇文而已。说完了姓再说名。（板书：玉芬）首先声明：名字起成这样本人概不负责（笑声）。该谁负责呢？意义由时代决定，姥姥拟定发音，字形由老师敲定。家兄 1956 年出生，据说那年风调雨顺，家里入了高级社还分了红，所以叫分红（后来他自己改名叫宇文宏，是河北大学哲学系 1979 级校友）。

我出生在 1959 年，听大人说，经过轰轰烈烈的“大跃进”运动，随后进入了“三年自然灾害时期”，那年别说分红，连吃饭都成了问题。我姥姥是个坚定的乐观主义者，说“今年分红没分上，还能年年分不上？别慌，等遇上了再分吧”，于是就有了“遇分”。1966 年报名上小学，负责的老师叫余子实，问我叫什么，我说叫什么什么，老师问我为什么叫什么什么，我说因为什么什么所以姥姥给我起名叫什么什么。老师听了说：“你那两个字不好，以后就叫这个吧。”然后把“玉芬”这两个字清楚地写到我刚领的书本上。此后，这个名字一直陪伴我六十多年。现在想来，于老师那天一定很忙，忙到给我起名时忘了看一看这个学生是男孩还是女孩（笑声）。总而括之，宇文玉芬，没有宇宙的广阔，没有文化的光彩，没有玉石的温润，更没有花朵的芬芳，就是站在你们面前的这样一位个头矮小、皮肤黝黑、头发花白、面貌丑陋的老头子而已。但也不要太失望，因为你是找老师而不是找对象（大笑），找对象要年轻貌美的，找老师找医生还是岁数大点的比较靠谱。从今天起，本老汉将陪伴你们度过在技校一年的语文时光，成为你们真真正正的宇文老师（鼓掌）。

老师履历非常简单：1966—1977 年，小学、初中、高中；1978—1982 年，河北大学读中文；1982—1985 年，邯钢一中教语文；1985 年至今，邯钢技校教语文。

郑重声明，本老师有三大特点。

早年在唐钢参加省教研组会议与张彦斌夫妇合影

第一个特点，差。底子差。我的中小学处在“那样”一个时代，孔圣人被称为孔老二，老师被称为臭老九，被告知知识越多越反动，交白卷是英雄，反潮流是闯将。初中前古诗文就会背一篇《黔之驴》，高中毕业还不会讲普通话，当时的价值观现在看来是近乎荒唐的价值观，所以我们这代人被称为“吃狼奶长大的一代”！

第二个特点，笨。教了几十年语文，也没能发明出一种特效药，吃点药片，小学过关；皮下注射，初中毕业；输几天液，高中完成。经验告诉我，字要一个一个地认，词要一个一个地组，句要一个一个地造，文章要一篇一篇地写。要得大长进，须下死功夫。

第三个特点，懒。学生能做的事老师绝不代劳，像什么查字典啊背诗词啊，写作文啊，领奖状啊，谁的事谁干。

除了三大特点，老师还有四条理念（板书：民主、有效、快乐、成功），也可以叫作教学目标或教育理想。第一，语文教学应该是民主的；第二，语文教学应该是有效的；第三，语文教学应该是快乐的；第四，语文教学应该是成功的。每个人都有追梦的权利，每个人都有出彩的机会，每个人都有成功的未来！必须坚定地树立这个理念：我能！重要的事说三遍，让我们一起大声喊：我能！我能！！我能！！！

下课。

相声术语：顶门包袱。

寡人与寡妇

讲孟子《寡人之于国也》。

师：请问，寡人是什么意思？

生：是梁惠王的自称。

师：这个诸侯王为什么要用“寡”字来自称呢？

生：因为一个国家只有一个国王。

师：你的意思是数量小，人少？

生：对。

师：谁还有其他“寡是少”的例子？

生：寡不敌众、众寡悬殊、寡廉鲜耻、失道寡助。

师：旁征博引，很好。一山不能容二虎，一个槽不能拴俩叫驴。一国只有一个国王，所以叫寡人。依此类推，国王一般只有一个正宫娘娘，她为什么不叫寡妇呢？

（众大笑，议论）

此后老师讲解寡人是“寡德之人”的节缩语，本来是国君用的一个谦辞，意思是本人德行不够，有些缺德等，以后寡人——缺德，就成了封建帝王的专利品了。

相声术语：三番四抖。

一群小狗

教《鸿门宴》，开篇读到“沛公欲王关中”，那个用如动词当读四声的“王”字，老有同学读错。再齐读让把“王”字连读三遍，“沛公欲王王王关中”，仍然有错。三读时到此要求男生三遍女生三遍，再一齐读三遍，教室书声琅琅：“沛公欲王王王、王王王、王王王——”

我喊：“停。好家伙，一群小狗。”

相声术语：外插花。

借《站台》

一次讲《论语十二则》，正带劲时，忽然墙外有“爹啊爹啊”的哭丧声、凄凉悲怆的唢呐声、咚锵咚锵的洋鼓洋号声传来，学生们顿时撇下孔夫子，心思马上效少年孟子“嬉游为墓间之事”而延颈四顾了。

我们学校墙外是一个村子，村校之间间隔一条大路。这里的丧俗是没了老人要请吹鼓手，下葬之前送葬的队伍要游街，不知什么时候开始这个队伍里加入了洋鼓洋号。震耳欲聋，煞是热闹。

课上不成了，我示意大家好好当一回听众，并随着外边的乐声唱起了它的简谱。响声渐远，我问：“谁知道刚才这首曲子的名称？”没人回答，我接着介绍：“估计主事的人也不知道是什么歌曲。这首摇滚舞曲来自 20 世纪 90 年代蹿红的歌手刘鸿，歌名叫《站台》，我给大家唱几句：

我的心，在等待，永远在等待，

我的心，在等待，崩崩（空两拍），

在等待！”

在学生一锅粥的笑声里，我开始板书“子曰：质胜文则野，文胜质则史，文质彬彬，然后君子”（《论语·雍也》）。疏通字句后讲解：作文做事，一定要选择适合内容的形式。即使是办喜丧也不能如此的兴高采烈急不可耐啊。然后课程顺利回归《论语十二则》。

相声术语：现挂。

也有含饴弄孙时

都是明白人

给成年人上课，尤其是干部培训之类，照本宣科是很难奏效的，要脱稿、要发挥、要拓展。几个小时的讲说，谁也不敢说完全中规中矩。

最后，有一个很好用的结束语——今天所讲内容，如有缺点，欢迎批评；如有错误，敬请批判。和你们单位领导意见不一致的地方，按领导指示办；讲得不准确的地方，一定要以《新闻联播》《人民日报》《求是》杂志为准，以各级颁发的红头文件为准！请大家务必如此（立正深鞠一躬，此处有掌声）。

这段话的发明权不是我。

相声术语：大实话。

2022 年 5 月 30 日于邯郸

第四辑

壮丽人生

河北大学圆了我的人生之梦

/ 李远杰

作者简介：李远杰，1947年11月生，河北藁城人。自幼上学，1968年作为“知青”下乡务农，曾为生产队会计、民办教师、小学校长、工厂工人。河北大学中文系毕业后，先后在河北人民出版社、河北少年儿童出版社就职，曾任儿童文学编辑室主任、《儿童世界》执行主编，专业技术职务为编审。

一

从小学到高中，我对语文、算术、外语、政治各学科，并没有什么特别的偏好。记得上小学一二年级时，放学回家或是晚上，母亲时常检查我的学习情况。算术还好一些，语文就是她看着书本，让我背诵学过的课文。可能是得益母亲的关心，那时的语文课本里的文字，基本都能背诵下来。那时的课文比较简单，几个字、几句话就是一课书。如：“秋天来了，一群大雁往南飞。一会儿排成个‘人’字，一会儿排成个‘一’字。”这就是一课书。再如：“农民爱土地，工人爱机器；战士热爱枪和炮，我们热爱书和笔。”时隔半个多世纪，至今还能记起来。

1962年由安平城关完小考入安平后张庄中学读初中。三年期间，班主任老师也都是语文老师。先是邢素欣老师，她后来调安平县广播站任播音员；后来是李中林老师，他是深泽县人。也不知什么原因，也不记得是初中几年级的时候，李老师给我一本书，记不清什么书名了，但他给书上的题字至今依然记得："愿早见你的上品之作。"当时也不知是什么意思，现在想起来，可能是希望我在语文方面和写作方面有所成就吧。

二

1964年夏初中毕业，考上了高中——安平中学，连同后张庄中学原有的高二、高三年级，一起迁到了安平城里。1966年，在我读高二的时候，国家开始了"文革"运动，于是在高二课程即将全部结束的时候，全国各地学校开始"停课闹革命"。在那激情燃烧的岁月里，我在北京天安门广场被伟大领袖接见过，对"最高指示"学习宣传过，也曾一度无所事事逍遥彷徨过。1968年，遵照国家有关指示，作为"知青"到农村劳动锻炼，接受贫下中农再教育，岂不知这一下去就是十年。

先是在安平城里东街兴贤村插队，和社员们一样下地劳动，干各种农活儿，如锄地、栽山药秧、秋收、种麦、拉车送粪等，和社员们一样出工记工分。当时队里很穷，没有水浇地，地里边泛盐碱，粮食产量很低，一亩地只打百八十斤或一二百斤粮食。一个工值（10分工）五六分钱，我一天挣8分工，约合四五分钱。分的粮食也不够吃，玉米面是上等的好粮食，白面逢年过节才能吃上点，平时吃山药面、高粱面居多。高粱面烙的饼又干又硬，但用它裹上黑豆酱和小葱，同样吃得津津有味。

也就是在下乡期间，遇见了村里的姑娘"小芳"——我现在的老伴。我和老伴是初中同学，她家政治条件相对好一些。她父亲是村里的干部，她爷爷算是"老革命"吧，先是在县法院工作，后调任天津机械厂保卫处工作，直至离休。相对来说，我家政治条件很差。我父亲因为"历史问题"靠边站劳动改造，每月只给点饭费。我是穷学生，地地道道的"农民"。看见这一天，就等于看见这一年了，看见这一年，就等于看见这辈子了。对于我们的婚事，她父母及家人极力反对，说要是不听劝告，就和她断绝关系。同时她们家还给她介绍了“吃商品粮”的人或是在职军人，但她都拒绝了，毅然决然地和我走到了一起。1969年，我们有了自己的孩子。后来，我们两家又相互往来交好直至现在。

三

因为下乡的地方难以维持生活，经家里和老家藁城城关二大队联系，大队接收我们回去继续在生产队劳动生活。1970年，我们一家一起回到了家乡所在地的生产队。开始几年，我仍然在生产队下地劳动，相对来说这里的土地好一些，也有水浇地，粮食产量高一些，工值也有两三毛或四五毛的。1974年，因为我一个远房亲戚担任大队党支部书记，经他推荐，我成为学校里的一名初中民办教师，除每天10分工外，每月还有4元的生活补贴，这足够一家的油盐酱醋之需。后来，大队又让我担任了村小学校长。也正是这个时候，我和孩子们结下了不解之缘，每天起早贪黑努力工作，一心想把孩子们培养好，让他们德智体全面发展，成为“又红又专”的祖国建设者和接班人。而这期间，我又有了两个孩子，成为三个孩子的父亲。

四

1977年10月，传来了恢复高考的消息，而且我们“老三届”还在高考的行列中。难道这辈子还有能上大学的机会吗？欣喜之余是如何抓紧时间复习旧课，为迎接高考做好准备。于是，白天正常到学校上班，利用晚上的时间在灯下翻阅旧时的高中课本。因为决定报考文科，对初中、高中的语文、数学、历史、地理课本仔细翻读并把重点、难点、定理、公式列表贴在墙上，随时翻看，就这样紧锣密鼓地准备了两个来月。12月15日，是高考的日子。因为我的知青关系在安平县，户口也在之前签到了安平，故只能在安平参加高考。考场设在我曾上初中的后张庄中学，当时天下着蒙蒙小雨，我披着一个麻袋片，步行四五里地赶到考场。经过两天考试，政治、语文、数学、史地（一张卷），五门功课考试完毕，自我感觉良好。初选结果出来后榜上有名，接下来是政审、体检、填报志愿。当时也不知道考了多少分，报高了怕考不上，报低了又有点儿心不甘。权衡再三，决定报一个自己中意的好一点的学校，再报一个兜底的学校。于是第一志愿报了河北大学中文系，第二志愿报了河北师范大学地理系，第三志愿报了河北师院。

1978 年 1 月，安平县知青办通知我，给我安排了知青回城指标。因为尚不知能不能考上大学，只好先去安平县知青办报到，被分配到县拔丝厂上班，临时抽调到县工业局办公室协助工作。3 月份的一天，吃完中午饭回到办公室，一位同事说有我一封河北大学发来的信函。我当时心里一怔：莫非高考有望？这封迟来的《入学通知书》，终于让我心里惦记的一桩大事尘埃落定。当时心里想，这辈子都不敢想的“大学梦”，难道就这样来临了吗？这确实是真的。

按照学校要求，办完了所有手续和工作交接。同院的“学大庆办公室”的武铁道，是我高中同学。他系“老三届”高三毕业生，高我一年级。他不但学习成绩一流，而且字写得漂亮，画儿也画得很好。但他没敢高报，最终，河北师院录取了他，毕业后分到河北科技报社工作。

五

1978 年 3 月 1 日发的《河北大学一九七七年新生报到须知》要求，报到时间是 3 月 17 日至 3 月 19 日。我回到藁城老家，除做一些准备工作外，还有田地需要打理。就这样过了十来天，直至报到最后一天，才由藁城火车站至石家庄转乘保定的火车。下车正赶上校车接送新生，于是拿着用绳子捆绑的铺盖卷上了校车。从一个普通的小县城，来到赫赫有名的“保定府”，看着窗外宽敞的马路和大街小巷，《保定外围神八路》《野火春风斗古城》难道说的就是这里吗？到了位于保定合作路的河北大学南院，负责接待的高年级同学帮我们办完手续，送我们到事先安排好的宿舍就位。当时辅导员杨爱芳老师看到我说：“还以为你到不了呢。”

六

大学学习生活终于开始了，这已是“而立”之年的事。开始上课后，大学教材还是沿用前些年的教材，内容单一。《在延安文艺座谈会上的讲话》《兄妹开荒》等自编教材学了一段时间。后来，随着改革开放步步深入，教材逐步丰富多彩，许多课本又沿袭了“以前的教材”。“师傅领进门，修行在个人。”大学期间，老师课堂上的讲授点拨重要且不可或缺，除此之外，课外阅读也是一个十分重要的环节。我和同学们一样，白天上课，晚上就到图书馆阅览室借书刊阅读。记得那时中外名著也读了一些，但比较喜爱中国文学。因此，《中国文学史》上提到的各个历史时期的名著或代表作，也阅读了一部分。因为上学前自己教过几年中小学，因而对孩子们情有独钟，愿意为孩子们做点事。为此，在图书馆借了大量有关儿童文学的理论和作品研习阅读。后来就想着写点儿童文学作品，但从哪里着手呢？当时正是普及科学知识的时候，于是就借了一些有关动植物和自然科学方面的书来看，从中提炼了一些知识点出来，并写成了知识童话《借窠》和《小松树的好医生》。以“碰碰运气”和“摸摸路子”的心态，把文稿冒昧地寄给了期刊社。歪打正着，两则文稿分别在北京《儿童文学》和上海《儿童时代》刊发了。后来又陆续在《河北教育》《河北文艺》《幼芽》等报刊上发了一些作品。

七

1979 年，中文系组织同学外出到相关单位实习，我和梁志林、马文生等同学分到了河北省出版局下属的河北人民出版社少儿读物编辑室。编辑或记者，从学生时代起就觉得是神秘和高不可攀的职业。编辑或记者是编书给读者看的，因此水平肯定相当高。三个月的实习期，我们接触到了编辑的实际工作，越发觉得这是一项神圣的职业，容不得半点儿差错。同时，也学到了一些从校对到编辑的业务知识。实习后，我们又回到了学校。说来也巧，在毕业前的一次回家返校的时候，在保定车站遇见了实习单位河北少儿社编辑室主任王吉祥。他说："小李，快毕业了吧？毕业后有什么打算？愿意到少儿社工作吗？"能在石家庄工作，离家还近，而且还是当一个名副其实的编辑，这不是自己向往的工作吗？于是不假思索地说："愿意。谢谢您，王主任。"回校后忙于写毕业论文，把这件事也就淡忘了。不想，王吉祥主任经请示河北省出版局领导批准，还真的要了分配名额。就这样，1982 年 3 月和分到石家庄的赵奇英、林清玉等同学一起，连夜乘车到石家庄报到。因为听说上半月报到领全工资，下半月报到领半月工资。一起到出版局的还有哲学系的李保平、物理系的李连保。

1979 年到河北人民出版社少儿读物编辑室实习时留影（前排左起编辑室主任王吉祥、出版局副局长方育、带队教师谢景林、编辑老师韩季华；后排左起编辑老师杜富山、梁志林、马文生、李远杰、编辑老师郭明志）

还应提及的是，大学期间被指认为"班长"。对于"班长"这个职务，也没有多余的考虑，无非就是协助辅导员老师工作，系、校有什么工作，进行布置传达就是了。在班委会其他同学的配合下，在全班同学的支持下，班级工作还算平妥顺利。四年间先后两次被学校评为“先进班集体”，三次评为“模范团支部”。关于班级政治思想工作情况，《河北日报》还刊发了相关“先进经验介绍”的文章。班级内学习氛围、研究氛围浓厚，每位同学在各自的学习研究领域，都有研究成果和优异成绩。美中不足的是，班委会成员经过一年后还是民主选举一次为好，大家相互了解了，把更适合的同学推举上来，或者实行班委会成员轮换制，让同学们都有机会为同学们服务，更好地组织同学开展生动活泼的班级工作。如建立各种学术团体，开展多种形式的文体活动等，这方面做得不到位。不过还好，真正的舞台是社会，毕业后每位同学在各自工作岗位上的突出表现，就是很好的说明。再有遗憾的是，才华横溢的李献文同学意外地离开了我们。献文同学字写得非常棒，一次我向他讨要字样仿写。第二天他就写好了三页字给我，可惜没有保存下来。

八

1978 年 3 月到出版局报到，被分配到河北人民出版社少儿读物编辑室工作。先是做了半年的文稿校对，后来回到编辑室。在各位编辑老师的指导下，逐渐熟悉了从选题、组稿、审理、出版各环节的工作要领，并逐步由接受编辑指定的书稿编辑，到独立地制定选题，并物色作者组稿的转化过程。1984 年大约九十月份，少儿读物编辑室随着出版事业的繁荣发展，上级指示由河北人民出版社分离出来，成立了河北少年儿童出版社，我被任命为儿童文学读物编辑室主任。河北省出版局当时是事业单位企业管理，自负盈亏，上级财政不拨款，干部、职工的工资和日常开销自行解决。少儿社成立时，出版局拨付了 20 万元作为启动资金。要想让工作运转起来，首要的任务是想办法出版有益有趣、健康向上的盈利书。因为自己当过中、小学教师，也知道在当时“书荒”的情况下，学生们需要辅助学习的知识读物。于是在充分调研的基础上，编出一套辅导中学生和小学生学好语文的《学作文小丛书》。全书共5册，分别从“审题”“选材”“结构”“描写”“技巧”诸方面，讲解如何写好作文的知识。该套丛书面世后受到中学生和小学生的青睐，全国征订发行了几十万套，取得了良好的社会效益和经济效益，盈利七八十万元，为少儿社挖到了“第一桶金”，也为少儿社的工作奠定了一个良好的经济基础。为此，少儿社还给我发了七八百元的奖金，这在当时也是一个不小的数目。

九

作为儿童文学读物编辑室，如何为广大的少年儿童提供优良的古今中外文学读物，是摆在我们面前的一项神圣使命。为此，我和编辑室其他编辑一起，走访学校，找青少年和儿童座谈，到各地新华书店了解儿童图书销售情况，陆续编出一些深受儿童喜欢的文学读物。如1986年，我们编辑出版了《小学生百事问》，书中讲述了有关小学生学习、生活、课外知识诸方面的内容，出版后受到小学师生的欢迎。河北电视台还以本书为主，举办全省小学生知识竞赛，并在播音员笑梅的主持下实现了首次现场直播。该书1988年获全国优秀少儿读物奖，1990年获首届“冰心儿童图书奖”。为了向广大青少年普及中国古典文学知识，1992年，我们策划编辑出版了《古典文学启蒙读本》（9册），对名著中的故事情节进行了编选改写。当时正是这类书紧缺的时期，图书出版后供不应求，一版再版，取得了良好的社会效益和经济效益。1993年获第四届“冰心儿童图书奖”，并获“河北省最佳图书奖”和出版局优秀“重印再版图书奖”。在这里还应感谢同学的倾力帮助，卢晓光、赵淑兰、王卿、刘书祥、任文京、梁志林诸位同学不辞辛苦，参加了名著的改写工作，再次向他们致谢。

再如，为了让少年儿童能够欣赏阅读更多更好的文学作品，我们策划了《中国儿童文学名家作品精选丛书》。丛书选编了冰心、张天翼、叶圣陶、苞蕾、贺宜、洪汛涛、叶君健等三十多位儿童文学作家的作品，其中不乏众多脍炙人口、深受少年儿童喜闻乐读的作品，如《寄小读者》《宝葫芦的秘密》《大林和小林》《猪八戒吃西瓜》《神笔马良正传》《小公鸡历险记》等。该书出版后荣获1999年第十届“冰心儿童图书奖”。

在工作之余，自己还为少年儿童编写了一部分读物，如《精彩故事丛书》（4册）、《李逵演义》《河北名人小传》（合作）、《小学生怎样写好升学考试作文》《中学生怎样写好中考作文》《高中毕业生怎样写好高考作文》《莫里哀戏剧精彩故事》等。另外，一些作品还入选了各种选集，如知识童话《借窠》《小松树的好医生》载入《世界著名知识童话365》，思想教育童话故事《小蛤蟆》载入《中国儿童文学精品系列·童话卷》，知识童话《月亮姑娘三难巧裁缝》载入小学三年级《课外语文》，《略谈低幼童话的艺术性和思想性》收入《儿童文学探讨》论文集等。就这样忙忙碌碌在少儿社工作了26年，如果说自己为广大的少年儿童做了一些实事，提供了一点儿精神食粮，让他们能够在德智体诸方面得到发展，也就达到了自己的一点儿目的。

十

2008年11月，我从编审的工作岗位上退休，终结了自己一生的工作生涯。退休后的一两年里，想静下心来做点儿自己想做的事，如读点儿书，写点儿东西，做些家务，等等，但也没能安静多久。2013年，河北省新闻出版局策划《燕赵文库》大型丛书，经省政府批准实施。我被召去在文献典籍编辑部做编辑工作，并兼任主任，直到2018年暂停。其间，河北出版传媒集团河北冠林数字出版有限公司编纂出版数字读本《左传》《汉书》《后汉书》《三国志》《史记》和《资治通鉴》文白对照精选本，邀请我担任特约编辑。就这样又给出版社审理了六套书的文稿，直到去年年底全部完成。其中《史记》《资治通鉴》已出版，既有文字版，也可以扫描书上的二维码线上阅读，另外还有播音诵读可以听读。新闻出版局现已划归省委宣传部领导管理，出版局审读中心每年要抽检各出版社的图书，还要抽检河北省内部报纸和刊物。审读中心招聘了一些人作为审读员，重点检查图书报刊的差错和思想导向方面的问题，我被聘为审读人员，重点审查思想导向方面的问题。

以上啰啰唆唆写了一些自己的经历，想要表达的是，要不是恢复高考，要不是有幸考上河北大学，自己这时可能就是一位由“民办”转为“公办”的教师，成为一位桃李满天下、受人尊敬的“园丁”，也可能是一位下岗或退休职工。1977 年恢复高考，改变了我的人生轨迹。河北大学，帮助自己实现了人生梦想，就是做一位自己从小就崇尚羡慕的编辑、记者。如今，这个人生梦想也算实现了吧。如果说在学习中或工作中做了一点儿工作，取得了一点儿成绩的话，除了自己的一点儿努力外，要感恩党，感恩国家，感恩母校，感恩一生中从小学、中学到大学给我传道授业解惑的老师们，感恩同学们的帮助，感恩父母的抚育，感恩一生中所有在工作上、生活上帮助我和善待我的人。

雪泥雀爪

——我的几点回忆

/ 韩兴华

作者简介：韩兴华，笔名田真，1946 年生，河北邢台人。毕业后先后供职于中央人民广播电台、中国汽车报社，曾任汽车报总编辑。高级编辑职称。现居北京。

我的大学

先说一下我在哪里听到恢复高考消息的。1977 年 10 月的一天，我到舅舅家走亲戚，听他讲刘伯承大雾中脱险的故事。他那时在司令部警卫连，好像是 1947 年刘邓大军与国民党军遭遇，好在大雾弥漫，看不清人影，警卫战士架起刘司令一路小跑，对面敌军迎面而行，踏踏的脚步声清晰可闻，只是对方分不清是友军还是共军，才得以顺利脱险。他说刘司令当时抹一把冷汗，说了一声：“好险啊！”

正在我听得入迷的时候，村里的大喇叭开始广播中央关于恢复高考的决定，我的心里咯噔一下，莫非十年前的梦又要重圆了？十年前，那张曾经填写好的高考志愿书又飘到眼前，在只差一个多月的时间里，它被击得粉碎，成为飘落在人生泥沼里的碎片。现在拨乱反正，听到这个消息，两耳竟然发热，激动的心情无以言表。

进入河北大学中文系，才知道我们这一届学生是多么富有特色。中文系1977级一共90多位同学，大的如我三十岁，最小的如许学东十六岁。有的同学早已结婚生子，老成持重，拖家带口，学习不易；有的天资聪颖，跳过高中，直接考入大学，正值青春年华。这景象，正如初春三月，杂花生树，另有一番情趣。

河北大学原来在天津，最早叫津沽大学、天津工商大学，后来津冀分家，河北大学随河北省委搬至保定。“文革”期间保定武斗很凶，经中央批准，河北省委搬至石家庄，而河北大学被搁浅在了保定。

河北大学的校址，是旧省委的大院，由于浩劫初渡，百废待兴，校院陈旧，教室简陋。好在春风已起，新叶已出，整个校院生机勃勃，喜悦和激情充盈其间。

沾衣欲湿杏花雨，拂面不寒杨柳风。

说不尽舞台排演《丹心谱》，道不完阅览室里抢板凳，热气腾腾的岁月，笔墨难尽。单单我们一间宿舍，就是一幅社会缩影。

雪后圆明园

何振虎，高考分数可以进入北大者。入学前在县报道组就激扬文字，毕业后在河北电视台工作，后升任河北广播电视局副局长，著有《旅途苍茫》《在路上遇到你》《铁血丹心》等。

郭沫勤，入学前就职邯郸市群艺馆，常有诗歌、歌词发表在省内外刊物上，人称和郭沫若只差一个字。毕业后就职文化部，曾任群众文化司副司长，后转任《中国文化报》社长。

韩兴华夫妇在肯尼亚与马赛部落酋长合影

张彦斌，入学时二十二岁，天资聪颖、乐观、嗓门大。毕业后先在唐山电台，后到省台，高级职称退休。

张礼文，入学前在军队服役。脱下军装，进入高校，英姿仍存。毕业后在省劳动人事厅供职，在劳资处长职位上退休。

林清玉，朴实谦逊，好学精进。毕业后在中学任职，后接受福音，成为基督教牧师。

也有不幸。

田胜，沧州人，身材高挑，一表人才。由于爱慕低两级的一位女生，被拒绝，郁郁寡乐，终至精神错乱。

更不幸者是李献文。祖籍山东郓城，父亲为闻名当地的老中医，他的一手工笔小楷出神入化，如同碑帖。只可惜，患有抑郁症，在毕业前一年自杀。

我们这一届学生，朴实好学，勤奋刻苦，成才者众多。单就我们年级而言，有古文字学家杨宝忠、红学家郑铁生、河北政协副主席卢晓光，以及新闻名人白贵、要力石、赵淑兰、韩联社等，连年纪最小的许学东也做到了中海油纪委书记的位置，当然更有兢兢业业的教师和普通职工，但无论职位高低，学问深浅，都为改革开放事业作出了自己的贡献，而且为官者没有一个因贪腐落马的。

试想当年如果没有邓小平力主恢复高考，这些人才将埋没于蒿莱之间，难以脱颖而出。这无论对于国家，还是对于个人都是莫大的损失。如果将这一尺度再放大到全国放大到历史，可以说邓公厥功至伟矣！

央广七年

大学毕业后，我被分配到中央人民广播电台新闻部工作。

这就是我初中听“九评”，1966 年听《五一六通知》，1977 年听《恢复高考通知》播出的地方。

大楼壮丽，机房众多，一处播音，声传全球，这是怎样的地方啊！加上电台门口有军人站岗，播音室外有军人站岗，初次走进这样的地方，顿觉神耸心跳，真有做梦一样的感觉。

在这里我见到了著名播音员夏青、葛兰、方明、铁成等，结识了不少新闻界的领导和朋友，成为我一生的财富。

新闻部是编辑播出《新闻与报纸摘要》和《新闻联播》的部门。每天要处理大量的新华社通稿、记者站来稿和社会投稿，要求有高度的政治敏锐性，要有大局意识，同时也要有新闻意识。

这里的工作很辛苦，编播分为白班、晚班和大晚班。晚班从晚 8 点到凌晨 3 点，大晚班从凌晨 3 点到第二天早上 8 点。有的同志长期上晚班和大晚班，昼夜颠倒，身体大受影响。我本来就神经衰弱，上了一周的大晚班，心脏期前收缩频发，不得不请假休息。那时我就有心离开这个地方。

供职七年，略可记载的有三件事。

第一件是关于河北取消义务教育，全部公办教师由农民供养的报道。当时河北省委书记，由于农村农业改革成效显著，为了减轻政府财政负担，要将全部农村公办教师改由农民供养，国家不再发放工资。我回家探亲，听到了这一消息，公办教师的意见很大。我为此写了一篇报道，指出这一做法直接违反义务教育法，把国家的责任转嫁给农民是不对的。新闻部的领导认为事关重大，要我送教育部审稿，教育部的同志说，我们也不同意河北这样做，但涉及和河北省的关系，我们不好表态。可想而知，这个稿件最终胎死腹中。但回顾起来，这也是改革开放中摸着石头过河的一次探索，尽管带有政策的任性和随意。

第二件是调查乔教授顺铂知识产权被侵犯的问题。乔教授是大连医学院教授，当年他听说周总理患癌，心急如焚，就加紧研制抗癌药顺铂，并曾送往北京，希望能够用于总理治癌。后来锦州一家制药厂生产顺铂，乔教授认为侵犯了自己的知识产权，投诉到中央台。新闻部领导派我和辽宁记者站的耿直一同调查，经过到两地听取当事人的陈述，调阅档案，均未发现侵权事实。调查报告上交台领导，此事就尘埃落定了。后来，我写了一篇通讯《地球这一面的探索者》，对乔教授研制抗癌药的事迹作了报道（当时在美国也有相同的研究），双方都比较满意。

第三件是长春北站建设扯皮事件。改革开放，各地都讲效率，讲速度。但长春火车北站从立项到施工，拖拖拉拉，深受群众诟病。吉林记者站周玉琛等同志对这一问题作了采访，提出批评。稿件寄到新闻部，当时我值班，编发了这个报道，播出后反响强烈。在新闻部领导的指导下，我通过电话录音的方式，对这一事件进行了追踪报道。这种电话采访、录音播放在中央台是第一次。在当年全国好新闻评选中，被评为一等奖。

对于这件事，第一要感谢一线的记者，能够从大局出发，在细节处着手，发现问题，快速指出。第二要感谢新闻部领导的政治敏锐性和创新精神。这件事对于我来讲只是一次巧遇，但作为巧遇，却使我对新闻的社会影响力和广播的魅力有了新的认识。同时，这次获奖对我后来的评定副高和正高职称，都提供了一个要件。

还有两件糗事值得一记。

第一次坐飞机。当时安阳市的一位副市长，从部队弄了几架飞机，成立了中原航空公司，中央媒体记者被邀请前去采访。这是我第一次坐飞机，中原航空公司的飞机是一种小型军用机，机舱有两排相对的座椅，能坐十多个人。飞机从南苑机场起飞，起飞不久通信设备出现故障，返回降落南苑，从通县取来新设备后，再次起飞。到达邯郸上空，说是安阳有雨，临时降落邯郸。飞机下降很快，只觉得头晕耳鸣，胃里翻江倒海。

安阳雨停，再次起飞，因为距离近，飞机低空飞行，随着气流颠簸得很厉害，那种感觉真的七荤八素，十分难受。下飞机后，外界的声音变得十分遥远渺小，几天都缓不过来。心想坐飞机原来是这样的，在心里留下了浓重的阴影。别人说，坐飞机比火车还平稳，我总不信。

第一次吃海鲜。那一次，是李存厚带领我去秦皇岛采访。其间，在一家饭店用餐，点了一份鱼翅汤，因为不识货，以为是一碗粉丝汤，加上不惯海味，就让给了李存厚老师。后来说起，被人哂笑，成为我“土包子”的明证。

汽车报社二十一年

说起《中国汽车报》，也有一些源渊。中央台的《新闻与报纸摘要》是王牌节目，首都各家报纸都竞相送报纸大样，希望能播一播，其中就有《中国汽车报》。

《中国汽车报》1984年创刊，先在长春汽车研究所编辑发行，后来又迁往天津。1988年初，根据新闻出版署“关于报纸必须和主办单位在一地”的要求，迁回北京。当时，曾在中央台新闻部共事过的张汉寿同志，时任《中国汽车报》总编辑，他正在为回京的报社招聘人才。我找到了他，他了解我的情况，很痛快地接收了我。

于是，开始了我在汽车报二十一年的岁月。

报社初回北京，如同草创。中国汽车工业总公司有两间办公室，其余编采部室租赁在北京第二热电厂招待所。整个报社二十多人，有一部分是天津的老人，每周乘火车往来京津办公。

调出中央台，退回了原来的宿舍，先是大学同学郭沫勤的爱人小连，借朋友的房让我们暂住，之后在公安大学的岳父，申请木料，在内弟的住房外接盖了一间木板房，作为毫无办法时的退路（我们一直没有使用）。对于他们的援手相助，我始终铭记在心。

后来，报社租用了育民小学一层楼办公，我们一家四口挤进了一间办公室，大概住了一年多。1990 年，在中国汽车总公司蔡诗晴总经理的关怀下，分给了我一套 54 平方米的住房，拿到房钥匙的那一刻，真是大喜过望。要知道那时候在北京弄一套住房，真比登天还难。我真的很感谢蔡诗晴总经理，是他解我于困顿，是他惠我于安居。

1995 年，我被当时的机械工业部任命为总编辑，先后作为副手配合过两任社长：阎社长和李社长。

阎社长，原来在《机电日报》（机械工业部机关报）任职。在他任内，《中国汽车报》由周一刊改为周五刊，最为职工称道的是，他力主报社自筹资金盖职工宿舍楼。宿舍楼 1998 年落成，66 名职工一人一套，看看后来北京飞涨的房价，这一举措是何等的果断超前。

李社长，1998 年由黑龙江省调入，原任黑龙江省海林市委书记。他有能力有魄力，力主改革，锐意进取。汽车报由周五改为周一（根据汽车报的产业新闻的特点），由对开大报改为铜版纸 4 开彩印精品报纸。2003 年购买了两千多平方米的办公楼，《中国汽车报》终于结束居无定所的历史。他在任期间，创办了《汽车族》《商用汽车新闻》等杂志，创立了百强县汽车巡展等活动，中国汽车报社的年经营额达到 3.5 亿，成为唯一一家进入全国品牌五百强的产业报，品牌价值 60 多亿元。2001 年，国务院工业部委撤销，所属产业报自寻归宿。中国汽车报社，从国家机械工业局整体划转人民日报社，迎来了新的发展契机。

2009 年，我从总编辑的任上退休，受报社委托，写了社史《跃上葱茏》，共 16 万字，收录在汽车报成立三十周年的文集里。我的工作已汇入那段历史，多是一些辅助工作，不遑多写。

回顾在《中国汽车报》的二十一年，我的心境是平和的。从社会到家庭，都度过了风浪期，我有必要让自己放松下来。对于得失，我觉得失去的都是我离婚应该付出的代价，得到的应该都是意外之福，不再有争功立业的胸怀。

另外，我个人的体会，童年的性格形成对一个人非常重要。正像一个幼果，如果在很小的时候给它套上一个模子，它的成长肯定会被扭曲。由于家庭成分和手有残疾（问题不大，而且后来进行了手术矫正），我从小自卑内敛，性格缺乏张力。大刀阔斧非我所能，谨慎跟随成为我的性格特点。有时我想，如果让我再活一回，我会不会一改柔弱，去独创一片新天地？我暗笑着否定了。常说“江山易改，禀性难移”，那是千真万确的。

我的大学

/ 龚法忠

作者简介：龚法忠，1948 年生，河北雄县人。退休前在国土资源部地质出版社工作，担任常务副总编辑，编审职称。

开场白

列位看官：

今年，河北大学中文系 1977 级毕业四十周年。同学们本想聚一聚，由于地球人都知道的原因，告吹了。热心的同学想出了变通办法——大家写一点纪念文字吧（看看！办法总比困难多！）。同学们或著作等身，或学富五车，或名扬燕赵，或口吐莲花，而老朽是个整天鼓捣纸赚钱、没有什么故事的人，自当做个看客，捧个人场。岂料，热心的同学晓吾大义，振虎学弟又给打了两剂强心针。学着鸭子上架，斗胆写一点吧。

起个什么题目呢？叫《大学》？不妥！《大学》，据传系曾参老师所作，被朱熹老师列位“四书”之首。不可欺师盗名、蹭师热度。不然，叫《我的大学》？上网查重，坏了——外国有个叫高尔基的老师写过这个题目。撞车了！好在我写的是中文，又不拿到国外去凑热闹（有城管把关），想必高老师也不至于太在意。不过，还是应该给人家通报一下。赶紧给高老师打电话——不接！又发微信——不通（不怪高老师，没有加他的微信）！

老朽再次申明，本文称作《我的大学》，绝无欺世盗名之意。列位看官，看下去便知。

每有贵人佑我身

1966 年，在保定一中高中毕业，正赶上“史无前例”的日子。本以为此生与大学无缘了，孰料，十年河东，十年河西。1977 年，国家恢复高考制度，又萌生了上大学的念头。怎奈，荒废了十年学业，参加高考谈何容易？

有枣没枣，打一竿子！于是乎，抱着撞大运的心态，参加了高考，没承想傻人傻福气！而今，回忆起来，老朽应该感恩不尽。

感恩之一：改革开放的新时代。看着身边的人，不断地被“推荐”上大学，心里满满的羡慕嫉妒恨。当然，恨只是恨自己不是“根正苗红”，恨自己没有给力的背景。孰料，1976 年，拨乱反正；1977 年，就恢复了高考招生制度，让我这个没有了“被推荐机会”的人再度燃起了上大学的梦想，居然还梦想成真！四十多年来，我一直在感恩新时代！感恩开辟了这个时代的先辈们！

感恩之二：我的父母。老朽家族世代为农，长辈们都希望孩子们能出一个“识文断字”的。所以，一旦我萌生了考大学的想法，便获得了父母的高度赞同。现在回顾起来，倘若当时二老有一点犹豫，我便会放弃这个念头——毕竟我是个独子，毕竟我是个有家室的人。

感恩之三：我的内人。有了高考的念头，我们单位有的女同事出于好意，悄悄地提醒我的内人——你不怕小龚上了大学将来变心吗？内人坦然：他要变心，迟早会变的，不管他上不上大学。尽管内人知道，我上了大学，家里家外都得她操持，可她没有犹豫，旗帜鲜明地支持了我。

感恩之四：单位领导。上大学前，我当记者。单位人手紧，工作任务重，况且又是带薪上学……我怀着一颗忐忑的心，弱弱地跟领导提及此事，并说领导如果为难，就算了。没想到，主管领导和分管领导都爽快地说，没问题！你能考上，肯定让你去。

我是带薪读大学，毕业后理应回原单位，但领导说，如果有好单位，你尽管去吧。我心里，满满地感激！

感恩之五：我的恩师。十年啦！高中学的那些知识，都还给了老师，怎么参加高考？情急之下，跑回学校，求助老师。好在保定一中具有高考压题的优良传统和水平。语文老师教我从哪些方面准备，并拟了两个作文题；我写好后交给他修改，老师改后说，记在脑子里，今年高考必有其中一个。数学老师帮我分析了可能考的知识点，让我复习，并拟了几道题，说好好练习，必有其中两三道题，可能形式、数字有些变化。于是，我雄赳赳气昂昂地代表我的恩师赶赴考场了。语文、数学考题居然均被老师压中！万幸万幸！

大学四年，老师们的辛苦付出，让我系统地学习了中国语言文学知识，让我充实了生存、生活的本事，让我受用终生。毕业时，系领导找我谈话，希望我留校。我去征询老师的意见。他们说，“文革”中，老师们分成了两派，至今隔阂尚存。你留校，将来如何处理师生关系，恐怕是个难点。子曰：师徒如父子。诚哉！

河北大学中文系 1977 级同寝室同学毕业留念（前排左二为作者）

感恩保定一中、河北大学的恩师们给了我理想，给了我知识，给了我技能，让我在几十年间，尽情地享受着先是笔尖、后是指尖上的快乐，且乐此不疲。中学、大学恩师们的德惠，没齿难忘！

感恩之六：我的同窗。中文系1977级，90余人，多数来自燕赵大地，质朴，勤勉，好学，上进！在这样一种氛围中学习，是一种激励，是一种享受，是一种幸运，是一种幸福。自己虽然属于大龄学生，但在学弟学妹们的激励、感召下，也学到了不少的知识。而同学间的相互帮扶、照顾，更让我这个家中独子深深地感受到了兄弟真情。离开学校四十年，我依然受到了同学们的关照、帮助，此情之真，此情之重，此情之久，岂是“感谢”二字所能承担得起的！

列位看官，都说人傻有人喜，人弱有人济。此言不谬也。虽然自己对能够上大学都不看好，但是，幸得众多贵人相助，不仅考上了大学，还顺顺当当地完成了学业。幸甚幸甚！

常有遗憾在我心

列位看官，老朽大学四年，虽说多是喜悦，多有收获，但遗憾也不少。容老朽慢慢道来。

遗憾之一：没能跻身名牌学府。幸得中学恩师“真传”，高考成绩自然了得（据当时保定地区招办的一位老师吐露：我的高考成绩在保定市位列第二，在保定地区居于第七——直到今天，也不知道是不是忽悠我）。我填报志愿，第一报了北京大学历史系考古专业，第二报了中山大学历史系考古专业，第三才报了河北大学中文系。当时的想法是：搞新闻风险系数高，且那个职业不养老；学考古，与死人打交道，你工作态度再怎么不好，他也不会吭声。孰料，北大、中山没有伯乐，不识货。郁闷之中，内人帮我分析道：还是你自己分数不够。我忽然想起：考试期间，内人早晨总给我煮两个鸡蛋，女儿醒了，非得分吃一个。差了一个鸡蛋的实力，结果自然发挥不理想。

不过，话说回来，当年没去北大、中山学考古，也算对了。不然，如何与河北大学中文系1977级的兄弟姊妹相识相知？如何参加今日的毕业四十周年征文活动？学弟赵超读研学的考古，虽然事业有成，却落得一身疾病。想想自己没能学习考古，实为大幸也。

遗憾之二：学业无成。入学时，已是而立之年，又是带薪上学。既要学习，还得参与原单位的一些工作，更得分心家务。作为一个大龄学生，精力根本没法和那些少男少女们相比。前几天，一位学弟解说“1977级搞科研”，愚兄大不以为然。我捋了捋班里的数十位大龄同学，咋也想不出谁有什么成果。倒不是为自己遮丑，似老朽这把年纪，是不在乎什么面皮的。只是想起来遗憾——当年没有学到更多的知识，直至退休，还是个半瓶子醋。有道是：师傅领进门，修行在个人；本事没学好，不能怨别人。

遗憾之三：在校期间，曾经挂了个“系学生会主席”的虚名。一次，中文系与外文系比赛足球，外文系守门的小儿甚是粗野，竟然将刘杰同学的眉骨击打了一个口子。我赶紧跑去看，让同学陪刘杰去医务室处理。我和外文系同学理论，他们竟然毫无歉意。顿时，我七窍生烟，却也无奈——倘退回去十来年，在保定街头，我早就把这等小儿放平了。此事，至今想起来，还深感对不住刘杰同学。

前几天，顺刚同学忆起学校运动会我跑百米之事。那次，我虽然落在了后面，其实，我是腿脚不给力，心里的速度一点儿没减！只是现实告诉我，三十多岁的人是没法儿和二十多岁的较量的。记得1965年保定市大中学校春季运动会时，我代表保定一中参赛，百米的成绩是11.8秒。那是何等爽！现在想起来，心里拔凉拔凉的。

遗憾之四：四十年间，同学间的沟通太少太少。毕业后，同学们离开河北大学，各奔东西，自此夜以继日，各忙各事。即使北京的同学，也再无太多联络。退休后，承蒙单位领导错爱，返聘回岗，业务缠身，难得清闲。同居京城的同学间的交往、聚会也很少。如今，年过七旬，或是力不从心，或是内人和孩子不批准，或是大环境不允许（譬如近几年的新冠肺炎疫情），同学间交往愈来愈少。

遗憾之五：有愧于同学请托。退休后，有件事让我久久难以释怀。我社的一个下属单位——五四三厂在保定。当时，五四三厂承担着央行的造币任务，效益较好。我系1979级一位同学在冶金部驻保定的一个单位工作。他来社里找我，希望我帮忙将他调进五四三厂。其实，五四三厂作为我社的直属单位，并非央行的嫡系部队，随着信用卡和电子货币的发展，印钞业务只会越来越少，该厂作为一个老企业，生存会越来越困难（当时，月忠同学在保定市人大工作，我曾经找过他，探讨将五四三厂移交地方之事，也因为难度太大而作罢——此是题外话）。彼时，在班子分工中，我主抓编辑业务，五四三厂归一位副社长主管。越权、手长、多言，都是大忌——同学们都懂得；我未能帮上这个忙。结果，这位同学幸幸而来，悻悻而去。

参加河北大学学校运动会，中文系部分同学合影（后排中间为刘杰同学，后排右三为作者）

这真是：人生岂能都如意，总有遗憾留我心。

敬诚淡泊方是真

列位看官，下面所述之事，虽发生在毕业之后，却都与我的大学有关。

大学毕业后，去了地质矿产部下属的地质出版社，在大众文化编辑室工作。作为一家中央级科技专业出版社，其人员绝大多数来自北京地质大学、长春地质学院、武汉地质学院。我这个文科生，有些另类。作为一位新编辑，我深感自己的学识、技能难以适应工作需要，于是秉持着我校

“实事求是、笃学诚行”的校训，不介入他们的院校之争，也不加入团团伙伙，集中精力做好本职工作，抓紧时间学习一切必需的知识。每天工作之余，最后一个离开办公室的必然是我（多年后，与一位老领导聊天，他说，当时领导们都说，我们选河北大学的学生，是选对了）。

我逐渐进入角色，跑选题、编书稿、谈合同、做市场，在工作实践中逐步做到了得心应手、驾轻就熟。我们组织的《初中数学自学辅导教材》列入教育部中学全国教学用书目录，成了全国中学指定用书的“八套半教材”中的半套。我们编制的《北京旅游交通图》成了市场上的抢手货。据市场调查，有一年，北京旅游市场共销售了165万张旅游图，我们的《北京旅游交通图》销售了130万张，占市场份额的78%。

1995年，为了推销教学图册，我去一个省敲定出版合同。该省合作单位请吃饭。老总说：“老龚，大家都是老朋友了，今天打开天窗说亮话，你多喝一杯，我们就让一个点（销售码洋的百分点）。”当时，一个点就是二三十万块钱！于是，我喝高了，不知喝了多少杯，直到胃黏膜破损。回到北京，直接去了人民医院。当天下午，社领导去看望我，按照职位高低，排队进入病房。我蒙了：莫不是彩排向遗体告别？顿时悔恨交加——就这么走了？钱还没有挣够啊！

无论是担任编辑、编辑室主任，还是担任副总编辑、常务副总编辑，我都谨遵校训。真诚、尊重是人际关系中最有效的润滑剂。对作者，对同事，都虚心以待，坦诚交流。年终分配奖金时，我们基本上平均分配，没有拉开差距。为此，社长批评我“搞平均主义”。我说：“活儿是大家干的，钱还是大家分。这样我的心里踏实。”当了副总，主要从事业务管理工作。遇到年轻编辑工作出了问题，把人找来，不是批评，而是真诚地倾听他们的解释，然后和风细雨，和他们一起分析原因，找出解决问题的办法。因此，工作几十年，落了个好人缘。年轻编辑从不称呼我“老总”，而是称呼“老师”；中老年编辑总是喊我“大龚”，没人唤我“老龚”（至今也没整明白：我个子不高，年纪也不小了，为啥喊我“大龚”，不喊我“老龚”）。

退休了，一切内存清零。虽然由于种种原因，返聘在岗，但一心带好徒弟，把关书稿。在位时，不把属下不当人；退休啦，不把自己不当人。前几年，给一位领导编书，经常和领导切磋书稿。徒弟说，老师，看你和领导交流，一点儿也不紧张。我说，他是作者，我是编辑，我们平等交换意见，有什么可紧张的？给一位老部长编书，他很是感激。我说，老部长请我吃饭吧。于是，他带上女儿请我们上了奥林匹克观光塔。

回顾退休后的十多年，老朽仍能做点文字工作，带一带徒弟，全凭了河北大学中文系四年的学习，说明河北大学的学生——信得过！老朽学习四年，受用四十年！

从人类演化史的角度看，如果把地球46亿年的历史浓缩成24小时，则1分钟相当于319万年，1秒相当于5.3万年。约60秒，即23时59分时，老祖先阿法南方古猿在非洲闪亮登场。约在最后6秒，现代人的祖先——智人诞生在非洲，并在最后几秒，艰难地走出非洲，到达中西亚、欧洲、大洋洲……显然，人类出现在地球上，不过是刹那间事；而人生，又是何等的短暂！吾辈自当珍惜生命，珍爱生活，保持平稳呼吸，创造经济效益，不给孩子们增添麻烦……

列位看官，老朽暮年，愿望有三：

第一，中华复兴，国泰民安；天下太平，百姓如愿……

第二，倘有来生，期盼1977级的兄弟姊妹仍能相聚在一起，生活，学习，友情延续……

第三，落叶归根，在雄安新区白洋淀中，日朗风清，天空地静，邀三五好友，沏一壶清茶，弄一叶扁舟，赏荷观苇，随风漂流……或听蛙声、鸟声、鱼跃声，得声声入耳；看春色、秋色、烟霞色，喜色色悦目……

楼下传来“大白”温馨的声音：千呼万唤总是情，不做核酸可不行。打住——不写啦。下楼做核酸——兹事体大，不可怠慢。

列位看官赏脸看完这篇胡言乱语，十分感谢！老朽这厢有礼啦！

苦涩人生，砥砺前行

/ 郑铁生

作者简介：郑铁生，1947 年 12 月生于张家口，河北枣强人。1982 年河北大学中文系毕业，1996 年至 1997 年北京师范大学访问学者，天津外国语大学二级教授，曾任《天津外国语大学学报》常务副主编、汉学院院长，享受国务院政府特殊津贴。担任中国《三国演义》学会常务副会长兼秘书长、中国《水浒》学会副会长、中国《红楼梦》学会学术委员会委员、北京曹雪芹学会副会长等社会兼职。出版《〈三国演义〉叙事艺术》《〈三国演义〉诗词鉴赏》《三国论稿》《曹雪芹与〈红楼梦〉》《刘心武红学之疑》《红楼碎叶》《古汉语通论》《中华文化概览》等著作，发表学术论文 130 多篇。

一

我考初中那年 5 月，父亲病逝，家里断了收入，而张家口又没有一个亲戚，艰难如此，母亲执意要我继续读书，说“男孩子不识文断字，没有出息”。我去了离家最近的五中，发榜时考了第一。一进学校，老师们对我非常好，学校发给 7 元助学金，这在当时已经很高了。母亲很高兴，盼我快点长大。

母亲年过半百，没文化，只能在街道生产互助组缝补挣点零花钱。她给制皮厂缝兔皮，把一块块核桃大的兔皮，缝成书包大的一张，才挣 3 分钱。每天从早到晚缝 20 张，挣 6 毛钱。每天天刚蒙蒙亮，我还没起床，母亲舍不得点灯费电，就着窗户的晨光开始缝皮子，老花镜坏了一条腿，另一条腿是用线绳固定的，日复一日，一个月下来，累死累活地挣 18 元钱。她把所有的苦都咽进肚子里，被穷日子压迫得病怏怏的，一到冬天哮喘病就犯，苦巴巴地拉扯着我度日。看家里穷，没钱买煤，我就到马车社拉煤的地方拿着笤帚簸箕去扫煤末。那地方的路面已被马车压得坑洼不平，突出的石块黑又亮。每当满载煤炭的马车经过，车轮压在突出的石头上，车身一颠簸，煤渣末子就哗哗地落下来。马车一过，几个小伙伴不顾粉尘煤灰，一拥而上，赶快用簸箕去扫，倒进口袋里。

家里日子过得十分清苦，母亲常常给我 5 分钱，3 分钱打半斤醋，2 分钱买一把葱。莜面条蘸上酱油醋汤。我们老家离山东近，吃饭有一个习俗，常常嚼根生大葱，辣得直冒汗，就算一顿饭的菜肴了。家里虽穷，有母亲的疼爱，也不觉得苦。她把父亲的旧衣服拆洗后，给我做衣服，冬天冻不着，夏天有的穿，虽然打补丁，那个年月习以为常。我有一个要好的伙伴，叫王庆生，他爸爸是右派，被劳教，家里也很穷，是苦难的生活让我们走到一起，一块儿干活儿，一块儿读书，一块儿玩耍，很有乐趣。有一年夏天我们去东山坡挖药材，太阳晒得背上脱皮，回来的路上在砖瓦厂的自来水管子喝水、洗脸，一扫疲倦。冬天天刚亮，到西边炼铁厂倒出的炉灰中拣铁流子，冻得脚发麻，等太阳出来晒上，还觉得暖和和的。这些活儿我是跟着王庆生去做的。干半天，也就是换上两三毛钱。虽然少，贴补家，帮母亲一把，心里也挺高兴的。

我学习好，学校有什么露脸的事情，老师都叫我去做，渐渐培养了我的自信心。语文老师任子羽、郭有志、支世凯都很器重我，把我的作文放到学校黑板栏张贴，当作范文读给下一级学生听。俄罗斯有一句谚语“猪受到鼓励也会爬到树上”，对孩子多鼓励是教育的天职。老师指导我从读当代散文开始，我对秦牧的《艺海拾贝》爱不释手，把许多名言警句都抄录在笔记本上。同时，还读了大量当代小说，像《青春之歌》《红旗谱》《暴风骤雨》《山乡巨变》《李有才板话》等，还有苏联作品奥斯特洛夫斯基的《钢铁是怎样炼成的》，高尔基的《母亲》《我的大学》，马雅可夫斯基的诗选，普希金的童话等。初三那年，有一位女老师借给我一本叶丁易的《中国现代文学史略》，使我大开眼界，那些大作家鲁迅、茅盾、

老同学喜相逢（左起郑欣欣、郑铁生、刘凤霄、佟明羽）

郭沫若、巴金、老舍、曹禺等奔涌到脑海，读他们，犹如读社会，读历史，读人性。我渐渐喜欢上了文学。

二

父亲去世两年后，姐姐于中央戏剧学院表演系毕业，分到部队。家里的经济状况缓解多了，母亲更坚定让我读高中，将来考大学。我上的高级中学，是市里唯一一所向地区 13 个县招生的学校，学校里多数是农村来的尖子生，刻苦学习的氛围很浓。师资也很棒，大都是复旦大学、武汉大学、北京师范大学等名校毕业的。给我留下深刻印象的是图书馆，藏书很丰富。我开始疯狂阅读鲁迅、茅盾、郭沫若、巴金、老舍、曹禺这些名家的作品，以及俄罗斯托尔斯泰、果戈理、契诃夫等作家名著，连“三个斯基”也囫囵吞枣地捧着看，整天沉醉在书的海洋，一颗少年的心中充满了对“天才作家”的敬仰。

1965 年的深秋，张家口的天气已有了凉意。一天下午，班主任、语文教师朱厚庆来到我家，正赶上母亲生炉子做饭，满屋的煤烟味。朱老师坐在简陋的木板支起来的床边，告诉母亲，学校学习上海复旦中学教改的经验，从高二选拔尖子生随高三一块儿考大学，选拔两名，其中有我。母亲直说："谢谢老师。"朱老师嘱咐我，先别告诉同学，你可以不上课准备高考。这一消息使我充满了惊喜。

这年冬天，报纸开始连篇累牍批判邓拓、吴晗、廖沫沙的《燕山夜话》，以及杨献珍的"合二而一"等。几个月后，"文革"风暴席卷全国，高考取消了，老师成了"牛鬼蛇神"，我成了班里的"帮助对象"，受到孤立。1968年春天，开始"四个面向"毕业分配，有人参军、当教师、进工厂。到了8月，学校通知我，还剩下最后一个留城指标，食品公司售货员，你去吧。

那时候，张家口市区食品零售商店才几十家，人员构成比较复杂，军人出身的党总支书记老温笑着对我说："够上知识分子了。"在商店里，我站柜台时间很短，大小伙子经常到糕点厂拉货，到货场装卸水果。有一次，市里领导来"蹲点"，报社也来采访，临走让我们先写个稿件送到报社。这要笔杆子的事，就摊到我这"知识分子"头上。稿子送到报社，很快登出来了，领导由此认定我是"知识分子"，什么工作总结、大批判稿、通讯报道都让我做。三年后，我被调到食品公司宣传科，负责通讯报道，时过境迁之后，新闻稿件已是明日黄花，而发表在《光明日报》上的长篇通讯《女猪倌》、哲学文章《鲜蛋储存的辩证法》，依稀还能看出我当时的执着和投入。此后，我又被送去党校、干校学习，成为理论辅导员，照本宣科地给机关干部讲解和辅导。

1971年的初冬，母亲积劳成疾，不幸辞世。这个世界上最疼我的那个人从此永远离开了。我下班后一个人泡在图书里，消磨时光。当时我的理想就是上大学。可是，像我这样没有根基的人，被推荐上大学的机会几乎没有。1975年国家开始进行整顿，对臃肿老化的党政机关"掺沙子"，我被调到市委财贸部工作。1977年改革高考制度，我义无反顾地参加了高考，进入河北大学。而这时候，距我高中毕业已整整十年。

三

我一进入河北大学中文系 1977 级班集体，因为年龄偏大，同学们就称呼“老郑”。从前听惯了“小郑”，开始与“老”相连，愣怔片刻，很快就适应了。生活在一个充满朝气的青年群体中，而且是一个潜在人才怒放的小圈子里，深刻地影响了我的格局和眼界。对于已届而立之年的我，这是多么幸福啊！

我的座位前排，是青年才俊要力石、张彦斌，同桌是朴实中有点狡黠的刘凤霄，后排是秀外慧中的赵淑兰、张荣。他们常常打趣、揶揄我这个老大哥，看到我书呆子的窘态，他们捧腹大笑。还有宿舍的同伴，朝夕相处，亲亲热热。我正难以描述四年大学生活时，恰好刘建新在微信中写了一段，抄写在此，聊作一瞥——“大学期间我们是一个宿舍，记得在校期间，您写过一篇红学研究文章，对《红楼梦》诗词进行赏析。在宿舍里谈论您的观点时，我们几个舍友都睁大眼睛，静静地聆听您侃侃而谈，都认为您是个有思想的学者。”

大学读书，我特别重视文艺理论的学习，课外涉猎了古代文论、外国文论和美学。著名学者雷石榆先生，20 世纪 30 年代就是知名诗人。那年月，“文革”结束不久，人们穿的大都是清一色的制服，而雷先生却迥然不同，他总是西装笔挺，或衬衣外套一件马甲，派头十足。有一次，他上课开讲，一开口就说：“诗歌是时间艺术，绘画是空间艺术。”我犹如醍醐灌顶。我曾多次向雷先生请教，开始接触到莱辛的《拉奥孔》、钱锺书的《中国诗与中国画》，以后扩展到苏东坡的“诗中有画，画中有诗”等文论。理论提升，理解渐深，对我以后从事古典诗歌的教学和研究大有裨益。

黄绮教授给研究生讲《说文解字》，王守义、赵超和我常去旁听，受益匪浅。我初执教鞭时，讲《三国演义》曾板书过“彝陵之战”四字，有位学生指出“彝”字写错了。课下，我翻阅了一些历史、文学方面的有关记述，有的写“夷陵之战”，有的写“彝陵之战”，甚至多部辞典也混淆不清。为此作了一番考证，写成小文《“夷陵”与“彝陵”》，发表在《中国语文》2002 年第 3 期。后来我搞过十几年《古汉语》职称考试的培训和命题工作，才体会到受益于黄先生《说文解字》课，大有“书到用时方恨少”之憾。守义在天津工作期间，用两年业余时间，磨秃了几十杆毛笔，将黄先生《说文解字三索》整理书写 13 册，制作《检字表》1 册，2002 年 5 月在百花文艺出版社影印出版。他送我一套，题签“铁生学弟惠存”，并对我说：“当时黄绮教授给我们讲课，他的板书我们没有拍照、留存。现在想起来挺后悔。”

古典文学是我大学四年倾力而为的一门课，从熊任望先生的楚辞、王振汉老师的唐诗、顾之京老师的宋词，到李令媛老师的明清小说，都给我留下不可磨灭的记忆。后来听红学家胡文彬先生介绍，李令媛老师是国内十大女红学家之一。李令媛老师讲几部古典小说名著，深入浅出的分析，精彩的语言表达，常常令我们陶醉。

还是大学二年级时，我开始撰写学术论文，得到《河北大学学报》主编彭黎明先生的奖掖，《试探人性及其在文学上的表现》发表在《河北大学学报》1980 年第 3 期、《给新人以丰富的人性——关于塑造社会主义新人形象的讨论》发表在《北方文学》1980 年第 8 期、《〈李自成〉小说中运用诗词刻画人物的艺术手法》发表在《河北大学学报》1981 年第 2 期。学术论文的写作对锤炼我的思维能力好处多多，而且以文会友，交识了许多名家。我的前行之路，每每得益贤者的助力和支持。

四年大学生活，收获颇为丰硕。2019 年 6 月，网上报道“红学专家郑铁生参加台北《新世纪重评红楼梦》两岸交流论坛”，一个名曰“布谷鸟”的网友留言：“郑铁生 1982 年毕业成绩 1977 级第一名。我了解他的优秀。”刘凤霄转给我看，一问，才知“布谷鸟”是大学同学刘宗正。四十年没见面了，他记忆还如此清晰，让我感动。

四

1982年大学毕业，我被分配到张家口师专，一来就担负古典文学课程，两个年级，一周12节课。为了讲好课，几乎翻遍图书馆藏书，还托人购买当代时贤的新作，尽可能地搜集资料，备好课，写教案，经常到深夜两三点，早晨7点多就奔赴学校上课。功夫不负苦心人，授课效果还好，连市文联的年轻干部也来旁听。后来调到廊坊市任作协主席的张立勤就是听众之一，我们由此相识，并成为朋友。

张家口是河北省发展最落后的地区之一，改革开放一批有钱的人走了，一批有才的人走了，更拉大了差距。守旧的、僵化的习惯势力让你无奈。当时有一副对联不胫而走，“说不行就不行行也不行，说你行你就行不行也行”，横批“不服不行”。人才单位所有制的弊端窒息了创造力，是改革开放大潮中最大的阻力，也成为全国理论界的热门话题。我围绕“人才学”这一主题，摘引古人写下的270多首诗词，精研细磨，一气儿写了《伯乐篇》《人才素质篇》《潜人才篇》《老年人才篇》《人才道德篇》《人才与社会篇》，共计40则，编成小书，取名《人才》。上北京，找出版，我遇到的第一位伯乐是中央民族大学出版社总编陈克进教授。走进他的办公室，一眼看到他个子不高，一口广东普通话，说话带笑，语速很快，是一个精明利落的人。不长时间书稿被采用，1987年10月出版了。说实在的，现在再看这本小书，令人汗颜，可当时却美滋滋的。日后我和陈总编经常通信，他总是激励我多写东西，提高自己的学术水平。人际交往中，恩德相结者，谓之知己；腹心相照者，谓之知心；声气相投者，谓之知音。如果在一生中，能遇到一个真心帮助你的知己，那将是何等的幸福，何等的幸运！

1977级学生在老师眼中很被看重，老师们的语气都不一样，那叫个

魏际昌教授

亲切。我对于这种情感的体验，却是随着岁月的推移越来越深。寒来暑往的四年大学生活，我和老师们接触大都是课间请教学问，校园碰上聊几句，没有深交，却弥足珍贵。石宗山老师到山城出差，特意联系我，得知我出了一本小书，他高兴地带回河大几本，其中一本给了魏际昌先生。魏先生是北大研究生，胡适的弟子，1952年到河北大学任教，为我们主讲古代文论。那时他已是七十多岁的老人，讲课声音洪亮，底气十足，且个性很强，看不惯的就发脾气。我是他的课代表，有过几次简单的接触。没想到魏先生很快就寄来他的大作《桐城古文学派小史》，而且回了一封温暖、深情、鼓励的信。

魏老的信，我读了一遍又一遍，反复体味。老师看学生的作品，犹如父母看自己的孩子，丑亲丑亲的，总是顺眼，甚至喜欢得有点护犊子。魏老对我的小书的评价亦是这样，但他鼓励的话语像种子一样在我心中生根发芽，激励我在学术道路上更加勤奋钻研。石宗山教授是中央戏剧学院毕业的，主讲莎士比亚戏剧，带有浓重的塞北口音，常引得同学们哄堂大笑。我在学校时和石老师接触不多，毕业五年后相见，却分外亲热。当时全国高校首次评职称，因没有退休制，上至七八十岁，下至“文革”前毕业的老大学生，众多的人才拥挤在一条路上，但给四十岁以下者留出一个“破格”机遇。石老师鼓励我破格申报副教授。说实在的，在那闭塞的山城学校里，这种事简直不敢想象，上哪里去找教授推荐呀？他说：“我算一个，再请一位老先生。”不久，雷石榆先生的亲笔推荐书寄给了我，令我感动不已。人的一生中，每逢节骨眼上有人从后面推你一把，你就会大大地前进。我想，也许正是我的老师——名教授保驾护航，我才破格晋升为副教授吧。此时我离开河北大学整整 5 年了，老师们并没有忘记我，他们的支持、鞭策、祝愿，使我也暗下决心，不负师恩，更加努力。

五

工作多年后，才得到一次参加学术会议的机会。1990 年 9 月，我去四川绵阳参加中国《三国演义》第六届学术研讨会，临行买不到北京至绵阳的火车票，只好到中央电视台找同学侯明古，托他买票。会上专家、教授众多，年轻的副教授只有三个人，我是唯一一个三类学校来的。不久，我去河北大学中文系签约河北大学与张家口合办业余大专班合同。这是毕业后第一次回河北大学。留校的孟保青、杨宝忠等同学热情招待我，点点滴滴，让我感到十分暖心。第二年冬天，我调到天津外国语大学，需要转户口，经当代文学王金铭老师多方斡旋，终于解决了我的户口“落地”问题。

1992 年的夏天，我的第一部学术论著《〈三国演义〉艺术欣赏》在中国国际广播出版社出版，我带着这部新著踏进了天津外国语大学。南开大学教授宁宗一高度评价了这部书：“作者思想丰闳，极有当代意识。全书叙笔与论笔并呈，叙笔灵俏，论笔机锋，彼此相映，从容道来……条分缕析的理性剖析，构筑了属于自己的论说框架，显示了他与某些缺乏活力研究路数不同的新思路。”本来这一年已经够申报教授职称年限，而刚到一座陌生的城市，不敢冒尖。另外，当时天津市高校中文学科专家评审组是由南开大学罗宗强、孙昌武等教授组成，他们眼光很高，许多申报人都通不过。我下决心努力拿出更多的学术成果，再来问津。1995 年 3 月，我的又一部著作《〈三国演义〉诗词鉴赏》在北京出版社出版。南开大学教授鲁德才在序言中指出：“为读者贡献了一部有价值的书，初学者乃至研究者借此可以更深刻地把握《三国演义》，更何况如今没有一部全面分析《三国演义》诗词的专著。铁生同志无疑是做了开拓性的工作。”此后几年，我在《南开学报》《红楼梦学刊》《明清小说研究》等刊物发表30多篇论文。1995年9月我申报教授，全票通过。

我的学术研究常常得到同学的鼎力支持，听说老同学要力石在新华出版社任副社长，恰好我的一本书稿《〈三国演义〉叙事艺术》杀青。1999年秋天去北京找他。他请我在附近一个餐馆吃饭，闲谈在校时的往事。2000年7月《〈三国演义〉叙事艺术》出版后，要力石还发了一条电讯稿，先后被国内外几十家报刊转载。江苏省社科院文学所长陈辽先生著文指出，这部书“着重揭示了《三国演义》的艺术性”，做了一桩具有开拓意义的工作。四川省社科院文学所长沈伯俊著文指出，这部书达到了较高的学术水平，“在《三国演义》研究史上，将会占有一席之地”。新华社通讯稿和国内权威学者的评价，观点一致，评价相当，这真是难能可贵。

2005年国庆放长假，要力石和我通话中侃出一个话题，写一部《刘心武红学之疑》。刘心武讲《红楼梦》热闹一时，其主要观点都源于周汝昌的学术观点，把零碎、冷僻的史料和周汝昌先生的推想，都用通俗而形象的语言讲述出来，收到前所未有的效果。刘心武的讲座受到了学者普遍的批评。要力石力主写一本书全面系统地批判，但要平和、讲理。我立即投入写作，日夜兼程，每写一章，就寄给力石编辑，待我写最后一章时，力石已完成封面制作。2006年元月初，这部书在北京图书订货会推出，引起出版界、新闻界的格外关注，全国十几家报纸争相报道。中国《红楼梦》学会会长张庆善作序：“我相信大家读了他的这本书后，一定会对刘心武先生‘秦学’有一个正确的看法，对如何解读《红楼梦》有进一步的认识。”华东师大副校长郭豫适教授在《论红学索隐派的研究方法》中指出：“近又见郑铁生同志的专书《刘心武红学之疑》，全面质疑刘心武红学（含‘秦学’）研究，深入评述其根源、本质和特点，并指出新索隐派著述的错误及其不良影响。待文化、媒体方方面面雾霾消散的明天，更会显示出它的价值。”

孟保青同学出身于高级知识分子家庭，很有教养。毕业后我和他几乎没什么交往，一旦相遇，一点“隔”的感觉也没有。我编著的《古汉语通论》是天津高校“十五”教材规划中的一种，当时教学急用，可出版困难，我去找保青，他二话没说，帮助解决了。这部书在我的学术著作中是唯一一本语言类的，著名语言学家、南开大学教授马庆株先生作序说：“主编郑铁生教授既多年从事文学研究，又多年从事语言教学与研究。两方面都取得了显著的成绩，真是令人赞佩不已。……我特别欣赏郑铁生教授语文兼通。”

在汉学院工作面对的是外国留学生，而当时最大的问题是如何编写好的教材。著名语言学家、上海外国语大学教授王德春先生主持编写“21世纪对外汉语系列教材”，王先生把《阅读教程》《中国文化》交给我主编，从2003年动手，直到2013年全部杀青。2008年我撰写《中华文化概览》，出版双语著作，是给外国留学生学历教育的教材，已出版英语、日语、韩语、法语、俄语、西班牙语、阿拉伯语、葡萄牙语、德语9种语言，产生了很大影响。

这些年来，我做过学报常务副主编、汉学院院长，且始终在学术上奋进。1996年11月，经全国高等学校文科学报研究会评审，被评为优秀编辑；2001年6月，获得国务院政府特殊津贴；2010年11月，被评为文科二级教授。

六

我临退休的前几年和老伴儿在北京看孙子，闲暇参加北京的学术活动。2011年北京曹雪芹学会成立，由胡耀邦之子胡德平创办，我被推举为副会长。过去我是个人在书斋里钻研《红楼梦》文本，逐渐打下一个《红楼梦》叙事研究的框架，于2009年4月由白山出版社出版《红楼梦叙事结构》一书。2013年10月，北京曹雪芹学会举办“大师与经典”国际论坛，此次会议促进我向世界介绍中华民族的伟大文学家——曹雪芹。历经三个寒暑，一部40万字的《曹雪芹与〈红楼梦〉》书稿终于杀青，被中州古籍出版社原副总编、资深编辑张弦生看中，选入“中国古典小说名著”丛书出版。

2017年我撰写了《<红楼梦>程乙本风行九十年》一文，台湾作家和学者白先勇先生读了此文，立即推荐发表在2017年10月香港《明报》月刊。白先生在美国讲授《红楼梦》二十多年，退休后回到台湾，发现《红楼梦》普及本由“程乙本”变为“庚辰本”，他将这两个版本对照研究，撰写了一部《细说红楼梦》。为了扫去海峡两岸红楼学界的错误观点，白先生2018年9月20日给我来信，通过我转交北京曹雪芹学会，希望台湾和北京共同在两地召开学术会议，推进《红楼梦》版本问题的研讨。经过双方努力，2019年两地《红楼梦》学术研讨会顺利召开，成为海峡两岸2000年以来红学研究一个新的创举。

退休只是卸掉了体制内的工作，却更多地投入学术活动中。我作为中国《三国演义》学会常务副会长，多次协助刘世德会长组织召开全国《三国演义》学术研讨会。2017年1月8日，“第十一届全国孙权与三国文化学术研究研讨会暨《赤壁之战》首发式”开幕，我邂逅了大学同桌四年的刘凤霄，她以小诗赠我：

同桌富阳喜相逢，
分久必合三国情。
如烟往事随风去，
寄怀山水夕阳红。

借这首小诗作为征文的结束吧。

2022年6月11日

永远的大学

/ 张月忠

作者简介：张月忠，1948年7月生，河北曲阳人。毕业后在保定地委办公室、保定地区行署办公室、保定地区体改委、保定市人大常委会工作。曾任保定地区行署办公室副主任、保定地区体改委主任、保定市人大财经委员会主任。

序

佳节相聚海岛中，
同窗四载兄弟情。
弹指毕业有五八，
怀揣梦想各西东。
聚少离多思念稠，
历久弥新意气浓。
今日得闲成候鸟，
举杯同唱夕阳红。

这是今年农历正月十六日旅居琼岛同窗在三亚聚会时，我的几句感怀。四十年来，同学们的音容笑貌历历在目，老师们的谆谆教诲犹响耳旁。

一、河大校园

1978年的阳春三月，三十而立的我，告别父母和妻女，辞别单位同事，到河北大学中文系报到。多年的愿望终于变为现实，能够到大学读书学习了。

当我第一次走进课堂，有些惊讶。大学的班容量这么大呀？一个班九十多人，坐了满满当当一大教室。而且年龄差距大，有三十多岁的孩子爸，有十六七岁的少年郎。上课用的教材，有的是通用教材，有的是老师自编，铅印、油印、蜡版刻印，五花八门。不论何种教材，发到我们手中，都有如若至宝的感觉。

大学的教学方式与中学确实不一样。老师只管讲课，开列参考书目，学习主要靠自觉。课堂上可以争论，教学相长。老师教学方式也灵活异常。雷石榆教授上大课不带讲义，对诗歌动情吟唱。黄绮教授的讲义很薄，但内涵深奥，有时一个字就讲一堂课，让我认识到汉字的美妙。熊任望老师是楚辞专家，他讲的《离骚》课，声情并茂。“路漫漫其修远兮，吾将上下而求索”，成了我一生的信条。虽然报学俄语的学员很少，但俄语老师李善今授课的情绪总是那么高。张洪榛老师凭着丰厚的外国文学根基，把俄罗斯文学讲得生动活泼。佟德真老师讲电影文学，很有鼓动性。他指导排演话剧《丹心谱》，我当不了演员，当了一回“装台者”，趴在舞台高架上，转动灯光，追随在演员身上，也算沾了点艺术味道。

我们这群学生，就像历经严冬迎来春光的小草，在乍暖还寒的季节里，显示出勃勃生机。任何困难也不能影响我们如饥似渴的学习热情。课上认真听讲，课下整理笔记；图书馆排队借书，阅览室里不怕拥挤；在食堂等待打饭，口中仍在念着外语。

校园的学习生活，主要靠民主管理、自觉自律。班干部以身作则，整个班集体形成了良好氛围。我们422宿舍就是缩影。同学七人，虽然脾气性格不同，守义、发海老成持重，英民同学幽默风趣，建章、联社年轻活泼，密东同学沉稳，但是，大家学习相互切磋，生活相互关照，抢着打水、扫地，凑饭票换煮花生解馋，真是亲如弟兄。

当时，思想解放大潮刚刚兴起，各种学说、各类思潮，令人眼花缭乱，颇有百家争鸣的势头。屈原为了理想而舍身探索，杜甫身居茅屋仍忧国忧民。一幅幅文学画卷，一个个历史人物故事，古今文化典籍，中外文学名著，潜移默化地感染着莘莘学子。士子风骨，人文情怀，先天下之忧而忧，后天下之乐而乐，关心底层民众，胸怀国家兴亡……中华民族的优秀文化传统，浸润着大家的心灵。老师们耐心地传道授业解惑，带我们徜徉于知识的海洋，让我们懂得了如何做人。

现在回想起来，在河北大学学习四年，我虽然领到了毕业证书，但是，好多该学的知识没有学好。值得欣慰的是，时隔二十年，我的小女儿1997年考入了河北大学数学系，毕业后到北理工读研，就职于航天研究院，参与了“嫦娥”飞船、“北斗”卫星、空间站、火星探索器等总体设计。我们父女一起，回忆河北大学母校成了共同的话题。

二、党政课堂

又是一个阳春三月，1982年我带着河北大学毕业证书，走出河北大学校门，迈进保定地委办公室，来到社会大学的课堂。

我先是跟着地委秘书长和办公室主任及同事们熟悉地委办的工作程序，学习起草地委文件和领导讲话。后来担任地委副书记的秘书，跟随领导下乡调研、开会，协助领导接待来信来访，起草讲话。领导跟我的第一次谈话是：要当好秘书，须做到一严三勤，就是嘴严，脑勤、手勤、腿勤。要站在领导高度思考问题，当好领导的外脑；还要敢于犯颜直谏，助力领导科学决策。

副书记分管组织、纪检、信访、工青妇等工作。他要求各部门都要围绕改革和发展做文章。他以身作则，带队在涿县搞综合改革试点，后来涿县一跃进入全国百强县行列，实现了县改市。他的每次调研活动就像生动的课堂，我都记在本上，学在心里，逐渐熟悉了党群工作，也不断被他敏于思考、忘我工作、勇立改革潮头的精神所感染。

有一次，地委在涞源召开由各县委书记和纪检书记参加的纪检会议。地区纪检委起草了一个会议结论讲话稿，放在了他的办公桌上。傍晚，他下乡回来看了稿子，对我说：稿子的基调没有凸显出改革精神，你重写吧。这次会议，要把纪检工作转变到改革思路上来，既要教育干部在改革大潮中保持定力，坚守为人民服务的宗旨，监督约束干部不要以权谋私，又要保护干部的改革积极性。我立马动笔重写，一气呵成。午夜，我把稿子送他审定。第二天早 5 点，我们就动身去涞源会场。与会同志听了他的讲话，反响很好。我也为自己圆满完成领导交给的作业而欣慰。

1985 年，副书记被省委任命为保定地区行署专员，我担任了保定地区行署办公室副主任，工作重点由党务转向了政务。

政务工作千头万绪，行署办公室就是“参谋部”。作为一个“副参谋长”角色的我，如何当好“参谋长”的助手，团结办公室一队人马，为行署领导决策进行谋划服务？如何协调相关部门抓好落实？只有虚心向业务部门学习专业知识，跟着行署领导锻炼组织协调能力。

开始一年多的时间，我虽然分管行署办的党务人事和文卫科等科室，但主要还是担任专员的秘书工作，继续在他身边接受言传身教。我跟随专员组织保定地区经济和社会发展宏观规划的论证，进厂、下乡调研工农业产品结构怎样调整；上山查看小流域治理、扶持旅游开发，入户询问贫困户生活有无保障。1986 年在白求恩纪念馆新馆修建期间，领导派我去唐县现场协调督促施工。我一方面协调上级部门抓紧落实所需资金、物料；一方面协助县领导组织立体

考察野三坡旅游开发（左起第四人为专员，第六人为作者）

作业、加快施工进度，终于促成了纪念馆按时揭幕。

1987年4月份之后，由于办公室领导层及科室的调整，我不再兼任专员秘书工作，改为分管综合科和两个业务科，对应服务两位副专员，并继续分管机关党务人事，工作头绪更加繁杂。我一方面注意发挥所分管科室人员的作用；一方面注意调节时间，配合好两位副专员的重点工作。

分管计划、物资、乡镇企业的副专员带领我们深入企业调研，连年组织起草关于推动乡镇企业发展的政策性文件出台，促进了全地区乡镇企业掀起发展高潮，形成了“一县一品”的产业格局。涿州东方地毯、曲阳石雕、蠡县腈纶纺织、白沟箱包等特色商品声名远播，各省来参观者接踵而至。

我配合分管农林水、公安、民政工作的副专员所抓工作，感受最深的是扶贫。开始，我们重点抓救济和无偿扶持。有一年扶持一个贫困村养牛，预想是一头小母牛，十年一大溜。第二年我们去回访，有的户已经把牛宰着吃了。还有的村民把扶持的山楂树苗当柴烧。后来我们把工作重点放在扶志气、送技术上，培养典型，开办技校，并发挥河北农大、保定农专的作用，变输血为提高造血功能；同时强调因地制宜，兼顾经济、社会、生态三个效益。阜平养兔子、唐县种蘑菇、顺平栽桃树和苹果、涞水搞旅游，西部山区县走出了一条行之有效的太行山之路。

我在行署办公室工作六年，虽然没有显赫业绩，但从领导和同事们身上学到很多东西，组织能力也有所提高。

三、体改潮头

1991年，我调任保定地区体改委主任，进入了一个全新的课堂。国营工商企业1988年开始搞厂长负责制、承包经营责任制，但是企业仍缺乏经营自主权。“三铁”（铁饭碗、铁交椅、铁工资）问题影响着职工积极性提高和企业发展。二轮承包如何搞？改革如何深化？这是市场大势给我们出的改革考题。

体改委作为地委行署的“改革参谋部”，所做的工作都离不开领导支持和各部门的通力合作。体改部门不是自然的改革者，要首先学习领会中央的改革精神，改革胆子要大；了解基层企业的改革诉求，改革思路要深；熟悉和把握本地的改革现状，改革措施要新。

时任地委书记在全区体改会上讲：允许改革有失误，但决不允许不改革。有了失误想法改正就是了。要研究鼓励支持改革的政策，为改革创造一个宽松的环境。要调动广大干部群众参与改革、支持改革。处理好加快改革与稳步前进的关系、改革的力度和群众的承受力的关系。

我们按着地委行署的部署，协调有关部门，在国合工商企业搞不同类型的改革试点，探索路径。

我们开始到试点企业保定焦化厂调研座谈时，工人说啥的都有。有的说：工会问卷调查对改革能否成功？我们都是打了“对号”的。可是，打破工人铁饭碗，给个什么碗？不应先打工人铁饭碗，政府机关人员挤不下，应先改，等等。这些问题的答案，只能在改革实践中寻找。

焦化厂的三招，给了我们很好的启发。他们先从搬掉铁交椅入手，根据市场定职能，对行政科室进行撤、并、扩、转，宣布中层干部实行聘任制，竞争上岗。精简下来的人员充实生产车间，与工人一样参与优化组合。此招一出，行政人员有了压力，工人心里得到平衡。第二招是实行职工全员合同制、岗位技能工资，滚动优化组合，双向选择。因为有定员数量，素质高的争着抢，平时不学无术的、偷奸耍滑的没人要，这些人也没了脾气。由此激发了大家学技术爱劳动的热情，我们顾虑的老工人会被边缘化现象也没有发生。第三招，设立企业内部劳务市场。被优化下来的人，进入企业内部劳务市场培训，后来大部分被扩建的机修分厂选用，只剩极少数待业。解除了劳动部门对“大批下岗人员流入社会”问题的担心。广大干部职工的生产经营积极性被激发，企业效益大大提高。后来，他们又实行一厂两制。厂子的运输业务独立出来，成立由国有股、职工合股、集体股构成的股份制企业——万达运输有限公司。4 个月实现利润 15 万元，超过改制前一年的利润。有的工人开玩笑说，砸了铁饭碗，换成了金饭碗。

国合流通企业改革更为复杂，涉及商业、供销、粮食、物资领域。本来流通就属于市场行为，但是，原有管理体制，企业经营范围、商品价格、劳动用工和分配都要经过政府部门审批，不得越雷池半步。柜台上一个花边碗卖多少钱，一口铁锅定价多少，都要物价局批准。

怎么办？企业内部改革可以“砸三铁”，但是，其经营环境的改革，政府相关部门必须放权。在试点中，我们看到有的部门也想突破条条框框，又怕出乱子，难以担当。特别是商品价格问题，物价部门一直担心放开后，会出现物价猛涨现象，影响社会安定。雄县首批试点企业四家，实行经营范围、商品价格、用工、分配“四放开”，运行三个月，价格稳中有降。究其原因，改革前经营是差率控制，高进高卖，差价大。但由于经营范围窄，职工铁饭碗，服务态度差，企业不景气。实行“四放开”后，经营范围广了，职工积极性高了，企业眼睛转向市场，什么货好卖，就进什么；哪里价格低，就从哪里进。市场搞活了，企业效益转好，职工收入提高，物价却降了，物价部门也放心了。我们总结推广雄县“四放开”经验，全地区流通企业的改革迅速展开。

“问渠那得清如许？为有源头活水来。”市场经济的细胞是企业，改革的主战场也是企业。全地区国合工商企业由承包经营责任制到探索股份制改造，面向市场，步步推进。委托经营、企业兼并、拍卖出售、租赁经营、债转股、贷转股、抵贷返租、破产重组等各种形式，凡是能想的改革招数，都尝试摸索。我也体会到，改革就是走前人没有走过的路。各地情况不同，企业更是千差万别，不能等上级都画好了道道，我们再去做。广大干部职工是最好的老师，具体办法要在改革实践中探索。

我们围绕难点热点问题，与主管部门一起结合保定企业实际，研究配套改革政策，共同起草有本地特色的政策性文件。保定地委行署所发文件《保定地区国营工业企业转换经营机制的意见》和《保定地区深化改革，搞活流通的意见》，对全地区企业改革起到了重要指导作用。

为了推动企业改革，我们策划拍摄了反映企业改制的10集专题片《走向市场》，地委书记书写片名，行署专员写序，在保定地区电视台滚动播放。

从企业改革到政府职能转变，从单项改革到综合改革，政府从直接管理企业经营转到培育各种要素市场和社会保障体系等，建立社会主义市场体系的大目标给我们提出的改革课题，一个接着一个。我切实感到，需要了解的情况，需要学习的知识，太多太多。直到地市合并，我转行到人大工作，有些改革课题才刚刚破解。

三十年之后的今天，我翻看当时的工作笔记，一个个企业改革情况、一场场思想交锋，就像是一幕幕活报剧，历历在目，久久回响。

四、人大课堂

1995 年初，保定地市合并后筹建新一届人大机构。市委提名我出任保定市人大财经委员会主任，并在人代会上成功当选。

宪法规定“中华人民共和国全国人民代表大会是最高国家权力机关”。这个最高权力机关如何行使职权？地方人大如何行使选举权、决定权和监督权？人大财经监督如何实施？我带着这些问题，走进了“人大课堂”。我们到省人大财经委请教，到深圳市人大财经委学习，充分发挥人大代表和委员的作用，在履职中探索，力求在市人大常委会领导下，为促进民主法治建设作出微薄贡献。

市人大财经委对应的财政经济口行政执法部门有十几个，包括财政、发改、审计、工商、税务、金融保险、社会保障、食品医药、产品质量、市场流通、交通能源、安全生产等方面，涉及几十部法律法规，都是关于国计民生的大事。要论对专业法律的熟悉程度，我们肯定比不过各专业部门的执法人员。我们既然要依法监督，就不能图形式、走过场，更不能“以己昏昏使人昭昭”。唯一的办法就是虚心向政府财经部门学习业务知识，选择社会面关注的重点问题，有针对性地学习相关法律。

人大财经委监督的重点是政府财政预算。我们从把预算外资金纳入预

在市人代会上作报告

算内入手，连年推进财政预算制度的改革。原来每年报请市人民代表大会审议的市本级综合预算仅有三张纸、几组大数字。人大代表根本看不清楚政府的资金到底是怎么分配的，花在了哪些项目上。“老虎吃天，无从下口。”人大通过推进预算编制改革，将市本级预算支出细化到每个预算单位、每个项目。市政府报送人代会的预算由三张纸变成了一百多页的大本。市直每个预算单位列支多少钱，其中工资多少，事业费多少，事业费都干些啥，一清二楚。财政预算的神秘面纱被揭开，人民代表审查时一目了然，监督时有的放矢。

严把预算草案初审关，把问题解决在萌芽中。有一年政府预算草案中，列有一项市区主街道两侧刷墙费五千万元。财经委在初审时提出，不要搞面子工程，要把有限的财政资金向科技教育倾斜。上大会之前，政府采纳意见，作了调整。为增强预算初审的科学性和民主性，我们还特约河北大学管理学院专家和部分区县人大财经人员列席参加。

再就是强化对财政预算执行情况的监督。市人大常委会听取财经委的建议，将每年一次听取对上年度预算执行情况的审计报告，改为增加一次听取对审计出的问题整改情况的报告。不让监督走过场，为人民盯住钱袋子。

为了监督推动政府财经部门依法行政，我们每年抽查十个部门的执法案卷。结合案情，我们组织学习相关法律法规，到执法相对人单位进行调研，看是否有徇私枉法或以罚代法情况，并不定期组织人大代表视察监督。让行政人员感到人大的监督和约束，以促进他们依法执政水平的提高。市药监局原来社会评议较差，调整领导班子后的新任局长，主动借助人大财经委抽查执法案卷机会，请我们对全局科级以上干部进行培训，以案说法，提高遵法意识，规范执法行为。在第二年度人大常委会组织的执法评议活动中，走入先进行列。

保定人大财经委监督经验得到省人大财经委的表彰，还在全国人大财经委组织召开的华北五省市人大财经会议上作了发言。

有朋友说，人大是个闲差事。可是，我在市人大工作 13 年，总觉得有学不完的知识、干不完的事情。

五、太极奥妙（尾声）

回想起来，我在社会大学里，许多该学的东西还没有学深、参透，有些“试卷”还未来得及做到优秀，就到了退休之年。值得庆幸的是，我们这一代人，是国家改革开放和法制建设的见证者、参与者和贡献者。我作为改革大潮中的一朵小小浪花，尽了自己的绵薄之力。

退休后，肩头没了工作担子，我就信马由缰走进了太极课堂。拜师学艺练太极拳，越学越觉得太极奥妙无穷，充满辩证法。至今，尚未毕业，仍在学习的路上。

最后用一首诗结束我的回忆：

毕业征文忆古城，
同窗契友文思涌。
英才豪气今犹在，
粗犷婉约各不同。
回首无悔书卷气，
感恩母校培育情。
学无穷期终生悟，
大道自然一身轻。

2022 年 7 月 18 日

踏平坎坷成大道

/ 林清玉

作者简介：林清玉，1947 年出生于河北藁城。8 岁上学，22 岁高中毕业，回老家务农，后任民办教师。1982 年 3 月河北大学中文系毕业后，到石家庄炼油厂中学教书，后担任学校教务主任。2000 年提前离岗，2007 年退休。

这些日子，我一直悄悄关注我们班的“韶华悠悠”征文，关注同学们对四十年前往事的回忆。实话说自己原没打算写，主要是感觉经历很平常，没啥好写的，可是奈不得同学们一再相催。那天振虎、联社同学来家里相聚，老同学见面，非常开心，举杯小酌，一起回忆起当年的往事，也是令人十分感慨。今天勉强凑成一篇文字，算是给过往岁月一份儿纪念，给惦记着我的同学们一个交代吧。

话题从 1963 年初中毕业时填报志愿说起吧。我出生在河北省藁城县西四公村的一个农民家庭，8 岁开始上小学，而后在南董中学读初中。我的初中班主任是马志昶老师。马老师个头不高，戴一副亮晶晶的白眼镜，思维敏捷，说话办事干净利落，一副胸有成竹的样子。因为我学习成绩不错，马老师总是和蔼地对待我。初中毕业要考高中了，马老师在班里严肃地对大家说，你们谁也别报考藁城中学，因为我们是半日制学校，比不过人家啊！那时，藁城中学是明星学校，四邻八乡的同学以考上藁中为荣，马老师突然下这么一道命令，我感觉也无所谓，因为我家境贫寒，也没打算报考高中，进而奔大学。于是在报考志愿表里填写了石家庄师范、正定师范等中专中技类学校。

后来马老师把我叫到办公室，说："我给你改了志愿，改成藁城中学。"我感到非常吃惊，立刻反问道："您不是不让我们报考藁城中学吗？我感觉自己确实也考不上！"马老师却笑了："你是羊群里跑出来的一头骆驼，跟别人不一样，你报考藁中，手拿把攥，肯定成功！"

还真让马老师说中了！我果然顺利考上了藁城中学，一年后就成了品学兼优的好学生。那个"好"的标准，尤其是看重考试成绩。每次考试，我成绩都名列前茅，渐渐引起了老师和同学的注意。藁城中学当时是河北省的重点中学，在石家庄地区颇负盛名，考入这所学校的学生可谓英才济济。后来成为河北大学同学的杜英华、刘宗正都是那时的同级校友，大家都在发愤读书。

这一阶段，我对未来充满憧憬。按照成绩，考入一所全国知名的重点大学没有问题，但我用"龟兔赛跑"的故事激励自己，不敢丝毫懈怠。临近毕业时，上级政府教育部门给了藁城中学八个"保送"上军官学校的指标。有一天教导主任刘兆谦老师把我们八个学生叫到校长办公室，说明了情况。告诉我们：你们是学校保送、上级领导批准，就可以进军官学校的人选。你们的政审已经通过，只要体检合格，就可以按着自己的志愿进入军校。听到如此大好消息，心里就别提多高兴了！我填报了两所军队院校，一所是哈军工，一所是重庆军医大学。一个浑身散发泥土味儿的乡下小子，得到保送待遇免考即入大学，一时间在村里引起轰动，父母也好开心。

然而，正当我为可以直接上大学高兴之时，噩运悄然降临——"文革"运动骤然爆发，大学停止招生。我的大学梦也随之烟消云散。

运动中校园里那些千奇百怪的状况，也就不必细数了。我这个怀揣大学梦的乡下人，尽管不合时宜，却也乐得逍遥，总是盼着运动过一阵子就会消停，恢复高考，我还可以按部就班上大学。就这样过了两年，到了

1968年，县里有关部门开始关注我们，准备给“老三届”安排适当的工作。学校派人到村里搞“政审”，因为我父亲当过抗战时期的村长，村里竟然开证明说我爹“当的是国民党村长，有历史问题”，工作就此告吹。

我就在叫天不应、喊地不灵的苦恼中，回到了生我养我的家乡，开始下地干农活儿。耕耩锄耙，打坯垫圈，收麦打场，夏天太阳暴晒，汗流浃背，冬天冷风横吹，摧筋拔骨，对一个乡下人来说，都是平常事。生产队里的苦活儿、脏活儿、累活儿，全都干了个遍。

回乡的第二年春天，我报名参加了根治海河的重体力劳动，随着大队人马来到热火朝天的海河工地上。

那时，河北省根据毛主席“一定要根治海河”的号召，每年春、秋季节组织大批青年农民疏浚海河上游的河道。滏阳河、子牙河、子牙新河等都是施工现场。

挖河被我们那一带的小伙子们称为“最累”的活计，谁能经受住挖河的考验，人们就认为他是生产队真正的男人。而我之所以报名，一是因为当民工可以多挣工分（当时队里规定每天记两个工），二是工地上吃饭免费，可以省下自己家的口粮。

那是一个激情澎湃的年代，民工队伍采用团、营、连、排准军事化建制，凭借一双手、一把锨、一辆辆排子车、小拉车，挖土开河，移山填海，创造了人间奇迹。

在我的记忆里，参加根治海河运动最刻骨铭心的就两个字：“累”和“吃”。为了完成规定的土方，那是把吃奶的力气都使了出来。一天下来，那个累呀，真像被扒了一层皮，浑身瘫软，四肢百骸都在嘎巴嘎巴响，好像一群蚂蚁钻进了骨头缝儿里，啃噬着骨髓和灵魂——“累”到了身体的极限。而那时候的吃，更是惊心动魄，四两一个的大饼子，我一顿吃六个，若赶上吃馒头，一顿吃八个都不叫事。在工地上曾有人比画着打赌，说自己能吃“一挎”饼子，就是伸出左臂，将手掌竖起，一只一只摆列饼子，一直从手掌摆到肩膀处，叫作“一挎”。这样“一挎”饼子，估计要有十个以上。劳动强度如此之高，不塞满肚子哪行啊？

如此强力劳动，像一群挖山不止的老愚公；如此蛮力吞食，像一群饿了十年的拓荒者，这是那个时代的一个映像。

我在劳累与吞咽苦难过程中，却获得了一份意外惊喜：那个在学校食堂落下的、纠缠我多年的胃病，竟然痊愈了。人生真是奇妙，无论在何时何地何种情况下，都可能存在你意想不到的意外。当你以为进了绝境之时，兴许就是命运转圜之际。如今回忆根治海河运动，劳累和饥饿已经飘远了，留下的却是“病愈”的喜悦！

第二年冬季，我再次报名上海河工地。

第三年，我没能再吃上工地免费的饭菜，因为村里安排我当了民办教师。那年，上面开始强调教育质量，藁城中学“尖子生”的名气成全了我。

随着历史前进的脚步，我迎来了1977年的高考，并幸运地考入河北大学中文系。当我萦怀十几年的大学梦变为现实之际，我却犹豫了起来。那时我已结婚成家，并生了一个女儿，媳妇身板弱，女儿年龄小，当民办教师还挣工分并有生活补贴，我离家上学，就没了任何收入，家里日子咋办？一道阴影在眼前晃悠，正当我惶恐之际，妻子说你甭担心，家里一切有我。

就这样，我告别妻女，来到保定河北大学。

大学四年，一言难尽。三点记忆，尤为深刻。

一是空前绝后的学习热情。上学机会来之不易，日后工作前程未卜，唯有努力再努力。我曾对同宿舍的老乡同学何振虎说：咱们都是从农村考出来的，家庭又没背景，必须好好学习才有前途。无论是语言、文字、文学、文艺理论课，还是俄语课，无不认真修习，作业必完成，名著必抢读，讲座也听，电影也看。

二是极端俭朴的生活习惯。一件灰色便装上衣穿了四年，食堂里的“过油肉”“小炒肉”等肉菜是不敢问津的，经常是买5分钱的咸菜，早中晚三顿佐餐，为省粮票早晨不吃干粮，只喝二两棒子面粥，为的是剩下点助

同宿舍同学合影留念（后排左一为作者）

学金补贴家用。

三是有空就回家。无论大小假期，放假赶紧回家，心里惦记着那几亩责任田和一家人的生活。有的假期，地里的活儿干完了，就去河滩挖药材，甚至找个挣几块钱的零工干干。

因为家道艰难，吃粗粮，穿陋衣，不必细述；由于挂念妻女，夜里常常辗转反侧，思谋对策。

一天晚上，我把同宿舍同学李献文约出来散步，跟他说了我面临的生活困境，想请他在北京的亲戚帮个忙。李献文的哥哥姐姐们都在北京，据说他姐夫职位很高（时任国家计委副主任）。我的诉求也很简单，就是想转学，把河北大学学籍转到牛山师专（石家庄师专）。当时那里是大专，好像两年就可毕业，我想早点毕业挣钱养家。献文惊奇地瞅着我，像瞅着天外来客一般。我叹口气，无端有些惭愧起来。是啊，不是被生活所逼，哪能出此下策？

过了几天，李献文悄悄对我说："我姐夫说了，这个事他能办成，但这个忙不能帮。因为河北大学是本科，那个是专科，毕业后待遇差别会很大。他让你坚持一下，一定会苦尽甘来。"

献文说罢，我俩相对苦笑。此念头就此告吹了。

实话说，献文同学真是班里的才子，他瘦弱硬朗，才华横溢，一举一动，好像都冒着才气，那书法左右开弓，上下翻飞，真是世间罕有。就是这样一个大才子，最后却不幸早逝，令我心痛不已。献文出事那天早晨，同学们都到附近东边村子帮着老乡收麦子，献文因为身体不舒服，振虎嘱他好好休息，还告诉我上午陪献文看看医生。我那几天闹感冒，也没去参加劳动。黎明时分，黑漆漆的，同学们都走了，我俩还躺在被窝里。我问他感觉如何，他嘟哝说再睡会儿。不久，他忽然起床了，我赶忙问他："咱去医院吧？"他却说："我现在好了，就不去医院了。"说完，拿起两个暖瓶就出去了。我当时真没在意，以为他不过是打两壶开水吧，岂料他竟就此离开学校，跑到了铁路上，然后……唉！

每当想到这个情形，我就痛惜万分，感叹不已。假如我拦住他或陪着他去打水，假如我硬拉他去医院……可惜世界上没有"假如"。人生如此，又能奈何？

1982 年 3 月毕业离开河北大学。我分配的单位是河北省化工局，省直单位，牌子很大，我兴冲冲前去报到。化工局说是炼油厂要的指标，我只好到炼油厂干部科报到，到了炼油厂又说是厂子弟学校要的。我真是好后悔呀！临毕业时，班主任韩老师曾几次找我谈，要我留校教"古代汉语"，我都以家里离不开为由婉言拒绝了。早知道毕业后回去教中学，为什么不留在大学呢？

位于藁城邱头镇的石家庄炼油厂，人们习惯称为"邱头炼油厂"。尽管满心失落，我还是来到了厂里的子弟学校，第二度开始了教书生涯。

在石炼中学主持学校运动会

第一年先教历史课，后来担任语文老师，再后来当了班主任，而后升为学校教务主任。

两度任教，心境是不一样的。20 世纪 70 年代初当民办教师，不过是大学梦破灭之后的权宜之计。大学毕业之后的十八年教师生涯，固然也首先是谋生手段，但伴着时代前进的步伐，在日复一日的传道解惑讲台上，渐渐体悟了“人类灵魂工程师”的伟大与光荣。看着孩子们茁壮成长，一批批毕业生从身边走向高校，走向社会，我的心灵也充溢着幸福感和满足感。有时，对比自己青少年时期求学的坎坷与磨难，我总对孩子们说：你们赶上了好时代，要珍惜呀！我 1987 年参加了全国中学语文教学研讨会，并在会上作重点发言，介绍教学经验；1992 年参加了在天津举办的全国中学生作文研讨会，两次会上所发表的论文分别获得二等和三等奖。

2000 年，我国企业职工大面积下岗，炼油厂也不例外。厂里规定，距退休还有八年时间者，允许长一级工资，本人申请，可以提前离岗。我就申请退了下来。

这么多年来，吾身寄处，即为家园；吾心安处，即为家园。无论是当年的根治海河，尝尽艰辛；还是后来成为 1977 级大学生，学海遨游；还是后来当了一名教师，为学生传道授业、解疑释惑——人生岁月里的起伏、坎坷、挣扎、奋斗，都是一曲励志之歌，让我体会到了一种生命存在感。退下来之后安享生活，我的心里，总是荡漾着一股奇妙的波涛，回旋着两个美好的汉字，那就是——祝福！

2022 年 5 月 17 日

守望母校

/ 杨宝忠

作者简介：杨宝忠，1956 年生于河北高阳。1982 年 3 月河北大学中文系毕业后留校任教，1987 年 7 月获河北大学汉语文字学专业硕士学位，2004 年 6 月获北京师范大学汉语言文字学专业博士学位。现为河北大学文学院教授、河北省管优秀专家，享受国务院政府特殊津贴；兼任教育部社会科学委员会委员、国务院学位委员会第七届学科评议组成员、国家社科基金评审组专家、中国文字学会常务理事、近代汉字研究会会长。主要研究方向为文字学、训诂学、辞书学。代表作有《疑难字考释与研究》《古代汉语词语考证》《论衡校笺》等。

首先要向同学们致歉，因为工作繁忙，我实在挤不出时间来写征文。这些天，我不断地被如火如荼的河北大学中文系 1977 级纪念毕业四十周年征文活动激励着，不断地为同学们一篇篇充满真情的美文打动着，心头不断涌起一阵阵命笔的冲动。

我想写的征文题目是《守望母校》。从 1982 年毕业之后留校，一直在母校的怀抱里问学、教学、科研和生活，四十个春秋，霜染鬓斑。大半生岁月，始终如一。所以，我想写河北大学四年中文系同学们的苦读和情谊，我想写一直以来帮助我、支持我、激励我的老师和同学，我想写学术之路的艰辛、孤独和登高望远的心旷神怡，我想写五尺讲台一树桃李和大千世界的关联与甘苦，我更想写对家人的拳拳之爱和对同学朋友的眷恋之情……然而，多情总被无情恼，文章未成冗务催。我不能无限期地让组委会延期截稿，影响征文活动后面的进程，只好以过往的旧文“滥竽充数”。

有同学戏称我为“中国认字最多的教授”，我也打趣说：我是同学中学历最低的人，到目前一直在上小学，学“认字”。无论是从上大学时抄卡片积累前几年出版的《初耕集》，还是获得河北省社会科学特别奖的《疑难字考释与研究》，抑或《古代汉语词语考证》《论衡校笺》等著作，当然也包括国家重点扶持的“中华字库工程”项目，都包含了我的初心和使命所在。足以说明我此生只会“认字”，别无他长。诗人云“板凳甘坐十年冷”，我在这个冷板凳上坐了四十年。面对纷纭浮躁的外部世界，虽然不能心如止水，但以初心和坚守排解诱惑，深耕专业。

现代汉语实习小组与华老师合影

至今仍感庆幸，我毕业后能够留校从教，得以守望母校四十年。今后，我还将一如既往，继续守望莘莘学子的那份初心和梦想，守望源远流长、历久弥新的师生情谊，守望百年沧桑锤炼凝成的河大精神，守望我一生的精神家园。

下面仅以我在百年校庆大会的发言作为毕业四十周年向各位校友的简短汇报。

在河北大学百年校庆纪念大会上的发言（摘要）

作为教师代表在河北大学百年庆典上发言，我深感荣幸。

我是河北大学中文系1977级本科生，1982年毕业，留校任教至今，在河北大学学习、工作了四十四个年头。亲身经历了改革开放以来河北大学在艰苦条件下砥砺奋进的发展过程，目睹了河北大学在人才培养、科学研究、硬件建设、社会服务等方面取得的辉煌成就。在此，我谨代表全校教师，热烈祝贺河北大学百年华诞！衷心祝愿河北大学的明天更加美好！

作为一名本科生教师，我始终把讲授古代汉语、汉字课程看作传承中华优秀传统文化的光荣使命（因为中华文化主要是用古汉语书写的、用古汉字记录的），认真讲好每一节课。担任研究生导师以来，培养了80名研究生，有8篇学位论文获评河北省优博、优硕论文。合作指导5名博士后，4人已经出站，出站报告鉴定全部为优秀；其中一名博士后的出站报告经过增修后成功入选国家哲学社会科学成果文库，他本人也被评为教育部青年长江学者。

在科研方面，秉承“实事求是”校训精神，坚持坐冷板凳、啃硬骨头、谋大功用。结合本科生、研究生教学，把古代汉语教材讲错的词、大型字典不认识的字这些“硬骨头”作为研究对象，长期坚持下来，考释疑难字词达到五千条，发现并总结出近代汉字演变的一般规律、特殊现象，提出疑难字考释的系列概念、理论和方法。研究成果获评吴玉章奖、全国优秀博士学位论文、全国优秀古籍图书奖、河北省社会科学特别奖、社科优秀成果荣誉奖与一等奖等；部分成果被古代汉语教材、《汉语大字典》吸收。2011年，我们这个团队承担了国家重大科技工程“中华字库”项目的研发工作，为打通我国数字化、信息化发展的瓶颈，为国家的文化建设事业作出了应有的贡献。

2008年和谢老师（中）在一起

2004年以来，我被推举为学科带头人，和学科教师共同努力，先后建成汉语言文字学二级学科博士点、中国语言文学一级学科博士点、河北省汉语言文字学重点学科、河北省中国语言文学国家重点培育学科、河北省“传世字书与出土文字”重点研究基地、河北省世界一流建设学科、燕赵文化学科群牵头学科。2018年创建全国性学术组织近代汉字研究会，研究会挂靠在河北大学，标志着河北大学已经成为全国近代汉字研究的学术高地。

作者代表教师在百年校庆纪念大会发言

站在百年历史新起点上，我愿和学校广大教师一起，不忘立德树人初心，牢记为党育人、为国育才使命，争做四有好老师，当好学生成才路上的引路人，为培养德智体美劳全面发展的社会主义建设者和接班人作出新的更大贡献！为早日把河北大学建成“特色鲜明、国际知名”的高水平综合性大学付出更大的努力！

2021年10月18日

与书结缘六十年

/ 任文京

作者简介：任文京，1955 年 10 月生，河北保定人。1982 年 3 月毕业于河北大学中文系，留校任教。文学博士，河北大学二级教授，博士研究生导师。曾任河北大学出版社总编辑。荣获“河北省有突出贡献中青年专家”“河北省四个一批人才”等称号，责编图书两次获得中国图书奖，学术论文两次获得中华优秀出版物奖·出版科研论文奖，获省级科研奖 6 次，编辑出版奖 9 次。出版中国古代文学研究专著 6 部，发表中国古代文学和编辑出版学论文 60 余篇。2022 年 1 月退休。

从1961年上小学到2022年1月退休，整整六十年，我从未离开过学校，小学、中学、大学；六十年时间没有离开书，读书、教书、编书、著书、购书、藏书，可以说，我一直在跟书打交道。

上初中时，正值“文革”期间，村里闹派性，挖地道，架机枪，值得庆幸的是学校并没有停课，不同年级的学生混编成一个初中班，教学秩序还算正常。那时的阅读欲望非常强，家中没有可供阅读的课外书，就想办法搜寻、借阅。我的好友吴庆军，他父亲当时在石家庄工作，每次探家都带回一些图书，其中文学书居多，如《金沙江畔》《老共青团员》《草原烽火》《林海雪原》《红日》《五彩路》等，也有《十万个为什么》等科普读物，这些难得的好书让我大饱眼福。我们在一起读书学习，相互砥砺，爱好文学的种子也在此时植入心底。

在林水中学读高中期间，正赶上教育“回潮”，学校重视教学质量。我的两篇作文受到老师表扬，油印后在同年级讲解，给了我很大鼓舞，心底的文学小苗开始生根发芽。1974 年 1 月高中毕业，因所在学校缺乏师资，让我留校任代课教师，教了两个月数学，之后一直教语文。学校建有一个图书室，几百册图书供师生借阅，我身兼管理员，近水楼台，喜欢的书自然先读为快。这一时期的阅读量大增，浩然的《艳阳天》《金光大道》，李瑛的《红柳集》《枣林村集》，峻青的《秋色赋》，黎汝清的《万山红遍》，还有管桦、孙犁、徐光耀、李英儒的小说，能找到的都读了。读书开阔了眼界，也促进了教学，更为 1977 年的高考打下了基础。记得当时见到语文高考复习大纲，大都在我讲课的范围之内，但历史、地理没有系统学习过，只好临阵磨枪，抓紧复习备考。高考后填报志愿，毫不犹豫地选择了中文系。

1978 年 3 月的一天，我带着河北大学的报到证，骑自行车带着铺盖卷报到。从家到河北大学十五公里，除保定市的走读同学，我是离家最近的。

大学四年，生活清苦而又充实，但也是难忘的岁月。那时供应粗粮多，细粮少，每月要好好算计一番，否则到月底就没细粮了。干啃窝头难以下咽，买的一份菜少得可怜，一个窝头下去菜就见底了。我和瑞敏、祥瑞、书才常在一起吃饭，经常是吃到最后往菜盆里倒开水，剩下的窝头掰碎放里面。那时有位老兄一边排队一边哼小曲，把当时流行的歌曲换词留曲，成了“不吃窝窝头呀，不吃胡麻油呀，也不喝棒子面的粥”。

当时学生生活清苦，老师们生活也不容易。前几年碰到一位当年在南院食堂做饭的厨师，说起往事，他说：你们中文系的黄绮先生，有一年初冬的下午来食堂借三轮车，要去买冬储大白菜，到晚上食堂下班了还没送车回来，不知跑了多远的路。黄先生那时可是大名鼎鼎的教授呀！

生活虽然清苦，大家的学习热情却很高。图书馆开门前，总有一群人等在门口翘首以待，一旦开门则蜂拥而入，或抢占座位，或挑选书刊。教室没有课时，仍有许多人上自习。记得有一天晚上都熄灯了，我的上铺郭瑞敏却穿衣起床，蹑手蹑脚开门，又到教室学了两个钟头。即使是饭后散步，也抓紧时间学习，经常见到有人一边走路一边背唐诗宋词。要力石是宿舍里最勤奋的，晚上熄灯闲聊之后，大家睡意蒙眬时，就听门慢慢开了，接着“咕咚”一声，那是力石往上铺扔书包的声音，随后轻手轻脚攀爬上床。早上也是他起得最早，跑到偏僻之处背单词。后来他考上中国新闻学院（新华社）研究生，当年废寝忘食的付出终于得到了回报。

那时中文系师资力量雄厚，我们在课堂上见识了老师们的学问功底和授课风采。1978 年秋季开学不久，系里就请黄绮先生为我们举办了一次讲座，讲座由詹福瑞老师主持。黄先生的言谈举止让我们明白了什么才是大师风采。刘玉凯老师在《学海梯航》中写黄绮先生惟妙惟肖：“他细高的身材，走路慢悠悠的，却很有节奏。他穿着考究，衣不沾尘，面容清俊，头发卷曲而乌黑，面孔严肃。他的眼神高傲，好像对一切都不屑一顾似的。但他并不凶，在适当的时候他笑一下，露出他的高雅不俗。”黄先生讲座的题目是《一个文科大学生怎样治学：约—博—约》，他讲学习如何由“约”到“博”，再由“博”返“约”，使我们这些初进高校的学子受益匪浅。黄先生后来给我们上文字课，他在黑板上写板书，用拇指、食指和中指捏住粉笔，无名指和小指翘起，写下的是我们后来才知道的“铁戟磨沙体”。他讲“武”字，“止”和“戈”分开来写，然后再讲为什么说“止戈为武”，让人记忆深刻，远比现在教学中的电子课件效果好得多。夏天傍晚，黄先生在校园散步，穿着依然讲究，手执一把芭蕉扇，慢慢踱步，后面的学生心生敬意，未有贸然唐突而超越前行者。

黄先生是书法家，保定莲池的牌楼上至今还有他写下的“古莲花池”“摇红”“涤翠”几个大字。文字课结束时，黄先生说有需要书法的同学，可以去找他，这让大家非常感动。有一天，我壮着胆子敲开黄先生家门，说明来意后，黄先生微笑着满口答应。数日后，我从黄先生手里接过一幅四尺整张的草书“龍”字，左右两边写满小字，右上是“龍能升能降……”，一直到左侧中部，左下是“文京同学以为然否”，令我大为感动，至今难忘。

詹锳先生那时住在天津，有一次到保定给我们作学术讲座，主要是讲文章的写作之道。他以“常山之蛇”为喻说明写文章要首尾兼顾，“击首则尾至，击尾则首至，击中则首尾并至”，把兵法和文章写作联系起来，给人留下非常深刻的印象。詹先生那时已是唐诗研究专家，他写的《唐诗》虽然只有七万字，却是真正的“大家小书”。我到书店花三角二分买了一本，李献文同学看到后说，詹先生可是咱们系研究李白的名教授。詹先生这本《唐诗》是上海古籍出版社“中国古典文学基本知识丛书”之一，受此影响，我后来见一本买一本，积累总计 30 多本。

魏际昌先生给我们上文论课时，精神风貌绝不像已经年逾七旬的老人。他声若洪钟，底气十足，用粉笔写字力度大，黑板“当当”作响。他有讲稿却置之不顾，引经据典总是抑扬顿挫地背诵，旧学功底令人惊奇。我想，老先生大脑里装了多少学问啊！留校后，我几次到魏先生家里拜访，他的书房里线装书很多，二十四史装在特制的书柜里，墙上挂着梁启超写的对联。魏先生是胡适的研究生，研究清代桐城派古文颇有成就。20 世纪 80 年代，河北教育出版社出版了他的专著《桐城古文学派小史》。

大概是 1995 年，魏先生在他孙女魏彩霞的陪同下，到河北大学出版社找我。彩霞是我教过的学生，她提着一个竹篮子，里面装着发黄的手稿。我请魏先生坐下，翻看了一下手稿，那是魏先生以往的一部分学术论文以及记录往事的诗歌、回忆录等，其中有一部分内容是写 1949 年北平和平解放时的情形，里面还提到叶剑英等中共领导人。遗憾的是，我刚到出版社不久，出版费又无法落实，出版之事难以进展。魏先生去

魏际昌先生晚年留影于紫庵

世后，他的研究生、华东师大的方勇教授于2005年开始多方搜集魏先生遗稿，历时16年时间编成500万字、共11册的《紫庵文集》，内容涉及先秦散文研究、史传散论、唐代边塞诗、李白评传、明清文学、紫庵诗草等，广博精深。在魏先生的研究生孙兴民（河北大学中文系1978级学生、人民出版社编辑）的大力支持下，《紫庵文集》将于近期由人民出版社出版。

张弓先生是我们上学时年龄最长的老师，当时已经80岁，担任中文系主任。他没给我们上过课，记得张弓先生有一次搬家，我们几个同学帮助抬家具，得以近距离接近老先生。他穿着朴素，说话声音很小。张弓先生是著名的汉语修辞学家，早在1926年，他的《中国修辞学》就已问世，1963年出版的《现代汉语修辞学》是继陈望道《修辞学发凡》之后又一部重要的现代汉语修辞学专著。黎锦熙为之作序，称“张弓先生研究汉语修辞学几十年，我在几十年前就已读过他著的一本分析归纳修辞方式的书。他积累了多年的教学经验，参取了修辞学的先进理论，掌握了传统的现代作品中的资料和实例，现在写成这部《现代汉语修辞学》”，评价相当中肯。

1978年，雷石榆先生已年近七旬，身体看起来还很好，他面容英气秀俊，透出高雅不俗的气质。我们在北院的生物系三楼听过他的学术讲座，雷先生吟诗像唱歌一样，不时哈哈大笑。后来才了解到，雷先生不仅是名教授，还是诗人和战士。20世纪30年代，雷先生在日本加入了“左联”东京分盟，并主编盟刊《诗歌》。抗日战争时期，雷先生先后在福州、广州以及西北、西南等地参加抗战工作和文艺活动。雷先生的日语诗歌在20世纪30年代的日本具有广泛而深远的影响。1993年，时任河北大学国际合作处长的姜焕柱在北京遇到一位五十多岁的日本建筑商，当他得知姜焕柱来自河北大学，马上就提到雷先生，并背诵雷先生的日语诗《沙漠之歌》。《沙漠之歌》出版于1935年，近六十年光景，依然有人记着雷先生和他的诗歌，可见有生命力的作品是可以跨越时空传播久远的。

熊任望先生是楚辞专家，他讲楚辞，板书非常认真，看他写字就像欣赏他写书法一样。熊先生讲课语速慢，倾注的感情也很深沉，能把人带入战国时期的楚地山水。他讲《离骚》，声情并茂地朗诵，“摄提贞于孟陬兮，惟庚寅吾以降”，他说“降”字应与第二句的“庸”押韵。读到“忽反顾以流涕兮，哀高丘之无女”时，熊先生流露出无限伤感的神情，让人记忆深刻。熊先生又是书法家，他的书法，多幅与楚辞有关，可见研究楚辞对其书法影响之深。熊先生还是诗人，自己创作的诗词常常用书法展示出来。

河北教育出版社出版的熊先生书法集，其中有30幅书法内容是先生自己创作的。欣赏这些书法，有时还需了解诗词背景。如《赠友人二首》其一：“喜宴识君惊剧饮，华堂梦蝶听谈玄。远朋相聚复相失，杨柳春风不忍攀。”其二：“一年又是柳葱茏，栩栩蘧蘧无始终。留得刘伶同一醉，蝶儿飞入百花丛。”其实两首诗并非作于同时，前者作于1989年2月，后者作于1990年4月。其一原标题是《送别清宫刚先生》，诗后有注：“先生是河北大学外语系客座教授，曾在哲学系做《天道是邪非邪》学术报告，不久回日本。”其二原标题是《清宫刚先生寄赠〈山形女子大学纪要第22集〉，载其论文〈天道是邪非邪〉，奉答》，诗后有注：“去年曾同饮‘刘伶醉’酒。”

当时给我们上课的老师，授课风采各有千秋，都给我们留下深刻印象。王振汉老师讲唐诗，慷慨激昂，神采飞扬；顾之京老师讲宋词，细腻深情，连声音都是婉约动听的；谢景林老师讲散文，会把人带入诗情画意中；许桂良老师讲美学，带来书法作品“新松恨不高千尺，恶竹应须斩万竿”，借以分析“恶竹”二字为何放在右下角，令人印象深刻。

大学四年，享受每月助学金18.5元，除去一个月的饭菜票，就剩下几块钱。大家舍不得吃，但见到好书仍旧不顾囊中羞涩。我那时买的一些书至今仍在案头，已经陪伴我四十余年，如邓广铭的《稼轩词编年笺注》、刘逸生的《唐诗小札》、郭沫若的《李白与杜甫》等，甚至还不知深浅地买了游国恩的《离骚纂义》、王利器的《文心雕龙校证》和陈寅恪的《元白诗笺证稿》等，很自然，这几本书读起来非常吃力，收获不大，不过后来对我却有了大用途。

毕业后留校任教，住房非常紧张，那年1977级留校的同学大部分住在临时搭建的简易房里。十年的简易房生活令人难忘，房子冬冷夏热，十几平方米，放上床和家具，冬天再放个炉子，剩下的空间就很小了。陶渊明说“审容膝之易安”，可他还有“草屋八九间”。我们住四十间平房的青年教工连个厨房都没有，只能在月黑风高的时候到工地捡些砖木，搭个简陋的小屋子当厨房。我最初是在外文系教汉语课，最多时教三门课：现代汉语、古代文学作品选、文学概论。上课熟练之后，便开始积累研究资料，撰写了几篇古代文学方面的论文。

十年光阴如水而逝，1993年初我离开课堂，来到河北大学出版社做编辑。那时出版社刚刚起步，出版范围受到限制，按照出版署规定，大学出版社出书范围主要是高校教师自编教材和学术著作，但这些书很难盈利。于是便多方融通，打点擦边球，出版一些中小学教材和教辅书。当然，经过岁月淘洗，留在书架上的，还是那些学术著作。当时，学术著作和教材是由科研处、教务处审定通过后再交出版社出版，人文社科类占多数。这些专著大多获得了当时的省社科奖，取得了良好的社会反响，如漆侠先生的《辽夏金经济史》、詹福瑞老师的《中古文学理论范畴》、刘永佶老师的《中国现代化导论》、贺国庆老师的《近代欧洲对美国教育的影响》等。

对于中文系老师的书稿，尤其有一种特殊的感情，因为这些老师大都给我们上过课。这些著作，有的是我担任责编，但多数是我参与审稿。1999年，《顾随先生百年诞辰纪念文集》出版，我担任责编。该书收入数十篇纪念文章，冯至作序。文章作者名家云集：叶嘉莹、周汝昌、张中行、刘乃和、郭豫衡……顾随先生已经去世几十年了，弟子们仍对老师念念不忘，怀着对顾随先生无限崇敬与爱戴的真情撰文回忆，令人非常感动。黄绮先生1995年曾在河北大学出版社出版《黄绮书法论文选》。2005年，《黄绮九十寿辰书法展作品集》经省教育厅领导推荐，书稿交由河北大学出版社出版，我担任责编。该书由雕塑家钱绍武作序，后面附有黄先生之子黄扩撰写的《浅谈父亲的书法艺术》一文。

1998年，《詹锳先生八十华诞纪念文集》出版，我担任责编。该书收录1996年詹先生八十华诞纪念会上詹门弟子的学术论文近20篇。遗憾的是，这本纪念文集直到1998年12月底才得以出版，而詹先生已于1998年12月16日病逝于天津。2016年7月，我协助詹福瑞老师整理的《詹锳全集》由河北教育出版社出版。同年9月24日，纪念詹锳先生百年诞辰暨詹锳先生学术思想研讨会在河北大学举行。会议的一个重要环节是《詹锳全集》首发式，与会专家对詹先生取得的学术成就给予了高度评价，《光明日报》《中华读书报》均对大会予以报道。

熊先生在出版社出过几本书，《楚辞探综》由我责编，《屈原赋译注》《离骚讲义手稿》等由同班同学梁志林责编。《楚辞探综》收入23篇论文，大部分是已发表之作，其中论屈原《招魂》的论文有4篇。2007年，熊先生以八十二岁高龄，在《河北大学学报》发表《〈招魂〉"屈原自招"说答友难》论文。这篇论文12 000字，后被《中国古代文学研究年鉴·2007》全文转载，且排在"商榷与探讨"五篇论文之首，足见学术界的重视程度。熊先生这时写论文与功名已经毫无关系，其献身学术的精神境界令人肃然起敬。遗憾的是，这期年鉴一直拖到2012年12月才出版，而熊先生已于2010年离世。

介绍雷石榆先生作品的《雷石榆诗文选》和反映雷先生一生经历的《雷石榆的人生之路》，是由雷先生夫人张丽敏老师整理和撰写，均为志林责编。武占坤老师也在出版社出过两本著作：《中华谚谣研究》《汉语熟语通论》。武先生是汉语词汇学专家，晚年身体不太好，行动不便，他伏案著书，孜孜矻矻，曾几次给我打电话询问书稿编辑进度，其献身学术的精神令我这年轻力壮的学生汗颜。其实，这些学术著作并非只在小范围流传，有的在学界反响甚好，有的售出版权，还有的受到市场青睐。

王振汉、韩成武、詹福瑞等几位老师整理的唐诗选本系列深受学界欢

外出参加学术活动

迎，韩成武老师的《诗圣：忧患世界中的杜甫》还售出韩语版权。刘玉凯老师的《鲁迅钱锺书平行论》，让两位大师跨越时空进行精神对话，既“读钱解鲁”，又“以鲁证钱”，研究方法非常新颖。鲁迅研究专家陈漱渝为此书作序，给予高度评价。此书初印5000册，几个月便销售一空，又加印几千册以应市场之需。该书封面是我请河北教育出版社张志伟设计，新颖别致，1999年初北京订货会上，《鲁迅钱锺书平行论》被《中国图书商报》评为最佳封面之一。刘玉凯老师后来还出版过《学海梯航：远去的先生们》，记述顾随、张弓、裴学海、韩文佑、魏际昌、雷石榆、王振华、李何林、黄绮、谢国捷、詹锳、高熙曾、蓝蒲珍、孙执中、熊任望、李离等先生。他从岁月的长河中慢慢打捞出尘封的往事，思绪随时光流淌，让我们了解了河北大学中文系老先生们的学术风采和心灵境界，可视为中文系的名师列传，也可称为中文系鲜活生动的学术史。

出版社工作紧张繁忙，但我并没有放弃教学科研。2001年开始，我应白贵同学之邀，在新闻传播学院兼任编辑出版专业硕士生导师。白贵那时读博还未毕业，已于2000年担任了新闻传播学院院长，在原来硕士点的基础上又增加了编辑出版方向。也是在2001年，我开始跟詹福瑞老师读博士，研究方向为唐代文学。2004年，我的唐代边塞诗研究学位论文通过答辩，我获得文学博士学位。

2013年，在出版社打拼二十年之后，我告别编辑岗位，来到新闻传播学院，由编书人又变回了教书人，为出版专业硕士开设图书选题策划和图书版权贸易等课程，并为传播学研究生讲授文化传播课程。白贵担任院长期间，视野开阔，聘请了北京、石家庄多位业界名家如郝振省、聂震宁、魏玉山、梁刚建等担任校外导师，或邀请来校上课，或举办学术讲座，深受学生欢迎。新闻传播学院偏重文科，为扩大研究生视野，又请清华大学刘兵教授和北京大学刘华杰教授担任科学传播方向的研究生导师，并来校集中给学生上课，使学生获益匪浅。何振虎、要力石等同学也曾担任研究生导师，并来校授课或开设讲座，深受学生好评。学院经过多年积累和几代人的不懈努力，2011 年获批博士学位授权一级学科点，这在新闻传播学院发展史上是具有里程碑意义的大事。

2005 年，由北京大学、台湾南华大学、河北大学共同发起成立“海峡两岸华文出版论坛”，北京大学肖东发教授任理事长，河北大学白贵教授和南华大学万荣水教授任副理事长，秘书处最初设在北京大学，后来移至河北大学。2017 年，海峡两岸华文出版论坛在河北大学召开，会议选举白贵担任理事长，我担任副理事长。2005 年至 2019 年，海峡两岸华文出版论坛共举办十四届，有 20 多所高校加入论坛理事会，分别在北京、保定、开封、杭州、南京、台北、高雄等地举办论坛，成为本专业领域最具影响力的高端论坛之一。河北大学和南华大学不定期互派老师讲学。2012 年春天，我到南华大学讲学一个月，足迹走遍校园每一个角落。有一天傍晚饭后，南华大学赵老师带我夜访阿里山，汽车沿山路蜿蜒而上，山间的夜景别有一番韵味。晚风轻拂，谈笑品茗，仰观碧海青天，俯视灯火一片，令人心旷神怡。

四十年光阴如白驹过隙，同学们已从青春如火的年龄步入花甲或古稀之年，但深藏心底的情谊不会褪色。行文至此，我想起毕业时的一件事，那天我去宿舍找到守义老兄，请他给我留下墨宝。他慨然应允，挥毫写下辛弃疾的《鹧鸪天》。现将辛词录下，向守义老兄及各位同学致敬：“聚散匆匆不偶然，二年遍历楚山川。但将痛饮酬风月，莫放离歌入管弦。　　萦绿带，点青钱，东湖春水碧连天。明朝放我东归去，后夜相思月满船。”

我的教师情结

/ 卢晓光

作者简介：卢晓光，1957 年生于河北永清，祖籍辽宁凤城。1982 年毕业于河北大学中文系，历任河北广播电视大学教授、河北霸州市副市长、民革河北省副主委、河北省政协副秘书长。2012 年起任民革中央常委、河北省主委、河北省政协副主席、全国政协常委。教授职称。

时间煮雨，岁月缝花。人生就是这样，已经走出去很远，回看脚下的路，发现总有一种缘分和遵循，勾勒出命运的轨迹。我的教师情结就是如此，它是家庭熏陶留在我身体里的胎记，是际遇浮沉被为人师表所感染的朴素师心。

一、师表

我出生在一个教师之家。

我的爷爷抗战时期率部驻皖，曾亲率官兵捐款捐物，支援当地水毁学校的复建。我的姥爷是永清一中的教师（该校建于 1908 年，前身是河北省私立存实学堂，后改为永清存实中学）。我的父亲卢奇，1949 年 1 月天津解放后，即从解放军第三十八军转业到永清县人民法院当书记员，同时给当时县政府的班子人员办“识字班”扫盲，1957 年被下放到国办别古庄中学任教，获“全国模范班主任”称号。我的母亲，是别古庄小学的老师。

都说父母是孩子的第一任老师，对别人来说，是比喻，对我来说，却是写实。童年最初的记忆里，全是别古庄乡前刘武营村小学的碎片——从记事起我就一直跟在担任小学教师的母亲身边。母亲备课，我在操场转了一圈，百无聊赖地爬在母亲的椅背上；母亲上课，我从扒着窗户偷看到坐进教室“旁听”（不够学龄也未办入学手续），一年级、二年级……课反反复复地上，母亲教哪个年级我就算哪个年级的学生。

我的教师梦最早萌芽，是从别人对父母的敬重开始的。

在片段记忆中，小时候父亲带着大姐和我，在别古庄赶大集。集市上，经常有学生看见我父亲，老远就站定，恭恭敬敬地鞠躬，道一声：“老师好！”赶集的家长和老乡们，也都热络地上前与我父亲寒暄，有时还送上自己家的农产品。人民教师受尊重的这一幕幕，在我儿时的心灵里，留下了深刻而美好的记忆。

父母膝下三儿两女，我是儿子里最幸运的一个，大哥、二哥因“文革”运动的波及，小学没念完，就被下放到生产队挣工分了。在父母的言传身教下，我发誓好好念书，甚至暗暗立下心愿，长大后也当教师。

1970年，我在母亲任教的前刘武营村小学毕业后，村里又办起了初中，我自然成为本村自办初中的第一批学生。三位主课老师都是本村里文化程度最高的，其中一位是单秀荣老师（从外村嫁到我们村的媳妇），高二学期，教我们数学；教物理、化学的老师叫徐震卿，教语文的是王郁文老师，两人都是“文革”前初中肄业。

别看老师们学历不高，责任心都非常强。有时候教课过程中，卡壳讲不下去了，几个老师就凑在一起，边琢磨，边推演，边讲解，直到透彻为止。

考高中时正值1972年隆冬，我们11名同学，结成三四个人的学习小组，每天晚上在老乡家的空房子里复习。几位老师顶着寒风，冒着大雪，漆黑赶老远的路给我们辅导，还都争着抢着要多补自己的课。做一事忠一事，这种为人师表的风范，深深触动和影响着我。

在这些老师的悉心努力下，我们村办初中 11 人，考入高中 9 人，我是全学片总分第一名。

读高中就在父亲任教的别古庄中学。我的一举一动，都置身于父亲的视野内。到 1974 年读完高中，我先是回到前刘武营村当代课老师，和我母亲一起教小学。几个月后，别古庄中学扩招，缺少教师，我被选入这所刚毕业不久的中学，和父亲做起了同事——我俩都是班主任，他教高二语文，我教高一语文。

从小到大，父亲都是我言传身教的老师。有一次上课，父亲在窗外听到我把“虚与委蛇”的“蛇”（yí）字读成了“蛇”（shé），父亲严肃批评了我：为师者不能误人子弟，一定要认真备课，不能一知半解、望文生义。此后，我养成了查字典的习惯。

这是我早年的幸运：兜兜转转间，我的求学和工作，始终没有脱离父母教学圈的这片天地，那些熟悉的老师，一直都是我的师表、我的榜样。

1977 年，振奋人心的消息从学校大喇叭里传出：国家要恢复高考了！

我跟父亲商量，考，还是不考？父亲鼓励我，考！试试吧。

备考，谈何容易？学生的课不能停，还要做好班主任工作，系统复习的时间，只能靠自己来挤。

别古庄中学的师资力量，直到今天都称得上“高配”，很多老师都上过名牌大学，清华、北大、北二外……他们曾是四川、甘肃等地的下乡知青，因为回不去北京和天津，就近选择了廊坊。教物理的陈镜环老师，天津人，不苟言笑，但是思维严谨，教学方法独特，轻松地就把学生带入分解式的学习乐趣当中。高考前，陈镜环帮我辅导物理，和父亲同寝室的聂玉德老师，趁中午吃饭时间辅导我数学。感冒发烧，我的老班主任郭岩松夫妻，给我送去糖饼和蛋汤。正是在老师们的这种关心关怀下，我得到极大的鼓舞和精神动力。

晚上判完学生作业备完课，检查完男生宿舍，10点学校拉闸熄灯，我就点着煤油灯，在办公室复习到深夜一两点。回宿舍眯上一小会儿，凌晨4点，生物钟自然催醒，提着马灯又跑去办公室。

两个月紧张备考，最终我收到了河北大学中文系的录取通知书。至今记得那一天，父亲高兴地跑去镇上的供销社，亲手给我挑选了一条绒裤作为礼物。

二、师恩

1978年3月，来到河北大学中文系学习，宛如进入一片璀璨的星空。

中文系老主任张弓教授是中国修辞学的泰斗，老先生个子不高，穿一双布底鞋出现在修辞学的讲座上，朴实谦逊而又内涵深厚。68岁高龄的雷石榆教授，激情满满地给1977级上大课讲授现代文学。老先生是20世纪30年代“左联”时期的诗人，课堂上朗诵自己的诗作，至高潮处老泪纵横。詹锳教授做关于《文心雕龙》研究的讲座，从容淡定堪为大师风范。年满七旬的魏际昌教授授课，侧重于讲“桐城派”，评点独到，见解深刻，其精神矍铄，感染力十足。

黄绮先生的风度令人至今难忘。当年有幸聆听黄先生主讲古文字学、古音韵学和训诂学，先生讲话轻声细语，舒缓有致，极富雅韵。那时，黄先生的书法已经炉火纯青，蔚成大家，他给我们开办了书法讲座。我因为爱好书法，自此与黄先生时有过从，得以近距离接受先生教诲。黄先生评点我写的字“秀而不劲”，直指我学书法的短板。此后我十分注重习书的力道。后来黄先生给我书赠“骏骨”两个大字，爱徒之心溢于书间。

其实，不管任课与否，中文系的老师们都堪为人师表。我接触较多的佟德真老师，十分爽直，批评我毫不客气。他告诫我看电影不可光看热闹，还要写观后感，学习电影技巧。班主任韩盼山老师，更像个大兄长，他也爱好书法，时常和我说要彼此取长补短。

熊任望老师谦恭慈祥也对我影响很大。毕业之后，熊老师因事来石，作为弟子当然要拜访并服务左右。当时熊老师因身体原因已停笔近三年，可他坚持说要给我写幅字，我说等您把身体养好后，我再去家中拜望求赐。没想到在老先生病逝前的头一年，他坚持为我写了墨宝，亲嘱梁志林同学专程送来。

师恩如山。河北大学四年的读书学习，知识营养令我受益终身。老师们的言传身教，为我树立了人生的榜样。

假期的时候，我回到家乡永清，因为父亲身体抱恙，我偶尔也会替他代几节课。站在讲台上，给同学们讲高尔基的《海燕》，反响很不错。看到曾经和我一起备考的高中同学，有的连续补考了两三年，依然锲而不舍，他们求学的精神和家长的期盼，加上耳濡目染于父亲“全国优秀班主任”的师德师风，我决心毕业后重返教师岗位。

三、师责

1982 年 3 月，我如愿以偿地被分配到刚刚成立的河北省广播电视大学任教，在文科教研室教授新闻学、写作等课程。从教十四年，我在电大这所相对特殊的高校里，接触社会，认知社会，收获了教育教学的成长。

电大是所特殊的大学。尤其是它的学生都是来自社会各界的青年，多数都已工作多年且具有一定的工作经验，甚或很多都是为人父母者；还有一部分是通过业余时间自学，将自学成果和工作实践相结合，并得到社会普遍承认的。他们都是不脱产求学，但宽进严出，以提高学历层次并拓宽学识视野。所以，电大教学兼具教学与管理的双重性质，更应该因材施教，服务实践。

我在电大讲课，按教材讲授，却不全受教材的约束，喜欢和同学们讨论问题，提出解决办法。比如新闻写作课，关于怎么起文章的标题，同学们就特别爱听。后来有同学说，这样讲非常具有实战的价值。

教学管理，我始终把握宽严适度，师生关系可谓亦师亦友。一名学生违反考场纪律，我及时进行严厉批评，但没有给他记入档案、取消资格；还有一位新闻界学生的论文涉嫌抄袭，提醒之后却不认账，我便查阅了很多资料，一一标明出处，对他提出严厉警告，并迫使其重写。

我理解他们，边工作边学习，时间紧，压力大，闭卷考试一门过不了就要挂科、补考，拿不到毕业证就转不了干。但是，为师者的责任，不能含糊，更不可懈怠。他们用功学，我也真心帮。曾经有个学生，工作调动去了外地，没法兼顾上课。我就定期把各科的重点资料整理出来捎给他，确保他在岗位上及时自习。教学，重在育人，这是教师的首要职责。

在电大任教期间，我编写过几本教材，也在中央教育电视台录制过“应用写作”的教学节目。1993 年 7 月评为副教授，2001 年 3 月评为教授。

1996 年 5 月，我有机会重回廊坊，到霸州市挂职。

上任三个月，赶上了特大洪灾，处于九河末梢的霸州溢洪区受灾严重。我奔跑于省政府各厅局寻求对口支援，争取救灾资金，协调各乡镇，用一年时间，对接完成了 24 所水毁学校的灾后重建工作。

挂职期间，我的工作关系一直保留在电大。寻思着完成这段经历后，继续回去任教。但看到霸州的教育基础太差，才愿意留下来做出改变。不过，即便是转任实职，人事关系也一直没变。

1998 年起，我正式转任为霸州市主管教育的副市长。在任期间，本着教育为先的考量，规范中小学、幼儿园。在霸州一中，实施教学改革，以提升教师素质为抓手，带动全市中小学素质教育和教学质量全面提升。欣慰的是，在极短的两年时间里初见成效，出现了两个走进清华、北大校园的毕业生，终于打破了霸州一中近15年来没有学生考进重点大学的历史。

在义务教育第二次普查中，我发现很多乡镇学校几乎没有达到普九教育的基本标准，为应付第一次普九验收，往往是把几所学校的图书仪器偷偷集中于一所学校以蒙混过关。我于是召集各乡镇的主管负责人及校长开会，深有感触地对他们说：“学生都是你们父老乡亲的孩子，你们骗来骗去，最终受害的是你们乡亲的孩子，百姓是要骂你们的。”我要各乡镇学校将仪器设备的缺口如实上报，在政府拿不出专项资金支持的情况下，我跑到省教育厅签了300万教学仪器设备，按需拨给各校，终于让每所学校实实在在通过了复查验收。

其间，在霸州市委市政府支持下，我发起推动了“四校改革”，把职业教育和成人教育合并，由电视大学、劳动技校、卫生学校、师资培训技校组建霸州职成教育总校，有效集中了市里有限的教育资源，同时也为全面建设和改善市幼儿园、市一小学、市一中、市职成教育中心，创造了有利条件。

一份执念所在，既然无法亲自为学生上课，在现职岗位上能多为教育办些实事，也算是一种“师责”吧。

2012年4月起，我陆续当选民革河北省第十一届、第十二届委员会主任委员、省政协副主席和全国政协常委。日常繁忙的工作中，念念不忘的仍是教育。

随着全面建成小康社会的步伐，经过一年多的调研和奔波筹备，民革河北省委会依托民革党员翟志海的精英集团，联合创办了河北省精英博爱学校，在2014年12月20日终于揭牌开学。这是一所面向太行山革命老区贫困县孤困女童的公益性学校，先后资助了94名6—12周岁的孤困女童免费接受义务教育。其间，我们多次组织“博爱牵手孤困女童”大型公益拍卖活动，累计所得款项近千万元，全部用于精英博爱学校建设。我把个人收藏的数十件书画作品都带头捐赠拍卖（甚

2014年12月20日，时任河北省委统战部部长的范照兵、河北省政协副主席卢晓光为河北省精英博爱学校成立揭牌

至捐赠了妻子访台时星云大师写给她的一幅墨宝）。为帮扶考上大学的贫困大学生，我主动联系全国政协常委卢志强先生，把“泛海助学”基金引进河北，2017—2019 年共资助学生 20 812 人，捐助资金 1.07 亿元。

在我的教师生涯中，教过小学、初中、大学，唯独没有当过校长。博爱精英学校成立后，我毛遂自荐当了该小学的名誉校长，“任职”后做的第一件事就是拿出自己的工资，捐赠 1 万元建了学校小卖部，学生可以拿获得的学习积分换取学习物品，这样可以鼓励孩子们形成自尊、自立、自强的好习惯。

精英博爱学校自建校以来，打造了河北民革教育扶贫的新品牌，吸引了众多社会爱心人士参与。2015 年 3 月 26 日，时任中共中央政治局委员、中央统战部部长的孙春兰到学校调研，并给予充分肯定。2022 年，在中央统战部和各民主党派中央、全国工商联联合开展的“各民主党派、工商联、无党派人士为全面建成小康社会作贡献”评选表彰活动中，获评“社会服务优秀成果”。

目前，精英博爱学校已有三届、82 名学生完成了义务教育阶段学业，最后一批 12 名学生明年也将初中毕业，步入属于他们更加精彩的人生旅程。我也即将退休，名誉校长的头衔也将随之卸任，对我来讲，也算一种圆满吧。

展翅飞翔

/ 要力石

作者简介：要力石，1956年12月生，河北邢台人。新华社高级编辑，中国作协会员。高中毕业下乡插队、在钢铁厂做学徒。大学毕业后任《邢台日报》记者。1987年考入中国新闻学院，后供职于《瞭望》周刊、新华社办公厅。曾任新华出版社总编辑、新华社中国财富传媒集团副总裁，新中国成立六十年“百名有突出贡献的新闻出版专业技术人员”荣誉获得者。

回想1977年那个冬日，仿佛发生在昨天。一大清早，我洗漱完毕，马上趴在桌上，迅速过了一遍高考复习题。

母亲特意给我煮了两个鸡蛋，说：“吃了有力气。”我穿上机务段工服——黑棉半大衣，骑自行车到了邢师附小高考点。这是我熟悉的母校，在这里上的小学。还可以说，这是我一生成长的福地。

为了这一天，我准备了多久？说起来没人相信，高考复习的几个月，我没请过一天假，照常在邢台钢铁厂运输部机务段上班，确切地说，是在建设牌蒸汽机车295号当司炉工。那时的铁路系统通行白班、夜班两班制，工作12小时，休息24小时。我的复习时间绰绰有余。看我天天一身油包，每顿3个馒头，挥汗如雨地干活儿，段里的工友没人知道我在准备高考。

母亲忙得没工夫过问我高考的事，父亲从他的好朋友吴家骧那里为我找来一本蓝皮高考复习提纲。复习期间，我被抽调到总厂宣传部和邢台市委宣传部新闻科帮忙，《邢台日报》《河北日报》常有消息、通讯发表，受到刘增江科长和邢钢报道组杨赞欣组长称赞。

接到河北大学录取通知书那天，我正在给火车上煤上水，机务段来取水样的女化验员说，段里有我一封信。打开信，我欣喜若狂，跑着返回机车，向正、副司机张保顺、苏贵合报喜，他俩问，是不是请师傅喝两盅？

和所有1977级同学一样，我们的命运此刻开始改变！

为了实现青春梦想，我准备了多久？我在邢台一中度过中学时代，语文成绩一直好，语文老师范焕庆几乎在墙上展示了我的每篇作文。高中毕业，无法升大学，十七岁的我和玉让、赵森等发小，戴着大红花，在锣鼓声和“广阔天地、大有作为”口号声中，从体育场直接被拉到了张宽公社李村。玉让的姐姐和我二姐提着一网兜东西送行。

头几天只会蒸死面香油花卷，很快把白面和香油吃光。好在跟两位女知青学会了发面。她俩一个因为地主出身、一个因为父亲当过日语翻译，都在队里扎根好几年了。

每天天不亮，李队长敲钢轨的当当声响起，我们几个知青顾不上洗脸，直奔大槐树下等派工，种地、锄草、浇水、赶车、翻山药秧，所有的农活儿都干过。第二年我当了队里的饲养员，特意选后半夜值班，前半夜看浩然小说，写日记，看父亲用过的大学语文进修教材。

后半夜，万籁俱寂，我给马槽添上草料，然后躺在散发清香的青草跺上，仰望星空，若有所思。次日一早回宿舍的时候，不忘抓把黑豆、花生壳饼带给伙伴们充饥。

后来我又当上记工员、现金出纳，有了更多学习时间，当然不是为了高考。大队有个广播站，一早一晚播放革命歌曲和本村新闻。我开始写一队抓革命促生产的表扬稿，这算是我新闻事业的发端？

其实早在高中时，每次路过邢台日报社办公楼，我都极为羡慕里面的人。想不到十年后如愿以偿，我成为这座楼里的职业记者！

为了梦想成真的这一天，我准备了多久？机遇留给有准备的人，可是总要有一个机遇。邓公拍板恢复高考，是历史给我们这一代人最难得

1977 年告别机务段时在 295 号机车前与师傅合影（左一为作者）

的一个机遇。种子会发芽，青春会梦想，雄鹰会渴望翱翔蓝天。大学时读庄周《逍遥游》："北冥有鱼，其名为鲲。鲲之大，不知其几千里也……"感慨自古以来，人生梦想之宏大、高远！

在李村两年半后返城进了钢铁厂，不久成为总厂广播站通讯员。每当走进工厂大门，听到大喇叭广播我写的消息、诗歌，别提多开心！

1978 年春天，1977 级入学。怀揣梦想，背着母亲为我翻新的被褥，提着父亲用的人造革灰提包，坐六七个小时绿皮火车，来到保定，开启四年的青春之旅。

实难忘，那些朝夕相处、情同手足的同班同学，学识渊博并和学生一起排队打开水的资深教授们。如那位刚刚平反任教、一句"老要"惹得满堂大笑的英语课韩老师，声泪俱下地讲解韩愈《祭十二郎文》的王老师。从图书馆阅览室走到外文系操场，繁星满天，槐香扑鼻，顿觉心旷神怡。同学们在食堂门口围成一圈吃玉米饼子还不忘讨论诗歌，成群结队去三十八军礼堂观看话剧《红旗谱》，在房管礼堂观看《基度山伯爵》《生死恋》等外国大片……

还记得寒假回家前，我起大早到马家鸡铺排长队就为买一只鸡带回邢台。所有的一切都历历在目，成为大学时的美好回忆。

毕业离校那几天，同学们在笔记本上相互留言后，便各奔东西，当然有的同学就此一别不会再见。我提着一只木凳子去北院办理离校手续时，禁不住涌起惜别之情。

1982 年 3 月的一天，我到《邢台日报》政文科报到，正式开始记者的职业生涯。那五年是我一生中最忙碌又快乐的时期。每周编排一个百泉副刊版后，其他所有时间、精力都忙着采写人物通讯。幸运的是，多次跟随《河北日报》老记者米保广、杜国堂、刘秀礼学习采访，获益良多，并采写了不少人物通讯。如描写二十七军十八岁小战士齐永华救火牺牲的通讯《金色的年华》，收入军部新兵入伍教材；长篇通讯《当一任支书想几代人事业》在《河北日报》发表，因此结识了新华社河北分社著名记者侯志义，他希望调我到河北分社工作。

鸟儿在飞翔时，才会感觉海阔天空！

有一天早上在沙河栾卸村采访时，偶然听到中央人民广播电台播发的中国新闻学院招生的消息，这让我又振翅欲飞了。

1987 年秋，我依依不舍地告别《邢台日报》政文科同事，在科长张林昭提议下，和左建协、杨海琛、杨久艾、王书民等一起在报社门前台阶上合影留念。五年中一起采访、编辑、画版、校对，结下浓厚感情，亲如家人。

到了新华社，眼前是一片新天地。新华社培养了我，给了我许多锻炼的机会。我先后在四个部门学习工作，有不少事难以忘怀。

在新闻学院读书时，穆青是名誉院长，我到总社工作时他已退休。有一天他出席出版社在新闻大厦举办的新书发布会，我向他自我介绍，他说："知道，知道，这不是小要吗？"然后握着我的手和《一只绣花鞋》作者张宝瑞一起合影留念。

我有幸在郭超人的领导下工作过五年，担任调研室主任一职，还是他找我谈的话。有一天晚上我在审核当天的值班简报，突然接到郭超人电话："小要，我今天讲话内容怎么融到一起了？还是改回四条吧。"还有一次，我在他办公室汇报完工作，他说："我刚出国回来，给你一个小纪念品。”没想到，他掏出一只黑铜打火机。调研室同事都抽烟，他以为我也抽烟呢。

在《瞭望》周刊政治组时，我有幸分工负责采访人事部、公安部、中组部、团中央和“两会”，还采访过希望工程首次新闻发布会。在新华出版社期间，我出版过图书策划学专著，策划过包括亨廷顿《文明的冲突与世界秩序的重建》在内的“新华国际政治精品文库”“金蔷薇散文”等几十种丛书。我主持策划的《巨变：改革开放40年中国记忆》获国家级奖励并摆上2018年11月北京国家博物馆“伟大的变革”展台。这本书，从内容主题、封面装帧到宣传发行，我都倾注了许多心血。这本书也算是告别职业生涯的一份纪念。

不过回想起来，一路走来，离不开紧要处的贵人相助。文中记下名字或帮助过我而未及记下名字的，都是我感激一生的贵人！

2022年4月10日

走上与文学不同的道路

/ 刘书祥

作者简介：刘书祥，1954年3月生，河北灵寿人。大学毕业后曾在河北省委党校、天津市委党校从事法学教学和研究工作，二级教授，律师。2015年退休后，被北京科技大学法律系正式聘用，至今还在发挥余热。

在离开母校四十周年之际，同学们纷纷通过诗歌、散文等形式，回忆自己的学习、友情、工作、生活，乃至人生。常言道，青春有梦想，老来才有回忆。近日，坐下来边静心思考，边翻看同学们不同时期的照片和视频。四十年前，青春年少，意气风发；而今，白发催老，人无少年。兄弟姐妹们，年少的越花甲，年长的奔耄寿，自己不知不觉也近古稀。回首远望，有苦难、有劳累、有追求，当然，也有愉悦、幸福和收获。

一

我出生在距离河北省灵寿县城1.5公里的南托村。1971年高中毕业后回乡务农，开始被村里派去当了一年国防三线公路建设者（民工），后来被安排在村办企业当会计。村办企业中有一个挂面作坊，做挂面主要由机器操作，最后一道工序包装挂面需人工完成。挂面一斤一封，用收购的旧报纸作为包装封袋。那个年代，特别是在农村，可看的书籍很少，而准备包装挂面的旧报纸，在他人眼里不过是一堆废纸，我却如获至宝，成为我每天业余时间的精神食粮。后来仿效报纸上的一些体裁，试着写一些文章，送到县广播站。那时还没有电台、电视台，全县只有一个有线广播站。上级政策精神、县里各项重大活动和事件，都是通过有线广播传送到全县千家万户。记得第一次从挂在家里墙上圆黑纸片样的有线小喇叭听到播放我写的小稿件，十分兴奋和自豪。从此激发了我写作的兴趣，先后多次给县广播站投稿并被采用。

1974 年 4 月初的一天，县广播站站长范永林突然找到我。范站长四十多岁，高高的个子，不太茂密的头发梳理得十分整齐，脸上总是刮得干干净净，走起路来，腰板笔直，健步如飞。他工作干净利索，雷厉风行，一丝不苟，是全县有名的笔杆子，后来成为县广播局副局长。当时他既是站长，也是总编辑，播放的稿件都由他事先把关。站长说："编辑白明燕生小孩休假，想让你顶班几个月。"我听后，十分惊喜，感觉像天上掉馅饼一样，心中暗想，不能错过这么好的锻炼机会。

跨进县广播站的大门，可以说是我走出农村的起步，后来也成为计算我工龄的起点。在广播站，我暗下决心绝不辜负站长的期望，一定虚心学习，拼命工作。有时跟站长下乡采访，有时随县委宣传部报道组下乡采访，有时自己独立下乡采访，回来写成广播稿，交给站长审查，然后送交播音员。从 4 月至 8 月，我没有休息过节假日，采访几乎跑遍全县所有公社和农业学大寨先进典型村，参加了县里组织的一些大型活动，使我得到很好的锻炼。

1974 年 8 月，白明燕休假期满，我被站长推荐到西托公社当通讯员。作为通讯员，主要负责公社的文字工作，包括撰写公社书记的讲话稿与年终总结、书记向县里的汇报材料，采写通讯报道向报社投递。做通讯报道，还要接受县通讯报道组的业务指导。县报道组有个尹丑货，被各公社通讯员视为榜样。尹丑货个子不高，看上去身材有点干瘪，像娇柔女子一样，弱不禁风，工作却像个拼命三郎。他原来是三圣院公社的通讯员，经常装着稿件，带上干粮，蹬着自行车，在天亮前赶到石家庄日报社。在报社门口一边啃着凉干粮，一边等报社开门。报社编辑送他尊号“凉山药通讯员”。他的敬业精神感动了报社的编辑，所以他的稿件登报率高。后来他被县报道组录用，成为正式国家干部。我们这些基层通讯员，效仿他的做法，常常骑着自行车赶到石家庄日报社送稿，通常每一两个月都能被石家庄日报社采登一篇。

除做好文字工作，还要作为包村工作组成员，跟随公社书记下乡蹲点。当时人们将吃商品粮的称为脱产干部，挣工分加补贴的称为半脱产干部。半脱产干部到年终公社给村里开证明，由村里按每天 10 个工分参加生产队的粮食和工值分配。公社每月发我生活补贴 18 元，作为下乡包村吃派饭的费用。包村期间，在社员家里吃派饭，一天一户轮流进行。吃过晚饭，将事先包好的一天饭费（一斤四两粮票，三毛五分钱）放在人家桌上。一边吃饭一边和社员拉家常，了解社情民意。每周到公社参加一次集体学习，有时也顺道回家吃饭，每月补贴还有节余。当时用节约的钱买了一个砖头式的收音机，大学期间还在使用。

虽然我们的待遇与脱产干部不同，但承担的任务一点不少。比如，当时要求与社员同吃、同住、同劳动，并规定具体的劳动时间，县干部 100 天，公社干部 200 天，村干部 300 天。还专门给每人发一个记工本，将下乡参加劳动的情况记录下来。

20 世纪 70 年代，中国农村还是以大队和生产队为单位。粮食、棉花、生猪等，都由国家统购统销，不得自由上市。农村的种植计划以及粮食、棉花等物资的上交指标，都要作为政治任务分配到大队、小队。我虽然出身农民，实际上对农业生产了解很少，不过包村只要把上级下达的各项指标传达落实就算称职。现在回想起来，这个包村的“包”字非常形象，各种农作物从种到收，催交公粮，催交税款，计划生育，甚至协调队与队之间的关系、不同家族之间的矛盾、邻里纠纷等，无所不管，无所不包。记得 1977 年高考前一天，公社书记还通知我汇报包村的计划生育工作。

回想在公社工作的三年多时间，吃的是社员家派饭，走的是乡间泥土路，钻的是庄稼地，睡的是土坯大炕。每年夏、秋收获季节，为了战胜天灾，“抢秋夺夏”，在田间搭上草棚作为生产指挥部，晚上和村干部睡在里面谈天说地，白天和社员一起下地参加劳动。虽然每天摸爬滚打，十分辛苦，但和朴实的公社干部、村干部、社员在一起又说又笑，也是自己人生一段快乐的时光。

二

记得1977年10月21日那天，我和村支书检查秋播小麦苗情回到住处，打开收音机听到中央电台播放恢复高考的新闻。

当时旁边听广播的还有公社党委组织委员，也是我的入党介绍人张秋喜。老张是参加过抗日战争、解放战争的老革命，年过花甲，满头银发。多年的战争生活给他留下不少病痛，身体虚胖，行动不太方便，很少下地参加劳动。公社书记负责全公社的工作，还经常外出开会。老张长期替书记驻村坐镇。他经常把包村的住所，当作作战指挥部，像作战司令一样，把不同工作和指标在纸上画出草图，用手指着图纸给工作组成员和村干部下达命令，分配任务。工作组其他成员像走马灯一样频繁更换，长期驻村的主要就是老张和我，还有一位女农业技术员。我和老张长期睡在一个炕上，我平时注意照顾他的起居，这也是公社书记交代给我的一项任务。他对我也十分关心。几年下来，我俩建立起如父子般的关系和感情。我听到恢复高考的消息，十分激动，不自觉地将目光转向老张，两人目光对视了几秒钟，他立刻猜透了我的心思。他非常理解和支持我，但告诉我须征求公社书记的意见。当时心想，如果书记不同意怎么办？后来就偷偷报了名。不敢向书记请假，白天在所包村工作，晚上躲起来看书。在临近考试的前六天，在老张的撺掇下干脆找个理由请假回家冲刺。这六天时间，躲在家中最里面的屋子，炕作桌子，恶补短板。自己上高中时喜欢数学，当通讯员几年，语文、政治不用看，在极短时间内狂背历史、地理。六天的时间，和衣而坐，困了打个盹，醒来继续背。每当回忆高考前冲刺的六天，就想起当时陪伴我复习考试的爷爷。

爷爷那年已经七十四岁，是个每天都面带笑容、乐观豁达、勤劳忠厚的农村老头。1960 年我六岁、妹妹一岁半时母亲去世。母亲去世后，主要由爷爷奶奶把我们兄妹俩抚养长大，所以我和爷爷的感情很深。记得 1979 年 12 月学校临近期末考试，接家里电报说爷爷病重，我向班主任杨爱芳老师请假，在场的系办公室张老师不解地问："你爷爷有病还要回家吗？"当我说出实情，杨老师当场说应该回去。我请假回家见了爷爷最后一面。

在高考前冲刺的六天，爷爷披着一件羊皮袄坐在我身边，一直陪了我六天。1977 年 12 月 15 日早晨，爷爷还专门叮嘱妹妹一定要给我煮一碗挂面加两个鸡蛋，说吃了挂面鸡蛋一定能考 100 分。吃过早饭，冒着小雪，登上自行车，赶到县中学参加考试。15 日考试语文、政治，16 日考试数学、史地。语文考试，作文是一个记叙文，一个论说文，我选择了记叙文《园丁赞歌——记我尊敬的老师》。除作文外，还有拼音、造句等基础知识，记得拼音有一句出自宋代苏轼《前赤壁赋》当中的"余音袅袅"，让给"袅"字注音。自己不认识这个字，看上面有一个鸟，就随意按照鸟字拼了音，还真的蒙对了。政治考试，整天写政治学习发言稿，轻车熟路，得心应手。三个小时的考试时间，一个小时就将必做题答完。检查一个小时看还不到交卷时间，就把要求二选一的论述题，全部都答上了。历史、地理科目，几天的狂背起了作用，感觉比较容易。最费力的是数学，虽然初中、高中学过，但"文革"期间，学的内容少且不扎实，有一道题没有做完就打了铃。看到好多同学说出当年的高考分数，一直纳闷，不知通过何种途径看到，而我高考各科分数，至今也不知道。

我们公社参加考试的 200 多人，进入初选的有 10 个人，其中 8 个人是“文革”前的高中毕业生。经过体检、政审等环节，最终录取了3个人，其他两位，一位被河北机电学院录取，一位上了石家庄地区师范专科学校。记得那天在公社集中学习时接到录取通知书，在场的同事都为我感到高兴并表示祝贺。虽然报名时未征求公社书记的意见，但他看到通知书也露出了笑脸，并给我送上亲热的一拳。

三

1978年3月17日，按照入学通知书的要求，像进城打工仔一样，背着行李到县城，托县交通局通讯员安瑞忠帮忙截了一辆拉砖的四轮拖拉机，顺道把我带到正定火车站，坐上开往保定的火车。入学第三天，学校在北院大门口举行了欢迎仪式。新生背着用绳子捆绑的像炸药包似的背包，迈着刚进入校门的步伐，校领导和往届同学站在旁边，迎接新生的到来。学校有关部门还进行了现场录像。

1980年作者（左一）与同学登八达岭长城

记得入学认识的第一位同学是室友保青。联社老弟说在保定火车站遇见我，并最先认识，这点没有记忆了。只想起提着行李由往届同学引导进入宿舍，首先见到保青，他第一个进入宿舍，并在右边靠窗户的下铺铺好了被褥。我们宿舍开始有六位同学，宝忠、保青、晓光、炳刚、连惠和我，后来调整宿舍，加进志明。宝忠是保定高阳县人，在宿舍习惯拿着小梳子边说话，边梳着油黑的背头，说话慢条斯理，走路抬头挺胸，迈着四方步，有一种老学究的派头。他一入学就确定了自己的人生坐标，整天抱着古文苦读，做小卡片，甚至背诵字典。他在老家有一个教中学的漂亮女友不断到学校与宝忠约会。保青是石家庄市人，原籍河北行唐县，家庭条件在我们宿舍是比较好的，外语水平较高，是班里的体育委员、学校篮球队队员，也是班里的大帅哥，深受女生欢迎，否则怎么会被自傲的外语系高才生抢走呢？晓光是河北永清县人，入学前是中学老师，在我们宿舍年龄最小，像一个永远长不大的孩子一样，活泼好动。他的毛笔字、钢笔字写得不错，绘画也很有功底。在学校期间，晓光专门给我画过一幅仙鹤图，多少年一直在老家的中堂挂着。炳刚是河北黄骅人，学习十分刻苦，他在宿舍里算年龄稍大点的，显得十分成熟、稳重，像老大哥一样，为凝聚室友感情起了重要作用。志明是河北平山人，1977 年从河北林业专科学校毕业，工农兵学员，毕业后又参加高考来到河北大学。他曾经在河北林专交了一个廊坊大成的女朋友，因为毕业后分别回到自己老家，两人只好分手。连惠是保定新城（现高碑店市）人，老人和老婆、孩子都在农村，家庭条件较差，后来又得了神经衰弱，大学最后两年基本没在宿舍居住，据他自己说在省监狱北面的小村和一位老人同住。连惠老兄学习很用功，更有一种梁山好汉见义勇为、路见不平一声吼的侠气。有一次，他鼻青脸肿回到学校，一问，原来是他头天晚上去住处，路上看到一对男女吵架，他不问青红皂白，直接上去训斥那个男的，结果被人家叫来一帮人揍了一顿。连惠还去学校保卫处报了案。后来了解，那对男女是旁边部队的人，两人在搞对象，因为一点小事吵架。

大学期间，南院有两个食堂，中文和经济两系一个食堂，外文、哲学、历史三系一个食堂。河北大学执行的是保定粮食供应比例，70% 粗粮，30% 细粮，吃馒头算是改善伙食，主要靠玉米面填饱肚子。大多数男生一顿饭两个玉米面饼子，二两玉米面粥，一份水煮白菜。大家围站在食堂里的水泥圆桌旁，夏天蹲在食堂门外的大杨树阴凉下。每月发给自己的34斤粮票只能满足半个多月，其余靠放假回家到粮站换粮票贴补。学生多、食堂少，每次排队打饭都是一场激战。学校团委书记舒俊山经常到食堂维持秩序，他在学校召开的一次会议上，还讲了为学生食堂编的顺口溜："吃饭，吃饭，一场激战，浑身是粥，满身是汗。"甚至有人调侃说，学生衣服上的玉米面粥就是河北大学的校徽。记得大学四年，只有临近毕业时，在食堂吃过一顿饺子。据说这是学校不成文规定，每届学生毕业时，食堂给准备好馅和面，学生分班到食堂去包。近几年，在大学讲课，看到学生食堂饭菜品种丰富多彩，不同地域、不同民族特色的食品，应有尽有，并且全天开放。有时给学生讲起我们当年上学的伙食，他们觉得像笑话一样。

大学期间，同学们多年压抑的求知欲望迸发，恨不得一夜之间将唐诗、宋词熟读，把古典文学名著、世界文学名著看完。我因古汉语基础知识较差，许多古典文学名著读起来费力，对外国文学也提不起兴趣，倒是喜欢看一些外国侦探小说。一度对英语颇有兴趣，从学校图书馆借出英文读物，中午也不休息，一边学一边抄书，甚至将有的小册子，全书照抄下来。后来觉得普通话还说不好，又不想出国，学什么外国语，从此失去兴趣。回想起来，前两年学习还是比较刻苦的，学校组织实习也未参加，继续留校看书，后两年，基本上是应付考试。

四

大学毕业，兄弟姐妹们没有辜负老师们的教诲和四年的修炼，不少同学从事了与文学相关的工作，有的成为诗人、作家，有的成为文学评论家，有的成为新闻专家。本人虽然利用业余时间，在远杰老兄的提携和帮助下，也编写和出版过一些儿童文学作品，但最终还是走上与文学不同的道路。

在当县广播站编辑、公社通讯员期间，曾多次受命协助县公安局人员办案，从此对法律产生了兴趣。但是，“文革”期间，所有法律院校被撤销。1977年恢复高考，报考志愿中没看到法学专业，后来才知道全国仅有北京大学和吉林大学两所高校恢复法学招生。如果当时考试分数再高一些，胆量再大一点，并有高人指点也可能如愿。大学期间，虽然每天听老师灌输中文知识，时常被知识渊博的老师授课吸引，有些课程也饶有兴趣，但是对法律的好奇，始终在脑海回荡，知道系主任黄谭贵是学法律的，曾经问过他为什么河北大学不成立法律系。后来得知，我们毕业若干年后，正是由黄老师领衔成立的河北大学法律系。现有不少同行、同事，曾就读于河北大学法律系。

2005年在乌克兰国际法学理论学术研讨会上发言

毕业时，自己已婚，老婆在县委党校工作，家中还有老人需照顾，正好班里分配方案有省委党校指标，并且在所有指标中省委党校离家最近，下班就可以骑车回家，没有多加考虑就报了省委党校。报到后开始被安排在人事部门。后来省委党校成立法学部，领导知道我的兴趣和爱好，就调整我到法学部。从此，就狂补法学课程，还先后到一些法学专业高校进修。就这样，终于圆了多年的梦想，走上从事法学教学和研究的道路，从1989年开始先后任法学部副主任、主任。在此期间，省人大委托省委党校牵头编写一本民主法制建设方面的书，作为全省人大代表的培训教材。我和党校常务副校长杨伯亚担任副主编（省人大常委会主任吕传赞任主编），杨伯亚校长因工作忙，实际上主要是由我设计和编写，中国经济出版社正式出版了《中国社会主义民主与法制建设》。这也是我编写的第一部法学方面的教材。该书后来获得河北省社科优秀成果一等奖，在省社科联工作的王海鸥同学还亲自将证书送到我的手中，至今保存。此外还和省人事厅合作编写出版了作为全省公务员考试用书的法律教材。

1996年6月，受省委党校指派，和几位同事前往南开大学考察选调毕业生。其间，见到天津市委党校分管教学的校长周根会，他是邢台人，20世纪60年代初于河北师院毕业。他得知我是法学部主任，就半开玩笑地说："我们也想成立法学部，你调这里来吧。这里从河北大学调来不少教师，还有几位知名老教授。"当时觉得只是一句玩笑话。半年过后，周根会连续多次打电话，同时承诺从新盖的楼房中分配我一套住房，负责帮助联系家属调动和孩子上学等事宜。还有原来和我在一个部门工作、之前调入天津市委党校的时任教育长刘树森，也不断打电话，并劝说到天津对孩子将来升学有帮助。这点后来确实得到印证，女儿考大学那年，河北本科分数线506分，天津434分，相差72分。于是就答应，并于1997年4月调入天津市委党校，开始筹备成立法学部，担任法学部主任。后来又与天津行政学院、天津管理干部学院合并成立法律系，同时兼任法律系主任。

回想这么多年来，由一个文学生转变为法律人，既要成为真正的专业内行，又想得到业内同行的认可，所走过的艰辛之路和吃过的苦，如鱼饮水，自知冷热。自己也曾想考博深造，但终因英语水平太差而放弃或被刷。为了给身体补充能量，那些年的工资有相当部分拿出来吃了"脑白金"。不过耐于吃苦、不畏艰难，也许是我们这一代人的共同特征。特别是家庭的苦难经历，也练就了自己坚忍不拔的意志和性格。辛勤劳作，必有收获。经过不懈努力，我终于成为一名真正的法律人。通过了国家的司法考试，1998年被评为法学教授，2001年被评为天津市劳动模范，2005年被授予天津市优秀法学家，2010年被中宣部、司法部、国务院法制办等部门授予全国普法先进个人。多次出席国内、国际重大法学学术理论研讨会。先后主持完成十多项国家和省级社会科学课题，公开出版二十多部法学专著和教材。我一边从事法学教学和研究，一边兼做律师和企业法律顾问，还被南开大学、天津理工大学、天津检察官学院、北京科技大学等多所高校聘为兼职教授。

作为一名法学教学、研究从业者和法律实务从业者，我通过多年的法学教学和参与办案实践，既感受到中国法治建设的艰难，也看到中国法治道路的光明前景。2011年，在天津开发区设立的某央企的一名技术人员，提前退休，利用自己的技术特长，在某地承包了一项工程，并联系朋友经营的另一家企业进行合作。因企业内部矛盾，有人告发他与亲友相互勾结侵吞国家资金。一封信直接寄给了最高层领导，经过层层审批到企业所在地司法机关，直接把人抓了起来，并且既不审判，也不放人，一关就是一年多。他的朋友找到我，经过与企业所在地司法机关接触和研判案件，觉得不构成犯罪。司法机关的理由，一是上级领导亲自审批，不敢随意放人；二是公诉机关起诉的罪名，在全国法院系统几乎没有审理过。经过我与司法机关多次交涉，解释法律有关该罪名的规定和构成要件，以及不构成犯罪的理由，最终无罪释放。十多年前，领导干部审批干预案件司空见惯，所以老百姓遇到纠纷不找法律找领导。而今，国家明文规定，领导干部不准插手司法案件，随意审批案件必须记录在案，并按照相关法律法规追究责任。这一规定令法律人深感欣慰，这显现了中国法治建设的发展和进步。

往事悠悠

/ 王海鸥

作者简介：王海鸥，1958年3月生，河北献县人。1978年3月至1882年3月就读于河北大学中文系。1982年任河北省体育学校语文老师。1984年调入河北省社科联，2000年任成果部部长。主要负责河北省社会科学优秀成果奖、河北省社会科学优秀青年专家的组织评审工作。2018年退休。

一、我的高考

1975年，轰轰烈烈的城市知识青年上山下乡运动已接近尾声，运动的浪潮波及县城已经与当初的设定大相径庭。当年县城知青下乡的现状说白了就是让父母们各显神通帮政策要求必须下乡的孩子，联系一个相对熟悉的村庄，把非农业户口转成农业户口，再给孩子找一个干活儿的地方。县城处于城乡接合部，联系农村有着独特优势，于是各公社的电话员、播音员、放映员、售货员十有八九是县城知青，也因此那些大城市回乡的知青当时都挺羡慕县城的知青们，离家近还不用干农活儿。1975年我高中毕业下乡，户口落在张村公社小八里庄大队，人在大八里庄中学当民办老师。

1977年10月下旬的一个晚上，大队民兵连长到学校找我说，我父亲来电话让我放学后务必回家一趟。当时已是深秋，学校离家将近十里路，而且多一半是坑坑洼洼的泥土路，路两边则是一望无际的青纱帐。爸爸说要务必回家，即使要独自走夜路也不敢怠慢。我蹬上自行车，右手扶着车把，左手拿着手电筒照明。漆黑的村路上，一切想象中的恐惧都涌来脑中，耳边明明是蛙鸣狗叫，心里却觉得胆战心惊，跌跌撞撞到家已经晚上九点多了。一进门爸爸告诉我国家要恢复高考了，又说张泽田老师（我高中时的班主任，当时已调到县教育局工作）傍晚给我送来高考复习大纲，还说我学习成绩好、不偏科，是他当年教过的学生中有希望考上大学的一个。爸爸当年考上县中，因家庭困难没有上成，一直是他的遗憾。也因此他很注重孩子们的学习，听老师这么说很为我高兴，督促我赶紧找资料抓紧时间复习，准备高考。

接下来就是找书。一阵翻箱倒柜，又借助亲朋好友找到了数、语、理、化的教材，因我们高中没开设世界历史和地理课，这两本教材没有找到。1976 年唐山大地震后，我们县医院搭建了三个大防震棚，接收了 100 名伤员，当时妈妈分管的伤员中有唐山一中的两位老师并与其成为好朋友，最后是唐山一中的史作云（音）老师及时给我寄来了这两本教材。

书找齐了，可翻着眼前这些书，心里却慌慌的，书中的内容感觉既陌生又遥远。回顾自己十年的求学生涯，各科知识学得断断续续、支离破碎，而记忆最深刻的却是转学、转学、转学。

我小学二年级“文化大革命”开始了，县级完小停办，小学都下放到村里。我们县医院的这帮孩子跟着院工会主席三年半时间先后转了卢楼、翟庄、大陈庄三所小学，总算是稀里糊涂地读完了小学。初中升入东方红中学，那段时间关于文化知识学了什么都不记得了，更多记住的是学农（割草、捡粪、拔麦子、拾麦穗）、学工（三机一泵）、学军。有段时间防空袭、防原子弹袭击是每天的必修课。记得我们经常急行军到农村的一片坟地里上课，只要听见老师的哨声警报（短音是防空袭、长音是防原子弹爆炸）就不顾一切地钻进乱坟岗并趴在蒿草中，什么都不惧怕，估计那时无论什么神灵鬼怪也都被我们惊得魂飞魄散了。初一寒假时（1970

年底），国家号召把医疗工作的重点放到农村去，妈妈调到张村公社医院工作，我又转到张村公社中学读初二和高一。公社中学的课程设置更是残缺不全，化学、历史都没开过。1972 年邓小平复出，开始整顿各行各业，1973 年在他主持和周总理的支持下，国务院批转了《关于高等学校 1973 年招生工作的意见》，上大学在单位推荐的基础上增加了“文化考试”内容，试图恢复用知识选拔人才的制度。因爸爸平时比较关心时事政治，他敏锐地捕捉到教育改革的重要信息，所以在 1973 年献县一中高中班恢复招生后，又给我转到了县一中，让我从高一重新读起。也正是爸爸这果断的决定，才让我在后来一年多的时间里真正学了一点儿课本知识。

记得那年县一中招了四个班，随着学校秩序的恢复，县一中调集了一批“有问题”的名校毕业的优秀教师。教数学的王老师毕业于清华，化学刘老师毕业于北师大，物理老师也姓刘，是北大毕业的，外语姚老师是上海二外毕业的，语文课兼班主任张泽田老师毕业于天津师范大学（河北大学前身）。张老师在学校以要求学生严厉而闻名，上他的语文课必须要说普通话，课余时间还经常组织我们朗诵名家诗篇，上语文课成了我们的一种期盼。那时老师们认真教，学生们刻苦学，不断传来的高中毕业可能会直接参加高考的小道消息，更给我们带来了希望。不料高二就出现了张铁生的“白卷英雄”事件，形势又变，到毕业前再没有了关于高考的信息。如今参加高考即将变为现实，虽有老师的鼓励，但回想着自己这十年的学习经历，兴奋的心情又凉了许多。

近两个月的复习时间匆忙而紧张。后来看同学们的回忆文章知道，在此期间，城市里有许多学校开办了高考补习班，真为他们感到幸福。我可没有那么幸运，白天上课，只有到了晚上才能踏踏实实地复习，每天都要学到凌晨两三点钟。没学过的世界历史和地理则一边看一边整理笔记，每个周日回家爸爸都把整理的时事政治给我讲解一通，也多亏了那时年轻、“背功”好，一个多月的时间一晃而过，高考时间到了。

1977 年的高考是按考生的户口所在地安排考场的。我的户口在张村公社，但不知道为什么当年我们公社却没设考场，我们要到相邻的陌南公社陌南中学的考场参加考试。考场距我们学校十八公里，当年都是胶泥土路。高考时间是 12 月 15—16 日，我和同事原本商量好提前一天傍晚骑自行车去，不料 14 日却下起了雨夹雪，雨雪天的胶泥土路骑自行车到不了一百米就会变成车骑人。于是我们各自借了雨鞋、雨衣，吃完午饭就走着上路了。那一带的土黏度大，我们走一会儿就得脱下鞋刮掉黏在鞋底上的大坨泥巴，在那雨雪交加的天气中走了 4 个多小时，终于走到了我们的考场。考试期间陌南中学校长（戈献英同事的姐夫）热情地帮助我们安排好住宿，那真是一种雪中送炭的感觉。每每想起这一幕就特别感谢和我相伴而行的戈献英同事，也要感谢那个年代的“铁姑娘”教育，练就了我们钢铁般的意志，以至于让我经常会忘记自己的性别。

在我人生最关键的时期，家人和朋友给了我许多帮助，尤其是连夜送高考复习大纲，帮我查高考分数、填报高考志愿的张泽田老师，他的鼓励和支持在对大学一无所知的特殊时期，犹如黑夜里的一束灯火。当然在关键时刻帮我果断作出决定，为我铺路并送我前行的是我的爸爸。爸爸于 2012 年去世，在此送上女儿一束洁白的心花，也送上我深深的缅怀。

终于等来了大学录取通知书。兴奋之后我也很清楚，大学对有些人是进一步深造的场所，而对我这个十年动荡不安、知识杂乱无章的学生来说更是一个全方位的补课。但我是幸运的，在大家的帮扶下我跨过了大学的门槛，飞向了知识的海洋，那是一片绚丽的天空。

二、永远的姐妹情

1978 年 3 月 18 日，我们各自带着一方水土的气息、不同家庭背景的内涵、每个人独具的性格，还透着说不清道不明的那份缘分走进了河北大学，开始了四年的大学生活。我们班同学虽是通过一个高考标准聚集在一起的，但从年龄到学识差距很大。尤其对基础知识薄弱的我来说，看到那

大学宿舍同学合影（自左至右依次为郑欣欣、作者、王星、刘凤霄、王俊霞、李红）

些已在研究《说文解字》、读英文版小说、在全国期刊上发表诗作与文章的同学，既崇拜他们的才华，又为自己的无知而着急。于是每天宿舍、教室、图书馆、食堂四点一圈，如饥似渴、争分夺秒地学习，只想着要把十年耽误的时间多补回来一些。四年里我们聆听了许多优秀老师的课程：华尔庚老师如播音员一样悦耳动听的声音和优雅知性的气质，把枯燥的现代汉语课讲得有声有色；王振汉老师“仰天大笑出门去”的唐诗课，不仅让我们心潮澎湃，还吸引来外系众多铁粉儿；顾之京老师柔美而略带凄婉的宋词课很有代入感，引领我们走进那一众大师的年代，切身体会他们的喜怒哀乐；黄绮、雷石榆等多位大师独具风格的授课都给我留下了深刻印象。当然最难忘的还是与我同吃、同住、同学习、共欢乐的室友们。四年中大家相互关心、帮助，相互学习、理解、包容，共同成长，结下了铭记一生的姐妹深情。

俊霞学习刻苦认真，考试成绩每次在班上都名列前茅。她朴实、真诚，四年中不仅在学习、生活上给予我很多照顾，还常常包容我的小任性。大二分组实习，我原定是到邯郸报社的，去了没几天学校通知我回校参加篮球集训。语言小组实习安排到北京考察，她知道我没去过北京，就主动联系华老师让我参加语言小组的活动。在北京期间，由于实习经费紧张，食宿由自己解决，她又责无旁贷地带着我到她中学老师和同学家借宿。北京住房很紧张，现在想起来都会替俊霞大姐为难，不知她当时是咋做到的。那是我第一次去北京，学习考察之余，俊霞带我游览天安门、颐和园、故宫博物院、北海、动物园、天文馆，我俩甚至为看每一个地铁站不同的建筑风格而从前门站一直坐到了八宝山站。退休后她和老伴开启自驾游模式，走遍了天南海北。2022 年 3 月我们在西双版纳再次相聚，她和姐夫开车去机场接我，为让我方便出行把车给我留下，当我离开西双版纳时，她又执意去机场相送。三月的西双版纳天气已很热，为方便我的行程她让我把车开到机场，她和姐夫顶着烈日乘公交车送走我们再把车开回家。四十年过去了，她依然是那个令我感动不已的大姐。

王星名如其人，就像夜空中的星星一样清澈明朗。我和王星四年同组同桌，她待人总是那样温文尔雅，很少见到她有着急的时候。我和她在一起一柔一刚形成鲜明对照。一次大家一起打羽毛球，人多拍少，王星自然是抢不过我的，事后我们组王同学还特意私下提示我，让我和王星在一起时多一点儿温柔。自那以后，言谈举止我经常以她为榜样做自我反省，慢慢地自我感觉内心柔软细腻了许多，就是不知道王星感觉到了没有。大学时，王星不太喜欢英语，一到英语考试时就发愁。其实那时我们的英语底子都很差，也都没有想过将来会在外语上有什么作为，死记硬背、下苦功夫学只是为了考试分数高一点儿而已。毕业后大家各自忙家庭、忙工作，一晃二十年再见时，王星已成了一个知名的德语童书翻译，而且创建了自己的图书代理公司，事业干得风生水起！必须为王星的努力和奋斗点一万个大赞。

凤霄是我右邻的同桌。四年同吃同住我已熟悉了她的一颦一笑、一举一动。或许是因为她太喜欢《红楼梦》的缘故，我总觉得她性格中就自带几分凤姐的聪慧、能干和刘姥姥的风趣、搞笑。凤霄善于观察，熟知人情世故，处事灵活机敏，嬉笑中自带几分犀利。她过日子是把好手，大学期间我俩的口粮全由她掌管，平日里粗细、荤素搭配合理，在她当家的日子里我们从没有出现过月底没有细粮吃的状况。凤霄男朋友是 1977 级河北师大数学系的，因给凤霄写信经常以“今去信有几件事”开篇，我们宿舍戏称他“理工男”。大四春节假期返校她告诉我，她和“理工男”按照农村的风俗举办了最传统的婚礼，而且说毕业分配“理工男”的去处就是她的归宿。我当时一脸的诧异，看着她那幸福的小样子，我对“理工男”产生了极大的好奇心，究竟是什么样的人能把伶牙俐齿、精明能干的凤霄降服得如此温柔乖巧。后来在“一轮红日刘姥姥”的微博公众号里，我经常看到“理工男”写的诗文，文采绝超中文系毕业的“刘姥姥”。2019 年，我和秀英应凤霄之约去杭州游玩，又多次领略了“理工男”深厚的中文底蕴，也彻底解开了我当年的疑惑，凤霄在一个文理全才的大丈夫面前自然就变成乖乖女啦。

欣欣是大二时搬到我们宿舍的。欣欣父母都是老师，在家中排行老大，家庭的成长环境形成了她稳重、有主见、处事周全的性格。记得当时她的邯郸老乡，一个漂亮的小师妹，为许多爱美的男同胞所扰，经常到我们宿舍找欣欣倾诉心中的烦恼。每次来欣欣总是在她那用床帘围成的“小屋”里耐心地听，委婉地劝，一直聊到小师妹心绪平和，破涕为笑。多年以后听到电台有一个“知心姐姐”的栏目，一下就想起了欣欣。欣欣喜欢集邮，在她的带动下我们宿舍兴起了一股集邮热。我们通过小小的邮票，了解历史，增长知识，开阔视野，陶冶性情。有段时间我对集邮很着迷，发动亲朋好友帮我收集邮票，这一爱好一直坚持到 2021 年，今年搬家时光集邮册就装了整整四个大纸箱。随着年龄的增长，也要学着断舍离了，刘姥姥说集邮册已交由外孙保管，看来我也要学刘姥姥啦。

李红与我同年同月，我比她大两天。从小无忧无虑的生长环境形成了她心直口快、活泼开朗、潇洒自如的性格。李红见多识广，上大学前就读过很多名著。她读书速度快，悟性高，文笔好，在宿舍里经常向我们推荐她读到的新书、好书，发表她的读后感想，我们都认为她是一个新闻记者的好人选。毕业后她虽没有如愿当上记者，却成了一名优秀老师。人能在少年时期遇到一个好的语文老师会受益终身，也是难得的福分，我为她的学生们感到幸福。记得大三暑假期间，李红和哥哥一起游庐山时，巧遇当红影星陈冲并合影。开学后她给我们描述庐山的美景，还送我一张照片留念，我一直保存着，也珍藏着我们那段单纯而美好的快乐时光。

三、见证了河北社会科学三十年的发展历程

大学毕业我被分到省体校任语文老师。1984 年调入河北省社科联。省社科联成立于 1980 年，当时只有 12 个全省性社会科学学会。其是应改革开放和现代化建设的实践需求，为社会科学学科高度分化与高度综合的发展开辟了道路，带来了我省社会科学事业繁荣发展的春天。省社科联的历任领导和同事们立足广大社科工作者的利益，抓住机遇，改变工作思路，虚事实干，促进了省社科联工作平台的拓展和工作职能的延伸。

为推动全省社会科学的繁荣与发展，从 1985 年起，省社科联建立了河北省社会科学成果评奖制度。在省委、省政府的支持和关怀下，1995 年《河北省社会科学奖励办法》以省政府令的形式颁布实施，在全国率先实现了社会科学奖励的法制化，解决了社会科学成果奖与自然科学成果奖在评定职称、晋升工资等方面的同等待遇。与此相配套，还建立了每两年评选一届全省社会科学优秀青年专家制度，这种成果与人才的双激励机制，不仅成为推动全省社会科学事业发展的杠杆，而且成为在全省评价社会科学研究水平的重要指标。

经过三十多年的发展，河北省社科联所属的省级学会囊括了哲学、经济、文化教育、历史、政法等五大类别的百余个分支学科，建起了一支学科基本齐全、结构合理、纵横交织的社会科学研究队伍，个人会员达 10 万多人。他们分别在各自的学科领域为推动改革建设和科学进步辛勤耕耘，硕果累累。作为一个多年为这支科研队伍服务的工作人员，我有幸见证了这一发展过程。更令我骄傲的是，在这累累硕果和闪烁的群星中，我见到了许多同学的名字和身影：杨宝忠、何振虎、白贵、王力平、刘书

祥、王维国、陈山榜、刘宗正、任文京、王俊霞、郑欣欣等同学。他们或是我省某学科、某研究领域的学术带头人，或是某重大科研项目的主持人，其科研成果均获得了同行专家们的高度评价。尤其是杨宝忠同学潜心研究的《疑难字考释与研究》一书，在 2007 年第六届河北省社会科学特别奖（原“省长特别奖”，是河北省社会科学的最高奖，2005 年“省政府令”修订时改称“特别奖”）评奖中，按照评审程序，经过省评委会的初评推荐，省评奖办公室在北京组织了由全国知名专家参加的终评。评委们在高度评价其学术价值的同时，对著者“板凳甘坐十年冷”的科研精神大加赞赏，最终该书在无记名投票表决中全票通过，获得河北省社会科学特别奖，为河北社科界增添了光彩，为河北学人树立了榜样！

四十年过去了，我们从青年走到了老年。回看来时路，在那或深或浅的印迹里，记载着我年少时的无知、青年时的成长、走向社会的努力和坚持。真诚地感恩母校的培育，感谢情同兄弟姐妹的同学们给予我的友情和快乐。不管世事如何变化，也不管我们相隔多远、有多久不联系，但只要一开聊就还是当年心中的模样。愿我们每个人都平安、健康、幸福！

2022 年 5 月 30 日

我在海滨等你来

/ 刘秀英

作者简介：刘秀英，河北秦皇岛人。大学毕业被分配到秦皇岛市计划生育办公室工作。1984年2月调入秦皇岛市政府办公室任文卫科副科长、科长。1992年任秦皇岛市爱卫会办公室副主任。1995年任秦皇岛市卫生局副局长，2000年任党委副书记兼副局长。2006年任秦皇岛市残联党组书记、理事长。2009年任秦皇岛市政协提案委员会主任。2015年10月退休。

今年3月，河北大学中文系1977级开始了毕业四十周年纪念征文活动，在组委会各位大咖的辛勤努力下，经过几个月风风火火的推介，已接近完美收官。我由于视力问题做了个小手术，医生严嘱，切勿看电脑、看手机。于是，很早便向组委会申请，放弃参加此次撰文活动。虽说是放弃，但和同学私下聊天，话题都与同学征文有关，思绪中总是萦绕着大学校园生活的画面，以及毕业后同学往来的点点滴滴。最近，何振虎、刘凤霄、周居霞等同学又一再劝说，中文系一共17名女生，健在者都有回忆文章，对远行者也有追忆文字，只落下你一个人杳无音信，会留下终身遗憾的。言之凿凿，我感到有愧于组委会各位同学的良苦用心，还是补上这一课为上上之选。那么，我这篇语音录入产生的片段回忆就算是给同学征文大作压底的一块补丁吧……

一、校园生活总难忘

1978 年 3 月 18 日，我和唯一一个相互认识的朋友沈小梅，一起从海滨小城秦皇岛乘坐火车来到古城保定。我俩带着沉甸甸的行李和河北大学录取通知书，我到中文系报到，沈小梅到经济系报到，从此开启了四年河北大学的学习生涯。

河北大学是一所百年老校，校舍虽然陈旧，但师资力量却是顶尖的。对于恢复高考后第一届大学生，学校几乎把最有名望的教授都安排给我们上课。印象最深的有黄绮先生、詹锳先生、雷石榆先生等，都是在语言文学领域无人能望其项背的著名学者。

更使我惊讶的是，许多同学已经是省内颇有名气的诗人、词作家、记者，许多同学都在各类报纸刊物上发表过作品。一些“老三届”的同学，文学的功底极其深厚，讲起古今中外的文学作品更是侃侃而谈，滔滔不绝。

考大学前，我做过初中的英语老师，也当过语文老师。对于许多课程，学习起来也比较得心应手，特别是英语学习，在课堂提问和考试中都获得较好成绩，也因此当上了英语课代表，负责反馈同学们的意见建议，收发作业和考试试卷。

记得是入学后不久，由赵超、梁一三等同学发起成立了英语学习小组，小组一共有 7 位同学，赵超、梁一三、孟保青、刘杰、张荣、李红和我。小组活动的主要目的是营造一种英语口语沟通的环境，提高英语学习效率。

赵超同学正准备报考研究生，英语过关是必备条件，他在 1979 年顺利考取中国社会科学院的研究生。梁一三同学有志于在外国文学研究方面发展，英语学习十分刻苦，在全班英语课刚刚学习《许国璋英语》第二册的时候，他已经学完第四册，后来他如愿进入人民文学出版社从事外国文学编辑工作。李红同学酷爱英语学习，在单词量和英语对话方面成绩优秀。记得在校期间，她曾和她哥哥一起来秦皇岛旅游，我们在北戴河海滨遇见两个外国游客，大家互相打招呼并进行了简短对话。回校后李红非常兴奋，常常和同学们谈及此事。李红现在定居新西兰，真的非常想念她，祝福她在新西兰仍然像一只快乐的小鸟，幸福快乐地享受生活。

2008 年与残疾人艺术团团长邰丽华合影

在读大一和大二期间，讲述戏剧和电影文学课的佟德真老师，组织系里排演话剧《丹心谱》。这应该是戏剧理论与实践完美结合的有益尝试。《丹心谱》演员以中文系为主，同时特邀生物系的吴晓玲、哲学系的宋振江和历史系的一位女同学友情出演。我毫无准备地被选中参加排练，饰演女记者梁晨。戏份虽然不多，可对我这个门外汉来说可真是太难啦！

排练时，我最大的问题是拘谨，表演放不开，嗓音也不够洪亮。导演佟老师循循善诱，不断启发我尽快进入角色。生物系的吴晓玲经验丰富，排练当中给了我很多帮助，如舞台站位、站姿和形体如何放开，随时提醒我，还常常帮我化妆。

第一次演出获得成功后，佟老师又提出了更高要求。我的发型与剧中记者不相符，不够精干，要求我剪短发。于是跑到前卫路的理发店烫了个时髦的短发（费用是剧组出的哦）。我那两条长长的辫子就此消失了。后来每当回忆这段经历时我常常感慨，参加话剧排练，不仅改变了我的形象，也改变了我的性格，我由原来的内向逐渐变得活泼开朗起来。

《丹心谱》成功上演后不久，系里又一次组织排演宗福先创作的话剧《于无声处》。选演员时我再一次被选中，饰演剧中的老干部梅林，是剧中主要人物欧阳平的母亲。欧阳平由刘杰同学饰演，给我印象最深的是剧中有一场梅林与欧阳平的母子对话，刘杰同学的表演很到位，我迟迟不能入戏。本来是严肃深沉的内容，我却控制不住地一次次笑场。我看到佟老师几乎愤怒，我也很无奈……真不是演戏的料啊，耽误了老师和同学们很多宝贵时间，这种愧疚之情一直萦绕于心。好在这部戏终于还是成功上演了。

进入大学四年级，各科课程基本结束，进入毕业论文的撰写阶段。我选择的毕业论文题目是《李清照词的艺术风格》，指导教师是顾之京老师。顾老师是著名文史大家顾随先生的女儿，她师承了父亲的古典诗词研究之路，给人的印象是文雅、知性、随和。她给我们讲宋词，生动形象，收放自如。讲到苏轼、辛弃疾的豪放派词风，耳边回荡着黄钟大吕的铿锵，讲到婉约派词作时，则犹如柳丝拂面，深情款款。在顾老师身上，我们体会到古典文学的深厚底蕴和家学传承的严谨学风。

顾老师对我的毕业论文进行了认真指导，从论文标题到论点及结构的调整都提出了具体修改意见，顾老师在论文草稿上的批注密密麻麻，我的思路也越来越清晰。这篇论文，顾老师给我的成绩是优秀。

毕业多年后，我常从电视中看叶嘉莹女士讲诗词的节目，总感到她和顾之京老师有很多相似之处，讲课的表情、声音以及讲授时的动作都非常相像。后来翻阅有关资料才知道，叶嘉莹女士是顾随先生的亲传弟子。这真是文学传承潜移默化的力量啊！

二、职场打拼洒情怀

1982 年 3 月，我从河北大学毕业回到家乡秦皇岛，先是被分配到市计划生育办公室，一年半后调入市政府办公室文教卫生科，在这里一直工作了八年。

应该说，这八年是我职业生涯中最苦、最累、最受锻炼，同时也是成长最快的时期。从入党，提拔为副科、正科，列为第三梯队后备干部，直至提拔为全市最年轻的县（处）级女干部，一路成长，都是辛勤付出的结果。

每天上班，都要处理大量的请示报告，召开各类协调会，写批复，写会议纪要，陪同市领导到县区调研，回来写调研报告，筹备会议，安排议程，晚上还要加班写领导讲话稿。后来职场流行的“5+2”“白+黑”的说法，其实我早就体验过了。

那时孩子还小，把他从幼儿园接出来，就直接带到办公室加班写材料。记得儿子四岁的时候，有人问他：“你妈妈在市政府办公室干什么呀？”儿子回答：“写字开会打电话！”引得同事们哄堂大笑。不得不说，那么小的孩子，总结得还真是恰如其分。

记得郑欣欣同学在省妇联工作时曾经到单位看我，我们一起拍了许多照片，也聊了许多毕业后的事情。欣欣说她一点也不喜欢机关事务工作，都不知道自己做了什么，除了开会就是接电话，还是回高校当老师最适合，对她的话我也深有同感。后来她果然如愿以偿回到高校当教授，而我，继续在行政岗位辗转。

作者在十一届亚运会帆船赛指挥部的工作照

1992 年我出任市爱卫会办公室副主任，三年后改任市卫生局副局长，2006 年担任市残联党组书记、理事长，2009 年出任市政协提案委员会主任。

清清白白做人，认认真真做事，是这么多年来我一直恪守的行为准则。无论在哪个岗位，无论面临何种境遇，全靠人品、能力和业绩立足，绝不苟且敷衍，更看不惯那些蝇营狗苟之举。有一年，王建敏同学来海滨度假，昔日闺密无话不谈，议及社会风气、官场规则和境遇历练，愤愤然一番倾诉……同声同气，还是当年莘莘学子的样子。

我发现，我们在行政机关工作，虽然远离文学，但那种人文情怀一直都挥之不去。“洛阳亲友如相问，一片冰心在玉壶”，每当想到或者提到散落在各地的同学们，我都从心底冒出这两句诗，对诗的见解总比大学读书时更深刻。

三、我在海滨等你来

毕业后，独自在海滨小城打拼，但和同学们的联系却始终没有中断。到省城开会出差的空闲时间便成为和同学见面的最佳机会。卢晓光、赵淑兰夫妻俩是我的同班同学，他们极其热情好客，他们家自然也就成了同学们的联络站。一个电话，就能约上七八个同学见面。王海鸥、何振虎、李红等同学常常都有聊不完的话题。记忆最深的是有一年要从石家庄返秦，何台长与夫人一起给我饯行，在一个有些档次的西餐厅请几个同学用餐，边品咖啡边聊天。那天的咖啡确实美味，大家聊天的兴致也始终不减，却忘记了发车时间。当距开车时间不足 20 分钟时，王海鸥开上她的 SUV，在市区拥挤的街道上加足马力狂奔，结果到车站还是错过了火车，只好改签到第二天。这次经历时常被几个熟知的同学当作笑话谈起，也因此在聚会时轻易不敢品尝咖啡。还有一年“五一”长假，与王海鸥、何振虎三家组团，各家带着孩子奔赴广西旅游，桂林山水、阳朔风光，留下同窗好友的欢声笑语和长久记忆。

秦皇岛自有其得天独厚的条件吸引八方来客，同学好友在这里聚会更是美谈。在省直机关工作的同学来秦皇岛的机会很多，卢晓光作为省里的领导自然会常来检查工作。何振虎、王力平和王海鸥几乎每年都来海滨评奖。赵淑兰、白贵、要力石、吕书文、张礼文、石景辉、张彦斌……众多同学不时因工作光临小岛。北京的韩兴华、龚法忠等师兄也曾携女眷来度假旅游。一座小城的热情和一片同学的情谊，都包含在一次次并不刻意的相聚中。

王星同学对秦皇岛的许多景观格外喜爱。她告诉我，“孤独的图书馆”在北京火得不得了，其实很多秦皇岛人还不知道。她最喜欢和我一起在北戴河湿地公园散步聊天，每次来秦，这都是我俩的“必修科目”。刘杰同学虽说在北京做央企的领导干部，忙得马不停蹄，但因为父母都在岛上，所以常来常往，见面的机会也不少。

在这个小岛，也曾经有过同学之间的不期而遇。有一次，我突然接到市里一个朋友电话，说你的同学来秦皇岛了，想见个面。我接过一听才知道，是毕业后从没联系过的冯敬秋同学。我赶快约上正在秦皇岛的海鸥、淑兰一起，来一个突然袭击式的岛上同学聚会。那次才深切感到，同学之间相隔太久不联系，见面还真的不好辨认呢！

转眼间我们离开大学校园已经四十四年了，从前意气风发的青年都已垂垂老矣。含饴弄孙，吟诗作画，休闲养生已经成为我们的日常。但是，不管人在哪里，无论年龄多大，同学之间的情谊不变，我仍然期盼同学们的再次聚会。

我在海滨等你来，
等你一起吹拂夏天的海风，
等你一起戏水踏浪，
等你一起看海燕翱翔……

此情可待成追忆

/ 郑欣欣

作者简介：郑欣欣，1956 年 1 月出生于河北邯郸，祖籍山东东平。1973 年 1 月高中毕业，同年 9 月下乡插队。1975 年 10 月回城到邯郸制氧机厂。1982 年 3 月毕业于河北大学中文系，到邯郸师专（今邯郸学院）中文系任教，2003 年被评为教授。1990 年至 1992 年在河北省妇联工作两年。2016 年 1 月退休。

毕业四十年，同学们纷纷撰文回顾自己 1977 年高考后走过的人生历程。我想想觉得自己没什么可写的，大多数时间生活工作都在校园里，平平淡淡，不足为文，于是决定：不写了！倒是这段时间每天能在微信群里看看同学们的文章，跟着他们重回读书时的河北大学校园，了解一些我们班里那些好像发生在“别的班”的事，分享分享他们的工作业绩和辉煌成就，欣赏欣赏同窗的美文以及他们的诗词佳句，挺好！

可是我们班的编委同学对工作极其负责，特别是凤霄和居霞，动之以情晓之以理，我深受感动，也明白此事有益，于是有了如下追忆。

差点成了“1978”级

1977 年听到恢复高考的消息，我好像没有特别激动，因为“文革”十年作为“可以教育好的子女”，所有好事与我无缘，更没有想过上大学。

下乡返城回来后到制氧机厂金二车间当车工，遇到好师傅和好工友，觉得很好了。我家住在四中校园里，出来进去碰到的老师们都会说一句："考考吧！"我爸爸妈妈也鼓励我"进进考场，为明年做准备"，于是找来课本和有限的复习资料。当时快到年底了，厂里要赶生产任务，车间已经给我们开会宣布，马上就要两班倒，每班十二小时，人休息而车床连轴转，这时候实在不好意思请假。我们是"文革"后第一届高中毕业生，上学期间赶上回潮，后来又延长半年，1973 年 1 月毕业。教过我的老师都是很棒的老师，两年半的高中我自觉打的基础还行，很想报理科。但是算算肯定没时间做物理、化学题，权衡过后决定报考文科，只做数学题就行了。

邯郸制氧机厂工友（前排左起郭巍、张茜、作者）

备考过程中，有几件事记忆深刻。

第一件是关于复习历史。因为高中没有开历史课，妈妈带我和弟弟到一中已退休多年的张楚衡老师家里求教。我说我没学过历史，更不知该怎么复习。张老师略想了一下后说："我讲，你记，到我这里来三次。"三个下午，张老师坐在靠背椅上，半眯着眼睛，不拿书本，慢慢地从先秦讲到新中国成立，有详有略地为我梳理出一条清晰的线索。每到重要的关节点，张老师会分一、二、三……让我记下来，高考过后再看笔记，恍然悟到：张老师是在为我押题。

再一件就是正当政治课不知该从哪里入手复习时，妈妈告诉我一中为社会考生辅导政治。于是我和车间几个报名高考的伙伴，各自调了班，带着板凳到一中的大礼堂听王显荣老师讲课。礼堂里坐满了人，我们只能坐在北门口，人虽多但很安静，只有王老师通过麦克风传出的声音。听过辅导，时事政治又省了我好多时间。

还有，高中教我两年半数学的马淑琴老师和我家是邻居，我是近水楼台。高中毕业四年多了，有些公式、定理什么的有点模糊了，马老师指导我复习，时不时给几道题让我做做。高考拿到数学卷子时，我一点都不紧张，后来是卡在一道证明题上了，绕了好大弯子求证，在考试结束的铃声响起时算做完了吧。回到家见到马老师，没说话呢眼泪先流出来了。

高考过后，我自作主张填报了志愿：第一是河北师院历史系，第二是廊坊师专中文系，第三是张家口师专历史系。1978 年 3 月份，车间的张茜等人陆续接到录取通知书，直到送他们都上学走了，我还没有收到消息。我猜可能是因为政审原因（我妈妈在 1958 年时被补划为右派，从此不再教书，一直在一中图书馆），不管怎样录取已经结束了，我认真考虑是不是改考理科。

有一天下班回家，爸爸妈妈告诉我，他们在街上碰到市招生办的一位老师，他说："你们女儿的档案第一批就发出了，可是第一志愿不录取也未退档，到他们退档时，所有学校都录取完了。"爸爸妈妈鼓励我七月份再考，可是他们却写了一封很长的信寄往省招办（我还是听别的老师告诉我的）。我担心父母心里难受，跟他们说："没关系，也就晚几个月，正好我有时间复习理科的功课了。"至于我爸爸妈妈当时怎么想的，后来我们从未提及过，现在想起来是心中的一个遗憾。

反正走不了了，我这次上大学的决心反而坚定了，而且决定跟着"1978"级（那时还不这样称呼）考理科。很快找齐数、理、化各科教材，心里想着老师们大同小异的嘱咐"有问题随时来"，感觉很踏实。

可是就在《物理》第一册还没看完时，有一天上午，同车间的好朋友郭巍突然骑车跑来告诉我："你的大学通知书来了，快去厂团委拿吧。"因为不知道大学扩招的消息，我很吃惊。等拿到通知书，更吃惊了，信封上“河北大学”四个字赫然在目，我没有报河北大学的志愿啊。到河北大学后的某一天，孟蓝天老师到我们班去找别的同学（我忘了是谁，那时都不熟悉），后来有同学就叫我出去了，孟老师告诉我扩招时是他去招生的，我虽然没报河北大学，但他认为我的分数可以上。当时真感激孟老师，可也只是连声说“谢谢”，都没来得及问详情。后来想想，在那个“左”的思潮尚未退尽的年代，孟老师真有担当，至今想起，还是感念不已。关于我能赶上“1977”级的末班车，在毕业之后我还知道了一个感人的细节。那是我到邯郸师范学校报到后，中文系的尹大仓老师就跟我说，他早就知道我的名字。1977 年高考扩招时，他跟一中的物理老师彭光华都在招办帮忙，彭老师邀他一起在已经入库的几万份考生档案中硬是把我找了出来，这才使河北大学有了录取我的机会。彭光华老师从未跟我妈妈说过，等我们 1982 年知道时，彭老师已于 20 世纪 70 年代末从邯郸调走了，以至于我未能当面说一声“谢谢”。

拿到通知书后，回家把准备再考的课本和纸、算草本收拾好，分送给需要的朋友。曾经准备认真面对的七月份的高考，就这样从我生命里退出了，至于能否通过一搏而走进“1978”级，则成了永远的未知数。

两天之内办完所有手续，第三天就坐火车来河北大学报到了。我还记得是要小和师兄在保定车站接的我，他帮我取行李，然后蹬着三轮车把我拉到河北大学，找杨爱芳老师报到，又送我到北院的女生宿舍楼安排好。第二天我就和佟明羽一起走进了中文系 1977 级的教室。

从此，“1977 级”的称呼伴随我一路走来，山高水长，风雨兼程。

弄花香满衣

我不像我们班的多数同学，在上大学前就有很好的文学基础。来到这个班，慢慢才知道，中文系 1977 级真是风云际会，汇聚了各路才子才女。班里有两位省内著名青年诗人，另外有的同学上大学之前就发表过文学作品，有的是县里或公社的通讯员，有的是民办教师。而我则是一片空白（我想学的专业是数学，到河北大学后也有过转专业的念头），面对九十多位同窗，从一开始我就没有底气。记得“写作”课讲到诗歌时，谢景林老师布置的作业是让每人写一首诗。我一听就蒙了，下课赶紧找老师说：“我不会写诗，写篇散文行吗？”没想到谢老师那么善解人意，很痛快地说“行”，我如释重负。

还好我是在较好的年华走进中文系，虽然我欠缺“童子功”，但很快就在老师们的谆谆教导下，知道要读书。各科老师会在课上开列一串书单，是他们引领我走进文学殿堂。

可是拿着老师给开的书单，往往到图书馆很难借到，因为我们班那么多人，图书馆的存书量不可能满足。我记忆里很少能在图书馆借到我想借的书，只能是有啥借啥，或者看到有同学借到我想读的书，就请她多留几日，好像沾李红的光比较多，因为她看书快。还有一次是放暑假时，梁进借了一本《拿破仑传》，我们约好，她看完就给我寄到邯郸。所以那时读书杂，看了梁志林写的《那时，那些书》，好羡慕他能系统看书。

四年中能那么放松地读各种书，得益于河北大学为我们提供的宽松的学习环境——没有那么多考试。2008 年，我们（邯郸学院）在准备迎接教育部本科教学水平评估时，有一次和学生聊天，学生抱怨期末考试科目太多，我还很得意地和学生说：“我们上学时可好了，每门课就结课时考一次。”他们羡慕不已。因为他们仅一门“中国古代文学”课，最少要考四次。课程开两学年四学期，如再算上期中的考察，加起来有八次，所以学生们必须要用一部分精力去应对考试。好庆幸我们那时没有那么大的考试压力，大把的时间可以愉快读书。

作为恢复高考后的第一届本科生，中文系安排了最好的老师给我们上课。翻看保存完整的课堂笔记，我仿佛又看到了那些可敬的老师们的音容笑貌，感受到他们风格迥异的语言表达方式。

我在写毕业论文时，很幸运地遇到了蓝浦珍先生，她只负责指导我一人。第一次去蓝先生家，门打开时看到了一位端庄、慈祥的老太太，我本来有些忐忑的心一下就平静了，后来证明我的第一感觉挺对的。我报的毕业论文题目是《〈呐喊〉〈彷徨〉的分析与比较》，当时我只是看了鲁迅的小说，并不知道这个题目不好做。蓝先生也没有否定，鼓励我要有信心。整个写作过程中，蓝先生一直温和且细致地指导我，特别是她让我读了很多当时能找到的鲁迅研究的著作和文章，以至于毕业半年后的暑假，在烟台参加鲁迅研究讲习班时见到李何林、陈涌等老师，因为有之前的文字阅读而觉得很亲切。1985 年在华中师大现代文学助教班，陈安湖老师给我们开了“鲁迅研究”课，由于熟悉老师在 20 世纪五六十年代发表的文章，所以对陈老师的研究和新思路能较好把握。在陈老师家聊天时我也会情不自禁地想起蓝先生。

蓝先生的丈夫孙执中先生是河北大学日本问题研究所的所长，非常可亲可敬。我去过两次后，孙先生就记住了，走在路上总和我说话。特别是蓝先生给我们班讲授“茅盾专题”课时，开课之前孙先生就跟我说：“你们蓝老师准备得可认真了，你听课后要把意见告诉我啊。”蓝先生开始上课后，有一次在路上碰到我们宿舍几个人一起走，孙先生就叫住我们问蓝先生讲得怎么样，我们说“好”，他非要问怎么好，我说不出来。后来在蓝先生家，我只好如实跟两位先生说，蓝先生讲《子夜》里面的上海公债市场、华商证券交易所，我不大懂。工作以后当我自己讲茅盾小说时，认真重读《子夜》，再翻开听蓝先生讲课的笔记，才体会到蓝先生用那么多课时详细讲经济名词的良苦用心。今年元旦后，我在王府井书店看到刘玉凯老师所著《学海梯航——远去的先生们》，买回来细读才知道蓝先生毕业于西南联大社会学系，1947 年至 1953 年在清华任职，后随孙先生到天津师范学院（河北大学前身），她懂文学，也懂经济。毕业后我写信告诉了蓝先生我的分配情况，蓝先生回信鼓励我好好工作，嘱我可随时联系。后来在回河北大学时，明羽曾陪我去看望过蓝先生，现在想起来好像昨天。再后来蓝先生和孙先生退休后回天津度晚年，我没有再见过他们，从刘老师的书中知道蓝先生在2013年九十一岁高龄时离世。蓝先生和蔼可亲的形象永远在我心里。

“掬水月在手，弄花香满衣。”河北大学没有让我失望，给了我一个走向人生更高处的坚实基础；我也没有辜负河北大学的四年时光，完成学业，顺利毕业。

一路黄鹂声

毕业分配时，我如愿走进邯郸地区师范学校语文组，当了中文大专班的教师。此时大专班已经送走了1977级、1978级、1979级三届毕业生（学制两年），但毕业证是盖的“河北师大”的章。1982年10月，学校名称才根据教育部的批文改为“邯郸师范专科学校”，2004年升本时改为“邯郸学院”。

在新的校园里，我的角色由学生转变成了教师，开始了边工作边学习的历程。在专业方面，当时我有两个选择：古代汉语或者现代文学。我喜欢古汉语，但我清楚自己属于背“老三篇”长大的一代，大学期间那不多的古文训练，恐怕难以支撑我走上讲台，考虑了两天，便把课定在了“中国现代文学”上。

清楚地记得第一次上课时，我请李士敏老师（她1966年毕业于河北大学中文系，我一来她就以大师姐自居，但我一直尊她为老师辈的）来听课。李老师是天津人，说话很直率，听完课她就跟我说：“师范院校有教材教法课，板书有讲究的。最起码你要把大标题、小标题给学生列出来，层次清楚，还要兼顾学生记笔记……”推心置腹的一番话，让我豁然开朗。后来我便找来《中学语文教学法》补课。

就这样入门，开始了三十多年的教师生涯。七尺讲台，无涯学海，春华秋实，青丝白发……在教学相长的过程中，生命沐浴在知识的阳光里，感受心灵的慰藉。

1985 年 9 月至 1986 年 12 月，我来到武汉，在华中师院（现在的华中师大）现代文学助教班学习一年半。黄曼君老教授亲自担任我们的班主任，并精心为我们设计课程，出面请来当年华中师院中文系最好的老师，他自己讲“郭沫若研究”。黄老师讲课很有激情，有代入感，听他的课很受感染。20 世纪 80 年代中期，各种新思潮、新“方法论”、要“重新评价”的作家都非常多，因此感觉在华中师院的一年半读书最累。

武汉为“四大火炉”之一，我却领教了武汉的冬天有多冷，因为教室、图书馆、宿舍都没有暖气，那种阴冷从人骨头缝里往外冒。难得的是，遇到在武汉大学上写作助教班的同学梁志林和卢晓光，给在武汉的日子增添了一点暖色。珞珈山离桂子山路不算近，但老同学见面就不算远了。他俩比我早半年结业，记得卢晓光临走时把他的稿纸都给我留下，使我应付那十几门课的作业富富有余。

2003 学年至 2004 学年，我又有机会到北大访学一年，导师是陈平原。陈老师不做要求，最后交一篇作业即可。所以我有大把自由安排的时间，好好见识了一下北大各科老师的讲课风采，也领略了北大课堂的开放与自由。那时北大的校门和教室都是开放的，经常碰到北京的退休教师和干部结伴来听课，但也有在校生不来上课。记得有一次是听大四学生的课，教室座无虚席，但下课点名时，居然应到的学生来了不到一半，反倒是慕名来听课的把座位坐满了。北大的图书馆也令人难忘，馆藏丰富，在这里找到好几本我一直寻而未遇的书。我在最后一天交出借书卡时，看着管理员把它剪成两半，心里真是不舍，走出馆门，还忍不住频频回首。在北大校园里，除了图书馆，还有一个不可错过的好地方，就是百年大讲堂。除了看电影，经常有高水平的艺术团体的演出，芭蕾舞《大红灯笼高高挂》和踢踏舞《大河之舞》的片段都是在这里看的。未名湖畔的这一年，收获颇丰。

在邯郸学院工作的三十多年里，生活在朝气蓬勃的学生中间，让我心里永远年轻。真心喜欢校园，一年年迎来送往，看似在不断重复昨天的故事，其实每年六月的毕业季，九月的迎新生，都会给我留下难忘的记忆。

2017 年入学四十年聚会时，当年扩招入学的同学合影（从右至左为赵超、郑铁生、佟明羽、刘建新、林建章、郑欣欣）

如果说这么多年光阴没有虚度的话，得益于方方面面的支持与帮助，特别是来自同学的帮助。

社科成果和课题研究，是市级学院的短板。王海鸥为我们推荐专家，扶持和指导我校青年教师策划课题、开展研究攻关。王俊霞、刘书才的夫人张爱华作为河北省教育课题评审专家，也曾给予我们很多建议和指导意见。

2004 年我校升为本科后，曾邀请南京大学的马俊山和河北师大的陈山榜分别于 2008 年和 2010 年给中文系学生作学术讲座。马俊山来的时候，正是我们第一届本科生要进行论文答辩之前，讲座结束后，又请他跟我们系的老师们进行了座谈，聊了关于本科生的毕业论文答辩诸事项。2009 年第二届本科生毕业论文答辩时，按要求必须从校外请专家主持。我就给白贵打电话，白贵那时候正忙，硕士、博士论文审读、答辩也都在那段时间，但他还是想办法安排出了一天。2012 年学校成立“河北省雁翼文学研究会”，由我们系承办，省民政厅要求挂靠到一个省级单位，时任省作协副主席的王力平出面鼎力相助。就连 1979 级师弟郭伏良（河北大学汉语国际教育学院院长）在我们新上“对外汉语”专业后，也给了很多帮助。

“绿阴不减来时路，添得黄鹂四五声。”四十年时光转瞬即逝，一代人奋斗与拼搏的脚步里，写满了甜酸苦辣，也写满了同学情谊。今日回首，绿荫路远，黄鹂声声，愿大家珍重珍重再珍重！

纯真岁月

/ 梁 进

作者简介：梁进，生于天津，长于河北连镇。1982年毕业于河北大学中文系，获文学学士学位。1982年至2004年任《天津体育学院学报》编辑，副编审，编审。2007年至今任都柏林大学图书馆员。2015年爱尔兰都柏林大学图书馆学毕业，获硕士学位。

1977年，我高中毕业了。那时，父亲已经得到平反，但是过了回天津继续工作的年龄，只能退休在连镇老家。当时有子女可以回城接班顶替父母职位的政策，我最大的梦想就是能回天津，去父亲工作的钢铁铸件厂顶替当工人。由于家庭出身，我从未梦想过上大学。连镇街上如果选送工农兵学员，我大概是最后一个。高中毕业后，我回到连镇前一街务农。初冬的一个早晨从地里干活儿回来，父亲告诉我，遛弯时遇见常玉良老师，说是要我去见他，高考制度恢复了。常老师是我高中时的班主任，他住在高中校园的宿舍里，就在我家旁边。常老师说，今天广播里报道了恢复高考制度、通过考试上大学的新闻。你赶快准备吧，就两个多月的时间。报考中文系，你的语文一向很好。常老师是军人出身，讲话简洁。他是我一向很敬重的人。第二天，我去语文老师那里寻求复习的指导。高考的科目为：语文、数学、政治、史地。语文，我准备了一些不同题目的作文，练习了文言文转白话文。政治记不清是怎么准备的，反正是我的优势科目。

作者（前中）与在连镇前一街务农时的好友合影

数学花了很多时间，但仍然心里没底。尤其代数，初中时田径集训缺了很多课，基础不好。历史和地理是最大的问题，从来没有学过。为准备地理考试，我买了一本世界地图册来临阵磨枪。两个月的时间转眼就过去了。考场在东光县城，同学周晶当时在县城的化肥厂工作，她也参加高考，约我住在她的宿舍里。考前一天，我骑自行车到县城，晚上住在周晶那里。第一天考语文和政治，是我的强项，感觉考得不错。晚上开始有感冒的症状。第二天，发烧，头痛。数学和史地考得稀里糊涂，很沮丧。写信告诉在天津的母亲说，考得不好，怕是考不上。虽然自我感觉考得不好，但私下里想，毕竟刚恢复高考，也许大家都一样。揣着一丝侥幸心理，我期盼着被录取的消息。每天出去干活儿，回家时，总是提心吊胆地观察地上是否有邮政自行车的印迹，以免问父亲是否有信件来的尴尬。那段时间等待的似乎不是一个邮件，而是一个装着希望的未来！这一天终于在一个没有预料的时刻到来了！一天回家后，父亲递给我一个信封，笑着说：华子，你被河北大学录取了！我拿过录取通知书，一字一句地读，生怕不是真的，心里乐开了花。开着花的心引领着我走出家门，一路告知我的老师和朋友们！晚上，我做了一个奇特的梦，梦里是在一个阳光和煦、满地绿草和鲜花的地方，背后有一个山坡，面前是一洼清水，一群人在唱歌跳舞，一个生了翅膀的马乘着阳光飞腾起来……

临近开学时，在天津照看小侄子的母亲赶回连镇，给我补了不少衣服，准备了被褥。开学报到的日子到了，连镇没有直接到保定的火车，只能坐货车到石家庄，然后倒车去保定。深夜，父母和朋友们送我到火车站，同行的是一个来自附近村庄的男生。虽不相识，但总算有个伴。第二天上午车到石家庄，下午我到了保定。

走进被安排的宿舍，迎面看到的是一个戴着大眼镜，面色细白的女生——我叫马少华！话语中带着河北某地的口音。同室的还有来自承德的周居霞和两个唐山师范来进修的老师。第一次班里开会，女生召集人是阎丽。记得她说：不知者，不怪也。从没有听人这样说话，一时有了进入学府的感觉。班里一共 90 多名同学，女生只有 17 名。当时的宿舍是 6 个人一室，我、少华和居霞四年里一直与班外的女生住在一起。这样的宿舍分配方式使我们隔离在同班女生的主流圈子外。居霞和少华都较随和，与其他宿舍的女生有一些来往，时而也会传给我一些花边趣闻，而我则个性强烈，喜欢独往独来，几乎生活在边缘。

我和少华同龄，在班里是年少的。相比之下，大我们十几岁的同学都有着良好的教育背景和生活阅历。记得开始时，我们经常围着龚法忠等同学，聆听他们的侃谈，眼神里充满对知识的渴望和对有知者的崇拜。来自连镇的我，英语基础几乎是零，高中时开了英语课，但是记住的只有“long live chairman Mao”。我的英语学习除了从韩老师——那位留俄的英语老师那里学习课堂知识，还得益于身边有很多英语基础好的同学。李红、刘杰、梁一三、赵超都曾是我的请教老师，依稀记得自己站起来走到他们的课桌旁请教的情景。在当时寂静的教室里，这种举动一定如投石入水，引起一圈圈的波澜。

入学不久的校运动会上，我在 100 米跨栏、跳远和跳高中都夺得冠军。后来，被选入校田径队。比赛除了校内还有保定市大学生运动会。用今天的标准看，我当时的跨栏成绩一般，但是大学四年里，每次校运动会和保定市大学生运动会我都能轻松夺冠，据说还保持了一段时间的河北大学记录。遗憾的是，没能在省大学生运动会上夺得名次。那次比赛的情景至今历历在目。预赛和决赛是在同一天上午，我预赛成绩第二，于是对决赛抱着很高的期望。也许是求胜的心思太重，也许是体力不佳（三天运动会，我参加了三个个人项目、两个接力项目），决赛中绊了一个栏，整个节奏被打乱，最后一个冲到终点，遗憾和沮丧的滋味至今犹在。作为集体项目的接力赛是运动会上最热的项目，我每次都参加 4×100 米和 4×400 米的接力。中文系女子 4×100 米竞争对手太多，当时的生物系和外语系都是劲敌。而 4×400 米则每次都夺冠，记得我主动要求跑第三棒，使用了田忌赛马的博弈理论。因为一般第三棒都是安排较弱的选手，如果我在第三棒超过对手，就给第四棒以信心。果然，每次中文系女子 4×400 米的第四棒都是一路领先到达终点。一时间，我成了运动场上的明星。

田径场上的荣誉其实并没有带给我多少骄傲和自信，我深知自己的文学基础有多么薄弱。一次，去参与录取工作的孟老师那里。他说，当时录取你是因为：第一，你的作文写得不错；第二，你有田径特长。现在看，我录对了，你给系里争得不少荣誉。他的话使我明白了自己被录取的幸运和与班里其他同学的差距。自小学以来，一直是班上优等生的我，第一次自惭落后。面对汪洋大海般的文学名著，古今中外，一时不知从何开始。记得自己那么吝啬自己的时间，每每被同学约去市中心游玩，都婉言拒绝。现在想来，那时对大学生活的理解是狭隘和偏颇的。这种狭隘的读书方式使我错失了很多大学生活的丰富内容，加剧了我大学生活的边缘化。

大一和大二期间，佟德真老师组织导演了苏叔阳的话剧《丹心谱》。班里不少同学参加了演出。我扮演了一个剧中可有可无的角色：方凌轩的侄孙女——舞蹈演员吴丽芳。因为我的戏不多，所以有机会观看和欣赏其他同学的表演。佟老师说戏时，一边用手势指点，一边侧着头，表情丰富的眼睛眯着，似乎在描述他的切身体验。他以慧眼选用刘杰演方凌轩，龚法忠演丁文中，生物系的吴晓玲演方静淑，历史系的一个女生演吴愫心。后来我们专门去看了北京人艺的《丹心谱》。说实话，我们演的《丹心谱》一点不逊色。有趣的是，《丹心谱》之后，生活中的扮演者似乎被角色化了。刘杰总是一副方凌轩刚正不阿的样子，龚法忠的举止言谈中也散发着老中医丁文中的倔强和愤世嫉俗。那次话剧表演后，我的朗诵技艺有了长进。随后参加了班里《于无声处》的演出。最难忘的是与少华、居霞一起合演纪念周总理的诗配歌朗诵，我朗诵，少华唱歌，居霞手风琴伴奏。演出很成功，很多人都感动得流下眼泪。在刚刚从“文革”中复苏的文学和文艺的荒野里，一点点人情便可以打动人心。

大学的生活除了经历还有心理感受。而心理感受则不好描述。那时，校园喇叭里播放着《小花》《冰山上的来客》等电影的主题歌和《同桌的你》《外婆的澎湖湾》等歌曲。后来每次听到这些歌曲，大学校园的感受便被唤醒，心一下子就跳回到过去。

少华是我大学时最亲近的朋友，我们住上下铺，使用同一张课桌，参加同一个小组的活动，后来一起在宿舍起灶做饭。四年下来，我们的关系像亲生姐妹。与少华的友情不仅定格了我日后择友的模式，也影响了我的人生价值判断。刚到大学时，同室唐山来的大姐评价我像个男孩子，手插在裤子口袋里走来走去。十年的农村生活造就了我的男孩子性格：争强好胜，简单，甚至有些粗糙，不懂得揣摩他人心理，只是一味地认定自己要做的事情。少华则细腻，浪漫，善于观察，这些都在不知不觉中改变着我。

因为关系密切，所以争论难以避免。平日的少华如林黛玉一般纤弱，争论时却话语犀利。我经常被她质问得哑口无言。对我的任何论点她都会质问为什么，这让我有时很恼怒。我们两人的个性其实是互补的。我的思维是发散型的，少华的则是聚合型

与少华（右）在保定的莲池公园

的。与少华的争论一直持续到毕业后。求真的价值观在这些日积月累的争论中形成，后来做学报编辑成为我编辑守则的基点。

少华虽然不具美人长相，却有诗人般的浪漫情怀。她那双细长的眼睛躲在眼镜后面，闪烁着各种神情：鄙视时，目光从眼角射出；欣赏时，目光清澈地可以直视心灵；神会时，骤然放出炫目的光彩。少华的表演才华也少为人知，她可以逼真而夸张地模仿他人的表情和讲话方式。她模仿班长李远杰的讲话惟妙惟肖，差点让我笑断肚肠。

与少华的关系中，我一直扮演强者的角色。大学时两次夜里“闹地震”，说“闹地震”是因为没有真地震。第一次出现时，我还没有入睡，听到楼道里有人突然喊：地震了！同室的两个经历过唐山地震的大姐吓得惊慌失措。第二次，因为有第一次的经验，而且没有丝毫震感，我就闭着眼睛在床上说：别慌，假的。少华那时已经听不见我的声音，慌乱中从上铺跳下来，扭伤了脚。好在她没有快捷到跳楼，当时有不少同学从窗口跳了出去。一次去北京看话剧，我和少华在拥挤的公共汽车上下车，我在前面冲下车去，以为少华会跟在身后，回头看才知道，她被一股强大的上车人流推回车里。我急了，一把手拉住她奋力把她拉下车，那股上车的人流也被我拉倒在地。那场面现在想起来仍令我忍俊不禁。

毕业后，少华回了衡水，在《衡水日报》工作。我们的友情在往来的信件里日益加深。我在国外时，得知少华患了癌症，我依然幻想能像当年拉她下车一样，把她从病魔中拉出来。遗憾的是，距离太远，时间也太晚。如果在国内，在天津，我会像当年一样……这个遗憾是一个无法愈合的伤痕，隐隐作痛在我的心底。

居霞则是我们大姐般的朋友。她在家排行老大，具有很多生活能力，且兴趣广泛，多才多艺。她自己动手翻拍照片的技能使得很多大学生活的片段得以保存下来。我从她那里习得的这个技能，后来翻拍了很多照片。居霞是实干型，她做事情很利落。通常，少华和我在一边为概念争论不休时，居霞已经把问题解决了。毕业后，她“昭君出塞”随天慈去了内蒙古，虽有联系但不频繁。

以大学的考试成绩看，我不是一个好学生。而大学的学习过程却培养了我通过博览书籍、自己寻找答案的学习方式和独立思考、自主判断的认知能力。

我毕业论文的题目是《关于王蒙小说意识流手法的评论》。20 世纪 80 年代初，西方现代派文学作品被引进来，王蒙的小说采用了意识流的写法。当时，关于现代派文学评论的文献图书馆几乎没有，我在中文系阅览室找到一些内部参考文献。指导老师也对意识流不熟悉，所以我基本上是自己查找资料，自己建立理论框架，参考了很多台湾的文学评论理论。记得当时对意识流大师詹姆斯·乔伊斯的代表作《尤利西斯》渴望至极。有趣的是，今年是现代主义一百周年诞辰。1922 年，现代主义诞生。在欧洲，文学领域有乔伊斯的《尤利西斯》、艾略特的《荒原》问世，以毕加索为代表的立体主义画派崛起。在美国，一反古典音乐的黑人爵士乐开始风行。爱因斯坦的相对论获诺贝尔物理奖，进一步宣告：上帝死了！四十年后再看现代主义才悟得，它是一个时代的开始，是哲学和意识形态上对古典时代的反叛！而意识流则仅仅是其一种创新的表现方式。四十年后，我竟来到乔伊斯的故乡都柏林，工作在都柏林大学詹姆斯·乔伊斯图书馆，《尤利西斯》摆在书架上，触手可得，却从不敢翻阅。据说，没有几人读完《尤利西斯》，也许这就是不读的理由？

毕业后回到天津，从 1968 年举家被遣返连镇到 1982 年大学毕业回津，一别十四年。历史似乎给命运开了一个玩笑，对这个城市我既熟悉又陌生，熟悉的是天津的乡音，陌生的是没有多少朋友和熟人。经老师推荐，我来到《天津体育学院学报》工作。这份刚建立一年的刊物基本上是处女状态。同学听说我分配到天津体院都觉得很适合——你体育那么好！岂不知，体育科学与中文几乎风马牛不相及。20 世纪 80 年代初的体育科学是运动生物科学和运动医学以及一些运动训练总结的综合体。刚开始编辑稿子时，感觉如读天书，体育人的文字表述能力远远低于他们的身体表达能力，文章里的语法错误和大量别字使我很难读懂其内容的逻辑。当时，学报编辑部的编辑都是从体院教师中抽调出来的，他们性格豪爽，待人热情。我虽然初来乍到，却被委以重任来负责这份刊物。每天硬着头皮读这些语句不通的稿子实在乐趣不多。

那段时间的编辑生涯是在三心二意中度过的。由于认识一些搞艺术的朋友，我继续着对现代派艺术的探索，开始尝试写朦胧诗，画抽象画，还与朋友一起到北京的某学校办私人画展。北京的同学大概还记得我发给他们的邀请，记得有不少同学前来捧场，然后礼貌地说：看不懂！其间，我结识了当时北京星星画派的一些艺术家和芒克、北岛等诗人。

20 世纪 80 年代中后期，体育科学中的社会科学发展起来。体育社会学、体育文化学、比较体育等学科的文章如春笋一般地涌现。我逐渐投入较多精力于编辑工作，在学报上开辟了一些专栏引导读者对前沿学科研究进行关注和讨论，《天津体育学院学报》也开始有了知名度。我身边聚集了不少年轻的作者朋友。对编辑工作投入的时间增加，便没了时间画画，我对自己说，留着退休后画吧。这个夙愿储藏在我的退休计划中，每当徜徉在法国毕加索和马蒂斯生活过的小镇，浏览着鳞次栉比的画廊时，画画的欲望就跃跃欲试。

看到班里的不少同学在国内著名期刊或出版界享有盛名，《天津体育学院学报》实在微不足道。然而，二十多年主编这份学术期刊，将其从蹒跚起步发展到体育学术界知名的刊物，是我毕业后二十几年的事业。这个舞台虽小，却给了我一个发挥创造力和想象力的空间，使我在编辑这个名不见经传的期刊中，悟得科学研究的真谛，习得科学期刊编辑的技能，明晓科学编辑责任的历史感，并坦然地说：我守住了这片净土。

2004 年，我来到英国。一切从零开始。考雅思，找工作，体会着文化与语言差异带来的孤独和挑战。2007 年，开始在都柏林大学图书馆工作至今。大半生生活和工作在大学校园的学术氛围里，是我的幸运，但也有一丝缺欠。今天的大学图书馆已经不再是提供简单的图书借阅和期刊阅览的场所，而是提供大量的网络资源和信息的场所。这份工作给我的挑战不仅是需要熟悉各种专业英语词汇——医学的英语词汇大都源自希腊文，还有对网络和信息技术的学习与更新。2013 年，我开始了图书馆学的硕士学位学习，一边工作一边读书，这次学习是对我职业知识与技能的一次充电，辛苦而快乐。在爱尔兰已经生活了十六年，这是我除天津以外第二个生活最长的地方。爱尔兰人热情，淳朴，有着诗人的浪漫和艺术家的纯真。九年前，我的爱尔兰同事开始与我一起庆祝春节，新冠期间把庆祝活动搞到线上。这番浓厚的情谊深植于心，终生难忘。

詹姆斯·乔伊斯的《尤利西斯》写一天发生的事情，四十年的历史怎么可以在一段文字里写完。四十四年前一份录取通知书改变了我的人生轨迹。四十年前的大学生活于我来说虽然不太丰富，甚至有些边缘化，但那段纯真岁月和无悔青春一起闪烁在我们四十年前的眼睛里，如霞似锦。“纯真和青春一样，它们的存在是给我们享用的，它们的意义则只有在失去了才懂得。”

往事并不如烟
——大学前后琐忆

/ 许学东

作者简介：许学东，1961 年 5 月生。河北大学中文系 1977 级学生，1982 年 3 月毕业，被分配至河北省教育学院任教。1989 年 3 月开始在中海油供职直至退休。当过党校教师，干过企业报记者编辑，蹲过机关，当过宣传干事、总办秘书，也干过人事管理、党群工作经理、群工经理、地区党委副书记兼纪委书记、合资公司党委书记兼纪委书记等。高级职称，正处级。

一、我曾是知青

读罢多篇师兄弟、师姐的回忆文章，方知我是河北大学中文系 1977 级九十四名学子中，年龄倒数第三小，女生中最小的。已故的海顺师弟年龄最小，1962 年生，书文师弟生于 1961 年寒冬，我则出生于 1961 年春暖花开的暮春 5 月，每年都会有数不清的青年人，不约而同地陪我一起过生日。

1978 年 3 月 17 日，我与海鸥师姐等四位献县老乡一起，赶到保定市河北大学北院报到时还不满十七周岁。因为个子矮，又瘦小，老师和同学们都以为我是应届高中生，其实我已在农村插队落户整一年，是个所谓的“知青”呢。

1976 年底，还不满十六周岁我就高中毕业了。我所读的中学是冀中平原上最普通的一所乡村社办中学——河北省沧州市献县河城街公社中学，我妈妈就是这所中学的数学老师（后调献县一中），我家就栖身于教师宿舍内。记忆中的河城街中学，挺大的校园没有大门，由一大圈土围墙围着，其中各有四组青砖、红砖瓦房教室，东面是桃树、杏树林子，每到春天，就是一片灿烂的灼灼之华；西面是很大的操场；正中间的一条土路两旁，各有十几棵参天白杨树。于是，我关于中学岁月的全部回忆，就都萦绕着大风穿过白杨树的哗哗声，经久不散。

我的中小学阶段，仅接触过三位大学毕业生，现在回想起来，正是他们让我知道了外面的世界很精彩，产生了对大学生活的向往。一位是毕业于北京林业大学的邱俊琦老师，他身材高挑，戴一副浅茶色近视镜，看上去很有学问，又风度翩翩。但我无缘受教于他，他妻子刘美林老师对我影响更大。刘老师跟随丈夫生活在学校，虽未在这里正式任教，但偶尔会教高中班的学生唱歌，还指导学校文宣队跳舞、演节目。我还没上中学的时候，看着那些跟她唱歌跳舞演节目的学生，别提多羡慕了！但遗憾的是，我上中学后不久，他们夫妻就相继返京。另一位大学毕业生是姓徐的化学老师，她是东北抚顺人，不胖不瘦，白净斯文，戴一副厚厚的金丝眼镜，脾气秉性极好。徐老师的化学课引起了我极大的兴趣，她也很喜欢我，可没过多久，她也去了县城。性格开朗的刘美林老师特别会讲故事，她家门口有两棵挺大的马缨子树（学名合欢树），每天傍晚，她都会搬出小马扎往树下一放，还没等坐稳，我们姐弟三个就高高兴兴地围拢过去，缠着她讲故事。这些故事，让我们知道世界很大，也让我们明白了故事都是从书本、报纸上学来的，进而引发了我对读书的浓厚兴趣。但学校简陋，没图书馆，我家也没课本以外的书，我和弟弟就想尽办法找同学、老师借书，诸如《茫茫的草原》《野火春风斗古城》《新儿女英雄传》《水浒传》等，都是那时候读的。爸爸见我们喜欢读书，就从微薄的工资收入中挤出点钱，为我们订阅《儿童文学》《上海少年》。尽管现在已记不得那些杂志中的故事，但总归是在潜移默化中提高了阅读能力与写作水平（大概得益于这段经历，弟弟不满十六周岁就被北京大学录取，后来成了博士；大妹则考入南开大学，成为硕士）。

我出生于教育世家，从小生活在学校里，与周围的农家子弟相比，条件优越不少。所以，尽管我小学阶段懵懵懂懂、断断续续地读，等到了中学阶段，脑子就像突然开了窍，每次考试总能获得全年级的第一或第二，语文竟然还考过 100 分，气得当时的班长一把就把我的语文试卷给揉成了团儿。因为文笔相对好一点，写文章比较快，能经常代表学生在大会上发言，所以在当地范围内，也就有了一点小名气，这让我此后的知青生活很是幸运。

按照当时的政策，作为家中老大，高中毕业不能直接参加工作，只有插队落户一条路。于是父母一番商量，便让我在当地插队了。意想不到的是，在时任公社党委副书记李玉柱的推荐下，我被抽调进入公社大院当通讯员，负责给公社秘书打打杂，并给广播站写广播稿。每月由社办工厂发 12 元工资，够吃饭的，村子里记工分。记得那时，我最怕跟着公社领导和村干部下乡检查。骑着二八加重自行车，经常要在农田浇水用的大阳沟里骑行，总是心惊胆战，生怕一不小心车子倒了——摔倒倒是没什么，但车子一辆接一辆地骑着走，后面的人刹车来不及，躲都没处躲呀！所以，我经常是骑在最后，可又怕听不到领导说些什么，到写材料的时候没有词儿，那可就着急抓瞎了。

记得一次，我陪同公社领导下村了解基础肥料情况，事先找办公室领了表格，每到一村，领导询问了解情况，我就在表上填数字。可是，走了几个村子之后，我竟然发现，填好的大表格没有了，何时丢的呢？不知道。急得我一身冷汗，真想坐下来大哭一场呀！小小年纪，就在基层的政府工作，酸甜苦辣，啥滋味好像都略微地品尝到一点点，知道了生活的不易，这也让我不能不感谢那段知青岁月。

二、我要考大学

金秋十月，当恢复高考的准确消息传来，我如同抓到了一棵救命稻草，毫不犹豫，拼命复习。好在刚刚毕业不久，学的那点东西还没全部还给老师，更应感谢当时公社里的领导、负责中小学管理的杨校长，当然还有我的父母双亲。在他们的支持、鼓励与帮助下，我终于一考而中并录取第一志愿。这次高考，我们全公社一共考上了 4 个人。一个很不起眼的小公社，在刚恢复高考第一年就考上了 4 个人。我的母校，也真算是挺棒了！

记得恢复高考的新闻一经播报，爸爸就骑行大约四十公里，回了一趟衡水武强县老家，在爷爷的帮助下，不厌其烦地翻箱倒柜，把爷爷收藏多年、压在箱子底的各种学习材料找出来。特别是“文革”前全国各省的高考试卷合集，都是 16 开大本，厚厚一摞子，其中还有个黑乎乎的草纸印刷本。这厚厚几本考题集，对闭门独自备考的我来说是至宝，前后两个来月，我不敢片刻偷闲，经常是熬到深夜两三点，和衣而卧。

入读大学前，最难忘的是政审之前的某一天，父母和我一起顶着狂风回母亲老家，因害怕姥爷的“政治问题”影响我。路上，风越刮越大，顶着六七级大风根本就骑不动车子，三十五公里坑坑洼洼的土路，到中午只走了一半，又累又饿又渴，实在没了力气，只好在途中的小平王村，去敲一户人家的大门，找村民讨口热水喝。热情的人家不但捧上热水，还执意让我们吃上热乎饭，令我至今感叹这世上还是好人多！到姥姥家已经天黑，父母怎样与村干部交流，村干部怎样写政审材料，我均不知。只记得隔了两三天，我与前去政审的两个人一同去姥姥家公社，一个四十来岁的干部说管公章的人不在，让我们等。等啊等啊，下午三四点了，急得政审干部几次去催，他才讪讪地说“人来了”，拿出公章给盖上。

小时候，父母从来不对我们提起姥爷，他的身份讳莫如深，从仅存的一张照片看，他年轻时精神、帅气，模样可比孙道临。后来，从姥姥那里断断续续知道，姥爷上过大学，在铁路上工作，兵荒马乱的年代，长期远离家乡，新中国成立后回到老家，政府安排他在武强县一中任教。一双儿女，我妈妈没读几年书，仅读完中师就参加工作了；我舅舅是个高才生，高中没毕业就被清华大学瞄上。但好景不长，1957 年姥爷被打成右派，又被视为“历史反革命”，劳动改造多年才回到村子，1976年冬去世。我舅舅受牵连，高中毕业回老家务农，娶了个大字不识的媳妇，不到五十岁就去世了。1980年，等到姥爷平反时，人已成灰，姥姥则每月多了一份遗属补助，直到九十五岁无疾而终。

1978年初春，乍暖还寒，我没因姥爷的问题受阻，顺利走进河北大学，真得感恩所有帮助过我的人，感恩国家恢复高考的破冰好政策呀。

退休后，我曾怀着非常激动的心情，回到母校去怀旧，想再看一看那由土围墙围起来的没有大门的校园，想再去听一听那二十多棵参天大白杨和奏而成的交响乐，想再到桃树、杏树林子里去走一走。哎，时过境迁，再无半点旧时痕迹！但发生于此的许多往事，不可能像云烟一样消逝，会永远留在我的记忆里。

三、我是幸运儿

资料记载，1977年全国570多万考生同时参加高考，当年全国录取人数只有27.3万人。其中，河北大学录取693人，男生508人，女生185人。我能成为河北大学一名学生，是何等的幸运啊！但当时我对此并不清楚。

记得入学不久，就知道班里有两个省内著名诗人，一个叫韩兴华，一个叫郭沫勤，心想自己这点写作水平，与之相比较，不就是一个天上，一个地下吗？于是暗暗告诫自己，别泄气，好好努力。但越来越熟悉同学们之后，我才确信，自己不仅与诗人作家比，相形见绌，仅与同宿舍的六位姐姐比，也差着不少呢。张荣、赵淑兰、刘秀英、李欣、王建敏等，都来自省城或地市级城市，又大都是工作几年之后来读大学的，都比我见多识广！建敏大姐更是工厂里的笔杆子。不怕人笑话，就连现在幼童都会背诵的《静夜思》，我都是上了大学之后才学到的，更遑论《诗经》与《楚辞》。除了年龄优势，没有长项，只能默默地学，一点点追。所以，大学四年里，我基本上都是宿舍、食堂、教室、图书馆，四点一线，循环往复。

人都是贪玩的，更何况大学里下课后老师并不多管，我又正值贪玩的年龄。只是因为看到周围大我好几岁，甚至大我十几岁的同学们都在只争朝夕地认真读书，就不好意思放松自己，这就是“近朱者赤，近墨者黑”吧。

参加2017年同学返校聚会，作者（右一）与王俊霞、郑欣欣合影

大学四年，我的生活平淡无奇，校园生活却多姿多彩。我记得，班里组织过论说文写作比赛，建敏、俊霞大姐，还有比我们晚一个月入学、身体结实健壮的刘建新师兄，都因为文章写得好而受到表扬，老师还让他们分别在课堂上宣读自己的作文，让我好生羡慕。我记得，班里组织诗歌朗诵会，张彦斌同学的朗诵激情澎湃。我记得英姿飒爽、总是活跃在操场与赛场的梁进，给班里争得了不少荣誉。还记得，某次班里举办文娱活动，到最后班长李远杰兄走到前台，感慨又激动地说：啊，原来人生就是向着坟墓跑！我记得，睡在我上铺的张荣姐，教我唱过一首湖南家乡小调，我至今都会唱，她与李红都写得一手风格遒劲的钢笔字，是我这辈子都学不来的，只能永远怀着惊羡之情。我还记得，性格开朗幽默的龚法忠学兄，只要他一开口，周围总是围着几个同学，伴随着朗朗的笑声。

记忆中，还有那次难忘的班会——多才多艺、乐于助人的周居霞大姐拉手风琴给我伴奏，我用“大白嗓子”唱了一首《草原上升起不落的太阳》，居然受到同学们的肯定。于是，我大着胆子报名再次演出，唱《边疆的泉水清又纯》，台下排练时还好好的，上台后一紧张，结果是高声区没拔上去，灰溜溜地赶紧跑下了舞台，从此大学期间再也没敢登台演唱。这真是我大学期间最糗的一件事了。

记忆中，班上的生活委员守义兄，写得一手好书法，深受黄绮先生赏识。长达四年时间，他每个月都能很及时地把饭票送到我手上。饭票到手，我就赶紧打打牙祭，花上三毛钱，去吃一顿食堂里最好吃的肉丸子，或者来一条红烧鱼。但说实话，大学四年是我物质生活最艰苦的阶段，哪里舍得经常吃肉丸子和红烧鱼呢？吃的最多的还是土豆、豆腐，还有水煮大白菜与“玉米面大棒子”（家乡话，指没有眼儿的实心窝头）。以至于几十年过去了，现在家里只要是我买菜做饭，绝对不买土豆和豆腐，不论何种高超技艺手法做土豆和豆腐，我都不想动筷子。大学生活，就是这样苦乐交织。从大一下半年开始，我就经常打喷嚏流鼻涕，后来越来越严重，有时竟会连续打十几个喷嚏，把几条手帕都擦湿，鼻子周围的皮肤被擦抹得通红，脑袋昏昏沉沉的。假期回到家里尤甚，连妈妈都感到奇怪。多年之后才明白，这哪是什么感冒，是严重的过敏性鼻炎！原来是上大学后第一个假期，我用簸箕去簸被虫子已经蛀过的小麦，没戴口罩，粉尘进入了肺和气管而引发。过敏性鼻炎，不仅对我的大学生活，甚至对我以后的职业生涯选择都产生了影响。因为脑袋昏昏沉沉，便不喜欢背英语，直接影响考研，最后下决心离开高校，奔向爱人工作所在地天津塘沽——中海油渤海公司。

现在回忆大学时光，最大的感受就是自己真的非常幸运。因为年龄相差较大，阅历不同，与师兄、师姐相比，更容易让我看到自身的差距，减少些慵懒与玩心。我被同学们视为小妹，在校期间和毕业之后，得到了大家多方面的关心与帮助，甚至谅解与包容，让我怎能不感恩那段岁月，感恩可爱可亲的同学们呢？

四、追忆密东兄

至今，总是回想起大学毕业后，在石家庄工作期间关心帮助我最多的同学们：淑兰姐、晓光兄、海鸥姐、聂兄、老班长远杰兄、同组的瑞敏兄，以及见面接触最多的石景辉、王卿、刘西普、陈山榜兄。但最让我感怀、追忆的，当属密东兄。尽管大学毕业后，与他只见过三次，但我视其为贵人、恩人、能交心的人。尤其是2020年4月老妈走后，心中悲伤，感叹这个世界上真正关心自己的人太少了。可是密东兄，只要几天不见我在同学群或“全民K歌”中露面，就会发来微信问候一声，让我知道还有人在关注着我，真是倍感温暖。

毕业后与密东兄第一次见面，大约是1987年秋，一个微风拂面、秋高气爽的下午。那天他没打招呼，突然骑着自行车来学校看我，令我惊讶又高兴。当时我已结婚，有了一个小家，连忙张罗和密东兄边吃边聊。我老家村子与密东兄老家村子相距大约十公里，所以聊天话题很多。直到晚饭后送密东兄回去，他马上要骑自行车时，我才突然想到，他在省高院工作，而此时我妈正在帮助老家舅妈为宅基地打官司。我确切知道舅妈是被欺负的一方，于是，便与他简单说了几句。哪里会想到，他马上表态：把材料给我。他还说，你知道我今天为什么来找你吗？我摇头，他说：昨晚梦中见到你穿一身黑皂袍，推开我的办公室门，面露凄色，说家里遇难事了，需要我帮助。咱俩聊了半个下午，见你精神这么好，怎好直接问你呢？啊！我不禁愕然，原来密东兄是主动上门来为我解忧的！最终在他的关注下，舅妈家里的宅基地诉讼，获得了公正的民事裁定。也因此，几十年间，只要我们全家人凑齐，我妈妈都会不厌其烦地絮叨：“如果当初输了官司，得把你妗子活活气死，他们孤儿寡母还怎么在村子里活呀，我也得气个半死。”密东兄出手帮助，让因姥爷的所谓历史问题，长期在村子里受欺负的我妈娘家人在村子里彻底翻身，因此，我们全家一直都视密东兄为贵人、恩人。

第二次见密东兄，是此后不久，我们在石家庄汽车站巧遇。密东兄送嫂子和孩子回家，等我急匆匆在车站买了点水果，扔上车给孩子时，车就要启动了，几近于没有交流。第三次再见密东兄，便是2017年9月保定同学聚会了。他说退休后不忙，就喜欢上网，曾在中海油的网页上看到我主持会议的新闻，还有照片呢。我哈哈一笑说：大哥，我也退了，彻底解放了。当时觉得我们的友谊来日方长，谁能想到，竟然是最后一次见面。

近几年，我从刘姥姥——凤霄姐的公众号里，读到过几篇密东兄写的回忆文章，他只字未提曾经帮助过我，却在其中一篇文章中忆及与我父母和弟弟的交往。他说去沧州出差，途经献县时顺便去同乡同学家，与我爸畅谈后得知，自己岳父竟与我爸很熟悉。还提到，他最喜欢梅花，收藏了大大小小好几幅画。其中尺幅最大、最喜欢的一幅是我弟弟出差时，住在省招巧遇字画拍卖，就拍下来送给他，更巧的是当时他家刚刚乔迁新居，客厅墙壁正空着呢！读过文章后，我与弟弟求证，弟弟说是有这么回事。至此，我明白了，心胸宽广、心地纯良的密东兄，与梅花的气质风骨正是相配，可能是冥冥之中有哪位神灵知道他喜欢梅花，想赠予他，而假借我弟之手来完成吧。

密东兄怎么这么早就匆匆走了呢？刚得知噩耗时，我惊愕，悲伤！不知该如何下笔回忆他！人老了最怕寂寞，可偏偏这么快就又少了一个真正关心我，能与我经常交心聊天的人，而且，他还那么年轻。唉！此时此刻，密东兄，您一定是在天堂里吧？

五、我问心无愧

1989 年 3 月，我到中海油工作之后，从渤海石油公司绕了个大弯，进京后，又在总公司最朝阳的板块——气电集团机关供职多年，代领导捉刀负责党群与文字工作。之后我坚决要求下基层，在粤东地区作为主要领导之一，带队伍顺利完成了一个 50 多亿元投资的液化天然气项目，至今效益颇丰。此间，该项目培养了一个全国劳动模范，发现、培养并为组织推荐了 4 名正、副处级领导干部，以及一名局级领导干部。之后，在福建厦门，又用经验与智慧理顺了一个近千人的大合资公司，经过一番改革洗礼，让绝大多数员工受益，平均工资增长近 30%。经集团党委研究批准，延退一年后，也还能及时抽身退休，专心陪伴伺候了几年老妈，尽了点孝心。扪心自问，我还算对得起组织培养，对得起领导信任，对得起共同奋斗的同人，对得起基层一线普通员工，当然也包括家人与亲朋，吾心颇安！

作者（右一）陪同老领导、中海油第三任总经理王彦参观

回顾大学毕业后四十年，无职无权时，没有急躁、自卑过，有机会给领导进言当参谋时，也没有炫耀过，始终在尽心尽力地努力，让自己慢慢地变好，进而也影响周围的人，尽力让他们也在变好。而这些付出与努力的最大意义是，我让自己随时有能力跳出自己不喜欢的圈子或者是不再适合自己的圈子。如今的我，又主动跳进一个学声乐的圈子和一个很大的歌友群，几乎天天在“全民 K 歌”中露脸，偶尔也在大学、中学群里露露脸，图的就是一个单纯的开心快乐。甚为欣慰的是，几十年间严重困扰折磨我的过敏性哮喘病，已经十多年没再犯，我心甚幸！感恩这个伟大的时代！同时感恩一路走来，身边所有的人们！

2022 年 5 月 23 日

第五辑

怀念同窗

忆阎丽同学二三事

/ 李远杰

一

阎丽同学 1957 年 11 月 2 日出生于石家庄市，自幼在棉纺厂子弟学校读书。1975 年 8 月，她中学毕业后不久，作为一名知识青年，响应党和国家的号召，到藁城县农村插队落户。下乡期间和生产队社员们一样下地劳动，挣工分，在地里一身土一身汗地干各种农活儿。下乡两年多以后，1977 年迎来了国家恢复高考的机遇，她以优异成绩考入了河北大学中文系。

阎丽同学入学后，担任中文系 1977 级团支部书记，兼任党支部委员。全班 94 名同学，约 66.7%是共青团员，在以阎丽同学为首的团支委一班人带领下，大家积极参与班、系、学校组织的各种活动。同学们学习上刻苦努力，潜心钻研业务知识。大学四年间，先后三次被评为“模范团支部”，有两名同学加入团组织，4 名团员加入中国共产党。

1982 年初，我们中文系 1977 级即将毕业分配离校。鉴于 1977 级同学们的优秀表现，学校决定选择一批品学兼优的学生留校任教，补充大学教师队伍。我们班有 9 名同学留校，阎丽就是其中之一。

留校后，阎丽同学曾担任中文系团总支书记，同时兼任 1981 级同学的辅导员（班主任）。她并没有就此停下脚步，在干好本职工作的同时，仍坚持不懈地钻研业务，1985 年 9 月，考取了中文系的硕士研究生，并于 1988 年 6 月获得文学硕士学位。

二

1988 年 8 月，阎丽同学来到花山文艺出版社做编辑工作，先是在外国文学图书编辑室编辑文学图书，不久担任古典文学《宋词一万首》的责编。该书 200 万字，是难啃的大部头图书。她不舍昼夜地辛勤工作，在众多版本中大量核对有关资料，有时为了一句词、一个字、一个标点符号，都要反复查校推敲，确保图书的质量。《宋词一万首》于 1991 年底正式出版，并受到读者广泛好评，荣获河北省新闻出版局 1990 年度优秀图书一等奖；1992 年又获得最佳再版重印图书奖，展现了该书的资料性和可读性。

2000 年 4 月，阎丽同学担任外国文学编辑室主任，2001 年 2 月，改任青少年读物编辑室主任。我当时在河北少儿出版社做儿童文学读物编辑工作，我在一楼办公，阎丽在三楼办公，我们既是同学，又是同事，有时我到她办公室坐一会儿，总见她桌子上堆满了稿子。我俩说话的内容，也总是离不开编书出书的事。有一次她问我，怎样才能编出青少年喜欢的图书？我凭着自己的体会说，一是要有益有趣，健康向上；二是要与时俱进，贴近青少年的生活；三是要勇于创新，人无我有，人有我高。她听后频频点头，说有道理，以后应多调查研究，多编一些青少年喜看乐读的图书。我说的不一定有道理，但阎丽这种三句话不离本行的敬业精神，也着实让我佩服。

后来，阎丽同学亲自制定选题，亲自组稿，于 1991 年编辑出版了中国社科院杨鹏的“科幻系列丛书”（5 册）。图书出版后，受到青少年读者的喜爱，并荣获“北方六省市优秀图书二等奖”。1997 年至 1998 年，阎丽又编辑出版了《中国儿童文学名家精品文库》（15 册）。1999 年，这套丛书荣获第十届“冰心儿童图书奖”，并获得“北方六省市文艺图书一等奖”。1999 年，她还编辑出版了《河北抗战题材文学史》，获得河北省社科院“优秀成果二等奖”。在此期间，阎丽同学还编辑出版了深受青少年读者喜爱的《杨鹏想象力启蒙科幻童话》（8 册）等优秀图书。

三

大约在 1992 年，我到她办公室去，她说最近一段时间发低烧，也不知什么原因。我说那你得去医院看看，她说不要紧，现在吃着退烧消炎药，估计没什么大问题。她又说，手头稿子太多，社里经济状况也不太好，书不好销售，还得想法子编点有社会效益和经济效益的图书。过了一段时间，问题果然来了。可能是吃消炎药过多，也可能是工作太过劳累，阎丽的肾脏出了毛病，后来病情不断加重，经诊断为“尿毒症”。突如其来的打击，使她不知所措。她痛苦过，也绝望过，但她放不下自己年迈的父母，放不下编辑室的工作，经过痛苦犹豫，她终于抱定决心：“有一丝希望也要坚持下去，哪怕是一年、两年……”

因为阎丽是单身，又不愿过多拖累单位，不久就回到父母身边，边做透析边等待肾源，准备做肾移植手术。

同学们听说阎丽的病情后很是着急，集体捐赠了 3000 多元送到她家里。对于她的病情来说，这点钱不过是杯水车薪，却凝聚着同学们的一片情谊。大约在 1993 年，终于等来了可以做肾移植手术的消息。这是个危险系数很高的手术，阎丽心里也做好了准备。去北京做手术的前一天，她在街上偶然遇到了韩联社同学，她对联社同学说，如果手术失败，这就是我们的最后一面了。联社感到她说得很落寞，表情也透露着悲凉，足见她对这个世界的眷恋。临行前她拖着病体来到街上，该不是对她出生的这座城市和生活过的这片热土的告别吧？

谢天谢地，阎丽的手术成功了！同学们听说后都为她高兴，梁志林等同学还代表大家到北京医院探望她。她的脸上，终于露出了发自内心的笑容，连声说感谢同学们的惦记，感谢单位给她拨付了巨额费用，让她终于平安渡过了难关，又有了生的希望。

四

阎丽同学的病情稳定后，回到石家庄家里服药休养。单位领导对她十分关照，叮嘱她安心养病，不必急着上班，但她心里始终惦记着工作。过了一段时间，病情稳定了，她就来单位上班了。一直到 2005 年 3 月，还坚持在编辑室主任的岗位上。在单位或家里，她日夜不辍地审理书稿，编辑图书。

2007 年 3 月，阎丽同学担任责编的《大清相国》一书出版。书中记述的是清朝康熙年间名臣陈廷敬的故事，他为官清廉仁厚，公正无私，爱憎分明，赏善罚恶。这部书出版后，受到时任国务院副总理王岐山的赏识，他建议从政者读读此书。后来，湖南文艺出版社买断了《大清相国》的版权，重新装帧出版后荣获了国家最高奖“国家图书奖”。在这一时期，阎丽同学还责编出版了《玥影横斜》《北京，我与天堂一步之遥》等图书。阎丽同学病逝前一个多月，出版社还推出了她责编的网络小说《步步惊心》。在患病养病的几年间，编出这些图书，不知阎丽同学要付出多大的辛苦，要克服身体上和生活上多少困难！

五

大约 2005 年的一天，在单位见到阎丽，她高兴地对我说，单位在市庄路给她分了一套三居室新房，并邀我去看看。我听后也替她高兴，这是她十几年来为社里辛勤工作的果实。来到宿舍楼前，才知道楼层高了些：六楼。

我们慢慢走上六楼，来到她的新家。落座后，她张罗着给我沏茶倒水。我说，白水就可以，我不太爱喝茶。她说，那就主随客便吧。

其实，我说不爱喝茶，是不愿意她拖着病弱的身体为我忙乎。屋子倒也宽敞，收拾得也干净利落，只是没有什么像样的家具。据花山文艺出

班里九朵金花（左三是阎丽）

版社办公室主任辛勤同志说，低楼层也有房子，只是面积小，是一居室和两居室，阎丽愿意要宽敞明亮和安静一些的，就选了六楼。

辛勤告诉我，一次社里要更换办公桌椅和橱柜，阎丽找到他说，我想要一点替换下来的旧桌椅，可以出点钱。辛勤说，旧家具不值钱，别提那个了。社里还用车帮她拉到了家里。辛勤还说，阎丽生活很朴素，女同志都爱美，可从来没见她穿一件高级像样的衣服。我想，阎丽生活上这样简朴，可能是因为平时服药需要个人付一部分费用，或是打算攒出一部分钱来供养孝敬年迈的父母，也可能是没有心思打理这些生活琐事。

说话间，我又问她说，一个人生活不便，今后还有什么打算吗？她略显凄然地说："我就是这个命，顺其自然吧。"

天晚了，她留我吃饭，我说不了。阎丽要送我下楼，我拒绝了她，嘱咐她千万要注意身体。

六

2009 年 10 月 24 日，阎丽同学的病情突然恶化，永远地离开了这个阳光明媚的世界，离开了想念她的亲人和同学。时隔两天，石家庄和保定的部分同学赶到殡仪馆，向她献上一支圣洁素雅的花，送她最后一程。同学们送她的花圈挽联上写着："阎丽同学千古。河北大学中文系 1977 级同学敬挽。"同学们怀着沉痛的心情，向她的遗像深深地鞠躬告别，心里默默地祝她一路走好。

阎丽同学的个人生活可能不是很完美，但她的为人处世是完美的；她的身体可能不是很成功，但她的事业是成功的。阎丽同学像春蚕一样，一生都在不知疲倦地学习和工作，直到吐完最后一根丝。阎丽同学像蜡烛一样，燃烧了自己，照亮了别人。她用知识和汗水，编辑出版了一册册图书，这也正是她生命的延续，并会百年千年地延续下去。

阎丽同学的人生是短暂的，但她用自己的行动，完美地诠释了"共产党员"这个光荣称号。她无愧于母校，也无愧于这个时代。

阎丽同学永远活在同学们的记忆里！

无　题
——怀念阎丽

/ 孟保青

本想写完毕业四十周年征文再写阎丽，今天看到几位同学发出了怀念阎丽的文章，不禁使我思绪涌动，当年的宗宗往事顿时浮上心头。我必须写写阎丽，也应该写写阎丽，就因为我和阎丽有着两届同学加两番同事的特殊渊源。

大学四年，不仅因为是同班同学，还有学生会和团支部的工作关系，与阎丽接触较多。无论是商量工作还是讨论学习，阎丽都有自己独立而坚定的想法和见解。她思维敏锐，语言犀利，直指要害，不容辩驳。我常想她要是以后出去工作，别说是女同志，就是放在一群男人里，她也必定成为领导。后来我见过阎丽的家人，她的父母慈祥温润，让人倍感亲切；她的大弟弟阎生一表人才，谈吐儒雅，举止有度；小弟弟阎平清秀纯朴，甚至有点儿腼腆。他们与阎丽的风格似乎都不太相像。想来阎丽天生异禀，命中注定是一块当干部的材料。

没想到毕业的时候，阎丽竟然申请留校了，而且是有附加条件的留校——留校后先担任一段时间辅导员的工作，然后再从事教学，不能像其他几位留校的同学那样根据自己的学习方向直接进入教研室。阎丽的家在石家庄，在保定市没有任何关系。以她要强的性格能够接受这个条件，我不知道她心里是怎么想的，但有一点我可以确定，她是一门心思要做学问的。我一方面对她开始另眼相看，一方面又觉得她的选择有点儿舍近求远，而她却是义无反顾。

留校后我忙着读书、备课、外出进修，经常不在学校，和阎丽见面的机会很少。但我知道她的辅导员工作做得游刃有余，一切尽在掌控之中。

因为一群没有社会经验的青涩学生对于阎丽来说就是一锅小小鲜。她班上的同学私下跟我说，阎老师可厉害了，我们都有点儿怕她。我笑了笑，心说，别说你们这群小毛孩儿怕她，我们也不敢乱说乱动啊！

一晃两年多过去，我和阎丽又在报考研究生的路上撞到了一起。本来我的专业方向是古代文学理论，如果报考对应的专业，本系没有，最近的学校就是北大和南开。我专门去南开大学拜访了王达津教授，准备报考。结果系里不同意，说是要保留人才。我算哪门子的人才？只不过那时候愿意留校从事枯燥工作的人不多罢了。我几次找系主任谢质彬老师陈述理由，好说歹说，总算达成了一个折中方案，即如果我非要报考研究生，就只能报考本系的，除此别无商量。没办法，我只好报考了最临近的专业——中国古典文学。没想到阎丽也报考了这个专业，由此我经常去找阎丽交流备考的事。每次去她那里，她的桌子上总是堆满了敞开的参考书，一个大号的笔记本上写得密密麻麻。我知道阎丽是一个做事情极为投入、认真的人，总是力求完美。只要报考了，她就一定要拿下。其实她之前并没有把主要精力放在古典文学上，我说不好她是举重若轻呢，还是举轻若重，总之她以优异成绩考上了古典文学专业的硕士研究生，我们从同事又成了同学。

由于导师韩文佑、胡人龙以及詹锳先生家住天津，要凑他们上课，我们便住到了天津马场道天津外院斜对面的河北大学留守处。我和师弟孙金滔住在迎门的洋楼里，阎丽住在后面紧靠主楼的一个二层小楼上。胡人龙先生家离留守处比较近，所以上课的时候是他过来。韩文佑先生住在原河大六里台校区那边，离得比较远，他又上了年纪，每次上课都是去他家里。中间还时不时地去南开大学蹭课旁听。几乎每次都是同往同来，与阎丽的接触一下子多了起来。虽然阎丽还是不苟言笑，但毕竟几乎天天在一起上课、吃饭，孙师弟总是逗着她高兴，渐渐觉得她似乎柔和了不少。

留守处的伙食不太好，其实也不能真的说不好，阎丽就从来没有抱怨过，只是我和师弟太馋。孙师弟是一位名厨的关门弟子，对美食有一种奋不顾身的喜好。奈何没有条件，我们只能过过嘴瘾，从一道吃食的备料到程序、火候、佐料，听孙师弟一一道来，美之名曰“精神会餐”。阎丽对我们不务正业的低俗追求十分鄙视，不说嗤之以鼻也是不屑一顾。后来师弟实在是馋得忍不住了，便时不时地弄点儿萝卜、黄瓜、腐竹、粉丝什么的，切一切，发一发，跟厨房要点儿佐料拌了，晚上摆在两床之间的小方桌上，我俩相对而坐，冷了就随手把被子披在身上，边吃边聊，谈天说地，论文品诗，名曰“拥被诗话”。一天晚上正吃得高兴，宿舍的窗户上忽然传来唰啦一声，像是沙子什么的扬在了玻璃上。我俩赶紧向窗外望去，屋里亮，外边黑，什么也看不见。看看窗户也没问题，就没有当回事。过了两天，这种情况再度发生，看了看仍旧没有动静，便坐下继续。刚吃了没两口，窗户上又是唰啦一声，这次扬洒的力道更强，面积更大。我赶紧跑出去，一个人影也没看到。孙师弟忽然说，不会是阎师姐吧？我说，不可能！孙师弟说，咱们这扇窗户正对着后面的小楼，从楼梯上可以看见屋里的动静。而后面楼上现在只住着阎丽一个人，同宿舍的女生回家了。我愕然。第二天吃早饭时，孙师弟低眉顺眼地邀请阎丽尝尝我们的小菜。阎丽暗自得意地微笑着呵斥道，什么破玩意儿，弄个破菜显摆什么，有什么了不起的！得，还说什么？我们已经很熟悉她的表达方式了，一看她那表情和语气就知道是她搞的恶作剧。她也知道我们明白了，但要她承认那可甭想。我们立即采取措施，一是以后把吃的东西转移到从窗户看不到的地方；二是继续真诚地邀请阎丽，让她吃了我们的嘴短。可阎丽拒腐蚀，永不沾，一直不肯与我们同流合污。

不久，元旦到了。胡人龙先生和夫人王老师叫我们去家里过节。胡先生和王老师都是云南大理人，要给我们做家乡菜。我们知道胡先生精于食道，能吃上这一餐真的是期待已久喜出望外。王老师慈眉善目，性情温婉，提前一天就开始准备。一桌子全是云南风味，那一道汽锅鸡更是文火慢炖了一整天，清香入骨，回味无穷，我们吃着，满足得有些发飘。饭罢出来，天色已晚，已经停了的小雪花又纷纷扬扬飘落下来，在路灯的映照下闪闪烁烁漫天飞舞。空旷的大街上一片静谧，路面洁白而晶莹。阎丽笑随颜开，走着走着忽然两手分别左右挎住了我和师弟的胳膊，在光滑的雪地上打起滑溜来。我和师弟都愣了，赶紧跟上她的节奏，架着她不停地向前滑去。阎丽兴奋得像孩子一样笑着，全无往日的矜持和严肃，我和师弟面面相觑，目光中透着同一个疑问——这还是阎丽吗？

这之后阎丽与我们亲近了不少，尤其是师弟特别会哄她，她也常和师弟说说笑笑。一天，不知师弟怎么把她忽悠得兴致大发，要做葱油饼。可没面、没葱、没油、没锅、没炉灶，真不知她怎么动了这个念头。那年月买葱没问题，买猪板油要费点口舌，面就比较麻烦了。那时候买米面要粮本，有定量，不是随便买得到的。我觉得这事说说罢了，可他们俩真就干起来了。事实证明，这女人一狠起来真是势不可当。阎丽居然从院里一户都谈不上认识的人家里要了一盆面，还顺手把人家的案板、菜刀都借来了。我实在想不到阎丽能干出这个事来，感觉她一直都是高高在上、不屑俗事的，真是让人刮目相看。没有炉灶，师弟有办法，就用那烧水的锅炉。我正好有事躲了清静，不知道他们是怎么把葱油饼烙出来的。师弟只是跟我说第一张饼操作不当，淋了水还沾了灰，糟蹋了。阎丽好不心疼，当下就把师弟训斥了一通。我想她这不是因为一张饼，而是因为到生人家里要面这事实在不易。最终葱油饼成功地烙出来了，饼上浸润着油脂，裹着葱香、麦香、焦香，一口下去恨不得香个跟头。事后师弟悠悠地总结说，那天真的把师姐给吃美了。

三年一晃而过。毕业时阎丽做的学位论文是《论柳永的艺术风格》，虽算不上文采飞扬，但和她的人一样，说理充分，逻辑清晰，严谨扎实，中规中矩。学位答辩委员会全票通过，授予了阎丽文学硕士学位。

接着就是毕业以后工作的安排。那时我已经在河北大学待了十年，对教学工作熟悉了，也就没了新鲜感，觉得是时候该换份工作干了。不想搞教学，也不想搞科研，算来也就是搞出版比较合适了。我跟阎丽说我想去出版局，阎丽什么反应都没有，怔怔地。我问她有什么打算，阎丽说还没想好，走着看吧。神情似乎有些落寞。我挺奇怪的，马上就要毕业了，怎么连方向还没确定？不应该呀！几天后，我去出版局人事处联系工作的事，处里的领导跟我说，你们那儿还有个叫阎丽的，也要来出版局。听他的口气阎丽的事似乎已经定了。我很吃惊，也不解。阎丽干吗不告诉我呀？关系这么近的老同学，不应该啊！我很纳闷儿，心里也挺不舒服。事后我才辗转模模糊糊地得知当时阎丽正经历她人生中一次磨难，到出版局工作也与此有关，难怪她是那么个态度，只有她自己知道遭受了多大的心灵创伤和精神压力。我不知道她是否曾经和谁倾诉过，我觉得她极有可能没有向任何人提起过，而是自己默默承受。她这个人太要强了！

到出版局后，我在北楼美术出版社，阎丽在南楼花山文艺出版社。还有老班长李远杰毕业一分配就到了出版局，只是他所在的少年儿童出版社另有办公地点，平时见面的机会不多。我经常去阎丽的办公室串门，跟她办公室的两位同事也混成了熟人。阎丽很快就熟悉了工作，在花山文艺出版社小有名气，出版了很多有分量的书。远杰班长在他的文章里有详细记述。

没多久，我办理了手续准备去美国。听说她生病了，我走之前去医院看她，也是道个别，我这一走还说不准几年才回来。她当时住在省二院，正在接受检查，还没有确诊究竟是什么病。她看上去精神状态还可以，就是有点儿无奈，有点儿烦，不怎么想说话。因为一直不能确诊，翻来覆去的搁谁也得心烦。我安慰了她几句，心里也知道没有用。阎丽是个多么聪明的人啊，什么道理不明白。出了病房，我有一种很不好的预感，觉得阎丽的病不仅仅是持续发烧那么简单。几年后我在美国得到同学传来的消息，阎丽要做换肾手术。唉，阎丽怎么这么不顺呢？人生的坎坷一个比一个大。

谢天谢地，阎丽的手术总算是成功了。

1994 年我回国再见到阎丽，她整个人变化很大——脸上一副病容，皮肤灰暗，手腕上戴着护腕以压住隆起的鼓包。她的神情和语气流露出深深的无奈。我问她现在情况怎么样，她说总体还好，就是要不断吃药，以防止排异。我问她药费有没有问题，因为我知道花山文艺出版社的经济状况不太好。她大概是猜出了我的意思，含含糊糊地没有明说。我说你不要客气，我现在还有点儿能力，要是没有能力我也不会勉强的。她连声说不用，真的不用，现在真的没有问题。我想，这样跟她说她肯定是不会同意的，我应该提前准备好，直接交给她。结果不出所料，我还没有把信封放到她包里，她就一甩手，气哼哼地说，你这是干什么？扭头就走了。后来我听阎丽的弟弟阎生说，阎丽就连她亲弟弟的援助也不愿意接受。阎生辞去公立医院的职务去了私立医院，只为多挣点钱可以支撑姐姐的药费。可很多具体情况阎生也不敢告诉阎丽，就连阎生给姐姐买的药也要提前小心地换掉包装，然后骗阎丽说，这是同学（朋友）他们新研发的药，正在做临床实验，不要钱，放心吃。为的是让阎丽没有心理负担。真是姐弟情深！可阎丽实在是太要强了，既让人敬佩，又让人无奈。

一次，阎丽找到我说一个选题的事，让我帮她做些工作。我说你是个病人，社里也没有给你工作压力，你干吗还要这么拼命？她说因为治病花了社里不少钱，心里不好意思。其实她不说我也知道她真正的心思是不愿让社里的人把她当成一个只会花钱的拖累。我跟她说，你不用管社里的事，管好你自己就行了。你累死也改变不了花山社的状况，你不干社里照样正常运转，你干吗这么较真呢？我心里清楚，说了也是白说，她认定的事谁也别想说动她。后来我看到她在病中还一直工作，努力地工作，直到病逝前还在审读书稿。

阎丽去世的噩耗传来，尽管知道她的病，但还是挺吃惊的。因为几天前我还见过她。阎生说他姐姐的身体就像是一棵内部已经完全朽空了的老树，表面上看还立在那里，可一有风吹雨打就会轰然倒地。我知道是这个理儿，可心里还是很难受。到了阎丽的宿舍，她的灵堂已经布置好了，遗像摆在正中。我看着她的遗像，她好像也在静静地看着我。我顿时悲由心生，眼泪无声地流了下来。“悲哉人道异，一谢永销亡。”阎丽就这样真的永远离我们而去了。

不说了。

愿阎丽在天堂对自己好一点儿，不再那么要强。

愿阎丽在天堂碰上一个好一点儿的师兄，别像我这样什么忙都帮不上。

忆阎丽

/ 佟明羽　刘书祥　何振虎

佟明羽：怀念我的同学密友——阎丽

我与阎丽，同窗四年，毕业留校后又同在一间宿舍三年。她去世后这些年，总想为她写点儿什么，却又不曾动笔，不是因为手懒，而是因为怕触碰心中深深的伤痛。今借毕业四十周年征文之际，我把心中的怀念写出来，以补多年之憾。

大学时代，阎丽是班里的团支部书记，跟我并无多少交集，我们也不在一间宿舍。我的感觉，她像一颗耀眼的星星，青春，激情饱满，活力四射，一直是众星之中那颗最亮的，充满生命的活力。阎丽，聪明、向上，高耸明亮的额头，白皙的皮肤，一双灵动的秀目，端正适中的鼻子。她经常侃侃而谈，语速快捷，说明她具有比较强的思维能力。

同学们毕业离校后，我们俩搬到了七教对面的单身公寓宿舍。这是一间十六七平方米的屋子，两张床相对，一东一西，两张桌子，两把椅子。由于同是留校，且都是古典文学教研室的青年教师，又都兼做学生工作，只不过她是低年级 1981 级，我是高年级 1977 级。每天除非有事，我们都在宿舍看书，累了，我俩会抬头交流些什么，海阔天空，无所不谈，从学习生活到理想，有时一高兴就会聊到深夜，我也在这时了解了她。阎丽心思细腻，对事情有着独特的见解，虽然年龄小于我，但内心思想的成熟已超出她的实际年龄。我很庆幸又能与她再聚三年，让我们彼此知之甚多，友情也比学生时代更深了一些。

因为相知，我与她的弟弟们也相交甚好，他们亲切地称我为“明羽姐”，及至我有了小孩后，他们也称其为小外甥，他们理所当然就是舅舅了。她的父母，开通、重情，亲切地称我为“明羽”，好像我也是他们的女儿。她父亲阎伯伯是河北医学院药学系的书记，母亲是国棉七厂的工人，我有儿子以后，老人家还特地织了一双紫色的毛线袜子捎给我，令我很是感动。我父亲母亲也非常关心阎丽的工作和生活情况，每逢回家都问得比较详细。实际上我们这两家也算是“门当户对”吧，两位家长都是解放战争期间参加工作的干部，这样就无形中加深了我和阎丽的友谊。有一件事我至今记忆犹新：我父亲去石家庄开会路过保定，当时已经下午，我没在宿舍，要吃晚饭的时候我还没回来，于是阎丽用煤气炉煮了一大碗素面，还放了些葱姜调料招待我父亲。我回来之后，老爸高兴地跟我说：“阎丽还是很会做饭的。”对她赞美有加。

阎丽由原来一个青涩的不食人间烟火的学生逐渐转变，让我看到了她一点一滴的进步：日常生活中可以拿起针线缝缝补补拆拆洗洗了，一副小女人的样子，除了不会织毛线活儿，也能做些家务了。这在原来认识阎丽的人看来是不可想象的。阎丽越来越生活化了，也越来越低调了，她有时还劝我看看人家是怎样生活的，意思就是在批评我书生气。

平时在学校食堂打饭，回到宿舍吃饭，阎丽经常是什么便宜买什么，两个馒头，一份白菜熬豆腐就是好的。星期天我有时候加份肉菜，她仍然买份素菜。我从心里认可她的节俭，因为她内心里有个愿景、期望。

一切为了那个美好的愿景，然而一切也失于那个愿景。阎丽最初出现的是系统性红斑狼疮的问题，后来才是肾衰竭。我曾经在阎丽患病后两次看望她。

第一次是去石家庄，阎丽开始透析了，满胳膊都扎了密密麻麻的针眼儿，小臂皮肤上黄黄的，没有一块儿好地方。望着昔日的同窗密友，我心如刀绞，不敢相信眼前这个面色倦怠、脸颊有些浮肿的人，就是曾经活力四射、热情洋溢的阎丽。

第二次是去北京，阎丽换肾之前，她身体虽然虚弱，但仍说话从容、平静。她清晰地一字一句地跟我说，如果我能过去这一关，将来即便让我拉板车我也愿意。原来心性高傲的她现在竟然说出这样的话，心中该经历了怎样的炼狱啊！这是对生之向往与执着，我能说些什么呢？

最后一次相见，是2007年，我们班同学为纪念入学三十年在河北大学聚会。回想起来，那一次阎丽是有备而来的，她要跟我们1977级的同学做最后告别。记得在乘车参观时，她为了保存体力，一直平卧在最后的座位上，选择性地观看景点。午餐聚会是在卓正，席间，我俩一直挨着坐，边吃边聊。她吃得很少，我不时给她夹菜，她问起孩子情况，问起我父母的情况，感慨又若有所思地说道，你过得比我好！我说，孩子的一半给你吧，如果可能，你也领养一个小女孩吧。她说如果领一个，恐怕养不起，医药费加孩子的抚养费。同学们陆续吃完，相继离席。此时，她俯下身，我凑了过去，她压低声音跟我说：明羽，我时间已经不多了。我当时听后犹如五雷轰顶，浑身一瞬间像抽空了一样，随即眼泪不受控制地汹涌而出。一切来得太突然了，一切又在预料之中。我哽咽着，下意识地用手抚慰着她，一句话也说不出来。催促的声音从大厅传进来，我俩搀扶着相拥走出去。此时，大多数同学已经上了车，我们的辅导员韩盼山老师朝我们俩喊：佟明羽、阎丽，你俩快着点儿，还在磨蹭着什么呢？

我俩紧紧地拥抱在一起，难舍难分，四目相视泪双流。旁边的同学们只以为我俩惜别，谁知道，我们是在做今生的诀别。阎丽掩面而泣离开。我撕心裂肺地叫她："阎丽，好好活着！"她没有回头，背对着我摇了摇手，毅然地向车走去。

阎丽回石家庄后，我时不时打电话过去问候她，她的声音每次都是异常的平静，直到她因为感冒住院。阎生后来告诉我，那次她的感冒已经痊愈，出院前她还打电话给弟弟阎生，让阎生来接她出院，不想半小时后阎生赶来已经与姐姐阴阳两隔，因为在这期间阎丽换的肾的功能突然停止工作了（当时阎丽换的肾已经十五六年的时间了，她换肾是成功的。换肾之后一直由国家的相关部门追踪新肾工作的情况）。后来听阎生说过，阎丽知道所换的肾是有时限的，为了第二次移植手术她也提前做了准备，存了一些钱，不想给出版社添麻烦了。

噩耗传到学校，宝忠、文京，我们一行疾驰奔石，直到阎丽的新家。偌大的屋子没有什么烟火气，东西一包包整齐地码放在一张大床上，有条不紊。触景生情，加上晕车，我支持不住，晕倒在她的床上。三年的时间，我和阎丽朝夕相处，我最终了解了她。她是属鸡的，比我小四岁。她的成熟，她的所思所想，都超出了我的想象。

阎丽在短暂的几十年里，活得灿烂，活得阳光，让生命发出了耀眼的光芒，我实在佩服她的执着、坚强、豁达，佩服她面对脚下的深渊依然淡定前行，一个人坚强地直面人生。

我多次在梦里见到她，醒来泪已沾湿枕巾。回到现实来，我每次都无法释然。面对命运的残酷和无奈，我也曾为她想了很多：假如你活得不那么执着，假如你能更温润一些，假如你学会让生命如细水长流，总不至于这么决绝，这样的惨烈。

一生的爱恨情仇皆有期，让一切随风而去吧。阎丽，我愿来生我们还做好同学、好同事，我愿你经常入梦来，我愿你在天堂没有病痛，一切如你所愿。阎丽，我的好同学、好姐妹，你永远活在我的心里，活在你 1977 级的兄弟姐妹心中，我们永远怀念你。

2022 年 5 月 22 日

刘书祥：追忆阎丽同学

我和阎丽的接触主要是上学期间和她调回石家庄后的两个时期，脑子里只存有这两段的点滴记忆。

一

全班94名同学，77名男生，17名女生。男生接触较多的当属四年的室友。要说和女生接触和说话较多的，回想起来可能就属阎丽了，也许是老乡的缘故吧。

入学时间不长，她得知我是灵寿人，说自己的籍贯也是灵寿，当时还说了具体村名。灵寿县虽然人口不多，但是面积较大，有一句顺口溜："灵寿县，东南西北一条线。"从南到北有一百多公里，从东到西不足十公里。东南距离石家庄十多公里，西北与山西五台山相连。据说当年杨五郎去五台山就是从灵寿五岳寨上山的。灵寿县分为平原、丘陵和山区。我家在接近石家庄的平原，阎丽的老家是山区，估计她爸爸是当年从山区根据地参加革命工作的。因为是老乡关系，相对拉近了距离。

从外表上看，阎丽有着圆圆的脸蛋，说话面带微笑，戴一副高度近视眼镜，身材偏胖，走路有些拖沓。到了20世纪90年代，在石家庄，我老婆见到来我家串门的阎丽，曾评价说：阎丽长得不错，还有点风度。确实，手术后的阎丽瘦了，比过去苗条多了。在校读书时的阎丽，性格上给人一种既聪明伶俐、志向远大，又睥睨一切、傲世轻物的感觉，能入其眼的人甚少。但或许是随着年龄的增长以及生活的磨炼，后来和她多次交谈，感觉她的性格发生了较大的变化。

上学时有一点还是感谢阎丽的，就是对纠正我的家乡土话，甚至粗话，起了一定的作用。印象最深的一次是在教学楼的北面扫雪（河北大学1977级毕业纪念册上还有那张扫雪的照片）。在扫雪中，我和她边扫雪边交谈，一不留意带出一句粗语。她眼盯着我，问："你说什么？"我实在不好意思。从此，我说话特别注意，后来在众人面前再也没有说过粗语。

在学校期间，也谈过未来的志向和想法。记得大四的时候，她问我对毕业去向有何想法。我只是轻描淡写地说一句：离家越近越好吧。也许是看我不像她那样有更高的志向，后来就再没有谈过这些事情。

二

大约是1992年在石家庄地区招待处同学聚会的时候，她正在北京301医院住院等待肾源。聚会期间，由我发起，许多同学支持，班长远杰公布，举行了捐款活动。当时，还有同学提议，应当通知一下在美国的孟保青，因为他俩在学校关系不错，毕业后又同时留校。记得大家先后捐献了几千元钱，保青捐的款最多。

在石家庄，我和阎丽接触较多的大概是1993年至1996年。她做完手术以后，和她爸妈一起生活，居住在国棉七厂家属宿舍。她爸爸退休前是河北医学院药学系的书记，她妈妈在石家庄国棉七厂上班。当时我居住在平安南大街省委党校宿舍，与棉七家属宿舍直线距离四五百米。从阎丽家出门东走几十米，右拐经过拖拉机厂就到了省委党校宿舍。所以，她时常晚饭后，特别是夏日时长，出门锻炼，顺便到我家串门。

阎丽从河北大学调到石家庄后，在花山文艺出版社当编辑。她本来因病可长期在家休息，但她是一个十分好强也深知感恩的人。身体基本恢复后就去上班了。她说："自己做手术，单位花了不少钱，并且还要长期吃药，也需要单位报销。只要身体允许就坚持上班，也好给单位减轻些负担。"当然，单位领导也不要求她和别人一样，力所能及，干多少算多少。

她每次晚饭后到我家，总是拿着一个可背可提的蓝色薄布书包，里面装着水瓶和药。因为她换肾手术后身体排异，需要长期服药维持，吃药时间固定在每晚8点。她吃的药是进口药，一瓶2800多元，一瓶药吃不到一个月。20世纪90年代，我们的工资水平不高，她一个月吃药的花费，相当于单位几个职工的工资。

那时她已离婚，据说她的丈夫曾经是她爸爸的学生，毕业后分配在河北省医院工作。夫妻关系是个人隐私，自己不讲详情，他人也不便过问。在我们交谈中，虽然没有谈过具体问题，但她说过自己很后悔，没能在学校里找一个比较了解的、合适的。记得我还和她开玩笑说："在学校有你能看得上的吗？特别是我们这些土包子。”她只是淡淡一笑：“唉！那都是过去的事了，那个时候还是年轻幼稚。”她还说，她表妹正在承德医学院上学，她劝表妹一定要在本班找一个对象。我想这是她的内心话。

在交谈中，她还说，爸妈劝她领养一个孩子，以便老人百年以后，有一个寄托和照应。她说，自己也想过，如果领养大一点的孩子，感情难以培养；如果领养刚出生的，身体还自顾不暇，哪里有精力照顾小孩子呢？

人生多磨难，愿阎丽在天国安息！

何振虎：我的一点补充

编完刘书祥的稿子，忍不住也要说说我记忆中的阎丽，以为补充。

我与阎丽交集不多，入学之初，多数同学还不熟悉，同乡校友的地缘关系成了最先熟悉的理由之一。班里共有五个藁城老乡：杜英华、李远杰、林清玉、韩联社和我。有一次忘了是哪位老乡告诉我，阎丽是藁城下乡知青，按说也应该算老乡。于是我曾向她当面求证并试图“认”老乡，阎丽说她是石家庄市人。

我性格内向且情商较低，在班里很少与女生交流，但因为是小组长，有时参加班干部会，对女团支部书记的印象是：干练，主观意识强，讲话用不容置疑的口气，往往直接下结论，身上真的具有女干部那种“气质”。

毕业之后我去了河北电视台，对留校的阎丽一无所知。大约1988年后，因心脏前期收缩到中医院看病，认识了她的弟弟阎大夫，并成为好友。阎大夫曾给他姐夫写了条子，让我去省医院找S大夫检查心脏。在与阎大夫的交往中时不时听到有关阎丽的消息，包括阎丽调到花山文艺出版社，包括阎丽生病、做肾移植手术等情况，也包括后来她的婚姻破裂……

2007年3月的一天，我忽然接到阎丽的电话，说要给我送一本书。这就是她作为责编出版的王跃文的小说《大清相国》。那天下午，在我的办公室里，来送书的阎丽与我交谈许久，聊了很多。我这才发觉其实她的倾诉欲很强。她介绍这本小说的内容、读者评价和社会反响，说这么好的题材你们电视台一定要把它拍成电视剧，播出肯定会一炮打响。她评价河北电视台的节目，说现在你们的电视节目没什么看头，做电视的人都没文化。她展望出版设想，说下一步她还有好多非常好的选题，电视台要感兴趣可以提前介入……她说得口若悬河，我只有倾听的份儿，好不容易找个插话机会，问她的身体状况，提醒她注意身体。她说每天都吃一大堆排异的药，说治病花了单位不少钱，得努力工作，不然心里不安。

临分别的时候，我关切地问了一句她的“个人”问题：“是不是考虑再找一个男朋友？”她摇摇头，说：“我这个情况怎么找？那才是嫁祸于人呢。”这句话，多少年后我还记得，因为如此强调汉字本意来使用“嫁祸于人”的成语，似乎透着一种洒脱。

2009 年 10 月 25 日上午，我在驱车外出公务的高速上，接到了阎丽弟弟阎大夫的电话，说：“阎丽走了。她的同学我只知道你一个，请你转告在石家庄的同学们吧。”我沉痛地询问后事安排和殡仪馆告别的时间，给李远杰班长和一些同学打电话报信。

第二天，我办完公务匆匆赶回，和石家庄、保定来的同学一起到殡仪馆为阎丽送行。

副班长宋建良印象

/ 李远杰　何振虎　吴公剑　马文生　吕书文

李远杰：我的好搭档宋建良

在河北大学中文系1977级，我被指定为班长，宋建良同学为副班长。班委会还有学习委员、生活委员、劳动委员、卫生委员、体育委员、文艺委员，大家在辅导员老师的指导下开展工作。四年间，班委会成员团结一致，每个班委各司其职，并在学习、工作和各项活动中以身作则，发挥模范带头作用，使班级的各项工作顺利开展。作为副班长的宋建良同学，从不指手画脚，而是默默无闻、踏踏实实地做好自己的工作。

"榜样的力量是无穷的"，建良同学正是同学们的好榜样。记得有一次下午或晚上，教学楼水管漏水，水漫到楼道里。建良和一些同学发觉后，马上拿起笤帚、簸箕清扫封堵，把水往厕所里赶，鞋袜、裤腿都湿了。最终水不再往楼下流，被清理干净了。

右起副班长宋建良、班长李远杰、班委张月忠

记得好像是三年级的时候，父亲病重需要回家探望。我请好假对建良同学说，老人有病我得回去，班里的事你多费心。建良同学说，你自管回去照看老人，有我们呢。我们班老师上头节课有喊"起立、坐下"的礼节，这项事就自然落到了建良身上。大概十来天后我才返校，这期间建良同学和班委会及全

班同学一起，圆满完成系、校布置的各项工作。

四年间，我和建良同学工作上互相商量，配合默契，和班委会及同学们共同努力，班级先后两次被校、系评为“先进班集体”，三次被评为“模范团支部”。建良同学和我都属于大龄同学，上学前拖家带口，因此，上学后生活都比较节俭，建良同学更是如此。

大学毕业后，建良同学去了任丘华北油田，他家是肃宁的，可能离家较近的缘故。像在大学一样，建良同学踏实肯干，任华北油田管理局党委常委、宣传部（工作部）部长，享受副局级待遇。他有很好的人缘和口碑。逢同学聚会，我和建良同学总会相互拥抱，以示彼此之间的情谊和惦念。

怀念宋建良同学！如有来生，还做搭档。

何振虎：难忘建良兄那一脸笑意

在河北大学中文系 1977 级，建良兄不是一个存在感很强的人。如果不是因为他当副班长，我当六组的小组长，两人可能很少产生交集。

入学不久，当班主任杨老师在班会上宣布班长、副班长的任命，宋建良从座位上站起来向大家致意的那一刻，我发现他脸上带着一种淡淡的、似有似无的微笑，或者说，就是一种貌似浅笑的表情。在后来的交往中，这笑意就一直挂在他有些沧桑感的脸上，似乎是从岁月刻下的皱纹中散发出的一般，印证着他的随和与平实。

我对宋副班长的印象，多来自工作。比如，开班会，他从不多说话，而是带着那种特有的浅笑宣布：下面请班长讲话。召集小组长会布置某项事务性工作（诸如打扫卫生、扫雪等），他三言两语讲完，带着那特有的浅笑问一句：组长们还有什么意见没有？入学后的第一个元旦，系里举行新年联欢会，我和另外一个同学操办猜谜语项目，宋副班长陪着系办公室的老师来巡视，我说，副班长先猜一个？他淡然一笑：正式开始后留给同学们猜吧。后来还说了什么话我早忘了，但还记得他脸上的那个笑意。班里的当代文学课举行小说《被爱情遗忘的角落》讨论会，同学们争相发言时，我一转头看见了坐在侧面的宋建良，脸上还是带着那种若有若无的笑意，却不记得他发过言。除了履行副班长的职责，我没有见过他当众展示自己，包括履行副班长职责的活动，我从未见过他着急发火。

印象最深的一次，是李献文同学去世后的第二天，系里对献文之死尚未定性，宋副班长（一定是“奉命”）召集我们几个舍友，座谈李献文生前状况和对他死因的看法。当时大家都处在悲痛中，情绪激愤地追问真相。宋建良依然是那种沉静的样子，脸上还带着平时那种浅笑表情，淡然地听取大家带有不同情绪的发言，不插话，不回应，也不反驳。只是在两个发言的间隙里，不失时机地提醒一句：“你们谁还有新的看法？”

多年后，我一直在想：中文系 1977 级形成了扎实、团结、不事浮华、不分派别的风气和风尚，与这一届学生多数人历经社会风霜、入学就保持了清醒头脑和努力学习的目标有关，也和班委会的总体风格特别是班长和副班长的个人风范分不开。

毕业离校之后，我和建良兄偶有见面但无深交。一次，我到任丘做电视采访，与宋建良在华北石油管理局的办公室见面，他脸上还是我熟悉的那个笑意，只是比在学校时多了几分爽朗。几年后他当了华北石油管理局党委常委、宣传部长，有一次参加全省的宣传工作会议时，碰到了建良兄。散会后我想留他和同学一聚，他脸上依然带着那种熟悉的笑意婉拒了我，说自己身体不太好。说着还摘下帽子，露出已经脱发的头顶。后来有人告诉我，那是做化疗带来的副作用。

几年后的一个夏日，我在出差的路上接到了廊坊同学吴公剑的电话，告诉我宋建良兄不幸病逝的消息，还说他正准备赴任丘为之送行。我万分唏嘘之际，宋副班长那一脸笑意的表情永远定格在脑海里。

那似乎是一种透明澄澈、令人放心的微笑，那似乎又是一种静水深流、大巧若拙的笑意。一个人的德行、性格、见识和为人处世方式，尽数包含在这种笑意里。

建良兄啊，你在天堂安好吧？兄弟怀念你，怀念你那份淡定从容、既浅又深的笑意……

吴公剑：为宋建良送行

我任（廊坊市委宣传部）常务副部长期间，一个夏天的晚上十点，突然接到华北油田新闻中心主任魏令华的电话：“你们班的宋建良走了，明天上午油田举行告别仪式。”令华老兄是河北大学中文系 1978 级的学弟，多年任《华北石油报》社长和新闻中心主任，工作上，担任宣传部长和党办主任的宋建良是他的领导。

第二天上午，我取消了一个原定的会议，冒着瓢泼大雨，从廊坊赶往任丘。106 国道很多地方积水，都没过了大半个车轱辘，我的司机是海军地勤退役的汽车兵，虽驾驶技术很好，但也一个劲嘀咕：“能不去吗？要不等会儿看看天气？”

我坚定地说：走！汽车忐忐忑忑地赶到华北油田的一个大礼堂，我看到油田领导班子成员和所属部门经理们聚集一起肃立默哀，悲痛的情绪似乎也感染了老天，礼堂外继续“泪飞顿作倾盆雨”。

我也含着眼泪对宋大嫂说：“我从廊坊来，代表河北大学中文系 1977 级的九十多个同班同学来送建良老兄！”当时在现场的华北油田原新闻科长韩元涛，已经出任华北油田的一个部门经理。他拉住我不让离去：“这么大的雨，路上也不好走，我代表嫂子和其他家属接待你，请令华老兄作陪。”

吃饭间，大家怀念老宋，赞叹他是个好领导、好老兄，可惜天不假年。众人都唏嘘不已。雨还在淅淅沥沥下个不停，老天也在唏嘘不已。

马文生：“老宋”印象

“老宋”名叫宋建良，是河北大学中文系 1977 级里年龄最大的同学之一，上学前已为人父，因此，同学们都叫他“老宋”。他在入学前就已入党，入学伊始班主任先是安排他当小组长，后又安排他当了副班长。他性情宽厚，脾气谦和，与担任班党支部书记兼班长的李远杰配合得很好。我多次听到系办公室的老师说：“1977 级的支部和班委关系搞得好，从来不闹矛盾。”全班同心，其利断金，在李远杰和宋建良的领导下，我们班的各项工作一直走在全校的前列。

大学四年，“老宋”都是踏踏实实地学习，勤勤恳恳地为班里同学服务。到 1982 年大学毕业分配之际，他想到自己的妻儿都是农村户口，便从实际出发选择了生产生活条件都比较艰苦、却易于安排妻儿工作的石油单位。先是在单位办公室任秘书，后升任办公室主任。

20 世纪末的一次同学聚会我见到他，这时候“老宋”已显衰老，头发脱落严重，戴了一个假发。21 世纪初的一次小规模同学相聚，我听到了“老宋”去世的消息。

“老宋”，我们怀念你！

吕书文：追忆副班长宋建良

宋建良，河北肃宁县人，我们班的副班长，是我的室友。他个子不高，性格非常敦厚，说话家乡味特浓。“你哪儿来？”“我肃宁呢！”。晚上熄灯了，时常请他给我们讲故事，非常新鲜有趣，令我们产生好奇感。

毕业时他给我留言：“赠书文弟留念：年少志壮当自强，砥砺四载露锋芒。愿君长吟攻关句，邀我凌顶赏风光。”

他毕业后被分配到位于任丘的华北石油管理局工作，后任局党委常委、党委工作部部长。记得有一次省里召开统战工作会议时见过面，当时看他戴个假发套，说是因为术后做化疗脱发而致，后来终因癌症复发去世，当时他应该尚在工作岗位上。

韶华悠悠忆献文

/ 何振虎

一

时间定格在 1980 年 6 月 18 日。

中午正在宿舍喝水，班里那位年龄最小的同学来了说：“你们宿舍李献文让火车撞了！”我说，不可能，他去铁路上干什么？

那天早晨三四点钟，我们按学校要求起床后去农村拔麦子。李献文说，我不去了，感觉不舒服。问他怎么不舒服，回说“有点发烧，肝疼”。我给他倒了一杯水，又和正闹感冒的林清玉商量，留他陪献文到医院看急诊，便匆匆出发了。收工回来听林兄说，李献文没有去医院看病，上街吃饭去了，至今未归。

噩耗被一步步证实。我和另两个同学找到“系办”张老师，得知李献文上午 10 时被撞，人在铁路医院。我们正和宿舍同学准备赶往铁路医院时，班长陪着系总支书记、系副主任和班主任老师来到我们宿舍，让闲杂人等回避，令两个同学检查李的床铺衣物（后来我猜到他们是查找有没有“遗书”），无甚发现。旋即，班长拿出一个信封，上有李献文北京三姐的地址，派另一班干部向北京发加急电报并打长途电话，内容为“献文病危，速来”。此情此景说明，李献文同学确实出事了。

很快得知消息：上午 10 时左右，开往北京的一列车在保定车站北边的道口附近百米左右撞死一人。司机称曾看见死者在向列车奔跑，目击者还有两三个在附近劳动的村民。警方现场分析推测，是自杀而不是车祸事故。

宋副班长组织几个同学座谈，追忆李献文此前的情况和印象，却无法解开其中的谜。据说，出事前一天晚上，他与某同学闲谈，临了说过一句“我向你告别”。但他们俩常常一起开玩笑，说过许多比“告别”更绝望的话。

李献文的精神近来有些萎靡不振，这是室友们都能感觉到的。上个星期的一天晚饭后，我俩一起散步。我问他有什么心事吗？他苦笑了一下，不加否认地说“有一点儿”，却不肯细说。

后来，我和他在疗养院附近的“东湖”闲聊了一个多小时。谈到他的身体，谈起他在北京的女朋友，还有暑期的各自打算。他告诉我，暑期准备到山东老家去看望老母亲，“可是小宋（女友）来信，让我最好先回北京”。我说，那就先回北京呗，你上山东时怎么也得带点东西。暑假时间长着呢，你在老家待上半月二十天，其余时间可在北京玩一玩。对于他身体的担忧，我做出种种无大碍的推测来安慰他，也建议他查一查。此后我们的话题便海阔天空，谈各自的生活经历，谈今后的憧憬和职业规划——大学已经上到第三年，前途未卜，两人难免兴叹一番，然后便释然而归。

这次散步后，我对他不大留意。星期六学校演电影《佐罗》时，我和他坐在一块观看，只觉得他话语较少，却没有别的迹象。

近来一段时间，献文在学习上抓得不太紧，常常独自待在宿舍里。近半个月来常常失眠，肝功能不太正常，搬宿舍时又闹肚子，我几次劝过他注意身体，并把他的郁郁寡欢归结于身体欠佳，因为我不知道他还有什么别的心事。

朋友啊，你悄悄地走了，给我们留下了满腹狐疑，你为什么如此决绝？你有何遗恨？为什么不能告诉我们呢？

1979 年与李献文（前排右一）在京实习合影

二

献文去世前的两年零三个月前的那天，在河北大学报到入学后，接待的师兄把我的行李拉到了男生楼的 407 宿舍。看到三张双层床的下铺均已有人“占领”，我就占了一个上铺。不久，一个中等个子、身材有点消瘦的新生也来到这个宿舍，占据了我对面的上铺。他的行李，是农村人惯用的两个大包袱。他解开包袱，边铺被褥边给我打招呼：“我叫李献文，贡献的献，文化的文，从邯郸曲周县来。你呢？”

这是我俩第一次说话。他脸颊清癯，似笑非笑，带着棱角。大学新生一般都最先熟悉自己的室友。一起打水，一起去教室和图书馆，一起到食堂买饭，我俩很快熟悉起来。

李献文主动告诉我，他祖籍山东郓城，家住北京，作为知识青年在河北曲周县下乡，所以他是在河北高考上学的。入学不久自己起了个笔名叫“郓生”，以纪念自己的出生地和籍贯。

最初，我并不喜欢他身上那种夸夸其谈的公子哥做派，但其生活的朴素和性格的内敛，却又明显带有几分农村生活的痕迹。比如，他冬天穿那种免腰肥裆的棉裤，睡觉把被子团成“被窝”，钻被窝不穿背心和裤头。

有一天，他在宿舍公然宣称，他 1976 年在京参加了清明节纪念周总理的活动，还吟诵了他自己写的一首诗。我不以为然，还质询式地让他讲细节。后来出版社正式出版了《天安门诗抄》，他找到其中的一首诗给我看，果然与曾经背诵的诗词一字不差，我因而信他此前所言不虚。加上他时不时讲起下乡插队的农村生活，与我的一些经历有些相似；议论时事有时两人看法每每趋同，渐渐地我觉得他很可爱，“学问杂而不自矜，条件好而不奢华”。

记得他刚入学写了一封家信，在宿舍念给我们听，其中一段话感人至深：“……我不需要手表，也不需要皮鞋，更不需要时装，需要的是社会主义科学文化知识，需要的是为实现四个现代化攀登科学高峰的精神和毅力……”虽然不无空泛，带有那个时代的特有术语和腔调，但其中透露出的赤子之心，让我相信是发自肺腑之言。

李献文才思敏捷而且每每透出冷幽默的特质。诗人韩兄神经衰弱，对宿舍执行学校关灯制度盯得紧一点，而有的室友习惯躺着看书不愿让关灯。到晚上 10 点，韩兄如果还没回宿舍，献文顺口就来：“想韩兄，盼韩兄，韩兄来了好关灯。”在食堂排队打饭的混战中，李献文出口成章讽刺加塞者脸皮太厚：“身子未出保定站，鼻尖已贴北京城。”这种敏捷和幽默随时令人解颐，也让他赢得了好人缘，邻宿舍不少同学都愿和他交往。

他酷爱书法，没事就在宿舍用毛笔蘸水练字。“真草隶篆”各种字体都练；他是现代汉语课的课代表，又对学习古文字很热衷，认真阅读《说文解字》，在宿舍给大家讲“象形、形声、会意、指事、假借”等造字法；他偶尔吟首诗词，很注意韵脚和格律，我则用不合平仄的句子和他。班里发了教材或我买回新书，习惯性包个书皮，请他题写书名。李献文来者不拒，楷书、隶体写得一丝不苟。其书法方面的进步，同宿舍人有目共睹。

有一年放寒假前夕，许多同学找他写书法带回老家。他主动给我写了一幅刘禹锡的《乌衣巷》：“朱雀桥边野草花，乌衣巷口夕阳斜。旧时王谢堂前燕，飞入寻常百姓家。”是用隶书写的，一笔一画颇见功力。我拿回家挂在父母住的堂屋正中。刘禹锡这首诗此前我并不熟悉，因为书法背过此诗并格外研究解读，而后觉得献文写给我“飞入寻常百姓家”似乎颇有含义。

从他只言片语到与其系统聊天的过程中，我得知他的出身不是“寻常百姓”家。他同母异父的姐姐、哥哥，都是北京级别不低的干部。他自己披露，大姐夫是副部级的驻外大使，一次在《人民日报》的一角“外事短讯”中还刊载了名字（李拿着报纸指给我看）。他自己说，母亲丧偶后再嫁，生了他，生父是个中医……后来，似乎是他跟着生母，住在北京的三姐家里。

这种家庭出身，让他在我们这些纯粹农村生长的同学面前，保持了某种优越感。另一方面，复杂的家庭关系，也在他的成长当中养成了他特有的性格。所以他有待人热情的一面，也时有孤独的表现；他对家世似乎有所炫耀，有时也遮遮掩掩；他有时坦诚得口无遮拦，如在宿舍当众说有人给他在曲周介绍的女友，甚至念女友的来信；但有时也会给人心事重重的印象。总体上，他真诚、善良，高智商，有才气。以当时的用功程度和书法练习所达到的水平，假以时日，自成一家乃至成为书法界大家，也是可以揣想的。

但是，天妒英才，命运弄人。呜呼！

三

李献文去世后，我和同宿舍另一同学到火车站等待他的亲属。近21时，等来了李献文的三姐、五姐和哥哥（素昧平生全靠火车站的广播才见面）。回学校的末班公交车上，三姐等追问详情，怕他们过分忧伤，我只推说不太了解。到了学校，等了四五十分钟却未找到系里的领导。

待安顿好家属，回到宿舍已是午夜。看到那张空床铺我无法入眠，吃了安眠药睡去，半夜醒来三四次。

第二天，李献文的三个亲人来到我们宿舍和同学们相见，询问献文情况，悲哀的氛围笼罩着大家，然后他的亲人开始整理他的遗物。我们几个人帮着把他的被褥、衣服、鞋袜及日用品整理在一起，装入两个包袱和两个纸箱。

这些东西都是我熟悉的，边收拾边想到我们共同生活和学习的情景，衣物依旧，物在人空，怎不叫人喟然悲叹。看着包袱，就想起入学那天献文背着两个大包袱来到宿舍的情形。整理一大堆鞋子，就想起他对我描述下乡生活的场景。两年多了，过往留下多少记忆，现在就有多少悲伤。

同宿舍同学在对李献文的怀念中，回忆起以前的诸多事情。诗人老兄说，献文曾告诉他，在北京，第一次女朋友邀他看电影，看的片子是《泪痕》，真不吉利，说不定我们是一场悲剧呢。我马上想到，同样的情节，献文也曾给我讲过。当时我问他：“你回请人家看了一场什么电影呢？”他说：“我请她看的是《画中人》。”难道真的是一语成谶？难道冥冥之中，真的有操控人类和万物的命运之神吗？

6月19日下午3时，我们来到保定铁路医院送李献文到保定火化场，并在那里举行遗体告别仪式。哀思如潮……那个悲恸的场景和过程就省略不写了。

当我和同学们走出火化场，乘车拐上公路时，火化场的大烟囱冒着黑烟，和我们一道生活两年多的同学，就这样从世界上消失了。生前烦恼，身后凄凉，都随之灰飞烟灭。别了，我的同学，我的兄弟，从此生死茫茫，阴阳两隔，期待梦里相见吧。

然而，梦里也寻不到你的踪影，只有你睡过的那张床，孑然而立，形单影只。我的书皮上，还有你的墨迹，我们的墙壁上，还挂着你的作品。我还记得最后在一起的情景：我把一杯水递给你，说，我们出发了，你在家休息吧。从此竟成永诀。

系里公布联合调查组的结论那天，我写下《吊亡友》：

哀思滚滚漫心堤，
窗外枝头鸟悲啼。
两载同舍来如昨，
一朝床空去谁知？
耳畔犹响生前语，
书页长留旧墨迹。
学业未成君竟去，
忍叫何人悲如斯。

这是我们中文系1977级第一个离开的同学。1980年6月18日，刚刚过了端午节，几千年前的这一天，屈原在汨罗江投水。不知李献文同学走在铁路边时，想到了这个日子没有？

四

清明时节，思念悠悠。

多年之后，同学们仍对李献文同学的悲剧扼腕不已。假如，不是集体去郊区拔麦子？假如，那天我们和他在一起搞点活动？假如……时光能够倒流，我们一定拼力拦住向他驶来的火车。如果可以时空穿越，我一定要追问他：为什么，为什么，究竟为什么呀？

李献文的死因，系里定性为“因病”，后来人们也认为他是抑郁症。为何抑郁呢？有知情人披露，李献文比较钟情于曲周县的那个女友，但他三姐在北京另外给他介绍了对象（不知是不是那个请他看《泪痕》的小宋）。徘徊在家人意见和个人情感之间的献文，面临两难选择，沉陷其中而不能自拔……一个当代版的“殉情”故事，是酿成悲剧的全部原因吗？多年后还风闻，他曾追求校园某女生被拒，抑或这是最后压倒骆驼的那根稻草……哪位女生呢？我追问传闻者，对方闪烁其词，语焉不详。此情节确否，我至今不得而知。

逝者已矣，生者恻恻。往昔如烟已不可追，就从大背景来分析吧：生在红旗下、长在新社会的这一代人，从小在传统教育熏陶下形成的价值观，在改革开放新时期接受现代意识的洗礼，传统和现代的两极，在他们身上碰撞、交锋，最后此长彼消地融合，他们的宿命即他们的使命。他们是富于激情的理想主义者，又是清醒的现实主义者。所以，这一代人的内心注定时常充满纠结和痛苦。这是我在大学后期对我和同龄人精神世界的基本估价。李献文的离去，当是在这种纠结和痛苦的状态下，家庭关系、个人际遇、性格弱点等因素相互影响、相互纠缠而又不能自拔的结果。

安息吧，我的兄弟！

追忆同学马少华

/ 王建敏　刘凤霄

王建敏：韶华如逝水　何处觅少华

“韶华悠悠”是我的闺密荣荣教授为征文活动所冠之名，深得大家认同。颔首的同时我心中怦然一动，“韶华”，“少华”，真是好巧不巧。

确乎“韶华悠悠”，惜乎少华难觅！

少华，是我的大学同窗，是闺密，也是一生的知交、挚友。三年前，她被癌症掠去了生命，当同学们在疫情之下以文相聚、以心再聚的时候，却不闻少华之音声，不见少华之文字……

马少华

可是，她没有被忘怀。

一、纸条传递生友情

同学们多称少华为小马。

细瘦的身材，微黄泛白的面色，狭长的眼睛里总透着探寻的光泽，还夹杂着几分忧郁，偶尔还会有一丝狡黠闪过，略显宽大的白框近视镜，总像要掉下来一样。

一眼望过去，是一个单纯柔弱的女孩。

我们两个的情谊始自课堂上的一个偶然。

古典文学课上，熊任望先生为我们主讲《楚辞》。后来成为网络名人的同班同学韩联社在文章里有如下描述：熊先生“瘦弱的身体如戟如铜，开阔的声音渺渺追云：帝高阳之苗裔兮，朕皇考曰伯庸。摄提贞于孟陬兮，惟庚寅吾以降……”正是在这样的场景里，坐在教室第二排相邻座位的我和小马彼此对视了一眼，欲言又止，几乎同时拿笔寻找可以写字的地方。待到我把大大的课堂笔记本悄悄推向她，她也同时伸出了手掌，一个在纸，一个在掌，写着两个完全相同的词语！

那是对熊先生与屈子精魂高度契合的有感而发。

以韩联社同学说熊先生“字迹如钢似铁，如黄河水奔腾咆哮，刹那间席卷了你的灵魂”推论，字如其人，是我们被熊老师的神韵触动了，我们同时渴望交流，我和小马第一次发现，我们的感觉神同步。

以后的我们，经常有这样的交流，载体就是随机撕下来的小纸条，写完后像小朋友猜丁壳一样同时打开，其乐无穷！最奇妙的是，游戏过程中90%以上我们用了同样的词句，剩下的，则大多只是字数多寡。高度的契合让我们引彼此为知己，两颗心越走越近。

直到1988年底马儿写信给我时，落款还特意署名“纸条同学”以为调侃和纪念。

小马与梁进、居霞三人同一宿舍又亲如姐妹，由此我成了3+1模式里的一部分。有照片为证，她们三人行必有一个外挂——我！

曾与居霞骑自行车当日往返一百六十里去白洋淀划船，以至于后来留下后遗症，提到雄安我就大腿根儿疼！梁进后来远赴英伦，我去英国时她远道接至家中，还安排到当地最负盛名的饭店用餐。

和梁进、居霞一样，不觉间，我开始称小马为“马儿”！

二、两条路径的交汇

毕业分配时，我到了北京，马儿回了衡水。

两地相隔，两条不同的人生轨迹，并没有隔断我们的情意。书信、电话、微信从未中断，马儿只要来京，我们必然相聚。她在《衡水日报》工作，我不曾去过报社，却完全知晓她的职业状态。多年来她的激情与困惑、她的奋斗与纠结，我一清二楚。自然，我的工作情况和家庭生活对于马儿来说也不是秘密。

进入报社几年后，马儿面临职务升迁，可她却选择了报社“经济部”。她来信说，在一片不解和反对的声音里，她知道我“懂得”！很多年后我在中国家具协会短期工作时，曾到当地一个知名企业家如庄园一般的出口企业做客，提到报社有我一个同学，还没有介绍几个要素，公司老总脱口而出：“是马少华？马大姐！”那一刻，我为马儿骄傲，她选择“经济部”向社会更深处展开触角，看来不是一般的成功。知道她跑企业拉赞助为社里创收不菲，也知道她因此结交了不少企业家、教育家、慈善家，却没有想到她在企业家群体里把根扎得这么深。

她是带着情怀去做事的人，她对于每一个个体生命的深刻感知，帮助她去体悟他人、观察企业，因而她得到的不仅是报社的广告客户。她的悲悯情怀，任是沙漠也铺绿，也开花。

《滨湖画报》是她事业的巅峰，是她逐梦之旅最扎实的果实，亦是她生命的华章。离开体制去开创一片天地，她是勇敢的开拓者。

一面是她生长生存的土壤，一面是她“木兰坠露秋菊落英”般的情愫，她始终在这两者之间寻找突破。在我看来，她不是不喜欢衡水，是衡水盛不下她丰富的精神世界！翻开往来书信，字里行间凝聚着执着的精神追求和对于生命极致状态的渴望，任是雨骤风狂也难以湮灭。

于是，才有了她在为人之母而后还跑到北师大进修心理学，才有了同学梁志林教授惊叹她2002年时还想考博。

她想给更多需要帮助的人以心理疏导和生存慰藉。在北师大她小小的宿舍里，看她专注地为我做丸子汤，每一个小肉丸儿都圆润可人，满满一层在锅里翻滚着，夕阳漫射在她身上，犹如一束圣光，那是烟火里的圣洁，我读懂了她的选择。

她常常调侃："我怎么会有你这样的朋友？你天生知道避开急流险滩直奔目标而去，我却经常被现实碰得鼻青脸肿，咱俩天差地别。"我从来只是报以一笑，路径不同、平台有别，彼此懂得便没有距离。懂得是世界上最美的缘，不然何以有破琴绝弦之千古美谈！

因为懂得，我们的交流，便有了超越女性话题的广大空间，时事、政治、历史、人生，天马行空，从无边界。

记得毕业后她第二次来北京（首次是她新婚时来京旅游住在我家），我陪她步行前往燕莎商城。两个都不喜欢逛商场的人，一来为边走边聊，二来为见识一下燕莎、赛特之类领当时潮流之先的高端商业场景。结果，我们在商场里正为标价几万元的奢侈品咋舌，一位衣装华贵却粗俗不堪的中年妇女凑过来，毫不犹豫地出手买了几件。

眼神一碰，我和马儿立刻走出了商场。

我笑道，从此我再也不进燕莎了，受刺激！两人相视大笑，路人不解地看着我们。那时似我等工薪一族月薪尚不及百，极端的收入差距已现端倪。那位女性并没有再次被提及，她只是话题的激发者，而财富分配、制度设计的谈论却洒满我们的归途。

即使最终她面对癌症死神，我们谈的还是中西医现况、过度医疗、生命尊严！我们的话题永无穷尽且始终同频，大概，都属于不接地气的范畴吧，而我们乐此不疲。

三、坚韧的拼争

马儿外在的柔弱和内在的强韧构成了一体两面。

当她在北师大的专业学习被认可、北京接收单位已落实的时候，上小学的儿子的教育问题把她拉回了衡水。当她倾尽心血培育《滨湖画报》的时候，老年痴呆的母亲常常令她牵肠挂肚日夜不宁，以致她去世之后弟弟富华常常自责为政过于投入，偏劳了姐姐。

马儿身体羸弱，肠胃和睡眠始终不好，却偏偏意志力超强。

面对生活的诸般磨难，她从不抱怨。纵使翅膀之下负荷沉重，她也要振翮高飞——无关名利，她要的是人生价值。

而命运何其残酷！绝症又瞄准了她。微创手术、干细胞治疗、气功锻炼，在一扇扇生命之门对她关闭的时候，她还以超常的强韧与病友坚守在一处村级养老院日日练功。离开这个世界之前不久，马儿微信转来她自创的舞蹈视频，红色的毛衣如同烈焰，宣示着她向阳而生的坚守、向死而生的安然。

我喜欢小林一茶的一句汉俳：“婆娑红尘苦，樱花自绽放。”这句话说的就是我视为同怀的马儿。清风拂过，樱花随风飘散，告诉这个世界，她来过……

附记：记得2017年9月大学同学纪念恢复高考四十周年时，已经身患绝症的马儿执意前往。种种不能之下，她精心挑选照片，转发给何振虎同学汇集整理。

当此网络会聚回首毕业四十年的时候，马儿已在另一个时空。

忆起我们三拥而别、心知永诀的那个画面，不觉泪奔。

马儿，你还在，同学们都还记得你。

在我心里，你是一个鲜活的永恒。

2022年4月3日

刘凤霄：追忆马少华同学

时光流逝，岁月斑驳，一些故事因为这样那样的意外而搁浅在记忆的深处。

河北大学中文系1977级发起毕业四十周年征文活动，一下子打开了我封尘的记忆，记忆就一点一点找回来了，变成了一篇《高考前后》。但记忆的阀门迟迟关不紧，我又想起了同班同乡的同学——马少华。可惜，这个才思敏捷的同学已离世三年之久，无缘征文了。

马少华是我唯一同窗四年，毕业后又生活、工作在同一个城市，始终不离不弃又若即若离的老同学。大学开始的第一天，我们班十几个女生在河北大学中文系教学楼下第一次见面，从大城市来的同学叽叽喳喳聊天，只有两个人没有加入群聊，一个是来自枣强的马少华，一个是来自深县的刘凤霄，两个来自衡水地区的女同学。

大学四年，我和马少华不在一个宿舍，也不在一个小组，但毕竟我们来自同一个地方，有一种天然的亲近感。当时我们同学都亲切地叫她“小马”。小马梳着两个小辫，戴着一副眼镜，喜欢韩美林画的小动物，喜欢我不懂的音乐，她知性率真，她和同宿舍的梁进、周居霞是亲密无间的好同学，她还崇拜大她几岁的王建敏师姐。

虽说我们1977级是恢复高考后的第一批大学生，按说当时分配不是太难，因为那个时候的大学生被冠之“天之骄子”，国家是包分配的。但也有例外，我和马少华就属于例外，我们是衡水籍大学生，当年河北大学中文系没有衡水地区的分配指标，我俩属于自愿回衡水的。我从学校带着行李回衡水后，天天跑人事局打听分配去向，但衡水那个地方重男轻女严重，好多部门到人事局要大学生，但又表明不要女的。我最初想去报社，得知报社不愿要女的，我知难而退被分配到了地区供销社，马少华却克服困难如愿进了衡水日报社。

刚毕业那几年，同学走动频繁，只要有大学同学来衡水，我就联系小马到我简陋的家一起吃饭，因为我大她两岁，又早早结婚成了家。当我还在为她的婚事发愁时，有一天她领着男朋友来看我。我说，怎么是个穿方格衣服的，太新潮了。她大笑，一副幸福的模样。

马少华是衡水日报社知名的女记者，写了不少见地深刻、脍炙人口的好文章。她还是第一个搜集衡水老照片的人，以此让人们记住衡水的旧时风情。她在工作多年之后，又选择在北京师范大学进修心理学。学成之后，因上有老下有小需要她照料，她无奈地放弃了在北京工作的机会，又重回衡水。马少华把心理学知识运用到新闻宣传中去，颇有成效。

马少华去世后，她的好友谢云曾写过一篇小文，文中有一段话："记得我俩一起去精神病院采访一位身为某县中层干部的无奈父亲和他大学毕业然而患病的儿子。面对儿子的狂躁和他父亲满眼的无助和哀怨，少华利用所学知识分别耐心疏导。之后她又在工作之余去了几次。少华是个是非分明、工作努力、永远向上的人。她独自抚养孩子从无一刻松懈，对待生病的母亲更是耐心尽孝。"

那些年，马少华在衡水小有名气，这与她经办的一本刊物《滨湖画报》是分不开的。《滨湖画报》是衡水的本土杂志，是一份富含时尚元素的城市杂志，是当年的一个很新、很时尚的平面媒体。《滨湖画报》的定位是：有品位的地方，就有《滨湖画报》。配合"三年大变样"，《滨湖画报》每一期都很精彩，社会反响也很大。我们供销社取暖用的高高的圆形砖结构烟囱，爆破倾倒的瞬间画面，深深地定格在我的记忆中。我其实并不是在现场看到的那一幕，而是在《滨湖画报》上看到的，那幅照片捕捉得非常棒。我曾经是《滨湖画报》的忠实粉丝，期期认真观赏。

2017年大学同学聚会，马少华因病没有参加，我总想为她做点具体事。我除了给她要了同学们人手一份的书、U盘，还给她要了参加聚会的同学很难抢到的王守义同学的书法若干幅，当然，要感谢王兆年师兄从中帮忙。海鸥看我带的东西太多太重，主动帮我把给马少华要的书及U盘，还有王守义的书法及她让王密东专门给她写的条幅一并快递给她的儿子胡元。

2018 年，我开始断断续续地写回忆录，并在自媒体上发表。病中的马少华看到后，6 月份私信给我，说我写的职业生涯，极有价值！保存好，继续。并说，她“对个人回忆录很感兴趣，国外有人专门研究个人口述史，它是国家、地区或一个行业的补充和完善，比散文和小说更有价值”。

2018 年 8 月中旬，我从杭州回到衡水，得知马少华住在衡水二院 8 楼 803 病室，我立即到医院看望。走进病房，她一直沉睡着，我叫醒她，她让儿子给戴上眼镜，看清楚是我，说了几句话，我转达了班长李远杰和周居霞等同学们的惦记与问候，她点头回应，然后又无力地闭上眼睛。过了一会儿我握着她的手，又喊醒她，她睁开眼，问了我一句：“你身体还好吧？”想不到“你身体还好吧？”成了马少华对我说的最后一句话。小马骨瘦如柴的样子，让我有一种说不出的难过和绝望。自此，我的心一直悬着，不知道她能撑多久。

天妒英才。2018 年 9 月 8 日凌晨，马少华走了。马少华对生活、对爱情、对事业，那么投入，那么执着，上天不应让她不到六十岁离世。

“韶华”悠悠，怎能没有“少华”。为了让马少华同学出现在 1977 级征文之后的结集中，我写下了这篇小文。

深切怀念刘发海学兄

/ 韩联社

一

今天，省城石家庄彤云密布，雨丝缠绵，我的心绪也随着缥缈雨意而飘忽起来，无端想起了逝去多年的刘发海学兄。

2007 年我在博文里曾经写到过发海兄：

刘发海兄那时已经是三个孩子的父亲。他戴一副白眼镜，个子高高，腰身却有些绵软，一双金鱼眼，目光纯净而狡黠。这位昔日的民办教师，说起话来绵里藏针，时不时让你感受一下乡村秀才的犀利劲儿。他写得一手小斜字，学习刻苦，吃饭迅速，不知为何，此刻我的耳畔，似乎回响着他拿筷子叮叮敲击饭盒的乐音。他的经典言论是："我们那里呢……""我们那会儿啊……"

毕业之后，他回到黄骅，回到了老婆儿女身边，继续教书。那年他为了学校公务，来省城向黄绮先生求字，曾专程到报社来看我，他说，你是咱们宿舍的小弟弟呢，不惦着点咋行。因为来去匆匆，我们也没来得及一起吃顿饭……

2017 年 9 月 23 日，我班入学四十周年联谊会在保定隆重举行。此前，我负责联系刘发海兄，意外得知他已经因病辞世，享年七十岁。

毕业后，他回到了黄骅南大港农场（当时称中捷友谊农场）中学任教。那时农村已经实行责任制了，他选择这个岗位，既不耽误工作，还能照顾家庭。20 世纪 90 年代末，时任河北大学出版社副总编辑的老同学任文京到黄骅出差，与发海兄联系，那时他已经升任校长了。两人在宾馆见面，十分开心，晚餐小酌两杯，天南海北神聊了两个钟头。

任文京后来回忆说，刘发海感慨同学们毕业后都去了城市，他却回了农场，就是想着回来顾家，解决家人户口问题。说到这里，他似乎有些遗憾，说那些留在城市的同学后来不也都解决了吗？文京说，你现在不也挺好的吗？发海说，我定了一个制度，学校每周一上课前，全体师生都要到操场列队，升国旗，唱国歌！

文京听罢，心里一热，鼻子发酸，想起了电影《凤凰琴》里的镜头，这老刘，内心这么崇高伟大，令人肃然起敬！

二

刘发海1947年出生于沧州地区黄骅县齐家务公社同居西大队，子牙新河从村南潺潺流过，农作物以小麦、玉米、大豆、高粱为主。他与班里两大诗人韩兴华、郭沫勤同庚，比我年长十余岁。

在我的记忆里，在一个宿舍“同居”了四载的刘发海兄，既是一个宽厚的兄长，又像一个严肃的老师。只是，他的宽厚，表现出来有时是“唠叨”，他的严肃，表现出来则是调侃，尖锐而犀利。比如，我喜欢躺在床铺上看书，没黑夜没白天的，一本接一本地看，有时候还耽误了上课。他瞅着我说，你这样子看书，眼睛还要不要了？你不去上课，上学干吗来了？对于他的“唠叨”，我无动于衷，有时候他就很生气，说，我要是你家大人啊，早一脚把你踢到床下了！

我闻言，赶紧出溜下床，做出一副害怕的嘴脸，作势就要往外跑，他却笑了，哪个舍得踢你啊？

一间屋子住了七条汉子，看书窸窸窣窣，吃饭嘁里咔嚓，也是妙趣横生。记得1980年暑假结束，大家相继返回学校。那时我们已经大三，算是校园老江湖了，岂料开学第一天，就笑话不断。放假前我把毛巾洗干净，叠成豆腐块，塞进刷牙茶缸里，回来后拉出来一看，毛巾早已腐朽，

刘发海工作照

长了一层白毛，一捏就碎了。我随手把毛巾一抡，白毛飘飞，发海兄说，你这是散布毒素啊！

我的“毒素毛巾”还在飘，月忠老兄那里又出了状况。他从床底下拉出自己的“书箱”，就是当初他修王快水库时，连队配给他装炸药的那个柳条包，跟着他转战了好几个地方。他刚打开一条缝，一只受惊的老鼠从包里窜出来，我一声惊呼，发海赶紧关上门，全宿舍同学开始围追堵截，总算用笤帚把它消灭了。月忠再一看，包里还有几个肉乎乎的小老鼠仔。原来，这只大老鼠趁着暑假，把柳包咬了一个洞，把包里的书刊咬了个乱七八糟，用碎纸屑盘了一个窝。他把几只小老鼠抓出来，交给发海，连同大老鼠一起拿出去处理了。发海回到宿舍，见大家还在七嘴八舌讨论此事，笑道：“我给你们说一条谜语，看谁能猜出来。”

我一听，来了精神：“快说吧，别卖关子了。”

“老鼠钻进柳包里。打一成语。”

月忠正在整理残存书刊，还没回过神儿来，只听密东笑答：“咬文嚼字。”

“对头。”发海首肯，大家都跟着大笑。

这起欢乐的“老鼠窝事件”，出自张月忠兄的回忆；我那“毒素毛巾”，以及四处飘飞的一根根白毛毛，如梦如幻，似乎依然在眼前飘着。岁月的流水，荡涤着流沙，却留下了亮闪闪的珠贝，回旋着一圈圈涟漪……

那时候，我像一只井底之蛙蹦到地面上，幸运考上了大学，在宿舍里又年纪最小，有时难免浮躁轻狂。偶尔看了一本好书，就不管不顾地站在宿舍里炫耀，大讲书中的情形，背诵精彩段落，并不觉得打扰了大家。每当这时，发海兄就笑着说，小兄弟真行啊，这么老厚的书，你都看完了。我得意地回答：那当然！可是转念一想，老兄这句表扬的话里，咋还暗藏着一枚银光闪闪的绣花针呢？嗯嗯，反正莫名感觉到了一种讥刺的力道。

几位同学同居一室，上课念书，下课回屋，打水，扫地，擦桌子，搞卫生，互相帮助是自然的。英民兄回忆说，有一阵子他闹病，我多次陪他去地区医院看病。一次，医生建议他做个腰骨髓穿刺，查什么造血机能，我俩直犯怵，我看他他看我，不敢决定，还是守义和月忠兄见多识广，直言慎重。

对这次令我与英民兄犯怵的就医经历，实话说已记不得了。在我的记忆里，有一次我得了一种莫名其妙的男科病症，不知如何是好，守义兄带我来到学校卫生室就医。那时，卫生室设在哲学教学楼的一楼。那是一栋坐西朝东的旧楼，矗立在中文教学楼与文科食堂中间，锅炉房、小卖部、理发室等都挤在那里。楼西边是一条大杨树掩映下的校园小路，直通北头食堂。每当下课去食堂吃饭，大家都要从楼边匆匆走过。瘦弱文静的女医生听了我的诉说，说没事，只是有点炎症，吃点消炎药就好了。

那时大家的消遣，就是晚饭后出去遛弯，三三两两，走出院来，沿着南北院中间的那条马路依依东行，东头有个池塘，称为东湖，许多时候就是绕着东湖转圈子。记得有一次，发海兄我俩晚饭后出去遛弯，不自觉来到了东湖畔，望着粼粼湖水与空中的一弯月牙，他忽然告诫我说：“联社，你是咱们宿舍的小弟弟，也很聪明，只是要记住：大智若愚，大巧若拙，切忌小聪明。”

对发海兄的告诫，这些年来我一直深铭于心，时刻警告自己，处事要有大格局，不要自作聪明。

三

2002年11月，河北大学中文系1977级毕业二十周年联谊会在保定举行，住宿地点是校园内的小白楼。那时，发海兄已经身患疾病，家属阻止出行，他因为思念心切，决意前往，最后带着一位助手来到了学校。那是一次情深意长的集会，我因故未能前往，错过了与发海兄相见的机会，至今深感遗憾。因为，此后他再也没有机会走出黄骅，与同学们相会了。

那天晚宴后，发海兄与留校的梁志林教授，在夜色里进行了一次长谈。

当年，志林是我们422宿舍的常客，经常与大家轮流对弈，侥幸赢过本宿舍“第一棋手”王守义一盘，便开始吹牛，自称棋术高超，难觅对手。我嗤之以鼻，与之展开三盘决战，第一盘，我没赢；第二盘，他没输；第三盘，战至中局，正当他得意扬扬之际，发海兄一掀棋盘：“和棋，两个臭棋篓子！”哈哈！

志林后来告诉我，那天晚上，他俩悄悄走出校园，沿着北边的马路，向着东湖徜徉。发海兄谈到了老婆孩子，校长生涯，以及同学情谊，并对422舍友们一一作了点评，言辞之间，汪洋着一片片挚诚深情……

他说，你们明天要去顺平县王家大院参观，我身体不佳，就不去了，今日一别，不晓得哪天再见面呢！志林说，老兄别悲观，好好调养身体，机会多的是嘛！

第二天，发海兄就在同学们的祝福声中，告辞回了黄骅……

如今，当年寄居422宿舍的七位“舍友”刘发海、王守义、张月忠、王密东、刘英民、林建章、韩联社，其中，刘发海、王密东两位学兄，均已仙逝，祝他们在天国安康幸福吧！

从网上搜了一下发海兄的资料，找见了一篇署名“河北省沧州市渤海新区产业园区南大港中学刘发海”的文章，题目是《浅议〈鸿门宴〉注释中的通假字》，摘录如下。

> 人教版高中语文第一册中的《鸿门宴》，有两个关于“通假字”的注释值得探讨，现举例浅议如下：“毋内诸侯”，对“内”，书注是“‘内’通‘纳’，接纳，使进入”。很多版本，包括多年来的中学语文教科书都这样注释“内”，并且人们都很自然地将“内”称为通假字。但是，这种注释是不恰当的。“内”和“纳”虽然同音，但“内”并不是“纳”的借音字。“内”的本义是“入”，而且在《史记》《汉书》中多以“内”为“纳”。换句话说，在古代汉语中，“内”不是“纳”的借音字，倒是“古多限‘纳’为‘内’字”（段玉裁《说文解字注》）。限，就是“借”。本文中的“毋内诸侯”，正是用了“内”的本义“入”。因此，书注应很自然地将“内”注成“内，入，使进入”，或注成“内，纳，接纳，使进入”……

此刻，读着这些稍显古奥的文字，眼前恍惚出现了发海兄的形象，他左手拿着一本翻开的古书，右手捏着一支红蓝铅笔，指指点点，嘟嘟哝哝，在反复推敲着“内”与“纳”，就像当年在宿舍里潜心学习一样……

2022 年 5 月 12 日

踏青时节忆故人

/ 要力石

又是一年春草绿，又是一年踏青时。

那段四十年前的青春往事，那些一起度过四年美好时光的同班同学，依然在记忆中清晰呈现。

其中的三位同学，毕业后多有交往，同学情谊深厚。我记得他们年轻时的模样。

梁一三在学校时和我要好，他是那种惜时如金、刻苦学习的人，每天早出晚归，和我的作息时间差不多。我俩聊天大多在晚自习后，在教学楼北门空地上。以他说为主，我只是听。他年长我两岁，当过兵，长年穿一身的确良军装。

大学毕业时作者（右）在教学楼前和同学合影（左为梁一三）

聊得最多的是两个话题：学外语和女朋友。他晚自习的主要时间是阅读英文原著，走哪都抱着一本英文大辞典。我说过他：“你不如直接转到外文系呢！”他回答说：“那不一样，我比外文系的中文好。”他有他的主见，厚实的外文底子为他考研、找工作打下了基础。当然，成也外文败也外文。

爱情是一三喜欢聊的，聊起来语速变快。我是他完美爱情故事的倾听者，因此相信琼瑶小说情节是真实存在的。他说女友聪明漂亮，部队里追求的人多，包括一些首长子弟。“但是，她还是喜欢我，在众多追求者中选择了我。”

一直以为他是那种各方面条件优越、顺风顺水的人。事实也是，1982 年春天大学毕业后，他如愿考上研究生，然后进入国家级出版社。

五年后的秋天，我考入新闻学院研究生部文教报道班学习，到北京没几天就见到了他。他邀请我到双榆树家里做客。我初到北京，一切新鲜，双榆树，多有趣的地名！离开他家下电梯时，我随口说了一句特别不合时宜的话：“你家这是一室一厅？”他笑着说：“你不懂北京住房多难！能分到一居相当不容易了。”后来知道这是实情。我被分配到《瞭望》周刊，住过长椿街上十来个人一起的大宿舍。1992 年夏全家入京时，住在新华社大院 5 号楼 15 平方米的宿舍。到了办公厅工作，才搬进北叉楼 35 平方米的一居室。

第二次去一三家做客是 1988 年秋天。那时海顺同学刚刚进京，我们一起去一三家玩。这是三人在北京唯一的聚会。海顺刚入学，意气风发，三人聊天时，他嗓门大，笑声朗朗。印象中没有在一三家吃饭，而是一起观看电影《查泰莱夫人的情人》。

和他最后一次见面时，我已经调入出版社。在宣武门西大街 57 号大门口接上他，陪他到下属新闻书店逛了逛，然后在新华社大食堂二楼就餐。

那次，一三的情绪明显低落，讲述了公派英国留学遇挫的过程，吐露出苦闷和绝望。我一直劝他想开点：“出国有那么重要吗？再说还有机会。”他说：“你知道我为此准备了多久，付出了多少！我已不年轻了，以后哪还有机会！”那会儿他才四十多岁。

一三是个心地纯净、理想化的人，平时不苟言笑。在学校时，我开玩笑地叫过他“一二三”，他冲我笑笑，没理会。生活对他的厚爱，学业、事业、婚姻的一帆风顺，反而让他缺少生活韧性。对于当过知青、司炉工，一直在基层扑腾的我，没认为出国是多重要的事。而对一三来说，出国可能是他的全部。

海顺则是在毕业六年后与我在北京重逢。他大大咧咧，更像一个自由惯了的大男孩。我们曾同宿舍，我睡门口上铺，他睡对角的上铺。因为年龄和个性差异，在学校时交流并不多，毕业后各回各的家乡。

1987 年末的一天，突然收到他一封信，问我报考新闻学院的事。我很快回信给他。为报考的事，连续通过三四封信，1977 级毕竟有实力，海顺在激烈竞争中胜出，并且一开学就当上了班长。他来北京报到那天，秋高气爽，我俩紧握双手，不约而同地喊道：“又成同学啦！”真是人生何处不相逢！记得那些个秋天的傍晚，我们一起在夕阳下围着校院散步，高谈阔论。此时的他，与我记忆中完全不同，还是瘦瘦高高的样子，但言谈举止成熟稳重，自信从容。那会儿，他快要当爸爸了。

成立不久的新闻学院，位于北京西北肖家河，正黄旗甲一号，紧临国际关系学院、颐和园北门。周边树林茂密、幽静宜人。学院方方正正，北面一座灰白教学楼，南面是食堂等生活设施。两届学生共 200 多人，除了国内报道班，还有英语、法语两个国际报道班。穆青是名誉院长，李普、戴煌、陆拂为、郭玲春等名记者都是我们的老师。报道开国大典的李普，上课第一句话是：“我羡慕你们！”

毕业前，我为写论文去了邢台威县，住在县招采访村民道德评议活动，海顺因一个小手术也要回河北。我们在宿舍楼前互道珍重。他得知我将去《瞭望》周刊工作，羡慕地说：“如有可能，我也在那实习，留在那工作！”当然，我没有等到他。

在北京工作时，我每年回邢台看望父母大人，也会抽空联系小学、中学、大学同学或知青好友、工厂工友小聚。大学同学只有风仪。他本是衡水人，不知道怎么分配到了邢台矿务局。

离校前，他先把行李托运到桥西邢钢生活区我的家。我父亲亲自取了行李。凤仪到单位报到和取回行李那天，在我家吃的饭。我父亲特意炒了一盘肉菜。多年以后，凤仪还几次提到这事，说："老爷子烹调手艺不错，炒的菜挺香。"我说："那是你饿了，饥不择食嘛！"我俩哈哈大笑起来。

凤仪先是在邢煤工作，后调到中兴街路北的矿务局当秘书。其实他的工作挺实惠，对当地人来说，收入高、福利待遇好。何况他是领导大秘书和办公室主任，有点实权。

他生活上讲究，大学时喜欢留着大背头，每天起床先梳梳那头浓密黑发。他脾气随和，人缘好。我在《邢台日报》当编辑时和邢煤通讯员志纲很熟悉，他脑子灵光，口才好，会办事，后来他成为凤仪的同事和好兄弟。我和凤仪每次聚餐，志纲都在场。

凤仪到邢台不久，把妻儿迁了来。他在邢煤工作那会儿，有一天我找他玩，正巧他的妻儿刚来。小两口很是恩爱，凤仪时不时地和妻子开玩笑。

总之，凤仪的小日子红红火火，风生水起。

当然，担任办公室主任后，他的应酬接待过多，时间长了，影响他的健康。有一次我从北京回来，他约我吃饭，席间他对我说："你这一来，我又加了一场。"志纲在一旁打趣道："我

大学部分同学合影（后排右二是海顺）

们主任可是连续作战了，经常是一晚上赶两场三场。”我劝他：“你这样喝酒哪行呢？”他摇摇头，无奈地笑笑。我为他担心。

最后一次聚会，仍然在矿务局招待所食堂用餐，然后一起唱歌。凤仪点的最后一首歌是《友谊地久天长》。“让我们亲密挽着手，举杯痛饮……”唱着唱着，我俩流了泪，是想起“我们也曾历经艰辛”，还是“旧日朋友岂能相忘”？

记得大学三年级时，有一次凤仪因一门课考得不理想，情绪低落，不吃不喝。印象中我和书才陪着他在学校东边空地上边走边劝，几个小时后他才平静下来。

那次相聚不久，我听到了他因病不治的消息。难过之极。

2006 年 5 月，我的连襟不幸去世。我和家人去张郭老山墓地祭奠。我一转身，发现紧临的一块墓碑上，刻着凤仪的名字，上面还有矿务局字样。这是上天的安排，给我一个缅怀老同学、好朋友的机会。

春天了。满目青翠的张郭老山，可记得我对老同学深切的怀念吗？

2022 年 4 月 12 日

兄弟同学李京生

/ 梁志林

李京生出身于书香门第，母亲是县中教师，父亲是文教局干部，社会关系和生活环境令人称羡。他家住县城中学大院，舅舅任职于县委组织部，姑父是市工业局领导兼化纤厂书记，姨夫则是我堂伯父，在县政府任职。

我家离县城十八公里，我很少进县城，虽然去过堂伯父家三四次，但也不知道和京生家的亲戚关系，也不认识京生。

进入大学那天，我放下行李不久，京生就找到我们宿舍，对我说："你是志林哥吧，我是李京生，我姨夫是你大伯梁昌喜。"接着说出他爸的名字。

我说："太好了，我知道你爸，在全县中学教师大会上讲过话。"

他说："真不容易，这下好了。你收拾吧，咱们闲下来再聊。"

李京生

我很高兴。刚才经过刘建刚宿舍时，刘建刚正打理床铺，一眼看到我，大声叫着我的名字说："你来啦，又见面了。"我回答一声说："你好，你先忙，待会儿见。"建刚高考前在元氏师范进修，我也刚留校不久，两人一块儿复习准备高考。虽然短短十天，但吃住在一起。1977 年 12 月 10 日我离开元氏师范回家，分别时约定：不管考到那里，都要告诉一声。现在突然相见，兴奋自不待言。旋即见到京生，平白又多了一个兄弟，可谓双喜临门，喜上眉梢。

京生对我家庭状况和对我的了解，应该是听我堂伯说的。所以在后来四年的生活与学习中，常常对我关照和帮助。京生大姑家住保定市秀水胡同干部院，他经常星期日去探望，有时也带我一块儿去。去得多了，我也跟有了门亲戚一样。多少年后，我与他表哥还有交往。有时我们也一块儿坐火车回家，到达县城，他会邀我到他家歇脚。

大学二年级中秋，京生对我说："我姨夫去北京开会，明天过保定回县城，咱们一块儿走吧。"我答应了。第二天中午，我和京生正捧着玉米面饼子吃饭，我堂伯带着我堂妹就到了南院食堂前。我们匆匆收拾好坐到车上，快到定州时，堂妹对京生说："哥，你们就吃那样的饭啊，看着就咽不下去。"京生说："每天中午都吃玉米面饼子，吃饱就不错了。"堂妹一副吃惊的样子。

后来学生宿舍搬迁，我们最初一个宿舍的同学分到其他宿舍，我和京生成了同室舍友。只是京生和我成长的环境不同，情趣有别，性格迥异。京生心地善良，待人热情，喜欢交往，洋溢着青春活力。我除喜欢打球外，就愿意和一二同学游戏取乐。两个人平时密切交集也不多，但只要有机会，我们就会聚在一起。

1979 年五一后，京生、我和几位同学到清西陵游览。我俩随游人在泰陵转了一圈，就到高大的松树林中漫步，东拉西扯一些老话故事。中午在一座行宫前吃过干粮，竟然发现周围没有别人，大殿管理员也无踪影。于是，我俩就跨过挡人的黄布条，踏入禁区，在皇帝的龙椅上坐了坐。记得京生坐在龙椅上，低头看了看左右，然后颠颠屁股，端正身子，扶着把手，笑着对我说："也没什么啊，皇帝的龙椅，远比不上坐沙发舒服。"我回答说："就是大点、宽点、硬点，不如坐圈椅好。"当时也想，舒服和龙威无法比较，圈椅和龙椅不能并列。天机巧合，我俩有点冒失地把龙椅坐回了平民中，权当"梦游西陵"吧。

1979年9月，县文教局的高局长到化学系看望女儿，京生邀我去拜访。我们到了化学系高师姐宿舍，见到了高局长。高局长是教育系毕业的学长，也是我当民办教师时的县局领导。高局长很高兴，问了我们的学习情况，还介绍了他大学时的学习方法。其中，他主张每天写日记，但不必是一天写一件事，也可两天、三天写一件事，把事尽量写完整。我后来采用这种方法练习，写作能力明显提高。京生也喜欢写作，不久就在保定市《群众文艺》上发表了一篇幽默小故事，还向我详细介绍了他的写作过程，并带我到杂志社拜访编辑，投递我写的民间故事。

有一段时间，京生迷上了天文学，每天都看天文学的书，常常夜静时一个人跑到教学楼楼顶观看星像，着了迷似的。我问他："真想研究天文吗？"他说："那倒不是，就是想了解一下。"我说："有收获吗？"他说："一般星座都能认识。"我表示赞赏。后来我想，他不单是了解一些天文学知识，最终目的可能是通过掌握一些天文素材，在文学创作上另辟蹊径。

大学时，我很少照相。有一天京生带了相机，邀我到莲池游玩，互相拍了几张。我视力较好，不戴眼镜。京生为了增强拍照效果，就借给我眼镜戴上，给我拍下了我唯一的戴眼镜的黑白照片，也是我十分珍惜和喜欢的一张照片。

1981年秋季开学后，校学生处调他到处里帮忙，参加编辑河北大学1977级毕业生纪念册。他每天到学生处搜集、整理和编辑资料，并挤时间写作毕业论文，显得十分繁忙。在他与学生处王（丽林）老师的努力下，我和全校1977级同学一样，毕业时拿到了一本凝聚着他们心血的红色纪念册，也成为我"文物级"的永久收藏。

毕业要分手了，室友们整装待发。京生拿过他的喝水茶缸，对我说："这个茶缸留给你吧，别嫌不好，你刷牙用。"我看着他，笑了笑说："好吧。"这个茶缸至今有几十年了，跟着我搬过三次家，我也没有用它来刷牙，就放在书桌或洗手间的架子上，装着备用的牙膏和牙刷。我每天洗漱时，都能看到这个陈旧且有点过时的茶缸。

京生毕业后在石家庄市省对台办公室工作，我与他见面不多。他女儿上五年级时，我被中文系派到石家庄做毕业生跟踪调查。在单位与京生见面后，他领我到他家里吃午饭，见到了他爱人和女儿。看到他意气风发的样子，看到他贤惠的妻子和懂事的女儿，看到他相亲相爱的家庭，我心里由衷地高兴。后来，在石家庄同学聚会和建刚孩子的婚礼上，我也见到了京生，只是来去匆匆，未及深谈。

在保定与京生相见，一次是在大姑的葬礼上，另外是在同学的聚会上。2012 年同学聚会是京生参加的最后一次。我开着车在会上做些服务性的工作，有点忙乱。当他在宾馆院里见到我的车时，略带感慨地说："你的车好，比我的车好，真不错。"车是普通的车，他说的"好"，是他的心声。我理解其中的含义。

惊闻京生去世的消息，是建刚告诉我的。之后，宝忠与我赶到石家庄市殡仪馆，和当地几位同学参加了京生的葬礼。当我看到他清瘦的面容时，止不住泪流满面，哽咽不已。

京生是我的兄弟，是我大学的同学。他一生很"真"很"善"，无论何时何地，从来没有对我装模作样过，我很想念他。有时也想，为什么平时就不能多说一些话呢？为什么平时就不能多见几次面呢？没有为什么了，有的，只是眼泪和思念。

2022 年 5 月 12 日于北京

回忆刘宗正

/ 吕书文　刘慧玲

吕书文：宗正同学小记

刘宗正，1946 年生，河北无极县人。我与他同宿舍四年，入学时他已是三个孩子的父亲，老婆孩子都在农村，家庭经济条件十分困难。他每月 18.5 元的助学金还要节省一些寄回家用，枕头破了，荞麦皮流了出来，他就索性头枕床头铁栏杆睡觉，看来令人心酸。他学习非常刻苦勤奋，印象最深的是在宿舍经常听见他背诵俄语词句。刚毕业时，他在省民委工作，但很快调至省地方志办公室从事地方志编纂工作。

我们一同在省直十局宿舍居住过十几年，偶尔见面，也曾串门交谈。1998 年后的一天，我在院里碰上他，他说他爱人去世了，我很惊讶，对其家庭遭遇深表同情！

后来我搬家了。2017 年 10 月，河北大学中文系 1977 级入学四十年在母校聚会，找不到他，通过房屋中介得知联系方式，他答应参加。聚会前一天，他电话说因脚烫伤参加不了了。之后有微信交流，很遗憾一直

刘宗正

没有见过面。据说，他爱人去世后，他一个人独自拉扯三个儿女读书上学、成家立业。儿子出国留学，现居住美国。前些日子与他大女儿电话交谈时，他女儿悲伤地跟我说：“我爸爸这一生非常不容易！”

刘宗正同学为我省地方志编纂工作作出了较大贡献，曾任河北省地方志办公室省志编审组副组长、河北省历史学会理事，编审职称。经他编辑出版的主要作品有《河北省志·民族志》（民族出版社 1995 年 9 月出版，副主编）、《河北省志·妇女运动志》（中国档案出版社 1997 年 9 月出版，副主编）、《民族常识》（河北人民出版社 1988 年 8 月出版，1995 年 6 月再版，主编兼主要作者）、《河北省志·共产党志》《河北省志·人民代表大会志》《河北省志·公安志》《河北省志·政府志》《河北省志·军事志》《河北省志·科技志》等，其中五部获省级一等奖，三部获全国二等奖。此外，他还在国家级和省级杂志发表方志学术论文近五十篇，其中六篇获省一等奖。主要论文包括《提高人民代表大会志质量的途径》（发表于《中国档案管理精览》，中国档案出版社 1997 年 3 月出版）、《政府篇的基本内容及其安排》（学苑出版社 1990 年 10 月出版）等。他退休后依然笔耕不辍，写过一些回忆其上学前后的文章，不断见诸报刊网络，受到读者的关注和好评。

这次征文活动开始后，我多次联系他无果，辗转找到了他的大女儿，哪承想竟然是噩耗。他女儿说，他爸爸已于 2021 年 1 月 23 日石家庄疫情期间因长年糖尿病肾衰竭去世！唉，不是搞这次征文活动我们还不知道宗正同学已于一年多前离世，享年七十五岁。

谨以以上只言片语，纪念同窗同室刘宗正同学。

刘慧玲：追忆父亲刘宗正

转眼间，父亲离开我们已经一年多了。在这一年多时间里，爸爸的音容笑貌时时浮现在我眼前，一些日常小事总会在不经意间勾起我对爸爸的无限思念，仿佛爸爸仍坐在书桌前，笑眯眯地看着我……

我的爸爸非常孝顺。我的童年是在无极县郭庄村度过的，那时候家里很穷，勉强能解决温饱问题。那时家里一直养有几只母鸡，因为家境困难，攒起来的鸡蛋要拿到集上卖钱补贴家用，所以我和弟弟妹妹一年到头也吃不到几个鸡蛋。就是在这种情况下，我爷爷每天早晨都会用开水冲两个鸡蛋吃，如果家里的鸡蛋供应不上，爸爸就会让妈妈到集市上买，或者用粮食换回来给爷爷吃。在我们兄妹几个的记忆里，无论家里多么困难，爷爷的鸡蛋从来就没有中断过。在爸爸的影响下，我们都非常孝敬爷爷，只要家里有好东西，我们第一个想到的就是留给爷爷。

爸爸大学毕业后，把我们全家带到了石家庄，当时爷爷已经八十多岁，因为留恋老家，说什么也不肯跟着一起来石。爸爸不放心爷爷，每周末都骑自行车回老家陪爷爷。后来爸爸动员家族的力量，好不容易才把爷爷劝到石家庄，但是爷爷始终无法适应居住楼房的日子，最终还是回老家一个人生活，只是在冬天最冷的时候到市里暂住。所以，那几年的周末和节假日我们兄妹几个几乎是见不到爸爸的，爸爸风雨无阻地骑着自行车穿梭于石家庄和无极县郭庄之间，就这样一直坚持到爷爷九十周岁去世。

爸爸的孝顺没有什么惊人之举，却渗透在日常生活的点滴之中，深深地影响了我们兄妹三人，我们也传承了爸爸的孝敬，尽最大努力给了爸爸一个还算幸福的晚年。现在，爸爸终于不用再忍受病痛之苦，在天堂和爷爷重续父子之情！愿逝去的亲人们一切安好！

（刘慧玲系刘宗正长女）

回忆王密东同学

/ 张月忠　龚法忠　刘凤霄　韩联社

张月忠：怀念你，我上铺的兄弟

清明扫墓，俺家乡的习俗是在清明日的前十天之内。4 月 2 日，一大早，我和老伴及三弟回故乡扫墓，一路心情沉浸在对父母的思念之中。下午 3 点多回到保定家中，一看手机，吕书文同学下午 1 点多发的一条微信出现在眼帘："各位同学：刚刚惊悉，王密东同学已于 3 月 22 日晚 11 时在海南因病医治无效去世。"什么？我异常惊愕：王密东同学去世？我揉揉眼睛，拿起手机跑到窗前，再次认真看了一遍，消息确凿无疑。

我哽咽着跟老伴说："密东走了。"

"走啦？"老伴看我沉痛的表情，疑惑地嗫嚅。密东这个名字，她是非常熟悉的。她知道，密东是我大学同窗四年的学友，他睡上铺，我睡下铺。他退休于省高院，这两年一直在海南，夏天也没有回石家庄，今年正月十六他刚参加了河北大学中文系 1977 级旅琼同学聚会。因为我经常将与密东接触的点点滴滴，跟老伴念叨，她一看照片就知道哪位是王密东。

"你们不是刚聚过会吗？你不是说密东身体很棒吗？"老伴一连串的疑问，"我看你们的聚会照片，密东还笑得合不拢嘴呀？""是啊，是啊。"我无法回答老伴的提问，"太突然了，太突然了……"

大学四年，我和密东是上下铺关系，加上脾气相投，说不上形影不离，也是朝夕相处。虽然他比我小几岁，生活习惯各不相同，但是，在四年的时间里，他处处为我着想，上床下床，都会轻手轻脚；睡觉起床，我们两个都尽量互不干扰。他性格沉稳，什么事都不急不躁，圆圆的脸上总是挂着微笑。每次去食堂打饭，他总是和我们岁数大些的同学一起，走在后边。那时，打饭的顺口溜是：排在前边，想吃什么买什么；走在后边，剩下什么买什么。哪怕没了菜，只买两个玉米饼子，就咸菜吃，他也是乐呵呵的。晚上去阅览室，也是这样。那时的阅览室座位是抢手货，同学们为了抢上座位，总是早早排在阅览室门口，单等门锁一开，大家前呼后拥往里挤。我和密东常常一起去排队，但是他往往被挤到后边，只好借几本喜欢的书，抱到宿舍去看。密东盘着腿在上铺看书，我则在下铺靠着被子看。

密东对各门功课都下功夫学，他的笔记很工整，我俩经常课下对笔记。他对语法结构特感兴趣，常与我讨论此类问题。记得有一次下课回到宿舍，我们还对罗老师讲的“太阳从东方升起来”与“东方升起了太阳”的主谓结构形式进行争论。

课余时间，他则对练习书法情有独钟。可能是练毛笔字比较费事，他多数时间练钢笔书法。有时，他拿出自己写的书法，让我看结构是否合理。我对书法了解不深，我俩就向守义同学请教。密东参加工作后，一直坚持书法练习，而且日臻成熟。有一次，我去省高院密东办公室，他给了我两幅墨宝。

刚毕业那些年，我在保定地区行署参与政府经济工作，与密东工作交集少，见面也少，但各自把对方记在心里。后来，我到了市人大常委会工作，关于依法监督及法律方面的事情，经常跟密东在电话中探讨。他是法律界资深人士，虽然他毕业于中文系，刚去省高院主要干的是文秘工作，但是毕竟熟悉法律。密东有思想，分析问题有独到之处，后来转向办案业务，专管大案要案。由于他的刻苦用心，对工作有高度的责任感，专业水平也是数一数二，被高院同僚尊称“密老”，他的依法公正办案，在省高院也是被称道的。回看王密东给我写的毕业赠言“有关国家书常读，无益身心事莫为”，既是对我的希冀，也是他的座右铭。

有一次我去他办公室，看到办公桌上放着几本厚厚的卷宗。他说现在的大案子较多，经常加班阅卷，还要到各地去核实案情，工作很忙。我们一边喝茶，一边聊当前发案率高的社会因素，主要是官员腐败问题和社会分配差距过大，有时也聊到司法腐败现象，密东一脸的愤懑。

近几年，他旅居海南，一直在研究武强方言。他曾跟我在电话中说过，喝家乡的水，吃家乡的饭，在职时一心扑在工作上，现在退休了，想为家乡做点事情，编写一本武强方言。今天从凤霄同学的微信里得知，他的这本书起名《武强话语小典》。他喜欢孙犁的小说和散文，上大学时就爱看。孙犁用饱含诗意的笔触，富有冀中语言特色的平实语言，反映了冀中人民在抗日战争中的精神风貌。密东一方面收集家乡的方言俚语，一方面从孙犁的作品语言中汲取营养。他曾在微信里问我，为什么孙犁作品中有一段，说阜平、曲阳一带老百姓忌讳说“麦子”两个字？我在私聊中回复他说，我们家乡管“冬小麦”，叫“麦”；春天种的麦，叫“大麦”。如果说“麦子”，则是关乎“性”的一种称呼。不知密东此书是否成稿。

密东好友真的走了，匆匆地走了，带着他的夙愿，带着他的眷恋走了。三天来，我想写一篇悼念文章，几次打开电脑，千言万语不知从何说起。只能草就此文，并以 4 月 2 日写的几句小诗结尾：

惊闻密东驾鹤行，
痛彻心扉泪泉涌。
同窗四年上下铺，
耳畔犹存读书声。
正月十六刚相聚，
谁知此别成永恒。

一路走好，我上铺的兄弟。

龚法忠：来世我们还做兄弟

密东，你就这么急匆匆地走了？连一句道别的话都没有留下？

昨天晚上，我和你嫂子唠嗑，还说起你。你嫂子得病后，脑子有时候糊涂，但她说：那是个好人，那是个好人！

密东，四年前，应该是我们的最后一次见面。那次，我和你嫂子去石家庄，顺便给你带了一本书。你等在河北省高法门前，我们下了车，你邀我们上去坐坐，喝杯茶。你嫂子晕车，就没有上去。我们相约，机会有的是，都方便了，我们一起坐坐。不过，虽然在路边聊了十几分钟，但给你嫂子留下的印象就是：这是个好人！

你知道，这么多年我对你嫂子的话总是坚信不疑。

虽然在官场浸淫几十年，但是某些地域官场上的虚伪、势利、做作，在你身上看不到一丁点儿。你在高法，无论做文秘还是做庭审，始终是那么热情、坦诚、质朴、谦和，与四十年前在河北大学中文系学习时相比，没有丝毫改变。你还是那么一个人——好人！

2022 年 2 月 16 日三亚聚会（右二为王密东）

密东，在河北大学中文系1977级里，我们都是来自农村的学生，我们的血管里都流淌着农民的血液，我们都是在乡村的黄土地里长大的，我们都受着乡土文化的熏陶，因而我们也有着与生俱来的亲近感和共同语言。

在校四年，我们聊天并不多。参加工作后，尤其是有了手机后，我们的联系愈加密切。我们在私信里，总有聊不完的话题，总是那么说得来，总是那么趣味相投。难道这就是人们常说的——“人以群分”？

记得有一次我们在私信里聊起了“高危职业”。我说，我在国土资源部认识的许多熟人，禁不住诱惑，触犯了法律，想想就后怕呀。我说，司法系统也是个“高危行业”。你一笑，说：话在人说，事在人做。做事为人，得守住根本，得对得起良心。短短一句话，让我进一步认识了你——密东，是个好人！

退休后，你始终闲不下来，总有做不完的事。我理解，你是想把国家培养你的本事，连同你的心血，回馈给社会，回馈给养育我们的家乡。“块块荒田水和泥，深翻细作走东西。老牛亦解韶光贵，不待扬鞭自奋蹄。”说的不正是你吗？但是，我们就是疏忽了一点，毕竟我们都老了，我们的身体都难以再承受过度的劳作了……

密东，看群里发的照片，在海南的同学们前一段时间聚会，你还是那么神采奕奕，那么健硕。我心想，你那么忙，还能有这么好的精神头儿，真好！我绝对想不到，你就这么急匆匆地走了……

密东，我们老家有句俗话——好人无长寿，难道就这么无情地应验在你的身上了？

我猜想，你走得这么急，难道是你的刚正、耿直感动了上苍，被上苍看中了？是不是偷偷跑到那边的贪官污吏太多了？上苍忙不过来，才把你拽过去，整治他们？也好，那是你的本行，也是你的心愿。

密东，我的好兄弟！你急匆匆地走了！我们来不及道别！如果有来世，但愿我们还做兄弟！

2022年4月2日夜

刘凤霄：老同学你在哪里？

“你的征文写完了吗？我已发表了。我三妹说：《高考前后》这篇文章怎么没见王密东的留评？他的留评写得最好了。”我的三妹因病致盲，但她会用盲人手机玩微信、写文章，她的感觉细腻、独特，正是她发现了王密东的反常现象，我才想起给“拨云见日”王密东发微信寻问。还好！密东很快回复了我。

“凤霄刘姥姥你好！我的征文还没写呢。这几天，我的眼睛出问题了，主要是自己想写本书，看手机看得太多的缘故。你的征文我看过了，出手快，写得好，在班上带了个好头。这才是姥姥的风格和水平！请代问三妹好！谢谢三妹夸奖我！我想过几天把我的旧稿发给你，请你编辑，或者再构思个新的。”我说：“保护好眼睛要紧。”

又过了几天，我写回忆马少华的文章，微信问你给她写的条幅是哪四个字，我印象中有“明理”二字，记不清另两个字是不是“知书”？你迟迟不回复。我没有怪你，我知道你眼睛出了问题。我又等了你两天，你还是不回复。然后我就发了那篇《追忆马少华》的征文。

突然得到你离世的噩耗，我瞬间就崩溃了，顿时泪流满面。咱班大学群的同学们也都不愿相信这是真的，无不感到震惊和痛惜。做梦也不会想到，你不打招呼就匆匆忙忙走了。我把和你聊天的截屏发到群里，有的同学问，眼睛出了问题，是不是与脑梗死有关联。我赶紧百度了一下，得知眼睛与脑梗死确实有关系。听一位同学说，前段时间，他的亲戚眼睛模糊，到省二院一查脑梗死，住院治疗现在基本没事了。另一个同学的夫人是医生，他夫人说：“眼睛不好时，说明已经有症状了，如果早治，不至于……”我不懂医道，若早知道眼睛不好也会要命，该提醒你赶紧住院治疗呀！如今追悔莫及。

今天是清明节，午夜醒来，再无睡意，情不自禁地回忆起与你交往的点点滴滴。

2017年9月23日，河北大学中文系1977级同学聚会，我提前从杭州回到衡水，又乘火车到石家庄。21日上午10点到石家庄北站，海鸥开车接我到省社科联。临近中午，海鸥问我，中午叫上谁一起吃饭，我脱口而出，叫上王密东吧。于是我们三人就餐，一起吃千岛湖鱼头，并合影留念。

你是咱们班公认的书法家。我曾经的办公室同事敬建华酷爱书法，退休后一直坚持练习。有一天，他把自己的一幅字发给我，并让我找书法家掌掌眼。于是我就发给了你，并让你点评一下。很快就收到了你的回复："谢谢老同学的信任。我认真看了，比我写得好。就这幅字说吧，首先第一眼一看就很喜欢，字形章法行款都挺完美。再看看出镇上临圣教序的，临得挺像的，以为是其中一段呢，后来一读才发现是，用圣教序字体写唐诗古诗。多数字写得与圣教序分毫不差，个别字写得非但不像圣教序，什么体都不像，那么是自己的体吗？也不能这样说，不是独创，是在这几个个别字的结构上没有研究透，如'青蒲向雨色开观'。主要是它们与大多数圣教序体字不协调，或许有的字属于圣教序中没有，但'观'字是有的，'观'字写得不过关，安排得不好。字的笔法非常好，比我好，也比一般人好。今后在结构上再留意就更好了。另外，从一些字体上看似乎临过或喜欢过董其昌的字，有些字很像董的风格。"我把你的点评转给同事，他很感动很受益，并按你的点拨继续练习。

我知道你在忙着写一本书——《武强话语小典》。"深武饶安"是一家，我深州，你武强，我们是同学，也是同乡，所以在方言上是相通的，每当我看到有关深州话的资料就转发给你。你在微信上跟我说："开始没动手时，我一位中学同学就要我悠着点儿。一拉开战线，越来越觉得工作量大。我在手机上鼓捣，学会了拼音标调，学会了将拍照书页转换成文字，不用再自己打字。另一位老乡，河北农大的老兄以为我放弃了呢。当我告诉他一直在编写时，他挺震惊，也很佩服。"我把表叔写村史写方言的文章发给你。你说："谢老师八旬开外高龄，编写村史后又编写方言，赶在了前头，树立了榜样。向他学习，向他致敬！"

你是法官，你写的《法院三十年》我已转给征文主编，不久将出现在征文集里。你曾在文章里写道：“退休以后在微信上，有时候我写文章，会用微信名字‘必东’，写书法落款写‘必东’。‘必须’的‘必’，‘东方’的‘东’。有一次，大学同学张彦斌问我说：密东兄，你为什么署名必东呢？我说：退休啦，不当官啦，所以说就摘掉了官帽。我们也不用靠山，学会独立，所以说就去掉了‘山’字，就只剩下‘必东’了。但是像流水一样，必须流向东方归入大海。青山遮不住，毕竟东流去。逝者如斯，不舍昼夜，不论顺风逆风，曲曲折折，都要一路向东！挺好！我对编写好《武强话语小典》信心更坚定了！”

密东，你在哪里？我还在等你的征文稿，我还在等你的《武强话语小典》出版发行，我的公众号还等着你写留评……

韩联社：深切悼念王密东学兄

在我的记忆里，密东对我的称呼是两个字：“弟弟”。亲切，温暖，自然，就像一位乡下老哥称呼自己的小弟弟那样。密东在我们宿舍是老五，这位矮墩墩笑眯眯的武强英华，走路迈着四方步，挺胸凸肚，四顾神飞，大有法兰西皇帝拿破仑一世的气派。他也是422宿舍的著名书法家，在他宿舍上铺的墙壁上，贴着他手书的两个大字——“琴泉”，班里还成立了“琴泉诗社”。

恍惚记得，密东兄的读书写字姿态，独出心裁，别具一格。只见他盘腿坐在铺位上，把书本翻开摊在腿上，专心致志阅读。即使有人爆笑，也不抬头，最后那笑意实在忍无可忍，哈哈一声大笑，哥哥弟弟们静一静，看我练习书法吧！

说是练习书法，因为没地儿摊开纸笔，他就运用意念“空练”，端坐在铺位上，眯着眼儿，右手拿一支毛笔，一笔一画，一撇一捺，上下左右运动起来。那神采，就像一位太极高手在白雪皑皑的山巅修炼绝世神功，以致多年后我看到他写的“空心字”，那翻转腾跃的一道道“空心线条”，就想到了他当年对着空气练字的情形，不由喟然长叹：修得千年空心，心轻万里无尘，练得一手好字，那是何等大神啊！

大学毕业后，我俩同时来到省会石家庄，我进入一家报社，密东兄进了省高院。因为工作繁忙，平时联系不是很多，偶尔打个电话，互致问候，聊表同窗之谊。我们各自沿着自己的生活轨道，迤逦向前，结婚成家，当老公，做老爸，日夜轮转，酸甜苦辣，兴悲总是难免的。无论是开心，还是郁闷，都是拜生活之所赐，除了全盘接受，没有其他选择。所谓坚强、坚韧，不过是饱受生活磨炼摧折，所练就的一股从脚丫子直贯头顶、直贯缥缈云空的人生无奈罢了。

记得某年的一天，我因为一件职场之事很不开心，于是沿着一条条街道，漫无目的地开始漫步，方向是从东向西，时而穿过小区，时而越过小巷，不知不觉间，就到了桥西民心河畔的西清公园。这是一座法制公园，建有宪法浮雕墙、法制宣传长廊，还矗立着李悝、商鞅、包拯、海瑞等八尊历史法制人物雕像。我瞻仰着一尊尊雕像，忽然想起此处离省高院很近，于是给密东兄打电话，想见面小叙，可惜他当时在外地，我只好独自归来。

又过了一段时间，我请几位司法系统朋友小聚，并给密东兄电话，请他务必拨冗光临。他说，弟弟放心，哥哥一定去！那天晚上的酒宴，设在广安大街上的美东大酒店。我俩一见面，自是惊喜不已，彼此望着满头霜华，连声感叹好久不见啦！那天，我俩喝了很多酒，先干三杯，再来三杯，又来三杯，反正就是兄弟相逢千杯少那种感觉吧。

老同学见面，聊的都是往事，很少说起工作，对他在省高院的作为，我知之甚少，直到看了他的《法院三十年》一文，才略知一二。他曾出任编办主任，编纂了第一部《河北省志·审判志》；也曾出任综合科长，培养了一大批法院文字工作者；2004 年春天，他出任正处级审判员，在刑二庭八年多，阅卷、开庭、审判、报案、起草裁判文书，并参与主办了一批重大疑难案件，包括经济犯罪案件、涉黑案件、涉毒案件、涉外案件等。

他还撰写了《我心中的法官学院之歌》《千古萧萧燕赵风》《送君行》《法官的行囊》《点赞》《天平颂》等歌词，谱曲传唱；至于他随口吟诵的诗词，张口就来，顺流而下，更是车载斗量，那种神来之笔，那种灵动飘逸，令人膜拜也！他的诗词，后来成了同学群里的一道亮丽风景，每天每时每刻，大家都在线等着他歌咏自然美景、述说人生感悟的诗句出现……

在听到密东兄意外辞世的那一刻，我瞬间有点发蒙，震惊，哀痛，悲悼，惶遽无措，将信将疑。那是2022年4月2日中午，几个藁城同乡小聚，其中一位是省高院退休老领导，一落座，他就瞅着我说："知道密东去世的事了吗？""什么？！"见我一脸错愕，他拿起手机，翻出省高院老干部处在该院老同志微信群里发布的一条消息，这条消息，发布于3月23日。这是官宣。就是说，密东兄已经于十天前在海南去世了。

我实在无法相信这个不幸消息，于是给班委会秘书长吕书文打电话告知此事，请他核实一下。一会儿，他的电话来了。这个消息，是确凿无疑的。放下电话，百感交集，一种深刻的哀痛，在心底弥漫缭绕，却无由诉说，于是作了一首诗《沉痛悼念王密东同学》：

海南噩耗传北国，世间无由寄哀恸。
春风尚冷仍浸骨，柳丝摇曳亦动容。
同窗四载古城月，青春年华忆曾经。
祝君驾鹤入九霄，莞尔一笑入苍冥。

2022年4月22日

回忆管振卿同学

/ 孙志强　宇文玉芬　马文生

孙志强：忆“老管”

管振卿同学已离开我们多年。其实，对于管振卿同学的印象，从入学伊始便有了，而且还比较深刻。

作为国家改革招生制度后第一批入学的大学生，我们中文系 1977 级由来自省内外各行各业的 90 多名同学组成。大家毕业时间横跨十多年，上至“老三届”，下至应届生，因而年龄差别较大，从入学时登记的信息看，从十六岁至三十二岁，整整差了十六岁。年轻者面容青涩、稚气未脱，年长者则成熟老练，甚至略显沧桑，而其中最引人注目的莫过于时年三十二岁的“老管”了。

开始上课后，90 多人的班级满满当当地坐满了位于教学楼三楼西南楼头的大教室。课间休息时，我发现总有一位看上去三四十岁、头发有些花白的“长者”坐在最后排和大家一起听课。不厚道地讲，我当时真以为是哪个年轻且生活不太能自理的同学，其家长不放心自己的孩子而亲自来“陪读”，后来见其总和我们一起上下课和参加各种活动，才确认原来和我们一样都是学生。时间一长才逐步了解到，此同学姓管名振卿，是来自保定市的走读同学。从那时起，其超过实际年龄的外表和略显病容的脸色以及有些生僻的“管”姓，便给我留下了较深的印象。因其岁数关系及看上去颇为老成的外貌，大家便习惯地称其为“老管”。

上学期间，一次偶然的机会，曾到访过老管的家。那是位于中华路附近的馆驿街小学一间略显局促的教师宿舍，似乎其入学前的职业便是该小学的老师。这里离河北大学不远，估计步行也不会超过20分钟，为图省事，老管来校上课时只是将当天所用课本和笔记胳肢窝一夹，步行往返。上课即来，下课即走，没课时和自习时间则很少来学校，因而与住校同学交往便显得比较少，只是在课间才会与大家交谈。或许是基于其阅历的丰富抑或知识的渊博，老管平时与大家交谈起来总是口若悬河，侃侃而谈。不过他的观点似乎也有时似是而非，故而时常引起大家的争议和反驳，这时的老管，往往会显出长者的风度来试图说服大家。

毕业分配时，从市里来的学生便多去了市直，地区各县来的则基本都在地直，老管去的是市档案局，我则在地直单位。虽同在弹丸之地的保定市，但工作单位分属地、市两级，在还是地市分设的当时，彼此各行其是，互无交叉，罕有交集。老管很少参加同学聚会，故平时极少见面，联系也略等于无，对其情况也知之甚少。

后来，老管调到了市经委。1994年，保定地市合并后，我所在的单位在经历了几次撤并之后于2000年也合并到了新组建的经贸委，然而，老管同学却因年龄和身体原因在机构合并时办理了病退。因此，与老管虽在同一个单位，却未曾在一起上过班。后来，我与同事一起去家里看望过他，可能是因为心脑血管方面的疾病，当时他已行动不便，多数时间居家。交谈时感觉他虽思路尚清，却少了当年那种锋芒和敏锐。

再后来，在一次与同事的闲谈中，偶然听到了老管已经去世的消息。不知是否当时正赶上出差在外还是其他缘故，我当时竟然没有收到任何通知，自然也无法去送这位老同学最后一程，作为同窗四年如今又属同事的我不免有些遗憾。同在保定的很多同学也是很长时间后才得知这一噩耗。

毕业四十周年之际，谨以上述只鳞片爪的文字，纪念这位班上年龄最长的学兄。

2022年5月底

宇文玉芬：听管大哥说定县大秧歌

好像是大三时的一次课间，我和保定市的几个走读生哥哥们在教学楼西侧的杨树林闲聊，说到当时我正在给辽宁铁岭地区的《辽北演唱》写一篇二人转唱词，管大哥跟我们说起他小时候看过的定县大秧歌。

他说，定县大秧歌里面不少“说口”合辙押韵非常精彩，像什么“大雪落在扁担上，好像一把杀人剑；大雪落在屋顶上，好像一座银銮殿”；等等。他嘱咐我，写曲艺应该向民间艺术学习，汲取群众中活的语言营养。他还描述了秧歌里的不少“荤口”，说到《王小赶脚》中半大小子王小用手当镫扶小媳妇翻身上驴的“荤口”时，老管描述得形神毕肖，引来大家一场哄笑。

马文生：老管为排演话剧提供擀面杖

管振卿是保定市“老三届”的高中生，上大学前在保定一所小学任教师，其妻子也是该校的老师。1977年恢复高考考入河北大学中文系，是班里年龄最大的学生之一。入学不久班里排演话剧《丹心谱》，号召家在保定的同学提供一些道具，当时我提供了一根拐棍，管振卿提供了一个擀面杖。这也算是我们这些没有文艺细胞的同学为排演话剧做的一点儿贡献吧。

怀念毛一化同学

/马文生 孙志强

马文生：怀念毛一化

毛一化出生于1953年。1952年底，党中央提出了过渡时期的总路线，要在一个相当长的时期内，逐步实现国家的社会主义工业化，并逐步实现国家对农业、手工业和资本主义工商业的社会主义改造。简称“一化三改”。“一化”的名字大概来源于此。

一、热爱生活 崇尚自然

毛一化是个热爱生活、崇尚大自然的人。上大学时的一个暑假我去他家，看到他正在准备自行车的打气筒和补带胶水，原来他是要单人骑自行车去济南看大明湖和趵突泉。一两天后他便启程了，大概用了五六天时间，既观看了泉城名胜，又浏览了沿途风光，在当时这可算是“特立独行”之举。

毛一化

二、热心公益 服务同学

毛一化同学无论是在上大学期间还是毕业之后，对班里组织的各项活动都是热情关注，积极参加。自从1982年毕业后四十年来，我们班在保定举行了多次同学聚会，每次聚会毛一化同学都担任接待服务工作。负责收费的他，细心认真，从无差错；负责安排客房，他多方协调尽量达到每个同学的满意。有一次，有位同学在聚会的路上因堵车耽误了行程，迟到了十几分钟。这时，餐厅开饭时间已到，他坚持在接待处守候，等那位同学到达后，陪伴他一起去餐厅用餐。

三、业务骨干 勇挑重担

毛一化大学毕业后即进入公安队伍，先是在基层派出所任职，后来调入中央司法警官学院任教。他认真学习专业知识，理论联系实际，逐步成长为学校的教学骨干。有一年，学校开设了一门新课，几个教师试讲都不成功。这时，毛一化已是学校的资深教授，学校把这门课的讲授任务交给了他。毛一化多次到图书馆借阅有关图书，长时间在网上查找资料，深入了解学员的情况，早起晚睡地撰写教案，终于拿下了这门新课。学员听课后普遍给予好评。

毛一化的音容笑貌永远印在全班同学的记忆中。

孙志强：怀念一化同学

得知毛一化同学去世的消息纯属偶然。

今年春节过后，为纪念中文系 1977 级同学毕业四十周年，组委会发起了征文活动，为鼓励大家积极参与，按片区确定联络人负责督促。那天，负责保定片的志林同学打来电话，称多次联系毛一化同学未果，让我再设法联系联系。于是我按照以前留下的号码拨打了一化同学电话，听筒里的声音显示接通的提示音，但无人接听，俟后又拨，均是如此，心想或许手机不在身边吧。隔日再拨，一如之前。数声提示音后正当准备再次放弃时，电话却意外接通了，不过电话那头不是我熟悉的略带沙哑的男声，而是自称一化夫人的女音。从她那里才得知了一个令人异常震惊的噩耗——毛一化同学已于去年 9 月驾鹤西去！此号码之所以保留至今，也是为了让其故友亲朋们能了解到他的情况。

四十四年前，一化同学与大家一起，成为河北大学中文系 1977 级这个大家庭的一员。作为家住保定市内的走读学生，他也是上课即来，下课即走，平时与住校的学生联系和交流相对较少。但他那瘦高的个子，总有些青春痘的脸庞和标志性的笑容，还是给大家留下了较深的印象。学生时代的一化同学学习努力刻苦，平时爱写些评论性的小文章，并屡屡见诸报端，大约是为了契合当时建设“四个现代化”的时代主题并结合个人名讳，其作品发表时常以“驷化”作为笔名。

毕业后，一化同学被分配到市公安局办公室从事文秘工作，后几经辗转调到了位于保定市七一路的司法部劳改干校（即今天的中央司法警官学院）任教。从事教育工作后的他，积极钻研本职业务，教学成绩斐然，还发表过不少有分量的专业性论文，职称至教授。

一化同学热心为大家服务，每次同学到母校聚会，他都积极参与筹备，跑前跑后，不辞辛劳。很多时候接待的地方离自己的家很远，他都是骑自行车往返，全然不顾一天的劳累。

平时的一化同学比较注重身体的锻炼，经常参加自行车骑行活动，曾见过其头戴防护帽骑行的矫健身姿。据文生同学说他还曾骑行到过济南，足见其体魄非同一般。谁承想如此热爱运动、热爱生活的他，却过早地殒命于肺疾，提前踏上了西行之路。

最后一次见到一化同学，大约是在两年多前。在某次同学小聚之后，驱车给因故未到场的一化同学送志林同学的大作书画集。在警官学院门口，与等候在那里的一化同学匆匆一见，因停车不便也未做更多交谈。那时的他还根本看不出有任何异常的迹象，谁料仅过一年多的时间便已阴阳两隔，那次的短暂会面竟成了永诀！

愿一化同学在另一世界安好！深切怀念一化同学！

2022 年 6 月初

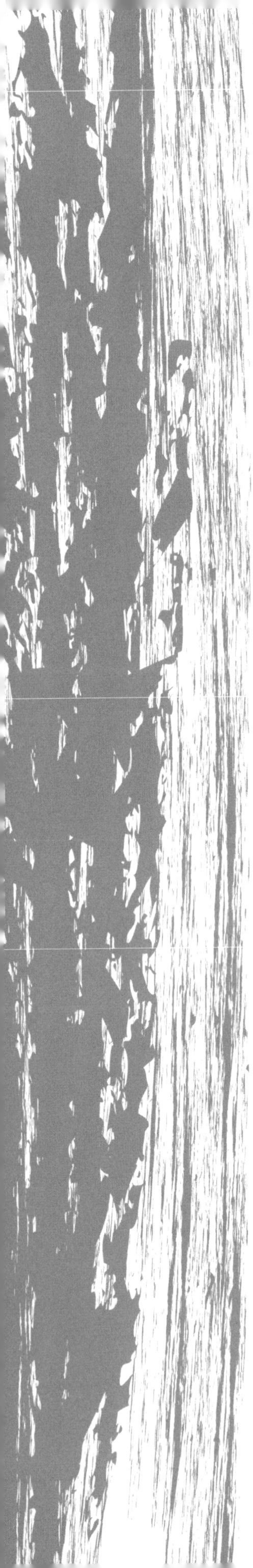

后　记

本书的策划、写作、编辑，是经历了四十四度春秋友谊老同学的一次有趣而难得的合作。四十四年前相识之时，我们都是追梦人，追文学之梦、追事业之梦、追报效国家之梦。四十多年后，进入暮年的我们鬓发染霜，一幕幕回忆过往。不知不觉我们中少了一些熟悉的面孔，在未来的日子，随着岁月的流逝，我们中还有更多的人会离开。年轻时合作一件事、数件事都不是难事，到了暮年始知：若要像这样再完美地合作一次，能不能实现，谁也不敢保证。

决定开始征文以后，大家格外重视此次活动，同学们推荐组委会主任由老班长李远杰担任，副主任为何振虎、白贵、吕书文（兼秘书长），委员有王维国、王密东、杜英华、赵淑兰、周居霞、梁志林、王建敏、刘秀英、刘建新、郑铁生、宇文玉芬。编委会主任为白贵，副主任兼主编为王维国、任文京，副主编为刘凤霄、韩联社、张荣、张彦斌。此后，各位工作小组同学马上开始组稿，不厌其烦地一个个联络、动员同学撰稿。同学们也是积极响应，打开记忆的闸门。个别年纪大的同学，由于不习惯在键盘上敲字，会奉上隽秀流利的手写稿。刘凤霄、韩联社、何振虎、张荣、张彦斌几位同学，用微信公众号等媒体进行图文编辑推广，此起彼伏，你呼我应，一时蔚为大观，产生强烈反响。同班同学往往是先睹为快，每读一篇不由唤起尘封的记忆，情不自禁写下留言、感想。已经七十五岁的老班长李远杰每一篇都认真阅读，读后又认真写下读后感。一些社会读者甚至询问何时出版，是否可以预订。当决定交出版社正式出版之后，两位不愿具名的同学主动表示要给予资助、支持，令人十分感动。

本书的出版得到了河北大学出版社朱文富社长、邓一鸣副社长的大力支持。出版社的责任编辑李达承担了编辑工作，对书稿的内容、体例、篇幅及所附照片，按要求作了必要的删改。曾担任《河北学刊》多年社长、主编的王维国同学，一向以细心负责著称，认真审读了全书，对语言文字作了初步校正。作为资深编辑并曾在河北大学出版社担任总编辑的任文京同学，提前与出版社进行沟通，并积极参与书籍的编辑事务。经过一番努力，本书编辑工作如今终于告竣。在即将出版之际，我们写下了如上的文字，算是把本书的编写过程给大家作一个简要的交代与说明。

在此，我们诚挚感谢中文系1977级全体亲爱的同学们，我们也表达对已经故去同学的深切的怀念，送上对母校的诚挚感谢与永久的美好祝福！

本书编委会

2022年8月22日

我们尤其要感谢河北大学原副校长李金善教授、文学院院长陈双新教授以及书记张朋钊教授，他们对于本书的出版给予了最有力的支持。感谢文学院师生对于1977级老校友的关爱与支持。

感谢陕西省书法家协会副主席吴福春先生为本书题写书名。

编委会

2023年4月29日